Universale Economica Feltrinelli
I CLASSICI

Dell'opera di **Wolfgang Johann Goethe** (Francoforte sul Meno 1749 - Weimar 1832) ricordiamo: *Götz von Berlichingen* (1773), *Die Leiden des jungen Werthers* (1774), *Torquato Tasso* (1780), *Faust. Ein Fragment* (1790), *Römische Elegien* (1795), *Wilhelm Meister Lehrjahre* (1796), il poema *Hermann und Dorothea* (1797), *Farbenlehre* (1798). *Faust, Tragödie Erster Teil* (1808), *Die Wahlverwandschaften* (1810), *Westöstlicher Divan* (1814-1819), *Italienische Reise* (1829), *Wilhelm Meister Wanderjahre* (1829), l'autobiografia *Wahrheit und Dichtung* (1831), *Faust. Tragödie Zweiter Teil* (1831).

GOETHE
FAUST E URFAUST

Traduzione e cura
di Giovanni V. Amoretti

Testo originale a fronte

Volume I

Feltrinelli

Titolo delle opere originali
FAUST – EINE TRAGÖDIE; URFAUST

Traduzione dal tedesco di
GIOVANNI VITTORIO AMORETTI

Prima edizione nell'"Universale Economica" aprile 1965
Prima edizione nell'"Universale Economica" – I CLASSICI
aprile 1991
Quarta edizione gennaio 1994

ISBN 88-07-82018-8

Indice

VOLUME PRIMO

Urfaust

Note

Al prof. dr. W. M. Esser,
ricordando gli anni
del mio insegnamento
alle Università di Bonn
e di Colonia,
1920-1925.

IL TRADUTTORE

La Casa Editrice Feltrinelli è grata alla Casa Editrice UTET per la concessa autorizzazione a pubblicare l'Introduzione, la traduzione e le note di G. V. Amoretti.

Introduzione

I

Il personaggio storico. *Il nome del personaggio principale del poema del Goethe appartiene ad una figura storica.*[1]

Johannes Georg Faust — si pensò a due personaggi di tal nome, ma si tratta verosimilmente di un doppio nome o di uno scambio di nomi — nacque verso il 1480 nel Württenberg; incerta è la città natale. Possediamo varie testimonianze su la strana esistenza e la curiosa e bizzarra attività di questo Faust che si attribuiva, con la massima sfacciataggine, straordinarie qualità e che altro non era se non un intelligente ciarlatano, abile nel sorprendere la buona fede dei creduloni e nello sfruttare i pregiudizi e la paura che si aveva, allora, della magia o di chi affermava possedere poteri straordinari ed essere in relazione con gli spiriti ed i diavoli.

I veri dotti del tempo, coloro che, sia pur attraverso tenebre ed errori e sviamenti, muovevano faticosamente verso la verità, aiutati e favoriti in ciò dai nuovi metodi e dai nuovi indirizzi che l'Umanesimo portava con sé, non ebbero molta simpatia per lui e lo giudicavano severamente.

Ne parla l'abate Johannes Trithenius (1462-1516), dotto di cose ecclesiastiche, in una lettera del 20 agosto 1507 a Michael Virdung (1575-1637), autore di poesie latine e di tragedie in latino che ricordano quelle di Seneca. In detta lettera riporta i « titoli » con i quali Faust si presentava o si annunciava alla folla: sabellicus (forse da Sabinia, la terra della magia), fons necromanticorum, astrologus, magus secundus, chiromanticus, aeromanticus, pyromanticus, in hydra arte secundus. L'« ars hydra » consisteva nel saper trarre pronostici dall'esame delle urine.

Nel 1507 lo troviamo in Franconia e, qualche anno piú tardi, a Erfurt dove un monaco francescano tentò, con poca fortuna, di convertirlo. E questo perché Faust, fra le altre sue vanterie, affermava di poter compiere miracoli simili a quelli di Cristo e di aver stretto un patto con il diavolo. Che Faust si vantasse di ciò ce lo conferma H. Schedel nella sua cronaca di Erfurt. Ad Erfurt lo incontrò, nel 1513, l'umanista Mutianus Rufus, ma non ne riportò una buona impressione, tanto lo sentí vantarsi. Nel

[1] Vedi VINCENZO ERRANTE, *Il mito di Faust*, 1924.

1520 fu a Bamberg, dove il vescovo gli richiese, per sé, l'oroscopo e lo ricompensò generosamente.

Tra il 1525 ed il 1532 fu a Wittenberg, sede, allora, di una università e vi conobbe Philipp Melanchthon (1497-1560), letterato ed umanista famoso che, per nulla intimidito dalle minacce di Faust e dal suo sfoggiare arti magiche, lo dice: turpissima bestia et cloaca multorum diabolorum, ed, ancora, turpissimus nebulo, inquinatissimae vitae.

Vantava non solo una grande conoscenza di testi classici noti, ma si diceva capace di « evocare » i testi perduti di Plauto, Terenzio, Platone, Aristotele.

La sicurezza con la quale affermava di poter predire il futuro, di vedere per entro i misteri, di possedere grande sapienza doveva pur avere il suo effetto se c'era chi lo prendeva sul serio e lo temeva.

Cosí nel 1507, Franz von Sickingen (1481-1523), l'amico dello Hutten, seguace del Lutero, gli affidò l'educazione dei suoi figli, per brevissimo tempo però, perché stimò, poi, opportuno allontanarlo. Cosí, nel 1528, il Consiglio comunale di Ingolstadt lo obbligava ad abbandonare la città, ma, per mettersi al sicuro da possibili diaboliche reazioni, gli richiedeva — e lo otteneva — impegno scritto che non si sarebbe vendicato.

Non mancò, anche fra i dotti, chi avesse fiducia nelle sue arti magiche — non dobbiamo dimenticare che alla fine del 1400, all'università di Cracovia, si insegnava ancora la « magia » —. Cosí, nel 1536, l'umanista e filologo Joachinus Camerarius desiderava avere da lui una profezia sull'esito della terza guerra fra Carlo V e Francesco I.

II

La leggenda intorno a Faust. *È logico ritenere che il Faust storico possedesse non soltanto le grandi abilità di un ciarlatano, ma anche finissimo intuito, capacità ipnotiche, sicurezza di sé. Non tutto era in lui unicamente inganno. Era naturale che, mentre era ancora in vita, ispirata da questa sua curiosa ed avventurosa esistenza, la leggenda si impadronisse di lui e lo circondasse di un alone particolare attribuendogli rapporti con le potenze infernali, atti straordinarii, e che molte delle sue millanterie — aveva minacciato il Melanchthon di fargli scomparire su per la cappa del camino i piatti con i quali gli era stata apparecchiata la tavola, si vantava di aver rese possibili, con le sue arti magiche, le vittorie degli eserciti imperiali in Italia — diventassero una realtà per le menti inclini al meraviglioso e gli animi esaltati dei suoi contemporanei, i quali, da un lato, potevano nutrire simpatia per questo avventuriero bizzarro, coraggioso, noncurante delle con-*

venzioni, del male e del bene, disprezzato, temuto, perseguitato, un ribelle non privo di una sua umanità verso gli umili, dall'altro, vedevano in lui, inconsciamente, come l'espressione della loro stessa età. Nella quale un mondo, quello medievale, della scienza, della filosofia, della fede, stava incrinandosi e mutandosi ed un nuovo modo di vivere libero, individualista, piú moderno si veniva rivelando faticosamente. Però, mentre in Italia, Umanesimo e Rinascenza prendevan rapidamente possesso delle coscienze rasserenandole e componevano in esse, anche per una felice adesione dell'elemento cattolico, un possibile urto fra le nuove tendenze ed il mondo religioso, in Germania, per varii motivi e non ultima la Riforma del Lutero, per molti lati ancora congiunta a forme di sentire e di pensiero medievali — la credenza della operante presenza del diavolo nella vita degli uomini, problemi religiosi non risolti, ma gravanti, con la loro complessità, su le coscienze di individui inclini ad una maggiore interiorità —, la figura di Faust doveva interessare la mente ed eccitare le fantasie.

Contribuivano alla formazione della leggenda la maggiore conoscenza dei testi religiosi e la profonda serietà con cui si leggevano i testi sacri. Il motivo del mago Cipriano d'Antiochia — rielaborato piú tardi dal Calderon nel suo El magico prodigioso *(1637) —, rappresentante della cultura pagana, convertito al cristianesimo dalla semplice fede di una fanciulla e che, sconfitto, consegna al vescovo i libri della magia; il motivo di Teofilo di Cilicia che, irritato con il suo vescovo, si vende al diavolo e poi, pentito, invoca l'aiuto della Vergine ed è, finalmente, salvo, godevano, in Germania, se non di popolarità, di ampia diffusione, particolarmente quello di Teofilo che ritroviamo in Hroswitha von Gandersheim (circa 932 - circa 1000), la monaca tedesca autrice di racconti dialogati che venivano recitati in convento, ed in Hartmann der Arme, un predicatore che compose fra il 1140 ed il 1150 la sua* rede vom glouven, *una parafrasi del Credo, ricca di esempi però, fra di essi particolarmente quello riguardante Teofilo ed il diavolo.*

Né meno diffusa era la credenza che molti personaggi di tutti i tempi, soprattutto i dotti, i filosofi — anche diciotto papi, fra i quali Silvestro II e Gregorio VII —, avessero avuto particolari relazioni con il diavolo.

Si venne cosí formando e diffondendo una larga messe di racconti intorno alla figura di Faust, la quale figura, se andava perdendo un po' la funzione di simbolo di un'età incerta fra terra e cielo, vita contemplativa e vita attiva, vincoli religiosi ed individualismo libero e desideroso di ampliare il proprio dominio in terra, vincoli verso i dogmi e intuitiva necessità della libera critica e della libera ricerca in tutti i campi del sapere anche quelli inesplorati o vietati, diventava cara alla fantasia popolare, al desi-

derio di racconti straordinari, di vicende impressionanti e pretesto a moraleggianti od edificanti conclusioni.

III

Faust e la tradizione letteraria. *Già il Melanchthon che non possiamo ritenere un credulone e che era dottissimo, ma figlio del suo tempo, e, come tale, non scevro di pregiudizi, affermò che Faust non morí di morte naturale, ma per opera del diavolo, e, nel 1561, Konrad Gessner parlava di lui come di uno scolaro vagante in relazione con i diavoli.*

L'avere il Faust storico vissuto nel mondo accademico ed a contatto con persone colte — si raccontava che ad Erfurt avesse tenuto un corso su Omero ed evocato ai suoi scolari gli eroi dei poemi omerici ed Elena stessa dalla quale avrebbe avuto un figlio, Justus — fa sí che, proprio fra gli studenti e nelle università, venissero a cadere molti dei fatti della sua vita. Cosí quello dello scolaro Wagner e quello delle ultime ore della sua vita, in attesa della fine terribile ed inevitabile, ultime ore da lui trascorse fra i suoi scolari confessando, senza che gli vengano perdonate, le sue colpe e prendendo da essi congedo. Un tono di serenità stoica ed antica che non ritroveremo in altri documenti o libri che narrano di lui perché orientati verso un « fabula docet » religioso.

È evidente che studenti o docenti saranno stati i primi a fissare in manoscritti in latino, forse, ed in tedesco, poi, quanto correva di bocca in bocca sulla vita, i prodigi e la fine di questo curiosissimo uomo. Una testimonianza di questa tradizione orale possiamo vedere nella raccolta di episodi della vita di Faust e dei prodigi a lui attribuiti, pubblicata nel 1892 da G. Milchsack, da un manoscritto della biblioteca di Wolfenbüttel.

La piú antica documentazione a stampa che noi conosciamo risale al 1587.[2] *Ignoto l'autore. Ne curò la pubblicazione uno stampatore di Francoforte, noto, al suo tempo, quale editore di opere teologiche protestanti e ricordata con il nome di* Historia *o* Faustbuch. *La narrazione, tutta infarcita di citazioni bibliche e di riflessioni a carattere edificante, si divide in quattro parti, le quali, a loro volta, si dividono in capitoli. Nella prima, dove si narra della nascita di Faust, dei suoi studi e del suo patto con il diavolo,*

[2] *Historia von D. Johann Fausten, dem weitbeschreyten Zauberer und Schwartzkünstler. Wie er sich gegen dem Teufel auff eine benandte Zeit verschrieben, was er hierzwischen für seltsame Abentheuer gesehen selbs angerichtet und getrieben bisz er endtlich seinen wol verdienten Lohn empfangen...* Vedasene l'edizione a cura di R. Petsch, del 1911.

l'autore ignoto sí, ma chiaramente devoto alle dottrine protestanti, ci fa vedere come il suo eroe, indotto a ciò dal suo desiderio di libertà spirituale e dai suoi appetiti sensuali, si venga sempre piú legando al maligno. Vani sono i tentativi di ribellione, gli accenni in lui ad un rimorso, le estenuanti discussioni con il diavolo su l'inferno ed il paradiso, i tormenti dei dannati, le gioie degli eletti al cielo. La sua mancanza di fede, la sua debolezza di fronte alle passioni non gli permettono di ribellarsi al patto ed alle malefiche influenze del compagno al quale si è legato. Né gli basta la paura che egli ha della dannazione eterna e delle sue conseguenze, perché essa sola non conduce alla salvezza come il razionalismo cattolico del tempo credeva, ma è necessario, secondo la dottrina protestante, che Faust peccatore arrivi decisamente e deliberatamente al pentimento per opera della sua fede individuale. E la mancanza di questa fede solida ed operante, che lo rende debole nei suoi tentativi di reazione, fa sí che il maligno lo abbia in suo dominio e lo devii facilmente con cavilli o con tentazioni.

Nella seconda parte Faust ha messo ormai in non cale gli ultimi residui della sua coscienza religiosa ed è tutto dedito alla scienza: astrologia, astronomia, profezie, e la magia che gli permette di esplorare nuovi mondi.

La terza parte ci fa vedere Faust mago e negromante. È una lunga enumerazione dei prodigi da lui compiuti — gliene vengono attribuiti alcuni già noti come opera di altri negromanti — non esclusa la sua evocazione di Elena, la sua unione con lei e la nascita di un figlio, Justus. Al capitolo 52, Faust incontra un vegliardo che tenta di convertirlo. Invano, ché se anche Faust non è del tutto insensibile alla voce della coscienza, il maligno ha il sopravvento e lo obbliga a firmare un patto ancora piú esigente. L'ultimo tempo della sua vita viene paragonato a quello di un condannato a morte in attesa della sentenza inevitabile. Ed il libro si chiude con un « fabula docet » messo in bocca a Faust medesimo, un esempio affinché il lettore impari a fuggire la magia ed a temere Iddio.

L'ignoto autore era protestante e, quindi, « antipapista, » non solo, ma contrario a quell'umanesimo che la Riforma del Lutero non aveva afferrato nel suo vero significato e che aveva avversato o soltanto parzialmente accolto. Nonostante la sua ortodossia ed il tono moraleggiante e severamente confessionale, il libro aveva pure un suo lato pericoloso. La fantasia del lettore si incantava di fronte a tutte quelle tentazioni, a quei peccati, a quell'avidità di conoscere oltre il lecito ed il prescritto, a quel ribelle che ha piú fiducia nelle forze proprie e della magia di quanto non ne abbia in Dio, di fronte a quell'al di qua opposto ed anteposto all'al di là, a quel ricercare una verità filosofica oltre e contro la verità teologica, piú di quanto non edificassero gli animi, le prediche, le conclusioni e le buone intenzioni dell'autore.

Ci spieghiamo pertanto come sia finito in carcere quello stampatore che, nel 1580, ne pubblicò un rifacimento in versi.

Nel 1599 G. R. Widmann[3] *pubblicava ad Amburgo, in tre parti la « vera storia » del dr. Faust, sfrondando quanto era piú vivo nel racconto, quanto gli sembrava pericoloso per la morale o la fede del lettore — l'episodio di Elena, gli amori di Faust, il suo desiderio di sapere vi sono appena accennati — e fasciando il tutto in un continuo tono di predica, di discussioni teologiche e di conclusioni moraleggianti.*

La forza della leggenda non si lasciava però soffocare e, nel 1764, un dottore di Norimberga, Nikolaus Pfitzer,[4] *ripubblicava il libro del Widmann rifacendolo da un nuovo punto di vista. La teologia, la tendenza moraleggiante ed anticattolica cedono il posto ad un rinnovato interesse per il racconto dove ritroviamo i motivi e gli episodi soppressi dal Widmann. Vi compare anche l'amore di Faust per una semplice e povera ragazza. Ma il tutto senza vera partecipazione e senza che quell'elemento titanico e demoniaco che la Rinascenza aveva portato nel motivo di Faust, riaffiorasse intero.*

Un ultimo rimaneggiamento è quello di un ignoto autore che si dice un « Christlich Meynender, » *uno che « pensa cristianamente. »*[5] *Ci troviamo di fronte ad un libriccino di quarantotto pagine nel quale l'ampia narrazione dei precedenti rifacitori è ridotta a ben poco. Anche l'intenzione è nuova non tanto nel tono pio, ma nel desiderio di voler vedere quanto, nella leggenda di Faust, fosse vero o falso.*

L'esame critico del motivo appena accennato nel libretto del « pensante cristianamente, » un esame, possiamo dire, al lume della ragione e senza palpito di fantasia, era già incominciato nel 1683

[3] *Wahrafftige Historien von den grewlichen und abscheulichen Sünden und Lastern, auch von vielen wunderbarlichen seltzamen Ebentheuern: So Dr. Johannes Faustus, Ein weitberuffener Schwartzkünstler und Erztsaüberer, durch seine Schwartzkünst, bis an seinen arschrecklichen End hat getrieben.* Nuova edizione a cura di A. v. KELLER, 1880.

[4] *Das ärgeliche Leben und schreckliche Ende desz viel-berüchtigten Ertzschwartzkünstlers Johannis Fausti. Erstlich vor vielen Jahren, fleissig beschrieben von G. R. Widmann: Jetzo, aufs neue übersehen .... durch Joh. Nicolaum Pfitzerum.* Nuova edizione a cura di A. v. KELLER, 1880.

[5] *Des durch die ganze Welt beruffenen Erz-Schwarzkünstler und Zauberers D. Johann Fausts, mit dem Teufel aufgerichtetes Bundnisz, abenteuerlicher Lebenswandel und mit Schrecken genommene Ende. Auf's neue übersehen, in eine beliebte Kurze zusammen gezogen, und allen vorsetzlichen Sündern zu einer herzlichen Vermahnung und Warnung zum Drück befördert.* L'esemplare piú antico, a noi pervenuto, è del 1725. Edizione recente a cura di S. SZAMATOLSKI, 1891.

per opera del teologo J. G. Neumann[6] *ed era stato continuato dal Gottsched, nel 1730, nel suo* Versuch einer kritischen Dichtkunst *e se il primo trovava che non valeva la pena di far tanto chiasso intorno ad un personaggio come quello, il secondo affermava che, per fortuna, tali inezie non deliziavano piú nessuno.*

IV

Il motivo di Faust su le scene. *Il comparire della figura di Faust su le scene è contemporaneo al suo prender forma e documentarsi nel primo racconto noto, quello del 1587, la* Historia *o il* Faustbuch. *Già, nel 1588, a Londra, abbiamo rappresentazioni teatrali sul motivo di Faust, motivo che doveva trovare la sua prima grande realizzazione in forma di dramma ed in veste di poesia nella* Tragical History of Doctor Faustus *di Christopher Marlowe (1564-1593). Anche se la prima data sicura di una rappresentazione della tragedia del Marlowe, che, dal 1594 al 1597, venne recitata, a Londra, ventitré volte, è del 1594, nulla ci impedisce di pensare che essa sia comparsa anche prima sulle scene, tanto piú che la sua composizione risale al 1588 — su di una traduzione manoscritta del* Faustbuch, *anteriore anche alla stampa del* Faustbuch *stesso — e che fu pubblicata nel 1601 con ritardo, come sempre, perché i capicomici tenevano ben stretti i copioni temendo che, una volta dati alle stampe, potessero servire ad altre compagnie.*

Il Marlowe intuí da artista la vis tragica del soggetto e sentí come, per Faust, l'al di qua valesse più dell'al di là, il sapere umano, la verità filosofica piú della verità teologica, il viversi piú della rinuncia, la ricerca della conoscenza e la conquista individuale del sapere piú della fede. Egli dona a questo personaggio tutta la sua umana simpatia anche se non lo salva e gli sa creare intorno il senso del tragico nel cozzo di questo temperamento eroico che rompe i limiti del suo tempo contro un destino piú forte di lui. Ritroviamo, nel Marlowe, anche l'episodio di Elena, non piú unicamente creatura di lussuria, ma già, quasi, simbolo di quella bellezza immortale per cui mille navi cariche di eroi scesero in mare. Quantunque interpolazioni varie, dovute agli attori stessi ed ai capicomici, abbiano corrotto alquanto il testo del Marlowe, la scena dell'evocazione di Elena e quella della dannazione di Faust — se altro non possedessimo di lui — testimonierebbero della sua capacità di scrivere poesia.

Anche se non è esclusa, in Germania, l'esistenza di anteriori rappresentazioni teatrali aventi per argomento la storia di Faust

[6] J. G. Neumann, *Disquisitio historica de Fausto praestigiatore*, Wittenberg, 1683.

— abbiamo una notizia di una rappresentazione a Norimberga —, esse vennero eclissate dalla comparsa, sulle scene tedesche, della tragedia del Marlowe sia recitata da compagnie inglesi prima, quindi da compagnie inglesi di nome, ma composte in gran parte di attori tedeschi ed, in ultimo, da compagnie tedesche. Abbiamo notizia di una recita nel 1608 a Graz per opera di commedianti inglesi.

Se il testo del Marlowe andò soggetto a rimaneggiamenti ed interpolazioni in Inghilterra, maggiori mutamenti doveva subíre in Germania sia per l'ambiente diverso, sia per l'introdursi in esso delle maschere — particolarmente Hanswurst — sia per influenza del teatro cattolico della Germania del Sud e dell'Austria che impose la soppressione di alcuni episodi e per il mutare dei costumi e del gusto.

Di questo Puppenspiel *possediamo testi varii editi, dopo che il Faust del Goethe aveva richiamata l'attenzione su questo soggetto, dal Simrock, dallo Hamm, dallo Schade, dallo Engel, dal Bielschowski, dallo Höfer e da altri e, se, tutti, rivelano un'origine comune, sono, d'altra parte, prova dei rimaneggiamenti che il motivo ha subíto per opera di elementi nuovi — personaggi, idee, interpretazioni — che vi si sono venuti infiltrando.*

Per secoli, in tutta la Germania, Faust ha calcato le scene dei teatri stabili o dei teatri sulle piazze e sui mercati. Ed il personaggio conservò, sul teatro, una vitalità di gran lunga superiore a quella del personaggio della tradizione narrativa.

Questa vitalità non sfuggí al Lessing e ce ne fa fede quanto scrive nel suo 17° Literaturbrief, *del 16.2.1759. Purtroppo delle varie redazioni (quattro) di un dramma del Lessing intorno alla figura di Faust — la prima risale al 1754 — non ci sono rimasti che frammenti. Ed è tanto piú doloroso se si pensa che il Lessing non nascondeva la sua critica, a volte aspra, contro i drammi dello Sturm und Drang e, quindi, anche del Goethe giovane — particolarmente contro il* Götz von Berlichingen *— e che il suo* Faust *sarebbe stato scritto — come molti altri lavori drammatici di lui — anche per dare un esempio, una norma per il teatro. Perché se il Lessing aveva reagito contro l'assolutismo delle regole del Gottsched, non accettava lo scatenarsi delle libertà sceniche, della fantasia e del « genio » nel dramma dello Sturm und Drang. Questa funzione polemica del suo* Faust *risulta evidente dal suo intendimento di pubblicarlo appena fosse uscito quello del Goethe. Importante è notare che il Lessing voleva salvare il suo Faust. E questa non è che la logica deduzione da tutte le premesse che possiamo considerare esistenti nell'animo, nell'educazione, nella cultura, nella filosofia, nella religione stessa, nella razionale spiritualità ed universalità del Lessing. Desiderio di sapere, di ricerca, anelito verso la verità non potevano essere una colpa, bensí un titolo di onore, un merito.*

*Lo scrive egli stesso (*Eine Duplik, *1778). « Non la verità che l'uomo possiede o crede di possedere, ma la coscienziosa fatica che egli compie per arrivare a questa verità costituisce il valore dell'uomo. Se Dio tenesse nella sua mano destra la verità e nella sinistra unicamente il continuo tendere verso la verità, anche alla condizione ch'io sempre ed in eterno rimanessi nell'errore, e mi dicesse: scegli; io mi butterei, con umiltà, alla sua sinistra e direi: Padre, ecco! La verità è solamente ed unicamente per te! »*

Il Lessing non è un ateo alla Voltaire, il suo illuminismo assume, calato nell'ambiente culturale del tempo in Germania, aspetti particolari. Il suo Faust conserva molta eredità di quell'Umanesimo dal quale era uscito e risente dell'illuminismo nel quale il Lessing lo colloca. Ed il Lessing non può non intuire una vicinanza di questo personaggio quando calcava le scene di teatri tedeschi con i personaggi del teatro popolare e del teatro dello Shakespeare: i suoi modelli in contrasto con i modi della riforma teatrale del Gottsched.

Il Lessing parla di verità! Quella dell'illuminismo però, la terrena, concreta, dimostrata verità, frutto di conoscenza e di sapere, la verità dell'umano intelletto.

Il Faust del Goethe, disgustato di questo sapere, di questa verità, dirà: vita, natura, umanità, universo e non porrà limiti alla sua esperienza.

V

Il Goethe ed il personaggio di Faust. *Il primo contatto del Goethe con il motivo di Faust — la rappresentazione di un* Puppenspiel, *non sappiamo in quale redazione — risale agli anni della sua infanzia, ma lasciò traccia assai viva nell'animo del fanciullo e continuò a vivere in lui come un elemento intorno al quale dovevano, poi, cristallizzarsi e raggrupparsi altri motivi, man mano che, dall'esperienza della vita, si venivano formando in lui stati d'animo, moti del cuore che potessero avvicinarsi a quel personaggio come era stato veduto e come stava diventando nella fantasia del poeta.*

Nel X libro di Dichtung und Wahrheit, *il poeta parla di questo motivo che gli riecheggia nell'animo e di un destino in lui simile, sentendosi anch'egli sazio di tutta quella scienza alla quale si era accostato, ed urtato dalla vanità di quanto aveva dovuto imparare negli anni universitari a Lipsia. Anche se il poeta non ci precisa come venne a contatto con il motivo di Faust, pensiamo che ciò sia avvenuto assai presto, forse già a Francoforte, dove nel 1768 fu rappresentato un* Puppenspiel, *ed a Strasburgo, nel 1770. A quel tempo deve risalire anche la lettura del* Volksbuch *o dell'opera del Pfitzer o di quella del « Christlich Meynender. »*

Certa è la conoscenza del frammento del Lessing, del quale abbiamo parlato. Il Goethe lesse il dramma del Marlowe piú tardi, nel 1818, nella traduzione di Wilhelm Müller, con una prefazione di Achim von Arnim.

I primi inizi di una stesura drammatica risalgono all'autunno 1773, nel 1774 ne legge scene agli amici Boie e Knebel.

Ormai la figura di Faust si era radicata nell'animo del poeta e si preparava a diventare simbolo e documento di molta vita del suo tempo, della sua stessa vita, cosí come dell'anima moderna.

Ciò che nel motivo di Faust deve aver colpito la fantasia del Goethe ed essere rimasto nell'animo di lui, fu certamente il titanismo di questa strana figura. Un'affinità spirituale fra il poeta ed il personaggio che ne tiene desta l'attenzione. Alla ribellione all'angusto mondo razionalistico di Lipsia si univa un prepotente bisogno di affermazione individuale, di vita interiore non solo, ma il desiderio di varcare i confini, le regole entro i quali stavano chiusi i poeti, i pensatori e gli uomini stessi nel loro vivere di tutti i giorni.

Una ricerca dell'infinito che il poeta sentiva intorno a sé ed alla quale gli pareva essere legato da invisibili legami, un infinito che era anche in lui, un desiderio della natura nella quale si manifestava e si concretava il divino, una divina natura verso la quale tendeva l'individuo e che attirava, chiamava a sé, cosí come gli Dei chiamarono a sé Ganymed.[7] *E l'esistenza gli appariva un alternarsi di palpiti umani e divini, un formarsi dell'individuo tutto chiuso in sé, sicuro di sé, pieno del culto di sé, levato, nel suo orgoglio e nella sua forza, contro Dio.*

Questo tumulto interiore cerca i miti nei quali calarsi come in un simbolo: Prometeo, il titano, l'io forte e ribelle; Socrate, con la sua grande anima intenta alle cose supreme e fuori della massa degli indegni intorno; Cesare, l'eroe dell'azione; Götz, il cavaliere in urto con il suo tempo e di questo vittima, ma fermo nel suo amore per la libertà, e Faust. Il Faust del Goethe è, però, un titano tutto particolare; non è Prometeo — il Prometeo del Goethe che basta a se stesso e non chiede nulla a nessuno, nemmeno a Dio —; Faust chiede aiuto alla magia, all'arte di Mefistofele.

Che sentisse questa figura piú vicina delle altre è probabile per un'affinità di moti del cuore e di stati d'animo, come è probabile che le rimanesse fedele per la ricchezza dei motivi e dei simboli che gli suggeriva. La figura di Faust lo riconduceva inoltre ad un'età, a correnti di pensiero, a sfumature di fede che erano state sí, ma che gli riaffioravano intorno, al suo tempo. L'età del Goethe — soprattutto per i giovani — si staccava dalla ragione in filosofia,

7 Vedi GOETHE, *Ganymed*. Questa lirica è del 1774.

nella vita, in arte, e non riteneva piú possibile che la conoscenza delle cose terrene potesse condurre a Dio, ad un Dio al di fuori del mondo: Dio sta intorno, in questo mondo che di Dio è simbolo e ne è la « forma » visibile e sensibile, un Dio che è nella natura e, quindi, nell'uomo stesso.

Questo ritorno era facilitato dalle nuove tendenze filosofiche, particolarmente da quella kantiana, che poneva al centro dell'universo l'uomo, con i suoi problemi, il suo destino e che era, pertanto, oggetto della ricerca filosofica tanto quanto il cosmo stesso. Un guardare dentro l'uomo — un guardare in se stessi — al quale non poteva rimanere insensibile la poesia.

Il Goethe aveva in sé, con la reazione iniziata in lui a Lipsia contro il mondo del razionalismo, il terreno piú fertile ad accogliere questo nuovo fermento di idee. Nel suo soggiorno a Francoforte, nel 1768, durante la lunga malattia — fu assistito, spiritualmente, da Susanne Catharina von Klettenberg, tutta pervasa di pietismo e dal dottor Metz con le sue cure misteriose — e durante la convalescenza, lesse e studiò il Paracelso, i mistici ed i teosofi del XVI, XVII, XVIII secolo, venne a contatto con idee del Bruno, del Böhme, dello Swedenborg, si occupò dello studio delle forze segrete della natura, di alchimia e di magia.

Il poeta creava cosí, non una identità fra sé e Faust, che non fu e non sarà mai completa nel poema, ma una vicinanza di destino per cui se altre figure balenano alla sua fantasia e si fissano in brevi frammenti o dileguano, questa non sarà il simbolo di un momento, ma il compagno, il simbolo di tutta una vita.

Gli anni di Strasburgo con la conoscenza dello Herder, delle idee dello Hamann, la lettura dello Shakespeare, il contatto con il movimento dello Sturm und Drang — attraverso il quale il Goethe passò liberandosene ben presto —, l'amore per Friederike von Sesenheim, come contribuirono fortemente allo sviluppo interiore di lui, cosí arricchirono di aspetti la figura di Faust, legata ormai a lui nella fantasia, nell'anima ed avviata a prendere forma concreta nei primi tentativi della tragedia.

Il Faust dello Sturm und Drang è un personaggio tragico, destinato a soccombere, senza possibilità di salvezza, nel suo urto con la realtà e la vita. Nel poema goethiano — nonostante il sottotitolo: « Una tragedia » — il dramma si risolve in una catarsi, sia pure oltre la vita. E ciò risponde ad una convinzione del Goethe, il quale abborriva dalla violenza, dal « puro tragico, » dalla catastrofe alla Shakespeare, all'Alfieri; l'inconciliabile gli pareva assurdo, necessario gli pareva invece, dopo gli urti, i contrasti, la minaccia della catastrofe, ricostruire questi contrasti in una serena, superiore armonia. Anche per questo non accetterà i modi della Rivoluzione francese, anche se ne accettava, in parte, gli intenti.

Storia esterna della tragedia. *L'autunno del 1775, il Goethe arrivò a Weimar con particolari compiti presso la corte del granduca. Si inizia cosí una linea di vita dalla quale, salvo grandi — il viaggio in Italia — o piccole parentesi non si distaccherà piú, e Weimar, la piccolissima capitale, lo accoglierà sino alla morte. Il Goethe portava con sé, in scene e frammenti, il suo* Faust *che lesse, anche a Weimar, agli amici. Una damigella di corte, Luise von Göckhausen, chiese al Goethe di poter trascrivere il testo del suo poema drammatico. Questa trascrizione, ritrovata da Erich Schmidt nel 1887 e da lui pubblicata con il titolo di* Urfaust, *è quanto ci rimane dell'opera a quel tempo, anche se si può ritenere che questa che possediamo non è proprio la redazione prima in modo assoluto.*

Nei primi anni di Weimar, Faust lo interessa meno ed altre situazioni, altri lavori lo occupano: Tasso, Iphigenie auf Tauris; *ma durante il soggiorno in Italia (1786-1788), lontano da quel mondo piccolo-borghese e dalla corte, il titano si ripresenta alla sua fantasia ed il Goethe, a Roma, rielabora alcune scene e ne scrive alcune nuove. Nel 1790, addivenendo alla pubblicazione delle sue opere, vi incluse il* Faust, *troncandolo però alla scena del duomo, e lo intitolò:* Faust, ein Fragment.[8]

Per sette anni il Goethe non riprese il Fragment *e non pensò a continuarlo o a rimaneggiarlo, quantunque, già nel 1794, lo Schiller — al quale lo avvinceva ormai una feconda amicizia — lo esortasse a continuare il suo lavoro — il « torso d'Ercole » co-*

[8] Riassumo qui, a facilitazione del lettore, le varie edizioni del *Faust*, limitandomi a quelle curate dal GOETHE:

Faust. Ein Fragment, Goethe's Schriften (nel VII volume), Leipzig, bei Georg Joachim Göschem, 1790, 8°, pp. 1-168;

Faust. Eine Tragödie von Goethe, Tübingen in der J. G. Cotta'schen Buchhandlung, 1808, 12°. Dopo il *Prolog im Himmel*, segue a p. 31: *Der Tragödie erster Theil.*

Cosí riportato nelle edizioni delle opere del 1808 e del 1817.

Del 1827 è la pubblicazione di *Helena* (vedi nota 1 a p. 773). Motivo contemporaneo al primo *Faust*. Nel 1800, ne scrisse i primi 265 versi. Riprese, nel 1825, la stesura e la continuò sino al 1827. In questa *Helena*, che sarà poi l'atto III della II parte, si incontrano mondo antico e mondo medioevale. Un mondo antico del quale il Goethe ha ormai una conoscenza piú fonda, piú intima, piú acquisita di quanto non avesse al tempo della *Iphigenie auf Tauris*, un mondo medioevale di fronte al quale il Goethe si sente — dopo la conoscenza dei pittori fiamminghi, il viaggio sul Reno, la riscoperta dell'arte gotica, la lettura del *Nibelungenlied*, i contatti con alcuni romantici — meno lontano e meno estraneo.

Goethe's Werke. Vollständige Ausgabe letzter Hand, Stuttgart und Tübingen in der J. G. Cotta'schen Buchhandlung, 1828, 8° piccolo. Al XII vol. pp. 1-247: *Faust, eine Tragödie*. Segue: *Faust. Zweiter Theil*, pp. 249-318. Sino al verso 6036. Con l'annotazione: continua.

me lo chiamava — ed a finirlo, ammonendolo però ad abbandonare quel susseguirsi di scene a sé, brevi schizzi drammatici nel dramma o monologhi, quasi liriche-confessioni e ad ordinare il tutto secondo un piano ed a sottoporre l'azione ad un'idea che fosse non tanto il « fabula docet, » ma la direttiva della vita e del destino di Faust.

Il Goethe, però, piú artista dello Schiller e non incline come questi alla poesia filosofica o di pensiero, alle idee vestite di immagini e non in esse incarnate e con esse fuse, mirava, inconsciamente, piú lontano.[9] *Non ad un'idea ben precisata, ad una logica costruzione poetica, bensí ad un tutto portato da un'invisibile forza, ad un personaggio che, nella sua aderenza alla realtà ed alla vita, mai perdesse il contatto con le spirituali esigenze dell'esistenza e che nel suo vivere, tendere, aspirare, errare, riprendersi, nelle sue luci e nelle sue ombre, nell'alternarsi in lui del Bene e del Male e nel*

[9] Riporto, in traduzione, le parole del Goethe allo Eckermann, del 6-5-1827. Questi *Gespräche mit Goethe* sono assai importanti e vengono ricordati sovente nel commento. Ne abbiamo una traduzione italiana a cura di G. V. Amoretti, Torino, UTET.

« A chi gli chiese quale 'idea' egli avesse voluto esprimere nel suo *Tasso*, il Goethe reagí con molta vivacità, affermando che quella tragedia è 'carne della sua carne.' Poi continuava: 'I tedeschi sono, del resto, gente assai bizzarra! Con i loro pensieri profondi e le loro 'idee' che essi cercano ovunque e cercano di ficcar dentro ovunque, si rendono la vita piú difficile di quanto essa dovrebbe essere. Eh! abbiate dunque una buona volta il coraggio di abbandonarvi alle impressioni, di lasciarvi ricreare, di lasciarvi commuovere, di lasciarvi elevare e di lasciarvi istruire, ed infiammare ed animare verso qualche cosa di grande. E non pensate solamente sempre che ogni cosa sarebbe vana ed inutile se non è un qualsivoglia astratto pensiero od un'idea.

« Ed eccoli che vengono e domandano quale 'idea' ho cercato di concretare nel mio *Faust*. Come se io stesso lo sapessi e lo potessi esprimere! Dal cielo, attraverso la terra, verso l'inferno, ciò sarebbe, se necessario, una indicazione, non è però un'idea, ma lo sviluppo dell'azione. Ed, inoltre, che il diavolo perda la scommessa e che l'uomo che, anche fra gravi errori, tende verso il Meglio, sia da redimere, anche questo è un buon pensiero, che può spiegare parecchie cose, ma non è un''idea' su la quale si basi e il tutto ed ogni singola scena. Ne sarebbe venuto fuori un bel pasticcio se io avessi voluto infilare sul tenue filo di una unica 'idea' la ricca, variopinta e molteplice vita cosí come essa si presenta nel *Faust*.

« In generale, » continuò Goethe, « non fu mai mia abitudine, come poeta, di tendere a dar forma concreta ad alcunché di 'astratto.' Accoglievo nel mio intimo io delle 'impressioni' e propriamente 'impressioni' diverse, a centinaia, fisiche, piene di vita, dolci, varie, cosí come me le porgeva una vivace fantasia. Ed a me, come poeta, niente altro rimaneva a fare che dar forma d'arte a queste immagini ed a queste impressioni e rappresentarle in modo vivo cosí che altri ne potesse ricevere una impressione simile leggendomi od ascoltandomi... Penso che un'opera di poesia quanto piú è incommensurabile e non comprensibile all'intelletto tanto migliore essa è. »

Tengansi presenti queste parole : leggendo il *Faust* e lo si legga non come filosofia o come opera di pensiero, ma come opera di poesia, anche se la poesia non vi è costantemente raggiunta.

suo inconscio tendere, anche attraverso l'errore, sempre verso l'alto, potesse essere creatura viva e diventare, alla fantasia del lettore, simbolo della sua propria vita e dell'umanità. Lo Schiller aveva intuito, entro i limiti della sua personalità di uomo, di pensatore e di artista, la soluzione, il Goethe la concreta con magistrale sicurezza ed universale ampiezza di volo.

Il 22 luglio del 1797, annuncia allo Schiller che si è rimesso al lavoro e ne traccia, il giorno successivo, il piano generale, a grandi linee, anche per la seconda parte.[10] *Il lavoro procede lentamente, a volte, ed il Goethe sviluppa scene della prima e della seconda parte contemporaneamente, ma la nascosta linea centrale gli è ormai chiara dentro, soprattutto quella delle varie esperienze di Faust sino alla sua vittoria su Mefistofele.*

Per l'edizione completa delle sue opere — 1808 — può consegnare solamente una parte sotto il titolo: Faust, der Tragödie erster Teil.

Con il «Prologo in cielo,» il patto con Mefistofele, la salvezza di Margherita, il poema drammatico è risolutamente avviato ed il poeta ha preso impegno verso se stesso a non abbandonare i suoi personaggi prediletti nella lotta, nella prova alla quale li ha sottoposti. Tuttavia, assistiamo di nuovo ad una lunga pausa, pausa di natura esteriore. Il colloquio del Goethe con Faust — ormai quasi un colloquio con se stesso — era continuo. Nel 1825, per la rispettosa insistenza dello Eckermann, si rimette al lavoro, un lavoro che gli concede poco respiro e gli diventa l'occupazione principale. Nella primavera del 1831, il Faust *è, si può dire, finito. Nell'agosto dello stesso anno lo conchiude, e sigilla il manoscritto quasi a prendere congedo dal suo eroe prediletto, tanto vicino alla sua anima, quasi un altro io, con il quale egli aveva vissuto, conversato, diviso esperienze per sessant'anni. Sino all'ultime pagine — basti pensare alle estreme parole di Faust — il poeta si dice nel poema e si vive nel suo personaggio. Ma, dopo averlo avviato, fedele ai propri convincimenti, verso una nuova vita oltre la vita, gli pare aver conchiuso anche la propria quaggiú, ed il Goethe, che non si era mai concesso riposo nel vivere, lavorare, conoscere, formarsi, divenire, pare prendere congedo da quell'«attivismo» che era nel suo eroe ed in lui stesso il lievito dell'esistenza.*

Sono note le sue parole: «Tutto quanto mi resta di vita da ora in poi, posso considerarlo come un dono; è senza importanza se scriverò ancora qualche cosa o no.» Nel gennaio del 1832,

10 Nel commento, viene indicata l'epoca della composizione delle singole scene o parti. Non rientra nel carattere di questa prefazione, necessariamente breve e schematica, un esame minuto della genesi del *Faust*.

dissigillò il manoscritto per leggerne alcune parti alla nuora, forse per qualche lieve ritocco.

Il 22 marzo 1832, lo colse la morte.

La seconda parte venne pubblicata postuma a cura dello Eckermann e del Riemer, nel 1832.[11] *Come aveva egli stesso desiderato; perché gli piaceva lasciare avvolta nel silenzio questa sua ultima fatica e perché quello che avrebbero detto gli altri — ed ebbe ragione; non possedevano la distanza dovuta — non turbasse la serenità dell'estrema sera della vita.*

Il lettore italiano, abituato per cultura, per gusto e per letture a trovarsi di fronte ad opere d'arte chiuse entro un armonico giro di forme che maggiormente lo appaga — basti pensare alla Divina Commedia *— avrà, dal* Faust, *come l'impressione di una certa disorganicità. Una disorganicità apparente, però.*

Dante ha rappresentato, anzi idealizzato, nel suo poema, l'unità religiosa e politica del Medio Evo, il Goethe ha seguito il suo personaggio — e se stesso — attraverso esperienze susseguitesi in lui in quasi sessant'anni, sullo sfondo di una cultura e di un ambiente in evoluzione.

Forse il Goethe preferiva rimanere entro questo variare di simboli, evitando la misura, la coerenza, l'unità e sviandosi — senza smarrirsi — verso qualche cosa di piú indeterminato, di « incommensurabile, » di vago, giungendo sino al « musicale. » Il che costituisce la nota piú romantica di tutto il poema.

Tuttavia un filone corre lungo tutta la trama del poema: il patto-scommessa fra Mefistofele e Faust e le vicende di questi due personaggi cosí diversi, anzi opposti. Il primo fedele a se stesso nelle sue qualità che non conoscono sviluppo, il secondo con le sue varie esperienze che allargano i confini della sua esistenza e sono tenute insieme, collegate dallo « Streben » che è in lui sempre rinnovantesi.

Chi potrà — sia pure con l'aiuto della traduzione — accostarsi al testo e si abbandonerà alla ricchezza dei metri che il poeta adopera, sentirà, proprio in questa varietà cosí abbondante, una segreta unità, costituita dalla identità fra il metro, il tono, il ritmo, il modo di rimare, gli accenti delle parole e lo stato d'animo, i moti del cuore, la situazione del personaggio, della scena in quel momento. E questa identità gli sembrerà ancor piú spontanea e perfetta quando, leggendo, seguendo il nesso dell'azione, il dirsi ed il vivere dei personaggi, noterà appena e solamente per suo estetico godimento, il mutare delle forme espressive.

[11] *Goethe's Nachgelassene Werke, Erster Band,* Stuttgart und Tübingen in der J. G. Cotta'schen Buchhandlung, 1832. *Der Tragödie zweiter Theil in fünf Acten.*

Ma chi si limiterà a prendere conoscenza, attraverso la traduzione, del contenuto umano e di pensiero della creazione del poeta, dovrà rinunciare, suo malgrado, al godimento estetico della forma d'arte e di poesia in cui essa si è calata.

Faust è un titano, un superuomo, ma il suo viversi si compie entro i limiti di ciò che è umano anche se sente imperioso il desiderio di uscire da questi limiti verso la natura, l'infinito, il divino. Egli lotta, aspira entro un universo dove — come entro di lui, simbolo di questo universo — si contrastano due forze diverse: quella del Bene e quella del Male. Quella del Bene che opera inconscia in lui, è emanazione del Divino, dell'amore, quella del Male gli è vicina e presente, attiva in Mefistofele. Ed alla magia, alle arti di Mefistofele si abbandona Faust, nel suo desiderio di vivere e di viversi.

E se anche ogni esperienza si conchiude nella vanità del tentativo di superare in modo assoluto i limiti di ciò che è umano e gli lascia, a volte, un senso di confusione e di colpa, essa segna, pur sempre, un allargarsi, un approfondirsi ed un salire della sua umanità ed è sempre un saper sfuggire — inconscio sfuggire — alla trappola della sensualità bruta, dell'appagamento materiale che Mefistofele gli tende, per andare verso l'amore, verso la gioia del fare, verso un'attività, fonte di bene e di felicità altrui.

E salva cosí il divino e l'eterno della sua umanità.

Qui è la nota ottimistica del poema.

Alla quale fa riscontro un senso del tragico, che è retaggio del titanismo del Goethe e di Faust e che è nell'anima moderna cui sono precluse le altezze serenanti del cielo dantesco, dove l'anima, deposti i tormenti ed i dubbi, svelati tutti i misteri, è una con il piú alto Mistero ed in esso si appaga e si inciela.

A Faust non è concesso il volo oltre la terra ed il suo morire è un morire per continuare la vita, per divenire ancora, quasi dovesse realizzare, in un'altra vita, quel « faustismo, » quel titanismo che non riescono ad attuarsi del tutto nel poema. È, in ciò, un riflesso della vita del Goethe, uomo universale come pochi al suo tempo e chiuso nella piccola Weimar, in una Germania ed in una società nelle quali sonnecchiavano energie spirituali aliene dall'esplicarsi e dall'avviarsi verso un'azione concreta. Quando, « nicht mehr Getrübte » (ora purificato, sgombro, cioè, da ogni peso terreno, pura luce, entelechia; vedi p. 665) giungerà nella piú alta sfera del monte dove sono gli anacoreti, i padri della chiesa, il doctor Marianus, la Mater gloriosa, Margherita, alla quale è stato concesso adeguato perdono, non sarà chiuso, per lui, il cerchio della vita, non gli verrà assegnato un seggio dal quale bearsi in eterno, in eterno placato, della vista di Dio, ma sarà ancora abbandonato al suo interno tendere, al suo aspirare e, per sola forza di essi, potrà salire ancora, e seguire l'amata verso le regioni piú alte.

Il suo « tendere » non sfocia in Dio, ma in un altro « tendere, » di tono superiore. L'Assoluto gli è e gli resta inafferrabile. Cosí gli resta inafferrabile quel Dio verso il quale egli credeva salire come verso una conoscenza, e questa sua salita verso Dio non gli si fa certezza, si trasforma invece in un anelito di salita, di ascendere. E non si appaga, non si placa, né il suo destino oltre la vita gli concederà di appagarsi e di placarsi. Il Dio del « Prologo in cielo » (vedi p. 15) è ancora dogma, potenza, nell'ultima scena (« Gole montane, » p. 653) è assente; in questa regione che accoglie, dopo la morte di Faust, il non mortale di lui ed è popolata di simboli cristiani, la potenza di Dio non si manifesta e vi dominano invece virtú di perdono ed amore. Quasi una nota di umanità trasfigurata e che si realizza intera in questo cielo, non oltre la terra, ma al limitare della terra. Un cielo che ha ancora qualche tono terreno cosí come la beatitudine di Faust è ancora, faustianamente, subordinata alla sua capacità di elevarsi verso l'alto, cosí come le parole di Margherita — le ultime, nel poema, che escano dalle labbra di chi vi fu viva e grande parte — recano una lieve sfumatura di umani sensi, ed il ricordo ormai dolce e sereno dell'amore, delle illusioni, delle gioie e dei tormenti di un tempo lontano, lungo i sentieri della vita quaggiú.

GIOVANNI VITTORIO AMORETTI

Nota bibliografica

Edizioni principali: Weimarer o Sophien Ausgabe (Historisch-Kritische Gesamtausgabe im Auftrag der Grossherzogin Sophie von Sachsen-Weimar), 143 voll., Weimar, 1887-1920; Jubiläumsausgabe (G. von der Hellen), 41 voll., 1902-12; Grossherzog-Wilhelm-Ernst-Ausgabe (H. Gräf, Insel-Verlag), 17 voll., 1905-25; Propyläenausgabe (C. Schüddekopf), 45 voll., 1909-32; Festausgabe des Bibliographischen Instituts (R. Petsch), 18 voll., 1926-28; Volksausgabe des Insel-Verlags (E. Schmidt), 6 voll., 1909, nuova ed. 1950-53; Gedenkausgabe (E. Beutler), 24 voll., 1948-50; Hamburger Ausgabe (E. Trunz), 14 voll., 1949 e sgg.; Sachregister (Trunz), 1966; West-Oestlicher Divan (H. A. Maier), 2 voll., (Testo-ommento), 1966; a cura di E. Beutler, 1956; Berliner Ausgabe (G. Erler), 1964.

Lettere: Ediz. completa nella « Weimarer Ausgabe »; una scelta nella « Gedenkausgabe » (vedi sopra). Inoltre: Goethe-Briefe (Ph. Stein), 8 voll., 1902-05; (J. Bab), 3 voll., 1930-31, nuova ed., 2 voll., 1949; Briefe an Frau von Stein (A. Schöll), 2 voll., 1883; Briefe (K. R. Mandelkow-B. Morawe), 4 voll., 1962-1967; Briefe an Goethe (K. R. Mandelkow), 2 voll., 1965-69.

Carteggi: Briefwechsel Goethe-Schiller (Gräf-Leizmann), 3 voll., 1912, 4ª ed., 1954; (K. Schmid, vol. XX della « Gedenkausgabe »), 1950; Briefwechsel Goethe-Zelter (L. Geiger), 3 voll., 1904; (G. Fricke, scelta), 1949.

Colloqui: Goethes Gespräche (W. von Biedermann), 10 voll., 1889-96, 2ª ed., 5 voll., 1909-11, scelta in un vol., 1929; (W. Pfeiffer Belli, voll. XXII-XXIII della « Gedenkausgabe »), 2 voll., 1949-50; J. P. ECKERMANN, *Gespräche mit Goethe* (H. H. Houben), 1949. (Vedine traduzione, introduzione e note a cura di G. AMORETTI, voll. 209-210, Grandi scrittori stranieri, UTET, Torino.) Nel commento ci si richiama sempre a questa edizione.

Bibliografia

I. Raccolte di bibliografia goethiana: R. BUCHWALD-R. SIERKS, *Goethe: Bücher von ihm und über ihn*, 1951; H. KINDERMANN, *Das Goethebild des XX. Jahrhunderts*, 1952 (giudizi critici); A. GROSSER, *Esquisse d'une bibliographie de Goethe en France de 1912 à 1948*, in « Études Germaniques, » 1949; A. J. DICKSON, *Goethe in England, 1909-49, a Bibliography*, in « Publications of the English Goethe-Society » 1950; L. A. WILLOUGHBY, *Die Goethe-Forschung in England seit 1949*, in « Euphorion, » 1957, fasc. I; E. GRUMACH, *Beiträge zur Goethe-Forschung*, 1959; H. PYRITZ, *Goethe-Bibliographie*, vol. I (fino al 1954), 1965; vol. II (1955-1964), 1968; H. HENNING, *Faust-Bibliographie*, T. 1-2/I., 1968; GIANNETTO AVANZI - GIORGIO SICHEL, *Bibliografia italiana su Goethe*, 1972.

II. Opere di carattere generale: G. CARUS, *Goethe*, 1843, nuova ed. 1948; A. BIELSCHOWSKY, *Goethe*, 2 voll., 1885-1904, nuova ed. (W. LINDEN) 1928; G. WITKOWSKI, *Goethe*, 1899, 3ª ed. 1923; G. SIMMEL, *Goethe*, 1912, 5ª ed. 1923; F. GUNDOLF, *Goethe*, 1916, 12ª ed. 1925; H. A. KORFF, *Geist der Goethezeit*, 4 voll., 1923-53; E. KÜHNEMANN, *Goethe*, 2 voll., 1930; PH. WITKOP, *Goethe*, 1931; TH. MANN, *Leiden und Grösse der Meister*, 1935, pp. 7-86; (anche in *Adel des Geistes*, 1948); H. LICHTENBERGER, *Goethe*, 2 voll., 1937-39; H. BÖNM, *Goethe*, 1938, 4ª ed. 1940; F. STRICH, *Goethe und die Weltliteratur*, 1945; G. MÜLLER, *Kleine Goethe-Biographie*, 1947, 2ª ed., 1948; G. LUKÀCS, *Goethe und seine Zeit*, 1947; E. REDSLOB, *Goethes Leben*, 2ª ed., 1948; M. BRION, *Goethe: Génie et destinée*, Paris, 1949; K. VIËTOR, *Goethe: Dichtung, Wissenschaft, Weltbild*, 1949; W. TORNIUS, *Goethe: Leben, Wirken und Schaffen*, 1949; E. JALOUX, *Goethe*, Paris, 1949; CH. DU BOS, *Goethe*, Paris, 1949; W. SPOHR, *Goethe, sein Leben und Wirken*, 1949; J. F. ANGELLOZ, *Goethe*, 2ª ed., Paris, 1949; R. BUCHWALD, *Goethe und das deutsche Schicksal*, 1948; F. MUCKERMANN, *Goethe*, Luzern, 1949; H. MAYER, *Goethe, das Leben im Werk*, 1951; E. STAIGER, *Goethe*, 1952, II volume, 1956; H. ZWICKER, *Goethe. Wesen und Glaube*, 1959; K. VIËTOR, *Goethes Anschauung vom Menschen*, 1960; J. GAUSS, *Goethe-Studien*, 1961; F. HIEBEL, *Goethe. Die Erhöhung des Menschen*, 1961; W. KAYSER, *Kunst und Spiel. Fünf Goethe-Studien*, 1961; F. BEUTLER, *Essays um Goethe*, 1962; W. LEPPMANN, *Goethe und die Deutschen. Vom Nachruhm eines Dichters*, 1962; H. PYRITZ, *Goethe-Studien*, 1962; R. FRIEDENTHAL, *Goethe. Sein Leben und seine Zeit*, 1963; H. GRIMM, *Goethe* (tr. it. di A. Alessio), 1963; W. SCHADEWALDT, *Goethestudien. Natur und Altertum*, 1963; E. WILKINSON-L. A. WILLOUGHBY, *Goethe Poet and Thinker*, London, 1962; F. KOCH, *Goethes Gedankenform*, Berlin, 1967; GOETHES WÖRTERBUCH (hrsg. Dt. Ak. d. Wissenschaften), dal 1966; H. NICOLAI, *Goethe und Jacobi. Studien zur Geschichte ihrer Freundschaft*, 1965; S. SCHEIBE (ed altri), *Goethe-Studien*, 1965; P. STEHLIN, *Zum Goethe-Bild des literarischen Expressionismus*, 1967; A. FUCHS, *Goethe-Studien*, 1968; H. MEYER, *Goethe*, 1969.

III. Opere sui singoli argomenti: K. WIËTOR, *Der junge Goethe*, 1930, nuova ed. 1950; A. VON ALBRECHT-HÖNIGSCHMIED, *Goethes West-östlicher Divan*, 1930; H. BAUMGART, *Goethes lyrische Dichtung*, 2 voll., 1931-39; R.

BENZ, *Goethe und die romantische Kunst*, 1940; R. PETSCH, *Einführung in Goethes Faust*, 1941; R. BUCHWALD, *Führer durch Goethes Faustdichtung*, 1942, 2ª ed. 1955; C. ENDERS, *Faust-Studien*, 1948; W. FLINTER, *Goethe im Spätwerk*, 1947; H. PYRITZ, *Goethe und Marianne von Willemer*, 1948; E. GRUMACH, *Goethe und die Antike*, 2 voll., 1949; H. TREVELYAN, *Goethe und die Griechen* (tr. tedesca W. Löw), 1949; W. MOMMSEN, *Die politischen Anschauungen Goethes*, 1949; S. FISCH, *Goethe und die Musik*, 1949; F. GRÜTZMACHER, *Die Religionen in der Anschauung Goethes*, 1950; M. SUSMANN, *Goethe und Charlotte von Stein*, 1951; H. M. WOLFF, *Goethes Weg zur Humanität*, 1951; A. FRANÇOIS-PONCET, *Goethes Wahlverwandtschaften*, 1951; H. M. WOLFF, *Goethe in der Periode der Wahlverwandtschaften*, 1952; R. HERING, *Wilhelm Meister und Faust*, 1952; A. R. HOHLFELD, *Fifty years with Goethe, Collected Studies, Madison*, 1953; K. SCHLECHTA, *Goethes Wilhelm Meister*, 1953; J. VON RINTELEN, *Der Rang des Geistes, Goethes Weltwerständnis*, 1955; W. BENJAMIN, *Goethes Wahlverwandtschaften*, in: W. BENJAMIN, *Schriften*, 1955, pp. 55-140; H. VON EINEN, *Beiträge zu Goethes Kunstauffassung*, 1956; M. JOLLES, *Goethes Kunstanschauung*, 1957; W. PEHNT, *Zeiterlebniz in Goethes Lyrik*, 1957; W. HIRSCH, *Die Leiden des jungen Werther, ein bürgerliches Schlicksal im absoluten Staat*, in « Etudes Germaniques, » 1958, pp. 229-250; H. A. KORFF, *Goethe in Bildwandel seiner Lyrik*, 2 voll., 1958; H. J. GEERDTS, *G.'s Roman, Die Wahlverwandtschaften. Eine Analyse seiner künstlerischen Struktur, seiner historischen Bezogenheiten und seines Ideengehaltes*, 1958; I. STEINER, *Sprache und Stilwandel in Goethes W. Meister*, 1959; G. DIENER, *Fausts Weg zu Helena*, 1961; C. KAHN-WALLERSTEIN, *Marianne v. Willemer. Goethes Suleika und ihre Welt*, 1961; K. MAY, *Faust II. Teil in der Sprachform gedeudet*, 1962; P. AMMANN, *Schicksal und Liebe in Goethes « Wahlverwandtschaften, »* 1962; M. HENKEL, *Wandress Sturmlied. Versuch, das dunkle Gedicht des jungen Goethe zu verstehen*, 1962; H. REISS, *Goethes, Romane*, 1963; G. RÖDER, *Glück und glückliches Ende im deutschen Bildungsroman. Eine Studie zu Goethes Wilhelm Meisters*, 1968.

IV. In Italia: G. GABETTI, *« Le affinità elettive » del Goethe*, 1914; B. CROCE, *Goethe*, 1919, 3ª ed. 1939; V. ERRANTE, *Il mito di Faust*, 3 voll., 1924-52; A. BELLI, *Pensiero e opera letteraria di Goethe*, 1926; F. STERNBERG, *Goethe*, 1932; L. GRASSI, *Commento alla vita di Faust*, 1932; G. V. AMORETTI, *Goethe*, 1932, 2ª ed. 1940 e riprodotto in *Saggi critici*, 1962; G. ZAMBONI, *Goethe*, 1932, 2ª ed. 1945; A. FARINELLI, *Goethe*, 1934; G. NECCO, *Realismo e Idealismo*, 1937, pp. 13-80; W. JABLONSKI, *Goethe e le scienze naturali*, 1938; F. GUNDOLF, *Goethe* (tr. it. M. Attardo Magrini), 3 voll., 1945-47; W. DILTHEY, *Esperienza vissuta e poesia* (tr. it. N. Accolti), 1947, pp. 175-268; L. MAZZUCCHETTI, *La vita di Goethe seguita nell'epistolario*, 1949; B. TECCHI, *Sette liriche di Goethe*, 1949; R. PAOLI, *Goethe e Stilling*, 1950; A. BIANCOTTI, *Goethe*, 1951; D. BURICH-VALENTI, *La « Pandora » di Goethe*, 1951; R. BOTTACCHIARI, *Goethe e l'Italia*, in: R. BOTTACCHIARI, *Kleist e altri saggi*, 1951, pp. 213-236; N. DI FEBE, *La ballata tedesca da Gleim a Schiller*, 1952; V. SANTOLI, *Goethe e il suo « Faust, »* 1952; L. MITTNER, *Saggi goethiani*, in « La letteratura tedesca del Novecento, » 1960; G. V. AMORETTI, *Saggi Critici*, 1968; C. GRÜNANGER, *Scritti minori*, 1962; V. SANTOLI, *Fra Germania e Italia*, 1962; L. MITTNER, *L'amicizia e l'amore nella letteratura del '700* (Annali Ca' Foscari), 1963; L, ZAGARI, *Gusto psicologico e stile simbolistico nelle « affinità elettive, »* in « Annali Istituto Orientale, » Napoli, 1963; L. TRAVERSO, *Sul « Torquato Tasso » del Goethe ed altre note di letteratura tedesca*, 1964; l'*« Introduzione »* di CESARE CASES alla traduzione del Faust a cura di Barbara Alloson, 1965; M. CENTO, *Il borghese di Francoforte*, in « Filosofia e Letteratura, » 1967-68; l'Introduzione e le note di G. BAIONI a W. GOETHE, *Inni*, 1967; N. SÀITO, *La vocazione teatrale di G. Meister*, in « Due saggi, » 1968; N. SÀITO, *Un autoritratto ideale: l'Egmont*, in « Due saggi, » 1968; M. PENSA,

Charlotte von Stein, in « Miscellanea Tecchi, » vol. I. pp. 241-324, 1969; G. Baioni, *Classicismo e rivoluzione. Goethe e la rivoluzione francese*, 1969; P. Citati, *Goethe, Saggistica Letteraria*, 1970; S. Persichino, *Dall'Urfaust al Faust*, con bibliografia, 1973. Vedansi inoltre le importanti pagine dedicate al Goethe da L. Mittner nella sua *Storia della letteratura tedesca. Dal pietismo al romanticismo (1700-1820)*, 1964 e il saggio sulle *Affinità elettive* di P. Citati, in *Il velo nero*, 1979.

Vedi: *Annuario Goethiano*, pubblicato dalla « Goethe-Gesellschaft » a Weimar: *Goethe-Jahrbuch* (L. Geiger) dal 1880 al 1913; *Jahrbuch der Goethe-Gesellchaft* (M. Hecker) dal 1914 al 1936; *Goethe, Vierteljahrschrift* (H. Wahl) dal 1936 al 1944; *Goethe, Neue Folge des Jahrbuchs* (A. B. Wachsmuth) dal 1947 in poi; R. Dobel, *Lexikon der Goethe-Zitate*, 1968.

Vedansi, inoltre, i seguenti volumi della Collana Grandi scrittori stranieri, UTET: J. P. Eckermann, *Colloqui con il Goethe*, n. 209-216; J. W. Goethe, *Le affinità elettive - I dolori del giovane Werther*, n. 40; J. W. Goethe, *Dalla mia vita. Poesia e verità*, n. 213-214; J. W. Goethe, *Teatro (Egmont, Ifigenia, Tasso)*, n. 281; J. W. Goethe, *Viaggio in Italia*, n. 273.

Vedansi inoltre la bibliografia alla voce Goethe del *Dizionario critico della letteratura tedesca*, 1976; il *Repertorio della letteratura tedesca in Italia*, 1966 e G. Avanzi-G. Sichel, *Bibliografia italiana su Goethe*, 1972.

Tavola cronologica

1749	Francoforte s. M. 28 agosto	Nascita del Goethe (Johann Wolfgang).
1765-68	Lipsia. Studente	*Die Laune des Verliebten. Die Mitschuldigen.* Amore per Kätchen Schönkopf.
1768-70	Francoforte.	*Neue Lieder.*
1770-71	Strasburgo.	Herder. Amore per Friederike Brion.
1771-72	Francoforte. - Wetzlar.	Amore per Charlotte Buff.
1772-75	Francoforte.	*Werthers Leiden. Clavigo.*
	Viaggio sul Reno.	*Prometheus. Mahomed. Ganymed.*
	Primo viaggio in Isvizzera.	*Claudine. Stella.*
1775-86	Weimar.	Amore per Frau von Stein.
	Berlino.	Inizio degli studi di carattere scientifico.
	Secondo viaggio in Isvizzera.	*Wilhelm Meisters theatralische Sendung. An den Mond. Der Fischer.*
	Viaggio nello Harz.	*Ilmenau. Mignon.*
1786-88	Italia.	*Iphigenie. Nausikaa. Egmont.*
1788	Ritorno a Weimar. 18 giugno.	Amore per Christiane Vulpius. *Römische Elegien.*
1789	Weimar.	*Tasso.* Nascita del figlio August.
1790	Venezia. Slesia.	*Metamorphose der Pflanzen. Faust ein Fragment. Venetianische Epigramme.*
1791	Weimar.	Assume la direzione del teatro di corte. La terrà sino al 1817.
1792-93	Campagna di Francia. Magonza.	*Gross-Cophta. Der Bürgergeneral. Unterhaltungen deutscher Ausgewanderten.*
1794	Weimar.	Amicizia con lo Schiller. *Horen.*
1795	Weimar.	*Wilhelm Meisters Lehrjahre. Xenien.*
1796	Weimar.	*Hermann und Dorothea.*
1797	Weimar. Terzo viaggio in Isvizzera.	
1798	Weimar.	*Farbenlehre.*
1800	Weimar.	*Helena.*
1802	Weimar.	*Natürliche Tochter.*
1803	Weimar.	Morte dello Herder.
1806	Weimar.	Sposa Christiane.
1807	Weimar.	*Pandora. Wahlverwandtschaften.*
1808	Weimar. Erfurt.	*Farbenlehre.* Incontro con Napoleone.
1812	Karlsbad.	Incontro con Beethoven.
1813	Weimar.	*Dichtung und Wahrheit.*
1813-15	Weimar. Viaggio sul Reno, sul Meno e sul Neckar.	*West-östlicher Divan. Epimenides.* Marianne von Willemer.

1816	Weimar.	Morte di Christiane Vulpius.
1817	Weimar.	*Italienische Reise.*
1822	Weimar.	*Kampagne in Frankreich.*
1823-24	Weimar. Marienbad.	Ulrike von Levetzow. *Trilogie der Leidenschaft.*
1826	Weimar.	Ultima edizione delle opere curata dal poeta.
1827	Weimar.	Morte di Frau von Stein.
1828	Weimar.	Morte del duca Carl August. *Wilhelm Meisters Wanderjahre.*
1830	Weimar.	Ultima parte di *Dichtung und Wahrheit.* Muore a Roma il figlio August.
1831	Weimar.	Finisce il *Faust.*
1832	Weimar.	Morte del Goethe, 22 marzo.

Per una rapida e maggiore prima informazione sul Goethe, vedansi le voci su di lui in *Grande Dizionario Enciclopedico UTET*; *Enciclopedia Treccani*; G. V. AMORETTI, *Storia della letteratura tedesca*, 1971, 10ª ed., pp. 200-252, 718-720 e *Dizionario critico della letteratura tedesca*, UTET, Torino, 1976, vol. I.

Faust

Zueignung

Ihr naht euch wieder, schwankende Gestalten,
Die früh sich einst dem trüben Blick gezeigt.
Versuch ich wohl, euch diesmal festzuhalten?
Fühl ich mein Herz noch jenem Wahn geneigt?
Ihr drängt euch zu! nun gut, so mögt ihr walten,
Wie ihr aus Dunst und Nebel um mich steigt.
Mein Busen fühlt sich jugendlich erschüttert
Vom Zauberhauch, der euren Zug umwittert.

Ihr bringt mit euch die Bilder froher Tage,
Und manche liebe Schatten steigen auf;
Gleich einer alten, halbverklungnen Sage
Kommt erste Lieb und Freundschaft mit herauf;
Der Schmerz wird neu, es wiederholt die Klage
Des Lebens labyrinthisch irren Lauf
Und nennt die Guten, die, um schöne Stunden
Vom Glück getäuscht, vor mir hinweggeschwunden.

Sie hören nicht die folgenden Gesänge,
Die Seelen, denen ich die ersten sang;
Zerstoben ist das freundliche Gedränge,
Verklungen, ach! der erste Widerklang.
Mein Leid ertönt der unbekannten Menge,
Ihr Beifall selbst macht meinem Herzen bang,
Und was sich sonst an meinem Lied erfreuet,
Wenn es noch lebt, irrt in der Welt zerstreuet.

Und mich ergreift ein längst entwöhntes Sehnen
Nach jenem stillen, ernsten Geisterreich,
Es schwebet nun in unbestimmten Tönen
Mein lispelnd Lied, der Äolsharfe gleich,
Ein Schauer faßt mich, Träne folgt den Tränen,
Das strenge Herz, es fühlt sich mild und weich;
Was ich besitze, seh ich wie im Weiten,
Und was verschwand, wird mir zu Wirklichkeiten.

Dedica[1]

Ondeggianti figure, che, un giorno, appariste al mio sguardo turbato, vi avvicinate nuovamente. Tenterò, forse, questa volta, di trattenervi? Sentirò il mio cuore ancora incline ai sogni di allora? Ma voi mi fate ressa intorno. Sta bene. Sia dunque in vostro potere il modo in cui salite verso di me, su dalle nebbie, dai vapori. Il mio petto si sente giovanilmente commosso dal soffio incantatore che circonda, simile ad un nembo, il vostro corteo.

Vi seguono immagini di giorni sereni e piú di una cara ombra sale su con voi. Simili ad una vecchia e svanita saga, risorgono in me e il primo amore e l'amicizia. Il dolore si rinnovella, il rimpianto ripercorre l'errabondo e labirintico corso della vita ed enumera i nomi dei buoni che il destino defraudò delle ore felici e sono scomparsi prima di me.

Le anime per le quali cantai i primi canti, non udiranno i nuovi che seguiranno; lo stuolo degli amici è disperso, spenta ne è, ahimè, la prima eco. Il mio dolore si espande verso una folla ignota; persino il suo applauso opprime il mio cuore, e quelli che, un tempo, si rallegravano del mio canto, se ancora vivono, errano dispersi per il mondo.

Ed una nostalgia, un desiderio, non piú provati da molto tempo, mi traggono verso quel muto ed austero mondo di spiriti. Ecco, il mio bisbigliante canto vibra in accordi indistinti, simili ad un'arpa eolica. Un brivido mi afferra; le lacrime si sciolgono ed il duro cuore si sente dolcemente intenerire; vedo come lontano quanto posseggo e ciò che era scomparso riprende, per me, concreta realtà.

Vorspiel auf dem Theater

Direktor, Theaterdichter, Lustige Person

DIREKTOR. Ihr beiden, die ihr mir so oft
In Not und Trübsal beigestanden,
Sagt, was ihr wohl in deutschen Landen
Von unsrer Unternehmung hofft!
Ich wünschte sehr, der Menge zu behagen,
Besonders weil sie lebt und leben läßt.
Die Pfosten sind, die Bretter aufgeschlagen,
Und jedermann erwartet sich ein Fest.
Sie sitzen schon mit hohen Augenbraunen
Gelassen da und möchten gern erstaunen.
Ich weiß, wie man den Geist des Volks versöhnt;
Doch so verlegen bin ich nie gewesen:
Zwar sind sie an das Beste nicht gewöhnt,
Allein sie haben schrecklich viel gelesen.
Wie machen wirs, daß alles frisch und neu
Und mit Bedeutung auch gefällig sei?
Denn freilich mag ich gern die Menge sehen,
Wenn sich der Strom nach unsrer Bude drängt
Und mit gewaltig-wiederholten Wehen
Sich durch die enge Gnadenpforte zwängt,
Bei hellem Tage, schon vor Vieren,
Mit Stößen sich bis an die Kasse ficht
Und, wie in Hungersnot um Brot an Bäckertüren,
Um ein Billett sich fast die Hälse bricht.
Dies Wunder wirkt auf so verschiedne Leute
Der Dichter nur: mein Freund, o tu es heute!
DICHTER. O sprich mir nicht von jener bunten Menge,
Bei deren Anblick uns der Geist entflieht!
Verhülle mir das wogende Gedränge,
Das wider Willen uns zum Strudel zieht!
Nein, führe mich zur stillen Himmelsenge,
Wo nur dem Dichter reine Freude blüht,
Wo Lieb und Freundschaft unsres Herzens Segen
Mit Götterhand erschaffen und erpflegen!

Prologo sul Teatro[1]

Il Direttore, il Poeta del Teatro, il Faceto

IL DIRETTORE. Voi due che cosí sovente mi foste al fianco nel bisogno e nei guai, ditemi, che cosa sperate, della nostra impresa, in suolo tedesco? Desidererei assai andar incontro al gusto della folla soprattutto perché vive e fa vivere. Alzati sono pali e palcoscenico ed ognuno si aspetta una festa. Siedono già tranquilli, inarcano le ciglia e si attendono meraviglie. So come ci si concilia l'animo del pubblico, eppure non sono mai stato cosí impacciato. Certo è che non sono abituati alle cose migliori, però hanno letto moltissimo. Come otterremo che tutto sia fresco, nuovo e piacevole e pieno anche di significato? Perché, naturalmente, mi piace veder la fiumana della folla far ressa alla nostra baracca e pigiarsi, con violente e rinnovantisi sofferenze, attraverso la « Porta stretta, »[2] di pieno giorno, ancor prima delle quattro, farsi largo a gomitate, sino alla cassa e, come nei giorni di carestia, davanti ai fornai, per un pezzo di pane, rompersi quasi il collo per un biglietto. Solo il poeta può compiere, su gente cosí diversa, un tale miracolo. Amico mio, compilo oggi!

IL POETA. Non mi parlare di quella turba variopinta alla vista della quale l'animo ci vien meno. Nascondimi quella massa ondeggiante che ci trascina, riluttanti, nel gorgo. No; conducimi in una tranquilla plaga di cielo dove, solamente per il poeta, fiorisce pura gioia, dove amore ed amicizia creano e coltivano, per dono divino, benedizione al nostro cuore.

Ach! was in tiefer Brust uns da entsprungen,
Was sich die Lippe schüchtern vorgelallt,
Mißraten jetzt und jetzt vielleicht gelungen,
Verschlingt des wilden Augenblicks Gewalt.
Oft, wenn es erst durch Jahre durchgedrungen,
Erscheint es in vollendeter Gestalt.
Was glänzt, ist für den Augenblick geboren;
Das Echte bleibt der Nachwelt unverloren.

LUSTIGE PERSON. Wenn ich nur nichts von Nachwelt hören sollte!
Gesetzt, daß ich von Nachwelt reden wollte,
Wer machte denn der Mitwelt Spaß?
Den will sie doch und soll ihn haben!
Die Gegenwart von einem braven Knaben
Ist, dächt ich, immer auch schon was.
Wer sich behaglich mitzuteilen weiß,
Den wird des Volkes Laune nicht erbittern;
Er wünscht sich einen großen Kreis,
Um ihn gewisser zu erschüttern.
Drum seid nur brav und zeigt Euch musterhaft,
Laßt Phantasie mit allen ihren Chören,
Vernunft, Verstand, Empfindung, Leidenschaft,
Doch, merkt Euch wohl! nicht ohne Narrheit hören!

DIREKTOR. Besonders aber laßt genug geschehn!
Man kommt zu schaun, man will am liebsten sehn.
Wird vieles vor den Augen abgesponnen,
So daß die Menge staunend gaffen kann,
Da habt Ihr in der Breite gleich gewonnen,
Ihr seid ein vielgeliebter Mann.
Die Masse könnt ihr nur durch Masse zwingen,
Ein jeder sucht sich endlich selbst was aus.
Wer vieles bringt, wird manchem etwas bringen,
Und jeder geht zufrieden aus dem Haus.
Gebt Ihr ein Stück, so gebt es gleich in Stücken!
Solch ein Ragout, es muß Euch glücken.
Leicht ist es vorgelegt, so leicht als ausgedacht.
Was hilfts, wenn Ihr ein Ganzes dargebracht?
Das Publikum wird es Euch doch zerpflücken.

DICHTER. Ihr fühlet nicht, wie schlecht ein solches Handwerk sei,
Wie wenig das dem echten Künstler zieme!
Der saubern Herren Pfuscherei
Ist, merk ich, schon bei Euch Maxime.

DIREKTOR. Ein solcher Vorwurf läßt mich ungekränkt:
Ein Mann, der recht zu wirken denkt,
Muß auf das beste Werkzeug halten.
Bedenkt, Ihr habet weiches Holz zu spalten

Ah! ciò che, allora, ci sgorgò dal profondo del cuore ed il labbro balbettò, timidamente, a se stesso, a volte riuscito ed a volte non riuscito, lo inghiotte la selvaggia violenza del momento. Sovente, dopo esser stato plasmato in noi per anni, appare nella sua forma perfetta. Ciò che luccica è nato per l'attimo, e il genuino non va perduto per i posteri.

IL FACETO. Se almeno non dovessi sentir parlare della posterità. Posto ch'io mi occupassi del mondo di poi, chi procurerebbe divertimenti a quelli del nostro tempo? Essi vogliono divertirsi e debbono poterlo fare. La presenza di un giovanotto in gamba è, mi pare, pur sempre qualche cosa. Chi sa recitare con una certa grazia non si lascerà amareggiare dall'umore della folla. Desidererà, invece, intorno a sé, un gran cerchio di persone per poterle commuovere con maggior sicurezza. Siate dunque simpatico e mostratevi capace e lasciate libera la fantasia con tutto il suo coro: ragione, intelletto, sentimento, passione, ma state attenti!, non escludete la pazzia!

IL DIRETTORE. Soprattutto fate che abbondi l'azione! Si viene per assistere a qualche cosa e quel che piú piace è vedere. Se molti avvenimenti si svolgeranno davanti agli occhi cosí che la folla, presa da ammirazione, resti a bocca aperta, avrete subito un piú ampio successo e sarete un uomo molto amato. Potete dominare la massa solamente con la quantità; da essa si sceglie ognuno, alla fin fine, qualche cosa. Chi molto porta, porta qualcosa a piú d'uno, ed ognuno se ne va via contento. Volete dare un « pezzo, » ebbene, datelo subito in « pezzi. » Un tale ragout, vi riuscirà bene; lo si scrive facilmente cosí come facilmente lo si mette insieme. Che vi giova presentare un tutto ben composto? Il pubblico sceglierà a casaccio qua e là.[3]

IL POETA. Non sentite come sia indegno un tale mestiere e come poco si addica al vero artista! I pasticci di certa gente, lo vedo bene, sono regola per voi.

IL DIRETTORE. Un simile rimprovero non mi turba. Un uomo che pensi di agire in modo opportuno, deve attenersi allo strumento migliore. Pensate, voi dovete spaccare legna dolce e guardate, dunque, per chi scrivete! Se que-

Und seht nur hin, für wen Ihr schreibt!
Wenn diesen Langeweile treibt,
Kommt jener satt vom übertischten Mahle,
Und was das Allerschlimmste bleibt,
Gar mancher kommt vom Lesen der Journale.
Man eilt zerstreut zu uns, wie zu den Maskenfesten,
Und Neugier nur beflügelt jeden Schritt;
Die Damen geben sich und ihren Putz zum besten
Und spielen ohne Gage mit.
Was träumet Ihr auf Eurer Dichterhöhe?
Was macht ein volles Haus Euch froh?
Beseht die Gönner in der Nähe!
Halb sind sie kalt, halb sind sie roh.
Der, nach dem Schauspiel, hofft ein Kartenspiel,
Der eine wilde Nacht an einer Dirne Busen!
Was plagt ihr armen Toren viel
Zu solchem Zweck die holden Musen?
Ich sag Euch: gebt nur mehr und immer, immer mehr,
So könnt Ihr Euch vom Ziele nie verirren.
Sucht nur die Menschen zu verwirren,
Sie zu befriedigen, ist schwer! —
Was fällt Euch an? Entzückung oder Schmerzen?
DICHTER. Geh hin und such dir einen andern Knecht!
Der Dichter sollte wohl das höchste Recht,
Das Menschenrecht, das ihm Natur vergönnt,
Um deinetwillen freventlich verscherzen!
Wodurch bewegt er alle Herzen?
Wodurch besiegt er jedes Element?
Ist es der Einklang nicht, der aus dem Busen dringt
Und in sein Herz die Welt zurückeschlingt?
Wenn die Natur des Fadens ewge Länge,
Gleichgültig drehend, auf die Spindel zwingt,
Wenn aller Wesen unharmonsche Menge
Verdrießlich durcheinanderklingt:
Wer teilt die fließend immer gleiche Reihe
Belebend ab, daß sie sich rhythmisch regt?
Wer ruft das Einzelne zur allgemeinen Weihe,
Wo es in herrlichen Akkorden schlägt?
Wer läßt den Sturm zu Leidenschaften wüten?
Das Abendrot im ernsten Sinne glühn?
Wer schüttet alle schönen Frühlingsblüten
Auf der Geliebten Pfade hin?
Wer flicht die unbedeutend-grünen Blätter
Zum Ehrenkranz Verdiensten jeder Art?

sti è spinto dalla noia, quell'altro vi arriva, sazio, da un sovrabbondante banchetto e, ancor peggio, piú d'uno è fresco della lettura dei giornali. Si affrettano da noi distrattamente come si va ad un corso mascherato e solamente la curiosità mette loro l'ali ai piedi. Le signore espongono sé ed i loro vestiti e prendono parte gratis alla rappresentazione. Cosa andate voi sognando lassú, o poeti, sulle vostre cime? Perché vi rende lieti una sala piena? Guardateli da vicino questi mecenati! In parte sono freddi, in parte sono rozzi. Quegli spera in una partita a carte dopo il teatro, e questi una notte d'ardori fra le braccia di una ragazza. Perché, poveri pazzi, tormentate tanto, a questo scopo, le dolci muse? Vi dico: date di piú, solamente sempre di piú, cosí non mancherete mai la mèta. Cercate soltanto di confondere gli uomini; accontentarli è difficile!... Che vi accade? Entusiasmo o dolore?

IL POETA. Vattene e cercati un altro servo! Il Poeta dovrebbe, per farti piacere, gettar via scioccamente il piú alto diritto che natura gli concedette, il suo diritto di uomo! Con quali mezzi commuove i cuori? Con quale mezzo domina gli elementi? Non è forse con l'armonia che scaturisce dal suo petto e gli riconduce al cuore il mondo? Mentre la natura fila indifferente l'eterna lunghezza del filo e lo avvolge sul fuso, mentre la massa di tutti gli esseri risuona in modo irritante e confuso, chi distingue e vivifica il costante fluire delle vicende e dà, ad esse, ritmo? Chi chiama il singolo su, sino all'universale dove esso palpita in magnifici accordi? Chi permette lo scatenarsi della tempesta delle passioni? Ed al rossore della sera ardere entro un'anima grave di pensieri? Chi sparge tutta la bella fioritura primaverile sul sentiero dell'amata? Chi intreccia le semplici verdi foglie e ne compone serti di gloria per ogni specie di

Wer sichert den Olymp? vereinet Götter?
Des Menschen Kraft, im Dichter offenbart!

LUSTIGE PERSON. So braucht sie denn, die schönen Kräfte,
Und treibt die dichtrischen Geschäfte,
Wie man ein Liebesabenteuer treibt:
Zufällig naht man sich, man fühlt, man bleibt,
Und nach und nach wird man verflochten;
Es wächst das Glück, dann wird es angefochten,
Man ist entzückt, nun kommt der Schmerz heran,
Und eh man sichs versieht, ists eben ein Roman.
Laßt uns auch so ein Schauspiel geben!
Greift nur hinein ins volle Menschenleben!
Ein jeder lebts, nicht vielen ists bekannt,
Und wo Ihrs packt, da ists interessant.
In bunten Bildern wenig Klarheit,
Viel Irrtum und ein Fünkchen Wahrheit,
So wird der beste Trank gebraut,
Der alle Welt erquickt und auferbaut.
Dann sammelt sich der Jugend schönste Blüte
Vor Eurem Spiel und lauscht der Offenbarung,
Dann sauget jedes zärtliche Gemüte
Aus Eurem Werk sich melancholsche Nahrung,
Dann wird bald dies, bald jenes aufgeregt:
Ein jeder sieht, was er im Herzen trägt.
Noch sind sie gleich bereit, zu weinen und zu lachen,
Sie ehren noch den Schwung, erfreuen sich am Schein;
Wer fertig ist, dem ist nichts recht zu machen,
Ein Werdender wird immer dankbar sein.

DICHTER. So gib mir auch die Zeiten wieder,
Da ich noch selbst im Werden war,
Da sich ein Quell gedrängter Lieder
Ununterbrochen neu gebar,
Da Nebel mir die Welt verhüllten,
Die Knospe Wunder noch versprach,
Da ich die tausend Blumen brach,
Die alle Täler reichlich füllten!
Ich hatte nichts und doch genug:
Den Drang nach Wahrheit und die Lust am Trug!
Gib ungebändigt jene Triebe,
Das tiefe, schmerzenvolle Glück,
Des Hasses Kraft, die Macht der Liebe,
Gib meine Jugend mir zurück!

LUSTIGE PERSON. Der Jugend, guter Freund, bedarfst du allenfalls,
Wenn dich in Schlachten Feinde drängen,
Wenn mit Gewalt an deinen Hals

meriti? Chi assicura l'Olimpo?[4] Chi riconosce gli dei?[5] Il potere dell'uomo che si manifesta[6] nel poeta.

IL FACETO. Adoperatele dunque queste belle fórze e trattate gli affari poetici cosí come si tratta un'avventura d'amore. Ci si avvicina per caso, si sente in noi qualche cosa, ci si indugia e, poco alla volta, si vien presi dentro una trama; la fortuna cresce e poi viene contrastata, all'estasi segue il dolore e, prima che ce se ne avveda, ne nasce un romanzo. Mettiamo dunque insieme anche noi uno spettacolo simile! Attingete pertanto nel pieno della vita. Ognuno la vive e non a molti è nota e, da qualsiasi lato l'afferriate, è interessante. Quadri variopinti e poca chiarezza, molti errori ed una piccola scintilla di verità: è pronta in tal modo la bevanda migliore, conforto e ristoro a tutto il mondo. Il piú bel fiore di gioventú si radunerà allora innanzi al vostro spettacolo, ascolterà le vostre rivelazioni ed ogni animo delicato suggerà dall'opera vostra malinconico nutrimento. Or questi, or quello si sentirà commosso ed ognuno crederà di vedere ciò che chiude in cuore. I giovani sono ancora inclini al pianto ed al riso, rispettano ancora gli slanci e si compiacciono di apparenze. All'uomo maturo nulla piú piace, ma chi sta compiendo la sua formazione è sempre grato.

IL POETA. Ridammi dunque quei tempi in cui stavo ancora formando me stesso, quando una fonte sempre nuova di canti erompeva ininterrotta, quando nebbie velavano a me il mondo e ogni boccio prometteva miracoli, quando coglievo i mille e mille fiori che empivano a profusione le valli! Non avevo nulla e pur mi bastava: ardente desiderio di verità e la gioia delle illusioni. Ridammi quegli indomabili slanci, la profonda e pur dolorosa felicità, la forza dell'odio, l'impeto dell'amore. Ridammi la mia giovinezza!

IL FACETO. Caro amico, tu avresti certamente bisogno di gioventú se in guerra i nemici ti incalzassero, se le piú amabili fanciulle ti buttassero, con slancio, le braccia al

Sich allerliebste Mädchen hängen,
Wenn fern des schnellen Laufes Kranz
Vom schwer erreichten Ziele winket,
Wenn nach dem heftgen Wirbeltanz
Die Nächte schmausend man vertrinket.
Doch ins bekannte Saitenspiel
Mit Mut und Anmut einzugreifen,
Nach einem selbstgesteckten Ziel
Mit holdem Irren hinzuschweifen,
Das, alte Herrn, ist eure Pflicht,
Und wir verehren euch darum nicht minder.
Das Alter macht nicht kindisch, wie man spricht,
Es findet uns nur noch als wahre Kinder.

DIREKTOR. Der Worte sind genug gewechselt,
Laßt mich auch endlich Taten sehn!
Indes ihr Komplimente drechselt,
Kann etwas Nützliches geschehn.
Was hilft es, viel von Stimmung reden?
Dem Zaudernden erscheint sie nie.
Gebt ihr euch einmal für Poeten,
So kommandiert die Poesie!
Euch ist bekannt, was wir bedürfen:
Wir wollen stark Getränke schlürfen;
Nun braut mir unverzüglich dran!
Was heute nicht geschieht, ist morgen nicht getan,
Und keinen Tag soll man verpassen;
Das Mögliche soll der Entschluß
Beherzt sogleich beim Schopfe fassen:
Er will es dann nicht fahren lassen
Und wirket weiter, weil er muß.
Ihr wißt, auf unsern deutschen Bühnen
Probiert ein jeder, was er mag;
Drum schonet mir an diesem Tag
Prospekte nicht und nicht Maschinen!
Gebraucht das groß- und kleine Himmelslicht,
Die Sterne dürfet Ihr verschwenden;
An Wasser, Feuer, Felsenwänden,
An Tier- und Vögeln fehlt es nicht.
So schreitet in dem engen Bretterhaus
Den ganzen Kreis der Schöpfung aus
Und wandelt mit bedächtger Schnelle
Vom Himmel durch die Welt zur Hölle!

collo, se la corona, premio alla rapida corsa, ti indicasse da lontano la mèta raggiungibile a fatica, se, dopo rapidi giri di danza, dovessi trascorrere le notti bevendo e banchettando. Ma strappare alle corde con vigore e con grazia i consueti accordi e avviarsi, con piacevole errare, verso una mèta da noi stessi scelta, ciò, vecchi signori, è vostro compito, e non vi onoriamo per ciò in misura minore. La vecchiaia non rimbambisce, come si dice: anzi ci trova solamente ancora, e per davvero, bambini.

IL DIRETTORE. Abbiamo scambiato abbastanza parole: mostratemi oramai i fatti! Invece di forbiti complimenti, si può fare qualche cosa di utile. Che giova parlar a lungo sull'ispirazione! Essa non appare mai a chi indugia. Vi date l'aria di poeti, ebbene comandate alla poesia! Ciò che ci occorre, vi è noto; vogliamo bere a goccia a goccia forti bevande. Preparatemele subito! Ciò che non accade oggi, non verrà fatto domani, non si deve lasciar passare invano nemmeno un giorno. La decisione acciuffi risolutamente ciò che è possibile; non se lo lascerà piú sfuggire e, siccome deve, continui ad agire. Voi lo sapete, del resto, sulle nostre scene tedesche ognuno prova quello che gli pare. Non risparmiatemi pertanto, in questo giorno, né scenari, né macchinari! Adoperate la piccola e la grande luce del cielo[7] e fate largo uso di stelle: acqua, fuoco, pareti di roccia, bestie ed uccelli abbondano. In questo piccolo teatro di tavole percorrete l'intero cerchio della creazione e muovetevi, con cauta rapidità, dal cielo, attraverso la terra, giú sino all'inferno.[8]

Prolog im Himmel

Der Herr, die Himmlischen Heerscharen. Nachher Mephistopheles. Die drei Erzengel treten vor

RAPHAEL. Die Sonne tönt nach alter Weise
In Brudersphären Wettgesang,
Und ihre vorgeschriebne Reise
Vollendet sie mit Donnergang.
Ihr Anblick gibt den Engeln Stärke,
Wenn keiner sie ergründen mag.
Die unbegreiflich hohen Werke
Sind herrlich wie am ersten Tag.
GABRIEL. Und schnell und unbegreiflich schnelle
Dreht sich umher der Erde Pracht;
Es wechselt Paradieseshelle
Mit tiefer, schauervoller Nacht;
Es schäumt das Meer in breiten Flüssen
Am tiefen Grund der Felsen auf,
Und Fels und Meer wird fortgerissen
In ewig-schnellem Sphärenlauf.
MICHAEL. Und Stürme brausen um die Wette
Vom Meer aufs Land, vom Land aufs Meer,
Der tiefsten Wirkung ringsumher.
Da flammt ein blitzendes Verheeren
Dem Pfade vor des Donnerschlags;
Doch deine Boten, Herr, verehren
Das sanfte Wandeln deines Tags.
ZU DREI. Der Anblick gibt den Engeln Stärke,
Da keiner dich ergründen mag,
Und alle deine hohen Werke
Sind herrlich wie am ersten Tag.
MEPHISTOPHELES. Da du, o Herr, dich einmal wieder nahst
Und fragst, wie alles sich bei uns befinde,
Und du mich sonst gewöhnlich gerne sahst,
So siehst du mich auch unter dem Gesinde.
Verzeih, ich kann nicht hohe Worte machen,
Und wenn mich auch der ganze Kreis verhöhnt;
Mein Pathos brächte dich gewiß zum Lachen,

Prologo in Cielo[1]

Il Signore, le Schiere celesti, poi, Mefistofele. I Tre Arcangeli si avanzano

RAFFAELE. Il sole risuona, a gara, come da suo antico costume, nel canto delle sfere fraterne e compie, con fragore di tuono, il cammino prescritto. La sua vista dà forza agli angeli, anche se a nessuno è concesso di scrutare questa forza sino in fondo. Le incomprensibilmente sublimi opere stanno ancora splendide, come al primo giorno.

GABRIELE. E rapida, incomprensibilmente rapida la terra, nella sua magnificenza, gira in cerchio; chiaror di paradiso si alterna con cupa, orrida notte; in ampie onde spumeggia il mare su dal profondo abisso delle rocce e mare e rocce vengono trascinati nell'eternamente rapido corso delle sfere.

MICHELE. A gara mugghiano le tempeste dal mare alla terra, dalla terra al mare e, infuriando, intrecciano, tutto intorno, una catena di profondissimi effetti. Là fiammeggia un fulmine distruttore precedendo il cammino del tuono. Tuttavia i tuoi messaggeri, o Signore, adorano il placido svolgersi del tuo giorno.

A TRE. La tua vista dà forza agli angeli, anche se a nessuno è concesso di scrutare questa forza sino in fondo. E tutte le tue sublimi opere sono splendide ancora come al primo giorno.

MEFISTOFELE. Poiché, o Signore, ti accostí ancora una volta e ti informi di come vadano le cose da noi e, in altri tempi, mi vedevi, abitualmente, volentieri, cosí mi vedi ora anche in mezzo al tuo seguito. Scusami, non saprei mettere insieme parole grandi, anche se tutta la tua corte mi dovesse schernire. Il mio pathos provocherebbe a Te pure il riso, se Tu non avessi perduta

Hättst du dir nicht das Lachen abgewöhnt.
Von Sonn' und Welten weiß ich nichts zu sagen;
Ich sehe nur, wie sich die Menschen plagen.
Der kleine Gott der Welt bleibt stets von gleichem Schlag
Und ist so wunderlich als wie am ersten Tag.
Ein wenig besser würd er leben,
Hättst du ihm nicht den Schein des Himmelslichts gegeben;
Er nennts Vernunft und brauchts allein,
Nur tierischer als jedes Tier zu sein.
Er scheint mir, mit Verlaub von Euer Gnaden,
Wie eine der langbeinigen Zikaden,
Die immer fliegt und fliegend springt
Und gleich im Gras ihr altes Liedchen singt.
Und läg er nur noch immer in dem Grase!
In jeden Quark begräbt er seine Nase.

DER HERR. Hast du mir weiter nichts zu sagen?
Kommst du nur immer anzuklagen?
Ist auf der Erde ewig dir nichts recht?

MEPHISTOPHELES. Nein, Herr! ich find es dort, wie immer, herzlich
Die Menschen dauern mich in ihren Jammertagen; [schlecht.
Ich mag sogar die Armen selbst nicht plagen.

DER HERR. Kennst du den Faust?

MEPHISTOPHELES. Den Doktor?

DER HERR. Meinen Knecht!

MEPHISTOPHELES. Fürwahr, er dient Euch auf besondre Weise!
Nicht irdisch ist des Toren Trank noch Speise!
Ihn treibt die Gärung in die Ferne;
Er ist sich seiner Tollheit halb bewußt:
Vom Himmel fordert er die schönsten Sterne
Und von der Erde jede höchste Lust,
Und alle Näh und alle Ferne
Befriedigt nicht die tiefbewegte Brust.

DER HERR. Wenn er mir jetzt auch nur verworren dient,
So werd ich ihn bald in die Klarheit führen.
Weiß doch der Gärtner, wenn das Bäumchen grünt,
Daß Blüt und Frucht die künftgen Jahre zieren.

MEPHISTOPHELES. Was wettet Ihr? den sollt Ihr noch verlieren,
Wenn Ihr mir die Erlaubnis gebt,
Ihn meine Straße sacht zu führen!

DER HERR. Solang er auf der Erde lebt,
Solange sei dirs nicht verboten:
Es irrt der Mensch, solang er strebt.

MEPHISTOPHELES. Da dank ich Euch; denn mit den Toten
Hab ich mich niemals gern befangen.

l'abitudine di ridere. Non so dir nulla di mondi, di soli; osservo solamente come gli uomini si affatichino. Il piccolo dio del mondo[2] è sempre tale e quale e sempre strambo come al primo giorno. Vivrebbe un po' meglio, se tu non gli avessi dato una parvenza di luce del cielo. La chiama ragione e se ne serve unicamente per esser piú bestiale di ogni altra bestia. Con permesso di Vostra Grazia, egli mi sembra una di quelle cavallette dalle lunghe gambe, che vola sempre e, volando, salta e contemporaneamente canta, fra l'erbe, la sua vecchia canzoncina. Se ne giacesse egli almeno solamente sempre nell'erba! Affonda il naso in ogni porcheria.

IL SIGNORE. Non hai altro da dirmi? Te ne vieni quassú unicamente per querelarti? Non c'è, sulla terra, per te, mai niente di buono?

MEFISTOFELE. No, Signore! trovo che laggiú, come sempre, va male assai. Gli uomini nei loro giorni tormentosi mi fanno pena; non mi piace nemmeno piú tormentare quei disgraziati.

IL SIGNORE. Conosci Faust?

MEFISTOFELE. Il dottore?

IL SIGNORE. Il mio servo!

MEFISTOFELE. Davvero, egli vi serve in modo alquanto strano! I cibi e le bevande di quel pazzo non sono di natura terrena! L'interna brama lo trascina lontano, ed è soltanto a metà conscio della sua pazzia. Chiede al cielo le piú belle stelle ed alla terra i piú raffinati piaceri. Nessuna cosa, vicina o lontana, placa la sua anima agitata.

IL SIGNORE. Anche se ora mi serve in modo un po' disordinato, lo condurrò presto verso la chiarezza.[3] Quando la pianticella rinverdisce, il giardiniere sa bene che essa si ornerà, negli anni seguenti, di fiori e di frutta.

MEFISTOFELE. Che cosa scommettete? Anche quello perderete, se mi permettete di condurlo, poco alla volta, sul mio sentiero!

IL SIGNORE. Finché egli vivrà sulla terra, non ti sia ciò proibito: l'uomo è soggetto ad errare sin tanto che lotta ed anela.[4]

MEFISTOFELE. Allora vi ringrazio; perché dei morti non mi sono mai occupato volentieri. Soprattutto mi piac-

Am meisten lieb ich mir die vollen, frischen Wangen,
Für einen Leichnam bin ich nicht zu Haus:
Mir geht es wie der Katze mit der Maus.

DER HERR. Nun gut, es sei dir überlassen!
Zieh diesen Geist von seinem Urquell ab
Und führ ihn, kannst du ihn erfassen,
Auf deinem Wege mit herab —
Und steh beschämt, wenn du bekennen mußt:
Ein guter Mensch, in seinem dunklen Drange,
Ist sich des rechten Weges wohl bewußt.

MEPHISTOPHELES. Schon gut! nur dauert es nicht lange.
Mir ist für meine Wette gar nicht bange.
Wenn ich zu meinem Zweck gelange,
Erlaubt Ihr mir Triumph aus voller Brust.
Staub soll er fressen, und mit Lust,
Wie meine Muhme, die berühmte Schlange!

DER HERR. Du darfst auch da nur frei erscheinen;
Ich habe deinesgleichen nie gehaßt;
Von allen Geistern, die verneinen,
Ist mir der Schalk am wenigsten zur Last.
Des Menschen Tätigkeit kann allzu leicht erschlaffen,
Er liebt sich bald die unbedingte Ruh;
Drum geb ich gern ihm den Gesellen zu,
Der reizt und wirkt und muß als Teufel schaffen. —
Doch ihr, die echten Göttersöhne,
Erfreut euch der lebendig-reichen Schöne!
Das Werdende, das ewig wirkt und lebt,
Umfaß euch mit der Liebe holden Schranken,
Und was in schwankender Erscheinung schwebt,
Befestiget mit dauernden Gedanken!
(*Der Himmel schließt, die Erzengel verteilen sich*)

MEPH. (*allein*). Von Zeit zu Zeit seh ich den Alten gern,
Und hüte mich, mit ihm zu brechen.
Es ist gar hübsch von einem großen Herrn,
So menschlich mit dem Teufel selbst zu sprechen.

ciono le guance fresche e piene; per un cadavere non sono in casa. Son come il gatto col topo.

IL SIGNORE. D'accordo! Ti sia concesso! Svia questo spirito dalla sua prima fonte e, se ti riesce di irretirlo, conducilo pure giú con te, sul tuo sentiero. Ma vergogna a te se tu dovrai ammettere: un uomo buono è, sempre, nel suo oscuro istinto,[5] conscio della retta via.

MEFISTOFELE. Sta bene. Non sarà una cosa lunga. La mia scommessa non desta in me preoccupazioni. Se, però, raggiungo il mio scopo, mi permetterete menarne gran vanto. Dovrà mangiar polvere[6] e con piacere, come il mio parente, il famoso serpe.

IL SIGNORE. Non hai che da mostrarti, liberamente, quello che sei; non ho mai odiato i tuoi pari: di tutti gli spiriti che negano, il beffardo è quello che mi dà noia minore. L'attività dell'uomo s'affloscia troppo facilmente ed egli si adagerebbe con piacere in un assoluto riposo. Perciò gli metto volentieri accanto un compagno che lo sproni, ed agisca e si comporti come diavolo.

Ma, voi,[7] puri e veri figli[8] di Dio, gioite della bellezza vivente ed infinita! Ciò che diviene e che eterno agisce e vive,[9] vi accolga nei dolci vincoli dell'amore. E fermate in durevoli forme ciò che ondeggia in apparenze imprecise.

(*Il cielo si chiude, gli Arcangeli si separano*)

MEFISTOFELE (*solo*).[10] Ogni tanto rivedo volentieri il vecchio, e mi guardo bene dal guastarmi con lui. È cosa simpatica, da parte di un cosí gran Signore, parlar cosí da uomo a uomo con il diavolo in persona.

Der Tragödie erster Teil

Nacht

In einem hochgewölbten, engen gotischen Zimmer
Faust unruhig auf seinem Sessel am Pulte

FAUST. Habe nun, ach! Philosophie,
Juristerei und Medizin
Und leider auch Theologie
Durchaus studiert, mit heißem Bemühn.
Da steh ich nun, ich armer Tor,
Und bin so klug als wie zuvor!
Heiße Magister, heiße Doktor gar
Und ziehe schon an die zehen Jahr
Herauf, herab und quer und krumm
Meine Schüler an der Nase herum —
Und sehe, daß wir nichts wissen können!
Das will mir schier das Herz verbrennen.
Zwar bin ich gescheiter als alle die Laffen,
Doktoren, Magister, Schreiber und Pfaffen;
Mich plagen keine Skrupel noch Zweifel,
Fürchte mich weder vor Hölle noch Teufel —
Dafür ist mir auch alle Freud entrissen,
Bilde mir nicht ein, was Rechts zu wissen,
Bilde mir nicht ein, ich könnte was lehren,
Die Menschen zu bessern und zu bekehren.
Auch hab ich weder Gut noch Geld,
Noch Ehr und Herrlichkeit der Welt:
Es möchte kein Hund so länger leben!
Drum hab ich mich der Magie ergeben,
Ob mir durch Geistes Kraft und Mund
Nicht manch Geheimnis würde kund,
Daß ich nicht mehr mit sauerm Schweiß
Zu sagen brauche, was ich nicht weiß,
Daß ich erkenne, was die Welt
Im Innersten zusammenhält,
Schau alle Wirkenskraft und Samen
Und tu nicht mehr in Worten kramen.

Prima parte della tragedia

Notte[1]

Una piccola stanza gotica, con una volta alta
Faust, inquieto, sulla sua poltrona, davanti al leggio

FAUST. Ahimè!, ho studiato, a fondo e con ardente zelo, filosofia e giurisprudenza e medicina e, purtroppo,[2] anche teologia. Eccomi qua, povero pazzo, e ne so quanto prima! Vengo chiamato Maestro,[3] anzi dottore e già da dieci anni meno, per il naso, in su ed in giú, in qua ed in là, i miei scolari. E scopro che non possiamo sapere nulla! Ciò mi brucia quasi il cuore. Ne so, è vero, un po' piú di tutti quelli sciocchi, dottori, maestri, scribi e preti; non mi tormentano né scrupoli, né dubbi, né ho paura del diavolo o dell'inferno. Però mi è stata tolta in cambio di ciò ogni gioia; non mi metto in capo di sapere qualcosa di buono, non mi illudo di poter insegnare qualcosa, di saper render migliori o convertire gli uomini. Oltre a ciò non ne ho né beni, né danari, né onori, né le pompe del mondo. Nemmeno un cane potrebbe continuare a vivere cosí. Mi sono dato pertanto alla magia,[4] se mai il potere o la parola dello Spirito mi rivelassero qualche segreto. Per non dover dire, dopo cosí amare, sudate fatiche, quello che non so, per poter scoprire ciò che, nel profondo, tiene insieme l'universo[5] e contemplare ogni attiva energia ed ogni primitiva sostanza[6] e smetterla di rovistare nelle parole.

O sähst du, voller Mondenschein,
Zum letztenmal auf meine Pein,
Den ich so manche Mitternacht
An diesem Pult herangewacht:
Dann über Büchern und Papier,
Trübselger Freund, erschienst du mir!
Ach! könnt ich doch auf Bergeshöhn
In deinem lieben Lichte gehn,
Um Bergeshöhle mit Geistern schweben,
Auf Wiesen in deinem Dämmer weben,
Von allem Wissensqualm entladen,
In deinem Tau gesund mich baden!

Weh! steck ich in dem Kerker noch?
Verfluchtes dumpfes Mauerloch.
Wo selbst das liebe Himmelslicht
Trüb durch gemalte Scheiben bricht!
Beschränkt von diesem Bücherhauf,
Den Würme nagen, Staub bedeckt,
Den bis ans hohe Gewölb hinauf
Ein angeraucht Papier umsteckt;
Mit Gläsern, Büchsen rings umstellt,
Mit Instrumenten vollgepfropft,
Urväterhausrat drein gestopft —
Das ist deine Welt! das heißt eine Welt!

Und fragst du noch, warum dein Herz
Sich bang in deinem Busen klemmt?
Warum ein unerklärter Schmerz
Dir alle Lebensregung hemmt?
Statt der lebendigen Natur,
Da Gott die Menschen schuf hinein,
Umgibt in Rauch und Moder nur
Dich Tiergeripp und Totenbein!
Flieh! auf! hinaus ins weite Land!
Und dies geheimnisvolle Buch,
Von Nostradamus' eigner Hand,
Ist dir es nicht Geleit genug?
Erkennest dann der Sterne Lauf,
Und wenn Natur dich unterweist,
Dann geht die Seelenkraft dir auf,
Wie spricht ein Geist zum andern Geist.
Umsonst, daß trocknes Sinnen hier
Die heilgen Zeichen dir erklärt!
Ihr schwebt, ihr Geister, neben mir:
Antwortet mir, wenn ihr mich hört!

O potessi tu,[7] o piena luna, contemplare per l'ultima volta il mio dolore, tu che io ho atteso, sovente, sino a mezzanotte, vegliando al mio leggio. Poi su libri, e carte, o mesta amica, mi apparisti. Oh!, potessi aggirarmi su cime di monti, andar errando nella tua cara luce, aleggiare cogli spiriti[8] intorno a caverne montane, vagare sui prati al tuo crepuscolo, e, liberato da tutti i tormenti del sapere, risanarmi nel bagno della tua rugiada!

Ahimè! ancora chiuso in questo carcere? Un maledetto buco muffito, dove persino l'amabile luce del cielo s'intorbida, attraverso i vetri variopinti. Un buco rimpicciolito da questo mucchio di libri che i tarli forano e la polvere ricopre, rivestito di carta, nera per il fumo, fin su all'alta volta, con sparsi, tutto intorno, vasi ed ampolle, zeppo di istrumenti ed ingombro delle avite masserizie — questo è il tuo mondo, e questo si chiama un mondo!

E domandi ancora perché il tuo cuore ti si stringa, pieno d'angoscia, in petto? Perché frena, con inspiegato dolore, ogni impeto di vita? Invece della vivente natura entro la quale Dio creò gli uomini, ti circondano, fra fumo e muffa, carcasse d'animali ed ossa di morti.

Su, fuggi! fuori, nel vasto mondo! E questo libro pieno di misteri, scritto di proprio pugno da Nostradamo[9] non ti è guida sufficiente? Conoscerai cosí il corso delle stelle[10] e, se la natura ti sarà maestra, sorgerà in te anche la capacità di intendere come uno spirito parli ad un altro spirito. Invano speri che l'arido intelletto ti spieghi i sacri segni! Voi, o spiriti, aleggiate intorno a me: rispondetemi, se mi udite.

(*Er schlägt das Buch auf und erblickt das Zeichen des Makrokosmos*)
Ha! welche Wonne fließt in diesem Blick
Auf einmal mir durch alle meine Sinnen!
Ich fühle junges, heilges Lebensglück
Neuglühend mir durch Nerv und Adern rinnen.
War es ein Gott, der diese Zeichen schrieb,
Die mir das innre Toben stillen,
Das arme Herz mit Freude füllen
Und mit geheimnisvollem Trieb
Die Kräfte der Natur rings um mich her enthüllen?
Bin ich ein Gott? mir wird so licht!
Ich schau in diesen reinen Zügen
Die wirkende Natur vor meiner Seele liegen.
Jetzt erst erkenn ich, was der Weise spricht:
»Die Geisterwelt ist nicht verschlossen;
Dein Sinn ist zu, dein Herz ist tot!
Auf! bade, Schüler, unverdrossen
Die irdsche Brust im Morgenrot!«
(*Er beschaut das Zeichen*)
Wie alles sich zum Ganzen webt,
Eins in dem andern wirkt und lebt!
Wie Himmelskräfte auf- und niedersteigen
Und sich die goldnen Eimer reichen!
Mit segenduftenden Schwingen
Vom Himmel durch die Erde dringen,
Harmonisch all das All durchklingen!

Welch Schauspiel! Aber ach! ein Schauspiel nur!
Wo faß ich dich, unendliche Natur?
Euch Brüste wo? Ihr Quellen alles Lebens,
An denen Himmel und Erde hängt,
Dahin die welke Brust sich drängt —
Ihr quellt, ihr tränkt, und schmacht ich so vergebens?
(*Er schlägt unwillig das Buch um und erblickt das Zeichen des Erdgeistes*)
Wie anders wirkt dies Zeichen auf mich ein!
Du, Geist der Erde, bist mir näher;
Schon fühl ich meine Kräfte höher,
Schon glüh ich wie von neuem Wein.
Ich fühle Mut, mich in die Welt zu wagen,
Der Erde Weh, der Erde Glück zu tragen,
Mit Stürmen mich herumzuschlagen
Und in des Schiffbruchs Knirschen nicht zu zagen!
Es wölkt sich über mir —

(*Apre il libro e scopre il segno del Macrocosmo*[11])

Ah! quale gioia scorre improvvisamente, a questa vista, attraverso tutti i miei sensi! Sento un giovanile e sacro ardore di vita percorrermi le vene ed i nervi. Fu un Dio chi scrisse questi segni che mi placano l'interno tumulto, riempiono di gioia il mio cuore e svelano, con un arcano istinto, intorno a me, le forze della natura?[12] Sono io un Dio? Tanta chiarezza è in me! In questi chiari segni vedo innanzi a me, spiegata, la operante natura. Ora soltanto comprendo quello che il Saggio[13] dice: « Il mondo degli spiriti non è impenetrabile; il tuo intelletto è chiuso, il tuo cuore è morto! Su, o scolaro, bagna, senza stancartene, il tuo terreno petto nel rosso dell'aurora! »[14]

(*Contempla il segno*)

Come ogni cosa si tesse col tutto e l'una cosa vive ed opera nell'altra! Come salgono e scendono le forze celesti[15] e si porgono, l'un l'altra, i dorati secchi! Librandosi su ali che spandono un profumo di benedizione, passano dal cielo alla terra e risuonano armoniosamente attraverso il tutto!

Quale spettacolo! Ma ahimè solamente uno spettacolo! Dove potrò afferrarti, o infinita natura? E dove voi, o mammelle! Voi, fonti di ogni vita, alle quali stan sospesi terra e cielo e verso le quali tende l'inaridito petto, voi vi inturgidite e placate la sete, ed io languisco invano?

(*Sfoglia dispettosamente il libro e scorge il segno dello Spirito della terra*[16])

Questo segno opera su di me in modo ben diverso! Tu, Spirito della terra, mi sei piú vicino; già sento che le mie forze crescono, già ardo come per nuovo vino. Sento il coraggio di avventurarmi per il mondo, di sopportare il dolore della terra e la felicità della terra, di affrontare le tempeste e di non vacillare allo schianto della nave che naufraga! Si addensano nubi al di sopra

Der Mond verbirgt sein Licht —
Die Lampe schwindet —
Es dampft — Es zucken rote Strahlen
Mir um das Haupt — Es weht
Ein Schauer vom Gewölb herab
Und faßt mich an!
Ich fühls, du schwebst um mich, erflehter Geist:
Enthülle dich!
Ha! wies in meinem Herzen reißt!
Zu neuen Gefühlen
All meine Sinnen sich erwühlen!
Ich fühle ganz mein Herz dir hingegeben!
Du mußt!, du mußt! und kostet' es mein Leben!
(*Es faßt das Buch und spricht das Zeichen des Geistes geheimnisvoll aus. Es zuckt eine rötliche Flamme, der Geist erscheint in der Flamme*)

GEIST. Wer ruft mir?

FAUST (*abgewendet*). Schreckliches Gesicht!

GEIST. Du hast mich mächtig angezogen,
An meiner Sphäre lang gesogen,
Und nun —

FAUST. Weh! ich ertrag dich nicht!

GEIST. Du flehst eratmend, mich zu schauen,
Meine Stimme zu hören, mein Antlitz zu sehn;
Mich neigt dein mächtig Seelenflehn:
Da bin ich! — Welch erbärmlich Grauen
Faßt Übermenschen dich! Wo ist der Seele Ruf?
Wo ist die Brust, die eine Welt in sich erschuf
Und trug und hegte? die mit Freudebeben
Erschwoll, sich uns, den Geistern, gleichzuheben?
Wo bist du, Faust, des Stimme mir erklang,
Der sich an mich mit allen Kräften drang?
Bist du es, der, von meinem Hauch umwittert,
In allen Lebenstiefen zittert,
Ein furchtsam weggekrümmter Wurm?

FAUST. Soll ich dir, Flammenbildung, weichen?
Ich bins, bin Faust, bin deinesgleichen!

GEIST. In Lebensfluten, im Tatensturm
Wall ich auf und ab,
Wehe hin und her!
Geburt und Grab,
Ein ewiges Meer,
Ein wechselnd Weben,
Ein glühend Leben:

di me — la luna vela il suo lume — la lucerna impallidisce. Salgono vapori! — Un brivido di orrore scende giú dalla volta e mi assale! Lo sento, tu aleggi intorno a me, invocato spirito. Rivelati! Ah! quali palpiti entro il mio cuore! Tutti i miei sensi sono agitati da nuovo sentire! Sento che il mio cuore ti si abbandona intero! Tu lo devi, tu lo devi, mi costasse la vita!
(*Afferra il libro e pronuncia in tono misterioso il segno dello Spirito. Una rossa fiamma guizza, lo Spirito appare nella fiamma*)

SPIRITO. Chi mi chiama?

FAUST (*volgendosi*). Che viso orribile!

SPIRITO. Mi hai evocato con molta forza, suggendo a lungo alla mia sfera,[17] ed ora...

FAUST. Ahimè! non ti sopporto!

SPIRITO. Invochi, ansimando, di vedermi, di udire la mia voce, di veder il mio volto; cedo al supplicar potente della tua anima: Eccomi! Quale misero terrore ti assale, o Superuomo![18] Dov'è il grido dell'anima? Dove il petto, che creò in sé un mondo, lo portò e lo sostenne in sé? e che, con tremito di gioia, si gonfiò per levarsi eguale a noi spiriti? Dove sei, o Faust? la tua voce risuonò sino a me, tu ti spingesti sino a me con tutte le tue forze! Sei tu quegli che, al contatto del mio alito, trema nel piú profondo suo essere, simile ad un verme che, spaurito, striscia via, in fuga?

FAUST. O forma di fuoco, devo indietreggiare innanzi a te? Sono io, sono Faust, un tuo pari!

SPIRITO. Nei flutti della vita, nell'impeto dell'azione, ondeggio in su, in giú, aleggio in qua, in là! Nascita e tenebre, un eterno mare, un rinnovantesi agire, un'ar-

So schaff ich am sausenden Webstuhl der Zeit
Und wirke der Gottheit lebendiges Kleid.

FAUST. Der du die weite Welt umschweifst,
Geschäftiger Geist, wie nah fühl ich mich dir!

GEIST. Du gleichst dem Geist, den du begreifst,
Nicht mir! (*Verschwindet*)

FAUST (*zusammenstürzend*). Nicht dir?
Wem denn?
Ich Ebenbild der Gottheit!
Und nicht einmal dir! (*Es klopft*)
O Tod! ich kenns — das ist mein Famulus!
Es wird mein schönstes Glück zunichte!
Daß diese Fülle der Gesichte
Der trockne Schleicher stören muß!
(*Wagner im Schlafrock und der Nachtmütze, eine Lampe in der Hand. Faust wendet sich unwillig*)

WAGNER. Verzeiht! ich hör Euch deklamieren;
Ihr last gewiß ein griechisch Trauerspiel?
In dieser Kunst möcht ich was profitieren;
Denn heutzutage wirkt das viel.
Ich hab es öfters rühmen hören,
Ein Komödiant könnt einen Pfarrer lehren.

FAUST. Ja, wenn der Pfarrer ein Komödiant ist;
Wie das denn wohl zuzeiten kommen mag.

WAGNER. Ach! wenn man so in sein Museum gebannt ist
Und sieht die Welt kaum einen Feiertag,
Kaum durch ein Fernglas, nur von weiten,
Wie soll man sie durch Überredung leiten?

FAUST. Wenn ihrs nicht fühlt, ihr werdets nicht erjagen,
Wenn es nicht aus der Seele dringt
Und mit urkräftigem Behagen
Die Herzen aller Hörer zwingt.
Sitzt ihr nur immer! leimt zusammen,
Braut ein Ragout von andrer Schmaus
Und blast die kümmerlichen Flammen
Aus eurem Aschenhäufchen 'raus!
Bewundrung von Kindern und Affen,
Wenn euch darnach der Gaumen steht —
Doch werdet ihr nie Herz zu Herzen schaffen,
Wenn es euch nicht von Herzen geht.

WAGNER. Allein der Vortrag macht des Redners Glück;
Ich fühl es wohl, noch bin ich weit zurück.

FAUST. Such Er den redlichen Gewinn!
Sei Er kein schellenlauter Tor!

dente vita: cosí mi affatico al rombante telaio del tempo e tesso la vivente veste della divinità.[19]

FAUST. Come mi sento vicino a te, operoso spirito, che percorri l'ampio mondo!

SPIRITO. Somigli allo spirito che tu comprendi, non a me.[20] (*Scompare*)

FAUST (*cadendo al suolo*). Non a te? A chi dunque? io, immagine di Dio?[21] E non sono nemmeno simile a te! (*Bussano*). Maledizione! lo conosco... è il mio famulus![22] A nulla si riduce la mia piú bella fortuna! Quell'arido ipocrita turberà questa ricchezza di visioni! (*Wagner*[23] *in veste da camera e berretta da notte, con una lanterna in mano. Faust si volge indispettito*)

WAGNER. Scusate! vi sentivo declamare[24]; leggevate certamente una tragedia greca. Vorrei trarre un po' di profitto da quest'arte perché oggigiorno giova assai. L'ho sentita lodare assai sovente, un commediante potrebbe insegnare ad un parroco.

FAUST. Sí, se il parroco è un commediante, come può ben accadere qualche volta.

WAGNER. Ah! quando si è confinati nel proprio *Museum*[25] e si vede il mondo appena nei giorni di festa e solamente con un cannocchiale, da lontano, come lo si può guidare con la persuasione?

FAUST. Non raggiungerete mai ciò che non sentite, se le parole non zampillano dall'anima e non trascinano i cuori di tutti gli uditori con una gioia primitiva e spontanea. Statevene pur sempre a sedere! Mettete insieme i resti dell'altrui mensa e fatene un ragout e cavate, a forza di soffiare, fiammelle dal vostro mucchietto di cenere! Vi ammireranno i ragazzi e le scimmie, se ciò vi farà piacere. Ma non indurrete mai un cuore a battere col vostro cuore, se quel che dite non sale dal vostro cuore.

WAGNER. Tuttavia un bell'eloquio fa la fortuna di un oratore. Mi accorgo io stesso di essere ancora parecchio indietro.

FAUST. Cercate un onesto guadagno! Non diventate un buffone che agita sonagli! Intelletto e buon senso si fanno

Es trägt Verstand und rechter Sinn
Mit wenig Kunst sich selber vor.
Und wenns euch Ernst ist, was zu sagen,
Ists nötig, Worten nachzujagen?
Ja, eure Reden, die so blinkend sind,
In denen ihr der Menschheit Schnitzel kräuselt,
Sind unerquicklich wie der Nebelwind,
Der herbstlich durch die dürren Blätter säuselt!

WAGNER. Ach Gott! die Kunst ist lang,
Und kurz ist unser Leben.
Mir wird, bei meinem kritischen Bestreben,
Doch oft um Kopf und Busen bang.
Wie schwer sind nicht die Mittel zu erwerben,
Durch die man zu den Quellen steigt!
Und eh man nur den halben Weg erreicht,
Muß wohl ein armer Teufel sterben.

FAUST. Das Pergament, ist das der heilge Bronnen,
Woraus ein Trunk den Durst auf ewig stillt?
Erquickung hast du nicht gewonnen,
Wenn sie dir nicht aus eigner Seele quillt.

WAGNER. Verzeiht! es ist ein groß Ergetzen,
Sich in den Geist der Zeiten zu versetzen,
Zu schauen, wie vor uns ein weiser Mann gedacht
Und wie wirs dann zuletzt so herrlich weit gebracht.

FAUST. O ja, bis an die Sterne weit!
Mein Freund, die Zeiten der Vergangenheit
Sind uns ein Buch mit sieben Siegeln.
Was ihr den Geist der Zeiten heißt,
Das ist im Grund der Herren eigner Geist,
In dem die Zeiten sich bespiegeln.
Da ists denn wahrlich oft ein Jammer!
Man läuft euch bei dem ersten Blick davon:
Ein Kehrichtfaß und eine Rumpelkammer,
Und höchstens eine Haupt- und Staatsaktion
Mit trefflichen pragmatischen Maximen,
Wie sie den Puppen wohl im Munde ziemen!

WAGNER. Allein die Welt! des Menschen Herz und Geist!
Möcht jeglicher doch was davon erkennen.

FAUST. Ja, was man so erkennen heißt!
Wer darf das Kind beim rechten Namen nennen?
Die wenigen, die was davon erkannt,
Die töricht gnug ihr volles Herz nicht wahrten,
Dem Pöbel ihr Gefühl, ihr Schauen offenbarten,
Hat man von je gekreuzigt und verbrannt.

avanti di per sé, senza molta arte. E se avete qualche cosa da dire con convinzione, che bisogno c'è di correr dietro alle parole? Sí, i vostri discorsi cosí brillanti[26] entro i quali intrecciate, per l'umanità, riccioli di carta, sono noiosi come il vento d'autunno che susurra, apportatore di nebbia, tra le foglie secche.

WAGNER. Oh Dio! L'arte è lunga[27] e breve è la nostra vita. Nel mio affaticarmi, come critico, ho sovente grevi e il capo e il cuore. Come è difficile procurarsi i mezzi[28] per risalire alle fonti. E prima ancora di essere giunto a metà del cammino, il povero diavolo se ne deve morire.

FAUST. La pergamena, è proprio questa la sacra fonte, un sorso della quale placa per sempre la sete? Non avrai mai ristoro alcuno se non quello che ti zampilla dalla tua propria anima.

WAGNER. Scusate! è proprio un godimento collocarsi nello spirito del tempo e vedere come, prima di noi, abbia pensato un qualche saggio uomo e come, infine, noi si sia magnificamente ampliato questo suo pensiero.

FAUST. Oh sí, sin proprio alle stelle! Amico mio, i tempi passati sono per noi un libro sigillato con sette sigilli. Quello che voi chiamate spirito dei tempi, altro in fondo non è che lo spirito di quei signori, nello spirito dei quali si rispecchiano i tempi. Sovente, una cosa veramente miseranda! Solo a vederla c'è da scappar lontano. Un immondezzaio ed un ripostiglio pien di vecchia roba e, al massimo, un drammaccio d'argomento storico e politico, con eccellenti sentenze morali che stanno bene in bocca ai burattini.

WAGNER. Ma il mondo! Il cuore e lo spirito dell'uomo! Ognuno vorrebbe pur saperne qualche cosa.

FAUST. Già, quello che si chiama sapere! A chi è permesso chiamar le cose con il loro nome? I pochi che ne capirono qualche cosa e, abbastanza ingenui, non frenarono l'empito del loro cuore e rivelarono alla folla i loro sentimenti e le loro visioni, li hanno sempre messi in

Ich bitt Euch, Freund, es ist tief in der Nacht,
Wir müssens diesmal unterbrechen.

WAGNER. Ich hätte gern nur immer fortgewacht,
Um so gelehrt mit Euch mich zu besprechen.
Doch morgen, als am ersten Ostertage,
Erlaubt mir ein- und andre Frage!
Mit Eifer hab ich mich der Studien beflissen;
Zwar weiß ich viel, doch möcht ich alles wissen. (*Ab*)

FAUST (*allein*). Wie nur dem Kopf nicht alle Hoffnung schwindet,
Der immerfort an schalem Zeuge klebt,
Mit gierger Hand nach Schätzen gräbt
Und froh ist, wenn er Regenwürmer findet!

Darf eine solche Menschenstimme hier,
Wo Geisterfülle mich umgab, ertönen?
Doch ach! für diesmal dank ich dir,
Dem ärmlichsten von allen Erdensöhnen.
Du rissest mich von der Verzweiflung los,
Die mir die Sinne schon zerstören wollte.
Ach! die Erscheinung war so riesengroß,
Daß ich mich recht als Zwerg empfinden sollte.

Ich, Ebenbild der Gottheit, das sich schon
Ganz nah gedünkt dem Spiegel ewger Wahrheit,
Sein selbst genoß in Himmelsglanz und Klarheit,
Und abgestreift den Erdensohn,
Ich, mehr als Cherub, dessen freie Kraft
Schon durch die Adern der Natur zu fließen
Und, schaffend, Götterleben zu genießen
Sich ahnungsvoll vermaß, wie muß ichs büßen!
Ein Donnerwort hat mich hinweggerafft.

Nicht darf ich dir zu gleichen mich vermessen!
Hab ich die Kraft, dich anzuziehn, besessen,
So hatt ich dich zu halten keine Kraft.
In jenem selgen Augenblicke
Ich fühlte mich so klein, so groß;
Du stießest grausam mich zurücke
Ins ungewisse Menschenlos.
Wer lehret mich? was soll ich meiden?
Soll ich gehorchen jenem Drang?
Ach! unsre Taten selbst, so gut als unsre Leiden,
Sie hemmen unsres Lebens Gang.

Dem Herrlichsten, was auch der Geist empfangen,
Drängt immer fremd und fremder Stoff sich an;

croce o sopra un rogo.[29] Vi prego, amico, è notte fonda, per questa volta dobbiamo interrompere.

WAGNER. Molto volentieri sarei ancora rimasto desto per conversare cosí dottamente con voi. Ma domani, primo giorno di Pasqua, mi permetterete questa o quella domanda! Mi sono occupato con zelo e diligenza dei miei studi e so già molto, eppure vorrei sapere tutto. (*Esce*)

FAUST (*solo*). Soltanto la speranza non abbandona mai quel cervello che si attacca a delle insipide sciocchezze, che scava con avida mano per scoprir tesori ed è contento se trova lombrichi!

È lecito ad una simile voce d'uomo echeggiare qui dove mi circondava una folla di spiriti?[30] Tuttavia, ahimè, per questa volta, ringrazio proprio te, miserrimo fra tutti i figli della terra. Ti mi strappasti alla disperazione che stava per turbarmi la mente. Ah! la visione era cosí gigantesca ch'io dovevo proprio sentirmi nano davanti a lei.

Io, immagine di Dio! io che già mi credevo vicinissimo allo specchio dell'eterna verità e, spoglio della mia natura di figlio della terra, godevo di me stesso nello splendore e nella chiarezza del cielo, io, superiore ad un cherubino, io, la libera forza del quale corre già nelle vene della natura, io che osai godere, operando e pieno di presentimenti, una vita divina, come devo espiarlo! Il tuono di una parola mi ha cacciato.

Non mi è lecito osare di rassomigliare a te. Ho avuto la forza di attirarti, ma non ho avuto la forza di trattenerti. In quel momento beato mi sentii cosí piccolo e cosí grande. Tu mi ricacciasti crudelmente entro l'incerto destino degli uomini. Chi mi darà insegnamenti? Che cosa dovrò evitare? Obbedire ad ogni impulso? Ah! le nostre azioni istesse, come il nostro soffrire, frenano il corso della nostra vita.

Per entro quel tanto di sublime che lo spirito ha accolto si insinua una materia estranea, sempre piú estra-

Wenn wir zum Guten dieser Welt gelangen,
Dann heißt das Bessre Trug und Wahn.
Die uns das Leben gaben, herrliche Gefühle
Erstarren in dem irdischen Gewühle.

Wenn Phantasie sich sonst mit kühnem Flug
Und hoffnungsvoll zum Ewigen erweitert,
So ist ein kleiner Raum ihr nun genug,
Wenn Glück auf Glück im Zeitenstrudel scheitert.
Die Sorge nistet gleich im tiefen Herzen,
Dort wirket sie geheime Schmerzen,
Unruhig wiegt sie sich und störet Lust und Ruh;
Sie deckt sich stets mit neuen Masken zu,
Sie mag als Haus und Hof, als Weib und Kind erscheinen,
Als Feuer, Wasser, Dolch und Gift:
Du bebst vor allem, was nicht trifft,
Und was du nie verlierst, das mußt du stets beweinen.

Den Göttern gleich ich nicht! zu tief ist es gefühlt!
Dem Wurme gleich ich, der den Staub durchwühlt,
Den, wie er sich im Staube nährend lebt,
Des Wandrers Tritt vernichtet und begräbt!

Ist es nicht Staub, was diese hohe Wand
Aus hundert Fächern mir verenget?
Der Trödel, der mit tausendfachem Tand
In dieser Mottenwelt mich dränget?
Hier soll ich finden, was mir fehlt?
Soll ich vielleicht in tausend Büchern lesen,
Daß überall die Menschen sich gequält,
Daß hie und da ein Glücklicher gewesen? —
Was grinsest du mir, hohler Schädel, her?
Als daß dein Hirn, wie meines, einst verwirret
Den lichten Tag gesucht und in der Dämmrung schwer,
Mit Lust nach Wahrheit, jämmerlich geirret!
Ihr Instrumente freilich spottet mein
Mit Rad und Kämmen, Walz und Bügel:
Ich stand am Tor, ihr solltet Schlüssel sein;
Zwar euer Bart ist kraus, doch hebt ihr nicht die Riegel.
Geheimnisvoll am lichten Tag,
Läßt sich Natur des Schleiers nicht berauben,
Und was sie deinem Geist nicht offenbaren mag,
Das zwingst du ihr nicht ab mit Hebeln und mit Schrauben.
Du alt Geräte, das ich nicht gebraucht,
Du stehst nur hier, weil dich mein Vater brauchte;
Du alte Rolle, du wirst angeraucht,

nea; se arriviamo a cogliere il bene di questo mondo, chiamiamo il meglio inganno ed illusione. E quei nobili sentimenti che ci diedero la vita, si irrigidiscono nel groviglio terreno.

Se la fantasia si levava, un tempo, piena di speranze e con ardito volo verso l'eterno, ora le basta un piccolo spazio, mentre ogni gioia naufraga nel gorgo del tempo. La cura s'annida subito nel fondo del cuore e genera là secreti dolori, vi si agita inquieta e vi turba piacere e tranquillità. Si nasconde sempre dietro una nuova maschera e le piace apparire or casa, or fattoria, or donna, ora bambino, ora fuoco, ora acqua, ora pugnale, ora veleno; tu tremi davanti a tutto ciò che non ti colpisce e devi sempre rimpiangere quello che non perderai mai.

Non somiglio agli Dei! lo sento troppo profondamente! Al verme[31] assomiglio che fruga nella polvere; il piede del viandante lo distrugge e lo seppellisce in quella polvere dove si nutre e vive.

E non è forse polvere quella che mi opprime dai cento scaffali di questa alta parete? O il ciarpame che con le sue multiformi, inutili cose mi soffoca in questo mondo di tarme? Qui dovrei trovare quello che mi manca? E leggere forse in mille libri che ovunque è per gli uomini tormento e che ve n'è stato qua o là uno felice? Perché mi sogghigni, o vuoto teschio? che il tuo cervello fu, un tempo, sconvolto come il mio ed ha cercato il giorno chiaro e si è miseramente smarrito, con il suo desiderio di verità, nel greve crepuscolo? Voi mi schernite, o istrumenti, con le vostre ruote e denti e cilindri e manubri. Stavo davanti alla porta, voi dovevate essermi chiave. Il vostro congegno è complicato, ma non solleva il chiavistello. Piena di mistero anche nella luce del giorno, la natura non si lascia derubare del suo velo e tu non le strapperai con leve o con viti quello che essa non vuole rivelare al tuo spirito. E tu, vecchia suppellettile, che non ho adoperato, sei ancor qua perché ti adoperò mio padre, tu, consunta puleggia, ti affu-

Solang an diesem Pult die trübe Lampe schmauchte.
Weit besser hätt ich doch mein Weniges verpraßt,
Als mit dem Wenigen belastet hier zu schwitzen!
Was du ererbt von deinen Vätern hast,
Erwirb es, um es zu besitzen!
Was man nicht nützt, ist eine schwere Last.
Nur was der Augenblick erschafft, das kann er nützen.

Doch warum heftet sich mein Blick auf jene Stelle?
Ist jenes Fläschchen dort den Augen ein Magnet?
Warum wird mir auf einmal lieblich helle,
Als wenn im nächtgen Wald uns Mondenglanz umweht?

Ich grüße dich, du einzige Phiole,
Die ich mit Andacht nun herunterhole!
In dir verehr ich Menschenwitz und Kunst.
Du Inbegriff der holden Schlummersäfte,
Du Auszug aller tödlich-feinen Kräfte,
Erweise deinem Meister deine Gunst!
Ich sehe dich: es wird der Schmerz gelindert,
Ich fasse dich: das Streben wird gemindert,
Des Geistes Flutstrom ebbet nach und nach.
Ins hohe Meer werd ich hinausgewiesen,
Die Spiegelflut erglänzt zu meinen Füßen,
Zu neuen Ufern lockt ein neuer Tag.

Ein Feuerwagen schwebt auf leichten Schwingen
An mich heran! Ich fühle mich bereit,
Auf neuer Bahn den Äther zu durchdringen
Zu neuen Sphären reiner Tätigkeit.
Dies hohe Leben, diese Götterwonne!
Du, erst noch Wurm, und die verdienest du?
Ja, kehre nur der holden Erdensonne
Entschlossen deinen Rücken zu!
Vermesse dich, die Pforten aufzureißen,
Vor denen jeder gern vorüberschleicht!
Hier ist es Zeit, durch Taten zu beweisen,
Daß Manneswürde nicht der Götterhöhe weicht:
Vor jener dunkeln Höhle nicht zu beben,
In der sich Phantasie zu eigner Qual verdammt,
Nach jenem Durchgang hinzustreben,
Um dessen engen Mund die ganze Hölle flammt,
Zu diesem Schritt sich heiter zu entschließen,
Und wär es mit Gefahr, ins Nichts dahinzufließen!

micherai sin che la torbida lumiera fumerà su questo leggio. Avrei fatto meglio a dar fondo al poco che possedevo piuttosto che starmene qui entro a sudare, oppresso dal poco. L'eredità[32] paterna devi guadagnartela per possederla. Ciò di cui non ci serviamo ci è di grave peso, e ciò che il momento crea, serve al momento.

Ma perché[33] il mio sguardo fissa sempre quel punto? Quella fiala là è una calamita per i miei occhi? Come mai, all'improvviso, si fa in me una dolce chiarezza, come quando ci aleggia intorno, in notturno bosco, lo splendore lunare?

Ti saluto, o fiala senza pari! Ti tiro giú con animo riverente! Onoro in te l'arte e l'ingegno umano: compendio di gradevoli succhi soporiferi, quintessenza di tutte le virtú che dolcemente uccidono, dimostra al tuo Maestro il tuo favore! Ti guardo, ed ecco il dolore si mitiga, ti afferro e l'interna tensione si placa e la marea del mio spirito si calma poco alla volta. Vengo sospinto verso l'alto mare, lo specchio delle onde brilla ai miei piedi e un nuovo giorno mi invita verso nuovi lidi.

Un carro di fuoco[34] si libra, su leggere ali, verso di me. Mi sento disposto a solcare, su nuova via, l'etra, verso nuove opere di pura attività. Quale vita sublime, quale voluttà divina! La meriti tu forse, tu che, poco fa, altro non eri che un verme? Sí. Volgi risolutamente le spalle al dolce sole della terra. Osa spalancare quelle porte innanzi alle quali ognuno fugge via volentieri! È tempo ormai di dimostrare coi fatti che la dignità umana non è inferiore alla grandezza divina, di non tremare piú di fronte a quella buia caverna nella quale la fantasia si è condannata[35] a proprio tormento, di tendere verso quel varco alla cui stretta bocca sale in fiamme tutto l'inferno; di decidersi serenamente a questo passo e via fluire nel nulla — fosse anche con pericolo!

Nun komm herab, kristallne, reine Schale!
Hervor aus deinem alten Futterale,
An die ich viele Jahre nicht gedacht!
Du glänztest bei der Väter Freudenfeste,
Erheitertest die ernsten Gäste,
Wenn einer dich dem andern zugebracht.
Der vielen Bilder künstlich-reiche Pracht,
Des Trinkers Pflicht, sie reimweis zu erklären,
Auf Einen Zug die Höhlung auszuleeren,
Erinnert mich an manche Jugendnacht.
Ich werde jetzt dich keinem Nachbar reichen,
Ich werde meinen Witz an deiner Kunst nicht zeigen:
Hier ist ein Saft, der eilig trunken macht;
Mit brauner Flut erfüllt er deine Höhle.
Den ich bereitet, den ich wähle,
Der letzte Trunk sei nun mit ganzer Seele
Als festlich-hoher Gruß dem Morgen zugebracht!
(*Er setzt die Schale an den Mund. Glokenklang und Chorgesang*)

CHOR DER ENGEL. Christ ist erstanden!
Freude dem Sterblichen,
Den die verderblichen,
Schleichenden, erblichen
Mängel umwanden!

FAUST. Welch tiefes Summen, welch ein heller Ton
Zieht mit Gewalt das Glas von meinem Munde?
Verkündiget ihr dumpfen Glocken schon
Des Osterfestes erste Feierstunde?
Ihr Chöre, singt ihr schon tröstlichen Gesang,
Der einst um Grabesnacht von Engelslippen klang,
Gewißheit einem neuen Bunde?

CHOR DER WEIBER. Mit Spezereien
Hatten wir ihn gepflegt,
Wir, seine Treuen,
Hatten ihn hingelegt;
Tücher und Binden
Reinlich umwanden wir —
Ach, und wir finden
Christ nicht mehr hier!

CHOR DER ENGEL. Christ ist erstanden!
Selig der Liebende,
Der die betrübende,
Heilsam- und übende
Prüfung bestanden!

FAUST. Was sucht ihr, mächtig und gelind,

A me dunque, pura coppa di cristallo! Vieni fuori dal tuo vecchio astuccio, tu alla quale per molti anni non ho mai pensato! Tu brillasti nelle gioiose feste dei padri, rasserenasti gli spiriti grevi di affanni quando l'uno all'altro ti porgeva. La ricca magnificenza delle molte figure che ti ornano cosí artisticamente, il dovere del bevitore di spiegarle in versi ed in rima[36] e di vuotare quindi, in unico sorso, la coppa, mi richiamano alla memoria piú di una notte della mia giovinezza. Oggi non ti porgerò a nessun ospite che mi sieda vicino e non darò prova d'ingegno sull'arte delle tue figure. Ecco un succo che inebria in breve tempo; esso riempirà con la sua onda scura la tua cavità. L'ho preparato io stesso e per questo lo scelgo. L'ultimo sorso sia offerto, con tutta l'anima, quale solenne e festoso saluto, al mattino.[37]

(Accosta alla bocca la coppa. Suono di campane e canto in coro)

CORO DEGLI ANGELI.[38] Cristo è risorto! Gioia al mortale che le dannose, insidiose, ereditarie colpe[39] tengono avvinto!

FAUST. Quale grave mormorio, quale chiaro tono allontana, a forza, la coppa dalle labbra? O cupe campane, annuncia già il vostro suono la solenne, prima ora di Pasqua? E cantate, voi, o cori, già il canto consolatore che risuonò, allora, nella notte del Sepolcro, sulle labbra degli angeli e recò certezza di un patto[40] novello?

CORO DELLE DONNE. Con aromi[41] l'avevamo imbalsamato, noi, sue fedeli, l'avevamo deposto nella tomba, con lini e bende l'avevamo avvolto — ah! e non troviamo Cristo piú qui.

CORO DEGLI ANGELI. Cristo è risorto! Gloria a chi ha superato, amando, la prova dolorosa, salutare e temprante!

FAUST. O potenti e dolci voci del cielo, perché cercate

Ihr Himmelstöne, mich am Staube?
Klingt dort umher, wo weiche Menschen sind!
Die Botschaft hör ich wohl, allein mir fehlt der Glaube;
Das Wunder ist des Glaubens liebstes Kind.
Zu jenen Sphären wag ich nicht zu streben,
Woher die holde Nachricht tönt;
Und doch, an diesen Klang von Jugend auf gewöhnt,
Ruft er auch jetzt zurück mich in das Leben.
Sonst stürzte sich der Himmelsliebe Kuß
Auf mich herab in ernster Sabbatstille;
Da klang so ahnungsvoll des Glockentones Fülle,
Und ein Gebet war brünstiger Genuß;
Ein unbegreiflich-holdes Sehnen
Trieb mich, durch Wald und Wiesen hinzugehn,
Und unter tausend heißen Tränen
Fühlt ich mir eine Welt entstehn.
Dies Lied verkündete der Jugend muntre Spiele,
Der Frühlingsfeier freies Glück;
Erinnrung hält mich nun mit kindlichem Gefühle
Vom letzten, ernsten Schritt zurück.
O tönet fort, ihr süßen Himmelslieder!
Die Träne quillt, die Erde hat mich wieder!

CHOR DER JÜNGER. Hat der Begrabene
Schon sich nach oben,
Lebend-Erhabene,
Herrlich erhoben,
Ist er in Werdelust
Schaffender Freude nah:
Ach, an der Erde Brust
Sind wir zum Leide da!
Ließ er die Seinen
Schmachtend uns hier zurück,
Ach, wir beweinen,
Meister, dein Glück!

CHOR DER ENGEL. Christ ist erstanden
Aus der Verwesung Schoß!
Reißet von Banden
Freudig euch los!
Tätig ihn Preisenden,
Liebe Beweisenden,
Brüderlich Speisenden,
Predigend Reisenden,
Wonne Verheißenden,
Euch ist der Meister nah,
Euch ist er da!

me, qui, nella polvere? Echeggiate là fuori, dove vivono deboli uomini. Odo, è vero, il messaggio, ma mi manca la fede; il miracolo è la creatura diletta della fede. Non oso tendere[42] verso quelle sfere donde discende il canto della buona novella, e, tuttavia, questa voce, a me nota sin dalla giovinezza, mi richiama indietro, nella vita. Allora il bacio del divino amore scendeva giú, su di me, nella severa pace del Sabato Santo, il canto spiegato delle campane risuonava cosí pieno di presentimenti e la preghiera pareva un ardente godimento. Un dolce, inesprimibile richiamo mi invitava a correre per i campi e nel bosco e, tra mille ardenti lacrime, sentivo formarsi in me un mondo. Questo canto annunziava ai giovani i giochi gioiosi e la libera felicità della festa di primavera. Il ricordo[43] mi ferma, con i sentimenti dell'infanzia, davanti al grave, ultimo passo. O risuonate ancora, dolci canti del cielo! Sgorgano le lacrime, la terra mi ripossiede.

CORO DEI DISCEPOLI. Se il Sepolto si è già elevato verso l'alto, vivo, sublime, radioso e, nel desiderio del suo divenire,[44] si è avvicinato a la creante Gioia, noi rimaniamo, per soffrire, in seno alla terra! Egli ha abbandonato noi, i suoi fedeli, a languire, e noi, o Maestro, piangiamo la tua felicità.

CORO DEGLI ANGELI. Cristo è risorto dal grembo della putredine! Liberatevi con gioia dai vincoli! A voi che lo celebrate operando, che siete apostoli d'amore, che dividete fraternamente, con altri, il pane,[45] che lo predicate andando per il mondo, che annunciate felicità, a voi il Maestro è vicino.

Vor dem Tor

Spaziergänger aller Art ziehen hinaus

EINIGE HANDWERKSBURSCHE. Warum denn dort hinaus?
ANDRE. Wir gehn hinaus aufs Jägerhaus.
DIE ERSTEN. Wir aber wollen nach der Mühle wandern.
EIN HANDWERKSBURSCH. Ich rat euch, nach dem Wasserhof zu [gehn.
ZWEITER. Der Weg dahin ist gar nicht schön.
DIE ZWEITEN. Was tust denn du?
EIN DRITTER. Ich gehe mit den andern.
VIERTER. Nach Burgdorf kommt herauf: gewiß, dort findet ihr
Die schönsten Mädchen und das beste Bier,
Und Händel von der ersten Sorte!
FÜNFTER. Du überlustiger Gesell,
Juckt dich zum drittenmal das Fell?
Ich mag nicht hin, mir graut es vor dem Orte.
DIENSTMÄDCHEN. Nein! nein, ich gehe nach der Stadt zurück.
ANDRE. Wir finden ihn gewiß bei jenen Pappeln stehen.
ERSTE. Das ist für mich kein großes Glück:
Er wird an deiner Seite gehen,
Mit dir nur tanzt er auf dem Plan!
Was gehn mich deine Freuden an!
ANDRE. Heut ist er sicher nicht allein:
Der Krauskopf, sagt er, würde bei ihm sein.
SCHÜLER. Blitz, wie die wackern Dirnen schreiten!
Herr Bruder, komm! wir müssen sie begleiten.
Ein starkes Bier, ein beizender Toback,
Und eine Magd im Putz, das ist nun mein Geschmack.
BÜRGERMÄDCHEN. Da sieh mir nur die schönen Knaben!
Es ist wahrhaftig eine Schmach:
Gesellschaft könnten sie die allerbeste haben —
Und laufen diesen Mägden nach!
ZWEITER SCHÜLER (*zum ersten*).
Nicht so geschwind! dort hinten kommen zwei:
Sie sind gar niedlich angezogen.
's ist meine Nachbarin dabei;
Ich bin dem Mädchen sehr gewogen.
Sie gehen ihren stillen Schritt
Und nehmen uns doch auch am Ende mit.
ERSTER. Herr Bruder, nein! ich bin nicht gern geniert.
Geschwind, daß wir das Wildbret nicht verlieren!

Fuori della porta della città[1]

Gente di ogni condizione; esce a passeggio

ALCUNI GIOVANI OPERAI. Perché dunque da quella parte?

ALTRI. Noi ce n'andiamo verso il Jägerhaus.

I PRIMI. Noi invece ci dirigiamo verso il mulino.

UN OPERAIO. Vi consiglio di andare al Wasserhof.

UN ALTRO. La strada per arrivarci è cattiva.

I SECONDI. E tu che fai?

UN TERZO. Vado con gli altri.

UN QUARTO. Venite, su, al Burgdorf; vi troverete certamente le ragazze piú belle e la birra migliore e zuffe e baruffe di prima qualità.

UN QUINTO. Sei proprio un compagno troppo allegro! Ti prude[2] forse per la terza volta la pelle? Non ne ho voglia di venir sin là. Quel posto non mi piace affatto.

UNA SERVOTTA. No, no!, me ne ritorno in città.

UN'ALTRA. Lo troveremo certamente là vicino ai pioppi.

LA PRIMA. Non sarà proprio una fortuna per me: se ne andrà al tuo fianco e danzerà solamente con te là, sulla pista da ballo all'aperto. I tuoi piaceri non m'interessano.

ALTRE. Oggi non è solo di certo. A quanto ha detto, ci sarebbe con lui anche quel ricciutello.

STUDENTE. Diamine! come camminano quelle belle ragazze! Amico, vieni, bisogna accompagnarle. Birra forte, tabacco mordente, ed una ragazza in ghingheri, son cose che rispondono al mio gusto.

RAGAZZE DELLA BORGHESIA. Guarda un po' là quei bei ragazzi! È proprio una vergogna; potrebbero avere la migliore compagnia e corrono dietro a quelle serve.

IL SECONDO STUDENTE (*al primo*). Non cosí in fretta! Vengono, dietro a noi, due vestite proprio con molta grazia. Una è la mia vicina di casa, e nutro proprio simpatia per lei. Se ne vanno adagio, del loro solito passo ma, alla fine, si lasceranno accompagnare.

IL PRIMO. Collega, no, non voglio sentirmi in soggezione. Svelto, che non si perda la selvaggina! La mano che il

Die Hand, die samstags ihren Besen führt,
Wird sonntags dich am besten karessieren.

BÜRGER. Nein, er gefällt mir nicht, der neue Burgemeister!
Nun, da ers ist, wird er nur täglich dreister,
Und für die Stadt was tut denn er?
Wird es nicht alle Tage schlimmer?
Gehorchen soll man mehr als immer
Und zahlen mehr als je vorher.

BETTLER (*singt*). Ihr guten Herrn, ihr schönen Frauen,
So wohlgeputzt und backenrot,
Belieb es euch, mich anzuschauen,
Und seht und mildert meine Not!
Laßt hier mich nicht vergebens leiern!
Nur der ist froh, der geben mag.
Ein Tag, den alle Menschen feiern,
Er sei für mich ein Erntetag!

ANDRER BÜRGER. Nichts Bessers weiß ich mir an Sonn- und [Feiertagen
Als ein Gespräch von Krieg und Kriegsgeschrei,
Wenn hinten, weit, in der Türkei,
Die Völker aufeinanderschlagen.
Man steht am Fenster, trinkt sein Gläschen aus
Und sieht den Fluß hinab die bunten Schiffe gleiten;
Dann kehrt man abends froh nach Haus
Und segnet Fried und Friedenszeiten.

DRITTER BÜRGER. Herr Nachbar, ja! so laß ichs auch geschehn:
Sie mögen sich die Köpfe spalten,
Mag alles durcheinandergehn;
Doch nur zu Hause bleibs beim alten!

ALTE (*zu den Bürgermädchen*). Ei! wie geputzt! das schöne [junge Blut!
Wer soll sich nicht in euch vergaffen? —
Nur nicht so stolz! es ist schon gut!
Und was ihr wünscht, das wüßt ich wohl zu schaffen.

BÜRGERMÄDCHEN. Agathe, fort! ich nehme mich in acht,
Mit solchen Hexen öffentlich zu gehen;
Sie ließ mich zwar in Sankt-Andreas-Nacht
Den künftgen Liebsten leiblich sehen.

DIE ANDRE. Mir zeigte sie ihn im Kristall,
Soldatenhaft, mit mehreren Verwegnen:
Ich seh mich um, ich such ihn überall,
Allein mir will er nicht begegnen.

SOLDATEN. Burgen mit hohen
Mauern und Zinnen,
Mädchen mit stolzen,
Höhnenden Sinnen
Möcht ich gewinnen!

sabato adopera la granata, ti accarezzerà meglio delle altre, la domenica.

BORGHESE. No, il nuovo borgomastro non mi piace! Da quando lo è diventato, si fa, ogni giorno, piú arrogante. E che fa mai egli in favore della città? Non va, ogni giorno, sempre peggio? Si deve sempre piú obbedire, e pagare piú di quanto non si facesse prima.

UN MENDICANTE (*canta*). Buoni signori, belle signore, cosí ben ornate e rosee in volto, degnatemi di uno sguardo, osservate e mitigate il mio penare! Fate ch'io non suoni qui invano il mio organetto! È felice solamente colui che può dare. Il giorno che tutti festeggiano sia per me giorno di raccolta.

UN ALTRO BORGHESE. Non so nulla di meglio, nei giorni di festa o di domenica, che parlare di guerra e di rumor di guerra mentre, laggiú, lontano, in Turchia,[3] i popoli si scagliano l'uno contro l'altro. Si sta alla finestra, si vuota un bicchierino e si vedono battelli di vario colore scendere giú per il fiume. Poi, la sera, si ritorna a casa tutti contenti e si benedice la pace ed i tempi pacifici.

TERZO BORGHESE. Signor vicino, sí! anch'io lascio che le cose corrano là dove vogliono. Si spacchino, se vogliono, le teste e vada pur tutto sossopra, ma in casa resti tutto come prima!

UNA VECCHIA (*alle ragazze borghesi*). Oh! che eleganza! Che bella gioventú! Chi non se ne invaghirà? Non siate però troppo orgogliose! Sta bene! E saprei ben procurarvi ciò che desiderate.

UNA RAGAZZA DELLA BORGHESIA. Agata, allontaniamoci! Mi guardo bene dall'accompagnarmi pubblicamente con una tale strega. La notte di sant'Andrea,[4] mi ha fatto però vedere, in carne ed ossa, il mio futuro innamorato.

L'ALTRA. A me lo fece vedere in un cristallo di rocca. Vestito da soldato, insieme a parecchi arditi compagni. Mi guardo intorno, lo cerco da per tutto, non mi riesce d'incontrarlo.

SOLDATI. Castelli con alte mura e merli, fiere ragazze e pronte allo scherno vorrei conquistare! Audace è l'impresa, magnifica la ricompensa!

Kühn ist das Mühen,
Herrlich der Lohn!

Und die Trompete
Lassen wir werben,
Wie zu der Freude
So zum Verderben.
Das ist ein Stürmen!
Das ist ein Leben!

Mädchen und Burgen
Müssen sich geben.
Kühn ist das Mühen,
Herrlich der Lohn!
Und die Soldaten
Ziehen davon.

Faust und Wagner

FAUST. Vom Eise befreit sind Strom und Bäche
Durch des Frühlings holden, belebenden Blick,
Im Tale grünet Hoffnungsglück;
Der alte Winter, in seiner Schwäche,
Zog sich in rauhe Berge zurück.
Von dorther sendet er, fliehend, nur
Ohnmächtige Schauer körnigen Eises
In Streifen über die grünende Flur;
Aber die Sonne duldet kein Weißes:
Überall regt sich Bildung und Streben,
Alles will sie mit Farben beleben;
Doch an Blumen fehlts im Revier:
Sie nimmt geputzte Menschen dafür.
Kehre dich um, von diesen Höhen
Nach der Stadt zurückzusehen!
Aus dem hohlen, finstern Tor
Dringt ein buntes Gewimmel hervor.
Jeder sonnt sich heute so gern.
Sie feiern die Auferstehung des Herrn;
Denn sie sind selber auferstanden:
Aus niedriger Häuser dumpfen Gemächern,
Aus Handwerks- und Gewerbesbanden,
Aus dem Druck von Giebeln und Dächern,
Aus der Straßen quetschender Enge,
Aus der Kirchen ehrwürdiger Nacht
Sind sie alle ans Licht gebracht.

Le nostre trombe suonano tanto alla gioia, quanto alla rovina. Questo si chiama un assalto e questo è un vivere!

Castelli e ragazze devono arrendersi. Audace è l'impresa, magnifica la ricompensa! Ed i soldati passano e se ne vanno.

Faust e Wagner

FAUST.[5] Il mite sguardo della primavera, apportatore di vita, ha liberato dai ghiacci e fiumi e torrenti. Nella valle rinverdisce felicità, piena di speranze. Il vecchio inverno, ormai stanco, si è ritirato fra gli aspri monti. E, battendo in ritirata, manda di lassú innocui rovesci di grandine, a strisce, sui campi già verdeggianti. Ma il sole non tollera piú nulla di bianco; ovunque, un manifestarsi di nuovi aspetti ed un tendere alla vita; il sole vi vivifica ogni cosa con nuovi colori. E se mancano alla campagna i fiori, essa accoglie, in cambio, una folla ben vestita. Voltati per contemplare, da queste alture, la città! Dall'oscura cavità della porta esce una folla variopinta. Ognuno se ne sta al sole cosí volentieri, oggi. Festeggiano la Resurrezione del Signore. Essi stessi del resto sono come risorti; dalle tetre stanze dei bassi abituri, dalla schiavitú del mestiere e delle occupazioni, dall'oppressione dei tetti e degli embrici, dalle strette strade ove si pigiano, dalla solenne penombra delle chiese, tutti sono portati alla luce. Osserva, osserva co-

Sieh nur, sieh! wie behend sich die Menge
Durch die Gärten und Felder zerschlägt,
Wie der Fluß in Breit und Länge
So manchen lustigen Nachen bewegt,
Und, bis zum Sinken überladen,
Entfernt sich dieser letzte Kahn.
Selbst von des Berges fernen Pfaden
Blinken uns farbige Kleider an.
Ich höre schon des Dorfs Getümmel,
Hier ist des Volkes wahrer Himmel,
Zufrieden jauchzet groß und klein:
»Hier bin ich Mensch, hier darf ichs sein!«

WAGNER. Mit Euch, Herr Doktor, zu spazieren
Ist ehrenvoll und ist Gewinn;
Doch würd ich nicht allein mich herverlieren,
Weil ich ein Feind von allem Rohen bin.
Das Fiedeln, Schreien, Kegelschieben
Ist mir ein gar verhaßter Klang;
Sie toben, wie vom Bösen Geist getrieben,
Und nennens Freude, nennens Gesang.

Bauern unter der Linde. Tanz und Gesang

Der Schäfer putzte sich zum Tanz
Mit bunter Jacke, Band und Kranz,
Schmuck war er angezogen.
Schon um die Linde war es voll,
Und alles tanzte schon wie toll.
Juchhe! Juchhe!
Juchheisa! Heisa! He!
So ging der Fiedelbogen.

Er drückte hastig sich heran,
Da stieß er an ein Mädchen an
Mit seinem Ellenbogen.
Die frische Dirne kehrt' sich um
Und sagte: »Nun, das find ich dumm!«
Juchhe! Juchhe!
Juchheisa! Heisa! He!
»Seid nicht so ungezogen!«

Doch hurtig in dem Kreise gings,
Sie tanzten rechts, sie tanzten links,
Und alle Röcke flogen.
Sie wurden rot, sie wurden warm

me rapidamente la folla si spanda per campi e giardini, come sul fiume si muovano, allegramente, in lungo ed in largo, barchette e come questa ultima si allontani, carica che quasi affonda. Persino dai lontani sentieri dei monti brillano verso di noi i colori dei vestiti. Percepisco di già il brusio del villaggio; qui è il vero paradiso del popolo, grandi e piccini gioiscono lietamente. Qui sono un uomo, qui mi è permesso di esserlo!

WAGNER. Andare a passeggio con voi, signor dottore, è cosa onorevole e vantaggiosa; tuttavia, da solo, non verrei a perdermi qui, perché sono nemico di tutto ciò che è rozzo. Il suono dei violini, il vociare, il giocare ai birilli è per me un rumore assai odioso; strepitano come se fossero inseguiti da uno spirito malvagio e chiamano ciò gioia, chiamano ciò canto.

Contadini sotto il tiglio.[6] *Danza e canto*

Il pastore si è ornato per la danza con una giubba di varii colori, con nastro e corona: elegantemente è egli vestito. Intorno al tiglio era gran folla, e tutti ballavano come pazzi. Iuchhe, Iuchhe! Iuchheisa! Heisa! He!, cosí andava l'archetto del violino.

Rapidamente entrò dentro la folla il pastore ed urtò una ragazza col gomito. La giovane ragazza si voltò e disse: « Beh, lo trovo alquanto stupido questo modo di fare! Iuchhe! Iucche! Iuchheisa! Heisa! He! Non siate cosí maleducato! »

Rapida si svolgeva tuttavia la danza, tutto in giro e ballavano a destra e ballavano a sinistra, e tutte le sottane volavano. Rossi ed accaldati come erano, si riposa-

Und ruhten atmend Arm in Arm —
Juchhe! Juchhe!
Juchheisa! Heisa! He! —
Und Hüft an Ellenbogen.

»Und tu mir doch nicht so vertraut!
Wie mancher hat nicht seine Braut
Belogen und betrogen!«
Er schmeichelte sie doch beiseit,
Und von der Linde scholl es weit:
Juchhe! Juchhe!
Juchheisa! Heisa! He!
Geschrei und Fiedelbogen.

ALTER BAUER. Herr Doktor, das ist schön von Euch,
Daß Ihr uns heute nicht verschmäht
Und unter dieses Volksgedräng,
Als ein so Hochgelahrter, geht.
So nehmet auch den schönsten Krug,
Den wir mit frischem Trunk gefüllt!
Ich bring ihn zu und wünsche laut,
Daß er nicht nur den Durst Euch stillt:
Die Zahl der Tropfen, die er hegt,
Sei Euren Tagen zugelegt!
FAUST. Ich nehme den Erquickungstrank,
Erwidr euch allen Heil und Dank.
(*Das Volk sammelt sich im Kreis umher*)
ALTER BAUER. Fürwahr, es ist sehr wohlgetan,
Daß Ihr am frohen Tag erscheint;
Habt Ihr es vormals doch mit uns
An bösen Tagen gut gemeint!
Gar mancher steht lebendig hier,
Den Euer Vater noch zuletzt
Der heißen Fieberwut entriß,
Als er der Seuche Ziel gesetzt.
Auch damals Ihr, ein junger Mann,
Ihr gingt in jedes Kranken Haus;
Gar manche Leiche trug man fort,
Ihr aber kamt gesund heraus,
Bestandet manche harte Proben:
Dem Helfer half der Helfer droben.
ALLE. Gesundheit dem bewährten Mann,
Daß er noch lange helfen kann!
FAUST. Vor jenem droben steht gebückt,
Der helfen lehrt und Hülfe schickt!
(*Er geht mit Wagnern weiter*)

vano, ansando, l'uno al braccio dell'altra. Iuchhe! Iuchhe! Iuchheisa! Heisa! He! il gomito sull'anca.

E non ti permetter troppa confidenza Quanti non hanno ingannato e tradito la loro fidanzata. Tuttavia l'indusse a seguirlo in disparte e, dal tiglio, si spandevano lontano: Iuchhe! Iuchhe! Iuchheisa! Heisa He! grida e suoni di violino.

UN VECCHIO CONTADINO. È bello da parte vostra, signor dottore, che non ci sdegniate oggi e che un sapiente come voi si aggiri fra questa calca. Accettate, pertanto, anche il piú bel boccale colmato da noi di fresca bibita! Ve l'offro e vi auguro, a voce alta, che non soltanto plachi in voi la sete, ma che siano aggiunti alla vostra vita tanti giorni quante gocce esso contiene!

FAUST. Accetto la bevanda che ristora e ricambio a tutti voi grazie e salute.
(*La folla si raduna intorno in cerchio*)

VECCHIO CONTADINO. È proprio molto ben fatto da parte vostra di mostrarvi in questo lieto giorno: allora, in giorni tristi, foste verso di noi assai buono! Piú d'uno è qui vivo fra noi che vostro padre strappò, all'ultimo istante, al caldo furor della febbre, quando fece cessare la peste. Anche allora, voi ancora giovanetto, vi recavate in ogni ospedale. Piú di un cadavere venne portato via, ma voi ne usciste sempre sano e superaste piú d'una dura prova: a chi porgeva aiuto quaggiú, venne aiuto di lassú.

TUTTI. Salve all'uomo esperto; possa egli aiutare altrui ancora per lungo tempo!

FAUST. Inchinatevi innanzi a Colui[7] che sta lassú; egli insegna a soccorrere e manda aiuto!
(*Prosegue oltre, con Wagner*)

WAGNER. Welch ein Gefühl mußt du, o großer Mann,
Bei der Verehrung dieser Menge haben!
O glücklich, wer von seinen Gaben
Solch einen Vorteil ziehen kann!
Der Vater zeigt dich seinem Knaben,
Ein jeder fragt und drängt und eilt,
Die Fiedel stockt, der Tänzer weilt.
Du gehst, in Reihen stehen sie,
Die Mützen fliegen in die Höh,
Und wenig fehlt, so beugten sich die Knie,
Als käm das Venerabile.

FAUST. Nur wenig Schritte noch hinauf zu jenem Stein:
Hier wollen wir von unsrer Wandrung rasten.
Hier saß ich oft gedankenvoll allein
Und quälte mich mit Beten und mit Fasten.
An Hoffnung reich, im Glauben fest,
Mit Tränen, Seufzen, Händeringen
Dacht ich das Ende jener Pest
Vom Herrn des Himmels zu erzwingen.
Der Menge Beifall tönt mir nun wie Hohn.
O könntest du in meinem Innern lesen,
Wie wenig Vater und Sohn
Solch eines Ruhmes wert gewesen!
Mein Vater war ein dunkler Ehrenmann,
Der über die Natur und ihre heilgen Kreise,
In Redlichkeit, jedoch auf seine Weise,
Mit grillenhafter Mühe sann,
Der in Gesellschaft von Adepten
Sich in die Schwarze Küche schloß
Und nach unendlichen Rezepten
Das Widrige zusammengoß.
Da ward ein Roter Leu, ein kühner Freier,
Im lauen Bad der Lilie vermählt
Und beide dann mit offnem Flammenfeuer
Aus einem Brautgemach ins andere gequält.
Erschien darauf mit bunten Farben
Die Junge Königin im Glas,
Hier war die Arzenei, die Patienten starben,
Und niemand fragte, wer genas!
So haben wir mit höllischen Latwergen
In diesen Tälern, diesen Bergen
Weit schlimmer als die Pest getobt.
Ich habe selbst den Gift an Tausende gegeben:
Sie welkten hin, ich muß erleben,
Daß man die frechen Mörder lobt!

WAGNER. Quale sentimento devi provare, o grande uomo, al contatto con questa riverente folla! O felice colui che può trarre tale profitto dalle sue doti! Il padre ti addita al suo figliolo, ognun domanda e si fa innanzi e si affretta; il violino tace ed il ballerino trattiene il piede. Tu passi, essi ti fanno ala, i berretti volano in alto e poco ci manca che non pieghino le ginocchia come se passasse il Santissimo.

FAUST. Ancora pochi passi, su, sino a quel masso: qui concederemo un po' di riposo al nostro passeggiare. Qui sedetti, sovente, solo, assorto nei miei pensieri e mi tormentavo con digiuni e preghiere. Ricco di speranze, saldo nella mia fede, pensavo di poter impetrare dal Signore del cielo la fine di quella peste piangendo, sospirando, torcendomi le mani. L'applauso della folla mi sembra ora quasi uno scherno. Potessi, tu, leggere dentro di me come padre e figlio siano stati poco degni di quella fama! Mio padre era un modesto galantuomo che meditava a modo suo ed onestamente anche se in modo un po' bizzarro, su la natura e le sue sacre sfere. In compagnia di alcuni adepti, si chiudeva nella sua cucina di alchimista e, secondo innumerevoli ricette, mescolava insieme i contrarii.[8] Cosí un rosso leone,[9] baldanzoso aspirante, veniva unito, in tepido bagno, al giglio ed entrambi venivano poi costretti da un talamo[10] all'altro, sotto l'azione della fiamma di fuoco vivo. Appariva poi coi varii colori, nel vetro, la giovane regina; questa era la medicina,[11] i pazienti morivano e nessuno domandava: chi guarí? Con i nostri succhi infernali abbiamo imperversato in queste valli e per questi monti piú noi che la peste. Io stesso ho dato a migliaia il veleno: essi perirono ed io devo toccar con mano che temerari assassini vengono lodati![12]

WAGNER. Wie könnt Ihr Euch darum betrüben!
Tut nicht ein braver Mann genug,
Die Kunst, die man ihm übertrug,
Gewissenhaft und pünktlich auszuüben?
Wenn du als Jüngling deinen Vater ehrst,
So wirst du gern von ihm empfangen;
Wenn du als Mann die Wissenschaft vermehrst,
So kann dein Sohn zu höhrem Ziel gelangen.
FAUST. O glücklich, wer noch hoffen kann,
Aus diesem Meer des Irrtums aufzutauchen!
Was man nicht weiß, das eben brauchte man,
Und was man weiß, kann man nicht brauchen. —
Doch laß uns dieser Stunde schönes Gut
Durch solchen Trübsinn nicht verkümmern!
Betrachte, wie in Abendsonneglut
Die grünumgebnen Hütten schimmern!
Sie rückt und weicht, der Tag ist überlebt,
Dort eilt sie hin und fördert neues Leben.
O daß kein Flügel mich vom Boden hebt,
Ihr nach und immer nach zu streben!
Ich säh im ewigen Abendstrahl
Die stille Welt zu meinen Füßen,
Entzündet alle Höhn, beruhigt jedes Tal,
Den Silberbach in goldne Ströme fließen.
Nicht hemmte dann den göttergleichen Lauf
Der wilde Berg mit allen seinen Schluchten;
Schon tut das Meer sich mit erwärmten Buchten
Vor den erstaunten Augen auf.
Doch scheint die Göttin endlich wegzusinken;
Allein der neue Trieb erwacht:
Ich eile fort, ihr ewges Licht zu trinken,
Vor mir den Tag und hinter mir die Nacht,
Den Himmel über mir und unter mir die Wellen.
Ein schöner Traum, indessen sie entweicht.
Ach, zu des Geistes Flügeln wird so leicht
Kein körperlicher Flügel sich gesellen!
Doch ist es jedem eingeboren,
Daß sein Gefühl hinauf- und vorwärtsdringt,
Wenn über uns, im blauen Raum verloren,
Ihr schmetternd Lied die Lerche singt,
Wenn über schroffen Fichtenhöhen
Der Adler ausgebreitet schwebt
Und über Flächen, über Seen
Der Kranich nach der Heimat strebt.
WAGNER. Ich hatte selbst oft grillenhafte Stunden,

WAGNER. Come potete turbarvi per questo? Non è forse sufficiente per un uomo onesto esercitare con coscienza ed esattezza l'arte che gli hanno trasmessa? Se, da giovane, tu onori tuo padre, ne accetterai volentieri gli insegnamenti; se tu, da uomo, favorirai lo sviluppo della scienza, tuo figlio potrà raggiungere mète ancora piú alte.

FAUST. O felice, chi può ancora sperare di cavarsela in questo mare di errori! Abbiamo bisogno di quello che non si sa e non sappiamo far uso di quello che sappiamo. Ma non turbiamoci, con tristi pensieri, il bene di questa bella ora! Osserva come scintillino, nel rossore del tramonto, le capanne, fra il verde. Il sole si sposta e cala; il giorno è finito e quello si affretta altrove e ridesta nuova vita. O perché non mi solleva da terra un'ala per tendere sempre piú verso di lui! Vedrei, ai miei piedi, nei raggi di un tramonto eterno, tutte le alture infocate, tranquilla ogni valle ed il torrente d'argento scorrere entro onde dorate. E le montagne selvagge, con tutti i loro abissi, non frenerebbero la mia corsa, simile a quella degli dei, e già il mare con le sue baie intiepidite, si apre innanzi allo sguardo attonito. Alfine sembra che il dio sole stia per calare lontano, mi affretto per bere della sua eterna luce, davanti a me il giorno, dietro a me la notte, il cielo sopra di me e sotto di me le onde. Un bel sogno, mentre il sole scompare. Ah! all'ali[13] dello spirito non si accompagnano facilmente le ali del corpo. Tuttavia è innato in ognuno un sentimento che lo spinge in avanti ed in alto: quando, perduta nell'azzurro spazio sopra di noi, l'allodola canta la sua squillante canzone, quando, al di sopra di ripide rupi rivestite d'abeti, l'aquila si libra ad ali spiegate e la gru, volando su piani e su laghi, tende verso la terra natia.

WAGNER. Ho avuto anch'io[14] i miei tempi con la testa

Doch solchen Trieb hab ich noch nie empfunden.
Man sieht sich leicht an Wald und Feldern satt;
Des Vogels Fittich werd ich nie beneiden.
Wie anders tragen uns die Geistesfreuden
Von Buch zu Buch, von Blatt zu Blatt!
Da werden Winternächte hold und schön,
Ein selig Leben wärmet alle Glieder,
Und ach, entrollst du gar ein würdig Pergamen,
So steigt der ganze Himmel zu dir nieder!

FAUST. Du bist dir nur des einen Triebs bewußt;
O lerne nie den andern kennen!
Zwei Seelen wohnen, ach! in meiner Brust,
Die eine will sich von der andern trennen:
Die eine hält in derber Liebeslust
Sich an die Welt mit klammernden Organen;
Die andre hebt gewaltsam sich vom Dust
Zu den Gefilden hoher Ahnen.
O gibt es Geister in der Luft,
Die zwischen Erd und Himmel, herrschend weben,
So steiget nieder aus dem goldnen Duft
Und führt mich weg zu neuem, buntem Leben!
Ja, wäre nur ein Zaubermantel mein!
Und trüg er mich in fremde Länder,
Mir sollt er um die köstlichsten Gewänder,
Nicht feil um einen Königsmantel sein!

WAGNER. Berufe nicht die wohlbekannte Schar,
Die strömend sich im Dunstkreis überbreitet,
Dem Menschen tausendfältige Gefahr
Von allen Enden her bereitet!
Von Norden dringt der scharfe Geisterzahn
Auf dich herbei mit pfeilgespitzten Zungen.
Von Morgen ziehn vertrocknend sie heran
Und nähren sich von deinen Lungen.
Wenn sie der Mittag aus der Wüste schickt,
Die Glut auf Glut um deinen Scheitel häufen,
So bringt der West den Schwarm, der erst erquickt,
Um dich und Feld und Aue zu ersäufen.
Sie hören gern, zum Schaden froh gewandt,
Gehorchen gern, weil sie uns gern betriegen;
Sie stellen wie vom Himmel sich gesandt
Und lispeln englisch, wenn sie lügen. —
Doch gehen wir! Ergraut ist schon die Welt,
Die Luft gekühlt, der Nebel fällt!
Am Abend schätzt man erst das Haus. —

piena di grilli, ma non ho mai provato un simile desiderio. La vista dei boschi e dei campi sazia facilmente e non invidierò mai le ali agli uccelli. In ben altro modo ci guidano le gioie dello spirito di libro in libro, di pagina in pagina. Le notti dell'inverno si fanno allora belle e dolci, un beato senso di vita riscalda tutte le membra e, ah!, se tu srotoli un'antica pergamena, tutto il cielo scende giú su di te.

FAUST. Tu conosci un solo impulso, che tu non possa mai conoscere l'altro! Ah! due anime[15] abitano nel mio petto, l'una si vuol separare dall'altra. L'una si aggrappa, con saldi organi e con aspra gioia d'amore, al mondo, l'altra si leva, d'impeto, su, da la polvere terrena, verso i campi degli antichi avi.[16] Oh, se ci sono nell'aria spiriti che errano sovrani fra la terra e il cielo, oh scendete dalla nube d'oro e portatemi verso una vita nuova e varia. Oh! possedessi almeno un mantello incantato![17] E mi portasse in paesi stranieri; non lo darei né per i piú preziosi vestiti, né per un mantello regale!

WAGNER.[18] Non invocare quella ben nota schiera che, simile ad un'onda, si spande in tutta l'atmosfera e prepara all'uomo, da ogni lato, mille diversi pericoli! Dal Nord ti incalzano spiriti dai denti affilati e dalle lingue appuntite come frecce, da oriente giungono altri che inaridiscono tutto e si nutrono dei tuoi polmoni. Quando il mezzogiorno li invia dal deserto, ammucchiano ardori ed ardori intorno al tuo capo, l'occidente manda la schiera che, in un primo tempo, ristora e, poi, affogherà te e i campi e i prati. Ascoltano volentieri, ma sono, con gioia, pronti a nuocerci, obbediscono volentieri perché ci ingannano volentieri. Si presentano come messaggeri del cielo e, quando mentono, sussurrano come se fossero angeli. Ma andiamo, ormai. Il mondo è già tutto grigio, l'aria s'è rinfrescata e la nebbia cala! Pro-

Was stehst du so und blickst erstaunt hinaus?
Was kann dich in der Dämmrung so ergreifen?

FAUST. Siehst du den schwarzen Hund durch Saat und Stoppel [streifen?

WAGNER. Ich sah ihn lange schon, nicht wichtig schien er mir.

FAUST. Betracht ihn recht! für was hältst du das Tier?

WAGNER. Für einen Pudel, der auf seine Weise
Sich auf der Spur des Herren plagt.

FAUST. Bemerkst du, wie in weitem Schneckenkreise
Er um uns her und immer näher jagt?
Und irr ich nicht, so zieht ein Feuerstrudel
Auf seinen Pfaden hinterdrein.

WAGNER. Ich sehe nichts als einen schwarzen Pudel;
Es mag bei Euch wohl Augentäuschung sein.

FAUST. Mir scheint es, daß er magisch-leise Schlingen
Zu künftgem Band um unsre Füße zieht.

WAGNER. Ich seh ihn ungewiß und furchtsam uns umspringen,
Weil er statt seines Herrn zwei Unbekannte sieht.

FAUST. Der Kreis wird eng! schon ist er nah!

WAGNER. Du siehst, ein Hund, und kein Gespenst ist da!
Er knurrt und zweifelt, legt sich auf den Bauch,
Er wedelt: alles Hundebrauch.

FAUST. Geselle dich zu uns! komm hier!

WAGNER. Es ist ein pudelnärrisch Tier.
Du stehest still, er wartet auf;
Du sprichst ihn an, er strebt an dir hinauf;
Verliere was, er wird es bringen,
Nach deinem Stock ins Wasser springen.

FAUST. Du hast wohl recht: ich finde nicht die Spur
Von einem Geist, und alles ist Dressur.

WAGNER. Dem Hunde, wenn er gut gezogen,
Wird selbst ein weiser Mann gewogen.
Ja, deine Gunst verdient er ganz uund gar,
Er, der Studenten trefflicher Skolar.
(*Sie gehen in das Stadttor*)

prio la sera si apprezza la casa. Perché ti fermi e guardi là stupito? Che cosa ti può colpire cosí, nel crepuscolo?

FAUST. Vedi quel cane nero[19] che si aggira fra campi seminati e stoppie?

WAGNER. Da un pezzo lo vedo; non mi sembrava nulla di importante.

FAUST. Osservalo bene! Cosa credi che sia quella bestia?

WAGNER. Un can barbone, che, a suo modo, si dà d'attorno per seguire le orme del padrone.

FAUST. Non t'accorgi come egli si aggira intorno a noi in ampie spirali e si avvicina sempre di piú? E, se non erro, si trae dietro, sul suo cammino, un vortice di fuoco.

WAGNER. Non vedo che un barbone nero: si tratterà per voi di un'illusione ottica.

FAUST. Mi pare che tenda sottili lacci magici intorno ai nostri piedi, lacci che saranno, presto, legami.

WAGNER. Lo vedo saltare intorno a noi incerto e timido, perché, invece del suo padrone, vede due sconosciuti.

FAUST. Il cerchio si rimpicciolisce! ci è già vicino!

WAGNER. Tu lo vedi, ecco, un cane e non un fantasma! Mugola, non sa che fare, s'adagia sul ventre, muove la coda; in tutto e per tutto come è abitudine dei cani.

FAUST. Accompagnati a noi! Vieni qua!

WAGNER. È una bestia bizzarra, al modo dei barboni. Ti fermi, ti aspetta, parli con lui, si rizza sulle zampe verso di te, perdi qualche cosa, te la riporta, salta nell'acqua dietro al tuo bastone.

FAUST. Hai ragione.[20] Non trovo traccia alcuna di spirito e tutto è ammaestramento.

WAGNER. Quando un cane è ben allevato, gli si affeziona anche un uomo saggio. Merita proprio il tuo favore questo ottimo scolaro degli studenti.

(*Entrano, dalla porta, in città*)

Studierzimmer

FAUST (*mit dem Pudel hereintretend*).

Verlassen hab ich Feld und Auen,
Die eine tiefe Nacht bedeckt,
Mit ahnungsvollem, heilgem Grauen
In uns die beßre Seele weckt.
Entschlafen sind nun wilde Triebe
Mit jedem ungestümen Tun;
Es reget sich die Menschenliebe,
Die Liebe Gottes regt sich nun. —

Sei ruhig, Pudel! renne nicht hin und wider!
An der Schwelle was schnoperst du hier?
Lege dich hinter den Ofen nieder:
Mein bestes Kissen geb ich dir.
Wie du draußen auf dem bergigen Wege
Durch Rennen und Springen ergetzt uns hast,
So nimm nun auch von mir die Pflege
Als ein willkommner, stiller Gast.

Ach! wenn in unsrer engen Zelle
Die Lampe freundlich wieder brennt,
Dann wirds in unserm Busen helle,
Im Herzen, das sich selber kennt.
Vernunft fängt wieder an zu sprechen,
Und Hoffnung wieder an zu blühn;
Man sehnt sich nach des Lebens Bächen,
Ach! nach des Lebens Quelle hin. —

Knurre nicht, Pudel! Zu den heiligen Tönen,
Die jetzt meine ganze Seel umfassen,
Will der tierische Laut nicht passen.
Wir sind gewohnt, daß die Menschen verhöhnen,
Was sie nicht verstehn,
Daß sie vor dem Guten und Schönen,
Das ihnen oft beschwerlich ist, murren:
Will es der Hund wie sie beknurren?

Aber ach! schon fühl ich, bei dem besten Willen,
Befriedigung nicht mehr aus dem Busen quillen.
Aber warum muß der Strom so bald versiegen
Und wir wieder im Durste liegen?
Davon hab ich so viel Erfahrung.
Doch dieser Mangel läßt sich ersetzen:

Studio[1]

FAUST (*entrando con il barbone*). Ho lasciato campi e prati coperti da una notte profonda. Essa risveglia in noi, con un sacro tremore pieno di presentimento, la parte migliore della nostra anima. Gli istinti selvaggi sono sopiti e con essi ogni impetuoso agire. Si desta l'amore verso gli uomini, si desta l'amore verso Dio.[2]

Chetati, barbone! Non correre cosí in qua e in là! Che annusi lí, sulla soglia? Accucciati dietro la stufa; ti do il mio migliore cuscino. Tu ci hai divertito, lassú, sul sentiero montano con i tuoi salti e con il tuo correre, ebbene, accetta ora anche da me un po' le mie cure, come un ospite tranquillo e benvenuto.

Ah! quando nella nostra cella angusta riarde l'amica lucerna, allora è di nuovo chiarezza nel nostro petto e nel cuore che conosce se stesso. La ragione riprende a far sentire la sua voce e la speranza rifiorisce. Si anela verso i rivi della vita, ah! verso le sorgenti della vita.

Non mugolare, barbone. La tua voce bestiale non si addice alle sante armonie che pervadono ed avvolgono tutta la mia anima. Siamo abituati a sentir gli uomini deridere quello che non comprendono e mormorare davanti a ciò che è buono e bello e per essi, sovente, importuno. Vuol il cane anch'egli, come gli uomini, brontolare?

Ma, ahimè!, sento ormai che, anche con la migliore volontà, non sgorga dal mio petto appagamento alcuno. Ma perché la corrente deve esaurirsi cosí presto e noi languire ancora una volta assetati? Di ciò ho molta esperienza. Però si può trovare un compenso a tale mancanza. Impariamo a stimare il sovraterreno, ab-

Wir lernen das Überirdische schätzen,
Wir sehnen uns nach Offenbarung,
Die nirgends würdger und schöner brennt
Als in dem Neuen Testament.
Mich drängts, den Grundtext aufzuschlagen,
Mit redlichem Gefühl einmal
Das heilige Original
In mein geliebtes Deutsch zu übertragen.
(*Er schlägt ein Volum auf und schickt sich an*)
Geschrieben steht: »Im Anfang war das Wort!«
Hier stock ich schon! Wer hilft mir weiter fort?
Ich kann das Wort so hoch unmöglich schätzen,
Ich muß es anders übersetzen,
Wenn ich vom Geiste recht erleuchtet bin.
Geschrieben steht: Im Anfang war der Sinn.
Bedenke wohl die erste Zeile,
Daß deine Feder sich nicht übereile!
Ist es der Sinn, der alles wirkt und schafft?
Es sollte stehn: Im Anfang war die Kraft!
Doch auch indem ich dieses niederschreibe,
Schon warnt mich was, daß ich dabei nicht bleibe.
Mir hilft der Geist! auf einmal seh ich Rat
Und schreibe getrost: Im Anfang war die Tat! —

Soll ich mit dir das Zimmer teilen,
Pudel, so laß das Heulen,
So laß das Bellen!
Solch einen störenden Gesellen
Mag ich nicht in der Nähe leiden.
Einer von uns beiden
Muß die Zelle meiden.
Ungern heb ich das Gastrecht auf,
Die Tür ist offen, hast freien Lauf. —
Aber was muß ich sehen!
Kann das natürlich geschehen?
Ist es Schatten? ists Wirklichkeit?
Wie wird mein Pudel lang und breit!
Er hebt sich mit Gewalt:
Das ist nicht eines Hundes Gestalt!
Welch ein Gespenst bracht ich ins Haus!
Schon sieht er wie ein Nilpferd aus,
Mit feurigen Augen, schrecklichem Gebiß.
O, du bist mir gewiß!
Für solche halbe Höllenbrut
Ist Salomonis Schlüssel gut.

biamo desiderio di quella Rivelazione che in nessuna parte risplende piú degna e piú bella che nel Nuovo Testamento. Ho desiderio di aprirne il testo e di tradurne alfine il sacro originale nel mio caro tedesco, con animo devoto.

(*Apre un volume e incomincia*)

Sta scritto: « In principio era il Verbo! »[3] Son già bell'e fermo! Chi mi aiuta a proseguire? È impossibile ch'io stimi la « parola » in modo cosí alto. Devo tradurre altrimenti, se lo Spirito m'illumina bene. Sta scritto: « In principio era il Pensiero. » Rifletti bene, sin dalla prima riga affinché la tua penna non abbia troppa fretta. È forse il pensiero che tutto crea ed in tutto agisce? Allora dovrebbe essere: « in principio era la Forza! » Ma mentre scrivo questa espressione, già un non so che mi ammonisce che non mi ci fermerò. Lo Spirito mi aiuta! Improvvisamente mi si fa luce dentro: «in principio era l'Azione! »

Se devo dividere con te la mia camera, caro barbone,[4] smetti di mugolare e smetti di latrare! Non sopporto, vicino a me, un compagno che disturba cosí. Uno di noi due deve abbandonare la cella. Mi spiace venir meno al dovere dell'ospitalità; la porta è aperta e hai libero il passo. Ma che devo vedere? Può ciò accadere naturalmente? È illusione o è realtà? Come il mio barbone si fa lungo e largo! Si leva su con violenza. Non è piú la figura di un cane! Che fantasma mi sono portato in casa! Ha già l'aspetto di un ippopotamo, con occhi di fuoco e terribili zanne. Oh! mi apparterrai certamente! A tale ibrida razza infernale si addice la chiave di Salomone.[5]

GEISTER (*auf dem Gange*). Drinnen gefangen ist einer!
Bleibet draußen! folg ihm keiner!
Wie im Eisen der Fuchs
Zagt ein alter Höllenluchs.
Aber gebt acht!
Schwebet hin, schwebet wider,
Auf und nieder,
Und er hat sich losgemacht.
Könnt ihr ihm nützen,
Laßt ihn nicht sitzen!
Denn er tat uns allen
Schon viel zu Gefallen.

FAUST. Erst, zu begegnen dem Tiere,
Brauch ich den Spruch der Viere:
Salamander soll glühen,
Undene sich winden,
Sylphe verschwinden,
Kobold sich mühen.
Wer sie nicht kennte,
Die Elemente,
Ihre Kraft
Und Eigenschaft,
Wäre kein Meister
Über die Geister.
Verschwind in Flammen,
Salamander!
Rauschend fließe zusammen,
Undene!
Leucht in Meteorenschöne,
Sylphe!
Bring häusliche Hülfe,
Incubus! incubus!
Tritt hervor und mache den Schluß!
Keines der Viere
Steckt in dem Tiere.
Es liegt ganz ruhig und grinst mich an;
Ich hab ihm noch nicht weh getan.
Du sollst mich hören
Stärker beschwören.
Bist du, Geselle,
Ein Flüchtling der Hölle?
So sieh dies Zeichen,
Dem sie sich beugen,
Die schwarzen Scharen!
Schon schwillt es auf mit borstigen Haaren.

SPIRITI (*nel corridoio*).[6] Là dentro è prigioniero uno dei nostri! Rimanete fuori! Non lo segua nessuno! Una vecchia lince dell'inferno si dimena sbigottita, come una volpe nella trappola. State dunque in guardia! Volteggiate di qua, di là, in su ed in giú e si libererà. Se potete essergli d'aiuto, non abbandonatelo nei pasticci! Poiché egli ha fatto a noi tutti di molti piaceri.

FAUST. Per affrontare la bestia mi occorre, in primo luogo, lo scongiuro quadruplice[7]: la salamandra deve ardere, l'ondina avvolgersi, la silfide scomparire, il coboldo darsi d'attorno.

Chi non conosce gli elementi e le loro forze e le loro qualità non può avere dominio sugli spiriti.

Sparisci nella fiamma, salamandra! Susurrando, scorri via, ondina! Splendi bella come una meteora, o silfide! Dammi un aiuto domestico, incubus, incubus! Vieni fuori e finiamola!

Nessuno dei quattro è nella bestia. Se ne sta tranquillissima e mi guarda ghignando. Non le ho ancora fatto del male. Mi udirai fare scongiuri piú efficaci.

Sei tu, o compare, un evaso dall'inferno? Guarda, allora, questo segno cui si inchinano le nere schiere![8] Già si gonfia e rizza il pelo.

Verworfnes Wesen!
Kannst du ihn lesen?
Den nie Entsproßnen,
Unausgeprochnen,
Durch alle Himmel Gegoßnen,
Freventlich Durchstochnen?

Hinter den Ofen gebannt,
Schwillt es wie ein Elefant,
Den ganzen Raum füllt es an,
Es will zum Nebel zerfließen.
Steige nicht zur Decke hinan!
Lege dich zu des Meisters Füßen!
Du siehst, daß ich nicht vergebens drohe:
Ich versenge dich mit heiliger Lohe!
Erwarte nicht
Das dreimal glühende Licht!
Erwarte nicht
Die stärkste von meinen Künsten!

MEPHISTOPHELES (*tritt, indem der Nebel fällt, gekleidet wie ein fahrender Scholastikus, hinter dem Ofen hervor*).
Wozu der Lärm? was steht dem Herrn zu Diensten?

FAUST. Das also war des Pudels Kern!
Ein fahrender Skolast? Der Kasus macht mich lachen.

MEPHISTOPHELES. Ich salutiere den gelehrten Herrn!
Ihr habt mich weidlich schwitzen machen.

FAUST. Wie nennst du dich?

MEPHISTOPHELES. Die Frage scheint mir klein
Für einen, der das Wort so sehr verachtet,
Der, weit entfernt von allem Schein,
Nur in der Wesen Tiefe trachtet.

FAUST. Bei euch, ihr Herrn, kann man das Wesen
Gewöhnlich aus dem Namen lesen,
Wo es sich allzu deutlich weist,
Wenn man euch Fliegengott, Verderber, Lügner heißt.
Nun gut, wer bist du denn?

MEPHISTOPHELES. Ein Teil von jener Kraft,
Die stets das Böse will, und stets das Gute schafft.

FAUST. Was ist mit diesem Rätselwort gemeint?

MEPHISTOPHELES. Ich bin der Geist, der stets verneint!
Und das mit Recht: denn alles, was entsteht,
Ist wert, daß es zugrunde geht;
Drum besser wärs, daß nichts entstünde.
So ist denn alles, was ihr Sünde,
Zerstörung, kurz das Böse nennt,
Mein eigentliches Element.

Reprobo essere! Sai tu leggere[9] il non Creato,[10] l'Inesprimibile,[11] che riempie di sé tutti i cieli, l'empiamente Trafitto?[12]

Relegato dietro la stufa, si gonfia come un elefante, riempie tutto lo spazio e vorrebbe sciogliersi in nebbia. Non elevarti su sino al soffitto! Accovacciati ai piedi del padrone! Vedi bene che non minaccio invano. Ti arderò con una sacra fiamma! Non attendere la luce tre volte ardente![13] Non attendere la piú efficace delle mie arti!

MEFISTOFELE (*mentre la nebbia si scioglie, appare, da dietro la stufa, vestito da goliardo vagante*[14]). Perché tanto chiasso? In che cosa mi comanda il signore?

FAUST. Era questo dunque il nocciolo del barbone? Un goliardo vagante! Il caso mi fa ridere.

MEFISTOFELE. Saluto il sapiente signore. Mi avete fatto sudare proprio a dovere.

FAUST. Come ti chiami?

MEFISTOFELE. La domanda mi sembra frivola per uno che disprezza la parola e che, lontano da ogni apparenza, mira soltanto alla profonda essenza delle cose.

FAUST. Con voi, cari signori, l'essenza si può per lo piú ricavare dal nome dove essa appare anche troppo palesemente quando vi si chiama dio delle mosche, o Corruttore, o Mentitore.[15] Su via, chi sei tu?[16]

MEFISTOFELE. Una parte di quella forza che vuole sempre il Male ed opera sempre il Bene.

FAUST. Che cosa intendi dire con questo indovinello?

MEFISTOFELE. Sono lo spirito che sempre nega! Ed a ragione: perché tutto ciò che nasce è degno di andare in rovina. Sarebbe, pertanto, meglio se non nascesse. Cosí è tutto ciò che voi chiamate peccato, distruzione, in breve, il Male, il mio vero e proprio elemento.

FAUST. Du nennst dich einen Teil, und stehst doch ganz vor mir?
MEPHISTOPHELES. Bescheidne Wahrheit sprech ich dir.
Wenn sich der Mensch, die kleine Narrenwelt,
Gewöhnlich für ein Ganzes hält:
Ich bin ein Teil des Teils, der anfangs alles war,
Ein Teil der Finsternis, die sich das Licht gebar,
Das stolze Licht, das nun der Mutter Nacht
Den alten Rang, den Raum ihr streitig macht.
Und doch gelingts ihm nicht, da es, soviel es strebt,
Verhaftet an den Körpern klebt:
Von Körpern strömts, die Körper macht es schön,
Ein Körper hemmts auf seinem Gange;
So, hoff ich, dauert es nicht lange,
Und mit den Körpern wirds zugrunde gehn.
FAUST. Nun kenn ich deine würdgen Pflichten!
Du kannst im Großen nichts vernichten
Und fängst es nun im Kleinen an.
MEPHISTOPHELES. Und freilich ist nicht viel damit getan.
Was sich dem Nichts entgegenstellt,
Das Etwas, diese plumpe Welt,
Soviel als ich schon unternommen,
Ich wußte nicht ihr beizukommen,
Mit Wellen, Stürmen, Schütteln, Brand —
Geruhig bleibt am Ende Meer und Land!
Und dem verdammten Zeug, der Tier- und Menschenbrut,
Dem ist nun gar nichts anzuhaben:
Wie viele hab ich schon begraben,
Und immer zirkuliert ein neues, frisches Blut!
So geht es fort, man möchte rasend werden!
Der Luft, dem Wasser wie der Erden
Entwinden tausend Keime sich,
Im Trocknen, Feuchten, Warmen, Kalten!
Hätt ich mir nicht die Flamme vorbehalten,
Ich hätte nichts Aparts für mich.
FAUST. So setzest du der ewig-regen,
Der heilsam-schaffenden Gewalt
Die kalte Teufelsfaust entgegen,
Die sich vergebens tückisch ballt!
Was anders suche zu beginnen
Des Chaos wunderlicher Sohn!
MEPHISTOPHELES. Wir wollen wirklich uns besinnen,
Die nächsten Male mehr davon!
Dürft ich wohl diesmal mich entfernen?
FAUST. Ich sehe nicht, warum du fragst.
Ich habe jetzt dich kennenlernen,

FAUST. Tu ti dici una parte, però stai intero davanti a me.

MEFISTOFELE. Ti dirò una modesta verità, Se l'uomo, in questo piccolo mondo di pazzia, si considera generalmente un tutto, io sono una parte della parte che in principio era tutto, una parte delle tenebre[17] che generarono da sé la luce, l'orgogliosa luce che ora contende alla madre notte l'antico rango e lo spazio. Eppure non le riesce perché essa, per quanto tenda e operi, resta imprigionata entro i corpi. Dai corpi emana essa e li fa belli ed ogni corpo ne intercetta il passare. Cosí, lo spero, non durerà a lungo e se ne andrà, coi corpi, in rovina.

FAUST. Ora mi sono noti i tuoi degni compiti! In grande non puoi distruggere nulla e, pertanto, incominci dal piccolo.

MEFISTOFELE. In verità, non ho combinato molto in tal modo. Questo qualche cosa che si oppone al nulla, questo goffo mondo insomma, per quante volte mi ci sia messo, non mi è mai riuscito di intaccarlo, né con onde, né con tempeste, né con terremoti, né con incendi. Alla fine, se ne restano tranquilli e mare e terra! Ed a quella maledetta robaccia, la schiatta degli uomini e delle bestie, non è piú possibile far male alcuno. Quanti ne ho già sepolti e sempre circola sangue nuovo e fresco! E cosí continua, ci sarebbe da impazzire! Dall'aria, dall'acqua e cosí anche dalla terra si staccano migliaia di germi[18]; in secco, in umido, in caldo, in freddo! Se non mi fossi tenuta per me la fiamma, non avrei proprio nulla di particolare.

FAUST. Cosí alla potenza che crea eternamente viva e beneficamente operante tu opponi il freddo pugno del diavolo che si serra con vana perfidia! Dedicati a qualche cosa d'altro, o bizzarro figlio del Caos![19]

MEFISTOFELE. Pensiamoci su, la prossima volta ne riparleremo a piú agio! Mi sarebbe permesso intanto di allontanarmi?

FAUST. Non capisco perché tu domandi. Ora che ti ho

Besuche nun mich, wie du magst.
Hier ist das Fenster, hier die Türe,
Ein Rauchfang ist dir auch gewiß.

MEPHISTOPHELES. Gesteh ichs nur! Daß ich hinausspaziere,
Verbietet mir ein kleines Hindernis:
Der Drudenfuß auf Eurer Schwelle —

FAUST. Das Pentagramma macht dir Pein?
Ei, sage mir, du Sohn der Hölle:
Wenn das dich bannt, wie kamst du denn herein?
Wie ward ein solcher Geist betrogen?

MEPHISTOPHELES. Beschaut es recht! es ist nicht gut gezogen:
Der eine Winkel, der nach außenzu,
Ist, wie du siehst, ein wenig offen.

FAUST. Das hat der Zufall gut getroffen!
Und mein Gefangner wärst denn du?
Das ist von ungefähr gelungen!

MEPH. Der Pudel merkte nichts, als er hereingesprungen!
Die Sache sieht jezt anders aus:
Der Teufel kann nicht aus dem Haus.

FAUST. Doch warum gehst du nicht durchs Fenster?

MEPHISTOPHELES. 's ist ein Gesetz der Teufel und Gespenster:
Wo sie hereingeschlüpft, da müssen sie hinaus.
Das erste steht uns frei, beim zweiten sind wir Knechte.

FAUST. Die Hölle selbst hat ihre Rechte?
Das find ich gut, da ließe sich ein Pakt,
Und sicher wohl, mit euch, ihr Herren, schließen?

MEPH. Was man verspricht, das sollst du rein genießen,
Dir wird davon nichts abgezwackt.
Doch das ist nicht so kurz zu fassen,
Und wir besprechen das zunächst;
Doch jetzo bitt ich hoch und höchst
Für dieses Mal mich zu entlassen.

FAUST. So bleibe doch noch einen Augenblick,
Um mir erst gute Mär zu sagen!

MEPHISTOPHELES. Jetzt laß mich los! ich komme bald zurück:
Dann magst du nach Belieben fragen.

FAUST. Ich habe dir nicht nachgestellt,
Bist du doch selbst ins Garn gegangen.
Den Teufel halte, wer ihn hält!
Er wird ihn nicht so bald zum zweiten Male fangen.

MEPHISTOPHELES. Wenn dirs beliebt, so bin ich auch bereit,
Dir zur Gesellschaft hierzubleiben;
Doch mit Bedingnis, dir die Zeit
Durch meine Künste würdig zu vertreiben.

conosciuto, fammi visita come ti piace. Qui la finestra, là la porta ed un camino c'è, di certo, anche per te.

MEFISTOFELE. Via, lo confesso! Che io me ne vada fuori, me lo proibisce un piccolo intoppo: il piede di strega su la vostra soglia.

FAUST. Il Pentagramma[20] ti turba? Oh! dimmi, figlio dell'inferno, se essa ti impedisce d'uscire, come sei entrato? Come fu che venne ingannato uno spirito come te?

MEFISTOFELE. Osservalo attentamente; non è stato tracciato bene. Un angolo, quello verso l'esterno è, come vedi, un poco aperto.

FAUST. Il caso ha proprio colpito nel segno! Saresti, dunque, mio prigioniero! Mi è riuscita proprio per caso!

MEFISTOFELE. Il barbone non se ne accorse affatto, quando saltai dentro. La cosa si presenta ora in modo diverso: il diavolo non può uscire da questa casa.

FAUST. Ma perché non passi dalla finestra!

MEFISTOFELE. C'è una legge per i diavoli e per gli spiriti: di là donde sono entrati, devono uscire. La prima cosa è di nostra scelta, per la seconda siamo vincolati.

FAUST. Anche l'inferno ha i suoi diritti? Lo trovo ben fatto. Si potrebbe, quindi, stringere certamente un patto[21] con voi, cari signori?

MEFISTOFELE. Potrai godere con sicurezza quello che ti si promette e non te ne verrà sottratto nulla. Ma non è cosa da spiegare in breve tempo e ne discuteremo la prossima volta insieme. Ora però ti prego altamente e ti riprego: per questa volta, lasciami andare.

FAUST. Trattienti, via, ancora un momentino per dirmi la mia buona ventura!

MEFISTOFELE. Ora lasciami! ritorno presto. Allora potrai interrogarmi a tuo piacere.

FAUST. Non io ho cercato di accalappiarti. Sei andato di per te nel laccio. Chi ha fra le mani il diavolo, lo tenga stretto. Non lo prenderà cosí presto una seconda volta.

MEFISTOFELE. Se ti fa piacere, sono anche disposto a rimanere qui, per tua compagnia; ma alla condizione di farti passare in degno modo il tempo, con le mie arti.

FAUST. Ich seh es gern, das steht dir frei;
Nur daß die Kunst gefällig sei!
MEPHISTOPHELES. Du wirst, mein Freund, für deine Sinnen
In dieser Stunde mehr gewinnen
Als in des Jahres Einerlei.
Was dir die zarten Geister singen,
Die schönen Bilder, die sie bringen,
Sind nicht ein leeres Zauberspiel.
Auch dein Geruch wird sich ergetzen,
Dann wirst du deinen Gaumen letzen,
Und dann entzückt sich dein Gefühl.
Bereitung braucht es nicht voran:
Beisammen sind wir, fanget an!

GEISTER

Schwindet, ihr dunkeln
Wölbungen droben!
Reizender schaue
Freundlich der blaue
Äther herein!
Wären die dunkeln
Wolken zerronnen!
Sternelein funkeln,
Mildere Sonnen
Scheinen darein.
Himmlischer Söhne
Geistige Schöne,
Schwankende Beugung
Schwebet vorüber;
Sehnende Neigung
Folget hinüber.
Und der Gewänder
Flatternde Bänder
Decken die Länder,
Decken die Laube,
Wo sich fürs Leben,
Tief in Gedanken,
Liebende geben.
Laube bei Laube!
Sprossende Ranken!
Lastende Traube
Stürzt ins Behälter
Drängender Kelter;
Stürzen in Bächen
Schäumende Weine,
Rieseln durch reine
Edle Gesteine,
Lassen die Höhen
Hinter sich liegen,
Breiten zu Seen
Sich ums Genügen
Grünender Hügel.
Und das Geflügel
Schlürfet sich Wonne,
Flieget der Sonne,
Flieget den hellen
Inseln entgegen,
Die sich auf Wellen
Gauklend bewegen,
Wo wir in Chören
Jauchzende hören,
Über den Auen
Tanzende schauen,
Die sich im Freien
Alle zerstreuen.
Einige klimmen
Über die Höhen,
Andere schwimmen
Über die Seen,
Andere schweben:
Alle zum Leben,
Alle zur Ferne
Liebender Sterne,
Seliger Huld.

FAUST. Accetto volentieri; puoi farlo purché l'arte sia piacevole!

MEFISTOFELE. Amico mio, per i tuoi sensi tu profitterai di piú in questa ora che nella monotonia di tutto un anno. Quello che i delicati spiriti[22] ti canteranno e che le belle immagini ti porteranno, non è un vuoto incantesimo. Anche il tuo olfatto ne avrà godimento, il tuo palato se ne sentirà poi deliziato ed il tuo tatto ne andrà in estasi. Non occorrono preparativi. Siamo qui riuniti; incominciate!

SPIRITI. Sparite, o scure volte, su in alto! L'etere azzurro guardi qui dentro amicamente e piú seducente. Si sciolgano le oscure nubi! Piccole stelle scintillano, piú dolci soli splendono colà. Spirituali bellezze di creature celesti, passano volando in tremuli ondeggiamenti. Li segue laggiú nostalgico desiderio. Gli ondeggianti nastri dei vestiti velano i paesi, nascondono pergole dove amanti, assorti nei loro pensieri, si uniscono per la vita. Pergolati e pergolati! Tralci germoglianti! Pesanti grappoli cadono nei recipienti dei torchi che li premono. N'escono a torrenti vini spumeggianti, scorrono fra pure, nobili gemme; lasciano i colli dietro di sé, si allargano in laghi intorno a colline liete del loro verde, e l'alata selvaggina ne beve, a sorsi, voluttà, vola incontro al sole ed alle luminose isole che si cullano su le onde, isole dove udiamo cori gioiosi e vediamo gruppi danzare sui prati e poi disperdersi all'aperto. Alcuni salgono su per i colli, altri nuotano nei laghi, altri si librano nell'aria. Tutti verso la vita, tutti verso una lontananza dove amorose stelle concedono favori che rendono felici.[23]

MEPH. Er schläft! So recht, ihr luftgen, zarten Jungen!
Ihr habt ihn treulich eingesungen!
Für dies Konzert bin ich in eurer Schuld.
Du bist noch nicht der Mann, den Teufel festzuhalten!
Umgaukelt ihn mit süßen Traumgestalten,
Versenkt ihn in ein Meer des Wahns!
Doch dieser Schwelle Zauber zu zerspalten,
Bedarf ich eines Rattenzahns.
Nicht lange brauch ich zu beschwören:
Schon raschelt eine hier und wird sogleich mich hören.
Der Herr der Ratten und der Mäuse,
Der Fliegen, Frösche, Wanzen, Läuse
Befiehlt dir, dich hervorzuwagen
Und diese Schwelle zu benagen,
So wie er sie mit Öl betupft —
Da kommst du schon hervorgehupft!
Nur frisch ans Werk! Die Spitze, die mich bannte,
Sie sitzt ganz vornen an der Kante.
Noch einen Biß, so ists geschehn! —
Nun, Fauste, träume fort, bis wir uns wiedersehn!
FAUST (*erwachend*). Bin ich denn abermals betrogen?
Verschwindet so der geisterreiche Drang,
Daß mir ein Traum den Teufel vorgelogen
Und daß ein Pudel mir entsprang?

Studierzimmer

Faust. Mephistopheles

FAUST. Es klopft? Herein! Wer will mich wieder plagen?
MEPHISTOPHELES. Ich bins.
FAUST. Herein!
MEPHISTOPHELES. Du mußt es dreimal sagen.
FAUST. Herein denn!
MEPHISTOPHELES. So gefällst du mir!
Wir werden, hoff ich, uns vertragen;
Denn dir die Grillen zu verjagen,
Bin ich als edler Junker hier:
In rotem, goldverbrämtem Kleide,

MEFISTOFELE. Dorme. Cosí va bene, aerei, teneri giovanetti! Lo avete proprio addormentato come di dovere. Vi sono debitore per questo concerto. Non sei ancora un uomo capace di tener prigioniero il diavolo! Ingannatelo con dolci immagini di sogno, calatelo in un mare di illusioni! Ma per infrangere l'incanto di questa soglia, mi ci vuole un dente di topo. Non avrò bisogno di un lungo scongiuro: già ne raspa qui uno e mi ascolterà subito.

Il re dei sorci, dei topi, delle mosche, delle rane,[24] delle cimici, dei pidocchi, ti ordina di farti innanzi senza paura e di rosicchiare questa soglia là dove essa è unta d'olio. Ecco, te ne vieni di già, saltellando! Su, forza, all'opera! La punta che mi tien qui prigioniero è quella davanti, all'angolo. Ancora un morso ed è tutto fatto! Ora, Faust, continua a sognare, finché ci si rivedrà!

FAUST (*destandosi*). Ancora una volta ingannato? Svanita cosí la ressa degli spiriti. Che un sogno mi abbia ingannato facendomi vedere il diavolo e che mi sia scappato un can barbone?

Studio[1]

Faust, Mefistofele

FAUST. Bussano? Avanti! chi mi vuole dar noia un'altra volta?

MEFISTOFELE. Sono io.

FAUST. Avanti!

MEFISTOFELE. Lo devi dire tre volte.[2]

FAUST. Avanti, allora!

MEFISTOFELE. Cosí mi piaci. Si andrà d'accordo, lo spero. Per cacciarti i grilli dal capo eccomi qua in sembianza di nobile cavaliere: in abito rosso, con fregi in oro, il

Das Mäntelchen von starrer Seide,
Die Hahnenfeder auf dem Hut,
Mit einem langen, spitzen Degen —
Und rate nun dir kurz und gut,
Dergleichen gleichfalls anzulegen,
Damit du, losgebunden, frei,
Erfahrest, was das Leben sei.

FAUST. In jedem Kleide werd ich wohl die Pein
Des engen Erdelebens fühlen.
Ich bin zu alt, um nur zu spielen,
Zu jung, um ohne Wunsch zu sein.
Was kann die Welt mir wohl gewähren?
Entbehren sollst du! sollst entbehren!
Das ist der ewige Gesang,
Der jedem an die Ohren klingt,
Den, unser ganzes Leben lang,
Uns heiser jede Stunde singt.
Nur mit Entsetzen wach ich morgens auf,
Ich möchte bittre Tränen weinen,
Den Tag zu sehn, der mir in seinem Lauf
Nicht Einen Wunsch erfüllen wird, nicht Einen,
Der selbst die Ahnung jeder Lust
Mit eigensinnigem Krittel mindert,
Die Schöpfung meiner regen Brust
Mit tausend Lebensfratzen hindert.
Auch muß ich, wenn die Nacht sich niedersenkt,
Mich ängstlich auf das Lager strecken:
Auch da wird keine Rast geschenkt,
Mich werden wilde Träume schrecken.
Der Gott, der mir im Busen wohnt,
Kann tief mein Innerstes erregen;
Der über allen meinen Kräften thront,
Er kann nach außen nichts bewegen:
Und so ist mir das Dasein eine Last,
Der Tod erwünscht, das Leben mir verhaßt.

MEPHISTOPHELES. Und doch ist nie der Tod ein ganz willkomm-
[ner Gast.

FAUST. O selig der, dem er im Siegesglanze
Die blutgen Lorbeern um die Schläfe windet,
Den er, nach rasch durchrastem Tanze,
In eines Mädchens Armen findet!
O wär ich vor des hohen Geistes Kraft
Entzückt, entseelt dahingesunken!

MEPHISTOPHELES. Und doch hat jemand einen braunen Saft,
In jener Nacht, nicht ausgetrunken!

piccolo mantello di rigida seta, la penna di gallo sul cappello, ed una lunga spada appuntita. E ti consiglio, senza tanti preamboli, di vestirti anche tu in questa maniera, affinché tu possa, libero e senza intralci,[3] sperimentare quello che sia la vita.

FAUST. Entro qualsiasi costume sentirò sempre la pena di questa angusta esistenza terrena. Sono troppo vecchio per concedermi solamente ad un gioco e troppo giovane per essere privo di desiderii. Che cosa mi può ancora concedere il mondo? Rinunciare devi, devi rinunciare! Ecco l'eterna canzone che risuona negli orecchi di tutti e che, ad ogni ora della nostra vita, ci echeggia cupa in cuore. La mattina, mi desto con terrore e piangerei amare lacrime vedendo sorgere il giorno che, nel suo corso, non adempirà uno solo dei miei desideri, che sminuirà con capricciose pedanterie persino il presagio di ogni gioia, e che, con le mille inezie della vita, impedirà ogni creazione al mio fremente animo. E quando, poi, cala la notte, debbo coricarmi, angosciato, sul mio giaciglio, e nemmeno allora mi è concesso riposo ché selvaggi sogni mi spaventano.[4] Il dio che alberga[5] nel mio petto può scuotere l'intimo mio; può imperare su tutte le mie energie, ma non può far muovere nulla al di fuori di me. Cosí l'esistenza mi è un peso, la morte desiderata e la vita odiata.

MEFISTOFELE. Tuttavia[6] la morte non è mai un ospite gradito.

FAUST. O beato colui cui la morte, nello splendore della vittoria, circonda di allori sanguinosi le tempia, colui che essa coglie, dopo una notte di danze vorticose, fra le braccia di una ragazza. Oh! fossi caduto esanime, estasiato di fronte al potere di quello alto spirito.[7]

MEFISTOFELE. Eppure, quella notte, qualcuno non ha bevuto un certo scuro liquore![8]

FAUST. Das Spionieren, scheints, ist deine Lust.
MEPHISTOPHELES. Allwissend bin ich nicht; doch viel ist mir be- [wußt.

FAUST. Wenn aus dem schrecklichen Gewühle
Ein süß-bekannter Ton mich zog,
Den Rest von kindlichem Gefühle
Mit Anklang froher Zeit betrog,
So fluch ich allem, was die Seele
Mit Lock- und Gaukelwerk umspannt
Und sie in diese Trauerhöhle
Mit Blend- und Schmeichelkräften bannt!
Verflucht voraus die hohe Meinung,
Womit der Geist sich selbst umfängt!
Verflucht das Blenden der Erscheinung,
Die sich an unsre Sinne drängt!
Verflucht, was uns in Träumen heuchelt,
Des Ruhms, der Namensdauer Trug!
Verflucht, was als Besitz uns schmeichelt,
Als Weib und Kind, als Knecht und Pflug!
Verflucht sei Mammon, wenn mit Schätzen
Er uns zu kühnen Taten regt,
Wenn er zu müßigem Ergetzen
Die Polster uns zurechtelegt!
Fluch sei dem Balsamsaft der Trauben!
Fluch jener höchsten Liebeshuld!
Fluch sei der Hoffnung! Fluch dem Glauben,
Und Fluch vor allen der Geduld!

GEISTERCHOR (*unsichtbar*).

Weh! weh!
Du hast sie zerstört,
Die schöne Welt ,
Mit mächtiger Faust;
Sie stürzt, sie zerfällt!
Ein Halbgott hat sie zerschlagen!
Wir tragen
Die Trümmern ins Nichts hinüber
Und klagen
Über die verlorne Schöne.
Mächtiger
Der Erdensöhne,
Prächtiger
Baue sie wieder,
In deinem Busen baue sie auf!
Neuen Lebenslauf

FAUST. Spiare è, mi sembra, un tuo piacere.

MEFISTOFELE. Non sono onnisciente; però molte cose mi sono note.

FAUST. Anche se[9] un suono dolce e noto mi trasse fuori da un terribile groviglio interiore ed ingannò in me, con il sonoro annuncio di un lieto tempo, quanto restava di sentimenti infantili, ora maledico ciò che prende la mia anima entro il gioco delle lusinghe e degli inganni e la confina in questo terreno antro di tristezza con abbagli e seduzioni! Maledetto soprattutto l'alto concetto di sé con il quale lo spirito tiene se stesso prigioniero! Maledetto il bagliore delle apparenze che si insinua nei nostri sensi! Maledetto ciò che, nel sogno, ci illude: l'inganno della gloria e della fama duratura! Maledetto ciò che ci alletta come possesso, sia donna, o nostra creatura, o servo, o aratro! Maledetto sia Mammone, quando, con i suoi tesori, ci spinge a temerarie imprese, e quando, per il nostro ozioso piacere, ci mette a posto, per bene, i cuscini! Maledetto sia il balsamico succo dell'uva! Maledetto il supremo dono dell'amore! Maledetta la speranza! Maledetta la fede e, soprattutto, maledetta la pazienza![10]

CORO DEGLI SPIRITI[11] (*invisibile*). Ahimè! Ahimè! Hai distrutto questo bel mondo con un pugno possente. Precipita, va in pezzi! Un semidio l'ha infranto! Ne portiamo di là, nel nulla, i frantumi e piangiamo sopra la perduta bellezza. Tu, piú potente dei figli della terra, ricostruiscilo ancora piú bello, ricostruiscilo entro il tuo

Beginne
Mit hellem Sinne,
Und neue Lieder
Tönen darauf!

MEPHISTOPHELES.

Dies sind die Kleinen
Von den Meinen.
Höre, wie zu Lust und Taten
Altklug sie raten!
In die Welt weit,
Aus der Einsamkeit,
Wo Sinnen und Säfte stocken,
Wollen sie dich locken.

Hör auf, mit deinem Gram zu spielen,
Der wie ein Geier dir am Leben frißt!
Die schlechteste Gesellschaft läßt dich fühlen,
Daß du ein Mensch mit Menschen bist.
Doch so ists nicht gemeint,
Dich unter das Pack zu stoßen.
Ich bin keiner von den Großen;
Doch willst du mit mir vereint
Deine Schritte durchs Leben nehmen,
So will ich mich gern bequemen,
Dein zu sein, auf der Stelle.
Ich bin dein Geselle,
Und mach ich dirs recht,
Bin ich dein Diener, bin dein Knecht!
FAUST. Und was soll ich dagegen dir erfüllen?
MEPHISTOPHELES. Dazu hast du noch eine lange Frist.
FAUST. Nein, nein! der Teufel ist ein Egoist
Und tut nicht leicht um Gottes willen,
Was einem andern nützlich ist.
Sprich die Bedingung deutlich aus!
Ein solcher Diener bringt Gefahr ins Haus.
MEPHISTOPHELES. Ich will mich hier zu deinem Dienst ver-
Auf deinen Wink nicht rasten und nicht ruhn; [binden,
Wenn wir uns drüben wiederfinden,
So sollst du mir das Gleiche tun.
FAUST. Das Drüben kann mich wenig kümmern.
Schlägst du erst diese Welt zu Trümmern,
Die andre mag darnach entstehn.
Aus dieser Erde quillen meine Freuden,
Und diese Sonne scheinet meinen Leiden:

petto! Incomincia con chiarità di spirito un nuovo corso di vita e vi risuoneranno nuovi canti.

MEFISTOFELE. Questi sono i piccoli[12] fra i miei fedeli. Ascolta, come, maturi già, ti consiglino il piacere, e l'azione! Essi ti vogliono attirare nel vasto mondo, fuori da questa solitudine dove si irrigidiscono sensi e linfe vitali.

Smettila dunque di giocare con il dolore che, come un avvoltoio, ti divora la vita! Anche la peggiore compagnia susciterà in te la sensazione di essere uomo fra uomini. Con ciò non vuol dire che io pensi di ficcarti fra la canaglia. Non sono uno dei grandi della terra, tuttavia se ti vuoi unire a me ed avviarti verso la vita, mi ci adatterò volentieri e sarò tuo da questo momento. Sarò tuo compagno e, se ti accontento, sarò tuo servo, sarò tuo schiavo![13]

FAUST. Ed io a che cosa devo impegnarmi in cambio di ciò?

MEFISTOFELE. Per questo hai parecchio tempo davanti a te.

FAUST. No, no! Il diavolo è un egoista e non fa, facilmente, per amor di Dio, quello che può giovare altrui. Precisami le condizioni! Un servo come te porta con sé pericoli in casa.

MEFISTOFELE. Io voglio *di qua* obbligarmi al tuo servizio, ad un tuo cenno non riposare e non aver tregua; quando noi ci ritroveremo *di là*, dovrai fare altrettanto con me.

FAUST. Dell'*al di là* mi curo poco.[14] Frantuma dapprima questo mondo, ne potrà poi sorgere un altro. Da questa terra sgorgano le mie gioie e questo sole illumina

Kann ich mich erst von ihnen scheiden,
Dann mag, was will und kann, geschehn.
Davon will ich nichts weiter hören,
Ob man auch künftig haßt und liebt
Und ob es auch in jenen Sphären
Ein Oben oder Unten gibt.

MEPHISTOPHELES. In diesem Sinne kannst dus wagen.
Verbinde dich! du sollst in diesen Tagen
Mit Freuden meine Künste sehn:
Ich gebe dir, was noch kein Mensch gesehn!

FAUST. Was willst du, armer Teufel, geben?
Ward eines Menschen Geist in seinem hohen Streben
Von deinesgleichen je gefaßt?
Doch hast du Speise, die nicht sättigt? hast
Du rotes Gold, das ohne Rast,
Quecksilber gleich, dir in der Hand zerrinnt?
Ein Spiel, bei dem man nie gewinnt?
Ein Mädchen, das an meiner Brust
Mit Äugeln schon dem Nachbar sich verbindet?
Der Ehre schöne Götterlust,
Die wie ein Meteor verschwindet?
Zeig mir die Frucht, die fault, eh man sie bricht,
Und Bäume, die sich täglich neu begrünen!

MEPHISTOPHELES. Ein solcher Auftrag schreckt mich nicht,
Mit solchen Schätzen kann ich dienen.
Doch, guter Freund, die Zeit kommt auch heran,
Wo wir was Guts in Ruhe schmausen mögen.

FAUST. Werd ich beruhigt je mich auf ein Faulbett legen,
So sei es gleich um mich getan!
Kannst du mich schmeichelnd je belügen,
Daß ich mir selbst gefallen mag,
Kannst du mich mit Genuß betriegen:
Das sei für mich der letzte Tag!
Die Wette biet ich!

MEPHISTOPHELES. Topp!

FAUST. Und Schlag auf Schlag!
Werd ich zum Augenblicke sagen:
Verweile doch! du bist so schön!
Dann magst du mich in Fesseln schlagen,
Dann will ich gern zugrunde gehn!
Dann mag die Totenglocke schallen,
Dann bist du deines Dienstes frei,
Die Uhr mag stehn, der Zeiger fallen,
Es sei die Zeit für mich vorbei!

MEPHISTOPHELES. Bedenk es wohl! wir werdens nicht vergessen.

le mie pene. Se me ne posso liberare, succeda poi quello che può e deve. Su ciò non voglio piú sentire parola, se, cioè, anche nella vita futura, si ami o si odi o se, anche in quelle sfere, esista un disopra ed un disotto.

MEFISTOFELE. Se tale è il tuo punto di vista, corri il risico. Conchiudi il patto! con gioia vedrai, in questi giorni, le mie arti: ti darò quello che nessun mortale ha ancora veduto.

FAUST. Che cosa mi vuoi dare, tu, povero diavolo! Fu mai compreso, da un tuo pari, lo spirito di un uomo nel suo alto tendere?[15] Ma hai, forse, cibo che non sazia? Hai rosso oro che, senza posa, simile all'argento vivo, ti scorre via fra le dita?[16] Un gioco al quale non si vinca mai? Una ragazza che, stretta al mio seno, se l'intenda, cogli occhi, col vicino? E l'onore, la bella gioia degli dei, che svanisce come una meteora? Mostrami il frutto che marcisce prima ancor che lo si colga e gli alberi che, giornalmente, rinverdiscono!

MEFISTOFELE. Un tale compito non mi spaventa. Ti posso servire simili tesori. Tuttavia, caro amico, si avvicina il tempo in cui potremo godere in pace qualche cosa di buono.[17]

FAUST. Se mai[18] mi adagerò, placato, su un letto di pigrizia, sia, per me, subito finita! Se tu, illudendomi, mi ingannerai cosí ch'io possa compiacermi di me, se tu mi potrai sedurre con piaceri, sia quello l'ultimo giorno per me! Questa scommessa offro io!

MEFISTOFELE. Accetto!

FAUST. E, qua, una stretta di mano! Se dirò all'attimo[19]: fermati dunque! sei cosí bello! allora mi potrai gettare in catene, allora andrò volentieri in rovina. Allora potrà suonare a morto la campana, allora sarai liberato dal tuo servizio. Si arresti l'orologio e cada la lancetta[20] e sia finito, per me, il mio tempo!

MEFISTOFELE. Pensaci bene! non ce ne dimenticheremo.

FAUST. Dazu hast du ein volles Recht!
Ich habe mich nicht freventlich vermessen:
Wie ich beharre, bin ich Knecht,
Ob dein, was frag ich, oder wessen!
MEPHISTOPHELES. Ich werde heute gleich, beim Doktorschmaus,
Als Diener meine Pflicht erfüllen.
Nur eins! — Um Lebens oder Sterbens willen
Bitt ich mir ein paar Zeilen aus.
FAUST. Auch was Geschriebnes forderst du Pedant?
Hast du noch keinen Mann, nicht Manneswort gekannt?
Ists nicht genug, daß mein gesprochnes Wort
Auf ewig soll mit meinen Tagen schalten?
Rast nicht die Welt in allen Strömen fort,
Und mich soll ein Versprechen halten?
Doch dieser Wahn ist uns ins Herz gelegt:
Wer mag sich gern davon befreien?
Beglückt, wer Treue rein im Busen trägt,
Kein Opfer wird ihn je gereuen!
Allein ein Pergament, beschrieben und beprägt,
Ist ein Gespenst, vor dem sich alle scheuen.
Das Wort erstirbt schon in der Feder,
Die Herrschaft führen Wachs und Leder. —
Was willst du böser Geist von mir?
Erz? Marmor? Pergament? Papier?
Soll ich mit Griffel, Meißel, Feder schreiben?
Ich gebe jede Wahl dir frei.
MEPHISTOPHELES. Wie magst du deine Rednerei
Nur gleich so hitzig übertreiben?
Ist doch ein jedes Blättchen gut.
Du unterzeichnest dich mit einem Tröpfchen Blut.
FAUST. Wenn dies dir völlig Gnüge tut,
So mag es bei der Fratze bleiben.
MEPHISTOPHELES. Blut ist ein ganz besondrer Saft.
FAUST. Nur keine Furcht, daß ich dies Bündnis breche!
Das Streben meiner ganzen Kraft
Ist grade das, was ich verspreche.
Ich habe mich zu hoch gebläht,
In deinen Rang gehör ich nur.
Der große Geist hat mich verschmäht,
Vor mir verschließt sich die Natur.
Des Denkens Faden ist zerrissen,
Mir ekelt lange vor allem Wissen.
Laß in den Tiefen der Sinnlichkeit
Uns glühende Leidenschaften stillen!
In undurchdrungnen Zauberhüllen

FAUST. Ne hai pieno diritto! Non mi sono messo allo sbaraglio con temerarietà. Come io mi arresti, sia schiavo, o tuo, o di chi non chiedo!

MEFISTOFELE. Già oggi, al banchetto di laurea[21] adempirò al mio dovere di servo. Una sola cosa però! Per la vita e per la morte, esigo un po' di nero su bianco.

FAUST. Pedante! Pretendi anche qualche cosa di scritto? Non hai ancora conosciuto un uomo, che mantenga, da uomo, la parola? Non ti basta che una parola da me pronunciata possa disporre, in eterno, dei miei giorni? Non fugge via il mondo con tutte le sue correnti e una parola dovrebbe fermare me? Eppure questa illusione ci è stata messa in cuore e chi se ne può liberare? Felice chi serra in petto pura la fedeltà. Non si pentirà di nessun sacrificio! Ma una pergamena scritta e munita di sigillo è uno spettro di fronte al quale tutti si spaventano. La parola muore già nella penna e cera[22] e cuoio comandano. Che cosa vuoi da me, tu, spirito malvagio? Bronzo? Marmo? Pergamena? Carta? Devo scrivere con stilo, con lo scalpello, con la penna? Ti lascio la libertà di scegliere.

MEFISTOFELE. Come mai puoi spingere all'eccesso ed improvvisamente e cosí calorosamente la tua retorica? Ogni pezzo di carta è buono. Firmerai con una piccola goccia di sangue.[23]

FAUST. Se questo ti basta, va bene anche la buffonata.

MEFISTOFELE. Il sangue è un succo ben singolare.

FAUST. Non avere però timore alcuno che io rompa questo patto. Il tendere di tutte le mie energie: ecco quello che io prometto. Mi sono troppo inorgoglito e non posso ormai essere che del tuo rango. Il grande spirito[24] mi ha disprezzato e la natura resta chiusa innanzi a me. Il filo del pensiero è spezzato e la scienza da un pezzo già mi nausea. Fa che ardenti passioni mi plachino negli abissi della sensualità! Negli impenetrabili veli della magia sia pronto, e subito, ogni prodigio! Pre-

Sei jedes Wunder gleich bereit!
Stürzen wir uns in das Rauschen der Zeit,
Ins Rollen der Begebenheit!
Da mag denn Schmerz und Genuß
Gelingen und Verdruß
Miteinander wechseln, wie es kann:
Nur rastlos betätigt sich der Mann.

MEPHISTOPHELES. Euch ist kein Maß und Ziel gesetzt.
Beliebts Euch, überall zu naschen,
Im Fliehen etwas zu erhaschen,
Bekomm Euch wohl, was Euch ergetzt!
Nur greift mir zu und seid nicht blöde!

FAUST. Du hörest ja: von Freud ist nicht die Rede!
Dem Taumel weih ich mich, dem schmerzlichsten Genuß,
Verliebtem Haß, erquickendem Verdruß.
Mein Busen, der vom Wissensdrang geheilt ist,
Soll keinen Schmerzen künftig sich verschließen,
Und was der ganzen Menschheit zugeteilt ist,
Will ich in meinem innern Selbst genießen,
Mit meinem Geist das Höchst- und Tiefste greifen,
Ihr Wohl und Weh auf meinen Busen häufen
Und so mein eigen Selbst zu ihrem Selbst erweitern
Und, wie sie selbst, am End auch ich zerscheitern!

MEPHISTOPHELES. O glaube mir, der manche tausend Jahre
An dieser harten Speise kaut,
Daß von der Wiege bis zur Bahre
Kein Mensch den alten Sauerteig verdaut!
Glaub unsereinem: dieses Ganze
Ist nur für einen Gott gemacht!
Er findet sich in einem ewgen Glanze,
Uns hat er in die Finsternis gebracht,
Und euch taugt einzig Tag und Nacht.

FAUST. Allein ich will!

MEPHISTOPHELES. Das läßt sich hören!
Doch nur vor einem ist mir bang:
Die Zeit ist kurz, die Kunst ist lang.
Ich dächt, Ihr ließet Euch belehren.
Assoziiert Euch mit einem Poeten,
Laßt den Herrn in Gedanken schweifen
Und alle edlen Qualitäten
Auf Euren Ehrenscheitel häufen:
Des Löwen Mut,
Des Hirsches Schnelligkeit,
Des Italieners feurig Blut,
Des Nordens Daurbarkeit.

cipitiamoci nel turbinio del tempo, nel rotolare degli eventi! Possano allora avvicendarsi dolore e godimento, felice riuscita e insuccessi — cosí come capita. L'uomo si afferma solamente se non posa mai.[25]

MEFISTOFELE. A voi non è stata data né misura, né mèta. Se vi piacerà cogliere qua e là un bocconcino, e acciuffare, a volo, un qualche cosa, buon prò vi faccia quello che vi dà piacere! Ma su, svelto e pronto e non mostratevi timido!

FAUST. Odimi però: non si tratta di piaceri. Mi consacro al tumulto,[26] al doloroso godimento, all'odio pieno d'amore, alla noia che pur conforta. Il mio cuore, guarito dalla febbre del sapere, non dovrà, per l'innanzi, chiudersi a nessun dolore. Voglio godere, nel mio intimo io, ciò che la sorte ha concesso a tutta l'umanità; afferrarare, col mio spirito, le cose piú alte, le cose piú profonde, raccogliere entro il mio petto il bene ed il male dell'umanità, ed ampliare il mio proprio io entro quello di lei e, come lei, alla fine, andare anch'io in rovina!

MEFISTOFELE. O credi a me che da qualche migliaio d'anni mastico questo duro cibo, e credi che, dalla culla alla bara, non c'è uomo che digerisca questo vecchio pastone lievitante. Credi a uno di noi: questo universo è fatto solamente per un Dio! Egli se ne sta nel suo eterno splendore ed ha condotti noi nelle tenebre. Ed a voi soltanto sono destinati il giorno e la notte.[27]

FAUST. Ma io voglio!

MEFISTOFELE. Cosí mi piace! Una sola cosa però mi preoccupa. Il tempo è breve e l'arte è lunga. Penserei di prendervi un po' a lezione e darvi qualche consiglio. Associatevi ad un poeta e fate che codesto signore se ne vada a zonzo con i suoi pensieri ed accumuli sul vostro rispettabile capo tutte le nobili qualità: il coraggio del leone, la rapidità del cervo, il sangue caldo dell'italiano, e la costanza dell'uomo del settentrione.

Laßt ihn Euch das Geheimnis finden,
Großmut und Arglist zu verbinden
Und Euch mit warmen Jugendtrieben
Nach einem Plane zu verlieben!
Möchte selbst solch einen Herren kennen:
Würd ihn Herrn Mikrokosmos nennen.

FAUST. Was bin ich denn, wenn es nicht möglich ist,
Der Menschheit Krone zu erringen,
Nach der sich alle Sinne dringen?

MEPHISTOPHELES. Du bist am Ende — was du bist.
Setz dir Perücken auf von Millionen Locken,
Setz deinen Fuß auf ellenhohe Sokken,
Du bleibst doch immer, was du bist.

FAUST. Ich fühls, vergebens hab ich alle Schätze
Der Menschengeists auf mich herbeigerafft,
Und wenn ich mich am Ende niedersetze,
Quillt innerlich doch keine neue Kraft;
Ich bin nicht um ein Haar breit höher,
Bin dem Unendlichen nicht näher.

MEPHISTOPHELES. Mein guter Herr, Ihr seht die Sachen,
Wie man die Sachen eben sieht;
Wir müssen das gescheiter machen,
Eh uns des Lebens Freude flieht.
Was Henker! freilich Händ und Füße
Und Kopf und Hintern, die sind dein;
Doch alles, was ich frisch genieße,
Ist das drum weniger mein?
Wenn ich sechs Hengste zahlen kann,
Sind ihre Kräfte nicht die meine?
Ich renne zu und bin ein rechter Mann,
Als hätt ich vierundzwanzig Beine.
Drum frisch! laß alles Sinnen sein,
Und grad mit in die Welt hinein!
Ich sag es dir: ein Kerl, der spekuliert,
Ist wie ein Tier, auf dürrer Heide
Von einem bösen Geist im Kreis herumgeführt,
Und ringsumher liegt schöne, grüne Weide.

FAUST. Wie fangen wir das an?

MEPHISTOPHELES. Wir gehen eben fort.
Was ist das für ein Marterort!
Was heißt das für ein Leben führen,
Sich und die Jungens ennuyieren!
Laß du das dem Herrn Nachbar Wanst!
Was willst du dich das Stroh zu dreschen plagen?
Das Beste, was du wissen kannst,

E fate che egli trovi per voi il secreto di fonder magnanimità e malizia e che vi faccia innamorare, secondo un piano e con foga giovanile! Conoscerei volentieri anch'io un signore cosí fatto e lo chiamerei: Signor Microcosmo.[28]

FAUST. Che cosa sono io dunque se non mi è possibile raggiungere quell'alta vetta dell'umanità, verso la quale tutti i sensi tendono?

MEFISTOFELE. In fondo, in fondo, tu sei quello che sei. Mettiti parrucche con milioni di riccioli, colloca il piede su coturni alti un braccio, tu resti sempre quello che sei.

FAUST. Lo so. Ho accumulato invano su di me tutti i tesori dello spirito umano e quando, alla fine, stanco, mi siedo, nessuna nuova forza mi zampilla dentro. Non mi sono elevato d'un capello e non sono piú vicino all'infinito.

MEFISTOFELE. Mio buon signore, voi vedete le cose proprio cosí come le cose sono. Dobbiamo far ciò piú intelligentemente prima che ci sfugga la gioia della vita. Diamine! Senza dubbio mani e piedi e testa e deretano sono tuoi. Ma tutto quello che io gioiosamente godo è forse, per questo, meno mio? Se mi possò pagare sei cavalli non son forse mie le loro forze? Corro con il loro aiuto e divento un valentuomo come se avessi ventiquattro gambe. Orsú, via! smetti di riflettere[29] e via, diritto, con me, nel mondo! Te lo dico io; un uomo che si astrae in vani pensieri è come un animale su di una landa arida, condotto in giro da un cattivo spirito mentre tutto intorno giace una bella, verde prateria.

FAUST. Come cominciamo allora?

MEFISTOFELE. Ce ne andiamo. Ma che luogo di tormenti è codesto! Si può chiamar vita questo annoiare se stessi e gli scolari? Lascia tali cose al tuo vicino, signor Pancia![30] Perché ti vuoi affaticare trebbiando della paglia? Il meglio di ciò che puoi sapere non lo puoi proprio

Darfst du den Buben doch nicht sagen.
Gleich hör ich einen auf dem Gange!
FAUST. Mir ists nicht möglich, ihn zu sehn.
MEPHISTOPHELES. Der arme Knabe wartet lange,
Der darf nicht ungetröstet gehn.
Komm, gib mir deinen Rock und Mütze!
Die Maske muß mir köstlich stehn. (*Er kleidet sich um*)
Nun überlaß es meinem Witze!
Ich brauche nur ein Viertelstündchen Zeit;
Indessen mache dich zur schönen Fahrt bereit! (*Faust ab*)
MEPHISTOPHELES (*in Fausts langem Kleide*).
Verachte nur Vernunft und Wissenschaft,
Des Menschen allerhöchste Kraft,
Laß nur in Blend- und Zauberwerken
Dich von dem Lügengeist bestärken,
So hab ich dich schon unbedingt! —
Ihm hat das Schicksal einen Geist gegeben,
Der ungebändigt immer vorwärtsdringt
Und dessen übereiltes Streben
Der Erde Freuden überspringt.
Den schlepp ich durch das wilde Leben,
Durch flache Unbedeutenheit,
Er soll mir zappeln, starren, kleben,
Und seiner Unersättlichkeit
Soll Speis' und Trank vor giergen Lippen schweben:
Er wird Erquickung sich umsonst erflehn,
Und hätt er sich auch nicht dem Teufel übergeben,
Er müßte doch zu Grunde gehn!

Ein Schüler tritt auf

SCHÜLER. Ich bin allhier erst kurze Zeit
Und komme voll Ergebenheit,
Einen Mann zu sprechen und zu kennen,
Den alle mir mit Ehrfurcht nennen.
MEPHISTOPHELES. Eure Höflichkeit erfreut mich sehr!
Ihr seht einen Mann wie andre mehr. —
Habt Ihr Euch sonst schon umgetan?
SCHÜLER. Ich bitt Euch, nehmt Euch meiner an!
Ich komme mit allem guten Mut,
Leidlichem Geld und frischem Blut;
Meine Mutter wollte mich kaum entfernen;
Möchte gern was Rechts hieraußen lernen.
MEPHISTOPHELES. Da seid Ihr eben recht am Ort.

dire ai tuoi ragazzi. Ecco, ne sento uno nel corridoio!

FAUST. Non mi è possibile riceverlo.

MEFISTOFELE. Il povero ragazzo aspetta da lungo tempo e non lo puoi lasciar andar via senza un qualche conforto. Vieni, dammi la tua zimarra e la tua berretta! (*Si veste*) La maschera mi deve stare a pennello. Or lascia fare al mio spirito! Mi basta un quarto d'ora. Intanto tu preparati al bel viaggio. (*Faust esce*)

MEFISTOFELE (*nella lunga zimarra di Faust*). Disprezza pure ragione e scienza, suprema potenza dell'uomo, lasciati prendere sempre piú dallo spirito di menzogna in opere di inganno e di incantesimo, allora sarai mio senza condizioni! Il destino gli ha dato uno spirito che si spinge sempre, senza freno, in avanti. Con il suo precipitoso tendere, balza oltre le gioie della terra. Questo lo trascinerà in una vita bestiale, in piatte vuotaggini. Dovrà zampettare,[31] poi irrigidirsi per stanchezza e rimanere preso; e, nella sua insaziabilità, staranno sospesi davanti alle sue avide labbra, cibo e bevanda. Supplicherà invano per avere un po' di ristoro e, se anche non si fosse affidato al diavolo, dovrebbe pur andare in rovina!

Entra uno scolaro[32]

SCOLARO. Sono da poco tempo qui e vengo, pieno di rispetto, per conoscere un uomo e per parlargli, un uomo che tutti nominano con venerazione.

MEFISTOFELE. La vostra cortesia mi fa molto piacere! Voi vedete un uomo come gli altri, non piú. Vi siete del resto occupato già di qualche cosa?

SCOLARO. Vi prego, occupatevi di me! Sono venuto con le migliori disposizioni, un po' di danaro e freschezza di gioventú. Mia madre non voleva lasciarmi andar via; vorrei imparare qui qualche cosa che ne valga la pena.

MEFISTOFELE. Siete proprio al posto adatto.

SCHÜLER. Aufrichtig: möchte schon wieder fort!
In diesen Mauern, diesen Hallen
Will es mir keineswegs gefallen.
Es ist ein gar beschränkter Raum,
Man sieht nichts Grünes, keinen Baum,
Und in den Sälen, auf den Bänken
Vergeht mir Hören, Sehn und Denken.
MEPHISTOPHELES. Das kommt nur auf Gewohnheit an.
So nimmt ein Kind der Mutter Brust
Nicht gleich im Anfang willig an;
Doch bald ernährt es sich mit Lust.
So wirds Euch an der Weisheit Brüsten
Mit jedem Tage mehr gelüsten.
SCHÜLER. An ihrem Hals will ich mit Freuden hangen;
Doch sagt mir nur: wie kann ich hingelangen?
MEPHISTOPHELES. Erklärt Euch, eh Ihr weitergeht:
Was wählt Ihr für eine Fakultät?
SCHÜLER. Ich wünschte, recht gelehrt zu werden,
Und möchte gern, was auf der Erden
Und in dem Himmel ist, erfassen,
Die Wissenschaft und die Natur.
MEPHISTOPHELES. Da seid Ihr auf der rechten Spur;
Doch müßt Ihr Euch nicht zerstreuen lassen.
SCHÜLER. Ich bin dabei mit Seel' und Leib;
Doch freilich würde mir behagen
Ein wenig Freiheit und Zeitvertreib
An schönen Sommerfeiertagen.
MEPH. Gebraucht der Zeit, sie geht so schnell von hinnen!
Doch Ordnung lehrt Euch Zeit gewinnen.
Mein teurer Freund, ich rat Euch drum
Zuerst Collegium Logicum.
Da wird der Geist Euch wohl dressiert,
In Spanische Stiefeln eingeschnürt,
Daß er bedächtiger so fortan
Hinschleiche die Gedankenbahn
Und nicht etwa, die Kreuz und Quer,
Irrlichteliere hin und her.
Dann lehret man Euch manchen Tag,
Daß, was Ihr sonst auf Einen Schlag
Getrieben, wie Essen und Trinken frei,
Eins! Zwei! Drei! dazu nötig sei.
Zwar ists mit der Gedankenfabrik
Wie mit einem Webermeisterstück,
Wo Ein Tritt tausend Fäden regt,
Die Schifflein herüber-hinüberschießen,

SCOLARO. In verità, me ne vorrei andar via! Fra queste mura, sotto queste arcate, non mi ci piace affatto. È proprio uno spazio limitato, non si vede nulla di verde, non una pianta e, nelle aule, sui banchi, mi vanno via vista, udito e pensieri.

MEFISTOFELE. È tutto questione di abitudine. Anche il poppante non si attacca volentieri sin dal principio al seno materno, ma, presto, si nutre con piacere. Cosí anche voi, giorno per giorno, piglierete sempre piú gusto alle mammelle della scienza.

SCOLARO. Mi appenderò con gioia al suo collo. Ma, ditemi, come mi sarà possibile arrivarvi.

MEFISTOFELE. Prima di continuare, precisate: quale facoltà sceglierete?

SCOLARO. Desidererei[33] diventare proprio un dotto e vorrei comprendere ciò che è sulla terra, nel cielo, la scienza e la natura.

MEFISTOFELE. Allora siete sulla buona traccia; non dovete però lasciarvi sviare.

SCOLARO. Son qua con l'anima ed il corpo. In verità, mi farebbe però piacere, l'estate, nei bei giorni di festa, godere un po' di libertà e di svago.

MEFISTOFELE. Sfruttate il tempo,[34] fugge via cosí rapido! L'ordine poi vi insegnerà come guadagnar tempo. Mio caro amico, vi consiglio pertanto, e in primo luogo, il corso della logica. Il vostro spirito verrà cosí ben ammaestrato e stretto dentro stivali spagnoli[35] in modo che potrà, in seguito, avviarsi, con prudenza, sul binario del pensiero e non andarsene per diritto e per traverso come un fuoco fatuo. Poi vi si insegnerà per varii giorni, che ciò che, prima, facevate spontaneamente come mangiare e bere, dovrà avvenire a comando: uno, due, tre. La fabbrica dei pensieri è simile ad un bel lavoro eseguito dal tessitore al telaio dove un colpo del piede mette in movimento mille fili. Le spole vanno

Die Fäden ungesehen fließen,
Ein Schlag tausend Verbindungen schlägt.
Der Philosoph, der tritt herein
Und beweist Euch, es müßt so sein:
Das Erst wär so, das Zweite so
Und drum das Dritt und Vierte so,
Und wenn das Erst und Zweit nicht wär,
Das Dritt und Viert wär nimmermehr.
Das preisen die Schüler aller Orten,
Sind aber keine Weber geworden.
Wer will was Lebendigs erkennen und beschreiben,
Sucht erst den Geist herauszutreiben,
Dann hat er die Teile in seiner Hand,
Fehlt, leider! nur das geistige Band.
Encheiresin naturae nennts die Chemie,
Spottet ihrer selbst und weiß nicht wie.

SCHÜLER. Kann Euch nicht eben ganz verstehen.

MEPHISTOPHELES. Das wird nächstens schon besser gehen,
Wenn Ihr lernt alles reduzieren
Und gehörig klassifizieren.

SCHÜLER. Mir wird von alledem so dumm,
Als ging' mir ein Mühlrad im Kopf herum.

MEPHISTOPHELES. Nachher, vor allen andern Sachen,
Müßt Ihr Euch an die Metaphysik machen!
Da seht, daß Ihr tiefsinnig faßt,
Was in des Menschen Hirn nicht paßt!
Für was drein geht und nicht drein geht,
Ein prächtig Wort zu Diensten steht.
Doch vorerst dieses halbe Jahr
Nehmt ja der besten Ordnung wahr!
Fünf Stunden habt Ihr jeden Tag;
Seid drinnen mit dem Glockenschlag!
Habt Euch vorher wohl präpariert,
Paragraphos wohl einstudiert,
Damit Ihr nachher besser seht,
Daß er nichts sagt, als was im Buche steht!
Doch Euch des Schreibens ja befleißt,
Als diktiert Euch der Heilig Geist!

SCHÜLER. Das sollt Ihr mir nicht zweimal sagen!
Ich denke mir, wie viel es nützt:
Denn was man schwarz auf weiß besitzt,
Kann man getrost nach Hause tragen.

MEPHISTOPHELES. Doch wählt mir eine Fakultät!

SCHÜLER. Zur Rechtsgelehrsamkeit kann ich mich nicht bequemen.

rapide in qua ed in là, i fili scorrono invisibili, ed un solo colpo genera mille maglie. Si farà poi avanti il filosofo e vi dimostrerà che deve essere cosí: il primo sarebbe cosí, il secondo cosí e, pertanto, il terzo ed il quarto cosí e se il primo ed il secondo non fossero, il terzo ed il quarto non sarebbero affatto. Gli scolari di tutti i paesi vantano ciò, ma nessuno è diventato tessitore. Chi vuole riconoscere e descrivere un essere vivo tenta, in primo luogo, di cacciarne fuori lo spirito. Ne ha cosí le parti in mano, manca, purtroppo, solamente il legame spirituale. La chimica dà a ciò il nome di Encheiresis naturae.[36] Si burla di se stessa e non sa nemmeno come.

SCOLARO. Del tutto, proprio, non mi è possibile comprendervi.

MEFISTOFELE. Dopo un po' di tempo, andrà meglio, se imparerete a compendiare tutto e a classificare come si conviene.

SCOLARO. Tutto ciò mi rende cosí stupido, come se mi girasse nella testa una ruota di mulino.

MEFISTOFELE. Prima di tutto dovete studiare metafisica! Cercate qui di comprendere con profondità di pensiero ciò che entra in un cervello d'uomo! Ci sarà sempre pronta una qualche parola grossa per quel che c'entra e per quel che non c'entra. Però, in primo luogo, per questo semestre, attenetevi per bene alla regola. Ogni giorno avrete cinque ore di lezione, siate già in aula al suono della campana! Preparatevi prima per bene e studiate per bene anche i paragrafi, potrete cosí notare che egli nulla dice che non sia nel libro![37] Siate però molto diligente nello scrivere ciò che egli dice come se vi dettasse lo Spirito Santo!

SCOLARO. Non ditemelo due volte! Mi immagino quanto ciò sia utile, poiché si può portare tranquillamente a casa quanto si ha scritto, nero su bianco.

MEFISTOFELE. Ma ora sceglietemi una facoltà!

SCOLARO. Non mi so adattare a studiar Giurisprudenza!

MEPHISTOPHELES. Ich kann es Euch so sehr nicht übel nehmen,
Ich weiß, wie es um diese Lehre steht.
Es erben sich Gesetz und Rechte
Wie eine ewge Krankheit fort;
Sie schleppen von Geschlecht sich zum Geschlechte
Und rücken sacht von Ort zu Ort.
Vernunft wird Unsinn, Wohltat Plage:
Weh dir, daß du ein Enkel bist!
Vom Rechte, das mit uns geboren ist,
Von dem ist, leider! nie die Frage.

SCHÜLER. Mein Abscheu wird durch Euch vermehrt.
O glücklich der, den Ihr belehrt!
Fast möcht ich nun Theologie studieren.

MEPHISTOPHELES. Ich wünschte nicht, Euch irrezuführen.
Was diese Wissenschaft betrifft,
Es ist so schwer, den falschen Weg zu meiden;
Es liegt in ihr so viel verborgnes Gift,
Und von der Arzenei ists kaum zu unterscheiden.
Am besten ists auch hier, wenn Ihr nur Einen hört
Und auf des Meisters Worte schwört.
Im ganzen: haltet Euch an Worte!
Dann geht Ihr durch die sichre Pforte
Zum Tempel der Gewißheit ein.

SCHÜLER. Doch ein Begriff muß bei dem Worte sein.

MEPHISTOPHELES. Schon gut! Nur muß man sich nicht allzu [ängstlich quälen;
Denn eben, wo Begriffe fehlen,
Da stellt ein Wort zur rechten Zeit sich ein.
Mit Worten läßt sich trefflich streiten,
Mit Worten ein System bereiten,
An Worte läßt sich trefflich glauben,
Von einem Wort läßt sich kein Iota rauben.

SCHÜLER. Verzeiht, ich halt Euch auf mit vielen Fragen,
Allein ich muß Euch noch bemühn.
Wollt Ihr mir von der Medizin
Nicht auch ein kräftig Wörtchen sagen?
Drei Jahr ist eine kurze Zeit,
Und, Gott! das Feld ist gar zu weit.
Wenn man einen Fingerzeig nur hat,
Läßt sichs schon eher weiterfühlen.

MEPHISTOPHELES (*für sich*). Ich bin des trocknen Tons nun satt,
Muß wieder recht den Teufel spielen. (*Laut*)
Der Geist der Medizin ist leicht zu fassen!
Ihr durchstudiert die groß- und kleine Welt,
Um es am Ende gehn zu lassen,

MEFISTOFELE. Non ve ne posso fare una gran colpa. So come vanno le cose in questo insegnamento. Si ereditano leggi e diritti, come un'eterna malattia. Si trascinano di generazione in generazione e si spostano lentamente di paese in paese. La ragione si trasforma in un assurdo, il bene in un tormento. Te infelice che sei un discendente di tali padri! Del diritto che nasce con noi[38] non si fa, purtroppo!, mai parola.

SCOLARO. La mia ripugnanza cresce per opera vostra. O felice colui che da voi impara! Quasi, quasi studierei ora teologia.

MEFISTOFELE. Non vorrei sviarvi. Per quanto si riferisce a questa scienza è cosí difficile evitare la strada falsa. È in lei nascosto tanto veleno e lo si può appena distinguere dal farmaco che guarisce.[39] Anche qui, la cosa migliore è che seguiate le lezioni di un solo docente e che giuriate sulla parola del Maestro. In tutto e per tutto: tenetevi alle parole! Allora arriverete, attraverso la porta sicura, al tempio della certezza.

SCOLARO. Ma accanto alla parola ci deve pur essere un concetto.

MEFISTOFELE. Sia pure. Ma non ci si deve troppo angustiare per questo. Proprio là dove mancano i concetti, compare, a tempo opportuno, una parola. A parole si discute sempre bene, con parole si mette insieme un sistema, alle parole si crede perfettamente ed a una parola non si può rubare nemmeno un jota.[40]

SCOLARO. Scusatemi. Vi faccio perder tempo con le mie numerose domande. Ma debbo infastidirvi ancora un poco. Non vorreste dirmi una parola, ma con la massima franchezza, su la medicina? Tre anni sono un breve lasso di tempo e, Dio mio, il campo è cosí vasto! Basta, a volte, ricevere una indicazione per sentirsi avviati per benino.

MEFISTOFELE (*fra sé*). Non ne posso piú di questo tono sostenuto.[41] Devo proprio ridiventare diavolo. (*A voce alta*) È facile comprendere lo spirito della medicina. Studiate per bene il piccolo ed il grande mondo[42] e, alla

Wies Gott gefällt.
Vergebens, daß Ihr ringsum wissenschaftlich schweift,
Ein jeder lernt nur, was er lernen kann;
Doch der den Augenblick ergreift,
Das ist der rechte Mann.
Ihr seid noch ziemlich wohlgebaut,
An Kühnheit wirds Euch auch nicht fehlen,
Und wenn Ihr Euch nur selbst vertraut,
Vertrauen Euch die andern Seelen.
Besonders lernt die Weiber führen!
Es ist ihr ewig Weh und Ach,
So tausendfach,
Aus Einem Punkte zu kurieren,
Und wenn Ihr halbwegs ehrbar tut,
Dann habt Ihr sie all unterm Hut.
Ein Titel muß sie erst vertraulich machen,
Daß Eure Kunst viel Künste übersteigt;
Zum Willkomm tappt Ihr dann nach allen Siebensachen,
Um die ein andrer viele Jahre streicht,
Versteht das Pülslein wohl zu drücken
Und fasset sie, mit feurig-schlauen Blicken,
Wohl um die schlanke Hüfte frei,
Zu sehn, wie fest geschnürt sie sei.

SCHÜLER. Das sieht schon besser aus! Man sieht doch wo und [wie.

MEPHISTOPHELES. Grau, teurer Freund, ist alle Theorie,
Und grün des Lebens goldner Baum.

SCHÜLER. Ich schwör Euch zu: mir ists als wie ein Traum!
Dürft ich Euch wohl ein andermal beschweren,
Von Eurer Weisheit auf den Grund zu hören?

MEPHISTOPHELES. Was ich vermag, soll gern geschehn.

SCHÜLER. Ich kann unmöglich wieder gehn,
Ich muß Euch noch mein Stammbuch überreichen:
Gönn Eure Gunst mir dieses Zeichen!

MEPHISTOPHELES. Sehr wohl. (*Er schreibt und gibts*)

SCHÜLER (*liest*). Eritis sicut Deus, scientes bonum et malum.

(*Machts ehrerbietig zu und empfiehlt sich*)

MEPH. Folg nur dem alten Spruch und meiner Muhme, der [Schlange,
Dir wird gewiß einmal bei deiner Gottähnlichkeit bange!

fine, lasciate che vada come a Dio piace. È inutile che ve ne andiate in giro intento alla scienza, ognuno impara solamente quello che può imparare. Però quegli che sa afferrare il momento, quegli è un uomo come va. Voi possedete un corpo ben fatto e non vi mancherà un po' di audacia. E se, poi, avrete fiducia in voi stesso, anche gli altri avranno fiducia in voi. Imparate soprattutto a trattare le donne! Il loro eterno ohi ed ahi per quanto su mille toni, va curato da un solo punto di vista e se lo fate con un po' di decenza, le avrete tutte in vostro potere. Un titolo deve in primo luogo dare la sicurezza che la vostra arte è superiore a molte arti. Come per dar ad esse il benvenuto, toccatele in tutte quelle cosette intorno alle quali un altro deve gironzolare per anni, imparate a stringere con grazia il polsicino e, tra ardenti ed abili occhiatine, afferratele, con franchezza, intorno alla vita per vedere se siano ben chiuse nel busto.

SCOLARO. La cosa prende, in tal modo, un aspetto migliore. Si vede almeno il dove e il come.

MEFISTOFELE. Caro amico, ogni teoria è grigia e verde è l'aureo[43] albero della vita.

SCOLARO. Ve lo giuro: per me è come un sogno! Mi è permesso incomodarvi un'altra volta per udire sino in fondo il vostro sapere?

MEFISTOFELE. In quel che posso, sia pure.

SCOLARO. Mi è impossibile allontanarmi cosí, devo ancora presentarvi il mio album[44]: mi conceda, Vostra Grazia, un segno!

MEFISTOFELE. Molto bene. (*Scrive e glielo rende*)

SCOLARO (*legge*). Eritis sicut Deus,[45] scientes bonum et malum.

(*Chiude l'album con rispetto e prende congedo*)

MEFISTOFELE. Segui pure il detto antico e mio cugino, il serpente. Un dí, nonostante questa tua somiglianza con Dio, conoscerai certamente la paura.

Faust tritt auf

FAUST. Wohin soll es nun gehn?
MEPHISTOPHELES. Wohin es dir gefällt!
Wir sehn die kleine, dann die große Welt.
Mit welcher Freude, welchem Nutzen,
Wirst du den Cursum durchschmarutzen!
FAUST. Allein bei meinem langen Bart
Fehlt mir die leichte Lebensart.
Es wird mir der Versuch nicht glücken;
Ich wußte nie mich in die Welt zu schicken,
Vor andern fühl' ich mich so klein;
Ich werde stets verlegen sein.
MEPH. Mein guter Freund, das wird sich alles geben:
Sobald du dir vertraust, sobald weißt du zu leben.
FAUST. Wie kommen wir denn aus dem Haus?
Wo hast du Pferde, Knecht und Wagen?
MEPHISTOPHELES. Wir breiten nur den Mantel aus,
Der soll uns durch die Lüfte tragen.
Du nimmst bei diesem kühnen Schritt
Nur keinen großen Bündel mit.
Ein bißchen Feuerluft, die ich bereiten werde,
Hebt uns behend von dieser Erde,
Und sind wir leicht, so geht es schnell hinauf —
Ich gratuliere dir zum neuen Lebenslauf!

Auerbachs Keller in Leipzig

Zeche lustiger Gesellen

FROSCH. Will keiner trinken? keiner lachen?
Ich will euch lehren Gesichter machen!
Ihr seid ja heut wie nasses Stroh
Und brennt sonst immer lichterloh.
BRANDER. Das liegt an dir: du bringst ja nichts herbei,
Nicht eine Dummheit, keine Sauerei.
FROSCH (*gießt ihm ein Glas Wein über den Kopf*).
Da hast du beides!
BRANDER. Doppelt Schwein!
FROSCH. Ihr wollt es ja, man soll es sein!

Entra Faust

FAUST. Ed ora dove ce n'andiamo?

MEFISTOFELE. Dove ti piace! Vedremo il piccolo mondo e poi il grande mondo.[46] Con quale gioia, con quale vantaggio ti scroccherai l'intero corso di studi.

FAUST. Ma, con questa mia lunga barba, mi mancano le buone maniere del vivere. Il tentativo non riuscirà. Non ho saputo mai adattarmi al mondo e, davanti agli altri, mi sento cosí piccolo. Sarò sempre impacciato.

MEFISTOFELE. Mio caro amico, tutto si aggiusterà. Saprai vivere appena avrai fiducia in te stesso.

FAUST. Come ce la caveremo ad uscire di casa? Dove hai cavalli, servo e carrozza?

MEFISTOFELE. Non c'è che da stendere questo mantello ed esso ci porterà attraverso l'aria. Per questo passo temerario, non prendere con te un grosso fardello. Un pochino d'aria infiammabile[47] che io preparerò ci solleverà rapidamente da terra e, se saremo leggeri, saliremo veloci. Ti faccio i miei rallegramenti per il nuovo corso della tua vita!

Cantina di Auerbach a Lipsia[1]

Baldoria di allegri compagni

FROSCH. Nessuno beve? Nessuno ride? Vi insegnerò io a fare i musoni! Oggi siete come della paglia bagnata, mentre, per lo piú, bruciate con vivide fiamme.

BRANDER. Dipende da te. Non cavi fuori nulla, non una stupidaggine e non una porcheria.

FROSCH (*gli rovescia un bicchier di vino sul capo*). Eccoti l'una e l'altra!

BRANDER. Doppiamente porco!

FROSCH. Lo volete e bisogna esserlo!

SIEBEL. Zur Tür hinaus, wer sich entzweit!
Mit offner Brust singt Runda, sauft und schreit!
Auf! holla! ho!
ALTMAYER. Weh mir, ich bin verloren!
Baumwolle her! der Kerl sprengt mir die Ohren.
SIEBEL. Wenn das Gewölbe widerschallt,
Fühlt man erst recht des Basses Grundgewalt.
FROSCH. So recht! hinaus mit dem, der etwas übelnimmt!
A! tara lara da!
ALTMAYER. A! tara lara da!
FROSCH. Die Kehlen sind gestimmt.
(*singt*) Das liebe Heilge Römsche Reich.
Wie hälts nur noch zusammen?
BRANDER. Ein garstig Lied! Pfui! ein politisch Lied
Ein leidig Lied! Dankt Gott mit jedem Morgen,
Daß ihr nicht braucht fürs Römsche Reich zu sorgen!
Ich halt es wenigstens für reichlichen Gewinn,
Daß ich nicht Kaiser oder Kanzler bin.
Doch muß auch uns ein Oberhaupt nicht fehlen:
Wir wollen einen Papst erwählen!
Ihr wißt, welch eine Qualität
Den Ausschlag gibt, den Mann erhöht.
FROSCH (*singt*). Schwing dich auf, Frau Nachtigall,
Grüß mir mein Liebchen zehentausendmal!
SIEBEL. Dem Liebchen keinen Gruß! ich will davon nichts [hören!
FROSCH. Dem Liebchen Gruß und Kuß! du wirst mirs nicht [verwehren!
(*singt*) Riegel auf! in stiller Nacht.
Riegel auf! der Liebste wacht.
Riegel zu! des Morgens früh.
SIEBEL. Ja, singe, singe nur und lob und rühme sie!
Ich will zu meiner Zeit schon lachen.
Sie hat mich angeführt, dir wird sies auch so machen.
Zum Liebsten sei ein Kobold ihr beschert:
Der mag mit ihr auf einem Kreuzweg schäkern!
Ein alter Bock, wenn er vom Blocksberg kehrt,
Mag im Galopp noch gute Nacht ihr meckern!
Ein braver Kerl von echtem Fleisch und Blut
Ist für die Dirne viel zu gut.
Ich will von keinem Gruße wissen,
Als ihr die Fenster eingeschmissen!
BRANDER (*auf den Tisch schlagend*). Paßt auf! paßt auf! ge- [horchet mir!
Ihr Herrn, gesteht, ich weiß zu leben!
Verliebte Leute sitzen hier,
Und diesen muß nach Standsgebühr

SIEBEL. Fuori dell'uscio chi si azzuffa! Cantate a squarciagola, ognuno la sua strofa, bevete e gridate! Su, holla! ho!

ALTMAYER. Ahimè, sono perduto. Qua, del cotone. Quell'individuo mi rompe i timpani.

SIEBEL. Quando la volta rimbomba, allora soltanto si sente la forza profonda del basso.

FROSCH. Bene! E fuori chi se ne ha a male! Ah! tara lara da!

ALTMAYER. Ah! tara lara da!

FROSCH. Le gole sono intonate. (*Canta*) Il caro sacro romano impero come mai si regge ancora?

BRANDER. Una brutta canzone! Puah! una canzone politica, una noiosa canzone! Ringraziate ogni mattino che non sia compito vostro prendervi cura del romano impero! Per conto mio, mi sembra cosa assai vantaggiosa non essere né imperatore, né cancelliere dell'impero. Però non ci deve mancare un capo. Eleggeremo un papa.[2] Voi ben sapete quale virtú decida la scelta e porti in alto l'uomo.

FROSCH (*canta*). Alzati a volo, su, signor usignolo e salutami le mille volte l'amor mio!

SIEBEL. All'amor tuo proprio niente saluti. Di ciò non voglio sentir parlare.

FROSCH. All'amor mio saluti e baci. Non me lo potrai impedire! (*Canta*) Alza il paletto, nella notte cheta. Alza il paletto, l'amato veglia. Metti il paletto, la mattina presto.

SIEBEL. Sí, canta, canta e lodala e celebrala! Riderò io, quando sarà tempo. Essa mi ha ingannato e farà altrettanto con te. Le tocchi in sorte, per amante, un coboldo che scherzi con lei ad un crocicchio! Un vecchio caprone quando scende dal Blocksberg le beli, passando al galoppo, ancora la buona notte. Un bravo ragazzo fresco e sano nella carne e nel sangue è di troppo per quella puttana. Non voglio sentir parlare di saluti per lei se non sia per fracassarle i vetri!

BRANDER (*battendo colpi sul tavolo*). State attenti, state attenti e datemi retta. Dovete pur riconoscere, o miei signori, che io so vivere! Siedono qui con noi degli innamorati ai quali, secondo la loro condizione, dovrò pur

Zur guten Nacht ich was zum besten geben.
Gebt acht! Ein Lied vom neusten Schnitt!
Und singt den Rundreim kräftig mit!
(*er singt*) Es war eine Ratt im Kellernest,
Lebte nur von Fett und Butter,
Hatte sich ein Ränzlein angemäst't
Als wie der Doktor Luther.
Die Köchin hatt ihr Gift gestellt:
Da wards so eng ihr in der Welt,
Als hätte sie Lieb im Leibe.
CHORUS (*jauchzend*). Als hätte sie Lieb im Leibe!
BRANDER. Sie fuhr herum, sie fuhr heraus
Und soff aus allen Pfützen,
Zernagt, zerkratzt das ganze Haus:
Wollte nichts ihr Wüten nützen!
Sie tät gar manchen Ängstesprung,
Bald hatte das arme Tier genung,
Als hätt es Lieb im Leibe.
CHORUS. Als hätt es Lieb im Leibe!
BRANDER. Sie kam für Angst am hellen Tag
Der Küche zugelaufen,
Fiel an den Herd und zuckt und lag
Und tät erbärmlich schnaufen.
Da lachte die Vergifterin noch:
»Ha! sie pfeift auf dem letzten Loch,
Als hätte sie Lieb im Leibe.«
CHORUS. Als hätte sie Lieb im Leibe!
SIEBEL. Wie sich die platten Bursche freuen!
Es ist mir eine rechte Kunst,
Den armen Ratten Gift zu streuen!
BRANDER. Sie stehn wohl sehr in deiner Gunst?
ALTMAYER. Der Schmerbauch mit der kahlen Platte!
Das Unglück macht ihn zahm und mild;
Er sieht in der geschwollnen Ratte
Sein ganz natürlich Ebenbild.

Faust und Mephistopheles

MEPHISTOPHELES. Ich muß dich nun vor allen Dingen
In lustige Gesellschaft bringen,
Damit du siehst, wie leicht sichs leben läßt.
Dem Volke hier wird jeder Tag ein Fest.
Mit wenig Witz und viel Behagen
Dreht jeder sich im engen Zirkeltanz,

offrire qualche cosa per augurar la buona notte. Ascoltate! Una canzone nuovissima! E cantate con me a turno il ritornello! (*Egli canta*)

C'era un topo[3] nel suo nido in cantina, viveva di grasso e di burro, e s'era fatta, ingrassando, una pancetta come quella del dottor Lutero. La cuoca gli aveva messo il veleno. Allora gli parve troppo piccolo il mondo, come se avesse l'amore in corpo.

CORO (*allegramente*). Come se avesse l'amore in corpo!

BRANDER. Corse tutto intorno e corse fuori e bevve in tutte le pozze, graffiò e grattò l'intera casa, ma nulla placò il suo furore! Fece, per l'angoscia, parecchi salti; presto però ne ebbe abbastanza, come se avesse l'amore in corpo.

CORO. Come se avesse l'amore in corpo!

BRANDER. E per paura, di pieno giorno, arrivò di corsa sino in cucina, cadde presso il focolare, si contorse e giacque respirando a fatica in modo da far compassione. Ma l'avvelenatrice rise: Ah! esso fischia la sua ultima canzone come se avesse l'amore in corpo.

CORO. Come se avesse l'amore in corpo!

SIEBEL. Come si divertono quei triviali ragazzi. Non mi sembra poi una gran cosa, spargere veleno per i poveri topi!

BRANDER. Sono forse sotto la tua protezione?

ALTMAYER. Trippone, con la testa pelata! La disgrazia lo rende mansueto e tenero. Vede, nel topo gonfio, un suo ritratto al naturale.

Faust, Mefistofele

MEFISTOFELE. Anzitutto devo condurti in allegra compagnia affinché tu veda come si può vivere facilmente. Per il popolo, qui, è ogni giorno festa. Con poco cervello e grande piacere, ognuno gira in uno stretto giro di danza, come fanno i giovani gatti con la loro coda.

Wie junge Katzen mit dem Schwanz.
Wenn sie nicht über Kopfweh klagen,
Solang der Wirt nur weiterborgt,
Sind sie vergnügt und unbesorgt.

BRANDER. Die kommen eben von der Reise:
Man siehts an ihrer wunderlichen Weise;
Sie sind nicht eine Stunde hier.

FROSCH. Wahrhaftig, du hast recht! Mein Leipzig lob ich mir!
Es ist ein klein Paris und bildet seine Leute.

SIEBEL. Für was siehst du die Fremden an?

FROSCH. Laßt mich nur gehn! Bei einem vollen Glase
Zieh ich, wie einen Kinderzahn,
Den Burschen leicht die Würmer aus der Nase.
Sie scheinen mir aus einem edlen Haus:
Sie sehen stolz und unzufrieden aus.

BRANDER. Marktschreier sinds gewiß, ich wette!

ALTMAYER. Vielleicht!

FROSCH. Gib acht, ich schraube sie!

MEPHISTOPHELES (*zu Faust*). Den Teufel spürt das Völkchen nie,
Und wenn er sie beim Kragen hätte.

FAUST. Seid uns gegrüßt, ihr Herrn!

SIEBEL. Viel Dank zum Gegengruß!
(*Leise, Mephistopheles von der Seite ansehend*)
Was hinkt der Kerl auf einem Fuß?

MEPHISTOPHELES. Ist es erlaubt, uns auch zu euch zu setzen?
Statt eines guten Trunks, den man nicht haben kann,
Soll die Gesellschaft uns ergetzen.

ALTMAYER. Ihr scheint ein sehr verwöhnter Mann.

FROSCH. Ihr seid wohl spät von Rippach aufgebrochen?
Habt ihr mit Herren Hans noch erst zu Nacht gespeist?

MEPHISTOPHELES. Heut sind wir ihn vorbeigereist;
Wir haben ihn das letztemal gesprochen.
Von seinen Vettern wußt er viel zu sagen,
Viel Grüße hat er uns an jeden aufgetragen.
(*Er neigt sich gegen Frosch*)

ALTMAYER (*leise*). Da hast dus! der verstehts!

SIEBEL. Ein pfiffiger Patron!

FROSCH. Nun, warte nur, ich krieg ihn schon!

MEPHISTOPHELES. Wenn ich nicht irre, hörten wir
Geübte Stimmen Chorus singen?
Gewiß, Gesang muß trefflich hier
Von dieser Wölbung widerklingen!

FROSCH. Seid Ihr wohl gar ein Virtuos?

MEPH. O nein! die Kraft ist schwach, allein die Lust ist groß.

Se non si lamentano del mal di capo e se l'oste continua a far credito, essi sono allegri e senza cure.

BRANDER. Arrivano proprio ora da un viaggio. Lo si vede dal loro strano modo di fare. Son qui da meno di un'ora.

FROSCH. Veramente, hai proprio ragione. Evviva la mia Lipsia. È una piccola Parigi[4] e sa dar stile alla sua gente.

SIEBEL. Per chi li ritieni questi stranieri?

FROSCH. Lasciatemi fare. Con un bicchiere pieno di vino tirerò fuori notizie a quei giovanotti come si strappa un dente ad un bambino. Mi sembrano di famiglia nobile ed hanno un aspetto superbo, scontento.

BRANDER. Scommetto che sono ciarlatani!

ALTMAYER. Forse!

FROSCH. Stai attento, ora li burlo.

MEFISTOFELE (*a Faust*). Il popolino non s'accorge mai del diavolo nemmeno se questi lo afferra per il bavero.

FAUST. Salutiamo questi signori!

SIEBEL. Ringraziamo assai, contraccambiamo. (*Piano, osservando con la coda dell'occhio, Mefistofele*) Come mai zoppica[5] da un piede quel tale?

MEFISTOFELE. Ci è permesso di sederci accanto a voi? Invece di un bicchiere di buon vino che qui non è possibile avere, ci terrà allegri la buona compagnia.

ALTMAYER. Mi sembrate un uomo di gusti assai difficili.

FROSCH. Certamente siete partiti tardi da Rippach.[6] E prima avrete cenato da ser Gianni?

MEFISTOFELE. Oggi gli siam passati davanti senza fermarci. L'ultima volta gli abbiamo parlato. Ci seppe dire parecchie cose dei suoi cugini e ci incaricò di molti saluti per ognuno di essi. (*Si inchina verso Frosch*)

ALTMAYER (*sottovoce*). Toccato! quegli sa il fatto suo!

SIEBEL. Furbo, il compare!

FROSCH. Aspetta un po', ora l'aggiusto io!

MEFISTOFELE. Se non m'inganno, abbiamo sentito un coro di voci ben intonate. Qui, sotto queste volte, il canto deve certamente risonare molto bene.

FROSCH. Siete forse un virtuoso?

MEFISTOFELE. No, no, le forze sono deboli, ma la voglia è grande.

ALTMAYER. Gebt uns ein Lied!
MEPHISTOPHELES. Wenn ihr begehrt, die Menge!
SIEBEL. Nur auch ein nagelneues Stück!
MEPHISTOPHELES. Wir kommen erst aus Spanien zurück,
Dem schönen Land des Weins und der Gesänge.
(*singt*) Es war einmal ein König,
Der hatt einen großen Floh —
FROSCH. Horcht! Einen Floh! Habt ihr das wohl gefaßt?
Ein Floh ist mir ein saubrer Gast.
MEPHISTOPHELES (*singt*). Es war einmal ein König,
Der hatt einen großen Floh,
Den liebt er gar nicht wenig:
Als wie seinen eignen Sohn.
Da rief er seinen Schneider,
Der Schneider kam heran:
»Da, miß dem Junker Kleider
Und miß ihm Hosen an!«
BRANDER. Vergeßt nur nicht, dem Schneider einzuschärfen,
Daß er mir aufs genauste mißt
Und daß, so lieb sein Kopf ihm ist,
Die Hosen keine Falten werfen!
MEPHISTOPHELES. In Sammet und in Seide
War er nun angetan,
Hatte Bänder auf dem Kleide,
Hatt auch ein Kreuz daran,
Und war sogleich Minister
Und hatt einen großen Stern.
Da wurden seine Geschwister
Bei Hof auch große Herrn.

Und Herrn und Fraun am Hofe,
Die waren sehr geplagt,
Die Königin und die Zofe
Gestochen und genagt,
Und durften sie nicht knicken
Und weg sie jucken nicht. —
Wir knicken und ersticken
Doch gleich, wenn einer sticht!
Doch gleich, wenn einer sticht!
CHORUS (*jauchzend*). Wir knicken und ersticken
Doch gleich, wenn einer sticht!
FROSCH. Bravo! bravo! das war schön!
SIEBEL. So soll es jedem Floh ergehn!
BRANDER. Spitzt die Finger und packt sie fein!
ALTMAYER. Es lebe die Freiheit! es lebe der Wein!

ALTMAYER. Cantateci una canzone!

MEFISTOFELE. Se lo desiderate, parecchie!

SIEBEL. Una sola, ma nuova, nuovissima!

MEFISTOFELE. Torniamo proprio ora dalla Spagna, il bel paese del vino, dei canti. (*Canta*)

C'era una volta un re, aveva un gran pulcione...[7]

FROSCH. Udite! Un pulcione! Avete ben compreso? Una pulce, mi pare, è un ospite carino.

MEFISTOFELE (*canta*). C'era una volta un re, che aveva un gran pulcione che egli amava non poco come se fosse stato suo figlio. Chiamò il suo sarto; il sarto venne. « Misura i vestiti al signore, misuragli i calzoni! »

BRANDER. Non dimenticate di raccomandare caldamente al sarto di prendere le misure nel modo piú esatto e, se gli è cara la testa, che i calzoni non facciano pieghe.

MEFISTOFELE. Venne vestito di velluto e di seta, ebbe nastri e decorazioni e fu persino ministro e portava una grande stella sul petto. Allora i suoi fratelli e le sue sorelle diventarono, a corte, personaggi importanti.

E dame e signori a corte venivano tormentati assai, la regina e le ancelle pinzate e morsicate. Ma non era permesso di schiacciare il pulcione e di cacciarlo grattandosi. Noi lo schiacciamo e l'affoghiamo, subito, quando uno ci pinza.

CORO. Noi lo schiacciamo e l'affoghiamo, subito, quando ci pinza.

FROSCH. Bravo, bravo! Molto bella!

SIEBEL. E cosí accada e tutte le pulci!

BRANDER. Affilate le unghie e acchiappatele con garbo!

ALTMAYER. Viva la libertà![8] Viva il vino!

MEPH. Ich tränke gern ein Glas, die Freiheit hoch zu ehren,
Wenn eure Weine nur ein bißchen besser wären.

SIEBEL. Wir mögen das nicht wieder hören!

MEPHISTOPHELES. Ich fürchte nur, der Wirt beschweret sich;
Sonst gäb ich diesen werten Gästen
Aus unserm Keller was zum besten.

SIEBEL. Nur immer her! ich nehms auf mich.

FROSCH. Schafft Ihr ein gutes Glas, so wollen wir Euch loben.
Nur gebt nicht gar zu kleine Proben!
Denn wenn ich judizieren soll,
Verlang ich auch das Maul recht voll.

ALTMAYER (*leise*). Sie sind vom Rheine, wie ich spüre.

MEPHISTOPHELES. Schafft einen Bohrer an!

BRANDER. Was soll mit dem geschehn?
Ihr habt doch nicht die Fässer vor der Türe?

ALT. Dahinten hat der Wirt ein Körbchen Werkzeug stehn.

MEPHISTOPHELES (*nimmt den Bohrer. Zu Frosch*).
Nun sagt: was wünschet Ihr zu schmecken?

FROSCH. Wie meint Ihr das? Habt Ihr so mancherlei?

MEPHISTOPHELES. Ich stell es einem jeden frei.

ALTMAYER (*zu Frosch*).
Aha! du fängst schon an, die Lippen abzulecken.

FROSCH. Gut! wenn ich wählen soll, so will ich Rheinwein haben:
Das Vaterland verleiht die Allerbesten Gaben.

MEPHISTOPHELES (*indem er an dem Platz, wo Frosch sitzt, ein Loch in den Tischrand bohrt*).
Verschafft ein wenig Wachs, die Pfropfen gleich zu machen!

ALTMAYER. Ach, das sind Taschenspielersachen!

MEPHISTOPHELES (*zu Brander*). Und Ihr?

BRANDER. Ich will Champagner Wein,
Und recht moussierend soll er sein!

MEPHISTOPHELES (*bohrt, einer hat indessen die Wachspfropfen gemacht und verstopft*).

BRANDER. Man kann nicht stets das Fremde meiden,
Das Gute liegt uns oft so fern.
Ein echter deutscher Mann mag keinen Franzen leiden;
Doch ihre Weine trinkt er gern.

SIEBEL (*indem sich Mephistopheles seinem Platze nähert*).
Ich muß gestehn: den sauern mag ich nicht!
Gebt mir ein Glas vom echten süßen!

MEPHISTOPHELES (*bohrt*). Euch soll sogleich Tokayer fließen.

ALTMAYER. Nein, Herren, seht mir ins Gesicht!
Ich seh es ein, ihr habt uns nur zum besten.

MEFISTOFELE. Berrei volentieri un bicchiere in onore della libertà, se i vostri vini fossero un po' migliori.

SIEBEL. Non lo vogliamo sentir dire una seconda volta!

MEFISTOFELE. Temo solamente che l'oste protesti. Del resto, offrirei a questi onorevoli ospiti qualche cosa della nostra cantina.

SIEBEL. Date pure! Ne rispondo io.

FROSCH. Se ci procurate un buon bicchiere, vi loderemo. Ma non dateci degli assaggi troppo piccoli! Perché se devo dare un giudizio, pretendo anche di riempirmi la bocca.

ALTMAYER (*sottovoce*). Sono renani,[9] se ben comprendo.

MEFISTOFELE. Portatemi un succhiello!

BRANDER. A che cosa dovrà servire? Non avete mica le botti fuori dell'uscio?

ALTMAYER. Là dietro, l'oste ha un cesto con degli arnesi.

MEFISTOFELE (*prende il succhiello. A Frosch*). Dite ora, che vino desiderate gustare?

FROSCH. Che volete dire con ciò? Ne avete di varie qualità?

MEFISTOFELE. Lascio ad ognuno la libertà di scegliere.

ALTMAYER (*a Frosch*). Ah! tu incominci già a leccarti le labbra.

FROSCH. Bene, se devo scegliere, allora voglio vino del Reno. La patria dispensa i doni migliori.

MEFISTOFELE (*forando l'orlo del tavolo là dove siede Frosch*). Procuratemi un po' di cera per fare subito i tappi.

ALTMAYER. Ah! queste sono cose da prestigiatore!

MEFISTOFELE (*a Brander*). E voi?

BRANDER. Io voglio vino della Champagne, e deve essere spumante a dovere!

MEFISTOFELE (*continua a far buchi; uno della brigata ha preparato i tappi di cera e tura i buchi*)

BRANDER. Non si può rifiutare sempre ciò che viene da paesi stranieri. Il buono si trova a volte assai lontano. Un vero tedesco non può soffrire i Francesi, ma ne beve volentieri i vini.[10]

SIEBEL (*mentre Mefistofele si avvicina al suo posto*). Devo dirlo apertamente, il vino aspretto non mi piace. Datemi un bicchiere di quello dolce!

MEFISTOFELE (*fa un nuovo buco*). Per voi scorrerà presto del Tokai.

ALTMAYER. No, mio signore, guardiamoci negli occhi! Lo vedo ormai, voi ci prendete solamente in giro.

MEPHISTOPHELES. Ei! ei! Mit solchen edlen Gästen
Wär es ein bißchen viel gewagt.
Geschwind! nur grad heraus gesagt!
Mit welchem Weine kann ich dienen?
ALTMAYER. Mit jedem! Nur nicht lang gefragt!

Nachdem die Löcher alle gebohrt und verstopft sind,
MEPHISTOPHELES *mit seltsamen Gebärden.*

Trauben trägt der Weinstock,
Hörner der Ziegenbock!
Der Wein ist saftig, Holz die Reben:
Der hölzerne Tisch kann Wein auch geben.
Ein tiefer Blick in die Natur!
Hier ist ein Wunder: glaubet nur!

Nun zieht die Pfropfen und genießt!
ALLE (*indem sie die Pfropfen ziehen und jedem der verlangte Wein ins Glas läuft*). O schöner Brunnen, der uns fließt!

MEPHISTOPHELES. Nur hütet euch, daß ihr mir nichts vergießt!
(*Sie trinken wiederholt*)
ALLE (*singen*). Uns ist ganz kannibalisch wohl,
Als wie fünfhundert Säuen!
MEPH. Das Volk ist frei: seht an, wie wohls ihm geht!
FAUST. Ich hätte Lust, nun abzufahren.
MEPHISTOPHELES. Gib nur erst acht, die Bestialität
Wird sich gar herrlich offenbaren.
SIEBEL (*trinkt unvorsichtig, der Wein fließt auf die Erde und wird zur Flamme*). Helft! Feuer! helft! Die Hölle brennt!
MEPHISTOPHELES (*die Flamme besprechend*).
Sei ruhig, freundlich Element!
(*Zu dem Gesellen*)
Für diesmal war es nur ein Tropfen Fegefeuer.
SIEBEL. Was soll das sein? Wart! Ihr bezahlt es teuer!
Es scheinet, daß Ihr uns nicht kennt.
FROSCH. Laß Er uns das zum zweiten Male bleiben!
ALTMAYER. Ich dächt, wir hießen ihn ganz sachte seitwärts gehn.
SIEBEL. Was, Herr? Er will sich unterstehn
Und hier sein Hocuspocus treiben?
MEPHISTOPHELES. Still, altes Weinfaß!
SIEBEL. Besenstiel!
Du willst uns gar noch grob begegnen?
BRANDER. Wart nur! es sollen Schläge regnen!

MEFISTOFELE. Oh! Oh! con ospiti cosí distinti, sarebbe una cosa un pochino troppo azzardata. Svelti! Ditelo senza indugio. Con quale vino vi posso servire?

ALTMAYER. Con qualunque. Non domandate soltanto piú a lungo!

MEFISTOFELE (*dopo aver aperto e tappato tutti i buchi, con strani gesti*). Uva porta la vite, corna il caprone! Il vino è succoso, legno la vite; anche il tavolo di legno può dare vino. Un profondo sguardo nella natura! Ecco un prodigio; credetelo!

Ed ora togliete i tappi e gustate![11]

TUTTI (*mentre tolgono i tappi e il vino desiderato scorre ad ognuno nel bicchiere*). Oh!, la bella fontana che scorre qui per noi!

MEFISTOFELE. State attenti però a non versarmene nemmeno una goccia! (*Essi bevono ripetutamente*).

TUTTI (*cantano*). Ci sentiamo cannibalescamente bene, come se fossimo cinquecento scrofe!

MEFISTOFELE. Libero è il volgo. Guardateli come si sentono a loro agio.[12]

FAUST. Me ne andrei volentieri.[13]

MEFISTOFELE. Osservali ancora un poco e la bestialità si rivelerà in tutta la sua magnificenza!

SIEBEL (*beve senza fare attenzione; il vino, versato in terra, si muta in fiamma*). Aiuto! Fuoco! Aiuto! L'inferno brucia!

MEFISTOFELE (*scongiurando la fiamma*). Placati, amico elemento. (*A quelli della brigata*) Per questa volta, si trattava solamente di una goccia di Purgatorio.[14]

SIEBEL. Che è tutto ciò? Aspettate! La pagherete cara! Sembra che non sappiate chi siamo.

FROSCH. Fa che provi con noi un'altra volta!

ALTMAYER. Penserei di ordinargli gentilmente d'andarsene altrove.

SIEBEL. Che, signore? Avrebbe egli la sfacciataggine di far uso qui delle sue ciurmerie?

MEFISTOFELE. Zitto, vecchia botte!

SIEBEL. Manico di scopa, anche maleducato ed insolente vorresti essere con noi?

BRANDER. Ancora un po' e pioveranno legnate!

ALTMAYER (*zieht einen Propf aus dem Tisch, es springt ihm Feuer entgegen*). Ich brenne! ich brenne!

SIEBEL. Zauberei!
Stoßt zu! der Kerl ist vogelfrei!
(*Sie ziehen die Messer und gehn auf Mephistopheles los*)

MEPHISTOPHELES (*mit ernsthafter Gebärde*).
Falsch Gebild und Wort
Verändern Sinn und Ort!
Seid hier und dort!

(*Sie stehn erstaunt und sehn einander an*)

ALTMAYER. Wo bin ich? Welches schöne Land!

FROSCH. Weinberge! Seh ich recht?

SIEBEL. Und Trauben gleich zur Hand!

BRANDER. Hier unter diesem grünen Laube,
Seht, welch ein Stock! seht, welche Traube!
(*Er faßt Siebeln bei der Nase. Die andern tun es wechselseitig und heben die Messer*)

MEPHISTOPHELES (*wie oben*). Irrtum, laß los der Augen Band!
Und merkt euch, wie der Teufel spaße!
(*Er verschwindet mit Faust, die Gesellen fahren auseinander*)

SIEBEL. Was gibts?

ALTMAYER. Wie?

FROSCH. War das deine Nase?

BRANDER (*zu Siebel*). Und deine hab ich in der Hand!

ALTMAYER. Es war ein Schlag, der ging durch alle Glieder!
Schafft einen Stuhl, ich sinke nieder!

FROSCH. Nein, sagt mir nur: was ist geschehn?

SIEBEL. Wo ist der Kerl? Wenn ich ihn spüre,
Er soll mir nicht lebendig gehn!

ALTMAYER. Ich hab ihn selbst hinaus zur Kellertüre —
Auf einem Fasse reiten sehn —
Es liegt mir bleischwer in den Füßen.
(*Sich nach dem Tische wendend*)
Mein! Sollte wohl der Wein noch fließen?

SIEBEL. Betrug war alles, Lug und Schein!

FROSCH. Mir deuchte doch, als tränk ich Wein.

BRANDER. Aber wie war es mit den Trauben?

ALTMAYER. Nun sag mir eins, man soll kein Wunder glauben!

ALTMAYER (*toglie un tappo dal tavolo, gli balzano incontro fiamme*). Brucio! brucio!

SIEBEL. Stregoneria! Colpite! Quel tale è fuori legge. (*Estraggono i coltelli e si avventano contro Mefistofele*)

MEFISTOFELE (*con gesti solenni*). False immagini e false parole mutano senno e luogo! Siate qua e là.
(*Si fermano stupefatti e si guardano l'un l'altro*)

ALTMAYER. Dove sono? Che bella contrada!

FROSCH. Una vigna o un inganno?

SIEBEL. E grappoli d'uva a portata di mano.

BRANDER. Qui sotto questo verde pergolato, guardate che pampini e che uva! (*Afferra Siebel per il naso. Gli altri fanno scambievolmente lo stesso gesto e levano i coltelli*)

MEFISTOFELE (*come sopra*). O illusione, sciogli dai loro occhi la benda! E tenetevi bene a mente come scherzi il diavolo. (*Scompare con Faust; gli altri si allontanano l'un dall'altro*)

SIEBEL. Che c'è?

ALTMAYER. Come?

FROSCH. Era il tuo naso?

BRANDER (*a Siebel*). Ed io ho il tuo in mano!

ALTMAYER. È stato un colpo che ci passò per tutte le membra! Qua una sedia, non mi reggo in piedi!

FROSCH. No. Ditemi solamente che cosa è avvenuto.

SIEBEL. Dov'è quel tale? Se lo rintraccio, non mi esce vivo dalle mani!

ALTMAYER. L'ho visto io stesso uscir dalla porta della cantina a cavallo di una botte... Ho i piedi pesanti come il piombo. (*Si volge verso il tavolo*) Perbacco! che debba ancor uscirne fuori del vino?

SIEBEL. Tutto era inganno, imbroglio ed illusione!

FROSCH. Mi pareva però di bere vino.

BRANDER. Ma con i grappoli come è andata?

ALTMAYER. Mi dica poi qualcuno che non si deve credere ai miracoli!

Hexenküche

(Auf einem niedrigen Herde steht ein großer Kessel über dem Feuer. In dem Dampfe, der davon in die Höhe steigt, zeigen sich verschiedene Gestalten. Eine Meerkatze sitzt bei dem Kessel und schäumt ihn und sorgt, daß er nicht überläuft. Der Meerkater mit den Jungen sitzt darneben und wärmt sich. Wände und Decke sind mit dem seltsamsten Hexenhausrat ausgeschmückt)

Faust, Mephistopheles

FAUST. Mir widersteht das tolle Zauberwesen!
Versprichst du mir, ich soll genesen
In diesem Wust von Raserei?
Verlang ich Rat von einem alten Weibe?
Und schafft die Sudelköcherei
Wohl dreißig Jahre mir vom Leibe?
Weh mir, wenn du nichts Bessers weißt!
Schon ist die Hoffnung mir verschwunden.
Hat die Natur und hat ein edler Geist.
Nicht irgendeinen Balsam ausgefunden?
MEPHISTOPHELES. Mein Freund, nun sprichst du wieder klug!
Dich zu verjüngen, gibts auch ein natürlich Mittel;
Allein es steht in einem andern Buch
Und ist ein wunderlich Kapitel.
FAUST. Ich will es wissen!
MEPHISTOPHELES. Gut! Ein Mittel, ohne Geld
Und Arzt und Zauberei zu haben:
Begib dich gleich hinaus aufs Feld,
Fang an zu hacken und zu graben,
Erhalte dich und deinen Sinn
In einem ganz beschränkten Kreise,
Ernähre dich mit ungemischter Speise,
Leb mit dem Vieh als Vieh und acht es nicht für Raub,
Den Acker, den du erntest, selbst zu düngen!
Das ist das beste Mittel, glaub,
Auf achtzig Jahr dich zu verjüngen!
FAUST. Das bin ich nicht gewöhnt, ich kann mich nicht beque-
Den Spaten in die Hand zu nehmen; [men,
Das enge Leben steht mir gar nicht an.
MEPHISTOPHELES. So muß denn doch die Hexe dran!
FAUST. Warum denn just das alte Weib?
Kannst du den Trank nicht selber brauen?

Cucina della strega[1]

(*Una grande caldaia sta al fuoco di un basso focolare. Nel fumo che da essa emana, si vedono diverse figure. Una gatta mammona siede vicino alla caldaia, ne toglie la schiuma facendo attenzione affinché non trabocchi. Il gatto mammone*[2] *siede, coi piccoli, là vicino e si riscalda. Pareti e soffitto sono adorni di strani arnesi, quali si addicono alla casa di una strega*)

Faust, Mefistofele

FAUST. Codesta pazza magia mi ripugna! E tu mi prometti ch'io guarirò in mezzo a questa farragine di frenesia? Chiedere consiglio ad una vecchia donna? E questa sporca brodaglia mi toglierà forse trent'anni di dosso? Povero me! se non sai nulla di meglio! La mia speranza se n'è già bella e andata. Non hanno scoperto né la natura, né un nobile spirito un qualche balsamo?

MEFISTOFELE. Amico mio, mi stai riparlando da persona dotta. C'è anche un mezzo naturale per ringiovanirti, ma si trova in un altro libro ed è un capitolo strano assai.

FAUST. Lo voglio sapere.

MEFISTOFELE. Bene! Un mezzo da aversi senza danaro, medico e magia. Recati subito, là fuori, sui campi, ed incomincia a zappare ed a scavare, mantieni te ed il tuo intelletto entro un ben limitato cerchio, nutriti di cibi semplici, vivi da bestia con le bestie, non ritenere indecoroso il concimare tu stesso il campo dove tu mieti! Credimi, questo è il miglior mezzo per ringiovanirti di ottanta anni.[3]

FAUST. A ciò non ho l'abitudine e non mi so adattare a prender la pala in mano. Quella vita limitata non mi si confà.

MEFISTOFELE. Allora deve intervenire la strega!

FAUST. Ma perché proprio quella vecchia femmina? Non puoi prepararlo tu stesso il filtro?

MEPHISTOPHELES. Das wär ein schöner Zeitvertreib!
Ich wollt indes wohl tausend Brücken bauen,
Nicht Kunst und Wissenschaft allein,
Geduld will bei dem Werke sein.
Ein stiller Geist ist jahrelang geschäftig,
Die Zeit nur macht die feine Gärung kräftig.
Und alles, was dazu gehört,
Es sind gar wunderbare Sachen!
Der Teufel hat sies zwar gelehrt;
Allein der Teufel kanns nicht machen. (*Die Tiere erblickend*)
Sieh, welch ein zierliches Geschlecht!
Das ist die Magd! das ist der Knecht! (*Zu den Tieren*)
Es scheint, die Frau ist nicht zu Hause.

DIE TIERE. Beim Schmause!
Aus dem Haus
Zum Schornstein hinaus!

MEPHISTOPHELES. Wie lange pflegt sie wohl zu schwärmen?
DIE TIERE. Solange wir uns die Pfoten wärmen.
MEPHISTOPHELES (*zu Faust*). Wie findest du die zarten Tiere?
FAUST. So abgeschmackt, als ich nur jemand sah!
MEPHISTOPHELES. Nein, ein Diskurs wie dieser da
Ist grade der, den ich am liebsten führe! (*Zu den Tieren*)
So sagt mir doch, verfluchte Puppen:
Was quirlt ihr in dem Brei herum?
DIE TIERE. Wir kochen breite Bettelsuppen.
MEPHISTOPHELES. Da habt ihr ein groß Publikum.

DER KATER (*macht sich herbei und schmeichelt dem Mephistopheles*).
O würfle nur gleich
Und mache mich reich
Und laß mich gewinnen!
Gar schlecht ists bestellt,
Und wär ich bei Geld,
So wär ich bei Sinnen.

MEPHISTOPHELES. Wie glücklich würde sich der Affe schätzen,
Könnt er nur auch ins Lotto setzen!
(*Indessen haben die jungen Meerkätzchen mit einer großen Kugel gespielt und rollen sie hervor*)

DER KATER

Das ist die Welt:
Sie steigt und fällt
Und rollt beständig;
Sie klingt wie Glas —
Wie bald bricht das! —
Ist hohl inwendig.
Hier glänzt sie sehr
Und hier noch mehr:
»Ich bin lebendig!« —
Mein lieber Sohn,
Halt dich davon!
Du mußt sterben:
Sie ist von Ton,
Es gibt Scherben!

MEFISTOFELE. Sarebbe un bel passatempo! Vorrei fabbricare piuttosto, nel frattempo, mille ponti! Per questa opera non necessitano soltanto arte e scienza, ma anche pazienza. Uno spirito attento vi lavora per anni e solamente il tempo rende efficace il delicato filtro. E tutto quello di cui è composto è costituito da cose assai maravigliose! Il diavolo le ha insegnate alla vecchia, ma il diavolo non le sa fare. (*Vedendo le bestie*) Guarda che gentile famiglia! Ecco la serva ed ecco il servo! (*Alle bestie*) Mi pare che la signora non sia in casa.

LE BESTIE. A un banchetto! Uscí di casa passando per il camino.

MEFISTOFELE. Quanto tempo suole rimaner fuori, a zonzo?

LE BESTIE. Il tempo che noi ci scaldiamo le zampe.

MEFISTOFELE (*a Faust*). Che ti pare di queste tenere bestioline?

FAUST. Di cosí scipite non ne vidi mai!

MEFISTOFELE. No; una simile conversazione è proprio quelmaledette pupattole, che state rimestando in quella brodaglia?

LE BESTIE. Stiamo cuocendo brodo lungo per i poveri.[4]

MEFISTOFELE. Allora avrete un pubblico numeroso.

IL GATTO (*si accosta a Mefistofele facendogli moine*). Su, getta subito i dadi e fammi ricco e fammi guadagnare! La va assai male qui, e se avessi danaro avrei anche cervello.

MEFISTOFELE. Come si riterrebbe felice codesta scimmia se potesse anche lei giocare al lotto![5]

(*Nel frattempo i giovani mammoni hanno giocato con una grossa palla e la fan rotolare*)

IL GATTO. Questo è il mondo[6]; sale e scende e rotola sempre. Tintinna come vetro e presto si spezza! Dentro è vuoto. Qui scintilla assai e là di piú: « io sono vivo! » Mio caro figlio, tienitene lontano! Tu dovrai morire. Esso è di argilla e ci saran cocci.

MEPHISTOPHELES. Was soll das Sieb?

DER KATER (*holt es herunter*).

Wärst du ein Dieb,
Wollt ich dich gleich erkennen.

(*Er läuft zur Kätzin und läßt sie durchsehen*)

Sieh durch das Sieb!
Erkennst du den Dieb
Und darfst ihn nicht nennen?

MEPHISTOPHELES (*sich dem Feuer nähernd*).

Und dieser Topf?

KATER UND KÄTZIN. Der alberne Tropf!
Er kennt nicht den Topf,
Er kennt nicht den Kessel!

MEPHISTOPHELES. Unhöfliches Tier!

DER KATER. Den Wedel nimm hier
Und setz dich in Sessel!

(*Er nötigt den Mephistopheles zu sitzen*)

FAUST (*welcher diese Zeit über vor einem Spiegel gestanden, sich ihm bald genähert, bald sich von ihm entfernt hat*)

Was seh ich? Welch ein himmlisch Bild
Zeigt sich in diesem Zauberspiegel!
O Liebe, leihe mir den schnellsten deiner Flügel
Und führe mich in ihr Gefild!
Ach, wenn ich nicht auf dieser Stelle bleibe,
Wenn ich es wage, nah zu gehn,
Kann ich sie nur als wie im Nebel sehn! —
Das schönste Bild von einem Weibe!
Ists möglich, ist das Weib so schön?
Muß ich an diesem hingestreckten Leibe
Den Inbegriff von allen Himmeln sehn?
So etwas findet sich auf Erden?

MEPHISTOPHELES. Natürlich, wenn ein Gott sich erst sechs Tage [plagt
Und selbst am Ende Bravo sagt,
Da muß es was Gescheites werden!
Für diesmal sieh dich immer satt!
Ich weiß dir so ein Schätzchen auszuspüren,
Und selig, wer das gute Schicksal hat,
Als Bräutigam sie heimzuführen!

(*Faust sieht immerfort in den Spiegel. Mephistopheles, sich in dem Sessel dehnend und mit dem Wedel spielend, fährt fort zu sprechen*)

Hier sitz ich wie der König auf dem Throne:
Den Zepter halt ich hier, es fehlt nur noch die Krone.

MEFISTOFELE. A che serve quello staccio?[7]

IL GATTO (*lo tira giú dal muro*). Se tu fossi un ladro, me ne accorgerei subito. (*Corre dalla gatta e la fa guardare attraverso il setaccio*) Guarda attraverso il setaccio! Riconosci il ladro e non ne puoi dire il nome?

MEFISTOFELE (*accostandosi al fuoco*). E questa pentola?

IL GATTO E LA GATTA. O che scemo! Non conosce la pentola, non conosce la casseruola.

MEFISTOFELE. Scortesissima bestia!

IL GATTO. Afferra qui la ventola e siediti in questa poltrona! (*Obbliga Mefistofele a sedersi*)

FAUST (*che durante questo tempo è rimasto fermo davanti ad uno specchio, allontanandosene a volte, a volte avvicinandosi*). Che cosa vedo? Quale celestiale immagine mi appare in questo specchio[8] incantato? O amore, imprestami la piú rapida delle tue ali e conducimi nel paese di lei! Ah! se non rimango fermo qui dove sono e se oso avvicinarmi, la vedo soltanto come avvolta nella nebbia! La piú bella immagine di donna! È ciò possibile? È la donna cosí bella? Devo vedere in questo corpo, là adagiato, il compendio di tutti i cieli? Si trova sulla terra una cosa simile?[9]

MEFISTOFELE. Certamente! Quando un Dio si affatica per sei giorni ed, alla fine, si dice da sé bravo deve pur venirne fuori qualche cosa di buono![10] Per questa volta, saziati con gli occhi! Saprò poi ben io scovarti fuori un simile tesoruccio e felice colui che avrà la gran fortuna di portarsela a casa come fidanzata! (*Faust guarda ancor sempre nello specchio. Mefistofele, accomodandosi disteso per bene nel seggiolone e giocando colla ventola, continua a parlare*) Me ne sto qui seduto come un re sul trono. Tengo in mano lo scettro, mi manca solamente la corona.

DIE TIERE

(*welche bisher allerlei wunderliche Bewegungen durcheinander gemacht haben, bringen dem Mephistopheles eine Krone mit großem Geschrei*).

O sei doch so gut,
Mit Schweiß und mit Blut
Die Krone zu leimen!

(*Sie gehn ungeschickt mit der Krone um und zerbrechen sie in zwei Stücke, mit welchen sie herumspringen*)

Nun ist es geschehn!
Wir reden und sehn,
Wir hören und reimen —

FAUST (*gegen den Spiegel*). Weh mir! ich werde schier verrückt.

MEPHISTOPHELES (*auf die Tiere deutend*).
Nun fängt mir an fast selbst der Kopf zu schwanken.

DIE TIERE. Und wenn es uns glückt,
Und wenn es sich schickt,
So sind es Gedanken!

FAUST (*wie oben*). Mein Busen fängt mir an zu brennen!
Entfernen wir uns nur geschwind!

MEPHISTOPHELES (*in obiger Stellung*).
Nun, wenigstens muß man bekennen,
Daß es aufrichtige Poeten sind.

(*Der Kessel, welchen die Kätzin bisher außer acht gelassen, fängt an überzulaufen; es entsteht eine große Flamme, welche zum Schornstein hinausschlägt. Die Hexe kommt durch die Flamme mit entsetzlichem Geschrei heruntergefahren*)

DIE HEXE. Au! Au! Au! Au!
Verdammtes Tier! verfluchte Sau!
Versäumst den Kessel, versengst die Frau!
Verfluchtes Tier!

(*Faust und Mephistopheles erblickend*)

Was ist das hier?
Wer seid ihr hier?
Was wollt ihr da?
Wer schlich sich ein?
Die Feuerpein
Euch ins Gebein!

(*Sie fährt mit dem Schaumlöffel in den Kessel und spritzt Flammen nach Faust, Mephistopheles und den Tieren. Die Tiere winseln*)

MEPHISTOPHELES (*welcher den Wedel, den er in der Hand hält, umkehrt und unter die Gläser und Töpfe schlägt*).

LE BESTIE (*che sino a quel momento avevano fatto confusi e strani movimenti, portano a Mefistofele, con alte strida, una corona*). Sii cosí buono da spalmare questa corona[11] con sudore e con sangue! (*Maneggiano malamente la corona e la rompono in due pezzi, tenendo i quali si mettono a saltare*) È bella e andata! Noi parliamo e vediamo, noi udiamo e facciamo rime.

FAUST (*davanti allo specchio*). Povero me, sto per impazzire.

MEFISTOFELE (*accennando alle bestie*). Quasi, quasi, ora incomincia a girare il capo anche a me.

LE BESTIE. Se ci va bene, se la cosa si presta, allora saranno pensieri![12]

FAUST (*come sopra*). Il mio cuore incomincia ad ardere! Allontaniamoci solamente in fretta!

MEFISTOFELE (*nella posizione di prima*). Ora bisogna almeno riconoscere che sono poeti sinceri.

(*La pentola, che la gatta ha sino a questo momento trascurata, incomincia a dar di fuori. Ne nasce una gran fiamma che sale su, rapida, per il camino. La strega con grida spaventose balza giú attraverso le fiamme*)

LA STREGA. Ohi! Ohi! Ahi! Ahi! Dannata bestia. Porcacciona maledetta! Trascuri la pentola, abbrustolisci la padrona. Maledetta bestia! (*Vedendo Faust e Mefistofele*) Che è ciò? Chi siete voi, qui? Che volete? Chi è penetrato di soppiatto qui dentro? Il tormento del fuoco sia dentro le vostre ossa!

(*Tuffa la schiumarola nella pentola e spruzza fiamme verso Faust, Mefistofele, e le bestie. Le bestie miagolano lamentandosi*)

MEFISTOFELE (*rovesciando la ventola che ha in mano, dà colpi su bicchieri e pignatte*). In pezzi, in pezzi! Ecco

Entzwei! entzwei!
Da liegt der Brei!
Da liegt das Glas!
Es ist nur Spaß:
Der Takt, du Aas,
Zu deiner Melodei!

(*Indem die Hexe voll Grimm und Entsetzen zurücktritt*)
Erkennst du mich? Gerippe! Scheusal du!
Erkennst du deinen Herrn und Meister?
Was hält mich ab, so schlag ich zu,
Zerschmettre dich und deine Katzengeister!
Hast du vorm roten Wams nicht mehr Respekt?
Kannst du die Hahnenfeder nicht erkennen?
Hab ich dies Angesicht versteckt?
Soll ich mich etwa selber nennen?

DIE HEXE. O Herr, verzeiht den rohen Gruß!
Seh ich doch keinen Pferdefuß!
Wo sind denn Eure beiden Raben?

MEPHISTOPHELES. Für diesmal kommst du so davon;
Denn freilich ist es eine Weile schon,
Daß wir uns nicht gesehen haben.
Auch die Kultur, die alle Welt beleckt,
Hat auf den Teufel sich erstreckt:
Das nordische Phantom ist nun nicht mehr zu schauen;
Wo siehst du Hörner, Schweif und Klauen?
Und was den Fuß betrifft, den ich nicht missen kann,
Der würde mir bei Leuten schaden;
Darum bedien ich mich wie mancher junge Mann
Seit vielen Jahren falscher Waden.

DIE HEXE (*tanzend*). Sinn und Verstand verlier ich schier,
Seh ich den Junker Satan wieder hier!

MEPHISTOPHELES. Den Namen, Weib, verbitt ich mir!

DIE HEXE. Warum? was hat er Euch getan?

MEPH. Er ist schon lang ins Fabelbuch geschrieben;
Allein die Menschen sind nichts besser dran:
Den Bösen sind sie los, die Bösen sind geblieben.
Du nennst mich Herr Baron, so ist die Sache gut;
Ich bin ein Kavalier wie andre Kavaliere.
Du zweifelst nicht an meinem edlen Blut;
Sieh her: das ist das Wappen, das ich führe!
(*Er macht eine unanständige Gebärde*)

DIE HEXE (*lacht unmäßig*). Ha! Ha! Das ist in Eurer Art!
Ihr seid ein Schelm, wie Ihr nur immer wart!

là la brodaglia! In terra i bicchieri! È solo uno scherzo! È il ritmo, carogna, per la tua melodia! (*Mentre la strega indietreggia piena d'ira e di spavento*) Mi riconosci? Scheletro! Mostro! Riconosci il tuo signore e padrone? Che cosa mi trattiene dal picchiare alla cieca e dal rompere l'ossa a te ed ai tuoi mammoni-fantasmi! Non hai piú rispetto davanti al farsetto rosso? Non riconosci piú la penna di gallo?[13] Ti ho forse nascosta questa faccia? Devo dire io stesso il mio nome?

LA STREGA. Signore, perdonate il rozzo saluto. Non vedo però il piede di cavallo![14] E dove sono poi i vostri due corvi?[15]

MEFISTOFELE. Per questa volta te la cavi a buon mercato, perché, in verità, è un pezzo che non ci siamo piú visti. La civilizzazione che sta uniformando tutto il mondo si è estesa anche al diavolo. Il nordico fantasma non si vede piú ormai. Dove vedi tu corna, coda, artigli? E quanto al piede poi, del quale non posso fare a meno, mi nuocerebbe in mezzo alla gente. Per ciò, a somiglianza di qualche giovane, adopero, da molti anni, polpacci finti.

LA STREGA (*ballando*). Sto quasi per perdere sensi e intelletto vedendo qui Satana, il cavaliere!

MEFISTOFELE. Donna, ti prego, non chiamarmi cosí!

LA STREGA. Perché? Che vi ha fatto?

MEFISTOFELE. Il mio nome sta scritto già da lungo tempo nel libro delle favole, ma gli uomini non sono diventati per questo migliori. Si sono liberati del Maligno ed i maligni sono rimasti. Chiamami barone ed andrà bene. Sono un cavaliere come altri cavalieri. Tu non dubiti del mio sangue nobile. Guarda, questo è il mio stemma. (*Fa un gesto osceno*)

LA STREGA (*ride sgangheratamente*). Ah! Ah! questo è proprio il vostro stile! Siete il briccone che siete sempre stato!

MEPHISTOPHELES (*zu Faust*). Mein Freund, das lerne wohl ver-
Dies ist die Art, mit Hexen umzugehn! [stehn:

DIE HEXE. Nun sagt, ihr Herren, was ihr schafft.

MEPHISTOPHELES. Ein gutes Glas von dem bekannten Saft!
Doch muß ich Euch ums ältste bitten:
Die Jahre doppeln seine Kraft.

DIE HEXE. Gar gern! Hier hab ich eine Flasche,
Aus der ich selbst zuweilen nasche,
Die auch nicht mehr im mindsten stinkt;
Ist will euch gern ein Gläschen geben. (*Leise*)
Doch wenn es dieser Mann unvorbereitet trinkt,
So kann er, wißt Ihr wohl, nicht eine Stunde leben.

MEPHIST. Es ist ein guter Freund, dem es gedeihen soll;
Ich gönn ihm gern das Beste deiner Küche.
Zieh deinen Kreis, sprich deine Sprüche,
Und gib ihm eine Tasse voll!
(*Die Hexe mit seltsamen Gebärden, zieht einen Kreis und stellt wunderbare Sachen hinein; indessen fangen die Gläser an zu klingen, der Kessel zu tönen, und machen Musik. Zuletzt bringt sie ein großes Buch, stellt die Meerkatzen in den Kreis, die ihr zum Pult dienen und die Fackel halten müssen. Sie winkt Fausten, zu ihr zu treten*)

FAUST (*zu Mephistopheles*). Nein, sage mir: was soll das werden?
Das tolle Zeug, die rasenden Gebärden,
Der abgeschmackteste Betrug,
Sind mir bekannt, verhaßt genug.

MEPHISTOPHELES. Ei, Possen! Das ist nur zum Lachen;
Sei nur nicht ein so strenger Mann!
Sie muß als Arzt ein Hokuspokus machen,
Damit der Saft dir wohl gedeihen kann.
(*Er nötigt Fausten, in den Kreis zu treten*)

DIE HEXE

(*mit großer Emphase, fängt an, aus dem Buche zu deklamieren*).
Du mußt verstehn!
Aus Eins mach Zehn,
Und Zwei laß gehn,
Und Drei mach gleich,
So bist du reich.
Verlier die Vier!
Aus Fünf und Sechs —
So sagt die Hex —
Mach Sieben und Acht,
So ists vollbracht:

MEFISTOFELE (*a Faust*). Amico mio, impara a capire queste cose; cosí si tratta con le streghe!

LA STREGA. Ed ora ditemi, signori, che comandate?

MEFISTOFELE. Un buon bicchiere del ben noto filtro! Devo chiedervene però del piú vecchio; gli anni raddoppiano la sua efficacia.

LA STREGA. Assai volentieri! Ne ho qui una bottiglia dalla quale anch'io ogni tanto ne assaggio un po', e con piacere, e che non puzza piú affatto. Ve ne darò volentieri un bicchierino. (*Sottovoce*) Però se questo uomo qui ne beve senza essere preparato, voi lo sapete bene, non vivrà nemmeno un'ora.

MEFISTOFELE. È un buon amico e gli deve far bene. Gli concedo volentieri il meglio della tua cucina. Chiudi il tuo cerchio[16] e pronuncia le tue parole magiche e dagliene una tazza ben colma.

(*La strega traccia, con strani gesti, un circolo e vi colloca dentro le cose piú strane. Frattanto i bicchieri incominciano a tintinnare, la pentola a rumoreggiare ed a far musica. In ultimo la strega porta un grosso libro, colloca entro il circolo i gatti mammoni che devono servire da leggio e reggere le fiaccole. Fa cenno a Faust di avvicinarsele*)

FAUST (*a Mefistofele*). No. Dimmi, che cosa sta per accadere? Mi sono noti, e li detesto, questi stupidi arnesi, il furioso gesticolare ed il volgare inganno.

MEFISTOFELE. Oh! Scherzi. Solo per ridere. Non fare l'uomo serio! Essa deve, nella sua qualità di medichessa, mettere insieme un trucco affinché il filtro ti possa far bene. (*Obbliga Faust ad entrare nel circolo*)

LA STREGA (*legge nel libro ed incomincia a declamare con grande enfasi*). Tu devi comprendere![17] Da uno fa dieci e lascia andare il due e fa subito il tre cosí sarai ricco. Perdi il quattro! Da cinque e da sei — cosí dice la strega — fa sette ed otto ed è completa. Nove è uno e dieci

Und Neun ist Eins,
Und Zehn ist keins.
Das ist das Hexen-Einmaleins!

FAUST. Mich dünkt, die Alte spricht im Fieber.

MEPHISTOPHELES. Das ist noch lange nicht vorüber,
Ich kenn es wohl, so klingt das ganze Buch!
Ich habe manche Zeit damit verloren;
Denn ein vollkommner Widerspruch
Bleibt gleich geheimnisvoll für Kluge wie für Toren.
Mein Freund, die Kunst ist alt und neu.
Es war die Art zu allen Zeiten,
Durch Drei und Eins und Eins und Drei
Irrtum statt Wahrheit zu verbreiten.
So schwätzt und lehrt man ungestört;
Wer will sich mit den Narrn befassen?
Gewöhnlich glaubt der Mensch, wenn er nur Worte hört,
Es müsse sich dabei doch auch was denken lassen.

DIE HEXE (*fährt fort*). Die hohe Kraft
Der Wissenschaft,
Der ganzen Welt verborgen!
Und wer nicht denkt,
Dem wird sie geschenkt:
Er hat sie ohne Sorgen.

FAUST. Was sagt sie uns für Unsinn vor?
Es wird mir gleich der Kopf zerbrechen.
Mich dünkt, ich hör ein ganzes Chor
Von hunderttausend Narren sprechen.

MEPHISTOPHELES. Genug, genug, o treffliche Sibylle!
Gib deinen Trank herbei und fülle
Die Schale rasch bis an den Rand hinan!
Denn meinem Freund wird dieser Trunk nicht schaden:
Er ist ein Mann von vielen Graden,
Der manchen guten Schluck getan.
(*Die Hexe, mit vielen Zeremonien, schenkt den Trank in eine Schale; wie sie Faust an den Mund bringt, entsteht eine leichte Flamme*)

MEPHISTOPHELES. Nur frisch hinunter! immer zu!
Es wird dir gleich das Herz erfreuen.
Bist mit dem Teufel du und du
Und willst dich vor der Flamme scheuen?
(*Die Hexe löst den Kreis. Faust tritt heraus*)

MEPHISTOPHELES. Nun frisch hinaus! Du darfst nicht ruhn.

DIE HEXE. Mög Euch das Schlückchen wohl behagen!

è nessuno. E questa è la tavola pitagorica delle streghe!

FAUST. Mi sembra che la vecchia vaneggi come per febbre.

MEFISTOFELE. E questo non è ancora tutto. Lo conosco bene, il libro è tutto cosí! Vi ho perduto parecchio tempo perché una contraddizione assoluta resta piena di mistero tanto per i savi come per i pazzi. Amico mio, l'arte è vecchia e nuova. In tutti i tempi si usò sempre diffondere, per mezzo del Tre e dell'Uno e dell'Uno e del Tre,[18] l'errore al posto della verità. Cosí si ciarla e si insegna indisturbati. Chi si vuole occupare dei pazzi? Per lo piú l'uomo, quando ascolta parole, crede di doverci trovare anche pensieri.

LA STREGA (*continua*). L'alta virtú della scienza è nascosta a tutto il mondo! E a chi pensa, essa viene donata. Egli la ottiene senza affanni.

FAUST. Quali stupidaggini va dicendo costei? Fra poco la mia testa va in pezzi. Mi pare di sentire un intero coro di centomila pazzi.

MEFISTOFELE. Basta, basta, esimia Sibilla. Dai qua il tuo filtro e riempi, rapida, la coppa su, sino all'orlo! Perché questa bibita non nuocerà di certo al mio amico. È un uomo già salito ad altri gradi[19] e che ha già mandato giú piú d'un buon sorso.
(*La strega versa, con molte cerimonie, il filtro in una coppa. Come Faust l'accosta alle labbra, se ne leva una fiamma*)

MEFISTOFELE. Coraggio! inghiotti, avanti! Ti rallegrerà il cuore. Te ne stai a tu per tu con il diavolo e ti spaventi di una fiamma?
(*La strega rompe il cerchio e Faust ne esce*)

MEFISTOFELE. Su, via, fuori! Non devi riposare.
LA STREGA. Vi possa far bene il sorsellino!

MEPH. (*zur Hexe*). Und kann ich dir was zu Gefallen tun,
So darfst du mirs nur auf Walpurgis sagen.
DIE HEXE. Hier ist ein Lied! Wenn Ihrs zuweilen singt,
So werdet Ihr besondre Wirkung spüren.
MEPHISTOPHELES (*zu Faust*). Komm nur geschwind und laß dich
Du mußt notwendig transpirieren, [führen:
Damit die Kraft durch Inn- und Äußres dringt.
Den edlen Müßiggang lehr ich hernach dich schätzen,
Und bald empfindest du mit innigem Ergetzen,
Wie sich Cupido regt und hin- und widerspringt.
FAUST. Laß mich nur schnell noch in den Spiegel schauen!
Das Frauenbild war gar zu schön!
MEPH. Nein! nein! Du sollst das Muster aller Frauen
Nun bald leibhaftig vor dir sehn. (*Leise*)
Du siehst mit diesem Trank im Leibe
Bald Helenen in jedem Weibe.

Strasse

Faust. Margarete vorübergehend

FAUST. Mein schönes Fräulein, darf ich wagen,
Meinen Arm und Geleit Ihr anzutragen?
MARGARETE. Bin weder Fräulein weder schön,
Kann ungeleitet nach Hause gehn. (*Sie macht sich los und ab*)
FAUST. Beim Himmel, dieses Kind ist schön!
So etwas hab ich nie gesehn.
Sie ist so sitt- und tugendreich
Und etwas schnippisch doch zugleich.
Der Lippe Rot, der Wange Licht,
Die Tage der Welt vergeß ichs nicht!
Wie sie die Augen niederschlägt,
Hat tief sich in mein Herz geprägt;
Wie sie kurz angebunden war,
Das ist nun zum Entzücken gar!

Mephistopheles tritt auf

FAUST. Hör, du mußt mir die Dirne schaffen!
MEPHISTOPHELES. Nun, welche?

MEFISTOFELE (*alla strega*). Se posso farti un piacere, me lo dirai la notte di Valpurga.[20]

LA STREGA. Eccovi una canzone.[21] Se la canterete ogni tanto, ne ricaverete speciali effetti.

MEFISTOFELE (*a Faust*). Vieni via rapido e lasciati condurre. Tu devi assolutamente sudare affinché la virtú del filtro agisca dentro e fuori. In seguito, ti insegnerò ad apprezzare il nobile ozio. E presto proverai, con intima gioia, come Cupido si agiti e saltelli in qua ed in là.

FAUST. Concedimi di gettare ancora una rapida occhiata nello specchio! L'immagine di quella donna era proprio troppo bella!

MEFISTOFELE. No! No! Vedrai presto davanti a te, in carne ed ossa, il modello di tutte le donne.[22] (*Sottovoce*) Con questo filtro in corpo vedrai, ben presto, in ogni donna, un'Elena.

Strada[1]

Faust, Margherita che passa

FAUST. Mia bella signorina, posso osare di offrirvi il mio braccio e la mia compagnia?

MARGHERITA. Non sono né signorina,[2] né bella. So andarmene a casa anche se non accompagnata. (*Si libera da lui e prosegue*)

FAUST. Cielo! questa ragazza è bella! Non ho mai visto nulla di simile. Modesta, virtuosa e, tuttavia, allo stesso tempo, un po' impertinente.[3] Il rosso delle labbra, lo splendore delle guance non li dimenticherò per tutti i giorni del mio vivere in terra! Il suo modo di abbassare gli occhi mi si è profondamente impresso nel cuore. Come seppe poi tagliar corto; proprio un incanto!

Mefistofele entra

FAUST. Senti, mi devi procurar quella ragazza!

MEFISTOFELE. Ebbene, quale?

FAUST. Sie ging just vorbei.
MEPHISTOPHELES. Da die? Sie kam von ihrem Pfaffen,
Der sprach sie aller Sünden frei;
Ich schlich mich hart am Stuhl vorbei:
Es ist ein gar unschuldig Ding,
Das eben für nichts zur Beichte ging;
Über die hab ich keine Gewalt!
FAUST. Ist über vierzehn Jahr doch alt.
MEPHISTOPHELES. Du sprichst ja wie Hans Liederlich:
Der begehrt jede liebe Blum für sich,
Und dünkelt ihm, es wär kein Ehr
Und Gunst, die nicht zu pflücken wär!
Geht aber doch nicht immer an.
FAUST. Mein Herr Magister Lobesan,
Laß Er mich mit dem Gesetz in Frieden!
Und das sag ich Ihm kurz und gut:
Wenn nicht das süße junge Blut
Heut nacht in meinen Armen ruht,
So sind wir um Mitternacht geschieden.
MEPHISTOPHELES. Bedenk, was gehn und stehen mag!
Ich brauche wenigstens vierzehn Tag,
Nur die Gelegenheit auszuspüren.
FAUST. Hätt ich nur sieben Stunden Ruh,
Brauchte den Teufel nicht dazu,
So ein Geschöpfchen zu verführen.
MEPHISTOPHELES. Ihr sprecht schon fast wie ein Franzos!
Doch bitt ich, laßts Euch nicht verdrießen:
Was hilfts, nur grade zu genießen?
Die Freud ist lange nicht so groß,
Als wenn Ihr erst herauf, herum,
Durch allerlei Brimborium,
Das Püppchen geknetet und zugericht't,
Wies lehret manche welsche Geschicht.
FAUST. Hab Appetit auch ohne das.
MEPHISTOPHELES. Jetzt ohne Schimpf und ohne Spaß!
Ich sag Euch: mit dem schönen Kind
Gehts ein- für allemal nicht geschwind.
Mit Sturm ist da nichts einzunehmen;
Wir müssen uns zur List bequemen.
FAUST. Schaff mir etwas vom Engelsschatz!
Führ mich an ihren Ruheplatz!
Schaff mir ein Halstuch von ihrer Brust,
Ein Strumpfband meiner Liebeslust!
MEPHISTOPHELES. Damit Ihr seht, daß ich Eurer Pein
Will förderlich und dienstlich sein,

FAUST. È passata or ora.

MEFISTOFELE. Quella là? Ritornava dal suo prete che l'ha assolta da tutti i peccati. Mi ero accostato di soppiatto al confessionale; proprio un'innocente che è andata a confessarsi per nulla. Su di lei non ho potere alcuno!

FAUST. Deve però aver compiuti i quattordici anni.

MEFISTOFELE. Tu parli come Gianni il libertino, che desidera per sé ogni fiore e si compiace di credere che non ci sia onore e favore che egli non debba cogliere! Ma non sempre gli riesce.

FAUST. Mio signor maestro e pedante, mi lasci in pace con la legge! Glielo dico schietto ed in poche parole: se questa notte la dolce e giovane ragazza non riposa fra le mie braccia, a mezzanotte, siamo separati.

MEFISTOFELE. Pensa a quello che ci vuole! Almeno quindici giorni mi abbisognano per trovare un'occasione.

FAUST. Avessi solamente sette ore indisturbate, non avrei bisogno del diavolo per sedurre una creaturina come quella.

MEFISTOFELE. Parlate già quasi come un francese! Però, vi prego, non irritatevi. A che serve goder cosí di furia? Il piacere è assai minore se prima non impastate e preparate la vostra fanciulletta di qua, di là e con ogni mezzuccio, come insegna qualche novella italiana.

FAUST. Ho appetito[4] anche senza ciò.

MEFISTOFELE. Lasciamo da parte riso e scherzi! Vi dico una volta per sempre: con quella bella ragazza non si va in fretta. Con un assalto non c'è nulla da conquistare. Dobbiamo ricorrere alla astuzia.

FAUST. Procurami qualcosa che appartenga a quell'angelo! Conducimi là dove essa suole dormire! Procurami una sciarpa[5] che le avvolse il seno; una sua giarrettiera per la mia voluttà!

MEFISTOFELE. Affinché riconosciate che voglio essere ben disposto e pronto a servire alla vostra pena, non perde-

Wollen wir keinen Augenblick verlieren,
Will Euch noch heut in ihr Zimmer führen.

FAUST. Und soll sie sehn? sie haben?

MEPHISTOPHELES. Nein!
Sie wird bei einer Nachbarin sein.
Indessen könnt Ihr ganz allein
An aller Hoffnung künftger Freuden
In ihrem Dunstkreis satt Euch weiden.

FAUST. Können wir hin?

MEPHISTOPHELES. Es ist noch zu früh.

FAUST. Sorg du mir für ein Geschenk für sie! (*Ab*)

MEPH. Gleich schenken? Das ist brav! Da wird er reüssieren!
Ich kenne manchen schönen Platz
Und manchen alt-vergrabnen Schatz;
Ich muß ein bißchen revidieren. (*Ab*)

Abend

Ein kleines, reinliches Zimmer

MARGARETE (*ihre Zöpfe flechtend und aufbindend*).
Ich gäb was drum, wenn ich nur wüßt,
Wer heut der Herr gewesen ist!
Er sah gewiß recht wacker aus
Und ist aus einem edlen Haus;
Das konnt ich ihm an der Stirne lesen —
Er wär auch sonst nicht so keck gewesen. (*Ab*)

Mephistopheles. Faust

MEPHISTOPHELES. Herein, ganz leise, nur herein!

FAUST (*nach einigem Stillschweigen*).
Ich bitte dich, laß mich allein!

MEPHISTOPHELES (*herumspürend*).
Nicht jedes Mädchen hält so rein. (*Ab*)

FAUST (*rings aufschauend*). Willkommen, süßer Dämmerschein,
Der du dies Heiligtum durchwebst!
Ergreif mein Herz, du süße Liebespein,
Die du vom Tau der Hoffnung schmachtend lebst!
Wie atmet rings Gefühl der Stille,

remo nemmeno un istante. Vi condurrò, oggi stesso, nella sua stanza.

FAUST. E la vedrò? Sarà mia?

MEFISTOFELE. No! Sarà presso una sua vicina. Nel frattempo voi potrete completamente solo e nella atmosfera di lei pascervi di tutte le speranze della gioia futura.

FAUST. Andiamo?

MEFISTOFELE. È ancora troppo presto.

FAUST. Pensa ad un regalo per lei. (*Via*)

MEFISTOFELE. Subito un regalo! Bene! Gli riuscirà! Conosco piú di un bel posticino e piú di un tesoro sepolto da lungo tempo. Andrò a rivedere come stanno le cose. (*Via*)

Sera[1]

Una stanzetta pulita ed ordinata

MARGHERITA (*intreccia le trecce e se le lega intorno al capo*).[2] Darei qualche cosa per sapere chi era quel signore, oggi! Veramente, sembrava molto ardito e di nobile casata. Glielo si poteva leggere in fronte. Non sarebbe stato, del resto, cosí sfacciato. (*Esce*)

Mefistofele, Faust

MEFISTOFELE. Avanti, piano piano. Avanti dunque!

FAUST (*dopo un attimo di silenzio*). Ti prego, lasciami solo.

MEFISTOFELE (*guardandosi intorno*). Non tutte le ragazze sono cosí ordinate e pulite. (*Via*)

FAUST (*volgendo intorno il suo sguardo*). Benvenuto, o crepuscolo che inondi di te questo santuario! O dolce pena d'amore, tu che, pur languendo, vivi della rugiada della speranza, prendi possesso del mio cuore! Come spira, tutto intorno, un senso di calma, di ordine, di mo-

Der Ordnung, der Zufriedenheit!
In dieser Armut welche Fülle!
In diesem Kerker welche Seligkeit!
(*Er wirft sich auf den ledernen Sessel am Bette*)
O nimm mich auf, der du die Vorwelt schon
Bei Freud und Schmerz im offnen Arm empfangen!
Wie oft, ach! hat an diesem Väterthron
Schon eine Schar von Kindern rings gehangen!
Vielleicht hat, dankbar für den heilgen Christ,
Mein Liebchen hier, mit vollen Kinderwangen,
Dem Ahnherrn fromm die welke Hand geküßt.
Ich fühl, o Mädchen, deinen Geist
Der Füll und Ordnung um mich säuseln,
Der mütterlich dich täglich unterweist,
Den Teppich auf den Tisch dich reinlich breiten heißt,
Sogar den Sand zu deinen Füßen kräuseln.
O liebe Hand! so göttergleich!
Die Hütte wird durch dich ein Himmelreich.
Und hier! (*Er hebt einen Bettvorhang auf*)
Was faßt mich für ein Wonnegraus!
Hier möcht ich volle Stunden säumen.
Natur, hier bildetest in leichten Träumen
Den eingebornen Engel aus!
Hier lag das Kind, mit warmem Leben
Den zarten Busen angefüllt,
Und hier mit heilig-reinem Weben
Entwirkte sich das Götterbild!

Und du? Was hat dich hergeführt?
Wie innig fühl ich mich gerührt!
Was willst du hier? Was wird das Herz dir schwer?
Armselger Faust, ich kenne dich nicht mehr!
Umgibt mich hier ein Zauberduft?
Mich drangs, so grade zu genießen,
Und fühle mich in Liebestraum zerfließen!
Sind wir ein Spiel von jedem Druck der Luft?

Und träte sie den Augenblick herein,
Wie würdest du für deinen Frevel büßen!
Der große Hans, ach, wie so klein!
Läg, hingeschmolzen, ihr zu Füßen.
MEPHISTOPHELES. Geschwind! ich seh sie unten kommen.
FAUST. Fort! fort! Ich kehre nimmermehr!
MEPHISTOPHELES. Hier ist ein Kästchen, leidlich schwer;
Ich habs woanders hergenommen.

desto accontentarsi! Quale ricchezza in questa povertà! Quale felicità in questo carcere!

(*Si lascia cadere nella poltrona di cuoio vicino al letto*)

O accoglimi, tu, che già accogliesti nei giorni tristi e lieti, fra le tue aperte braccia, gli avi! Ah! come sovente una schiera di fanciulli si raggruppò intorno a questo trono dei padri! Forse la mia amata, grata per i doni natalizi, tonda le guance infantili, ha baciato piamente la mano scarna del nonno. O fanciulla, io sento susurrare intorno a me il tuo spirito di ordine e di abbondanza, lo spirito che ti dà giornalmente insegnamenti materni e ti ordina di stendere per bene il tappeto sul tavolo e persino di spargere a spirale, ai tuoi piedi, in volute, la sabbia.[3] O cara mano! Divina mano! La capanna diventa, per merito tuo, un regno celeste. E qui!

(*Solleva una cortina del letto*)[4]

Quale brivido voluttuoso mi assale! Mi indugerei qui intere ore. O natura, tu hai formato qui, in leggeri sogni, lo spirito angelico in lei innato. Qui posò la bambina, piena di calda vita, il delicato petto e qui la divina immagine di lei si venne formando in santo e puro ordito![5]

E tu? Che cosa ti ha condotto qui? Come mi sento intimamente commosso! Che cerchi qui? Perché il cuore ti si è fatto cosí greve? Povero Faust, non ti conosco piú![6]

Mi circonda qui, forse, un magico vapore? Avevo desiderio di un súbito godimento[7] e mi sento, qui, struggere in sogni d'amore! Siamo noi un gioco di ogni colpo di vento?

E se ella entrasse improvvisamente, come espieresti la tua audacia! Com'è piccolo, ahimè, il grande uomo! Cadrebbe, vinto dalla tenerezza, ai piedi di lei.

MEFISTOFELE. Presto! Sta arrivando, la vedo giú abbasso.

FAUST. Via, via; non ritornerò mai piú!

MEFISTOFELE. Ecco un cofanetto alquanto pesante. L'ho portato via da qualche altra parte. Riponetelo pure in

Stellts hier nur immer in den Schrein!
Ich schwör Euch, ihr vergehn die Sinnen:
Ich tat Euch Sächelchen hinein,
Um eine andre zu gewinnen!
Zwar Kind ist Kind, und Spiel ist Spiel.

FAUST. Ich weiß nicht: soll ich?

MEPHISTOPHELES. Fragt Ihr viel?
Meint Ihr vielleicht den Schatz zu wahren?
Dann rat ich Eurer Lüsternheit,
Die liebe, schöne Tageszeit
Und mir die weitre Müh zu sparen.
Ich hoff nicht, daß Ihr geizig seid!
Ich kratz den Kopf, reib an den Händen, (*er stellt das Kästchen in den Schrein und drückt das Schloß wieder zu*)
— Nur fort! geschwind! —
Um Euch das süße, junge Kind
Nach Herzens Wunsch und Will zu wenden,
Und Ihr seht drein,
Als solltet Ihr in den Hörsaal hinein,
Als stünden grau leibhaftig vor Euch da
Physik und Metaphysika!
Nur fort! (*Ab*)

MARGARETE (*mit einer Lampe*).

Es ist so schwül, so dumpfig hie, (*sie macht das Fenster auf*)
Und ist doch eben so warm nicht drauß.
Es wird mir so, ich weiß nicht wie —
Ich wollt, die Mutter käm nach Haus!
Mir läuft ein Schauer übern ganzen Leib —
Bin doch ein töricht-furchtsam Weib!
(*Sie fängt an zu singen, indem sie sich auszieht*)

Es war ein König in Thule,
Gar treu bis an das Grab,
Dem sterbend seine Buhle
Einen goldnen Becher gab.

Es ging ihm nichts darüber,
Er leert ihn jeden Schmaus;
Die Augen gingen ihm über,
So oft er trank daraus.

Und als er kam zu sterben,
Zählt er seine Städt im Reich,
Gönnt alles seinem Erben,
Den Becher nicht zugleich.

questo armadio! Vi giuro che uscirà di senno. Vi avevo messo dentro, per voi, alcune cosette perché poteste sedurre, non importa chi. In verità una ragazza non è che una ragazza e gioco è gioco.

FAUST. Non so: devo proprio?[8]

MEFISTOFELE. E lo chiedete ancora? Pensate forse di serbare per voi il tesoro? Allora vi consiglio di risparmiare al vostro desiderio giorni belli e cari ed a me altre fatiche. Spero che non sarete avaro. Mi gratto il capo, mi do da fare, (*colloca il cofanetto nell'armadio e lo chiude di nuovo a chiave*) — su via, rapido — per piegare la dolce e giovane fanciulla alla vostra volontà ed al desiderio del vostro cuore e voi ve ne state lí a guardare come se steste per entrare in aula, come se fisica e metafisica stessero davanti a voi in carne ed ossa! Su via! (*Escono*)

MARGHERITA (*recando un lume*). Che afa qui dentro! Che tanfo! (*Apre la finestra*) E, tuttavia, non fa caldo fuori. Non so che sia, ma provo un qualche cosa. Vorrei che la mamma rientrasse! Mi corre come un brivido per tutto il corpo. Sono proprio una donna sciocchina e paurosa.

(*Mentre si spoglia, incomincia a cantare*)

C'era una volta,[9] in Thule,[10] un re, fedele proprio sino alla tomba; a lui diede l'amata, morendo, una coppa d'oro.

Nulla gli era piú caro e la vuotava ad ogni banchetto ed ogni volta che vi beveva, gli sgorgavano lacrime dagli occhi.

E quando venne a morte contò le città nel suo regno, donò tutto al suo erede, ma non la coppa d'oro.

Er saß beim Königsmahle,
Die Ritter um ihn her,
Auf hohem Vätersaale,
Dort auf dem Schloß am Meer.

Dort stand der alte Zecher,
Trank letzte Lebensglut,
Und warf den heiligen Becher
Hinunter in die Flut.

Er sah ihn stürzen, trinken,
Und sinken tief ins Meer,
Die Augen täten ihm sinken,
Trank nie einen Tropfen mehr.

(*Sie eröffnet den Schrein, ihre Kleider einzuräumen, und erblickt das Schmuckkästchen*)

Wie kommt das schöne Kästchen hier herein?
Ich schloß doch ganz gewiß den Schrein.
Es ist doch wunderbar! Was mag wohl drinne sein?
Vielleicht brachts jemand als ein Pfand,
Und meine Mutter lieh darauf.
Da hängt ein Schlüsselchen am Band:
Ich denke wohl, ich mach es auf!
Was ist das? Gott im Himmel! Schau,
So was hab ich mein Tage nicht gesehn!
Ein Schmuck! Mit dem könnt eine Edelfrau
Am höchsten Feiertage gehn.
Wie sollte mir die Kette stehn?
Wem mag die Herrlichkeit gehören?
(*Sie putzt sich damit auf und tritt vor den Spiegel*)
Wenn nur die Ohrring meine wären!
Man sieht doch gleich ganz anders drein.
Was hilft Euch Schönheit, junges Blut?
Das ist wohl alles schön und gut,
Allein man läßts auch alles sein;
Man lobt Euch halb mit Erbarmen.
Nach Golde drängt,
Am Golde hängt
Doch alles! Ach, wir Armen!

Sedeva a banchetto regale, intorno a lui i suoi cavalieri, nell'alta sala avita, là nel castello sul mare.

Là stava il nobile bevitore, bevve l'ultimo ardore di vita e gettò giú, nell'onda, la coppa a lui sacra.

La vide cadere, empirsi ed affondare giú nel mare, gli occhi gli si chiusero, non bevve mai piú nemmeno una goccia.

(*Apre l'armadio per ordinarvi i suoi vestiti e vede il cofanetto dei gioielli*)

Come è venuto qui dentro il bel cofanetto? Avevo certamente chiuso l'armadio. È strano assai! Che ci sarà mai dentro? Forse l'ha portato qualcuno a mia madre, in pegno, e mia madre imprestò, in cambio, danaro. Là pende, al nastro, la chiavetta; quasi, quasi lo apro! Che è ciò? Dio del cielo! Guarda, simili cose non ho mai viste in vita mia! Che gioielli! Una nobildonna[11] potrebbe uscire con essi nei massimi giorni di festa. Chi sa come mi sta questa catena? A chi apparterrà mai tutta questa magnificenza?
(*Si adorna e si colloca davanti allo specchio*)

Se fossero miei almeno gli orecchini! Si ha subito un tutt'altro aspetto. A che servono bellezza e giovinezza? Sí, sono cose belle e buone, ma tutti le lasciano poi da parte. Vi si loda con un po' di pietà.[12] Però tutti tendono all'oro e tutto dipende dall'oro![13] Ah! noi poveri!

Spaziergang

Faust in Gedanken auf und ab gehend. Zu ihm Mephistopheles

MEPHISTOPHELES.
Bei aller verschmähten Liebe! Beim höllischen Elemente!
Ich wollt, ich wüßte was Ärgers, daß ichs fluchen könnte!

FAUST. Was hast? was kneipt dich denn so sehr?
So kein Gesicht sah ich in meinem Leben!

MEPH. Ich möcht mich gleich dem Teufel übergeben,
Wenn ich nur selbst kein Teufel wär!

FAUST. Hat sich dir was im Kopf verschoben?
Dich kleidets, wie ein Rasender zu toben!

MEPH. Denkt nur: den Schmuck, für Gretchen angeschafft,
Den hat ein Pfaff hinweggerafft! —
Die Mutter kriegt das Ding zu schauen,
Gleich fängts ihr heimlich an zu grauen:
Die Frau hat gar einen feinen Geruch,
Schnuffelt immer im Gebetbuch
Und riechts einem jeden Möbel an,
Ob das Ding heilig ist oder profan.
Und an dem Schmuck da spürt sies klar,
Daß dabei nicht viel Segen war.
»Mein Kind«, rief sie, »ungerechtes Gut
Befängt die Seele, zehrt auf das Blut.
Wollens der Mutter Gottes weihen,
Wird uns mit Himmels-Manna erfreuen!«
Margretlein zog ein schiefes Maul;
Ist halt, dacht sie, ein geschenkter Gaul,
Und wahrlich! gottlos ist nicht der,
Der ihn so fein gebracht hierher.
Die Mutter ließ einen Pfaffen kommen;
Der hatte kaum den Spaß vernommen,
Ließ sich den Anblick wohl behagen.
Er sprach: »So ist man recht gesinnt!
Wer überwindet, der gewinnt.
Die Kirche hat einen guten Magen,
Hat ganze Länder aufgefressen
Und doch noch nie sich übergessen;
Die Kirch allein, meine lieben Frauen,
Kann ungerechtes Gut verdauen.«

Passeggiata

Faust passeggia su e giú, immerso nei suoi pensieri. Gli si accosta Mefistofele

MEFISTOFELE. Per tutti gli amori scherniti! Per gli elementi infernali! Vorrei conoscere qualche cosa di peggio per poterlo maledire!

FAUST. Che hai? Che cosa ti irrita cosí? Una faccia come la tua in questo momento non l'ho mai veduta in vita mia!

MEFISTOFELE. Mi darei senza indugio al diavolo, se non fossi io stesso il diavolo!

FAUST. Ti è andato fuori di posto qualche cosa, nel cervello? Ti sta bene l'infuriare da pazzo!

MEFISTOFELE. Immaginatevi; i gioielli che avevo scovato per Margherita se li è accaparrati un prete! La madre vide il cofanetto e ne provò subito paura.[1] Quella donna ha un fiuto fine, tiene il naso ficcato sempre nel suo libro di preghiere e, dal solo odore, riconosce, in ogni oggetto, se è sacro o profano. E nei gioielli sentí subito che non c'era molta benedizione. « Figlia mia, esclamò, un bene procacciato in malo modo tiene l'anima prigioniera e consuma il sangue.[2] Se lo consacreremo alla Madre di Dio, questa ci rallegrerà colla manna del cielo. » Margherita torse un po' il suo musetto. Pensava: è un caval donato e in verità chi lo ha portato sin qua, da noi cosí delicatamente, non doveva essere senza religione. La madre mandò a chiamare un prete e questi, appena ebbe intuito lo scherzo, si compiacque assai della vista dei gioielli. E disse: « Cosí si pensa secondo coscienza; chi supera l'avidità, quegli guadagna. La chiesa ha uno stomaco robusto, si è mangiato paesi interi eppure non ha mai fatto indigestione. Solamente la chiesa, mie care donne, può digerire roba mal tolta. »[3]

FAUST. Das ist ein allgemeiner Brauch;
Ein Jud und König kann es auch.

MEPHISTOPHELES. Strich drauf ein Spange, Kett und Ring,
Als wärens eben Pfifferling,
Dankt nicht weniger und nicht mehr,
Als obs ein Korb voll Nüsse wär,
Versprach ihnen allen himmlischen Lohn —
Und sie waren sehr erbaut davon.

FAUST. Und Gretchen?

MEPHISTOPHELES. Sitzt nun unruhvoll,
Weiß weder, was sie will noch soll,
Denkt ans Geschmeide Tag und Nacht,
Noch mehr an den, ders ihr gebracht.

FAUST. Des Liebchens Kummer tut mir leid.
Schaff du ihr gleich ein neu Geschmeid!
Am ersten war ja so nicht viel.

MEPHISTOPHELES. O ja, dem Herrn ist alles Kinderspiel!

FAUST. Und mach und richts nach meinem Sinn!
Häng dich an ihre Nachbarin!
Sei, Teufel, doch nur nicht wie Brei
Und schaff einen neuen Schmuck herbei!

MEPHISTOPHELES. Ja gnädger Herr, von Herzen gerne!
(*Faust ab*)

MEPHISTOPHELES. So ein verliebter Tor verpufft
Euch Sonne, Mond und alle Sterne
Zum Zeitvertreib dem Liebchen in die Luft. (*Ab*)

Der Nachbarin Haus

MARTHE (*allein*). Gott verzeihs meinem lieben Mann,
Er hat an mir nicht wohlgetan!
Geht da stracks in die Welt hinein
Und läßt mich auf dem Stroh allein.
Tät ihn doch wahrlich nicht betrüben,
Tät ihn, weiß Gott! recht herzlich lieben. (*Sie weint*)
Vielleicht ist er gar tot! — O Pein! —
Hätt ich nur einen Totenschein!

FAUST. È un'abitudine assai diffusa. Un re ed un ebreo fanno altrettanto.

MEFISTOFELE. E piglia su spilla, catena ed anello come se fossero dei comunissimi funghi, non ringrazia né piú né meno di quello che avrebbe fatto per un cestino di noci; promise alle donne la ricompensa celeste ed esse ne furono molto edificate.

FAUST. E Margherita?

MEFISTOFELE. È là tutta inquieta, non sa né quel che vuole, né quel che deve fare. Notte e giorno pensa ai gioielli e piú ancora a chi li ha portati.

FAUST. Il dolore dell'amata mi dà molta pena. Procurami subito dei nuovi gioielli. I primi non erano del resto gran che.

MEFISTOFELE. Già, per il signore è tutto un gioco da bambini!

FAUST. E fa e disponi secondo il mio intendimento. Attaccati alla vicina di casa![4] Sii un diavolo vero e non di pappa e procurami dei nuovi gioielli![5]

MEFISTOFELE. Sí, gentile signore, volentieri, con tutto il cuore.
(*Faust esce*)

MEFISTOFELE. Un innamorato pazzo come costui, per divertire l'amata, butterebbe all'aria il sole, la luna e tutte le altre stelle. (*Via*)

La casa della vicina[1]

MARTA (*sola*). Dio perdoni il mio caro marito; non ha trattato bene con me! Se ne va, all'improvviso, per il mondo e mi lascia qui sola, nel mio letto.[2] Eppure non gli ho mai dato dispiaceri e, Dio lo sa, gli ho voluto bene proprio di cuore. (*Piange*) Forse è già morto! O che dolore! Avessi almeno il certificato della sua morte!

Margarete kommt

MARGARETE. Frau Marthe!
MARTHE. Gretelchen, was solls?
MARGARETE. Fast sinken mir die Kniee nieder!
Da find ich so ein Kästchen wieder
In meinem Schrein, von Ebenholz,
Und Sachen, herrlich ganz und gar,
Weit reicher, als das erste war!
MARTHE. Das muß Sie nicht der Mutter sagen!
Täts wieder gleich zur Beichte tragen.
MARGARETE. Ach, seh Sie nur! ach, schau Sie nur!
MARTHE (*putzt sie auf*). O du glückselge Kreatur!
MARGARETE. Darf mich leider nicht auf der Gassen
Noch in der Kirche mit sehen lassen.
MARTHE. Komm du nur oft zu mir berüber
Und leg den Schmuck hier heimlich an!
Spazier ein Stündchen lang dem Spiegelglas vorüber:
Wir haben unsre Freude dran!
Und dann gibts einen Anlaß,gibts ein Fest,
Wo mans so nach und nach den Leuten sehen läßt:
Ein Kettchen erst, die Perle dann ins Ohr —
Die Mutter siehts wohl nicht, man macht ihr auch was vor.
MARGARETE. Wer konnte nur die beiden Kästchen bringen?
Es geht nicht zu mit rechten Dingen! (*Es klopft*)
MARGARETE. Ach Gott! mag das meine Mutter sein?
MARTHE (*durchs Vorhängel guckend*).
Es ist ein fremder Herr! — Herein!

Mephistopheles tritt auf

MEPHISTOPHELES. Bin so frei, grad hereinzutreten,
Muß bei den Frauen Verzeihn erbeten.
(*Tritt ehrerbietig vor Margareten zurück*)
Wollte nach Frau Marthe Schwerdtlein fragen!
MARTHE. Ich bins! Was hat der Herr zu sagen?
MEPHISTOPHELES (*leise zu ihr*). Ich kenne Sie jetzt, mir ist das [genug;
Sie hat da gar vornehmen Besuch.
Verzeiht die Freiheit, die ich genommen!
Will Nachmittage wiederkommen.
MARTHE (*laut*). Denk, Kind, um alles in der Welt!
Der Herr dich für ein Fräulein hält.
MARGARETE. Ich bin ein armes junges Blut;
Ach Gott! der Herr ist gar zu gut:
Schmuck und Geschmeide sind nicht mein.

Margherita entra

MARGHERITA. Signora Marta.

MARTA. Rita, che c'è?

MARGHERITA. Sento che mi si piegano i ginocchi! Ho trovato là, nel mio armadio, un altro cofanetto, di ebano, e, dentro, cose proprio, proprio magnifiche. Assai piú ricco di quanto non fosse il primo!

MARTA. Di ciò non deve dir nulla a Sua madre. Lo porterebbe subito in confessione.

MARGHERITA. Ah! ma guardi! Ah! ma guardi solamente!

MARTA (*l'adorna*). O felice creatura!

MARGHERITA. Purtroppo non mi posso far vedere per la strada, e nemmeno in chiesa mi devo far vedere.

MARTA. Vientene sovente qui da me e mettiti i gioielli di nascosto! Te ne passeggi, poi, per un'oretta davanti allo specchio e ce ne rallegriamo insieme! Si presenterà, poi, un motivo qualsiasi, si dà una festa dove tu ti possa far vedere alla gente, poco alla volta. Prima una catenina e poi una perla agli orecchi. Tua madre non vedrà e le si darà da intendere qualche cosa.

MARGHERITA. Chi mai poté portare i due cofanetti? Non mi pare una cosa regolare![3] (*Bussano*)

MARGHERITA. O Dio! che sia mia madre?

MARTA (*guardando attraverso le tendine*). È un signore forestiero! Avanti!

Mefistofele entra

MEFISTOFELE. Mi prendo la libertà di entrare senz'altro. Devo chiedere scusa alle signore. (*Si ritira rispettosamente davanti a Margherita*) Volevo chiedere della signora Marta Schwerdtlein!

MARTA. Sono io! Che ha da dirmi il signore?

MEFISTOFELE (*a lei, sotto voce*). Per ora ho fatta la sua conoscenza e ciò mi basta. Lei ha una visitatrice assai distinta. Mi perdoni la libertà che mi sono presa! Ritornerò oggi pomeriggio.

MARTA (*a voce alta*). Pensa, bambina mia, cose dell'altro mondo! Il signore ti ritiene una damigella.

MARGHERITA. Sono una povera ragazza. Ah, Dio mio! Il signore è persin troppo gentile. Ornamenti e gioielli non sono miei.

MEPHISTOPHELES. Ach, es ist nicht der Schmuck allein!
Sie hat ein Wesen, einen Blick so scharf! —
Wie freut michs, daß ich bleiben darf!

MARTHE. Was bringt Er denn? Verlange sehr —

MEPHISTOPHELES. Ich wollt, ich hätt eine frohere Mär!
Ich hoffe, Sie läßt michs drum nicht büßen:
Ihr Mann ist tot und läßt Sie grüßen.

MARTHE. Ist tot? das treue Herz! O weh!
Mein Mann ist tot! Ach, ich vergeh!

MARGARETE. Ach, liebe Frau, verzweifelt nicht!

MEPHISTOPHELES. So hört die traurige Geschicht!

MARGARETE. Ich möchte drum mein Tag nicht lieben;
Würde mich Verlust zu Tode betrüben.

MEPHISTOPHELES. Freud muß Leid, Leid muß Freude haben.

MARTHE. Erzählt mir seines Lebens Schluß!

MEPHISTOPHELES. Er liegt in Padua begraben
Beim heiligen Antonius,
An einer wohlgeweihten Stätte
Zum ewig-kühlen Ruhebette.

MARTHE. Habt Ihr sonst nichts an mich zu bringen?

MEPHISTOPHELES. Ja, eine Bitte, groß und schwer:
Laß Sie doch ja für ihn dreihundert Messen singen!
Im übrigen sind meine Taschen leer.

MARTHE. Was! Nicht ein Schaustück? kein Geschmeid?
Was jeder Handwerksbursch im Grund des Säckels spart,
Zum Angedenken aufbewarhrt,
Und lieber hungert, lieber bettelt!

MEPHISTOPHELES. Madam, es tut mir herzlich leid;
Allein er hat sein Geld wahrhaftig nicht verzettelt.
Auch er bereute seine Fehler sehr,
Ja, und bejammerte sein Unglück noch viel mehr.

MARGARETE. Ach, daß die Menschen so unglücklich sind!
Gewiß, ich will für ihn manch Requiem noch beten.

MEPHISTOPHELES. Ihr wäret wert, gleich in die Eh zu treten:
Ihr seid ein liebenswürdig Kind.

MARGARETE. Ach nein, das geht jetzt noch nicht an.

MEPHISTOPHELES. Ists nicht ein Mann, seis derweil ein Galan!
's ist eine der größten Himmelsgaben,
So ein lieb Ding im Arm zu haben.

MARGARETE. Das ist des Landes nicht der Brauch.

MEPHISTOPHELES. Brauch oder nicht! Es gibt sich auch.

MARTHE. Erzählt mir doch!

MEPHISTOPHELES. Ich stand an seinem Sterbebette,

MEFISTOFELE. Ah, non sono solamente i gioielli! Lei ha un modo di fare, una sguardo cosí penetrante! Mi fa molto piacere potermi fermare!

MARTA. Che notizie porta dunque? Sono molto ansiosa...

MEFISTOFELE. Vorrei aver da comunicare notizia piú lieta! Spero non la farà scontare a me: suo marito è morto e le invia saluti.

MARTA. È morto? Quel cuore fedele! O me infelice! Mio marito è morto! Ahimè, sto per svenire!

MARGHERITA. Ah, cara signora, non disperatevi!

MEFISTOFELE. Ebbene, ascoltate la triste storia!

MARGHERITA. Per questo, vorrei fare a meno dell'amore per tutta la mia vita. Una tale perdita mi addolorerebbe da morirne.

MEFISTOFELE. Alla gioia segue dolore, al dolore gioia.[4]

MARTA. Raccontateci la fine della sua vita!

MEFISTOFELE. Giace sepolto in Padova, vicino a sant'Antonio, in luogo benedetto, in un riposo eterno e fresco.

MARTA. Non avete da portarmi nient'altro?

MEFISTOFELE. Sí, una greve ed importante preghiera: fategli cantare trecento messe! Per il resto, le mie tasche son vuote.

MARTA. Come! Neppure una medaglia? Nemmeno una gemma? Quello che ogni modesto artigiano serba in fondo al suo sacchetto e custodisce per ricordo, dovesse anche soffrir la fame e chiedere l'elemosina!

MEFISTOFELE. Signora, ne sono addolorato di tutto cuore. Ma egli in verità non ha gettato via il suo danaro come se si trattasse di pezzetti di carta. E si è pentito assai dei suoi errori e maggiormente ancora si lamentava della sua sfortuna.

MARGHERITA. Ah, come sono sfortunati gli uomini. Reciterò certamente per lui parecchi Requiem.

MEFISTOFELE. Meritereste di trovar subito marito. Siete proprio una cara ragazza.

MARGHERITA. Ah, no, non è ancora giunto il tempo.

MEFISTOFELE. Se non il marito sia almeno, nel frattempo, un corteggiatore. È uno dei piú bei doni del cielo il tener fra le braccia l'innamorato.

MARGHERITA. Non è questo l'uso del paese.

MEFISTOFELE. Uso o no. Si fa egualmente.

MARTA. Raccontatemi dunque!

MEFISTOFELE. Mi trovai vicino al suo letto di morte. Era

Es war was besser als von Mist:
Von halbgefaultem Stroh! allein er starb als Christ
Und fand, daß er weit mehr noch auf der Zeche hätte.
»Wie«, rief er, »muß ich mich von Grund aus hassen:
So mein Gewerb, mein Weib so zu verlassen!
Ach, die Erinnrung tötet mich!
Vergäb sie mir nur noch in diesem Leben —«

MARTHE (*weinend*). Der gute Mann! ich hab ihm längst vergeben.

MEPH. »Allein, weiß Gott! sie war mehr schuld als ich.«

MARTHE. Das lügt er! Was! am Rand des Grabs zu lügen!

MEPHISTOPHELES. Er fabelte gewiß in letzten Zügen,
Wenn ich nur halb ein Kenner bin.
»Ich hatte«, sprach er, »nicht zum Zeitvertreib zu gaffen,
Erst Kinder, und dann Brot für sie zu schaffen,
Und Brot im allerweitsten Sinn,
Und konnte nicht einmal mein Teil in Frieden essen.«

MARTHE. Hat er so aller Treu, so aller Lieb vergessen,
Der Plackerei bei Tag und Nacht!

MEPHISTOPHELES. Nicht doch! er hat Euch herzlich dran gedacht.
Er sprach: »Als ich nun weg von Malta ging,
Da betet ich für Frau und Kinder brünstig;
Uns war denn auch der Himmel günstig,
Daß unser Schiff ein türkisch Fahrzeug fing,
Das einen Schatz des großen Sultans führte.
Da ward der Tapferkeit ihr Lohn,
Und ich empfing denn auch, wie sich gebührte,
Mein wohlgemeßnes Teil davon.«

MARTHE. Ei wie? ei wo? Hat ers vielleicht vergraben?

MEPHISTOPHELES. Wer weiß, wo nun es die vier Winde haben!
Ein schönes Fräulein nahm sich seiner an,
Als er in Napel fremd umherspazierte:
Sie hat an ihm viel Liebs und Treus getan,
Daß ers bis an sein selig Ende spürte.

MARTHE. Der Schelm! der Dieb an seinen Kindern!
Auch alles Elend, alle Not
Konnt nicht sein schändlich Leben hindern!

MEPHISTOPHELES. Ja seht, dafür ist er nun tot!
Wär ich nun jetzt an Eurem Platze,
Betraurt ich ihn ein züchtig Jahr,
Visierte dann unterweil nach einem neuen Schatze.

MARTHE. Ach Gott! wie doch mein erster war,
Find ich nicht leicht auf dieser Welt den andern!
Es konnte kaum ein herziger Närrchen sein.

un po' meglio che se fosse stato di letame. Paglia quasi marcia. Ma morí da buon cristiano e pensando che aveva di peggio sul libro della coscienza: « Come, esclamava, come mi devo profondamente odiare per abbondonare cosí il mio mestiere e mia moglie. Ah, il ricordo mi uccide! Mi potesse almeno perdonare ancora in questa vita! »

MARTA (*piangendo*). Il bravo uomo! Gli ho già perdonato da tempo.

MEFISTOFELE. « Ma, sa Iddio! Ella ebbe colpe maggiori delle mie. »

MARTA. Egli mente! Come! Mentire sull'orlo della fossa!

MEFISTOFELE. Per quanto me ne intendo, credo che negli ultimi momenti divagasse un poco. « Non ebbi, mi diceva, certamente da ricorrere agli sbadigli per far passare il tempo; prima i bambini, poi procurar loro il pane e pane nel senso piú ampio della parola e non potevo nemmeno mangiare in pace la mia parte. »

MARTA. Ha cosí dimenticato tutta la mia fedeltà e tutto il mio amore e l'affaticarmi notte e giorno!

MEFISTOFELE. Ma no! Ha pensato a voi teneramente. Mi diceva: « Quando partii da Malta, pregai con fervore per la moglie ed i figli. Il cielo ci fu anche favorevole perché la nostra nave catturò un bastimento musulmano che portava un tesoro del gran sultano. Il nostro valore fu debitamente compensato, ed anche io n'ebbi, come si conveniva, la mia buona parte. »

MARTA. Come? Dove? L'ha forse sotterrata?

MEFISTOFELE. Chi sa dove i quattro venti l'hanno dispersa! A Napoli, dove egli andava in giro per le strade come un forestiero, si innamorò di lui una bella ragazza, e tanto amore e tanta fedeltà ne ebbe che ne serbò il ricordo[5] sino agli ultimi giorni della sua vita.

MARTA. Birbante! Ladro dei suoi propri figli! Né la miseria, né le disgrazie gli hanno impedito di menar una vita dissoluta!

MEFISTOFELE. Lo vedete, dunque! A cagione di ciò è ora morto! Se io fossi al vostro posto, porterei, come di dovere, il lutto per un anno ed intanto mi guarderei intorno per trovarmi un altro tesoro.

MARTA. Ah Dio mio! Cosí come era il mio, non ne trovo facilmente un altro, in questo mondo! Non ci può essere un pazzerello piú caro di lui. Amava un po' troppo

Er liebte nur das allzuviele Wandern,
Und fremde Weiber, und fremden Wein,
Und das verfluchte Würfelspiel!

MEPHISTOPHELES. Nun, nun, so konnt es gehn und stehen,
Wenn er Euch ungefähr so viel
Von seiner Seite nachgesehen.
Ich schwör Euch zu: mit dem Beding
Wechselt ich selbst mit Euch den Ring!

MARTHE. O es beliebt dem Herrn zu scherzen!

MEPHISTOPHELES (*für sich*). Nun mach ich mich beizeiten fort!
Die hielte wohl den Teufel selbst beim Wort. (*Zu Gretchen*)
Wie steht es denn mit Ihrem Herzen?

MARGARETE. Was meint der Herr damit?

MEPHISTOPHELES (*für sich*). Du guts, unschuldigs Kind! (*Laut*)
Lebt wohl, ihr Fraun!

MARGARETE. Lebt wohl!

MARTHE. O sagt mir doch geschwind —
Ich möchte gern ein Zeugnis haben,
Wo, wie und wann mein Schatz gestorben und begraben!
Ich bin von je der Ordnung Freund gewesen,
Möcht ihn auch tot im Wochenblättchen lesen.

MEPHISTOPHELES. Ja, gute Frau, durch zweier Zeugen Mund
Wird allerwegs die Wahrheit kund.
Habe noch gar einen feinen Gesellen,
Den will ich Euch vor den Richter stellen.
Ich bring ihn her.

MARTHE. O tut das ja!

MEPHISTOPHELES. Und hier die Jungfrau ist auch da? —
Ein braver Knab! ist viel gereist,
Fräuleins alle Höflichkeit erweist.

MARGARETE. Müßte vor dem Herren schamrot werden.

MEPHISTOPHELES. Vor keinem Könige der Erden!

MARTHE. Da hinterm Haus in meinem Garten
Wollen wir der Herrn heut abend warten.

andarsene di paese in paese, e donne e vini forestieri ed il maledetto gioco dei dadi!

MEFISTOFELE. Beh! beh! il gioco sarebbe stato pari se egli avesse tollerato[6] altrettanto da parte vostra. Ve lo giuro: a questa condizione, cambierei io stesso l'anello con voi!

MARTA. Oh, il signore si compiace di scherzare!

MEFISTOFELE (*per sé*). Ora però è tempo che me ne vada! Costei sarebbe capace di prendere in parola persino il diavolo. (*A Margherita*) Come sta il suo cuore?

MARGHERITA. Che intende dire con ciò, il signore?

MEFISTOFELE (*per sé*). Buona, innocente bambina! (*Forte*) A rivederle, signore!

MARGHERITA. A rivederla.

MARTA. O mi dica, in fretta. Mi farebbe piacere avere precisa testimonianza di come e dove il mio tesoro è morto e giace sepolto. Sono sempre stata amante dell'ordine e vorrei veder annunciata la morte di lui nel nostro giornaletto della domenica.

MEFISTOFELE. Sta bene, mia buona signora. La verità si prova sempre per mezzo della dichiarazione di due testimoni. Ho qui con me un compagno assai distinto, lo condurrò, per voi, davanti al giudice. Lo accompagnerò qui.

MARTA. O fatelo, per favore!

MEFISTOFELE. E qui, la donzella, ci sarà anche lei? Un bravo figliolo! Ha viaggiato assai e conosce ogni gentilezza verso le signorine.

MARGHERITA. Arrossirò di vergogna innanzi a quel signore.

MEFISTOFELE. Dinanzi a nessun re della terra!

MARTA. Là, dietro la casa, in quel giardino, aspetteremo i signori, questa sera.

Strasse

Faust. Mephistopheles

FAUST. Wie ists? Wills fördern? wills bald gehn?

MEPHISTOPHELES. Ah bravo! Find ich Euch in Feuer?
In kurzer Zeit ist Gretchen Euer!
Heut abend sollt Ihr sie bei Nachbar' Marthen sehn:
Das ist ein Weib wie auserlesen
Zum Kuppler- und Zigeunerwesen!

FAUST. So recht!

MEPHISTOPHELES. Doch wird auch was von uns begehrt.

FAUST. Ein Dienst ist wohl des andern wert.

MEPHISTOPHELES. Wir legen nur ein gültig Zeugnis nieder,
Daß ihres Ehherrn ausgereckte Glieder
In Padua an heilger Stätte ruhn.

FAUST. Sehr klug! Wir werden erst die Reise machen müssen!

MEPHISTOPHELES. Sancta simplicitas! Darum ists nicht zu tun;
Bezeugt nur, ohne viel zu wissen!

FAUST. Wenn Er nichts Bessers hat, so ist der Plan zerrissen.

MEPHISTOPHELES. O heilger Mann! da wärt Ihrs nun!
Ist es das erstemal in Eurem Leben,
Daß Ihr falsch Zeugnis abgelegt?
Habt Ihr von Gott, der Welt, und was sich drin bewegt,
Von Menschen, was sich ihm in Kopf und Herzen regt,
Definitionem nicht mit großer Kraft gegeben,
Mit frecher Stirne, kühner Brust?
Und wollt Ihr recht ins Innre gehen,
Habt Ihr davon — Ihr müßt es grad gestehen! —
So viel als von Herrn Schwerdtleins Tod gewußt?

FAUST. Du bist und bleibst ein Lügner, ein Sophiste.

MEPHISTOPHELES. Ja, wenn mans nicht ein bißchen tiefer wüßte!
Denn morgen wirst, in allen Ehren,
Das arme Gretchen nicht betören
Und alle Seelenlieb ihr schwören?

FAUST. Und zwar von Herzen!

MEPHISTOPHELES. Gut und schön!
Dann wird von ewiger Treu und Liebe,
Von einzig-überallmächtgem Triebe —
Wird das auch so von Herzen gehn?

Strada

Faust, Mefistofele

FAUST. Come vanno le cose? Si fanno progressi? Saremo presto in porto?

MEFISTOFELE. Ah! bravo! Vi trovo tutto ardore! In breve tempo Margherita sarà vostra! Questa sera la vedrete presso la sua vicina, la Marta. Questa è femmina che pare scelta appositamente per far la mezzana e la zingara!

FAUST. Cosí va bene!

MEFISTOFELE. Ma si pretende anche qualche cosa da noi.

FAUST. Un servizio vale l'altro.

MEFISTOFELE. Noi faremo solamente una valida testimonianza che il marito di lei giace, con le membra stecchite, a Padova, in luogo consacrato.

FAUST. Molto furbo tutto ciò! Dovremo fare prima un viaggio!

MEFISTOFELE. Sancta Simplicitas![1] Non è affatto necessario. Testimoniate, e basta, senza saperne gran che.

FAUST. Se non hai nulla di meglio, considera il patto in pezzi.[2]

MEFISTOFELE. Oh, il sant'uomo! Proprio ora lo diventereste! È la prima volta, in vita vostra, che fate falsa testimonianza? Non avete forse dato con grande forza,[3] con sfacciataggine e con audacia, definizioni di Dio, del mondo e di ciò che in esso si agita, dell'uomo e di ciò che gli passa per il capo e nel cuore? E se volete poi guardarvi ben dentro, — lo dovete apertamente confessare — sapevate di tutto ciò tanto quanto della morte del signor Schwerdtlein!

FAUST. Sei e sempre sarai un mentitore, un sofista.

MEFISTOFELE. Sí, se non si sapesse guardare un po' a fondo nelle cose! Perché, fra poco, con tutti gli onori dovuti, ingannerai la povera Margherita e le giurerai tutto l'amore della tua anima!

FAUST. E proprio di cuore!

MEFISTOFELE. Una cosa bella e buona! Poi si parlerà di eterna fedeltà e di eterno amore e di una unica, onnipossente passione. Sgorgherà anche questo dal cuore?

FAUST. Laß das! Es wird! — Wenn ich empfinde,
Für das Gefühl, für das Gewühl
Nach Namen suche, keinen finde,
Dann durch die Welt mit allen Sinnen schweife,
Nach allen höchsten Worten greife
Und diese Glut, von der ich brenne,
Unendlich, ewig, ewig nenne,
Ist das ein teuflisch Lügenspiel?
MEPHISTOPHELES. Ich hab doch recht!
FAUST. Hör! merk dir dies
— Ich bitte dich — und schone meine Lunge:
Wer recht behalten will und hat nur eine Zunge,
Behälts gewiß.
Und komm, ich hab des Schwätzens Überdruß,
Denn du hast recht, vorzüglich weil ich muß!

Garten

Margarete an Faustens Arm, Marthe mit Mephistopheles auf und ab spazierend

MARGARETE. Ich fühl es wohl, daß mich der Herr nur schont,
Herab sich läßt, mich zu beschämen.
Ein Reisender ist so gewohnt,
Aus Gütigkeit fürliebzunehmen;
Ich weiß zu gut, daß solch erfahrnen Mann
Mein arm Gespräch nicht unterhalten kann.
FAUST. Ein Blick von dir, Ein Wort mehr unterhält
Als alle Weisheit dieser Welt. (*Er küßt ihre Hand*)
MARGARETE. Inkommodiert Euch nicht! Wie könnt Ihr sie nur
Sie ist so garstig, ist so rauh! [küssen?
Was hab ich nicht schon alles schaffen müssen!
Die Mutter ist gar zu genau. (*Gehn vorüber*)
MARTHE. Und Ihr, mein Herr, Ihr reist so immer fort?
MEPHISTOPHELES. Ach, daß Gewerb und Pflicht uns dazu treiben!
Mit wie viel Schmerz verläßt man manchen Ort
Und darf doch nun einmal nicht bleiben!
MARTHE. In raschen Jahren gehts wohl an,
So um und um frei durch die Welt zu streifen;
Doch kömmt die böse Zeit heran,

FAUST. Lascia stare ciò! Sarà cosí. Quando[4] ho un sentimento in me e, per questo sentimento e per il tumulto in me, cerco un nome e non ne trovo nessuno ed erro per l'universo con tutti i miei sensi e mi afferro a tutte le parole piú alte e chiamo infinito, eterno, eterno questo ardore di cui io brucio, è tutto ciò un diabolico gioco di menzogne?

MEFISTOFELE. Eppure ho ragione io!

FAUST. Ascoltami e prendine nota — te ne prego — ed usa riguardo ai miei polmoni: Chi vuol aver ragione, se ha una lingua in bocca, l'ottiene certamente. Ed ora vieni, sono seccato di tutte queste ciance. Poiché tu hai ragione soprattutto perché io devo.[5]

Giardino[1]

Margherita al braccio di Faust, Marta con Mefistofele, passeggiano in su ed in giú

MARGHERITA. Ben mi accorgo che il signore mi usa troppa cortesia. Si abbassa sino a me e mi confonde. Uno che suole viaggiare è abituato cosí e si accontenta di quel che trova, per bontà sua. So anche troppo bene che il mio semplice conversare non può essere interessante per un uomo di tanta esperienza.

FAUST. Un tuo sguardo, una parola tua, interessano piú di tutta la sapienza del mondo. (*Bacia la mano di lei*)

MARGHERITA. Non v'incomodate cosí! Come mai potete baciarla? È cosí brutta, cosí ruvida! Quante cose ho già dovuto sbrigare! La mamma è cosí precisa. (*Passano oltre*)

MARTA. E voi, mio signore, siete sempre in viaggio?[2]

MEFISTOFELE. Ah! mestiere e impegni ci spingono a ciò! Con quale dolore si abbandona piú di un paese, eppure non ci è concesso di fermarci.

MARTA. Negli anni giovanili fa ancora piacere andarsene liberamente a giro per il mondo. Ma poi arrivano tem-

Und sich als Hagestolz allein zum Grab zu schleifen,
Das hat noch keinem wohlgetan.

MEPHISTOPHELES. Mit Grausen seh ich das von weiten.

MARTHE. Drum, werter Herr, beratet Euch in Zeiten!
(*Gehn vorüber*)

MARGARETE. Ja, aus den Augen, aus dem Sinn!
Die Höflichkeit ist Euch geläufig;
Allein Ihr habt der Freunde häufig,
Sie sind verständiger, als ich bin.

FAUST. O Beste! glaube, was man so verständig nennt,
Ist oft mehr Eitelkeit und Kurzsinn.

MARGARETE. Wie?

FAUST. Ach, daß die Einfalt, daß die Unschuld nie
Sich selbst und ihren heilgen Wert erkennt!
Daß Demut, Niedrigkeit, die höchsten Gaben
Der liebevoll austeilenden Natur —

MARGARETE. Denkt Ihr an mich ein Augenblickchen nur,
Ich werde Zeit genug an Euch zu denken haben.

FAUST. Ihr seid wohl viel allein?

MARGARETE. Ja, unsre Wirtschaft ist nur klein,
Und doch will sie versehen sein.
Wir haben keine Magd; muß kochen, fegen, stricken
Und nähn und laufen früh und spat,
Und meine Mutter ist in allen Stücken
So akkurat!
Nicht, daß sie just so sehr sich einzuschränken hat;
Wir könnten uns weit ehr als andre regen:
Mein Vater hinterließ ein hübsch Vermögen,
Ein Häuschen und ein Gärtchen vor der Stadt.
Doch hab ich jetzt so ziemlich stille Tage:
Mein Bruder ist Soldat,
Mein Schwesterchen ist tot.
Ich hatte mit dem Kind wohl meine liebe Not;
Doch übernähm ich gern noch einmal alle Plage,
So lieb war mir das Kind.

FAUST. Ein Engel, wenn dirs glich!

MARGARETE. Ich zog es auf, und herzlich liebt es mich.
Es war nach meines Vaters Tod geboren.
Die Mutter gaben wir verloren,
So elend wie sie damals lag,
Und sie erholte sich sehr langsam, nach und nach.
Da konnte sie nun nicht dran denken,
Das arme Würmchen selbst zu tränken,
Und so erzog ichs ganz allein,
Mit Milch und Wasser: so wards mein!

pi tristi ed il trascinarsi verso la tomba cosí, da scapoli, non ha mai fatto bene a nessuno.

MEFISTOFELE. Lo vedo da lontano e con terrore.

MARTA. Pertanto, degno signore, rifletteteci a tempo! (*Passano oltre*)

MARGHERITA. Già, lontan dagli occhi, lontan dal cuore! Esser cortesi è per voi facile; ma di amicize ne avete un mucchio e sono piú intelligenti di me.

FAUST. O cara! credimi, ciò che vien chiamata intelligenza è sovente vanità e cortezza di mente.

MARGHERITA. Come?

FAUST. Ah, perché la semplicità e l'innocenza non riconoscono mai se stesse ed il loro sacro valore![3] Perché umiltà, modestia sono i piú alti doni che natura dispensa amorosamente!

MARGHERITA. Pensate a me soltanto un momentino, io avrò assai tempo per pensare a voi.

FAUST. Voi siete forse molto sola?

MARGHERITA. Sí, la nostra casa è piccola assai. Tuttavia bisogna occuparsene. Non abbiamo donna di servizio. Devo far da cucina, scopare, sferrettare e cucire e correre mattina e sera e mia madre è cosí meticolosa in tutto! Non che ci si debba poi limitare proprio tanto. Potremmo vivere assai meglio di molti altri; mio padre ci lasciò un piccolo patrimonio, una casetta ed un giardino, alla periferia della città. Eppure, ora ho giorni abbastanza tranquilli; mio fratello è soldato, la mia sorellina è morta. Mi son presa per la bambina, e di cuore, tante pene e me le riprenderei volentieri un'altra volta. Tanto l'amavo la piccina.

FAUST. Un angelo, se ti rassomigliava!

MARGHERITA. L'allevai io stessa e mi amava con tutto il cuore. Era nata dopo la morte di mio padre. Credemmo che la mamma se ne morisse, talmente era ridotta male, ma si riprese, molto lentamente, poco alla volta. Non poteva però affatto pensare di dare lei il latte a quella povera creaturina. E cosí l'allevai io sola, da me, con latte ed acqua: cosí fu mia! In braccio a

Auf meinem Arm, in meinem Schoß
Wars freundlich, zappelte, ward groß.

FAUST. Du hast gewiß das reinste Glück empfunden.

MARGARETE. Doch auch gewiß gar manche schwere Stunden.
Des Kleinen Wiege stand zu Nacht
An meinem Bett: es durfte kaum sich regen,
War ich erwacht!
Bald mußt ichs tränken, bald es zu mir legen,
Bald, wenns nicht schwieg, vom Bett aufstehn
Und tänzelnd in der Kammer auf und nieder gehn,
Und früh am Tage schon am Waschtrog stehn,
Dann auf dem Markt und an dem Herde sorgen,
Und immer fort wie heut so morgen.
Da gehts, mein Herr, nicht immer mutig zu;
Doch schmeckt dafür das Essen, schmeckt die Ruh.
(*Gehn vorüber*)

MARTHE. Die armen Weiber sind doch übel dran:
Ein Hagestolz ist schwerlich zu bekehren.

MEPHISTOPHELES. Es käme nur auf Euresgleichen an,
Mich eines Bessern zu belehren.

MARTHE. Sagt grad, mein Herr: Habt Ihr noch nichts gefunden?
Hat sich das Herz nicht irgendwo gebunden?

MEPHISTOPHELES. Das Sprichwort sagt: Ein eigner Herd,
Ein braves Weib sind Gold und Perlen wert.

MARTHE. Ich meine: ob Ihr niemals Lust bekommen?

MEPH. Man hat mich überall recht höflich aufgenommen.

MARTHE. Ich wollte sagen: wards nie Ernst in Eurem Herzen?

MEPH. Mit Frauen soll man sich nie unterstehn zu scherzen.

MARTHE. Ach, Ihr versteht mich nicht!

MEPHISTOPHELES. Das tut mir herzlich leid!
Doch ich versteh — daß Ihr sehr gütig seid. (*Gehn vorüber*)

FAUST. Du kanntest mich, o kleiner Engel, wieder,
Gleich als ich in den Garten kam?

MARGARETE. Saht Ihr es nicht? ich schlug die Augen nieder.

FAUST. Und du verzeihst die Freiheit, die ich nahm?
Was sich die Frechheit unterfangen,
Als du jüngst aus dem Dom gegangen?

MARGARETE. Ich war bestürzt, mir war das nie geschehn;
Es konnte niemand von mir Übels sagen.
Ach, dacht ich, hat er in deinem Betragen
Was Freches, Unanständiges gesehn?

me, in grembo a me, era di buon umore, sgambettava; e crebbe.

FAUST. Hai certamente provata la gioia piú pura.

MARGHERITA. Sí, ma, di certo, anche piú di un'ora greve. La piccola culla stava, la notte, vicino al mio letto: bastava che si muovesse un tantino ed io ero desta! A volte, dovevo darle da bere, a volte, prenderla nel letto con me, a volte, quando non si chetava, alzarmi e danzerellare su e giú per la camera e la mattina presto essere già al lavatoio e poi al mercato e poi badare al fuoco in cucina, e così via, domani come oggi. Non è sempre, mio signore, una cosa da prendersi alla leggera, ma, in cambio, si mangia di gusto e si gode il riposo. (*Passano oltre*)

MARTA. A noi povere donne va, in questi casi, assai male. Uno scapolo è difficile a convertire.

MEFISTOFELE. Toccherebbe proprio ad una di voi di insegnarmi qualche cosa di meglio.

MARTA. Ditelo con franchezza, mio signore, non avete ancora trovato nulla? Il vostro cuore non si è legato in qualche paese?

MEFISTOFELE. Il proverbio dice: Un proprio focolare, una brava moglie valgono oro e perle.[4]

MARTA. Volevo dire: non avete mai provato il desiderio...?

MEFISTOFELE. Sono stato accolto ovunque molto gentilmente.

MARTA. Volevo dire: non avete mai sentito niente di serio nel vostro cuore?

MEFISTOFELE. Con le donne non ci si deve permettere scherzi.

MARTA. Oh! non mi comprendete!

MEFISTOFELE. Me ne duole sinceramente! Ma io comprendo che siete molto di buon cuore. (*Passano oltre*)

FAUST. Quando entrai nel giardino, mi riconoscesti subito, piccolo angelo?

MARGHERITA. Non lo notaste? Abbassai gli occhi.

FAUST. E tu mi perdoni la libertà che mi presi? E quello che la mia sfacciataggine osò quando tu uscivi di chiesa?

MARGHERITA. Ne fu sbalordita; non mi era mai accaduta una cosa simile. Nessuno poteva parlar male di me. Ah, pensai, ha egli notato, nel tuo portamento, qualche cosa di impertinente, di immodesto? Mi pareva che vi

Es schien ihn gleich nur anzuwandeln,
Mit dieser Dirne gradehin zu handeln.
Gesteh ichs doch: ich wußte nicht, was sich
Zu Eurem Vorteil hier zu regen gleich begonnte;
Allein gewiß, ich war recht bös auf mich,
Daß ich auf Euch nicht böser werden konnte.

FAUST. Süß Liebchen!

MARGARETE. Laßt einmal!

(*Sie pflückt eine Sternblume und zupft die Blätter ab, eins nach dem andern*)

FAUST. Was soll das? Einen Strauß?

MARGARETE. Nein, es soll nur ein Spiel.

FAUST. Wie?

MARGARETE. Geht! Ihr lacht mich aus.

(*Sie rupft und murmelt*)

FAUST. Was murmelst du?

MARGARETE (*halblaut*). Er liebt mich — liebt mich nicht —

FAUST. Du holdes Himmelsangesicht!

MARG. (*fährt fort*). Liebt mich — nicht — liebt mich — nicht —

(*Das letzte Blatt ausrupfend, mit holder Freude*)

Er liebt mich!

FAUST. Ja, mein Kind! Laß dieses Blumenwort
Dir Götterausspruch sein! Er liebt dich!
Verstehst du, was das heißt? Er liebt dich! (*Er faßt ihre beiden* [*Hände*)

MARGARETE. Mich überläufts!

FAUST. O schaudre nicht! Laß diesen Blick,
Laß diesen Händedruck dir sagen,
Was unaussprechlich ist:
Sich hinzugeben ganz und eine Wonne
Zu fühlen, die ewig sein muß!
Ewig?! — Ihr Ende würde Verzweiflung sein.
Nein, kein Ende! kein Ende!

(*Margarete drückt ihm die Hände, macht sich los und läuft weg. Er steht einen Augenblick in Gedanken, dann folgt er ihr*)

MARTHE (*kommend*). Die Nacht bricht an.

MEPHISTOPHELES. Ja, und wir wollen fort.

MARTHE. Ich bät Euch, länger hierzubleiben;
Allein es ist ein gar zu böser Ort:
Es ist, als hätte niemand nichts zu treiben
Und nichts zu schaffen,
Als auf des Nachbarn Schritt und Tritt zu gaffen,
Und man kommt ins Gered, wie man sich immer stellt. —
Und unser Pärchen?

foste preso il capriccio di trattare, senza soverchi riguardi, con questa ragazza. Tuttavia, lo confesso, un qualche cosa, non sapevo che cosa, incominciò subito a muoversi qui, nel mio petto, in vostro favore. Però ero proprio arrabbiata con me stessa perché non potevo arrabbiarmi maggiormente contro di voi.

FAUST. Dolce tesoruccio!

MARGHERITA. Permettete un istante!

(*Coglie una margherita*[5] *e ne stacca, uno dopo l'altro, i petali*)

FAUST. Che ne vuoi fare? Un mazzo?

MARGLERITA. No, non è che un gioco!

FAUST. Come?

MARGHERITA. Lasciatemi! Mi canzonereste.

(*Continua a strappare i petali e mormora*)

FAUST. Che stai mormorando?

MARGHERITA (*sottovoce*). Mi ama - non mi ama.

FAUST. Dolce viso di cielo!

MARGHERITA (*continua*). Mi ama - non mi ama - mi ama - non mi ama (*strappando l'ultimo petalo, con dolce gioia*) mi ama!

FAUST. Sia, mia bambina. Fa che la parola di questo fiore diventi, per te, un responso divino. Egli ti ama! Comprendi tu che cosa significa ciò? Egli ti ama! (*Le afferra entrambe le mani*).

MARGHERITA. Ne tremo dentro.[6]

FAUST. O non tremare! Ti dicano questo sguardo e questo stringersi di mani quello che è inesprimibile: il concedersi tutto ad una voluttà e sentire che deve essere eterna! Eterna! La sua fine sarebbe disperazione. No, mai la fine, giammai!

(*Margherita gli stringe le mani, si stacca da lui e fugge.*[7] *Egli resta un momento soprapensiero, poi la segue*)

MARTA (*entrando*). Si fa notte.

MEFISTOFELE. Già, è ora che ce ne andiamo.

MARTA. Vi pregherei di rimanere piú a lungo, qua, ma è un paesino assai maligno. È come se nessuno avesse altro da fare ed altra occupazione che osservare, con stupida curiosità, ogni passo del vicino. Ed in qualsiasi modo si faccia, si cade nel pettegolezzo. E la nostra coppietta?

MEPHISTOPHELES. Ist den Gang dort aufgeflogen.
Mutwillge Sommervögel!
MARTHE. Er scheint ihr gewogen.
MEPHISTOPHELES. Und sie ihm auch. Das ist der Lauf der Welt.

Ein Gartenhäuschen

Margarete springt herein, steckt sich hinter die Tür, hält die Fingerspitze an die Lippen und guckt durch die Ritze

MARGARETE. Er kommt!
FAUST (*kommt*). Ach Schelm, so neckst du mich!
Treff ich dich? (*Er küßt sie*)
MARGARETE (*ihn fassend und den Kuß zurückgebend*).
Bester Mann! von Herzen lieb ich dich!

Mephistopheles klopft an

FAUST (*stampfend*). Wer da?
MEPHISTOPHELES. Gut Freund!
FAUST. Ein Tier!
MEPHISTOPHELES. Es ist wohl Zeit zu scheiden.
MARTHE (*kommt*). Ja, es ist spät, mein Herr.
FAUST. Darf ich Euch nicht geleiten?
MARGARETE. Die Mutter würde mich —! Lebt wohl!
FAUST. Muß ich denn gehn?
Lebt wohl!
MARTHE. Ade!
MARGARETE. Auf baldig Wiedersehn!
(*Faust und Mephistopheles ab*)
MARGARETE. Du lieber Gott! was so ein Mann
Nicht alles, alles denken kann!
Beschämt nur steh ich vor ihm da
Und sag zu allen Sachen Ja.
Bin doch ein arm, unwissend Kind,
Begreife nicht, was er an mir findt. (*Ab*)

MEFISTOFELE. Ha preso il volo verso quel viale. Liete farfalle!

MARTA. Mi pare che lui le dimostri molta simpatia.

MEFISTOFELE. E lei a lui.[8] Tale è l'andar del mondo.

Un chiosco in giardino[1]

Margherita ci salta dentro e si nasconde dietro la porta, con la punta delle dita sulle labbra, guarda attraverso le fessure

MARGHERITA. Eccolo!

FAUST (*entra*). Bricconcella, ti fai gioco di me? Ma ora ti prendo! (*La bacia*)

MARGHERITA (*attirandolo a sé e restituendogli il bacio*). Mio caro! Di cuore ti amo![2]

Mefistofele bussa

FAUST (*pestando i piedi*). Chi è?

MEFISTOFELE. Un buon amico!

FAUST. Un animale!

MEFISTOFELE. È tempo di separarci.

MARTA (*entra*). Già, è tardi, mio signore.

FAUST. Non mi è permesso di accompagnarvi?

MARGHERITA. No. La mamma mi... addio!

FAUST. Devo proprio andare? Addio!

MARTA. Salute!

MARGHERITA. A rivederci presto!
(*Faust e Mefistofele escono*)

MARGHERITA. Mio Dio, che cosa non sa dire, che cosa non sa pensare un uomo come quello! Me ne sto confusa davanti a lui e dico sempre di sí.

Sono proprio una povera, ingenua bambina e non comprendo affatto che cosa possa trovare in me. (*Via*)

Wald und Höhle

FAUST (*allein*).
Erhabner Geist, du gabst mir, gabst mir alles,
Warum ich bat. Du hast mir nicht umsonst
Dein Angesicht im Feuer zugewendet.
Gabst mir die herrliche Natur zum Königreich,
Kraft, sie zu fühlen, zu genießen. Nicht
Kalt staunenden Besuch erlaubst du nur,
Vergönnest mir, in ihre tiefe Brust
Wie in den Busen eines Freunds zu schauen.
Du führst die Reihe der Lebendigen
Vor mir vorbei und lehrst mich meine Brüder
Im stillen Busch, in Luft und Wasser kennen.
Und wenn der Sturm im Walde braust und knarrt,
Die Riesenfichte, stürzend, Nachbaräste
Und Nachbarstämme quetschend niederstreift
Und ihrem Fall dumpf-hohl der Hügel donnert,
Dann führst du mich zur sichern Höhle, zeigst
Mich dann mir selbst, und meiner eignen Brust
Geheime, tiefe Wunder öffnen sich.
Und steigt vor meinem Blick der reine Mond
Besänftigend herüber, schweben mir
Von Felsenwänden, aus dem feuchten Busch
Der Vorwelt silberne Gestalten auf
Und lindern der Betrachtung strenge Lust.

O daß dem Menschen nichts Vollkommnes wird,
Empfind ich nun! Du gabst zu dieser Wonne,
Die mich den Göttern nah und näher bringt,
Mir den Gefährten, den ich schon nicht mehr
Entbehren kann, wenn er gleich, kalt und frech,
Mich vor mir selbst erniedrigt und zu Nichts,
Mit einem Worthauch, deine Gaben wandelt.
Er facht in meiner Brust ein wildes Feuer
Nach jenem schönen Bild geschäftig an.
So tauml ich von Begierde zu Genuß,
Und im Genuß verschmacht ich nach Begierde.

Mephistopheles tritt auf

MEPHISTOPHELES. Habt Ihr nun bald das Leben gnug geführt?
Wie kanns Euch in die Länge freuen?
Es ist wohl gut, daß mans einmal probiert;
Dann aber wieder zu was Neuen!

Bosco e caverna[1]

FAUST (*solo*). Sublime spirito, mi desti tutto quello di cui ti pregai. Non invano hai rivolto verso di me, di tra le fiamme, il tuo volto. Mi hai dato, per regno, la magnifica Natura e la forza di esserne partecipe e di goderla. Non permettermi soltanto di accostarmi a lei con freddo stupore, concedimi di guardare nel suo profondo seno, come nel cuore di un amico. Tu guidi innanzi a me la serie dei viventi e mi insegni a riconoscere i miei fratelli nell'immoto cespuglio, nell'acqua, nell'aria. E quando la tempesta infuria e scroscia nel bosco ed il gigantesco abete precipitando abbatte rami e tronchi vicini e la collina risuona del suo cupo e sordo schianto, allora tu mi conduci in una sicura caverna e si rivelano a me stesso ed al mio proprio petto, profondi, secreti miracoli. E quando si leva, davanti ai miei occhi, e spirante pace, la pura luna, allora aleggiano, verso di me, dagli umidi cespugli e dalle pareti rocciose, le argentee figure[2] del passato a mitigare l'aspro diletto della contemplazione.

Sento ora che all'uomo nulla riesce perfetto. Unitamente a questa gioia che mi eleva sempre piú vicino agli dei, tu mi hai dato il compagno del quale piú non posso fare a meno, anche se egli, freddo e sprezzante, mi umilia di fronte a me stesso e, col soffio di una sola parola, riduce a nulla i tuoi doni. Egli attizza con grande fatica, nel mio petto, un impetuoso ardore verso quella bella immagine.[3] Cosí io brancolo dal desiderio al piacere e, nel piacere, mi struggo dal desiderio.[4]

Mefistofele entra

MEFISTOFELE. Non ne avete ancora abbastanza di questa vita?[5] Come vi può piacere a lungo andare? Forse è bene provare per una volta, ma poi bisogna pur rivolgersi a qualche cosa di nuovo!

FAUST. Ich wollt, du hättest mehr zu tun,
Als mich am guten Tag zu plagen.
MEPHISTOPHELES. Nun, nun! ich laß dich gerne ruhn,
Du darfs mirs nicht im Ernste sagen.
An dir Gesellen, unhold, barsch und toll,
Ist wahrlich wenig zu verlieren.
Den ganzen Tag hat man die Hände voll!
Was ihm gefällt und was man lassen soll,
Kann man dem Herrn nie an der Nase spüren.
FAUST. Das ist so just der rechte Ton!
Er will noch Dank, daß er mich ennuyiert!
MEPHISTOPHELES. Wie hättst du, armer Erdensohn,
Dein Leben ohne mich geführt?
Vom Kribskrabs der Imagination
Hab ich dich doch auf Zeiten lang kuriert.
Und wär ich nicht, so wärst du schon
Von diesem Erdball abspaziert.
Was hast du da in Höhlen, Felsenritzen
Dich wie ein Schuhu zu versitzen?
Was schlurfst aus dumpfem Moos und triefendem Gestein
Wie eine Kröte Nahrung ein?
Ein schöner, süßer Zeitvertreib!
Dir steckt der Doktor noch im Leib!
FAUST. Verstehst du, was für neue Lebenskraft
Mir dieser Wandel in der Öde schafft?
Ja, würdest du es ahnen können,
Du wärest Teufel gnug, mein Glück mir nicht zu gönnen!
MEPHISTOPHELES. Ein überirdisches Vergnügen!
In Nacht und Tau auf den Gebirgen liegen,
Und Erd und Himmel wonniglich umfassen.
Zu einer Gottheit sich aufschwellen lassen,
Der Erde Mark mit Ahnungsdrang durchwühlen,
Alle sechs Tagewerk im Busen fühlen,
In stolzer Kraft ich weiß nicht was genießen,
Bald liebewonniglich in alles überfließen,
Verschwunden ganz der Erdensohn,
Und dann die hohe Intuition (*mit einer Gebärde*)
Ich darf nicht sagen, wie — zu schließen!
FAUST. Pfui über dich!
MEPHISTOPHELES. Das will Euch nicht behagen;
Ihr habt das Recht, gesittet Pfui zu sagen.
Man darf das nicht vor keuschen Ohren nennen,
Was keusche Herzen nicht entbehren können.
Und kurz und gut: ich gönn Ihm das Vergnügen,
Gelegentlich sich etwas vorzulügen;

FAUST. Vorrei tu avessi qualche cosa di meglio da fare che il tormentarmi nei miei momenti buoni.

MEFISTOFELE. Bene, bene! ti lascio volentieri in pace, però non me lo devi dire sul serio. Sei un compagno scontroso, burbero e pazzo e con te c'è veramente poco da perdere. L'intero giorno ci si dà da fare! Ma quel che gli piace e quel che si deve lasciar da parte, questo non è possibile leggerglielo in faccia.

FAUST. Questo è proprio il giusto tono! Vuole ancor essere ringraziato perché mi annoia!

MEFISTOFELE. Che vita avresti condotta senza di me, tu, povera creatura terrena? Dai grovigli dell'immaginazione[6] ti ho guarito per un pezzo e, se non ci fossi io, tu te ne saresti già da lungo tempo andato da questo emisfero. Perché te ne stai là in caverne e fra spacchi di rocce, appollaiato come un gufo? Perché ficchi il naso nel muschio umido e fra i sassi gocciolanti come un rospo che cerca cibo? Bello e delizioso divertimento! Il dottore ce l'hai ancora in corpo!

FAUST. Comprendi quale nuova forza di vita mi abbia dato questo aggirarmi nel deserto? Già, se tu fossi capace di intuirlo, saresti abbastanza diavolo da impedirmi di godere la mia felicità!

MEFISTOFELE. Un piacere ultraterreno! Di notte stare sdraiato nella rugiada, sui monti, ed abbracciare, con voluttà, e terra e cielo, gonfiarsi sino a ritenersi un dio, frugare, con impeto di presagi, entro il midollo della terra, sentire, nel proprio petto, l'opera dei sei giorni della creazione, godere, pieno di forza orgogliosa, non so che cosa, fondersi nel Tutto con voluttà dopo aver deposta ogni spoglia terrestre e, poi, conchiudere l'alta intuizione (*con un gesto*[7]) ...non mi è lecito dir come!

FAUST. Vergognati!

MEFISTOFELE. Questo non vi piace. Avete il diritto di reagire in nome del buon costume. Non si deve nominare alle caste orecchie ciò di cui i casti cuori non possono fare a meno. Sia pure: vi concedo il piacere di ingannare ogni tanto voi stesso. A lungo però non ci resiste-

Doch lange hält Er das nicht aus.
Du bist schon wieder abgetrieben
Und, währt es länger, aufgerieben
In Tollheit oder Angst und Graus.
Genug damit! —Dein Liebchen sitzt dadrinne,
Und alles wird ihr eng und trüb.
Du kommst ihr gar nicht aus dem Sinne,
Sie hat dich übermächtig lieb.
Erst kam deine Liebeswut übergeflossen,
Wie vom geschmolznen Schnee ein Bächlein übersteigt;
Du hast sie ihr ins Herz gegossen,
Nun ist dein Bächlein wieder seicht.
Mich dünkt: anstatt in Wäldern zu thronen,
Ließ es dem großen Herren gut,
Das arme, affenjunge Blut
Für seine Liebe zu belohnen!
Die Zeit wird ihr erbärmlich lang;
Sie steht am Fenster, sieht die Wolken ziehn
Über die alte Stadtmauer hin.
»Wenn ich ein Vöglein wär!« so geht ihr Gesang
Tage lang, halbe Nächte lang.
Einmal ist sie munter, meist betrübt,
Einmal recht ausgeweint,
Dann wieder ruhig, wies scheint —
Und immer verliebt!

FAUST. Schlange! Schlange!

MEPHISTOPHELES (*für sich*). Gelt, daß ich dich fange!

FAUST. Verruchter! hebe dich von hinnen
Und nenne nicht das schöne Weib!
Bring die Begier zu ihrem süßen Leib
Nicht wieder vor die halb verrückten Sinnen!

MEPH. Was soll es denn? Sie meint, du seist entflohn,
Und halb und halb bist du es schon.

FAUST. Ich bin ihr nah, und wär ich noch so fern,
Ich kann sie nie vergessen, nie verlieren;
Ja, ich beneide schon den Leib des Herrn,
Wenn ihre Lippen ihn indes berühren!

MEPH. Gar wohl, mein Freund! Ich hab Euch oft beneidet
Ums Zwillingspaar, das unter Rosen weidet.

FAUST. Entfliehe, Kuppler!

MEPHISTOPHELES. Schön! Ihr schimpft, und ich muß lachen.
Der Gott, der Bub und Mädchen schuf,
Erkannte gleich den edelsten Beruf,

te. Te ne senti già di nuovo[8] stanco e. se dura piú a lungo, ti consumerai in pazzia, angoscia ed orrore. Basta di ciò! La tua bella se ne sta là chiusa in casa e tutto le sembra soffocante e cupo. Tu non le esci mai dal cuore, ti ama con passione prepotente. In un primo tempo, passò sopra di lei l'impeto del tuo amore, simile ad un torrente che trabocca per lo sciogliersi delle nevi ed ora il tuo torrente è nuovamente al secco. Riterrei che invece di troneggiare nei boschi, si degnasse, il gran signore, di ricompensare quella povera, giovane, fresca ragazza dell'amore che gli porta. Fa pena come il tempo le pare ormai lungo. Siede alla finestra, segue con l'occhio le nuvole che passano oltre le mura della città. « Se io fossi un uccellino. »[9] Cosí suona il suo canto per giorni interi e sino a metà della notte. A volte è di buon umore, il piú delle volte è turbata; piange, ogni tanto, tutte le sue lacrime, sembra poi di nuovo tranquilla — e sempre innamorata!

FAUST. Serpe! Serpe!

MEFISTOFELE (*fra sé*). Non è cosí? Mi pare che lo sto impaniando!

FAUST. Pazzo! Allontanati da me e non nominare quella bella donna! Non rinnovellare nei miei sensi, già a metà sconvolti, la brama del dolce corpo di lei!

MEFISTOFELE. Che avverrà dunque? Ella pensa che te ne sia fuggito e, quasi quasi, lo sei di già.

FAUST. Le sono vicino e, per quanto lontano le fossi, non la potrò mai né dimenticare, né perdere. Sí, invidio persino il corpo del Signore quando lo sfiorano le labbra di lei.

MEFISTOFELE. Molto bene, amico mio! Vi ho sovente invidiato per quelle due gemelle[10] che pascolano fra le rose.

FAUST. Va via, ruffiano.

MEFISTOFELE. Bene! Voi mi insultate ed io rido. Il dio che creò il maschietto e la femminuccia, accettò subito il nobilissimo compito di procurare egli stesso l'occa-

Auch selbst Gelegenheit zu machen.
Nur fort, es ist ein großer Jammer!
Ihr sollt in Eures Liebchens Kammer,
Nicht etwa in den Tod!

FAUST. Was ist die Himmelsfreud in ihren Armen?
Laß mich an ihrer Brust erwarmen:
Fühl ich nicht immer ihre Not?
Bin ich der Flüchtling nicht? der Unbehauste?
Der Unmensch ohne Zweck und Ruh,
Der wie ein Wassersturz von Fels- zu Felsen brauste,
Begierig wütend, nach dem Abgrund zu?
Und seitwärts sie, mit kindlich-dumpfen Sinnen,
Im Hüttchen auf dem kleinen Alpenfeld,
Und all ihr häusliches Beginnen
Umfangen in der kleinen Welt!
Und ich, der Gottverhaßte,
Hatte nicht genug,
Daß ich die Felsen faßte
Und sie zu Trümmern schlug:
Sie, ihren Frieden mußt ich untergraben!
Du, Hölle, mußtest dieses Opfer haben!
Hilf, Teufel, mir die Zeit der Angst verkürzen!
Was muß geschehn, mags gleich geschehn!
Mag ihr Geschick auf mich zusammenstürzen
Und sie mit mir zugrunde gehn!

MEPHISTOPHELES. Wies wieder siedet, wieder glüht!
Geh ein und tröste sie, du Tor!
Wo so ein Köpfchen keinen Ausgang sieht,
Stellt er sich gleich das Ende vor.
Es lebe, wer sich tapfer hält!
Du bist doch sonst so ziemlich eingeteufelt.
Nichts Abgeschmackters find ich auf der Welt
Als einen Teufel, der verzweifelt.

Gretchens Stube

GRETCHEN (*am Spinnrade, allein*).

Meine Ruh ist hin,
Mein Herz ist schwer;
Ich finde sie nimmer
Und nimmermehr.

Wo ich ihn nicht hab,
Ist mir das Grab,
Die ganze Welt
Ist mir vergällt.

sione.[11] Ma ora, andiamo! È proprio una grave pena. Voi dovete recarvi nella stanza del vostro amore e non incontro alla morte!

FAUST. Che è la gioia del cielo nelle sue braccia? Anche se mi riscaldo al seno di lei, ne sento sempre la pena! Non sono io forse il fuggitivo? Il senza casa? Il disumano, senza méta e senza pace, che, simile ad una cascata, avido nella sua furia, scroscia di rupe in rupe, giú verso l'abisso? E lei, lontana, coi suoi sensi giovinetti e non desti ancora, là nella casetta, sul piccolo prato alpestre, con tutte le sue domestiche occupazioni, chiusa nel piccolo mondo. Ed io, l'odiato da Dio, non mi accontentai di afferrare le rupi e di ridurle in pezzi, dovevo mandare in rovina la sua pace![12] E tu, inferno, dovevi avere una tale vittima! Demonio, aiutami ad accorciare la durata della mia angoscia! Quello che deve accadere, accada subito![13] Possa ricadere su di me il destino di lei e la sua rovina essere unita alla mia!

MEFISTOFELE. Come tutto ribolle e riarde! Va a consolarla, o pazzo! Dove un piccolo cervello come il tuo non vede via d'uscita, crede subito d'essere alla fine. Viva chi sa coraggiosamente tener duro! Del resto tu sei abbastanza indemoniato.[14] Non trovo al mondo niente di piú insulso che un diavolo che si lasci prendere dalla disperazione.[15]

Stanza di Margherita[1]

MARGHERITA (*all'arcolaio, sola*).

La mia pace è perduta, il mio cuore è pesante, io non la ritroverò piú, mai piú.

Dove io non ho lui è per me la tomba, tutto il mondo è per me amareggiato.

Mein armer Kopf
Ist mir verrückt,
Mein armer Sinn
Ist mir zerstückt.

Meine Ruh ist hin,
Mein Herz ist schwer;
Ich finde sie nimmer
Und nimmermehr.

Nach ihm nur schau ich
Zum Fenster hinaus,
Nach ihm nur geh ich
Aus dem Haus.

Sein hoher Gang,
Sein edle Gestalt,
Seines Mundes Lächeln,
Seiner Augen Gewalt,

Und seiner Rede
Zauberfluß,
Sein Händedruck,
Und ach, sein Kuß!

Meine Ruh ist hin,
Mein Herz ist schwer;
Ich finde sie nimmer
Und nimmermehr.

Mein Busen drängt
Sich nach ihm hin:
Ach, dürft ich fassen
Und halten ihn

Und küssen ihn,
So wie ich wollt,
An seinen Küssen
Vergehen sollt!

Marthens Garten

Margarete. Faust

MARGARETE. Versprich mir, Heinrich!
FAUST. Was ich kann!
MARGARETE. Nun sag: wie hast dus mit der Religion?
Du bist ein herzlich guter Mann,
Allein ich glaub, du hältst nicht viel davon.
FAUST. Laß das, mein Kind! Du fühlst, ich bin dir gut;
Für meine Lieben ließ ich Leib und Blut,
Will niemand sein Gefühl und seine Kirche rauben.
MARGARETE. Das ist nicht recht, man muß dran glauben!
FAUST. Muß man?
MARGARETE. Ach, wenn ich etwas auf dich könnte!
Du ehrst auch nicht die heilgen Sakramente.
FAUST. Ich ehre sie.
MARGARETE. Doch ohne Verlangen!
Zur Messe, zur Beichte bist du lange nicht gegangen.
Glaubst du an Gott?
FAUST. Mein Liebchen, wer darf sagen:

La mia povera testa mi ha dato di volta, il mio povero cervello mi è andato in pezzi.

La mia pace è perduta, il mio cuore è pesante, io non la ritroverò piú, mai piú.

Verso di lui soltanto guardo fuori dalla finestra, per lui soltanto esco di casa.

Il suo alto portamento, la sua nobile figura, il sorriso della sua bocca, il potere dei suoi occhi,

e il magico fluire del suo discorso, la stretta della sua mano e, ah! il suo bacio!

La mia pace è perduta, il mio cuore è pesante, io non la ritroverò piú, mai piú.

Il mio petto[2] anela verso di lui. Ah! potessi prenderlo e tenerlo.
E baciarlo cosí com'io vorrei, dovessi morire dei suoi baci![3]

Giardino di Marta[1]

Margherita, Faust

MARGHERITA. Promettimi, Enrico![2]

FAUST. In quel che posso!

MARGHERITA. Dimmi dunque: come stai in fatto di religione? Tu sei un uomo buono e di cuore, ma, io credo, non fai gran conto della religione.

FAUST. Lascia stare queste cose, bambina mia! Tu lo senti, ti voglio bene. Per i miei cari darei la vita e il sangue, non ruberei a nessuno il suo sentimento e la sua chiesa.

MARGHERITA. No, cosí non va bene, ci si deve credere!

FAUST. Si deve?

MARGHERITA. Ah, se avessi un po' di potere su di te! Non onori nemmeno i santi sacramenti.

FAUST. Li onoro.

MARGHERITA. Ma senza desiderarli! Alla messa, a confessarti non sei piú stato da un pezzo. Credi tu in Dio?

FAUST. Amor mio, chi può dire: io credo in Dio! Interro-

Ich glaub an Gott!
Magst Priester oder Weise fragen,
Und ihre Antwort scheint nur Spott
Über den Frager zu sein.

MARGARETE. So glaubst du nicht?

FAUST. Mißhör mich nicht, du holdes Angesicht!
Wer darf ihn nennen
Und wer bekennen:
Ich glaub Ihn!
Wer empfinden
Und sich unterwinden
Zu sagen: ich glaub Ihn nicht!
Der Allumfasser,
Der Allerhalter,
Faßt und erhält Er nicht
Dich, mich, sich selbst?
Wölbt sich der Himmel nicht dadroben?
Liegt die Erde nicht hierunten fest?
Und steigen freundlich blickend
Ewige Sterne nicht herauf?
Schau ich nicht Aug in Auge dir,
Und drängt nicht alles
Nach Haupt und Herzen dir
Und webt in ewigem Geheimnis
Unsichtbar-sichtbar neben dir?
Erfüll davon dein Herz, so groß es ist,
Und wenn du ganz in dem Gefühle selig bist,
Nenn es dann, wie du willst:
Nenns Glück! Herz! Liebe! Gott!
Ich habe keinen Namen
Dafür! Gefühl ist alles;
Name ist Schall und Rauch,
Umnebelnd Himmelsglut.

MARGARETE. Das ist alles recht schön und gut;
Ungefähr sagt das der Pfarrer auch,
Nur mit ein bißchen andern Worten.

FAUST. Es sagens allerorten
Alle Herzen unter dem himmlischen Tage,
Jedes in seiner Sprache:
Warum nicht ich in der meinen?

MARGARETE. Wenn mans so hört, möchts leidlich scheinen,
Steht aber doch immer schief darum;
Denn du hast kein Christentum.

FAUST. Liebs Kind!

ga preti e saggi e la loro risposta sembrerà schernire[3] colui che avrà posta la domanda.

MARGHERITA. Allora tu non credi?

FAUST. Non fraintendermi, o dolce viso! Chi può osare di nominarlo e confessare: io credo in lui. Chi, sentire in sé qualche cosa ed osare di dire: non credo in lui! Colui[4] che tutto abbraccia e tutto regge non abbraccia e non regge te, me, se stesso? Non si inarca, lassú, il cielo? Non sta quaggiú, sotto di noi, solida, la terra? E non si levano su, verso l'alto, eterne stelle che amichevolmente guardano verso di noi? Non si specchia, forse, il mio occhio nel tuo e non è in me tutto un impeto verso il tuo capo ed il tuo cuore e non si agita, visibile ed invisibile, in eterno mistero, vicino a te? Riempi di ciò il tuo cuore, per quanto grande esso sia, e quando ti sentirai completamente felice in questo sentimento, chiamalo come vuoi: chiamalo felicità! cuore! amore! Dio! Non ho un nome che lo esprima. Il sentire è tutto. Il nome è solamente un suono, un fumo, una nebbia che vela lo splendore del cielo.

MARGHERITA. Tutto ciò è bello e buono.[5] Il parroco dice presso a poco le stesse cose, ma con parole un po' diverse.

FAUST. Lo dicono ovunque tutti i cuori sotto la luce del cielo, ognuno nella sua lingua. Perché non io nella mia?

MARGHERITA. A sentirti dire cosí potrebbe andare, c'è sempre tuttavia, qualche cosa non a posto: perché tu non sei cristiano.

FAUST. Cara bambina!

MARGARETE. Es tut mir lang schon weh,
Daß ich dich in der Gesellschaft seh!
FAUST. Wieso?
MARGARETE. Der Mensch, den du da bei dir hast,
Ist mir in tiefer, innrer Seele verhaßt!
Es hat mir in meinem Leben
So nichts einen Stich ins Herz gegeben
Als des Menschen widrig Gesicht.
FAUST. Liebe Puppe, fürcht ihn nicht!
MARGARETE. Seine Gegenwart bewegt mir das Blut.
Ich bin sonst allen Menschen gut;
Aber wie ich mich sehne, dich zu schauen,
Hab ich vor dem Menschen ein heimlich Grauen,
Und halt ihn für einen Schelm dazu!
Gott verzeih mirs, wenn ich ihm Unrecht tu!
FAUST. Es muß auch solche Käuze geben.
MARGARETE. Wollte nicht mit seinesgleichen leben!
Kommt er einmal zur Tür herein,
Sieht er immer so spöttisch drein
Und halb ergrimmt;
Man sieht, daß er an nichts keinen Anteil nimmt.
Es steht ihm an der Stirn geschrieben,
Daß er nicht mag eine Seele lieben.
Mir wirds so wohl in deinem Arm,
So frei, so hingegeben-warm,
Und seine Gegenwart schnürt mir das Innre zu.
FAUST. Du ahnungsvoller Engel du!
MARGARETE. Das übermannt mich so sehr,
Daß, wo er nur mag zu uns treten,
Mein ich sogar, ich liebte dich nicht mehr!
Auch, wenn er da ist, könnt ich nimmer beten,
Und das frißt mir ins Herz hinein:
Dir, Heinrich, muß es auch so sein.
FAUST. Du hast nun die Antipathie!
MARGARETE. Ich muß nun fort.
FAUST. Ach, kann ich nie
Ein Stündchen ruhig dir am Busen hängen
Und Brust an Brust und Seel in Seele drängen?
MARGARETE. Ach, wenn ich nur alleine schlief!
Ich ließ dir gern heut nacht den Riegel offen;
Doch meine Mutter schläft nicht tief;
Und würden wir von ihr betroffen,
Ich wär gleich auf der Stelle tot!
FAUST. Du Engel, das hat keine Not.
Hier ist ein Fläschchen! Drei Tropfen nur

MARGHERITA. Già da un pezzo[6] mi addolora, vederti in quella compagnia!

FAUST. Come?

MARGHERITA. Quell'uomo che tu hai con te, lo odio dal piú profondo della mia anima! Nulla, nella mia vita, mi ha inferto un colpo al cuore come il volto ripugnante di quell'uomo.

FAUST. Piccola cara, non lo temere!

MARGHERITA. La sua presenza mi muove il sangue. Del resto io sono sempre amabile con tutti. Ma cosí come ho desiderio di vedere te, cosí sento per quell'uomo un secreto terrore e, per di piú, lo ritengo un poco di buono. Dio mi perdoni, se gli faccio torto!

FAUST. Ci devono essere anche dei tipi come costui.

MARGHERITA. Non vorrei vivere con un suo pari! Ogni qual volta entra dalla porta, si guarda intorno sempre beffardamente ed un po' irritato. Si vede che non partecipa a nulla. Gli sta scritto in fronte che non sente amore per nessuno. Mi sento cosí a mio agio fra le tue braccia, cosí libera, cosí dimentica, cosí calda e la presenza di lui è come se mi serrasse tutto dentro.

FAUST. O angelo, come sei presaga!

MARGHERITA. Tutto ciò si impossessa di me in modo tale che quando egli si avvicina a noi, penso, persino, di non amarti piú! Ah, quando egli è qui, non posso pregare. E ciò mi rode dentro nel cuore. Anche per te, Enrico, sarà cosí.

FAUST. Si tratta solamente di una tua antipatia!

MARGHERITA. Ora devo andare.

FAUST. Ah, non potrei trascorrere una breve ora tranquillamente sul tuo seno, cuore contro cuore, l'anima nell'anima?

MARGHERITA. Ah, se almeno dormissi sola! Volentieri ti lascerei questa notte aperto il paletto. Ma mia madre dorme con me. E se venissimo sorpresi da lei, ne morirei subito!

FAUST. Angelo,[7] non te ne preoccupare. Eccoti una boc-

In ihren Trank umhüllen
Mit tiefem Schlaf gefällig die Natur.
MARGARETE. Was tu ich nicht um deinetwillen?
Es wird ihr hoffentlich nicht schaden!
FAUST. Würd ich sonst, Liebchen, dir es raten?
MARGARETE. Seh ich dich, bester Mann, nur an,
Weiß nicht, was mich nach deinem Willen treibt;
Ich habe schon so viel für dich getan,
Daß mir zu tun fast nichts mehr übrigbleibt. (*Ab*)

Mephistopheles tritt auf

MEPHISTOPHELES. Der Grasaff! ist er weg?
FAUST. Hast wieder spioniert?
MEPHISTOPHELES. Ich habs ausführlich wohl vernommen:
Herr Doktor wurden da katechisiert!
Hoff, es soll Ihnen wohl bekommen.
Die Mädels sind doch sehr interessiert,
Ob einer fromm und schlicht nach altem Brauch.
Sie denken: duckt er da, folgt er uns eben auch.
FAUST. Du Ungeheuer siehst nicht ein,
Wie diese treue, liebe Seele,
Von ihrem Glauben voll,
Der ganz allein
Ihr seligmachend ist, sich heilig quäle,
Daß sie den liebsten Mann verloren halten soll.
MEPHISTOPHELES. Du übersinnlicher, sinnlicher Freier,
Ein Mägdelein nasführet dich!
FAUST. Du Spottgeburt von Dreck und Feuer!
MEPH. Und die Physiognomie versteht sie meisterlich:
In meiner Gegenwart wird ihr, sie weiß nicht wie!
Mein Mäskchen da weissagt verborgnen Sinn;
Sie fühlt, daß ich ganz sicher ein Genie,
Vielleicht wohl gar der Teufel bin. —
Nun, heute nacht —?
FAUST. Was geht dichs an?
MEPHISTOPHELES. Hab ich doch meine Freude dran!

cettina. Tre gocce solo nella sua bevanda, avvolgeranno i sensi di lei piacevolmente in un sonno profondo.

MARGHERITA. Che cosa non farei per amor tuo! Non le nuocerà, spero!

FAUST. O cara, e te lo consiglierei?

MARGHERITA. Amore mio, mi basta guardarti e non so che cosa mi guidi secondo il tuo volere. Ho già fatto tanto per te che quasi nulla piú mi resta da fare. (*Via*)

Mefistofele entra

MEFISTOFELE. Se n'è andata la scioccherella?

FAUST. Ci hai di nuovo spiati?

MEFISTOFELE. Ho inteso tutto, punto per punto. Il signor dottore è stato catechizzato! Spero le giovi. Alle ragazze sta molto a cuore sapere se uno è pio e semplice al modo antico. Pensano: se cede[8] su questo punto, farà, poi, come vogliamo noi.

FAUST. Mostro! Non comprendi come questa cara, onesta anima, piena della sua fede che è ciò che solamente la rende felice, si tormenti, santamente, perché deve ritenere l'uomo che ama un'anima perduta.

MEFISTOFELE. O ipersensibile, sensuale corteggiatore; una ragazzina ti mena per il naso!

FAUST. Brutto aborto di fango e di fuoco!

MEFISTOFELE. E di fisionomia si intende da maestra. In mia presenza, sente dentro un non so che! La mia mascherina le rivela qualche cosa di nascosto, essa sente che io sono certamente un demone e forse forse persino il diavolo. Ebbene; questa notte?

FAUST. Che ti riguarda?

MEFISTOFELE. Ci provo anch'io il mio piacere![9]

Am Brunnen

Gretchen und Lieschen mit Krügen

LIESCHEN. Hast nichts von Bärbelchen gehört?
GRETCHEN. Kein Wort! Ich komm gar wenig unter Leute.

LIESCHEN. Gewiß, Sibylle sagt mirs heute:
Die hat sich endlich auch betört!
Das ist das Vornehmtun!
GRETCHEN. Wieso?
LIESCHEN. Es stinkt!
Sie füttert zwei, wenn sie nun ißt und trinkt.
GRETCHEN. Ach!
LIESCHEN. So ists ihr endlich recht ergangen.
Wie lange hat sie an dem Kerl gehangen!
Das war ein Spazieren,
Auf Dorf und Tanzplatz Führen,
Mußt überall die Erste sein,
Kurtesiert ihr immer mit Pastetchen und Wein,
Bildt sich was auf ihre Schönheit ein;
War doch so ehrlos, sich nicht zu schämen,
Geschenke von ihm anzunehmen.
War ein Gekos und ein Geschleck:
Da ist denn auch das Blümchen weg!
GRETCHEN. Das arme Ding!
LIESCHEN. Bedauerst sie noch gar!
Wenn unsereins am Spinnen war,
Uns nachts die Mutter nicht hinunterließ,
Stand sie bei ihrem Buhlen süß;
Auf der Türbank und im dunkeln Gang
War ihnen keine Stunde zu lang.
Da mag sie denn sich ducken nun,
Im Sünderhemdchen Kirchbuß tun!
GRETCHEN. Er nimmt sie gewiß zu seiner Frau.
LIESCHEN. Er wär ein Narr! Ein flinker Jung
Hat anderwärts noch Luft genung.
Er ist auch fort.
GRETCHEN. Das ist nicht schön!
LIESCHEN. Kriegt sie ihn, solls ihr übel gehn:
Das Kränzel reißen die Buben ihr,
Und Häckerling streuen wir vor die Tür! (*Ab*)
GRETCHEN (*nach Hause gehend*).

Alla fonte[1]

Margherita e Lisetta con le loro brocche

LISETTA. Non hai sentito nulla di Barberina?

MARGHERITA. Non una parola! Vado cosí di rado tra la gente.

LISETTA. Ormai è certo. Sibilla me l'ha detto oggi. Finalmente si è anche lei ingannata! È l'effetto del suo volersi distinguere!

MARGHERITA. Come?

LISETTA. Puzza la faccenda! Ne nutre due quando mangia e beve.

MARGHERITA. Ah!

LISETTA. Alla fin fine le è accaduto quello che doveva accadere. Quanto tempo è stata dietro a quel tale! Era tutto un passeggiare, un farsi condurre al paese, ai balli e, ovunque, doveva essere la prima. Le faceva la corte con vini e pasticcini e lei pensava chi sa che cosa della sua bellezza ed era cosí sfacciata dal non vergognarsi di accettare regali da lui. Baciucchiamenti ed abbracci e cosí anche il fiorellino[2] è bello e andato!

MARGHERITA. La povera ragazza!

LISETTA. E la compatisci anche! Quando una di noi sedeva a filare e, la notte, la mamma non ci lasciava scendere sull'uscio, lei se ne stava dolcemente, con il suo ganzo, su la panca, vicino alla porta, e sotto il pergolato, al buio, le ore non le parevano mai troppo lunghe. Ora dovrà piegare il capo e fare ammenda in chiesa[3] indossando la camicia[4] delle pentite.

MARGHERITA. La prenderà di certo in moglie.

LISETTA. Sarebbe uno sciocco. Ad un giovane in gamba come lui, non mancherà altrove l'aria. Se n'è già andato.

MARGHERITA. Non è bello ciò!

LISETTA. E se anche le riuscisse di prenderlo, le andrà male. I ragazzi le strapperanno la ghirlanda dal capo e noi le spargeremo paglia tritata sull'uscio.[5] (*Via*)

MARGHERITA (*avviandosi verso casa*). Come potevo, in altri

Wie konnt ich sonst so tapfer schmälen,
Wenn tät ein armes Mägdlein fehlen!
Wie konnt ich über andrer Sünden
Nicht Worte gnug der Zunge finden!
Wie schien mirs schwarz, und schwärzts noch gar
Mirs immer doch nicht schwarz gnug war,
Und segnet mich und tat so groß,
Und bin nun selbst der Sünde bloß!
Doch — alles, was dazu mich trieb,
Gott! war so gut! ach, war so lieb!

Zwinger

In der Mauerhöhle ein Andachtsbild der Mater dolorosa, Blumenkrüge davor

GRETCHEN (*steckt frische Blumen in die Krüge*).
Ach, neige,
Du Schmerzenreiche,
Dein Antlitz gnädig meiner Not!

Das Schwert im Herzen,
Mit tausend Schmerzen
Blickst auf zu deines Sohnes Tod.

Zum Vater blickst du,
Und Seufzer schickst du
Hinauf um sein- und deine Not.

Wer fühlet,
Wie wühlet
Der Schmerz mir im Gebein?

Was mein armes Herz hier banget,
Was es zittert, was verlanget,
Weißt nur du, nur du allein!

Wohin ich immer gehe,
Wie weh, wie weh, wie wehe
Wird mir im Busen hier!

Ich bin, ach! kaum alleine,
Ich wein, ich wein, ich weine,
Das Herz zerbricht in mir.

tempi, inveire con tanta sicurezza quando una povera ragazza cadeva in errore! Come non potevo trovare, per la mia lingua, parole sufficienti contro la colpa altrui! Come mi pareva nera ed ancor piú la rendevo nera e non mi sembrava mai nera abbastanza e mi facevo il segno della croce[6] e mi insuperbivo. Ed ora non sono nemmeno io senza peccato. Eppure[7] — tutto quello che mi ha indotto a ciò, o Dio, era cosí buono! ah! era cosí dolce!

Bastione[1]

In una nicchia sulle mura della città, una immagine della Mater dolorosa. Vasi per fiori

MARGHERITA (*colloca fiori freschi nei vasi*). O volgi, o Addolorata, il tuo volto benigno alla mia pena!

Con la spada nel cuore, con mille dolori, levi lo sguardo verso tuo Figlio, morente in croce.

Tu guardi verso il padre, e mandi a lui sospiri per la sua e per la tua pena.

Chi sente come il dolore rode a me nelle ossa?

Quello che il mio povero cuore angoscia, come tremi e che cosa desideri tu sola, tu sola lo sai!

Ovunque io vada, quanto dolore, dolore, dolore chiudo, qui, nel petto!

Ah! appena mi trovo sola, piango, piango, piango, il cuore si spezza dentro di me.

Die Scherben vor meinem Fenster
Betaut ich mit Tränen, ach!
Als ich am frühen Morgen
Dir diese Blumen brach.

Schien hell in meine Kammer
Die Sonne früh herauf,
Saß ich in allem Jammer
In meinem Bett schon auf.

Hilf! rette mich von Schmach und Tod!
Ach, neige,
Du Schmerzensreiche,
Dein Antlitz gnädig meiner Not!

Nacht

Straße vor Gretchens Türe

VALENTIN (*Soldat, Gretchens Bruder*).
Wenn ich so saß bei einem Gelag,
Wo mancher sich berühmen mag,
Und die Gesellen mir den Flor
Der Mägdlein laut gepriesen vor,
Mit vollem Glas das Lob verschwemmt:
Den Ellenbogen aufgestemmt,
Saß ich in meiner sichern Ruh,
Hört all dem Schwadronieren zu
Und streiche lächelnd meinen Bart
Und kriege das volle Glas zur Hand
Und sage: Alles nach seiner Art!
Aber ist Eine im ganzen Land,
Die meiner trauten Gretel gleicht,
Die meiner Schwester das Wasser reicht?
Topp! Topp! Kling! Klang! das ging herum!
Die einen schrieen: »Er hat recht,
Sie ist die Zier vom ganzen Geschlecht!«
Da saßen alle die Lober stumm.
Und nun! — um's Haar sich auszuraufen
Und an den Wänden hinaufzulaufen!
Mit Stichelreden, Naserümpfen

Irrorai di lacrime, ah!, i vasi sulla finestra, quando, di prima mattina, colsi questi fiori.

Il sole si levava su, splendendo luminoso nella mia camera, e già io sedevo sul mio letto, immersa in tutta la mia angoscia.

Aiutami, salvami dalla vergogna e dalla morte![2] Ah, volgi, o Addolorata, il tuo volto benigno alla mia pena!

Notte[1]

Strada davanti alla porta di Margherita

VALENTINO (*soldato, fratello di Margherita*). Quando sedevo all'osteria, a bere, dove piú d'uno si compiace di gloriarsi, ed i compagni esaltavano, a voce alta, il fiore delle giovani ragazze e inaffiavano le lodi con un colmo bicchiere, io me ne stavo, poggiati i gomiti sul tavolo, tranquillamente sicuro, mi lisciavo, sorridendo, la barba, prendevo in mano il bicchiere colmo e dicevo: ognuno a modo suo! Ma ce n'è una, in tutto il paese, che assomigli alla mia Margherita, che può stare a paro con mia sorella? Topp! Topp! Kling Klang! s'udiva in giro! Gli uni gridavano: « Egli ha ragione, essa fa onore a tutto il suo sesso. » Allora ammutolivano tutti i lodatori. Ed ora! — da strapparsi i capelli e da arrampicarsi su per i muri! Ogni mascalzone mi può insultare con ambigue frecciate, con un arricciar di naso! E dovrò stare

Soll jeder Schurke mich beschimpfen!
Soll wie ein böser Schuldner sitzen,
Bei jedem Zufallswörtchen schwitzen!
Und möcht ich sie zusammenschmeißen,
Könnt ich sie doch nicht Lügner heißen.

Was kommt heran? was schleicht herbei?
Irr ich nicht, es sind ihrer zwei.
Ist ers, gleich pack ich ihn beim Felle:
Soll nicht lebendig von der Stelle!

Faust. Mephistopheles

FAUST. Wie von dem Fenster dort der Sakristei
Aufwärts der Schein des ewgen Lämpchens flämmert
Und schwach und schwächer seitwärts dämmert,
Und Finsternis drängt ringsum bei!
So siehts in meinem Busen nächtig.
MEPHISTOPHELES. Und mir ists wie dem Kätzlein schmächtig,
Das an den Feuerleitern schleicht,
Sich leis dann um die Mauern streicht;
Mir ists ganz tugendlich dabei,
Ein bißchen Diebsgelüst, ein bißchen Rammelei.
So spukt mir schon durch alle Glieder
Die herrliche Walpurgisnacht.
Die kommt uns übermorgen wieder:
Da weiß man doch, warum man wacht.
FAUST. Rückt wohl der Schatz indessen in die Höh,
Den ich dorthinten flimmern seh?
MEPHISTOPHELES. Du kannst die Freude bald erleben,
Das Kesselchen herauszuheben.
Ich schielte neulich so hinein:
Sind herrliche Löwentaler drein.
FAUST. Nicht ein Geschmeide, nicht ein Ring,
Meine liebe Buhle damit zu zieren?
MEPHISTOPHELES. Ich sah dabei wohl so ein Ding
Als wie eine Art von Perlenschnüren.
FAUST. So ist es recht! Mir tut es weh,
Wenn ich ohne Geschenke zu ihr geh.
MEPHISTOPHELES. Es sollt Euch eben nicht verdrießen,
Umsonst auch etwas zu genießen. —
Jetzt, da der Himmel voller Sterne glüht,
Soll Ihr ein wahres Kunststück hören:
Ich sing ihr ein moralisch Lied,
Um sie gewisser zu betören.

a sedere come un debitore e sudare ad ogni paroletta sfuggita altrui, per caso! E se anche li volessi pestare per bene, non li potrei mai chiamare mentitori.

Chi viene verso di me? Chi striscia contro il muro? Non mi inganno, sono in due: Se è lui, lo afferro subito per il collo e non uscirà vivo di qui.

Faust, Mefistofele

FAUST. Come fiammeggia su verso l'alto, dalla finestra della sacrestia, la luce dell'eterna lampada e si espande fioca di qua e di là, sempre piú fioca mentre l'oscurità si addensa intorno! Una simile notte è nel mio petto.

MEFISTOFELE. A me pare d'essere un gattino languidamente innamorato che striscia lungo le scale da incendio e si strofina poi, pian piano, contro i muri. Intanto mi sento proprio virtuoso.[2] E poi un po' di voglia di rubare e di fare all'amore. Cosí mi serpeggia già per tutte le membra la magnifica notte di Valpurga. Per noi ritorna dopodomani. Là almeno si sa perché si resta desti.

FAUST. Non verrà intanto su dalla terra quel tesoro che vedo luccicare[3] là dietro?

MEFISTOFELE. Presto potrai provare la gioia di tirar fuori la piccola pentola.[4] Poco tempo fa vi sbirciai dentro; ci sono magnifici talleri con il leone.[5]

FAUST. Né un gioiello, né un anello per ornarne la mia amata?

MEFISTOFELE. Forse ci vidi in mezzo qualche cosa come un filo di perle.

FAUST. Cosí va bene! Mi duole di andare da lei senza un regalo.

MEFISTOFELE. Non vi dovrebbe rincrescere di godere gratis qualche cosa. Intanto, poiché il cielo arde cosí pieno di stelle, sentirete un vero gioiello d'arte: canterò, per la ragazza, una canzone morale[6] che per certo la confonderà ancora maggiormente.

(*Singt zur Zither*)

Was machst du mir
Vor Liebchens Tür,
Kathrinchen, hier
Bei frühem Tagesblicke?
Laß, laß es sein!
Er läßt dich ein,
Als Mädchen ein,
Als Mädchen nicht zurücke.

Nehmt euch in acht!
Ist es vollbracht,
Dann gute Nacht,
Ihr armen, armen Dinger!
Habt ihr euch lieb,
Tut keinem Dieb
Nur nichts zulieb
Als mit dem Ring am Finger!

VALENTIN (*tritt vor*). Wen lockst du hier? beim Element!
Vermaledeiter Rattenfänger!
Zum Teufel erst das Instrument!
Zum Teufel hinterdrein den Sänger!
MEPH. Die Zither ist entzwei! an der ist nichts zu halten.
VALENTIN. Nun soll es an ein Schädelspalten!
MEPHISTOPHELES (*zu Faust*). Herr Doktor, nicht gewichen! Frisch!
Hart an mich an, wie ich Euch führe!
Heraus mit Eurem Flederwisch!
Nur zugestoßen! ich pariere!
VALENTIN. Pariere den!
MEPHISTOPHELES. Warum denn nicht?
VALENTIN. Auch den!
MEPHISTOPHELES. Gewiß!
VALENTIN. Ich glaub, der Teufel ficht!
Was ist denn das? Schon wird die Hand mir lahm!
MEPHISTOPHELES (*zu Faust*). Stoß zu!
VALENTIN (*fällt*). O weh!
MEPHISTOPHELES. Nun ist der Lümmel zahm!
Nun aber fort! wir müssen gleich verschwinden;
Denn schon entsteht ein mörderlich Geschrei!
Ich weiß mich trefflich mit der Polizei,
Doch mit dem Blutbann schlecht mich abzufinden.
MARTHE (*am Fenster*). Heraus! heraus!
GRETCHEN (*am Fenster*). Herbei ein Licht!
MARTHE (*wie oben*). Man schilt und rauft, man schreit und ficht!
VOLK. Da liegt schon einer tot!
MARTHE (*heraustretend*). Die Mörder, sind sie denn entflohn?
GRETCHEN (*heraustretend*). Wer liegt hier?
VOLK. Deiner Mutter Sohn!
GRETCHEN. Allmächtiger! welche Not!
VALENTIN. Ich sterbe! Das ist bald gesagt
Und bälder noch getan.
Was steht ihr, Weiber, heult und klagt?
Kommt her und hört mich an! (*Alle treten um ihn*)

(*Canta accompagnandosi con la chitarra*)

Che mi stai facendo qui, Caterinuccia,[7] presso la porta dell'amato, sul far del giorno? Lascia, lascia stare! Se vergine ti lascia entrare, non ne uscirai vergine.

State attente! È presto fatto e buona notte, voi povere, povere creature! Se state a cuore a voi stesse, non date nulla a nessun ladro, e niente per amore, se non con l'anello al dito!

VALENTINO (*s'avanza*). Chi mi vai adescando tu qui? Per l'inferno! Maledetto accalappiatore di topi![8] In primo luogo al diavolo l'istrumento! E poi al diavolo il cantore!

MEFISTOFELE. La chitarra è a pezzi! È da buttar via.

VALENTINO. Ed ora c'è da spaccar teste!

MEFISTOFELE (*a Faust*). Signor dottore, non indietreggiate! Coraggio! Tenetevi vicino a me, cosí come io vi guido! Sguainate lo spolverino[9] che avete al fianco! Tirate colpi alla cieca! Io paro!

VALENTINO. Para questa!

MEFISTOFELE. E perché no?

VALENTINO. Anche questa!

MEFISTOFELE. Certamente!

VALENTINO. Mi pare di duellare con il diavolo! E che è questo ora? La mano mi si sta già paralizzando!

MEFISTOFELE (*a Faust*). Colpisci![10]

VALENTINO (*cadendo*). Ahimè!

MEFISTOFELE. Ora il tanghero è immobilizzato! Ma via di qua! Dobbiamo scomparire subito, poiché si sta già levando un gran gridare all'assassino! Colla polizia me la so intendere magnificamente, ma male assai col bando[11] promulgato contro un delitto di sangue.

MARTA (*alla finestra*). Fuori! fuori!

MARGHERITA (*alla finestra*). Qui, un lume!

MARTA (*come sopra*). Si insultano, si accapigliano, gridano e si battono a duello!

POPOLO. Qui ne giace già uno morto!

MARTA (*uscendo di casa*). E gli assassini, sono scappati?

MARGHERITA (*uscendo di casa*). Chi giace qui?

POPOLO. Il figlio di tua madre![12]

MARGHERITA. Dio onnipotente! Che sciagura!

VALENTINO. Io muoio. È presto detto e ancor piú presto fatto. Donne, perché ve ne state là e piangete e vi lamentate? Accostatevi ed ascoltatemi!

(*Tutti gli si avvicinano in cerchio*)

Mein Gretchen, sieh! du bist noch jung,
Bist gar noch nicht gescheit genung,
Machst deine Sachen schlecht.
Ich sag dirs im Vertrauen nur:
Du bist doch nun einmal eine Hur;
So seis auch eben recht!

GRETCHEN. Mein Bruder! Gott! Was soll mir das?

VALENTIN. Laß unsern Herrgott aus dem Spaß!
Geschehn ist leider nun geschehn,
Und wie es gehn kann, so wirds gehn.
Du fingst mit Einem heimlich an,
Bald kommen ihrer mehre dran,
Und wenn dich erst ein Dutzend hat,
So hat dich auch die ganze Stadt.

Wenn erst die Schande wird geboren,
Wird sie heimlich zur Welt gebracht,
Und man zieht den Schleier der Nacht
Ihr über Kopf und Ohren;
Ja, man möchte sie gern ermorden.
Wächst sie aber und macht sich groß,
Dann geht sie auch bei Tage bloß
Und ist doch nicht schöner geworden.
Je häßlicher wird ihr Gesicht,
Je mehr sucht sie des Tages Licht.

Ich seh wahrhaftig schon die Zeit,
Daß alle brave Bürgersleut
Wie von einer angesteckten Leichen
Von dir, du Metze! seitab weichen.
Dir soll das Herz im Leib verzagen,
Wenn sie dir in die Augen sehn!
Sollst keine goldne Kette mehr tragen!
In der Kirche nicht mehr am Altar stehn!
In einem schönen Spitzenkragen
Dich nicht beim Tanze wohlbehagen!
In eine finstre Jammerecken
Unter Bettler und Krüppel dich verstecken,
Und wenn dir denn auch Gott verzeiht,
Auf Erden sein vermaledeit!

MARTHE. Befehlt Eure Seele Gott zu Gnaden!
Wollt Ihr noch Lästrung auf Euch laden?

VALENTIN. Könnst ich dir nur an den dürren Leib,
Du schändlich- kupplerisches Weib!
Da hofft ich aller meiner Sünden
Vergebung reiche Maß zu finden.

Vedi, Margherita mia, tu sei ancora giovane, e non sei ancora abbastanza smaliziata. Fai male le cose tue. Te lo dico, cosí, in confidenza. Ormai, tu una puttana lo sei, siilo almeno come si deve.

MARGHERITA. Fratello mio! O Dio! Che vuoi dire con ciò?

VALENTINO. Lascia il buon Dio! Egli non c'entra! Purtroppo, quello che è stato è stato e andrà a finire come potrà. Con uno hai incominciato di nascosto, presto seguiranno gli altri e quando una dozzina ti avrà avuta, ti avrà poi tutta la città.

Quando la vergogna nasce, nasce in segreto e le si getta, sul capo e sugli occhi, il velo della notte. Già, la si sopprimerebbe volentieri. Ma poi cresce e si fa grande ed ecco che se ne va per il mondo nuda, alla luce del giorno e, tuttavia, non si è fatta piú bella. E tanto piú brutto diventa il suo volto, tanto piú essa cerca la luce del giorno.

In verità vedo già prossimo il giorno in cui tutte le persone per bene si allontaneranno da te, puttana, come da un cadavere infetto. Quando ti guarderanno negli occhi, ti tremerà il cuore in petto! Non potrai piú portare catena d'oro![13] E, in chiesa, non potrai piú stare vicino all'altare! E non ti potrai mostrare, ai balli, con un bel colletto di pizzo! Dovrai nasconderti in un angolo buio e miserabile, mescolata ai mendicanti ed agli storpi e, se anche Dio avrà a perdonarti, sii tu, sulla terra, maledetta!

MARTA. Raccomandate l'anima vostra alla misericordia di Dio! Volete ancora aggravarla con bestemmie?

VALENTINO. Potessi arrivarti al tuo magro corpo, vergognosa ruffiana! Allora spererei trovare, in buona misura, perdono a tutti i miei peccati.

GRETCHEN. Mein Bruder! Welche Höllenpein!
VALENTIN. Ich sage, laß die Tränen sein!
Da du dich sprachst der Ehre los,
Gabst mir den schwersten Herzensstoß.
Ich gehe durch den Todesschlaf
Zu Gott ein als Soldat und brav. (*Stirbt*)

Dom

Amt, Orgel und Gesang
Gretchen unter vielem Volke. Böser Geist hinter Gretchen

BÖSER GEIST. Wie anders, Gretchen, war dirs,
Als du noch voll Unschuld
Hier zum Altar tratst,
Aus dem vergriffnen Büchelchen
Gebete lalltest,
Halb Kinderspiele,
Halb Gott im Herzen!
Gretchen!
Wo steht dein Kopf?
In deinem Herzen
Welche Missetat?
Betst du für deiner Mutter Seele, die
Durch dich zur langen, langen Pein hinüberschlief?
Auf deiner Schwelle wessen Blut? —
Und unter deinem Herzen
Regt sichs nicht quillend schon
Und ängstet dich und sich
Mit ahnungsvoller Gegenwart?
GRETCHEN. Weh! Weh!
Wär ich der Gedanken los,
Die mir herüber- und hinübergehen
Wider mich!
CHOR. Dies irae, dies illa
Solvet saeclum in favilla. (*Orgelton*)
BÖSER GEIST. Grimm faßt dich!
Die Posaune tönt!
Die Gräber beben!
Und dein Herz,

MARGHERITA. Fratello mio, che pena d'inferno!

VALENTINO. Te lo dico, lascia stare le lacrime! Abbandonando la via dell'onore, mi hai inferto al cuore il colpo piú duro. Ora me ne vado, nel sonno della morte, a Dio, come un soldato e da valoroso. (*Muore*)

Duomo[1]

Ufficio divino. Organo e canto
Margherita fra molta folla. Spirito Maligno dietro Margherita

SPIRITO MALIGNO.[2] O Margherita, come era diverso per te quando tu, ancora piena di innocenza, ti accostavi all'altare e balbettavi, dallo sgualcito libriccino, le tue preghiere, un po' quasi giocando, da bimbetta, un po' con Dio in cuore! Margherita! Dove hai il cervello? E quale delitto nel cuore? Preghi per l'anima di tua madre che per colpa tua, è passata dal sonno ad una lunga, lunga pena?[3] Di chi è quel sangue là sulla tua soglia? E, sotto il tuo cuore, non si muove[4] e cresce un qualche cosa ed angoscia te e sé con una presenza piena di presentimenti?

MARGHERITA. Ahimè! ahimè! Potessi liberarmi di questi pensieri che si muovono, in qua ed in là, contro di me!

CORO. Dies irae,[5] dies illa
Solvet saeculum in favilla.
(*Suono di organo*)

SPIRITO MALIGNO. Ti afferra l'ira! La tromba squilla! Le

Aus Aschenruh
Zu Flammenqualen
Wieder aufgeschaffen,
Bebt auf!

GRETCHEN. Wär ich hier weg!
Mir ist, als ob die Orgel mir
Den Atem versetzte,
Gesang mein Herz
Im Tiefsten löste.

CHOR. Judex ergo cum sedebit,
Quidquid latet adperebit,
Nil inultum remanebit.

GRETCHEN. Mir wird so eng!
Die Mauerpfeiler
Befangen mich!
Das Gewölbe
Drängt mich! — Luft!

BÖSER GEIST. Verbirg dich! Sünd und Schande
Bleibt nicht verborgen.
Luft? Licht?
Weh dir!

CHOR. Quid sum miser tunc dicturus?
Quem patronum rogaturus,
Cum vix justus sit securus?

BÖSER GEIST. Ihr Antlitz wenden
Verklärte von dir ab.
Die Hände dir zu reichen,
Schauerts den Reinen.
Weh!

CHOR. Quid sum miser tunc dicturus?

GRETCHEN. Nachbarin! Euer Fläschchen! — (*Eie fällt in Ohnmacht*)

Walpurgisnacht

Harzgebirg. Gegend von Schierke und Elend
Faust. Mephistopheles

MEPHISTOPHELES. Verlangst du nicht nach einem Besenstiele?
Ich wünschte mir den allerderbsten Bock.
Auf diesem Weg sind wir noch weit vom Ziele.

tombe tremano! Ed il tuo cuore, risorto dalle ceneri, ripalpita nuovamente nei tormenti delle fiamme!

MARGHERITA. Fossi lontana di qui! Mi sembra che l'organo mi tolga il respiro e che il canto mi spezzi, nel piú profondo, il cuore.

CORO.
Judex ergo cum sedebit,
Quidquid latet adparebit,
Nil inultum remanebit.

MARGHERITA. Mi manca il respiro! Le colonne mi si serrano contro, la volta mi schiaccia... Aria!

SPIRITO MALIGNO. Nasconditi! Colpa e vergogna non si nascondono! Aria? Luce? Guai a te!

CORO.
Quid sum miser tunc dicturus?
Quem patronum rogaturus?
Cum vix justus tunc securus.

SPIRITO MALIGNO. Gli eletti volgono il viso via da te. I puri[6] hanno orrore di tenderti le mani. Ahimè!

CORO. Quid sum miser tunc dicturus?

MARGHERITA. Vicina! La vostra fialetta! (*Cade svenuta*)[7]

Notte di Valpurga[1]

Montagne dello Harz. Nelle vicinanze di Schierke e di Elend
Faust e Mefistofele

MEFISTOFELE. Non avresti desiderio di un manico di scopa? A me piacerebbe il piú rozzo dei becchi. Su questa strada, siamo ancora distanti dalla mèta.

FAUST. Solang ich mich noch frisch auf meinen Beinen fühle,
Genügt mir dieser Knotenstock.
Was hilfts, daß man den Weg verkürzt!
Im Labyrinth der Täler hinzuschleichen,
Dann diesen Felsen zu ersteigen,
Von dem der Quell sich ewig sprudelnd stürzt,
Das ist die Lust, die solche Pfade würzt!
Der Frühling webt schon in den Birken,
Und selbst die Fichte fühlt ihn schon;
Sollt er nicht auch auf unsre Glieder wirken?
MEPHISTOPHELES. Fürwahr, ich spüre nichts davon!
Mir ist es winterlich im Leibe,
Ich wünschte Schnee und Frost auf meiner Bahn.
Wie traurig steigt die unvollkommne Scheibe
Des roten Monds mit später Glut heran
Und leuchtet schlecht, daß man bei jedem Schritte
Vor einen Baum, vor einen Felsen rennt!
Erlaub, daß ich ein Irrlicht bitte!
Dort seh ich eins, das eben lustig brennt.
Heda, mein Freund! darf ich dich zu uns fodern?
Was willst du so vergebens lodern?
Sei doch so gut und leucht uns da hinauf!
IRRLICHT. Aus Ehrfurcht, hoff ich, soll es mir gelingen,
Mein leichtes Naturell zu zwingen;
Nur zickzack geht gewöhnlich unser Lauf.
MEPH. Ei! ei! Er denkts den Menschen nachzuahmen.
Geh Er nur grad, ins Teufels Namen!
Sonst blas ich Ihm Sein Flackerleben aus.
IRRLICHT. Ich merke wohl, Ihr seid der Herr vom Haus,
Und will mich gern nach Euch bequemen.
Allein bedenkt: der Berg ist heute zaubertoll,
Und wenn ein Irrlicht Euch die Wege weisen soll,
So müßt Ihrs so genau nicht nehmen.

FAUST, MEPHISTOPHELES, IRRLICHT (*im Wechselgesang*).
In die Traum- und Zaubersphäre
Sind wir, scheint es, eingegangen.
Führ uns gut und mach dir Ehre,
Daß wir vorwärts bald gelangen
In den weiten, öden Räumen!

Seh die Bäume hinter Bäumen,
Wie sie schnell vorüberrücken,
Und die Klippen, die sich bücken,
Und die langen Felsennasen,
Wie sie schnarchen, wie sie blasen!

FAUST. Finché mi sentirò saldo sulle mie gambe, questo nodoso bastone mi basterà. Che giova poi accorciare la strada? Andarsene pian piano nei labirinti delle valli, arrampicarsi su per questa roccia dalla quale precipita una fonte eternamente spumeggiante, ecco le gioie che danno sapore a questo sentiero! La primavera passa già fra le betulle e persino l'abete la sente. Perché non dovrebbe far sentire la sua azione anche dentro le nostre membra?

MEFISTOFELE. In verità, non noto nulla di ciò! Ho l'inverno nelle ossa e vorrei neve e gelo sul mio cammino. Come si leva malinconico l'incompleto disco della luna, rossa, in ritardo con il suo lume e risplende malamente cosí che, ad ogni passo, si inciampa in un tronco, in un sasso! Permettimi di rivolgermi ad un fuoco fatuo![2] Ne vedo uno che brilla vivacemente. Ehi, là, amico mio! Posso invitarti a venire qui da noi? Perché vuoi ardere cosí inutilmente? Sii gentile, facci lume, su per la salita.

FUOCO FATUO. Spero che, per riguardo a voi, mi riuscirà di dominare il mio temperamento. Per lo piú, ci muoviamo a zig-zag.

MEFISTOFELE. Oh! Oh! vuole imitare gli uomini. Vada pur diritto, in nome del diavolo! Se no, gli spengo, con un soffio, la sua fiammella.

FUOCO FATUO. Lo vedo bene che siete il padrone di casa[3] e mi comporterò secondo le vostre indicazioni. Pensate però: il monte è, oggi, pazzo per incantesimi e se un fuoco fatuo vi deve indicare la strada, voi non dovete essere troppo esigenti.

FAUST, MEFISTOFELE, FUOCO FATUO[4] (*cantano a turno*).[5] Come pare, siamo penetrati nella sfera del sogno e dell'incanto. Conducici bene e fatti onore affinché noi si vada celermente avanti per entro gli ampi, deserti spazii!

Mi vedo passare innanzi, e velocemente, alberi ed alberi e le rupi che si inchinano ed i lunghi nasi delle rocce come russano,[6] come soffiano!

Durch die Steine, durch den Rasen
Eilet Bach und Bächlein nieder.
Hör ich Rauschen? hör ich Lieder?
Hör ich holde Liebesklage,
Stimmen jener Himmelstage?
Was wir hoffen, was wir lieben!
Und das Echo, wie die Sage
Alter Zeiten, hallet wider.

»Uhu! Schuhu!« tönt es näher:
Kauz und Kiebitz und der Häher,
Sind sie alle wachgeblieben?
Sind das Molche durchs Gesträuche?
Lange Beine, dicke Bäuche!
Und die Wurzeln, wie die Schlangen,
Winden sich aus Fels und Sande,
Strecken wunderliche Bande,
Uns zu schrecken, uns zu fangen:
Aus belebten, derben Masern
Strecken sie Polypenfasern
Nach dem Wandrer. Und die Mäuse,
Tausendfärbig, scharenweise,
Durch das Moos und durch die Heide!
Und die Funkenwürmer fliegen
Mit gedrängten Schwärmezügen
Zum verwirrenden Geleite.

Aber sag mir, ob wir stehen
Oder ob wir weitergehen!
Alles, alles scheint zu drehen:
Fels und Bäume, die Gesichter
Schneiden, und die irren Lichter,
Die sich mehren, die sich blähen.

MEPHISTOPHELES. Fasse wacker meinen Zipfel!
Hier ist so ein Mittelgipfel,
Wo man mit Erstaunen sieht,
Wie im Berg der Mammon glüht.

FAUST. Wie seltsam glimmert durch die Gründe
Ein morgenrötlich-trüber Schein!
Und selbst bis in die tiefen Schlünde
Des Abgrunds wittert er hinein.
Da steigt ein Dampf, dort ziehen Schwaden,
Hier leuchtet Glut aus Dunst und Flor;
Dann schleicht sie wie ein zarter Faden,
Dann bricht sie wie ein Quell hervor.
Hier schlingt sie eine ganze Strecke

Torrenti e torrentelli si affrettano già fra sassi ed erba. Sento un sussurro? Sento canti? Sento dolci lamenti di amore, echi di quei giorni celestiali? Quelli che noi speriamo, che noi desideriamo? E l'eco, come una saga di tempi lontani, risponde

« Uhu! Schuhu! » risuona piú da vicino. Civetta, pavoncella e ghiandaia son rimaste tutte deste? Ci son salamandre là, fra i cespugli? Lunghe gambe, ventri grassi! E le radici si attorcigliano come serpi e allungano, fuori delle rupi e dalla sabbia, strani legami per spaventarci, per afferrarci. Da robusti e vivi nodi lanciano, verso il viandante, tentacoli simili a quelli dei polipi. E i topi di mille colori, a gruppi, attraverso il muschio e la landa! E le lucciole volano in fitti sciami, un accompagnamento che confonde e svia.

Ma dimmi se siamo fermi[7] o se proseguiamo! Tutto, tutto sembra giri intorno! Rocce e piante che fanno smorfie e i fuochi fatui che si moltiplicano e si gonfiano.

MEFISTOFELE. Afferra ben saldo un lembo del mio mantello! C'è qui una vetta, in posizione centrale, dove si può vedere, con maraviglia, come Mammona[8] arda dentro il monte.

FAUST. Una torbida luce, simile ad un crepuscolo, irradia stranamente attraverso i burroni! E guizza, a lampi, persino dentro gli spacchi piú profondi. Qui si levano vapori, là passano caligini, qui, fra nebbia e foschia, brilla una fiamma, a volte si dipana come un tenue filo, a volte par zampillare come una fonte. Qui serpeggia per

Mit hundert Adern sich durchs Tal,
Und hier in der gedrängten Ecke
Vereinzelt sie sich auf einmal.
Da sprühen Funken in der Nähe
Wie ausgestreuter goldner Sand.
Doch schau: in ihrer ganzen Höhe
Entzündet sich die Felsenwand!

MEPHISTOPHELES. Erleuchtet nicht zu diesem Feste
Herr Mammon prächtig den Palast?
Ein Glück, daß dus gesehen hast:
Ich spüre schon die ungestümen Gäste.

FAUST. Wie rast die Windsbraut durch die Luft!
Mit welchen Schlägen trifft sie meinen Nacken!

MEPHISTOPHELES. Du mußt des Felsens alte Rippen packen,
Sonst stürzt sie dich hinab in dieser Schlünde Gruft.
Ein Nebel verdichtet die Nacht.
Höre, wies durch die Wälder kracht!
Aufgescheucht fliegen die Eulen.
Hör, es splittern die Säulen
Ewig-grüner Paläste!
Girren und Brechen der Äste!
Der Stämme mächtiges Dröhnen!
Der Wurzeln Knarren und Gähnen!
Im fürchterlich-verworrenen Falle
Übereinander krachen sie alle,
Und durch die übertrümmerten Klüfte
Zischen und heulen die Lüfte.
Hörst du Stimmen in der Höhe?
In der Ferne? in der Nähe?
Ja, den ganzen Berg entlang
Strömt ein wütender Zaubergesang!

HEXEN (*im Chor*). Die Hexen zu dem Brocken ziehn,
Die Stoppel ist gelb, die Saat ist grün.
Dort sammelt sich der große Hauf,
Herr Urian sitzt obenauf.
So geht es über Stein und Stock,
Es farzt die Hexe, es stinkt der Bock.

STIMME. Die alte Baubo kommt allein;
Sie reitet auf einem Mutterschwein.

CHOR. So Ehre denn, wem Ehre gebührt!
Frau Baubo vor! und angeführt!
Ein tüchtig Schwein und Mutter drauf,
Da folgt der ganze Hexenhauf.

STIMME. Welchen Weg kommst du her?

un bel tratto, per mille vene, attraverso la valle e, qui, improvvisamente, si isola in un angolo raccolto. Là, non molto distante, sprizzano scintille simili ad una sabbia aurifera sparsa al suolo. Ma, guarda: la parete rocciosa si viene infiammando in tutta la sua altezza!

MEFISTOFELE. Mammona non illumina forse magnificamente, per questa festa, il suo palazzo? Una fortuna che tu l'abbia veduto: già avverto la presenza degli ospiti scatenati.

FAUST. Come infuriano per l'aria le raffiche del vento! Con quali colpi mi colpisce alla nuca!

MEFISTOFELE. Devi afferrarti alle rocce degli antichi costoni, altrimenti ti scaraventa giú nel fondo di questo abisso. Una nebbia infittisce la notte. Senti gli schianti nel bosco! Le civette spaventate si levano a volo. Senti, si frantumano le colonne di palazzi sempre verdi. Rami gemono e si spezzano! Cupo, possente schiantarsi di tronchi! Scricchiolare e spaccarsi di radici! Nell'orrenda confusa caduta di uno sull'altro è tutto uno schianto e per i burroni, riempiti dal rovinio, fischiano ed ululano i venti. Senti voci lassú, nell'alto? Lontane? Vicine? Sí, lungo tutto il monte corre un furente canto di magia!

STREGHE (*in coro*). Le streghe vanno verso il Brocken, la stoppia è gialla e verde il seminato. Là si vien radunando la folta folla e su, in alto, siede Urian,[9] il sire. Cosí si va su fra sassi e sterpi, scorreggia la strega e puzza il becco.

VOCE. La vecchia Baubo[10] se ne viene tutta sola; a cavallo di una troia.

CORO. Onore dunque a chi onore spetta.[11] Donna Baubo per prima! E guida gli altri! Un porco in gamba con sopra la matrona, e segue tutto il gruppo delle streghe.

VOCE. Da quale strada arrivi?

STIMME. Übern Ilsenstein!
Da guckt ich der Eule ins Nest hinein.
Die macht ein Paar Augen!

STIMME O fahre zur Hölle!
Was reitst du so schnelle!

STIMME. Mich hat sie geschunden:
Da sieh nur die Wunden!

HEXEN. CHOR. Der Weg ist breit, der Weg ist lang,
Was ist das für ein toller Drang!
Die Gabel sticht, der Besen kratzt,
Das Kind erstickt, die Mutter platzt.

HEXENMEISTER. HALBES CHOR.
Wir schleichen wie die Schneck im Haus,
Die Weiber alle sind voraus.
Denn geht es zu des Bösen Haus,
Das Weib hat tausend Schritt voraus.

ANDRE HÄLFTE. Wir nehmen das nicht so genau:
Mit tausend Schritten machts die Frau;
Doch wie sie auch sich eilen kann,
Mit Einem Sprunge machts der Mann.

STIMME (*oben*). Kommt mit, kommt mit vom Felsensee!

STIMMEN (*von unten*). Wir möchten gerne mit in die Höh.
Wir waschen, und blank sind wir ganz und gar,
Aber auch ewig unfruchtbar.

BEIDE CHÖRE. Es schweigt der Wind, es flieht der Stern,
Der trübe Mond verbirgt sich gern.
Im Sausen sprüht das Zauberchor
Viel tausend Feuerfunken hervor.

STIMME (*von unten*). Halte! halte!

STIMME (*von oben*). Wer ruft da aus der Felsenspalte?

STIMME (*unten*). Nehmt mich mit! nehmt mich mit!
Ich steige schon dreihundert Jahr
Und kann den Gipfel nicht erreichen.
Ich wäre gern bei meinesgleichen.

BEIDE CHÖRE. Es trägt der Besen, trägt der Stock,
Die Gabel trägt, es trägt der Bock;
Wer heute sich nicht heben kann,
Ist ewig ein verlorner Mann!

HALBHEXE (*unten*). Ich tripple nach so lange Zeit;
Wie sind die andern schon so weit!
Ich hab zu Hause keine Ruh
Und komme hier doch nicht dazu.

CHOR DER HEXEN. Die Salbe gibt den Hexen Mut,
Ein Lumpen ist zum Segel gut,

VOCE. Per la strada di Ilsenstein![12] Guardai, passando. nel nido della civetta. Sgrana gli occhi in tal modo!

VOCE. Va' all'inferno! Perché cavalchi tanto in fretta?

VOCE. Mi ha scorticata. Guarda qui la ferita!

STREGHE. CORO. La via è larga, la via è lunga. Qual pazzesco pigia-pigia è mai questo! Il forcone punge, la granata gratta, il bambino soffoca, la madre scoppia.

STREGONE. METÀ DEL CORO. Noi strisciamo come la lumaca nel suo guscio. Le donne ci precedono tutte. Quando si va verso la casa del diavolo,[13] le donne precedono di mille passi.[14]

L'ALTRA METÀ DEL CORO. Noi non siamo cosí precisi; l'uomo fa di un solo balzo quello che la donna fa in mille passi, per quanto essa si affretti.

VOCE (*dall'alto*). Venite con noi, venite con noi, su al Felsensee![15]

VOCI (*dal basso*). Volentieri verremmo con voi verso l'alto. Laviamo e laviamo e siamo in tutto e per tutto lustri,[16] ma anche sterili in eterno.

I DUE CORI. Il vento tace, la stella fugge via, la torbida luna cerca di nascondersi, e mille e mille scintille infocate sprizzan fuori dal mugghiante coro magico.

VOCE (*dal basso*). Ferma! Ferma!

VOCI (*dall'alto*). Chi chiama là dallo spacco delle rocce?

VOCE (*in basso*). Prendetemi con voi! Prendetemi con voi! Da trecento anni[17] sto salendo e non posso raggiungere la vetta. Me ne starei volentieri coi miei simili.

I DUE CORI. Porta la granata, porta il bastone, porta la forca e porta il becco. Chi non ha, oggi, energia per elevarsi verso l'alto, è un uomo perduto in eterno!

MEZZA STREGA (*in basso*). Da lungo tempo trotterello dietro le altre e le altre sono già cosí lontane! A casa non ho mai un momento tranquillo e anche qui non combino nulla.

CORO DELLE STREGHE. L'unguento dà ardire alle streghe ed uno straccio serve bene da vela, e ogni trogolo[18] è

Ein gutes Schiff ist jeder Trog:
Der flieget nie, der heut nicht flog!

BEIDE CHÖRE. Und wenn wir um den Gipfel ziehn,
So streichet an dem Boden hin
Und deck die Heide weit und breit
Mit eurem Schwarm der Hexenheit!

(*Sie lassen sich nieder*)

MEPHISTOPHELES. Das drängt und stößt, das rutscht und klappert!
Das zischt und quirlt, das zieht und plappert!
Das leuchtet, sprüht und stinkt und brennt!
Ein wahres Hexenelement!
Nur fest an mir! sonst sind wir gleich getrennt.
Wo bist du?

FAUST (*in der Ferme*). Hier!

MEPHISTOPHELES. Was! dort schon hingerissen?
Da werd ich Hausrecht brauchen müssen.
Platz! Junker Voland kommt. Platz! süßer Pöbel, Platz!
Hier, Doktor, fasse mich! und nun in Einem Satz
Laß uns aus dem Gedräng entweichen:
Es ist zu toll, sogar für meinesgleichen!
Dortneben leuchtet was mit ganz besondrem Schein,
Es zieht mich was nach jenen Sträuchen:
Komm, komm! wir schlupfen da hinein.

FAUST. Du Geist des Widerspruchs! Nur zu! du magst mich führen.
Ich denke doch, das war recht klug gemacht:
Zum Brocken wandeln wir in der Walpurgisnacht,
Um uns beliebig nun hieselbst zu isolieren!

MEPHISTOPHELES. Da sieh nur: welche bunten Flammen!
Es ist ein muntrer Klub beisammen.
Im Kleinen ist man nicht allein.

FAUST. Doch droben möcht ich lieber sein!
Schon seh ich Glut und Wirbelrauch.
Dort strömt die Menge zu dem Bösen;
Da muß sich manches Rätsel lösen.

MEPHISTOPHELES. Doch manches Rätsel knüpft sich auch!
Laß du die große Welt nur sausen,
Wir wollen hier im Stillen hausen.
Es ist doch lange hergebracht,
Daß in der großen Welt man kleine Welten macht.
Da seh ich junge Hexchen, nackt und bloß,
Und alte, die sich klug verhüllen.
Seid freundlich, nur um meinetwillen!
Die Müh ist klein, der Spaß ist groß.
Ich höre was von Instrumenten tönen!
Verflucht Geschnarr! Man muß sich dran gewöhnen.

una buona nave: chi non vola oggi, non volerà mai!

I DUE CORI. E quando passeremo, volando, intorno alla cima, strisciate allora contro il suolo e coprite la landa tutto intorno collo sciame della vostra stregoneria!

(*Si posano giú a terra*)

MEFISTOFELE. Si incalzano, si urtano, strepitano e fanno ciac, ciac! Fischiano e frullano, e passano via e chiacchierano! Si vedono fiamme e scintille. Puzza e brucia! Il vero elemento per le streghe! Attaccati solamente a me e ben saldo! Altrimenti, verremo presto separati. Dove sei?

FAUST (*da lontano*). Qui!

MEFISTOFELE. Come? Trascinato già sin là? Dovrò allora far valere il mio diritto di padrone di casa. Largo! Arriva il cavaliere Voland.[19] Largo! Cara canaglia, largo! Qua, dottore, attaccati a me e, in un balzo, usciremo fuori della calca. Persino per uno come me è cosa ormai troppo da pazzi! Là, non lontano, un qualche cosa brilla di uno strano chiarore, un non so che mi attira verso quei cespugli. Vieni, vieni; infiliamoci là dentro.

FAUST. O spirito di contraddizione! Andiamo dunque e guidami. Penso, però, che fu combinata proprio da saggi; stiamo andando verso il Brocken, nella notte di Valpurga, per il piacere di isolarci proprio qua!

MEFISTOFELE. Ma guarda che fiamma variopinta. Si è radunata qui un'allegra compagnia. In pochi, non si è mai soli.

FAUST. Preferirei essere lassú! Vedo già fiamme e vortici di fumo. Là, la folla corre verso il Maligno: colà verrà svelato piú di un enigma.

MEFISTOFELE. Ma vi si ordisce anche piú di un enigma! Lascia che il gran mondo rumoreggi, noi ce ne staremo, qui, in pace. È cosa ormai nota da lungo tempo che, nel grande mondo, si formano piccoli mondi. Vedo là piccole streghette nude e crude e streghe vecchie che si velano accortamente. Sii gentile, almeno per amor mio! La fatica è piccola e grande è il divertimento. Mi par di sentire il suono di non so quali istrumenti. Maledetto frastuono! Bisogna farci l'abitudine. Vieni, vieni con

Komm mit! komm mit! Es kann nicht anders sein:
Ich tret heran und führe dich herein,
Und ich verbinde dich aufs neue. —
Was sagst du, Freund? das ist kein kleiner Raum:
Da sieh nur hin! du siehst das Ende kaum.
Ein Hundert Feuer brennen in der Reihe;
Man tanzt, man schwatzt, man kocht, man trinkt, man liebt —
Nun sage mir, wo es was Bessers gibt!

FAUST. Willst du dich nun, um uns hier einzuführen,
Als Zaubrer oder Teufel produzieren?

MEPH. Zwar bin ich sehr gewohnt, inkognito zu gehn;
Doch läßt am Galatag man seinen Orden sehn.
Ein Knieband zeichnet mich nicht aus,
Doch ist der Pferdefuß hier ehrenvoll zu Haus.
Siehst du die Schnecke da? sie kommt herangekrochen;
Mit ihrem tastenden Gesicht
Hat sie mir schon was abgerochen:
Wenn ich auch will, verleugn ich hier mich nicht.
Komm nur! von Feuer gehen wir zu Feuer;
Ich bin der Werber, und du bist der Freier.
(*Zu einigen, die um verglimmende Kohlen sitzen*)
Ihr alten Herrn, was macht ihr hier am Ende?
Ich lobt euch, wenn ich euch hübsch in der Mitte fände,
Von Saus umzirkt und Jugendbraus;
Genug allein ist jeder ja zu Haus.

GENERAL. Wer mag auf Nationen trauen,
Man habe noch so viel für sie getan!
Denn bei dem Volk wie bei den Frauen
Steht immerfort die Jugend obenan.

MINISTER. Jetzt ist man von dem Rechten allzu weit,
Ich lobe mir die guten Alten;
Denn freilich, da wir alles galten,
Da war die rechte goldne Zeit.

PARVENU. Wir waren wahrlich auch nicht dumm
Und taten oft, was wir nicht sollten;
Doch jetzo kehrt sich alles um und um,
Und eben da wirs fest erhalten wollten.

AUTOR. Wer mag wohl überhaupt jetzt eine Schrift
Von mäßig-klugem Inhalt lesen!
Und was das liebe junge Volk betrifft,
Das ist noch nie so naseweis gewesen.

MEPHISTOPHELES (*der auf einmal sehr alt erscheint*).
Zum Jüngsten Tag fühl ich das Volk gereift,
Da ich zum letztenmal den Hexenberg ersteige,

me! Non può essere altrimenti. Ti precedo e ti introduco e ti lego a me con un nuovo servizio. Che dici, amico? Non è affatto un piccolo spazio. Ma guarda! ne scorgi a fatica la fine. Circa cento fuochi ardono in fila: si balla, si chiacchiera, si cucinano vivande, si beve, si fa all'amore; dimmi dunque dove c'è qualche cosa di meglio?

FAUST. E per introdurci qui dentro, ti vuoi ora produrre come incantatore o come diavolo?

MEFISTOFELE. In verità, quando viaggio uso serbare l'incognito. Però, nei giorni di gala, si mettono in mostra le decorazioni. L'ordine della giarrettiera[20] non mi dona distinzione, qui è di casa e molto in onore il piede di cavallo. Vedi là quella chiocciola?[21] Si avanza strisciando. Essa guarda e tasta e già ha fiutato che io sono qua. Anche se lo volessi, non potrei celarmi, qui. Vieni. Passiamo da un fuoco all'altro. Io sono il mediatore e tu l'aspirante al matrimonio.
(*Ad alcuni, seduti intorno a carboni che vanno spegnendosi*)

Miei vecchi signori,[22] che fate qui in disparte? Vi loderei se vi incontrassi proprio nel bel mezzo, circondati dal frastuono e dall'allegria della giovinezza. Ognuno è già abbastanza solo a casa sua.

GENERALE. Chi può aver fiducia nelle nazioni per quanto si possa aver fatto per esse! Perché con il popolo, come con le donne, la gioventú prevale sempre.

MINISTRO. Ora si è troppo lontani da ciò che è giusto; per conto mio, io lodo i buoni vecchi. Perché, è chiaro, quando tutto dipendeva da noi, allora era la vera età dell'oro.

PARVENU. In verità, non eravamo poi cosí stupidi e facevamo sovente quello che non avremmo dovuto fare; ma ora va tutto sottosopra, proprio ora che lo vorremmo tener fermo.

AUTORE. Chi ha voglia, oggi, di leggere uno scritto di contenuto anche modestamente intelligente? E per quello che si riferisce ai cari giovani, essi non sono stati mai cosí presuntuosi.

MEFISTOFELE (*che appare, di colpo, molto vecchio*[23]). Sento che questo popolo è maturo per il giudizio universale. Siccome salgo per l'ultima volta il monte delle

Und weil mein Fäßchen trübe läuft,
So ist die Welt auch auf der Neige.

TRÖDELHEXE. Ihr Herren, geht nicht so vorbei!
Laßt die Gelegenheit nicht fahren!
Aufmerksam blickt nach meinen Waren:
Es steht dahier gar mancherlei.
Und doch ist nichts in meinem Laden,
Dem keiner auf der Erde gleicht,
Das nicht einmal zum tüchtgen Schaden
Der Menschen und der Welt gereicht.
Kein Dolch ist hier, von dem nicht Blut geflossen,
Kein Kelch, aus dem sich nicht in ganz gesunden Leib
Verzehrend-heißes Gift ergossen,
Kein Schmuck, der nicht ein liebenswürdig Weib
Verführt, kein Schwert, das nicht den Bund gebrochen,
Nicht etwa hinterrücks den Gegenmann durchstochen.

MEPH. Frau Muhme, Sie versteht mir schlecht die Zeiten:
Getan, geschehn! Geschehn, getan!
Verleg Sie sich auf Neuigkeiten!
Nur Neuigkeiten ziehn uns an.

FAUST. Daß ich mich nur nicht selbst vergesse!
Heiß ich mir das doch eine Messe!

MEPHISTOPHELES. Der ganze Strudel strebt nach oben:
Du glaubst zu schieben, und du wirst geschoben.

FAUST. Wer ist denn das?

MEPHISTOPHELES. Betrachte sie genau!
Lilith ist das.

FAUST. Wer?

MEPHISTOPHELES. Adams erste Frau.
Nimm dich in acht vor ihren schönen Haaren,
Vor diesem Schmuck, mit dem sie einzig prangt!
Wenn sie damit den jungen Mann erlangt,
So läßt sie ihn so bald nicht wieder fahren.

FAUST. Da sitzen zwei, die Alte mit der Jungen;
Die haben schon was Rechts gesprungen!

MEPHISTOPHELES. Das hat nun heute keine Ruh.
Es geht zum neuen Tanz: nun komm! wir greifen zu.

FAUST (*mit der Jungen tanzend*).
Einst hatt ich einen schönen Traum:
Da sah ich einen Apfelbaum,
Zwei schöne Äpfel glänzten dran;
Sie reizten mich, ich stieg hinan.

DIE SCHÖNE. Der Äpfelchen begehrt ihr sehr,
Und schon vom Paradiese her.

streghe, e siccome la mia botticina dà fuori torbido, anche il mondo deve essere sulla china della fine.

STREGA RIGATTIERA. Miei signori! Non passate oltre cosí! Non perdete l'occasione! Osservate attentamente la mia mercanzia. Qui ce n'è d'ogni qualità. Eppure nel mio negozio, del quale non è l'eguale sulla terra, non c'è una cosa che non abbia già una volta nuociuto gravemente all'uomo ed al mondo. Non un pugnale dal quale non sia colato sangue, non un calice dal quale non sia passato, in un corpo completamente sano, un veleno acre e struggente, non un gioiello che non abbia sedotto una graziosa donna, non una spada che non abbia rotto un patto e che non abbia colpito, alla schiena, il nemico.

MEFISTOFELE. Signora cugina, lei mi comprende male i tempi. Il fatto è fatto ed il passato passato! Si metta anche lei nella corrente delle novità! Solamente il nuovo ci attira.

FAUST. Pur che io non vada fuori di me! Questa la chiamo proprio una fiera!

MEFISTOFELE. Tutto il tumulto tende verso l'alto. Credi di spingere e vieni spinto.[24]

FAUST. Chi è quella là?

MEFISTOFELE. Osservala bene. È Lilith.[25]

FAUST. Chi?

MEFISTOFELE. La prima moglie di Adamo. Guardati dai suoi bei capelli[26] e da questi gioielli, che essa sola può sfoggiare! Se le riesce di accalappiare con essi un giovanotto, non lo rimette tanto presto in libertà.

FAUST. Là ce ne sono due a sedere; la vecchia con la giovane. Di salti ne devono già aver fatti parecchi!

MEFISTOFELE. Oggi non si riesce a riposare un poco. Ricominciano le danze. Vieni dunque! Balliamo anche noi.

FAUST (*ballando*[27] *con la giovane*). Un giorno feci un bel sogno e vidi un bel melo, due belle mele[28] splendevano fra il fogliame; mi attiravano, mi arrampicai su.

LA BELLA. Delle mele avete desiderio assai e già sin dal

Von Freuden fühl ich mich bewegt,
Daß auch mein Garten solche trägt.

MEPHISTOPHELES (*mit der Alten*).
Einst hatt ich einen wüsten Traum:
Da sah ich einen gespaltnen Baum,
Der hatt ein ungeheures Loch;
So groß es war, gefiel mirs doch.

DIE ALTE. Ich biete meinen besten Gruß
Dem Ritter mit dem Pferdefuß!
Halt Er einen rechten Pfropf bereit,
Wenn Er das große Loch nicht scheut.

PROKTOPHANTASMIST. Verfluchtes Volk! was untersteht ihr euch?
Hat man euch lange nicht bewiesen:
Ein Geist steht nie auf ordentlichen Füßen?
Nun tanzt ihr gar, uns andern Menschen gleich!

DIE SCHÖNE (*tanzend*). Was will denn der auf unserm Ball?

FAUST (*tanzend*). Ei! der ist eben überall.
Was andre tanzen, muß er schätzen.
Kann er nicht jeden Schritt beschwätzen,
So ist der Schritt so gut als nicht geschehn.
Am meisten ärgert ihn, sobald wir vorwärts gehn.
Wenn ihr euch so im Kreise drehen wolltet,
Wie ers in seiner alten Mühle tut,
Das hieß er allenfalls noch gut;
Besonders wenn ihr ihn darum begrüßen solltet.

PROKTOPHANTASMIST. Ihr seid noch immer da! nein, das ist [unerhört.
Verschwindet doch! Wir haben ja aufgeklärt! —
Das Teufelspack, es fragt nach keiner Regel.
Wir sind so klug, und dennoch spukts in Tegel.
Wie lange hab ich nicht am Wahn hinausgekehrt,
Und nie wirds rein! das ist doch unerhört!

DIE SCHÖNE. So hört doch auf, uns hier zu ennuyieren!

PROKTOPHANTASMIST. Ich sags euch Geistern ins Gesicht:
Den Geistesdespotismus leid ich nicht!
Mein Geist kann ihn nicht exerzieren. (*Es wird fortgetanzt*)
Heut, seh ich, will mir nichts gelingen;
Doch eine Reise nehm ich immer mit
Und hoffe, noch vor meinem letzten Schritt
Die Teufel und die Dichter zu bezwingen.

MEPHISTOPHELES. Er wird sich gleich in eine Pfütze setzen:
Das ist die Art, wie er sich soulagiert,
Und wenn Blutegel sich an seinem Steiß ergetzen,
Ist er von Geistern und von Geist kuriert.

Paradiso. Mi sento tutta quanta presa di gioia per il fatto che anche il mio giardino ne è provvisto.

MEFISTOFELE (*con la vecchia*). Un giorno feci un sogno assai brutto e vidi un albero spaccato. Aveva un buco molto ampio e tuttavia mi piacque, per grande che fosse.

LA VECCHIA. Rivolgo il mio miglior saluto al cavaliere dal piede di cavallo! Tenga egli pronto un bel tappo se non gli spiace quel gran buco.

PROKTOPHANTASMIST. Maledetta gentaglia! Oserete voi? Non vi è stato abbastanza dimostrato, e da un pezzo, che uno spirito non si regge mai su piedi veri! Ed ora voi state ballando proprio come noialtri uomini!

LA BELLA (*ballando*). Che cosa fa quel tale al nostro ballo?

FAUST (*ballando*). Eh, quegli è proprio ovunque! Egli sente il dovere di giudicare mentre gli altri ballano. Se egli non può dire la sua su ogni passo, non gli pare che il passo sia stato eseguito bene. Appena noi facciamo un passo avanti, si irrita nel modo peggiore. Se vi compiaceste di girarvi tondo tondo come egli fa nel suo vecchio mulino,[29] troverebbe la cosa tutt'al piú passabile. Soprattutto se per ciò lo doveste salutare.

PROKTOPHANTASMIST.[30] Siete ancora sempre qua? No, è inaudito. Ma scomparite! Noi abbiamo ormai « illuminato! »[31] Questa canaglia indiavolata non si cura di regole. Noi siamo cosí illuminati e tuttavia a Tegel[32] ci sono gli spiriti. Da quanto tempo non ho scopato via queste scempiaggini e tuttavia non si fa mai pulizia! È una cosa proprio inaudita!

LA BELLA. Ed allora smettetela di annoiarci!

PROKTOPHANTASMIST. A voi spiriti, ve lo dico colla massima franchezza: dispotismo di spiriti non ne sopporto! Il mio spirito non riesce a farli marciare in riga. (*Continuano a ballare*) Come vedo, oggi non me ne va una bene. Però porto sempre con me un volume dei viaggi[33] e spero, prima del mio passo estremo, di domare diavoli e poeti.

MEFISTOFELE. Ben presto si metterà a sedere in un pantano: tale è il suo modo per provare sollievo. Quando sanguisughe si sollazzano con il suo deretano, allora egli si sente guarito nello spirito e dagli spiriti. (*A Faust*

(Zu Faust, der aus dem Tanz getreten ist)
Was lässest du das schöne Mädchen fahren,
Das dir zum Tanz so lieblich sang?

FAUST. Ach, mitten im Gesange sprang
Ein rotes Mäuschen ihr aus dem Munde!

MEPH. Das ist was Rechts! das nimmt man nicht genau;
Genug, die Maus war doch nicht grau!
Wer fragt darnach in einer Schäferstunde!

FAUST. Dann sah ich —

MEPHISTOPHELES. Was?

FAUST. Mephisto, siehst du dort
Ein blasses, schönes Kind allein und ferne stehen?
Sie schiebt sich langsam nur vom Ort,
Sie scheint mit geschloßnen Füßen zu gehen.
Ich muß bekennen, daß mir deucht,
Daß sie dem guten Gretchen gleicht.

MEPH. Laß das nur stehn! dabei wirds niemand wohl.
Es ist ein Zauberbild, ist leblos, ein Idol.
Ihm zu begegnen, ist nicht gut:
Vom starren Blick erstarrt des Menschen Blut,
Und er wird fast in Stein verkehrt;
Von der Meduse hast du ja gehört.

FAUST. Fürwahr, es sind die Augen eines Toten,
Die eine liebende Hand nicht schloß!
Das ist die Brust, die Gretchen mir geboten,
Das ist der süße Leib, den ich genoß!

MEPH. Das ist die Zauberei, du leicht verführter Tor!
Denn jedem kommt sie wie sein Liebchen vor.

FAUST. Welch eine Wonne! welch ein Leiden!
Ich kann von diesem Blick nicht scheiden.
Wie sonderbar muß diesen schönen Hals
Ein einzig-rotes Schnürchen schmücken,
Nicht breiter als ein Messerrücken!

MEPHISTOPHELES. Ganz recht! ich seh es ebenfalls.
Sie kann das Haupt auch unterm Arme tragen;
Denn Perseus hats ihr abgeschlagen.
Nur immer diese Lust zum Wahn! —
Komm doch das Hügelchen heran:
Hier ists so lustig wie im Prater,
Und hat man mirs nicht angetan,
So seh ich wahrlich ein Theater!
Was gibts denn da?

SERVIBILIS. Gleich fängt man wieder an:
Ein neues Stück, das letzte Stück von sieben;

che è uscito fuori del ballo) Perché hai mollato in bando la bella ragazza che, cantando cosí dolcemente, ti invitò a ballare?

FAUST. Ah! mentre stava cantando, le saltò fuori dalla bocca un topolino rosso.[34]

MEFISTOFELE. E che è questo? Non badarci poi troppo. Basta di ciò. Il topo non era mica grigio! Chi bada a queste cose nell'ora favorevole all'amore?

FAUST. Poi vidi...

MEFISTOFELE. Che cosa!

FAUST. Mefisto, non vedi là una pallida, bella bambina[35] che se ne sta sola, in disparte? Si muove di là adagio, adagio e pare cammini coi piedi legati. Devo confessare che mi sembra assomigli alla buona Margherita.

MEFISTOFELE. Lascia stare tali cose! Non ne deriva niente di buono per nessuno. È una forma di incantesimo, è senza vita, un idolo. Non è buona cosa incontrarlo. Quello sguardo fisso ferma il sangue dell'uomo, e l'uomo viene quasi mutato in pietra. Tu hai certamente udito della Medusa.[36]

FAUST. Proprio cosí. Sono gli occhi di una creatura morta, occhi che una mano pietosa non ha chiusi! Quello è il seno che Margherita mi ha offerto, quello il dolce corpo che io ho goduto.

MEFISTOFELE. Ciò è effetto della magia, tu pazzo facilmente sedotto! Appare ad ognuno nelle sembianze dell'amata.

FAUST. Che voluttà! Che strazio! Non mi posso staccare da questa vista. Strano però che un unico, sottile nastro rosso debba ornare quel bel collo! Non piú largo del dorso di un coltello!

MEFISTOFELE. Già, è chiaro! Lo vedo anch'io. Essa può portare il capo sotto il braccio,[37] poiché Perseo[38] gliel'ha tagliato. Sempre il medesimo piacere alle illusioni! Ma vieni su per questa collinetta: qui si sta allegri come al Prater.[39] Se non sono stregato anch'io, mi par di vedere proprio un teatro! Che si rappresenta?

SERVIBILIS.[40] Ricominciamo subito. Una novità, l'ultima di sette novità. Qui si usa darne in gran numero. Le ha

So viel zu geben, ist allhier der Brauch.
Ein Dilettant hat es geschrieben,
Und Dilettanten spielens auch.
Verzeiht, ihr Herrn, wenn ich verschwinde:
Mich dilettierts, den Vorhang aufzuziehn.

MEPHISTOPHELES. Wenn ich euch auf dem Blocksberg finde,
Das find ich gut; denn da gehört ihr hin!

Walpurgisnachtstraum

oder Oberons und Titanias goldne Hochzeit
Intermezzo

THEATERMEISTER. Heute ruhen wir einmal,
Miedings wackre Söhne:
Alter Berg und feuchtes Tal,
Das ist die ganze Szene!

HEROLD. Daß die Hochzeit golden sei.
Solln funfzig Jahr sein vorüber;
Aber ist der Streit vorbei,
D a s Golden ist mir lieber.

OBERON. Seid ihr, Geister, wo ich bin,
So zeigts in diesen Stunden!
König und die Königin,
Sie sind aufs neu verbunden.

PUCK. Kommt der Puck und dreht sich quer
Und schleift den Fuß im Reihen;
Hundert kommen hinterher,
Sich auch mit ihm zu freuen.

ARIEL. Ariel bewegt den Sang
In himmlisch-reinen Tönen;
Viele Fratzen lockt sein Klang,
Doch lockt er auch die Schönen.

OBERON. Gatten, die sich vertragen wollen,
Lernens von uns beiden!
Wenn sich zweie lieben sollen,
Braucht man sie nur scheiden.

TITANIA. Schmollt der Mann und grillt die Frau,
So faßt sie nur behende,
Führt mir nach dem Mittag Sie,
Und Ihn an Nordens Ende!

scritte un dilettante e le recitano dilettanti. Scusino, miei signori, se mi ritiro. Mi diletto di tirar su il sipario.

MEFISTOFELE. Dato che vi incontro nel Blocksberg, lo trovo giusto. Qui siete al vostro posto!

Sogno della notte di Valpurga[1]

Nozze d'oro di Oberon e Titania
Intermezzo

DIRETTORE DEL TEATRO. Oggi riposano, almeno una volta, i bravi figli di Mieding.[2] Una vecchia montagna ed una umida valle, ecco tutto lo scenario!

ARALDO. Affinché le nozze possano essere d'oro, devono essere passati cinquant'anni, ma se sono cessati i litigi, questo è l'oro che preferisco.

OBERON. O spiriti, se voi siete dove sono io, dimostratelo ora. Il re e la regina sono di bel nuovo congiunti.

PUCK.[3] Arriva Puck e si avanza di sghembo e trascina il piede nella danza. Lo seguono circa cento per rallegrarsi con lui.

ARIEL.[4] Ariel modula il canto in toni celestialmente puri. Il suono attira molti brutti musi, ma attira anche le belle anime.

OBERON. Gli sposi che vogliono andare d'accordo, imparino da noi! Affinché due si amino, basta separarli.

TITANIA. Se l'uomo tiene il broncio e la donna ha i grilli afferratela subito e conducetemela verso il sud e lui all'estremo nord!

ORCHESTER. TUTTI (*fortissimo*). Fliegenschnauz un Mückennas
Mit ihren Anverwandten,
Frosch im Laub und Grill im Gras,
Das sind die Musikanten!

SOLO. Seht, da kommt der Dudelsack
Es ist die Seifenblase.
Hört den Schneckeschnickeschnack
Durch seine stumpfe Nase!

GEIST (*der sich erst bildet*). Spinnenfuß und Krötenbauch
Und Flügelchen dem Wichtchen!
Zwar ein Tierchen gibt es nicht;
Doch gibt es ein Gedichtchen.

EIN PÄRCHEN. Kleiner Schritt und hoher Sprung
Durch Honigtau und Düfte!
Zwar du trippelst mir genung;
Doch gehts nicht in die Lüfte.

NEUGIERIGER REISENDER. Ist das nicht Maskeradenspott?
Soll ich den Augen trauen,
Oberon, den schönen Gott,
Auch heute hier zu schauen?

ORTHODOX. Keine Klauen, kein Schwanz!
Doch bleibt es außer Zweifel:
So wie die Götter Griechenlands,
So ist auch er ein Teufel.

NORDISCHER KÜNSTLER. Was ich ergreife, das ist heut
Fürwahr nur skizzenweise;
Doch ich bereite mich beizeit
Zur italienischen Reise.

PURIST. Ach! mein Unglück führt mich her:
Wie wird nicht hier geludert!
Und von dem ganzen Hexenheer
Sind zweie nur gepudert.

JUNGE HEXE. Der Puder ist so wie der Rock
Für alt- und graue Weibchen;
Drum sitz ich nackt auf meinem Bock
Und zeig ein derbes Leibchen.

MATRONE. Wir haben zu viel Lebensart,
Um hier mit euch zu maulen;
Doch hoff ich, sollt ihr jung und zart,
So wie ihr seid, verfaulen.

KAPELLMEISTER. Fliegenschnauz und Mückennas,
Umschwärmt mir nicht die Nackte!
Frosch im Laub und Grill im Gras,
So bleibt doch auch im Takte!

WINDFAHNE (*nach der einen Seite*).

ORCHESTRA (*tutti, fortissimo*). Musi di mosche e nasi di zanzare coi loro parenti, rane fra il verde e grilli nell'erba, questi sono i musicanti![5]

SOLO.[6] Guarda, arriva la zampogna! È una bolla di sapone. Udite uscir dal suo piatto naso lo schnickeschnacke.

SPIRITO (*che si viene formando*[7]). Zampe di ragno e pancia di rospo ed aluccie a questo nanerottolo. Non c'è la bestiolina, ma c'è una poesiola.

UNA PICCOLA COPPIA.[8] Un piccolo passo ed un salto piú alto attraverso la rugiada dolce come il miele ed i profumi! Mi pare che tu sgambetti abbastanza, ma in alto non si va.

VIAGGIATORE CURIOSO.[9] Non è questa la caricatura di una mascherata? Se devo prestar fede ai miei occhi, anche Oberon, il bel Dio, è, oggi, visibile qui, con gli altri.

ORTODOSSO.[10] Niente artigli e niente coda! Però è fuor di dubbio: è anch'egli un diavolo come gli Dei della Grecia.

ARTISTA NORDICO.[11] Quello che faccio mio oggi, non è che abbozzato, ma mi sto preparando, prima che sia troppo tardi, al viaggio in Italia.

PURISTA.[12] Ah, una sventura mi ha guidato qui. Che dissoluto modo di vivere! E di tutta la moltitudine delle streghe solamente due sono incipriate.

GIOVANE STREGA. Cipria e sottana si addicono alle donne vecchie e grigie. Per questo siedo nuda sul mio becco e metto in mostra il mio corpo acerbetto.

MATRONA.[13] Abbiam troppa esperienza di vita per farvi qui il broncio. Spero, però, per quanto delicate e giovani siate, di vedere marcire anche voi.

DIRETTORE D'ORCHESTRA.[14] Mosche e zanzare non volate intorno a quella strega nuda! Voi, rane fra il verde e grilli nell'erba, su, state attenti a non sbagliar tempo![15]

BANDERUOLA[16] (*rivolta verso una parte*). Una società, quale

Gesellschaft, wie man wünschen kann:
Wahrhaftig lauter Bräute!
Und Junggesellen, Mann für Mann
Die hoffnungsvollsten Leute!

WINDFAHNE (*nach der andern Seite*).
Und tut sich nicht der Boden auf,
Sie alle zu verschlingen,
So will ich mit behendem Lauf
Gleich in die Hölle springen.

XENIEN. Als Insekten sind wir da
Mit kleinen, scharfen Scheren,
Satan, unsern Herrn Papa,
Nach Würden zu verehren.

HENNINGS. Seht, wie sie in gedrängter Schar
Naiv zusammen scherzen!
Am Ende sagen sie noch gar,
Sie hätten gute Herzen.

MUSAGET. Ich mag in diesem Hexenheer
Mich gar zu gern verlieren;
Denn freilich diese wüßt ich ehr
Als Musen anzuführen.

CI-DEVANT. GENIUS DER ZEIT. Mit rechten Leuten wird man was.
Komm, fasse meinen Zipfel!
Der Blocksberg, wie der deutsche Parnaß,
Hat gar einen breiten Gipfel.

NEUGIERIGER REISENDER. Sagt: wie heißt der steife Mann?
Er geht mit stolzen Schritten;
Er schnopert, was er schnopern kann. —
»Er spürt nach Jesuiten.«

KRANICH. In dem Klaren mag ich gern
Und auch im Trüben fischen;
Darum seht ihr den frommen Herrn
Sich auch mit Teufeln mischen.

WELTKIND. Ja, für die Frommen, glaubet mir,
Ist alles ein Vehikel;
Sie bilden auf dem Blocksberg hier
Gar manches Konventikel.

TÄNZER. Da kommt ja wohl ein neues Chor?
Ich höre ferne Trommeln. —
»Nur ungestört! es sind im Rohr
Die unisonen Dommeln.«

TANZMEISTER. Wie jeder doch die Beine lupft!
Sich, wie er kann, herauszieht!
Der Krumme springt, der Plumpe hupft,
Und fragt nicht, wie er aussieht.

si può desiderare. Proprio in verità tutte fidanzate! E gli scapoli, uno per uno, gente piena di belle speranze!

BANDERUOLA (*rivolta verso l'altra parte*). E se il suolo non si apre per inghiottirli tutti, io voglio, in rapida corsa, saltare, subito, giú nell'inferno.

XENIE.[17] Siamo qua, noi insetti, con piccole, affilate tenagliette per onorare degnamente Satana, il nostro signor papà.

HENNINGS.[18] Guardate come essi scherzano ingenuamente insieme, pigiati contro quella schiera! Alla fine arriveranno ancora a dire di essere gente di buon cuore.

MUSAGETE. Mi piacerebbe assai perdermi in questo esercito di streghe perché, in verità, le saprei guidare assai meglio delle Muse.

EX-GENIO DEL TEMPO. In compagnia di gente che vale, si diventa pur qualche cosa. Vieni, afferrati ai miei panni! Il Blocksberg, come il Parnaso della Germania, ha una vetta proprio spaziosa.

VIAGGIATORE CURIOSO.[19] Ditemi: come si chiama quell'uomo cosí sostenuto? Cammina orgogliosamente e fiuta, ovunque possa fiutare. « Egli va in cerca di gesuiti. »

GRU.[20] Nel chiaro mi trovo a mio agio e pesco anche nel torbido; perciò vedete l'uomo pio mescolarsi anche con il diavolo.

UOMO DI MONDO.[21] Già, credetemi, per i piú, tutto serve al loro scopo; essi formeranno qui, sul Blocksberg, piú di una conventicola.

BALLERINO.[22] Arriva forse un nuovo coro? Sento lontano rullar di tamburi. « Zitti! sono i monotoni tarabusi, nel canneto. »

MAESTRO DI BALLO. Come mena le gambe ognuno! Se la cava come può! Lo zoppo salta, chi è goffo e peso saltella e non chiede che figura ci faccia.

FIEDLER. Das haßt sich schwer, das Lumpenpack,
Und gäb sich gern das Restchen;
Es eint sie hier der Dudelsack,
Wie Orpheus Leier die Bestien.

DOGMATIKER. Ich lasse mich nicht irreschrein,
Nicht durch Kritik noch Zweifel.
Der Teufel muß doch etwas sein;
Wie gäbs denn sonst auch Teufel?

IDEALIST. Die Phantasie in meinem Sinn
Ist diesmal gar zu herrisch.
Fürwahr, wenn ich das alles bin,
So bin ich heute närrisch!

REALIST. Das Wesen ist mir recht zur Qual
Und muß mich baß verdrießen;
Ich stehe hier zum erstenmal
Nicht fest auf meinen Füßen.

SUPERNATURALIST. Mit viel Vergnügen bin ich da
Und freue mich mit diesen;
Denn von den Teufeln kann ich ja
Auf gute Geister schließen.

SKEPTIKER. Sie gehn den Flämmchen auf der Spur
Und glaubn sich nah dem Schatze.
Auf Teufel reimt der Zweifel nur;
Da bin ich recht am Platze.

KAPELLMEISTER. Frosch im Laub und Grill im Gras,
Verfluchte Dilettanten!
Fliegenschnauz und Mückennas,
Ihr seid doch Musikanten!

DIE GEWANDTEN. Sanssouci, so heißt das Heer
Von lustigen Geschöpfen;
Auf den Füßen gehts nicht mehr,
Drum gehn wir auf den Köpfen.

DIE UNBEHÜLFLICHEN. Sonst haben wir manchen Bissen erschranzt,
Nun aber Gott befohlen!
Unsere Schuhe sind durchgetanzt,
Wir laufen auf nackten Sohlen.

IRRLICHTER. Von dem Sumpfe kommen wir,
Woraus wir erst entstanden;
Doch sind wir gleich im Reihen hier
Die glänzenden Galanten.

STERNSCHNUPPE. Aus der Höhe schoß ich her
Im Stern- und Feuerscheine,
Liege nun im Grase quer:
Wer hilft mir auf die Beine?

DIE MASSIVEN. Platz und Platz! und ringsherum!

SUONATORE DI VIOLINO. Come si odia quella canaglia; si prenderebbero di cuore a legnate. La cornamusa li unisce e riconcilia come la lira di Orfeo le bestie.

DOGMATICO.[23] Non mi lascio sviare né dalla critica, né dal dubbio. Il diavolo è pur qualche cosa, altrimenti come ci sarebbe il diavolo?

IDEALISTA.[24] La fantasia è questa volta persino troppo prepotente nel mio spirito. In verità, se io sono tutto questo, allora oggi sono pazzo!

REALISTA.[25] L'Essere mi è proprio un tormento e mi deve assai tormentare. Per la prima volta sto, qui, non saldo sui miei piedi.

SOPRANATURALISTA.[26] Mi fa molto piacere di essere qui e me ne sto con costoro in allegria. Perché posso dedurre, dall'esistenza dei diavoli, l'esistenza dei buoni spiriti.

SCETTICO.[27] Seguono le tracce delle fiammelle e credono andar verso il tesoro. Con il diavolo rima[28] solamente il dubbio e, perciò, sono qui al mio vero posto.

DIRETTORE D'ORCHESTRA.[29] Rane fra il verde e grillo nell'erba, maledetti dilettanti! Mosche e zanzare, voi siete, sí, musicanti!

GLI ABILI.[30] Sans-souci, cosí si chiama la schiera delle allegre creature. Coi piedi non riusciamo piú a camminare, per questo, camminiamo su le teste.

I MALDESTRI.[31] In altri tempi abbiamo scroccato piú di un boccone. Ma ora, addio! Le nostre scarpe si sono consumate dal danzare e camminiamo a piedi nudi.

FUOCHI FATUI.[32] Noi veniamo dal pantano, dove siamo un giorno nati, però, siamo entrati qui subito nelle danze e siamo degli splendidi galanti.

STELLA CADENTE.[33] Piombai quaggiú dall'alto con parvenza di fiamma e di stella. Ora giaccio di traverso nell'erba. Chi mi aiuta a tirarmi su?

I MASSICCI.[34] Largo, largo! Tutto intorno largo! L'erbet-

So gehn die Gräschen nieder;
Geister kommen, Geister auch,
Sie haben plumpe Glieder.

PUCK. Tretet nicht so mastig auf
Wie Elefantenkälber!
Und der Plumpst an diesem Tag
Sei Puck, der Derbe, selber!

ARIEL. Gab die liebende Natur,
Gab der Geist euch Flügel,
Folget meiner leichten Spur:
Auf zum Rosenhügel!

ORCHESTER (*pianissimo*). Wolkenzug und Nebelflor
Erhellen sich von oben.
Luft im Laub und Wind im Rohr —
Und alles ist zerstoben.

Trüber Tag. Feld

Faust. Mephistopheles

FAUST. Im Elend! Verzweifelt! Erbärmlich auf der Erde lange verirrt und nun gefangen! Als Missetäterin im Kerker zu entsetzlichen Qualen eingesperrt das holde, unselige Geschöpf! Bis dahin! dahin! — Verräterischer, nichtswürdiger Geist, und das hast du mir verheimlicht! Steh nur, steh! wälze die teuflischen Augen ingrimmend im Kopf herum! Steh und trutze mir durch deine unerträgliche Gegenwart! — Gefangen! Im unwiederbringlichen Elend! Bösen Geistern übergeben und der richtenden, gefühllosen Menschheit! — Und mich wiegst du indes in abgeschmackten Zerstreuungen, verbirgst mir ihren wachsenden Jammer und lässest sie hülflos verderben!

MEPHISTOPHELES. Sie ist die Erste nicht!

FAUST. Hund! abscheuliches Untier! — Wandle ihn, du unendlicher Geist! wandle den Wurm wieder in seine Hundsgestalt, wie er sich oft nächtlicher Weile gefiel, vor mir herzutrotten, dem harmlosen Wandrer vor die Füße zu kollern und sich dem Niederstürzenden auf die Schultern zu hängen! Wandl ihn wieder in seine Lieblingsbildung, daß er vor mir im Sand auf dem Bauch krieche, ich ihn mit Füßen trete, den Verworfnen! — »Die Erste nicht!« — Jammer! Jammer! von keiner

ta viene cosí calpestata. Arrivano spiriti, ed anche gli spiriti hanno membra pesanti.

PUCK.[35] Non avanzatevi cosí panciuti simili a giovani elefanti! Proprio Puck, il robusto Puck, deve essere oggi quello che cade rumorosamente.

ARIEL.[36] Natura benigna, e lo spirito vi hanno dato le ali, seguite dunque la mia orma lieve, su verso la collina delle rose.

ORCHESTRA (*pianissimo*[37]). Voli di nuvole e veli di nebbia si rischiarano lassú. Venticelli passano fra le fronde ed il vento nel canneto. E tutto è svanito.

Giorno fosco,[1] *campagna*

Faust, Mefistofele

FAUST. Desolata! Disperata! Miseramente errante senza mèta, per lungo tempo, sulla terra ed ora in prigione! La dolce, infelice creatura rinchiusa, come una delinquente, in carcere, fra terribili tormenti! Sino a questo punto! sino a questo punto! E tu, traditore, spirito miserabile, me lo hai tenuto nascosto! Stai pur lí, stai e rota rabbiosamente, nelle loro orbite, i tuoi occhi diabolici! Stattene lí e sfidami con la tua insopportabile presenza! In prigione! Irreparabilmente sventurata! Consegnata a spiriti maligni ed alla spietata giustizia degli uomini! E intanto tu mi culli in distrazioni disgustose, mi nascondi la crescente pena di lei, la lasci andare in perdizione senza soccorrerla!

MEFISTOFELE. Non è la prima!

FAUST. Cane![2] Ripugnante mostro! O Spirito infinito, mutalo, muta questo verme nuovamente nella sua figura di cane, in quella in cui sovente, di notte, si compiacque di trotterellare davanti a me, di rotolarsi davanti all'innocuo viandante e di buttarglisi sulle spalle dopo averlo visto cadere! Mutalo un'altra volta nella sua forma preferita[3] cosí che egli strisci sul ventre davanti a me, nella polvere ed io lo pesti, lo scellerato! « Non è

Menschenseele zu fassen, daß mehr als Ein Geschöpf in die Tiefe dieses Elendes versank, daß nicht das erste genugtat für die Schuld aller übrigen in seiner windenden Todesnot vor den Augen des ewig Verzeihenden! Mir wühlt es Mark und Leben durch, das Elend dieser Einzigen; du grinsest gelassen über das Schicksal von Tausenden hin!

MEPHISTOPHELES. Nun sind wir schon wieder an der Grenze unsres Witzes, da, wo euch Menschen der Sinn überschnappt. Warum machst du Gemeinschaft mit uns, wenn du sie nicht durchführen kannst? Willst fliegen und bist vorm Schwindel nicht sicher? Drangen wir uns dir auf, oder du dich uns?

FAUST. Fletsche deine gefräßigen Zähne mir nicht so entgegen! Mir ekelts! — Großer, herrlicher Geist, der du mir zu erscheinen würdigtest, der du mein Herz kennest und meine Seele, warum an den Schandgesellen mich schmieden, der sich am Schaden weidet und am Verderben sich letzt?

MEPHISTOPHELES. Endigst du?

FAUST. Rette sie! oder weh dir! Den gräßlichsten Fluch über dich auf Jahrtausende!

MEPHISTOPHELES. Ich kann die Bande des Rächers nicht lösen, seine Riegel nicht öffnen. — »Rette sie!« — Wer wars, der sie ins Verderben stürzte? Ich oder du?

FAUST (*blickt wild umher*).

MEPHISTOPHELES. Greifst du nach dem Donner? Wohl, daß er euch elenden Sterblichen nicht gegeben ward! Den unschuldig Entgegnenden zu zerschmettern, das ist so Tyrannenart, sich in Verlegenheiten Luft zu machen.

FAUST. Bringe mich hin! Sie soll frei sein!

MEPHISTOPHELES. Und die Gefahr, der du dich aussetzest? Wisse: noch liegt auf der Stadt Blutschuld von deiner Hand! Über des Erschlagenen Stätte schweben rächende Geister und lauern auf den wiederkehrenden Mörder.

FAUST. Noch das von dir? Mord und Tod einer Welt über dich Ungeheuer! Führe mich hin, sag ich, und befrei sie!

MEPHISTOPHELES. Ich führe dich, und was ich tun kann, höre! Habe ich alle Macht im Himmel und auf Erden? Des Türners Sinne will ich umnebeln, bemächtige dich der Schlüssel und führe sie heraus mit Menschenhand! Ich wache! die Zauberpferde sind bereit, ich entführe euch. Das vermag ich.

FAUST. Auf und davon!

la prima! »[4] Sventura! Una sventura che nessuna mente umana può comprendere, quella che piú di una creatura sia caduta nell'abisso di questa sventura e che la prima non abbia, torcendosi negli spasimi di morte, sufficientemente espiata la colpa di tutte le altre davanti agli occhi di Chi[5] sempre perdona! La sventura di questa sola mi infuria dentro, nel midollo e nell'anima. Tu sogghigni, impassibile al destino di migliaia!

MEFISTOFELE. Eccoci di nuovo all'estremo limite del nostro intelletto, là dove a voi uomini dà di volta il cervello. Perché fai vita in comune con noi se poi non ci resisti? Vuoi volare e soffri, nel volo, le vertigini? Siamo stati noi ad attaccarci a te o tu a noi?

FAUST. Non digrignarmi in faccia quei tuoi famelici denti! Mi fa schifo! Grande, sublime Spirito[6] che ti degnasti di apparirmi, che conosci il mio cuore e la mia anima, perché mi hai avvinto a questo compagno d'infamia che si pasce dei danni altrui e si delizia della perdizione?

MEFISTOFELE. La smetti?

FAUST. Salvala! o guai a te! La piú tremenda maledizione su di te e per millenni!

MEFISTOFELE. Non posso sciogliere i vincoli del Vendicatore.[7] « Salvala! » Chi è stato a precipitarla nella rovina? Io o tu?

FAUST (*guarda intorno infuriato*).

MEFISTOFELE. Vuoi ricorrere al fulmine? Per fortuna non fu concesso a voi, poveri mortali! Sfracellare l'innocente che va loro incontro è proprio il modo dei tiranni per cavarsi d'impiccio.

FAUST. Portami là! Deve venir liberata!

MEFISTOFELE. Ed il pericolo al quale ti esponi? Sappi: grava ancora sulla città il crimine di sangue, per opera tua! Sul luogo dell'ucciso aleggiano spiriti vendicatori ed attendono, in agguato, il ritorno dell'assassino.

FAUST. Ancora questo da te? O mostro, strage e morte di tutto un mondo sopra di te! Conducimi là, ti dico e liberala!

MEFISTOFELE. Ti condurrò, ma odi quello che io posso fare! Ho forse io ogni potere in cielo ed in terra? Offuscherò i sensi del custode del carcere, tu impadronisciti delle chiavi e conducila fuori con la tua mano d'uomo! Io sarò di guardia! I cavalli incantati sono pronti, vi porterò via. Questo lo posso fare.

FAUST. Via, partiamo!

Nacht. Offen Feld

Faust, Mephistopheles, auf schwarzen Pferden daherbrausend

FAUST. Was weben die dort um den Rabenstein?
MEPHISTOPHELES. Weiß nicht, was sie kochen und schaffen.
FAUST. Schweben auf, schweben ab, neigen sich, beugen sich.
MEPHISTOPHELES. Eine Hexenzunft!
FAUST. Sie streuen und weihen.
MEPHISTOPHELES. Vorbei! vorbei!

Kerker

FAUST, *mit einem Bund Schlüssel und einer Lampe, vor einem eisernen Türchen*

Mich faßt ein längst entwohnter Schauer,
Der Menschheit ganzer Jammer faßt mich an.
Hier wohnt sie, hinter dieser feuchten Mauer,
Und ihr Verbrechen war ein guter Wahn!
Du zauderst, zu ihr zu gehen?
Du fürchtest, sie wiederzusehen?
Fort! dein Zagen zögert den Tod heran.
(*Er ergreift das Schloß, Es singt inwending*)
Meine Mutter, die Hur,
Die mich umgebracht hat!
Mein Vater, der Schelm,
Der mich gessen hat!
Mein Schwesterlein klein
Hub auf die Bein
An einem kühlen Ort —
Da ward ich ein schönes Waldvögelein,
Fliege fort, fliege fort!

FAUST (*aufschließend*). Sie ahnet nicht, daß der Geliebte lauscht,
Die Ketten klirren hört, das Stroh, das rauscht. (*Er tritt ein*)

MARGARETE (*sich auf dem Lager verbergend*).
Weh! weh! sie kommen. Bittrer Tod!

Notte. Aperta campagna[1]

Faust, Mefistofele, di galoppo, su neri cavalli

FAUST. Che stanno facendo là, intorno al patibolo?

MEFISTOFELE. Non so che cosa stiano cuocendo e preparando.

FAUST. Si levano a volo, si posano, si chinano, si curvano.

MEFISTOFELE. Un raduno di streghe.

FAUST. Spargono e consacrano.

MEFISTOFELE. Via, via, andiamo oltre!

Carcere[1]

Faust, con un mazzo di chiavi ed una lampada, davanti ad una piccola porta in ferro

FAUST. Mi coglie un brivido da gran tempo inconsueto in me, mi assale tutto il dolore dell'umanità. Qui abita lei, al di là di questo umido muro, e il suo delitto non fu che una buona illusione. Tu esiti ad entrare da lei? Temi di doverla rivedere? Avanti! Il tuo sgomento è un avvicinare la morte di lei.

(*Fa per aprire. Da dentro giunge un canto*)

Mia madre,[2] la puttana che mi ha ucciso! Mio padre, il birbante, che mi mangiò. La mia piccola sorellina raccolse le ossa entro una fresca fossa. Allora diventai un uccellino nel bosco; vola via, vola via!

FAUST (*aprendo*). Essa è certamente lontana dal pensare che l'amato la sta ascoltando, sente stridere le catene e la paglia frusciare. (*Entra*)

MARGHERITA (*nascondendosi sul suo giaciglio*). Ahimè! Ahimè! essi giungono. Morte amara!

FAUST (*leise*). Still! still! ich komme, dich zu befreien.
MARGARETE (*sich vor ihn hinwälzend*). Bist du ein Mensch, so
[fühle meine Not!
FAUST. Du wirst die Wächter aus dem Schlafe schreien!
(*Er faßt die Ketten, sie aufzuschließen*)
MARGARETE (*auf den Knien*). Wer hat dir, Henker, diese Macht
Über mich gegeben?
Du holst mich schon um Mitternacht!
Erbarme dich und laß mich leben!
Ists morgen früh nicht zeitig genung? (*Sie steht auf*)
Bin ich doch noch so jung, so jung!
Und soll schon sterben!
Schön war ich auch, und das war mein Verderben.
Nah war der Freund, nun ist er weit;
Zerrissen liegt der Kranz, die Blumen zerstreut.
Fasse mich nicht so gewaltsam an!
Schone mich! Was hab ich dir getan?
Laß mich nicht vergebens flehen!
Hab ich dich doch mein Tage nicht gesehen!
FAUST. Werd ich den Jammer überstehen?
MARGARETE. Ich bin nun ganz in deiner Macht.
Laß mich nur erst das Kind noch tränken!
Ich herzt es diese ganze Nacht;
Sie nahmen mirs, um mich zu kränken,
Und sagen nun, ich hätt es umgebracht,
Und niemals werd ich wieder froh.
Sie singen Lieder auf mich! Es ist bös von den Leuten!
Ein altes Märchen endigt so,
Wer heißt sies deuten?
FAUST (*wirft sich nieder*). Ein Liebender liegt dir zu Füßen,
Die Jammerknechtschaft aufzuschließen.
MARGARETE (*wirft sich zu ihm*). O laß uns knien, die Heilgen
[anzurufen!
Sieh: unter diesen Stufen,
Unter der Schwelle
Siedet die Hölle!
Der Böse,
Mit furchtbarem Grimme,
Macht ein Getöse!
FAUST (*laut*). Gretchen! Gretchen!
MARGARETE (*aufmerksam*). Das war des Freundes Stimme!
(*Sie springt auf. Die Ketten fallen ab*)
Wo ist er? Ich hab ihn rufen hören!
Ich bin frei! mir soll niemand wehren.
An seinen Hals will ich fliegen,
An seinem Busen liegen!

FAUST (*sottovoce*). Zitta! Zitta! Vengo per liberarti.

MARGHERITA (*rotolandosi davanti a lui*). Se sei un uomo, senti in te la mia sventura!

FAUST. Gridando cosí, sveglierai i guardiani. (*Afferra le catene per scioglierle*)

MARGHERITA (*in ginocchio*). O boia, chi ti ha dato questo potere su di me? Mi vieni a prendere già a mezzanotte! Abbi pietà di me e lasciami vivere! Domattina, per tempo, non sarà presto abbastanza? (*Si alza*) Sono ancora cosí giovane, cosí giovane! E devo morire! ero anche bella e ciò fu la mia rovina. Vicino mi era l'amico ed ora è lontano. Strappata è la ghirlanda ed i fiori dispersi. Non afferrarmi cosí violentemente! Risparmiami! Che cosa ti ho fatto? Che io non supplichi invano! Eppure non ti ho mai veduto, in vita mia!

FAUST. Chi può reggere a tanto dolore?

MARGHERITA. Sono ormai totalmente in tuo potere. Ch'io, prima, dia il latte al bambino; me lo tenni sul cuore tutta la notte. Me l'hanno preso per farmi penare ed ora dicono che io l'ho ucciso. E non sarò mai piú lieta. Cantano canzoni su di me! È una cattiveria della gente! Una vecchia favola finisce cosí. Chi disse di darle questo significato?[3]

FAUST (*si getta ai suoi piedi*). Uno che ti ama giace ai tuoi piedi per schiuderti questo carcere di dolore.

MARGHERITA (*cadendo in ginocchio vicino a lui*). Oh inginocchiamoci ed invochiamo i santi! Guarda: sotto questi scalini, sotto la soglia, bolle l'inferno! Il Maligno fa grande rumore, con terribile ira!

FAUST (*a voce alta*). Margherita! Margherita!

MARGHERITA (*attenta*). Questa era la voce dell'amico! (*Balza in piedi. Le catene si sciolgono*) Dov'è? L'ho sentito chiamare! Sono libera! Nessuno me lo impedisce! Voglio fuggire via, al suo collo, giacere sul suo petto!

Er rief: Gretchen! Er stand auf der Schwelle!
Mitten durchs Heulen und Klappern der Hölle!
Durch den grimmigen, teuflischen Hohn
Erkannt ich den süßen, den liebenden Ton.

FAUST. Ich bins!

MARGARETE. Du bists! O sag es noch einmal! (*Ihn fassend*)
Er ists! er ists! Wohin ist alle Qual?
Wohin die Angst des Kerkers? der Ketten?
Du bists! kommst, mich zu retten!
Ich bin gerettet! —
Schon ist die Straße wieder da,
Auf der ich dich zum ersten Male sah,
Und der heitere Garten,
Wo ich und Marthe deiner warten.

FAUST (*fortstrebend*). Komm mit! komm mit!

MARGARETE. O weile!
Weil ich doch so gern, wo du weilest. (*Liebkosend*)

FAUST. Eile!
Wenn du nicht eilest,
Werden wirs teuer büßen müssen.

MARGARETE. Wie? du kannst nicht mehr küssen?
Mein Freund, so kurz von mir entfernt,
Und hasts Küssen verlernt?
Warum wird mir an deinem Halse so bang,
Wenn sonst von deinen Worten, deinen Blicken
Ein ganzer Himmel mich überdrang
Und du mich küßtest, als wolltest du mich ersticken?
Küsse mich!
Sonst küß ich dich! (*Sie umfaßt ihn*)
O weh! deine Lippen sind kalt,
Sind stumm!
Wo ist dein Lieben
Geblieben?
Wer brachte mich drum? (*Sie wendet sich von ihm*)

FAUST. Komm! folge mir! Liebchen, fasse Mut!
Ich herze dich mit tausendfacher Glut;
Nur folge mir! Ich bitte dich nur dies!

MARGARETE (*zu ihm gewendet*).
Und bist dus denn? und bist dus auch gewiß?

FAUST. Ich bins! Komm mit!

MARGARETE. Du machst die Fesseln los,
Nimmst wieder mich in deinen Schoß.
Wie kommt es, daß du dich vor mir nicht scheust? —
Und weißt du denn, mein Freund, wen du befreist?

Chiamò: Margherita! Stava sulla soglia! In mezzo all'ululare ed al fragore dell'inferno, in mezzo all'irato scherno dei diavoli, riconobbi il timbro dolce ed amato della sua voce.

FAUST. Sono io!

MARGHERITA. Sei tu? O non dirlo a nessuno! (*Attaccandosi a lui*) E lui? E lui? Dove è fuggita ogni pena? Dove l'angoscia del carcere? delle catene? Sei tu! vieni a salvarmi! Sono salva! Ecco, nuovamente la strada dove ti vidi per la prima volta, ed il ridente giardino dove io e Marta ti aspettammo.

FAUST (*tentando di condurla via*). Vieni con me, vieni con me!

MARGHERITA. O resta un po' qui! Sto cosí volentieri là dove tu sei. (*Lo accarezza*)

FAUST. In fretta! Se non fai in fretta, ci costerà caro.

MARGHERITA. Come? Non sai piú baciare? Amore, per così poco tempo lontano da me ed hai disimparato il baciare? Perché mi sento cosí inquieta al tuo collo? Mentre, allora, tutto un cielo scendeva su di me con le tue parole, con i tuoi sguardi e tu mi baciavi come se mi volessi soffocare? Baciami! se no, io bacio te! (*Lo abbraccia*) Ahimè! le tue labbra sono fredde, sono mute! Dov'è rimasto il tuo amore? Chi me l'ha portato via? (*Si allontana da lui*)

FAUST. Vieni! Seguimi! Cara, coraggio! Ti stringerò al cuore con una passione mille volte piú forte, ma, ora, seguimi! Di questo soltanto ti prego!

MARGHERITA. Sei proprio tu? Proprio tu, certamente?

FAUST. Sono io! Vieni con me!

MARGHERITA. Tu sciogli le mie catene; mi serri nuovamente al tuo petto. Come mai non hai orrore[4] di me? Sai tu dunque, amico, chi stai liberando?

FAUST. Komm! komm! Schon weicht die tiefe Nacht.
MARGARETE. Meine Mutter hab ich umgebracht,
Mein Kind hab ich ertränkt!
War es nicht dir und mir geschenkt?
Dir auch! — Du bists! ich glaub es kaum.
Gib deine Hand! Es ist kein Traum!
Deine liebe Hand! — Ach, aber sie ist feucht!
Wisch sie ab! Wie mich deucht,
Ist Blut dran!
Ach Gott! was hast du getan!
Stecke den Degen ein!
Ich bitte dich drum.
FAUST. Laß das Vergangne vergangen sein!
Du bringst mich um.
MARGARETE. Nein, du mußt übrigbleiben!
Ich will dir die Gräber beschreiben,
Für die mußt du sorgen
Gleich morgen:
Der Mutter den besten Platz geben,
Meinen Bruder sogleich darneben,
Mich ein wenig beiseit,
Nur nicht gar zu weit!
Und das Kleine mir an die rechte Brust!
Niemand wird sonst bei mir liegen! —
Mich an deine Seite zu schmiegen,
Das war ein süßes, ein holdes Glück!
Aber es will mir nicht mehr gelingen:
Mir ists, als müßt ich mich zu dir zwingen,
Als stießest du mich von dir zurück,
Und doch bist dus und blickst so gut, so fromm.
FAUST. Fühlst du, daß ich es bin, so komm!
MARGARETE. Dahinaus?
FAUST. Ins Freie!
MARGARETE. Ist das Grab drauß,
Lauert der Tod, so komm!
Von hier ins ewige Ruhebett
Und weiter keinen Schritt! —
Du gehst nun fort? O Heinrich, könnt ich mit!
FAUST. Du kannst! so wolle nur! Die Tür steht offen.
MARGARETE. Ich darf nicht fort; für mich ist nichts zu hoffen.
Was hilft es, fliehn? Sie lauern doch mir auf!
Es ist so elend, betteln zu müssen,
Und noch dazu mit bösem Gewissen!
Es ist so elend, in der Fremde schweifen —
Und sie werden mich doch ergreifen!

FAUST. Vieni, vieni. Già la notte fonda si rischiara.

MARGHERITA. Ho ucciso mia madre, ho affogato la mia creatura! Non era stata donata a te ed a me? Anche a te! Sei proprio tu! Appena lo credo. Dammi la tua mano! Non è sogno! La tua cara mano! Ah, ma essa è umida! Asciugala! È macchiata di sangue, mi pare! O Dio! che hai fatto! Rinfodera la spada,[5] te ne prego.

FAUST. Lascia stare il passato! Tu mi uccidi.

MARGHERITA. No, tu devi sopravvivere! Ti voglio descrivere le tombe; di questo devi prenderti cura tu, domani, subito. Darai a mia madre il posto migliore. Mio fratello proprio accanto a lei, un po' da un lato, ma non troppo lontano! E la mia creatura vicina a me, al mio seno, a destra! Nessun altro giacerà vicino a me! Aderire tutta contro il tuo fianco[6] fu ben una dolce e soave felicità! Ma non mi sarebbe piú possibile, mi pare di dovermelo imporre questo avvicinarmi a te. Come se tu mi respingessi da te, e, tuttavia, sei proprio tu e sei cosí buono e caro.

FAUST. Se senti che sono io, proprio io, allora seguimi.

MARGHERITA. Là, fuori di qui?

FAUST. All'aperto.

MARGHERITA. Là fuori è la tomba, e la morte sta in agguato. Vieni allora! Di qui sull'eterno letto di pace, e non un passo di piú! Te ne vai, ora? O Enrico, potessi venire con te!

FAUST. Lo puoi. Pur che tu lo voglia! La porta è aperta.

MARGHERITA. Non devo andar via[7]; per me non c'è piú speranza alcuna. Che serve fuggire? Mi aspettano al varco! È cosí miserabile cosa dover andar mendicando e, per di piú, con una cattiva coscienza! È cosí miserabile cosa andar raminghi in paesi stranieri. E, tuttavia, mi prenderanno!

FAUST. Ich bleibe dei dir.
MARGARETE. Geschwind! geschwind!
Rette dein armes Kind!
Fort! immer den Weg
Am Bach hinauf,
Über den Steg,
In den Wald hinein,
Links, wo die Planke steht,
Im Teich!
Faß es nur gleich!
Es will sich heben,
Es zappelt noch!
Rette! rette!
FAUST. Besinne dich doch!
Nur Einen Schritt, so bist du frei!
MARGARETE. Wären wir nur den Berg vorbei!
Da sitzt meine Mutter auf einem Stein,
Es faßt mich kalt beim Schopfe!
Da sitzt meine Mutter auf einem Stein
Un wackelt mit dem Kopfe:
Sie winkt nicht, sie nickt nicht, der Kopf ist ihr schwer,
Sie schlief so lange, sie wacht nicht mehr —
Sie schlief, damit wir uns freuten!
Es waren glückliche Zeiten!
FAUST. Hilft hier kein Flehen, hilft kein Sagen,
So wag ichs, dich hinwegzutragen.
MARGARETE. Laß mich! Nein, ich leide keine Gewalt!
Fasse mich nicht so mörderisch an!
Sonst hab ich dir ja alles zulieb getan.
FAUST. Der Tag graut! Liebchen! Liebchen!
MARGARETE. Tag! Ja, es wird Tag! der letzte Tag dringt herein!
Mein Hochzeitstag sollt es sein!
Sag niemand, daß du schon bei Gretchen warst!
Weh meinem Kranze!
Es ist eben geschehn!
Wir werden uns wiedersehn —
Aber nicht beim Tanze.
Die Menge drängt sich, man hört sie nicht;
Der Platz, die Gassen
Können sie nicht fassen.
Die Glocke ruft, das Stäbchen bricht.
Wie sie mich binden und packen!
Zum Blutstuhl bin ich schon entrückt.
Schon zuckt nach jedem Nacken

FAUST. Resterò con te!

MARGHERITA. Svelto, presto! Salva la tua povera creatura! Via! Sempre su per il sentiero, lungo il torrente, oltre il ponticello, dentro nel bosco, a sinistra, dove è la tavola, nello stagno! Ma afferralo subito! Si vuole ancor tirar su, sgambetta ancora! Salvalo, salvalo!

FAUST. Ma rifletti dunque! Un solo passo e sei libera!

MARGHERITA. Fossimo almeno già al di là del monte! Là siede mia madre sopra un sasso. Mi sento un gelo alla nuca! Là siede mia madre su di un sasso ed il capo le dondola. Non fa un segno, non fa un cenno: il capo le pesa, essa dorme da cosí tanto tempo e non si sveglia. Essa dormí perché noi si fosse lieti insieme! Erano tempi felici!

FAUST. Poiché il pregare non serve e non serve il ragionare, oserò portarti via.

MARGHERITA. Lasciami! No! Non tollero violenza alcuna! Non afferrarmi in modo cosí assassino! Ho fatto sempre tutto, per te, per amore.

FAUST. Il giorno sta spuntando. Amore mio! amore mio!

MARGHERITA. Il giorno! Sí, fa giorno! l'ultimo giorno si avanza! Doveva essere il mio giorno di nozze! Non dirlo a nessuno che sei già stato con Margherita! Ahimè, la mia corona! Ormai è finita! Ci rivedremo. Ma non al ballo. La folla si pigia, ma non la si sente. La piazza, le strade non la possono contenere. La campana chiama, il bastoncino è spezzato.[8] Come mi legano ed afferrano. Sono già vicina al ceppo. Già ognuno sente

Die Schärfe, die nach meinem zückt.
Stumm liegt die Welt wie das Grab!

FAUST. O wär ich nie geboren!

MEPHISTOPHELES (*erscheint draußen*). Auf! oder ihr seid ver-
Unnützes Zagen! Zaudern und Plaudern! [loren.
Meine Pferde schaudern,
Der Morgen dämmert auf.

MARGARETE. Was steigt aus dem Boden herauf?
Der! der! Schicke ihn fort!
Was will der an dem heiligen Ort?
Er will mich!

FAUST. Du sollst leben!

MARGARETE. Gericht Gottes! dir hab ich mich übergeben!

MEPHISTOPHELES (*zu Faust*).
Komm! komm! Ich lasse dich mit ihr im Stich.

MARGARETE. Dein bin ich, Vater! rette mich!
Ihr Engel, ihr heiligen Scharen,
Lagert euch umher, mich zu bewahren! —
Heinrich! mir grauts vor dir!

MEPHISTOPHELES. Sie ist gerichtet!

STIMME (*von oben*). Ist gerettet!

MEPHISTOPHELES (*zu Faust*). Her zu mir!
(*Verschwindet mit Faust*)

STIMME (*von innen, verhallend*). Heinrich! Heinrich!

vibrare verso la sua nuca la mannaia vibrata contro la mia. Muto sta il mondo come una tomba!

FAUST. O non fossi mai nato!

MEFISTOFELE (*appare al di fuori dell'uscio*). Su, o voi siete perduti. Vano lo sgomento, l'indugiare ed il chiacchierare! I miei cavalli fremono! Il mattino sta per spuntare.[9]

MARGHERITA. Chi sale su dal suolo? Lui! Lui! Mandalo via! Che cosa vuole colui qui, in un luogo sacro?[10] Egli vuole me!

FAUST. Tu devi vivere!

MARGHERITA. Giustizia divina, mi sono affidata a te.

MEFISTOFELE (*a Faust*). Vieni! vieni! Pianto in asso te con lei.

MARGHERITA. Tua sono io, Padre, salvami! Voi angeli,[11] voi celesti schiere, accampatevi intorno a me per proteggermi! Enrico, ho orrore di te!

MEFISTOFELE. È condannata!

VOCE (*dall'alto*). È salvata![12]

MEFISTOFELE (*a Faust*). Via, con me![13]

(*Scompare con Faust*)

VOCE (*dal di dentro, morendo a poco a poco*). Enrico! Enrico![14]

Der Tragödie zweiter Teil

In fünf Akten

Erster Akt

Anmutige Gegend

Faust, auf blumigen Rasen gebettet, ermüdet, unruhig, schlafsuchend
Dämmerung
Geisterkreis, schwebend bewegt, anmutige kleine Gestalten

ARIEL (*Gesang, von Äolsharfen begleitet*).
Wenn der Blüten Frühlingsregen
Über alle schwebend sinkt,
Wenn der Felder grüner Segen
Allen Erdgebornen blinkt,
Kleiner Elfen Geistergröße
Eilet, wo sie helfen kann;
Ob er heilig, ob er böse,
Jammert sie der Unglücksmann.
Die ihr dies Haupt umschwebt im luftgen Kreise,
Erzeigt euch hier nach edler Elfen Weise:
Besänftiget des Herzens grimmen Strauß!
Entfernt des Vorwurfs glühend-bittre Pfeile,
Sein Innres reinigt von erlebtem Graus!
Vier sind die Pausen nächtiger Weile:
Nun ohne Säumen füllt sie freundlich aus!
Erst senkt sein Haupt aufs kühle Polster nieder,
Dann badet ihn im Tau aus Lethes Flut!
Gelenk sind bald die krampferstarrten Glieder,
Wenn er gestärkt dem Tag entgegenruht.
Vollbringt der Elfen schönste Pflicht:
Gebt ihn zurück dem heiligen Licht!

CHOR (*einzeln, zu zweien und vielen, abwechselnd und gesammelt*).
Wenn sich lau die Lüfte füllen
Um den grünumschränkten Plan,
Süße Düfte, Nebelhüllen
Senkt die Dämmerung heran,
Lispelt leise süßen Frieden,
Wiegt das Herz in Kindesruh,
Und den Augen dieses Müden
Schließt des Tages Pforte zu.

Seconda parte della tragedia

In cinque atti

Atto primo

Ridente contrada[1]

Faust adagiato sull'erba fiorita, stanco, irrequieto, insonne
Crepuscolo
Stormi di spiriti — piccole, graziose forme — si muovono, aleggiano

ARIEL[2] (*canta con accompagnamento di arpe eoliche*[3]). Quando la pioggia della fioritura primaverile si posa, ondeggiando, su ogni cosa, quando la verde ricchezza dei campi risplende per tutti i nati di terra, la magnanimità dei piccoli elfi si affretta là dove può dare aiuto; sia egli innocente, sia egli malvagio, essa sente sempre pietà per l'uomo sventurato.

O voi, che in aerei giri aleggiate intorno a questo capo, rivelatevi, qui, secondo il nobile costume degli elfi; placate la fiera tempesta[4] di questo cuore, allontanate i dardi ardenti di un amaro rimorso, purificate il suo intimo dall'orrore vissuto! Quattro sono le pause per chi veglia la notte[5]; colmatele, senza indugio, amorosamente! In primo luogo adagiate il suo capo su fresco cuscino, poi inumiditelo con la rugiada attinta nell'onda del Lete![6] Cosí, le membra, irrigidite dallo spasimo, si scioglieranno, appena egli, rinvigorito, muoverà incontro al nuovo giorno. Compite il piú bel dovere degli elfi: ridatelo alla sacra luce!

CORO (*a solo, a due e piú, alternatamente e tutti insieme*). Quando l'aure si riempiono di tepore, il crepuscolo invia, giú, ai piani, circondati di verde, dolci nebbie e veli di vapori. Sussurrategli sommessamente una dolce pace, cullate il suo cuore in una serenità simile a quella di un fanciullo e chiudete le porte del giorno sugli occhi di questo affaticato.

Nacht ist schon hereingesunken,
Schließt sich heilig Stern an Stern,
Große Lichter, kleine Funken
Glitzern nah und glänzen fern,
Glitzern hier im See sich spiegelnd,
Glänzen droben klarer Nacht;
Tiefsten Ruhens Glück besiegelnd,
Herrscht des Mondes volle Pracht.

Schon verloschen sind die Stunden,
Hingeschwunden Schmerz und Glück;
Fühl es vor: du wirst gesunden!
Traue neuem Tagesblick!
Täler grünen, Hügel schwellen,
Buschen sich zu Schattenruh,
Und in schwanken Silberwellen
Wogt die Saat der Ernte zu.

Wunsch um Wünsche zu erlangen,
Schaue nach dem Glanze dort!
Leise bist du nur umfangen,
Schlaf ist Schale, wirf sie fort!
Säume nicht, dich zu erdreisten,
Wenn die Menge zaudernd schweift!
Alles kann der Edle leisten,
Der versteht und rasch ergreift.

(*Ungeheures Getöse verkündet das Herannahen der Sonne*)

ARIEL. Horchet! horcht dem Sturm der Horen!
Tönend wird für Geistesohren
Schon der neue Tag geboren.
Felsentore knarren rasselnd,
Phöbus Räder rollen prasselnd,
Welch Getöse bringt das Licht!
Es trommetet, es posaunet,
Auge blinzt, und Ohr erstaunet,
Unerhörtes hört sich nicht.
Schlüpfet zu den Blumenkronen,
Tiefer tiefer, still zu wohnen,
In die Felsen, unters Laub!
Trifft es euch, so seid ihr taub.

FAUST. Des Lebens Pulse schlagen frisch-lebendig,
Ätherische Dämmerung milde zu begrüßen;
Du, Erbe, warst auch diese Nacht beständig
Und atmest neu erquickt zu meinen Füßen,
Beginnest schon mit Lust mich zu umgeben,
Du regst und rührst ein kräftiges Beschließen,

La notte è già discesa, stella si unisce a stella piamente, grandi luci e piccole scintille brillano vicine e splendono lontane, brillano, rispecchiandosi, qui nel lago, e risplendono su, nella notte serena; la piena magnificenza della luna domina, suggellando la felicità di un profondissimo sonno.

Già trascorse sono le ore,[7] svaniti dolore e gioia. Un qualche cosa gli fa presagire: tu risanerai! Confida nella luce del giorno novello. Valli verdeggiano, colline son colme di gemme turgide, cespugli offrono pace con la loro ombra, e la messe ondeggia in molli onde d'argento, attendendo la mietitura.

Per placare desideri, guarda in alto, verso lo splendore del mattino! Tu sei dolcemente avvolto, il sonno è come una scorza, gettala via! Non indugiare a farti ardito, mentre il volgo ondeggia indeciso! Tutto può fare il nobile che comprende e rapido agisce.

(*Immenso fragore annuncia l'avvicinarsi del sole*)

ARIEL. Ascoltate! Ascoltate il tumulto delle ore.[8] Con tali suoni nasce, per gli orecchi dello spirito, il giorno. Porte di roccia stridono fragorosamente, le ruote di Febo rotolano strepitando. Quale frastuono porta con sé la luce! Simile a trombe ed a tube; l'occhio ne è abbagliato e l'orecchio si stupisce. Non si può udire[9] ciò che non è percepibile. Sgusciate dentro le corone dei fiori, piú dentro, per abitarvi dentro, cheti, fra le rocce, sotto il fogliame! Se il rumore vi raggiunge diventate sordi.

FAUST. Vivi e forti battono i polsi della vita per salutare dolcemente l'alba eterea. Anche tu, o terra, sei rimasta salda la notte e respiri, novellamente ristorata, ai miei piedi ed incominci già a circondarmi di desiderii e desti e susciti una forte decisione di continuare sempre a

Zum höchsten Dasein immer fortzustreben. —
In Dämmerschein liegt schon die Welt erschlossen,
Der Wald ertönt von tausendstimmigem Leben;
Talaus, talein ist Nebelstreif ergossen,
Doch senkt sich Himmelsklarheit in die Tiefen,
Und Zweig und Äste, frisch erquickt, entsprossen
Dem duftgen Abgrund, wo versenkt sie schliefen;
Auch Farb an Farbe klärt sich los vom Grunde,
Wo Blum und Blatt von Zitterperle triefen:
Ein Paradies wird um mich her die Runde.

Hinaufgeschaut! — Der Berge Gipfelriesen
Verkünden schon die feierlichste Stunde;
Sie dürfen früh des ewigen Lichts genießen,
Das später sich zu uns herniederwendet.
Jetzt zu der Alpe grüngesenkten Wiesen
Wird neuer Glanz und Deutlichkeit gespendet,
Und stufenweis herab ist es gelungen —
Sie tritt hervor! — und leider schon geblendet,
Kehr ich mich weg, vom Augenschmerz duchdrungen.

So ist es also, wenn ein sehnend Hoffen
Dem höchsten Wunsch sich traulich zugerungen,
Erfüllungspforten findet flügeloffen ;
Nun aber bricht aus jenen ewigen Gründen
Ein Flammenübermaß, wir stehn betroffen:
Des Lebens Fackel wollten wir entzünden,
Ein Feuermeer umschlingt uns, welch ein Feuer!
Ists Lieb? ists Haß? die glühend uns umwinden,
Mit Schmerz- und Freuden wechselnd ungeheuer,
So daß wir wieder nach der Erde blicken,
Zu bergen uns in jugendlichstem Schleier.

So bleibe denn die Sonne mir im Rücken!
Der Wassersturz, das Felsenriff durchbrausend,
Ihn schau ich an mit wachsendem Entzücken.
Von Sturz zu Sturzen wälzt er jetzt in tausend,
Dann abertausend Strömen sich ergießend,
Hoch in die Lüfte, Schaum an Schäume sausend.
Allein wie herrlich, diesem Sturm ersprießend,
Wölbt sich des bunten Bogens Wechseldauer,
Bald rein gezeichnet, bald in Luft zerfließend,
Umher verbreitend duftig-kühle Schauer!
Der spiegelt ab das menschliche Bestreben.
Ihm sinne nach, und du begreifst genauer:
Am farbigen Abglanz haben wir das Leben.

tendere verso la piú alta esistenza.[10] Il mondo già s'adagia, schiuso, nella luce del mattino, il bosco risuona di una vita dalle mille voci; e di valle in valle si riversano strisce di nebbia. Tuttavia la chiarezza del cielo si cala giú nel profondo e, dal nebuloso abisso dove dormivano sepolti, si levano, su, germogliando a nuova vita, rami e ramoscelli. Anche i colori si fanno piú vividi staccandosi su lo sfondo dove fiori e foglie gocciolano perle tremanti. Un paradiso viene sorgendo intorno a me.

In alto lo sguardo![11] Le gigantesche cime dei monti già annunciano l'ora piú solenne. Ad esse è dato di godere per prime l'eterna luce, quella che, piú tardi, si volge, giú, verso di noi. Ora sui verdi pendii prativi dell'alpe si spandono nuovo splendore e nuova luminosità che arrivano, progressivamente, giú in basso — Il sole sorge! — e, pur troppo, già abbagliato, mi volgo altrove, trafitti gli occhi dolorosamente.[12]

Cosí è, quando una ansiosa speranza, intenta con fiducia al piú alto desiderio, trova spalancate le porte verso la mèta. Ma ora erompe da quegli eterni abissi,[13] un incendio smisurato: ne rimaniamo sorpresi. Volevamo accendere la fiamma della vita e ne circonda un mare di fuoco e quale fuoco! È amore, è odio ciò che ci avvolge ardendo, alternando spaventosamente gioia e dolore cosí che rivolgiamo di nuovo lo sguardo verso la terra per nasconderci nel piú giovanile dei veli?

Rimanga pertanto il sole alle mie spalle! Osservo con crescente gioia la cascata che, scrosciando attraverso gli spacchi delle rocce, precipita di balza in balza versandosi in mille e mille rivoli, lanciando verso l'alto, nell'aria, spume e spume. Ma come si inarca, germogliata da questo uragano, splendida, la cangiante fissità dell'arco variopinto,[14] a volte nettamente disegnantesi, a volte sciogliententesi nell'aria e pur sempre spandendo, tutto intorno, freschi e vaporosi brividi! Rispecchia l'umana attività. Rifletti su e meglio comprenderai: noi possediamo la vita in colorati riflessi.[15]

Kaiserliche Pfalz
Saal des Thrones

Staatsrat in Erwartung des Kaisers
Trompeten. Hofgesinde aller Art, prächtig gekleidet, tritt vor. Der Kaiser gelangt auf den Thron, zu seiner Rechten der Astrolog

KAISER. Ich grüße die Getreuen, Lieben,
Versammelt aus der Näh und Weite. —
Den Weisen seh ich mir zur Seite,
Allein wo ist der Narr geblieben?
JUNKER. Gleich hinter deiner Mantelschleppe
Stürzt er zusammen auf der Treppe;
Man trug hinweg das Fettgewicht:
Tot oder trunken? weiß man nicht.
ZWEITER JUNKER. Sogleich mit wunderbarer Schnelle
Drängt sich ein andrer an die Stelle.
Gar köstlich ist er aufgeputzt,
Doch fratzenhaft, daß jeder stutzt;
Die Wache hält ihm an der Schwelle
Kreuzweis die Hellebarden vor —
Da ist er doch, der kühne Tor!
MEPHISTOPHELES (*am Throne knieend*).
Was ist verwünscht und stets willkommen?
Was ist ersehnt und stets verjagt?
Was immerfort in Schutz genommen?
Was hart gescholten und verklagt?
Wen darfst du nicht herbeiberufen?
Wen höret jeder gern genannt?
Was naht sich deines Thrones Stufen?
Was hat sich selbst hinweggebannt?
KAISER. Für diesmal spare deine Worte!
Hier sind die Rätsel nicht am Orte,
Das ist die Sache dieser Herrn. —
Da löse du! das hört ich gern:
Mein alter Narr ging, fürcht ich, weit ins Weite;
Nimm seinen Platz und komm an meine Seite!
(*Mephistopheles steigt hinauf und stellt sich zur Linken*)
GEMURMEL DER MENGE. Ein neuer Narr — Zu neuer Pein —
Wo kommt er her? — Wie kam er ein? —
Der alte fiel — Der hat vertan —
Es war ein Faß — Nun ists ein Span —

Palazzo imperiale[1]
Sala del trono

I componenti il Consiglio di stato in attesa dell'Imperatore Squilli di tromba. Si avanzano cortigiani di ogni specie, magnificamente vestiti. L'Imperatore prende posto sul trono; alla sua destra l'astrologo

IMPERATORE. Saluto i miei cari vassalli, radunati qui da lontano e da vicino. Vedo al mio lato il saggio, ma dove è rimasto il matto?

UN GIOVANE CAVALIERE. Proprio dietro la coda del tuo mantello è precipitato per la scala; l'hanno portato via quel fagotto di grasso; morto o briaco? Non si sa.

SECONDO CAVALIERE. Di colpo, con meravigliosa sveltezza un altro si è infilato al suo posto. È acconciato proprio sfarzosamente, ma in maniera cosí buffa che ognuno ne resta colpito. Le guardie lo trattengono sulla soglia incrociando davanti a lui le alabarde. Ma eccolo qua, l'ardito matto!

MEFISTOFELE (*inginocchiandosi davanti al trono*). Chi[2] è esecrato e pur sempre benvenuto? Chi è desiderato e sempre respinto? Chi sempre preso sotto protezione? Chi aspramente biasimato ed accusato? Chi non ti è permesso di chiamare presso di te? Chi sente ognuno volentieri nominato? Chi si avvicina ai gradini del tuo trono? Chi ne è bandito di per se stesso?

IMPERATORE. Risparmia, per questa volta, le tue parole! Gli indovinelli sono qui fuor di luogo. È cosa che riguarda questi signori. Indovina tu, allora; ascolterò volentieri. Ho paura che il mio vecchio buffone se ne sia andato assai lontano.[3] Prendi il suo posto e collocati al mio fianco.

(*Mefistofele sale verso il trono e gli si siede alla sinistra*)

MORMORIO DELLA FOLLA. Un nuovo matto, nuovo tormento. Da dove viene? Come entrò? Il vecchio è caduto, ed è spacciato. Prima una botte ed ora un fuscello.

KAISER. Und also, ihr Getreuen, Lieben.
Willkommen aus der Näh und Ferne!
Ihr sammelt euch mit günstigem Sterne:
Da droben ist uns Glück und Heil geschrieben.
Doch sagt, warum in diesen Tagen,
Wo wir der Sorgen uns entschlagen,
Schönbärte mummenschänzlich tragen
Und Heitres nur genießen wollten,
Warum wir uns ratschlagend quälen sollten!
Doch weil ihr meint, es ging nicht anders an,
Geschehen ists, so seis getan.
KANZLER. Die höchste Tugend, wie ein Heiligenschein,
Umgibt des Kaisers Haupt, nur er allein
Vermag sie gültig auszuüben:
Gerechtigkeit! Was alle Menschen lieben,
Was alle forden, wünschen, schwer entbehren,
Es liegt an ihm, dem Volk es zu gewähren.
Doch ach! was hilft dem Menschengeist Verstand,
Dem Herzen Güte, Willigkeit der Hand,
Wenns fieberhaft durchaus im Staate wütet
Und Übel sich in Übeln überbrütet?
Wer schaut hinab von diesem hohen Raum
Ins weite Reich, ihm scheints ein schwerer Traum,
Wo Mißgestalt in Mißgestalten schaltet,
Das Ungesetz gesetzlich überwaltet
Und eine Welt des Irrtums sich entfaltet.

Der raubt sich Herden, der ein Weib,
Kelch, Kreuz und Leuchter vom Altare,
Berühmt sich dessen manche Jahre
Mit heiler Haut, mit unverletztem Leib.
Jetzt drängen Kläger sich zur Halle,
Der Richter prunkt auf hohem Pfühl,
Indessen wogt in grimmigem Schwalle
Des Aufruhrs wachsendes Gewühl.
Der darf auf Schand und Frevel pochen,
Der auf Mitschuldigste sich stützt,
Und: Schuldig! hörst du ausgesprochen,
Wo Unschuld nur sich selber schützt.
So will sich alle Welt zerstückeln,
Vernichtigen, was sich gebührt;
Wie soll sich da der Sinn entwickeln,
Der einzig uns dem Rechten führt?
Zuletzt ein wohlgesinnter Mann
Neigt sich dem Schmeichler, dem Bestecher;

IMPERATORE. Benvenuti dunque, miei cari sudditi, di vicino e di lontano! Vi radunate sotto una benigna stella. Sta scritto, per noi, lassú: fortuna e salute. Ma, ditemi, perché in questi giorni nei quali noi deponiamo i nostri crucci acri ed indossiamo maschere come nelle mascherate e vogliamo godere solamente qualche cosa di allegro, perché ci dobbiamo tormentare con sedute di consiglio? Ma poiché voi pensate che non era possibile fare altrimenti, quel che è fatto è fatto e sia cosí.[4]

CANCELLIERE. La piú alta virtú, simile ad un'aureola di santità, circonda il capo dell'imperatore. Egli solo può usarla efficacemente: la giustizia! È in suo potere concedere al popolo ciò che tutti amano, tutti pretendono e desiderano, ciò di cui difficilmente fanno a meno.

Tuttavia che giova allo spirito umano l'intelletto, al cuore la bontà, alla mano la pronta volontà, quando infuria nello Stato un non so che di febbrile e un male che ne cova e genera altri? Chi, da questo alto luogo, guardi giú nel vasto impero, crederà di sognare un greve sogno dove mostri si alternano ai mostri, dove l'illegalità spadroneggia con la parvenza della legalità, dove si sviluppa un mondo di errori.

Chi ruba, per sé, armenti, chi una donna, chi calici, croci, candelabri di sull'altare e se ne vanta per anni, salva la pelle ed incolume nel corpo. Ecco, gli accusatori si affrettano verso l'aula del Tribunale, il giudice si dà delle arie sul suo alto seggio, mentre il crescente tumulto della rivolta si agita in onde furiose. Chi ha l'appoggio di complici potenti può vantarsi di infamie e di delitti. Ma tu senti proclamare: colpevole!, là dove l'innocenza è sola a difendersi. In tal modo, il mondo tende a frantumarsi ed a render nullo ciò che dovrebbe essere. Come vi si può sviluppare quel senso che solo ci potrebbe condurre verso ciò che è giusto? Anche un uomo ben pensante finisce per prestar orecchio all'adulatore ed al corruttore. Un giudice che non può

Ein Richter, der nicht strafen kann,
Gesellt sich endlich zum Verbrecher.
Ich malte schwarz; doch dichtern Flor
Zög ich dem Blicke lieber vor. (*Pause*)
Entschlüsse sind nicht zu vermeiden;
Wenn alle schädigen, alle leiden,
Geht selbst die Majestät zu Raub.

HEERMEISTER. Wie tobts in diesen wilden Tagen!
Ein jeder schlägt und wird erschlagen,
Und fürs Kommando bleibt man taub.
Der Bürger hinter seinen Mauern,
Der Ritter auf dem Felsennest
Verschwuren sich, uns auszudauern,
Und halten ihre Kräfte fest.
Der Mietsoldat wird ungeduldig,
Mit Ungestüm verlangt er seinen Lohn,
Und wären wir ihm nichts mehr schuldig,
Er liefe ganz und gar davon.
Verbiete wer, was alle wollten,
Der hat ins Wespennest gestört;
Das Reich, das sie beschützen sollten,
Es liegt geplündert und verheert.
Man läßt ihr Toben wütend hausen,
Schon ist die halbe Welt vertan;
Es sind noch Könige da draußen,
Doch keiner denkt, es ging ihn irgend an.

SCHATZMEISTER. Wer wir auf Bundsgenossen pochen!
Subsidien, die man uns versprochen,
Wie Röhrenwasser bleiben aus.
Auch, Herr, in deinen weiten Staaten
An wen ist der Besitz geraten?
Wohin man kommt, da hält ein Neuer Haus,
Und unabhängig will er leben;
Zusehen muß man, wie ers treibt:
Wir haben so viel Rechte hingegeben,
Daß uns auf nichts ein Recht mehr übrigbleibt.
Auch auf Parteien, wie sie heißen,
Ist heutzutage kein Verlaß;
Sie mögen schelten oder preisen,
Gleichgültig wurden Lieb und Haß.
Die Ghibellinen wie die Guelfen
Verbergen sich, um auszuruhn;
Wer jetzt will seinem Nachbar helfen?
Ein jeder hat für sich zu tun.
Die Goldespforten sind verrammelt,

punire fa combutta col malfattore. Ho fatto un quadro fosco e, tuttavia, tirerei sul quadro un velo ancor piú scuro. (*Pausa*) Non si può non arrivare a decisioni: quando tutti danneggiano altrui e tutti soffrono, anche la stessa maestà è oggetto di rapina.

CAPO DELL'ESERCITO. Che confusione in questi giorni calamitosi! Ognuno uccide e viene ucciso. Ma, di fronte ai comandi, si resta sordi. Il cittadino, fra le sue mura, il cavaliere, nel nido della sua rocca, congiurano per opporci resistenza e mantengono intatte le loro forze. Il mercenario dà segni di impazienza e reclama, con petulanza, la cinquina e se non gli dovessimo proprio piú nulla, se ne andrebbe altrove. Se qualcuno proibisse quello che tutti vogliono, stuzzicherebbe un bel vespaio. Saccheggiato e deserto quell'impero che dovrebbero difendere. Si lascia libero campo al loro pazzo infuriare e già mezzo mondo è bell'e andato in rovina. Ci sono ancora dei re[5] là in qualche parte, ma non uno pensa che tutto ciò lo riguardi.

TESORIERE. Chi si fiderà degli alleati? I sussidi che ci erano stati promessi, sono rimasti all'asciutto come gli acquedotti. E, del resto, o Signore, in mano a chi sono finiti i beni nel tuo vasto stato? Ovunque si vada, un nuovo padrone se ne abita in una casa e vuol vivere indipendente. Abbiamo rinunciato a tanti diritti che non abbiamo piú diritto a nulla. Anche sui partiti, comunque si chiamino, non si può fare affidamento, ormai. Possono protestare o lodare, amore ed odio sono sullo stesso piano. Guelfi e Ghibellini si tengono nascosti per riposarsi tranquillamente. Chi aiuterà oggi il suo vicino? Ognuno ha da fare per sé. Le porte dell'oro

Ein jeder kratzt und scharrt und sammelt,
Und unsre Kassen bleiben leer.

MARSCHALK. Welch Unheil muß auch ich erfahren!
Wir wollen alle Tage sparen
Und brauchen alle Tage mehr,
Und täglich wächst mir neue Pein.
Den Köchen tut kein Mangel wehe:
Wildschweine, Hirsche, Hasen, Rehe,
Welschhühner, Hühner, Gäns und Enten,
Die Deputate, sichre Renten,
Sie gehen noch so ziemlich ein;
Jedoch am Ende fehlts an Wein.
Wenn sonst im Keller Faß an Faß sich häufte
Der besten Berg' und Jahresläufte,
So schlürft unendliches Gesäufte
Der edlen Herrn den letzten Tropfen aus.
Der Stadtrat muß sein Lager auch verzapfen,
Man greift zu Humpen, greift zu Napfen,
Und unterm Tische liegt der Schmaus.
Nun soll ich zahlen, alle lohnen;
Der Jude wird mich nicht verschonen:
Der schafft Antizipationen,
Die speisen Jahr um Jahr voraus.
Die Schweine kommen nicht zu Fette,
Verpfändet ist der Pfühl im Bette,
Und auf den Tisch kommt vorgegessen Brot.

KAISER (*nach einigem Nachdenken zu Mephistopheles*).
Sag, weißt du Narr nicht auch noch eine Not?

MEPH. Ich keineswegs! Den Glanz umher zu schauen,
Dich und die Deinen! — Mangelte Vertrauen,
Wo Majestät unweigerlich gebeut,
Bereite Macht Feindseliges zerstreut?
Wo guter Wille, kräftig durch Verstand,
Und Tätigkeit, vielfältige, zur Hand?
Was könnte da zum Unheil sich vereinen,
Zur Finsternis, wo solche Sterne scheinen?

GEMURMEL. Das ist ein Schalk — Ders wohl versteht —
Er lügt sich ein — Solang es geht —
Ich weiß schon — Was dahintersteckt —
Und was denn weiter? — Ein Projekt —

MEPHISTOPHELES. Wo fehlts nicht irgendwo auf dieser Welt?
Dem dies, dem das, hier aber fehlt das Geld.
Vom Estrich zwar ist es nicht aufzuraffen;
Doch Weisheit weiß das Tiefste herzuschaffen.

sono sbarrate. Ognuno gratta, razzola e ammucchia e le nostre casse restano vuote.

IL MAGGIORDOMO. Anch'io devo fare esperienza di simili disgrazie. E quali! Vogliamo risparmiare tutti i giorni e, tutti i giorni, crescono i bisogni. E giornalmente crescono i miei affanni. Ai cuochi la carestia non da fastidio alcuno: cinghiali, cervi, lepri, caprioli, tacchini, polli, oche, anatre. I contributi in natura, che son rendite sicure, fruttano ancora abbastanza, ma, alla fin fine, il vino manca. Se, un tempo, si allineavano, in cantina, botti e botti, col vino delle vigne e delle annate migliori, ora questo continuo bere dei nobili signori ha prosciugato sin l'ultima goccia. Anche il consiglio municipale ha dovuto aprire le sue mescite. Si pone mano ai boccali, ai bicchierini e tutto e tutti finiscono sotto il tavolo. Ora io dovrei pagare e ricompensare tutti. L'ebreo non mi userà certamente dei riguardi. Egli mi fa degli anticipi che si mangiano, di anno in anno, i redditi. I maiali non hanno il tempo di ingrassare, i piumini vengono impegnati nel letto, a tavola si mangia pane a credito.

IMPERATORE (*dopo aver alquanto riflettuto, a Mefistofele*). Di' un po' tu, matto, non sai di qualche altro guaio?

MEFISTOFELE. Proprio no! Mi basta guardare intorno a me questo splendore e te ed i tuoi... Potrebbe venir meno la fiducia là dove la Maestà comanda senza trovar opposizione e dove una forza è pronta a disperdere i nemici? Dove sono a disposizione il buon volere rafforzato dall'intelletto ed una varia attività? Quali forze si potrebbero congiungere per il male e per la tenebra là dove brillano tali stelle?

MORMORIO. Quegli è un briccone che ben se n'intende. A forza di menzogne si fa avanti. Fin che dura. So già quello che gli si nasconde dietro. E ancora del resto? Un progetto.

MEFISTOFELE. In quale parte del mondo non manca qualche cosa? All'uno questa, all'altro quella, ma qui manca il danaro. Dal pavimento non lo si raccoglie di certo. Ma il sapere sa cavar fuori le cose nascoste piú pro-

In Bergesadern, Mauergründen
Ist Gold gemünzt und ungemünzt zu finden,
Und fragt ihr mich, wer es zutage schafft:
Begabten Manns Natur- und Geisteskraft!

KANZLER. Natur und Geist — so spricht man nicht zu Christen!
Deshalb verbrennt man Atheisten,
Weil solche Reden höchst gefährlich sind.
Natur ist Sünde, Geist ist Teufel,
Sie hegen zwischen sich den Zweifel,
Ihr mißgestaltet Zwitterkind.
Uns nicht so! — Kaisers alten Landen
Sind zwei Geschlechter nur entstanden,
Sie stützen würdig seinen Thron:
Die Heiligen sind es und die Ritter;
Sie stehen jedem Ungewitter
Und nehmen Kirch und Staat zum Lohn.
Dem Pöbelsinn verworrener Geister
Entwickelt sich ein Widerstand:
Die Ketzer sinds! die Hexenmeister!
Und sie verderben Stadt und Land.
Die willst du nun mit frechen Scherzen
In diese hohen Kreise schwärzen;
Ihr hegt euch an verderbtem Herzen:
Dem Narren sind sie nah verwandt.

MEPHISTOPHELES. Daran erkenn ich den gelehrten Herrn!
Was ihr nicht tastet, steht euch meilenfern,
Was ihr nicht faßt, das fehlt euch ganz und gar,
Was ihr nicht rechnet, glaubt ihr, sei nicht wahr,
Was ihr nicht wägt, hat für euch kein Gewicht,
Was ihr nicht münzt, das, meint ihr, gelte nicht!

KAISER. Dadurch sind unsre Mängel nicht erledigt;
Was willst du jetzt mit deiner Fastenpredigt?
Ich habe satt das ewige Wie und Wenn;
Es fehlt an Geld: nun gut, so schaff es denn!

MEPHISTOPHELES. Ich schaffe, was ihr wollt, und schaffe mehr;
Zwar ist es leicht, doch ist das Leichte schwer.
Es liegt schon da, doch um es zu erlangen,
Das ist die Kunst! Wer weiß es anzufangen?
Bedenkt doch nur: in jenen Schreckensläuften,
Wo Menschenfluten Land und Volk ersäuften,
Wie der und der, so sehr es ihn erschreckte,
Sein Liebstes da- und dortwohin versteckte.
So wars von je in mächtiger Römer Zeit,
Und so fortan, bis gestern, ja bis heut.

fondamente. Nelle vene dei monti, sotto le mura delle fondamenta, si trova oro in monete e no. E se mi domandate chi lo può trarre alla luce, vi dico: la forza della natura e dello spirito dell'uomo intelligente.

CANCELLIERE. Natura e Spirito[6] — non si parla cosí a dei cristiani! Per tali motivi si bruciano gli ateisti, perché simili discorsi sono molto pericolosi. Natura è peccato e Spirito è diavolo. Essi nutrono, nel loro seno, il dubbio, il mal riuscito bastardo. Ma per noi non è cosí! Due sole caste sono venute fuori dagli antichi dominii dell'imperatore e sostengono degnamente il trono di lui: esse sono il clero ed i cavalieri. Essi resistono ad ogni tempesta e ricevono in ricompensa la chiesa e lo stato. La resistenza nasce nella mente plebea di spiriti sviati. Sono gli eretici, sono gli stregoni! Essi rovinano lo stato ed il paese. Ed ora tu vorresti, con una beffa sfacciata, introdurli di nascosto in queste alte sfere? Voi vi date troppa premura di questo cuore corrotto: essi sono stretti parenti del matto.

MEFISTOFELE. In ciò riconosco i nostri signori dotti![7] Quello che non toccate vi è lontano miglia; quello che non afferrate non esiste affatto per voi; quello che voi non potete calcolare credete non sia vero; quello che non pesate non ha per voi peso alcuno; quello che non coniate non ha, credete voi, valore!

IMPERATORE. Con tali mezzi però non vengono eliminati i nostri malanni. Che vuoi dire, tu, con la tua predica da quaresima? Degli eterni *se* e *come* son piú che stufo. Manca il danaro; ebbene: procuralo!

MEFISTOFELE. Procuro quello che volete e procuro anche di piú. È cosa facile, ma il facile è difficile. L'oro c'è, ma arrivarci; qui sta l'arte! Chi sa da che parte si incomincia? Pensate un po': in quei tempi calamitosi, quando masse d'uomini sommergevano paesi ed abitanti, come ognuno, in preda a grande spavento, avrà nascosto o qua o là il suo tesoro piú prezioso. E cosí fu già al tempo della potenza dei romani e cosí via, sino ad ieri, sino ad oggi. E tutto ciò se ne sta sepolto, im-

Das alles liegt im Boden still begraben:
Der Boden ist des Kaisers, der solls haben!

SCHATZMEISTER. Für einen Narren spricht er gar nicht schlecht;
Das ist fürwahr des alten Kaisers Recht.

KANZLER. Der Satan legt euch goldgewirkte Schlingen:
Es geht nicht zu mit frommen, rechten Dingen.

MARSCHALK. Schafft er uns nur zu Hof willkommne Gaben,
Ich wollte gern ein bißchen unrecht haben.

HEERMEISTER. Der Narr ist klug, verspricht, was jedem frommt;
Fragt der Soldat doch nicht, woher es kommt!

MEPH. Und glaubt ihr euch vielleicht durch mich betrogen:
Hier steht ein Mann! da, fragt den Astrologen!
In Kreis um Kreise kennt er Stund und Haus.
So sage denn: wie siehts am Himmel aus?

GEMURMEL. Zwei Schelme sinds — Verstehn sich schon —
Narr und Phantast — So nah dem Thron —
Ein mattgesungen — Alt Gedicht —
Der Tor bläst ein — Der Weise spricht —

ASTROLOG (*spricht, Mephistopheles bläst ein*).
Die Sonne selbst, sie ist ein lautres Gold;
Merkur, der Bote, dient um Gunst und Sold;
Frau Venus hats euch allen angetan,
So früh als spat blickt sie euch lieblich an;
Die keusche Luna launet grillenhaft;
Mars, trifft er nicht, so dräut euch seine Kraft,
Und Jupiter bleibt doch der schönste Schein;
Saturn ist groß, dem Auge fern und klein;
Ihn als Metall verehren wir nicht sehr:
An Wert gering, doch im Gewichte schwer.
Ja, wenn zu Sol sich Luna fein gesellt,
Zum Silber Gold, dann ist es heitre Welt!
Das übrige ist alles zu erlangen:
Paläste, Gärten, Brüstlein, rote Wangen,
Das alles schafft der hochgelahrte Mann,
Der das vermag, was unser keiner kann.

KAISER. Ich höre doppelt, was er spricht,
Und dennoch überzeugts mich nicht.

GEMURMEL. Was soll uns das? — Gedroschner Spaß —
Kalenderei — Chymisterei —
Das hört ich oft — Und falsch gehofft —
Und kommt er auch — So ists ein Gauch —

MEPHISTOPHELES. Da stehen sie umher und staunen,
Vertrauen nicht dem hohen Fund;
Der eine faselt von Alraunen,

mobile, nel sottosuolo. Il suolo è dell'imperatore: suoi sono quei tesori.[8]

TESORIERE. Per un matto, non parla affatto male. Questo è proprio il diritto[9] del vecchio imperatore.

CANCELLIERE. Satana vi sta tendendo dei lacci d'oro. Qui non si procede con mezzi leciti ed onesti.

MAGGIORDOMO. Purché ci procuri dei doni graditi alla corte, sono disposto anche ad avere un po' di torto.

CAPO DELL'ESERCITO. Il matto è saggio; promette ad ognuno quello che gli conviene. Il soldato non domanda da dove venga!

MEFISTOFELE. E se voi, forse, vi credete ingannati da me, qui c'è un uomo! Ecco, interrogate l'astrologo![10] Egli conosce ogni cerchio e l'ora e le caselle.[11] Dicci dunque: come si presenta il cielo?

MORMORIO. Son due bricconi. Se la intendono già. Il matto ed il fantastico, cosí vicini al trono. Vecchia canzone ripetuta a sazietà. Il matto suggerisce ed il saggio ripete.

ASTROLOGO (*parla; Mefistofele suggerisce*). Il sole altro non è che oro puro. Mercurio, il messaggero, serve per favori e per denaro. Madonna Venere vi ha tutti quanti ammaliati e vi guarda amorosamente mattina e sera. La casta luna ha i suoi momenti capricciosi. Marte, anche se non vi raggiunge, vi minaccia con la sua forza, e Giove ha pur sempre il chiarore piú bello. Saturno è grande, lontano e piccolo all'occhio; come metallo non lo apprezziamo molto, piccolo è il suo valore, greve il suo peso. Ecco, quando la luna si congiunge graziosamente col sole, l'argento con l'oro, allora il mondo è sereno![12] Si ottiene allora tutto il resto: palazzi, giardini, piccoli seni e rosse guance. Tutto ciò procurerà il sapientissimo uomo, egli può ciò che nessuno di noi può.

IMPERATORE. Ascolto doppio[13] quello che egli dice e tuttavia ciò non mi convince.

MORMORIO. Che significa ciò? Scherzo consumato. Roba da almanacco. Alchimia. Ho già udito altre volte cose simili ed ho nutrito false speranze. E se si avvera, non è che inganno.

MEFISTOFELE. Stanno là tutti intorno e sono stupíti. Non si fidano di una scoperta cosí profonda. L'uno farnetica

Der andre von dem schwarzen Hund.
Was soll es, daß der eine witzelt,
Ein andrer Zauberei verklagt,
Wenn ihm doch auch einmal die Sohle kitzelt,
Wenn ihm der sichre Schritt versagt!

Ihr alle fühlt geheimes Wirken
Der ewig-waltenden Natur,
Und aus den untersten Bezirken
Schmiegt sich herauf lebendge Spur.
Wenn es in allen Gliedern zwackt,
Wenn es unheimlich wird am Platz,
Nur gleich entschlossen grabt und hackt:
Da liegt der Spielmann, liegt der Schatz!

GEMURMEL. Mir liegts im Fuß wie Bleigewicht —
Mir krampfts im Arme — Das ist Gicht —
Mir krabbelts an der großen Zeh —
Mir tut der ganze Rücken weh —
Nach solchen Zeichen wäre hier
Das allerreichste Schatzrevier.

KAISER. Nur eilig! du entschlüpfst nicht wieder,
Erprobe deine Lügenschäume
Und zeig uns gleich die edlen Räume!
Ich lege Schwert und Zepter nieder
Und will mit eignen hohen Händen,
Wenn du nicht lügst, das Werk vollenden,
Dich, wenn du lügst, zur Hölle senden!

MEPHISTOPHELES. Den Weg dahin wüßt allenfalls zu finden! —
Doch kann ich nicht genug verkünden,
Was überall besitzlos harrend liegt.
Der Bauer, der die Furche pflügt,
Hebt einen Goldtopf mit der Scholle;
Salpeter hofft er von der Leimenwand
Und findet golden-goldne Rolle,
Erschreckt, erfreut, in kümmerlicher Hand.
Was für Gewölbe sind zu sprengen!
In welchen Klüften, welchen Gängen
Muß sich der Schatzbewußte drängen
Zur Nachbarschaft der Unterwelt!
In weiten, altverwahrten Kellern
Von goldnen Humpen, Schüsseln, Tellern
Sieht er sich Reihen aufgestellt;
Pokale stehen aus Rubinen,
Und will er deren sich bedienen,
Daneben liegt uraltes Naß.

di mandragole,[14] l'altro del cane nero. Come mai l'uno prende la cosa in burla e l'altro accusa la magia appena gli prude la pianta del piede o il passo gli si fa poco sicuro?

Voi tutti sentite il misterioso operare della natura, eternamente dominatrice. Un segno vivente di ciò sale su dalle sue piú profonde regioni. Quando una qualche cosa vi freme per tutto il corpo, quando si manifesta in voi qualche cosa di strano,[15] allora subito, e con decisione, a palare ed a scavare. Lí c'è qualche cosa, lí c'è il tesoro.

MORMORIO. Mi pesa,[16] al piede, come un peso di piombo, mi si irrigidisce un braccio. È gotta. Mi sento un prurito al pollice del piede. A me duole tutta la schiena. Secondo questi segni, questa sarebbe una regione ricchissima di tesori.

IMPERATORE. Allora affrettati. Non mi sfuggi piú. Metti alla prova la tua menzogna e rivelaci subito i tuoi magnifici depositi! Depongo spada e scettro e voglio, se non hai mentito, compiere, con le mie stesse auguste mani, l'opera e mandarti all'inferno, se hai mentito!

MEFISTOFELE. La strada per arrivarci, saprei trovarla in ogni caso! Ma non potrò mai abbastanza rendere noto ciò che ovunque giace ed attende, senza essere possesso di alcuno. Il contadino che ara il solco, rovescia, con la zolla, una pentola con oro. Egli spera di gettar via[17] salnitro dalla parete intonacata e si trova, spaventato e giubilante, le povere mani piene, piene d'oro. Quali volte devono venir sfondate! In quali spacchi, in quali cunicoli dovrà penetrare l'abile ricercatore per avvicinarsi al mondo sotterraneo! In ampie, vecchie cantine, egli vede davanti a sé, ordinati in file sovrapposte, boccali d'oro, scodelle, piatti. Vi sono boccali con rubini e, se se ne vuol servire, sta, lí accanto, un vino stravecchio. Eppure

Doch — werdet ihr dem Kundigen glauben? —
Verfault ist längst das Holz der Dauben:
Der Weinstein schuf dem Wein ein Faß.
Essenzen solcher edlen Weine,
Gold und Juwelen nicht alleine,
Umhüllen sich mit Nacht und Graus.
Der Weise forscht hier unverdrossen;
Am Tag erkennen, das sind Possen,
Im Finstern sind Mysterien zu Haus.

KAISER. Die laß ich dir! Was will das Düstre frommen?
Hat etwas Wert, es muß zutage kommen.
Wer kennt den Schelm in tiefer Nacht genau?
Schwarz sind die Kühe, so die Katzen grau.
Die Töpfe drunten, voll von Goldgewicht,
Zieh deinen Pflug und ackre sie ans Licht!

MEPHISTOPHELES. Nimm Hack und Spaten, grabe selber!
Die Bauernarbeit macht dich groß,
Und deine Herde goldner Kälber,
Sie reißen sich vom Boden los.
Dann ohne Zaudern, mit Entzücken
Kannst du dich selbst, wirst die Geliebte schmücken:
Ein leuchtend Farb- und Glanzgestein erhöht
Die Schönheit wie die Majestät.

KAISER. Nur gleich! nur gleich! Wie lange soll es währen!

ASTROLOG (*wie oben*). Herr, mäßige solch dringendes Begehren!
Laß erst vorbei das bunte Freudenspiel!
Zerstreutes Wesen führt uns nicht zum Ziel.
Erst müssen wir in Fassung uns versühnen,
Das Untre durch das Obere verdienen.
Wer Gutes will, der sei erst gut,
Wer Freude will, besänftige sein Blut,
Wer Wein verlangt, der keltre reife Trauben,
Wer Wunder hofft, der stärke seinen Glauben!

KAISER. So sei die Zeit in Fröhlichkeit vertan!
Und ganz erwünscht kommt Aschermittwoch an.
Indessen feiern wir, auf jeden Fall,
Nur lustiger das wilde Karneval. (*Trompeten. Exeunt*)

MEPHISTOPHELES. Wie sich Verdienst und Glück verketten,
Das fällt den Toren niemals ein;
Wenn sie den Stein der Weisen hätten,
Der Weise mangelte dem Stein.

— presterete fede a chi le cose le sa — da lungo tempo il legno delle doghe e il tartaro hanno formato intorno al vino come una botte. L'essenza di tali nobili vini, e non soltanto l'oro ed i gioielli, si circonda della notte e dell'orrore. Il saggio compie qui, senza posare, le sue ricerche. Veder chiaro nelle cose, di giorno, è una sciocchezza; i misteri sono di casa nell'oscurità.

IMPERATORE. Questi li lascio a te! A che cosa può servire l'oscurità? Se qualche cosa ha valore, deve venir fuori, alla luce del giorno. Chi riconosce il briccone nella notte fonda? Ogni mucca è nera e grigio ogni gatto. Dà mano al tuo aratro e scavaci fuori, alla luce, le pentole, laggiú, piene d'oro!

MEFISTOFELE. Afferra zappa e vanga e scava tu stesso! Il lavoro del contadino ti farà grande ed un armento di vitelli d'oro balzerà su dal suolo.[18] Allora, senza esitare e con gioia, potrai ornare te stesso e la tua amata. Una gemma scintillante di colori fa risaltare la bellezza e la maestà.

IMPERATORE. Allora subito, subito! Quanto tempo ancora si deve indugiare?

ASTROLOGO (*come sopra*). Signore, frena tale impetuoso desiderio! Lascia prima trascorrere i lieti giochi! Un animo distratto non ci condurrà alla mèta. Dobbiamo far prima penitenza in raccoglimento e meritarci ciò che sta quaggiú con ciò che sta lassú.[19] Chi vuole il buono, deve essere, in primo luogo, buono; chi vuole gioia, tenga a freno il suo sangue; chi desidera del vino, ammosti uve mature; chi spera nel miracolo, rafforzi la sua fede!

IMPERATORE. Trascorriamo, pertanto, allegramente il nostro tempo! Il mercoledí delle Ceneri arriverà proprio desiderato. Per ogni evenienza, festeggiamo intanto ed ancor piú allegramente, il pazzo carnevale. (*Squilli di trombe. Exeunt*)

MEFISTOFELE. Agli stolti non vien mai in mente di indagare come fortuna e merito facciano insieme catena. Se avessero la pietra filosofale,[20] alla pietra mancherebbe poi il filosofo.

Weitläufiger Saal

mit Nebengemächern, verziert und aufgeputzt zur Mummenschanz

HEROLD. Denkt nicht, ihr seid in deutschen Grenzen
Von Teufels-, Narren- und Totentänzen!
Ein heitres Fest erwartet euch.
Der Herr, auf seinen Römerzügen,
Hat, sich zu Nutz, euch zum Vergnügen,
Die hohen Alpen überstiegen,
Gewonnen sich ein heitres Reich.
Der Kaiser, er, an heiligen Sohlen
Erbat sich erst das Recht zur Macht,
Und als er ging, die Krone sich zu holen,
Hat er uns auch die Kappe mitgebracht.
Nun sind wir alle neugeboren;
Ein jeder weltgewandte Mann
Zieht sie behaglich über Kopf und Ohren:
Sie ähnlet ihn verrückten Toren,
Er ist darunter weise, wie er kann. —
Ich sehe schon, wie sie sich scharen,
Sich schwankend sondern, traulich paaren;
Zudringlich schließt sich Chor an Chor.
Herein, hinaus, nur unverdrossen!
Es bleibt doch endlich nach wie vor
Mit ihren hunderttausend Possen
Die Welt ein einzig-großer Tor.

GÄRTNERINNEN (*Gesang, begleitet von Mandolinen*).
Euren Beifall zu gewinnen,
Schmückten wir uns diese Nacht,
Junge Florentinerinnen,
Folgten deutschen Hofes Pracht;

Tragen wir in braunen Locken
Mancher heitern Blume Zier;
Seidenfäden, Seidenflocken
Spielen ihre Rolle hier.

Denn wir halten es verdienstlich,
Lobenswürdig ganz und gar:
Unsere Blumen, glänzend-künstlich,
Blühen fort das ganze Jahr.

Allerlei gefärbten Schnitzeln

Gran salone[1]

con stanze laterali, ornate e decorate per la mascherata

ARALDO.[2] Non pensate di essere in terra tedesca, con danze di diavoli, di buffoni e di morti! Vi aspetta una festa serena. Il nostro signore, nelle sue discese verso Roma, valicando le alte Alpi, si è guadagnato, per proprio vantaggio e per vostro divertimento, un sereno impero. L'imperatore, proprio egli, ha ottenuto, dapprima, dalla sacra pantofola, il diritto al potere poi, quando andò a prendersi la corona, ci ha portato anche la berretta del buffone.[3] Ora siamo tutti come rinati. Ognuno che sappia vivere al mondo se la indossa con piacere, in capo e sugli orecchi. Lo rende simile ad uno strano pazzo, ed egli resta, là sotto, saggio come può. Vedo già come essi si radunino a schiera, poi come si separino con una certa esitazione e si appaino confidenzialmente e come i cori si susseguano fitti, l'uno all'altro. Dentro, fuori, senza riposo! Tuttavia, alla fine, nonostante le centinaia di migliaia dei vostri scherzi, il mondo resta, come prima, un unico grande pazzo.

FIORAIE[4] (*canto, accompagnato da mandolini*).

Per ottenere il vostro applauso, noi, giovani fiorentine, ci adornammo, questa notte, al modo della corte tedesca.

Portiamo, nei riccioli neri, ornamento di fiori vivaci; fili di seta, fiocchi di seta rappresentano qui la loro parte.

Perché riteniamo meritevole e del tutto degno di lode che i nostri fiori, artificiosamente splendidi, fioriscano per tutto l'anno.

Ritagli di ogni colore abbiamo messo insieme con giu-

Ward symmetrisch Recht getan;
Mögt ihr Stück für Stück bewitzeln,
Doch das Gange zieht euch an.

Niedlich sind wir anzuschauen,
Gärtnerinnen und galant;
Denn das Naturell der Frauen
Ist so nah mit Kunst verwandt.

HEROLD. Laßt die reichen Körbe sehen,
Die ihr auf den Häupten traget,
Die sich bunt am Arme blähen!
Jeder wähle, was behaget!
Eilig, daß in Laub- und Gängen
Sich ein Garten offenbare!
Würdig sind, sie zu umdrängen,
Krämerinnen wie die Ware.

GÄRTNERINNEN. Feilschet nun am heitern Orte,
Doch kein Markten finde statt!
Und mit sinnig-kurzem Worte
Wisse jeder, was er hat.

OLIVENZWEIG MIT FRÜCHTEN.
Keinen Blumenflor beneid ich,
Allen Widerstreit vermeid ich;
Mir ists gegen die Natur:
Bin ich doch das Mark der Lande
Und, zum sichern Unterpfande,
Friedenszeichen jeder Flur.
Heute, hoff ich, soll mirs glücken,
Würdig-schönes Haupt zu schmücken.

ÄHRENKRANZ (*golden*). Ceres Gaben, euch zu putzen.
Werden hold und lieblich stehn:
Das Erwünschteste dem Nutzen
Sei als eure Zierde schön.

PHANTASIEKRANZ. Bunte Blumen, Malven ähnlich,
Aus dem Moos ein Wunderflor!
Der Natur ists nicht gewöhnlich,
Doch die Mode bringts hervor.

PHANTASIESTRAUSS. Meinen Namen euch zu sagen,
Würde Theophrast nicht wagen,
Und doch hoff ich, wo nicht allen,
Aber mancher zu gefallen,
Der ich mich wohl eignen möchte,
Wenn sie mich ins Haar verflöchte,
Wenn sie sich entschließen könnte,
Mir am Herzen Platz vergönnte.

sta simmetria; potete pur prendervi gioco di ogni singolo pezzo, ma l'insieme vi attira.

Fioraie gentili, siamo graziose a guardare perché la natura delle donne è cosí vicina parente dell'arte.

ARALDO. Fateci vedere i ricchi canestri che recate in capo e appesi al braccio, ricolmi e variopinti! Ognuno scelga quello che gli piace. Presto! cosí che sotto i pergolati ed i viali, appaia quasi un giardino! Merce e venditrici son degne che si stia loro ben d'attorno.

FIORAIE. In questo luogo ameno, comprate, ora, ma non date luogo ad un contrattare! E con poche, chiare parole sappia ognuno quello che ha.

RAMOSCELLO D'OLIVO CON FRUTTI. Non invidio fioritura alcuna ed evito ogni contrasto. È contro la mia natura: eppure io sono il midollo della terra e sicuro pegno e segno di pace ad ogni paese. Spero, oggi, se la fortuna mi aiuta, di ornare una fronte degna e bella.

GHIRLANDA DI SPIGHE (*d'oro*). I doni di Cerere, per ornarvi, si faranno dolci e vaghi. La cosa piú desiderata per la sua utilità, diventi bella adornandovi.

GHIRLANDA DI FANTASIA. Fiori variopinti, simili a malve, magnifica fioritura, su dal muschio! In natura non sono comuni, ma la moda li produce.

MAZZO DI FANTASIA. Teofrasto[5] stesso non oserebbe dirvi il mio nome e, tuttavia, io spero di piacere, se non a tutte, a qualcuna. Alla quale io certamente mi darei in dono se essa mi intrecciasse nei suoi capelli, se si potesse decidere a concedermi un posto nel suo cuore.

AUSFORDERUNG. Mögen bunte Phantasien
Für des Tages Mode blühen,
Wunderseltsam sein gestaltet,
Wie Natur sich nie entfaltet!
Grüne Stiele, goldne Glocken,
Blickt hervor aus reichen Locken! —

ROSENKNOSPEN. Doch wir halten uns versteckt;
Glücklich, wer uns frisch entdeckt!
Wenn der Sommer sich verkündet,
Rosenknospe sich entzündet,
Wer mag solches Glück entbehren?
Das Versprechen, das Gewähren,
Das beherrscht in Florens Reich
Blick und Sinn und Herz zugleich.

Unter grünen Laubgängen putzen die Gärtnerinnen zierlich ihren Kram auf

GÄRTNER (*Gesang, begleitet von Theorben*).
Blumen sehet ruhig sprießen,
Reizend euer Haupt umzieren!
Früchte wollen nicht verführen,
Kostend mag man sie genießen.

Bieten bräunliche Gesichter
Kirschen, Pfirschen, Königspflaumen,
Kauft! denn gegen Zung und Gaumen
Hält sich Auge schlecht als Richter.

Kommt, von allerreifsten Früchten
Mit Geschmack und Lust zu speisen!
Über Rosen läßt sich dichten,
In die Äpfel muß man beißen.

Seis erlaubt, uns anzupaaren
Eurem reichen Jugendflor,
Und wir putzen reifer Waren
Fülle nachbarlich empor.

Unter lustigen Gewinden,
In geschmückter Lauben Bucht,
Alles ist zugleich zu finden:
Knospe, Blätter, Blume, Frucht.

SFIDA.[6] Fioriscano variopinte fantasie per la moda d'oggigiorno, prendendo le piú strane e rare forme quali natura mai spiega! Verdi steli, campanelle d'oro, occhieggiate fra i ricchi riccioli!

BOCCIOLI DI ROSA. Ma noi ci teniamo nascosti; felice chi ci scopre cosí freschi! Quando si annuncia l'estate ed il bocciolo di rosa si accende, chi si potrà privare di una tale felicità? Promettere e concedere dominano, nel regno di Flora, occhio e sensi e cuore, contemporaneamente.

Le fioraie collocano graziosamente sotto i verdi pergolati la loro mercanzia

GIARDINIERI (*canto, con accompagnamento di tiorbe*).[7] Vedete i fiori tranquillamente sbocciare ed ornare con grazia il vostro capo! I frutti non vogliono sedurre, li si può gustare e godere.

Prugne regie, pesche, ciliege offrono i loro volti bruni, comperate! L'occhio, come giudice, non regge di fronte alla lingua ed al gusto.

Venite a mangiare con gusto e con piacere le frutta piú mature! Su le rose si possono fare poesie, le mele bisogna morderle.

Ci sia permesso di unirci alla vostra ricca e fiorente giovinezza. Metteremo in mostra, da buoni vicini, l'abbondanza della nostra mercanzia matura.

Sotto allegri festoni, sotto gli archi delle pergole adornate, tutto si trova riunito: boccioli, foglie, fiori, frutti.

Unter Wechselgesang, begleitet von Gitarren und Theorben, fahren beide Chöre fort, ihre Waren stufenweis in die Höhe zu schmücken und auszubieten

Mutter und Tochter

MUTTER. Mädchen, als du kamst ans Licht,
Schmückt ich dich im Häubchen;
Warst so lieblich von Gesicht
Und so zart am Leibchen.
Dachte dich sogleich als Braut,
Gleich dem Reichsten angetraut,
Dachte dich als Weibchen.

Ach, nun ist schon manches Jahr
Ungenützt verflogen,
Der Sponsierer bunte Schar
Schnell vorbeigezogen!
Tanztest mit dem einen flink,
Gabst dem andern feinen Wink
Mit dem Ellenbogen.

Welches Fest man auch ersann,
Ward umsonst begangen:
Pfänderspiel und dritter Mann
Wollten nicht verfangen;
Heute sind die Narren los:
Liebchen, öffne deinen Schoß!
Bleibt wohl einer hangen.

Gespielinnen, jung und schön, gesellen sich hinzu; ein vertrauliches Geplauder wird laut

Fischer und Vogelsteller mit Netzen, Angeln und Leimruten, auch sonstigem Geräte, treten auf, mischen sich unter die schönen Kinder. Wechselseitige Versuche, zu gewinnen, zu fangen, zu entgehen und festzuhalten, geben zu den angenehmsten Dialogen Gelegenheit

HOLZHAUER (*treten ein, ungestüm und ungeschlacht*).

Nur Platz! nur Blöße!
Wir brauchen Räume:
Wir fällen Bäume,
Die krachen, schlagen,
Und wenn wir tragen,

Denn wirkten Grobe
Nicht auch im Lande,
Da gibt es Stöße.
Zu unserm Lobe
Bringt dies ins Reine;

In canto alterno, accompagnati da chitarre e da tiorbe, i due cori continuano a decorare le loro mercanzie disponendole, a gradi, verso l'alto. E le offrono in vendita

Madre e Figlia

MADRE. Ragazza mia, quando tu venisti alla luce, ti ornai di una cuffiettina. Eri cosí carina nel visetto e cosí delicata nel corpicino. Già ti pensavo fidanzata, e già sposata al piú ricco; ti pensavo mogliettina.

Ah! ora sono già passati parecchi anni senza frutto, la schiera variopinta dei corteggiatori si è dispersa via rapidamente. Con questo hai ballato snella, all'altro hai fatto, maliziosamente, un cenno col gomito.

Per quante feste si siano inventate, tutto fu inutile: gioco di pegni e giocare alla civetta[8] non son serviti a nulla. Oggi i pazzi sono liberi. Cara, sbottònati un po' lo scollo del seno, forse ci resta preso dentro qualcuno.

Compagne giovani e belle si accompagnano ad esse. Ne nasce un familiare e confidenziale chiacchierio

Entrano pescatori ed uccellatori con reti, ami e panie ed altri strumenti e si uniscono alle belle ragazze. Reciproci tentativi, a gara, per prendersi, sfuggirsi, tenersi danno occasione a piacevolissimi dialoghi

TAGLIALEGNA (*entrano impetuosamente, da villani*). Largo! Via libera! Abbiamo bisogno di spazio. Abbattiamo piante che cadono con schianto e, quando le portiamo, allora sono urti. A nostro elogio, dovete riconoscere

Wie kämen Feine
Für sich zustande,
So sehr sie witzten?
Des seid belehret!
Denn ihr erfröret,
Wenn wir nicht schwitzten.

PULCINELLE (*täppisch, fast läppisch*).

Ihr seid die Toren,
Gebückt geboren.
Wir sind die Klugen,
Die nie was trugen;
Denn unsre Kappen,
Jacken und Lappen
Sind leicht zu tragen,
Und mit Behagen
Wir immer müßig,
Pantoffelfüßig
Durch Markt und Haufen
Einherzulaufen,
Gaffend zu stehen,
Uns anzukrähen,
Auf solche Klänge
Durch Drang und Menge
Aalgleich zu schlüpfen,
Gesamt zu hüpfen,
Vereint zu toben.
Ihr mögt uns loben,
Ihr mögt uns schelten,
Wir lassens gelten.

PARASITEN (*schmeichelnd-lüstern*).

Ihr wackern Träger
Und eure Schwäger,
Die Kohlenbrenner,
Sind unsre Männer;
Denn alles Bücken,
Bejahndes Nicken,
Gewundne Phrasen,
Das Doppelblasen,
Das wärmt und kühlet,
Wies einer fühlet,
Was könnt es frommen?
Es möchte Feuer
Selbst ungeheuer
Vom Himmel kommen,
Gäb es nicht Scheite
Und Kohlentrachten,
Die Herdesbreite
Zur Glut entfachten.
Da bräts und prudelts,
Da kochts und strudelts!
Der wahre Schmecker,
Der Tellerlecker,
Er riecht den Braten,
Er ahnet Fische;
Das regt zu Taten
An Gönners Tische.

TRUNKNER (*unbewußt*).

Sei mir heute nichts zuwider!
Fühle mich so frank und frei;
Frische Lust und heitre Lieder,
Holt ich selbst sie doch herbei.
Und so trink ich! trinke! trinke!
Stoßet an, ihr! Tinke-tinke!
Du dorthinten, komm heran!
Stoßet an, so ists getan.

Schrie mein Weibchen doch entrüstet,
Rümpfte diesem bunten Rock
Und, wie sehr ich mich gebrüstet,
Schalt mich einen Maskenstock.

ciò. Poiché se in paese non ci fossero anche gli screanzati, come se la caverebbero i raffinati, pur aguzzando il loro ingegno? Imparatelo dunque! Voi gelereste, se noi non sudassimo.

PULCINELLI[9] (*goffi, quasi melensi*). Voi siete i pazzi, nati con la schiena curva. Noi siamo i furbi che non abbiamo mai portato nulla. Perché le nostre berrette, le nostre giubbe, i nostri cenci sono leggeri a portarsi. Comodamente ce ne andiamo, con ai piedi le pantofole, sempre oziosi, ai mercati e fra i mucchi di gente per guardare a bocca aperta o per cantare come dei galletti. In mezzo a tali rumori, sgusciamo come anguille, ci uniamo a far salti e facciamo fracasso. Potete lodarci, potete insultarci, non ci facciamo caso.

PARASSITI (*adulatori e avidi*).[10] Voi, robusti portatori, ed i vostri cognati, i carbonai, siete i nostri uomini. Perché tutto il nostro chinare la schiena, l'accennare di sí, il fraseggiare contorto, il doppio soffiare[11] che riscalda e rinfresca, secondo chi lo sente, a che cosa potrebbero servire? Se non ci fossero ceppi e carichi di carbone per suscitare vampe per tutta l'ampiezza del focolare, ne potrebbe scendere fuoco dal cielo,[12] anche se smisurato! Qui si arrostisce e si cuoce a fuoco lento, si fa bollire, si impasta. Il vero buongustaio, il leccapiatti sente l'odore dell'arrosto e fiuta il pesce. Ciò incita a grandi azioni alla tavola dell'anfitrione.

UBRIACO (*in preda ai fumi*). Non opponetemi resistenza, oggi. Mi sento cosí libero e franco. Gioia fresca e canti allegri, li ho portati io stesso fin qua. E cosí bevo, bevo, bevo. Toccate con me! Bevo, bevo! Tu, là dietro, fatti avanti! Toccate con me! Va bene cosí.

Mia moglie gridò tutta arrabbiata e storse il naso di fronte a questa mia giacca variopinta e, quantunque io mi impettissi, mi proclamò un manichino. Ma io bevo

Doch ich trinke! trinke! trinke!
Angeklungen! Tinke-tinke!
Maskenstöcke, stoßet an!
Wenn es klingt, so ists getan.

Saget nicht, daß ich verirrt bin!
Bin ich doch, wo mirs behagt.
Borgt der Wirt nicht, borgt die Wirtin,
Und am Ende borgt die Magd.
Immer trink ich! trinke! trinke!
Auf, ihr andern! Tinke-tinke!
Jeder jedem, so fortan!
Dünkt michs doch, es sei getan.

Wie und wo ich mich vergnüge,
Mag es immerhin geschehn:
Laßt mich liegen, wo ich liege!
Denn ich mag nicht länger stehn.

CHOR. Jeder Bruder trinke! trinke!
Toastet frisch ein Tinke-tinke!
Sitzet fest auf Bank und Span!
Unterm Tisch Dem ists getan.

DER HEROLD

kündigt verschiedene Poeten an, Naturdichter, Hof und Rittersänger, zärtliche sowie Enthusiasten. Im Gedränge von Mitwerbern aller Art läßt keiner den andern zum Vortrag kommen

Einer schleicht mit wenigen Worten vorüber

SATIRIKER. Wißt ihr, was mich Poeten
Erst recht erfreuen sollte?
Dürft ich singen und reden,
Was niemand hören wollte.

Die Nacht- und Grabdichter lassen sich entschuldigen, weil sie soeben im interessantesten Gespräch mit einem frisch erstandenen Vampyren begriffen seien, woraus eine neue Dichtart sich vielleicht entwickeln könnte; der Herold muß es gelten lassen und ruft indessen die griechische Mythologie hervor, die selbst in moderner Maske weder Charakter noch Gefälliges verliert

e bevo e bevo! Toccate con me! Bevo, bevo! Manichino, tocca qua! Se tintinna, va bene cosí.

Non ditemi che son fuori di strada. Sono là dove mi piace. Se l'oste non mi fa credito, me lo fa l'ostessa o, alla fine, me lo fa la serva. Sempre bevo, io! bevo, bevo! Su, voialtri, bevo! bevo! ognuno tocchi il bicchiere con l'altro e cosí via. Mi sembra infatti, che vada bene cosí!

Come e dove io mi diverta poco importa, pur che sia. Lasciatemi sdraiato dove sono, perché non ho piú voglia di stare in piedi.

CORO. Ogni compagno beva! beva! Lieto un brindisi con il tin tin! Sedete saldi su la panca e sullo sgabello. Chi è sotto il tavolo, ne ha abbastanza.

L'Araldo annuncia differenti poeti: poeti della natura,[13] *di corte, cavallereschi*[14]*: alcuni teneri, altri entusiasti. Nel pigia pigia dei rivali di ogni genere, nessuno permette all'altro di far sentire la sua parola.*

Uno solo riesce a pronunciare alcune frasi mentre passa via in fretta.[15]

SATIRICO. Sapete quello che proprio farebbe piacere a me, poeta? Poter cantare e poetare cose che nessuno volesse udire.

I poeti della notte[16] *e dei sepolcri scusano la propria assenza perché sono impegnati in un interessante colloquio con un vampiro comparso da poco,*[17] *colloquio dal quale potrebbe nascere un nuovo tipo di poesia. L'Araldo deve ritener plausibili le scuse e chiama intanto in iscena la mitologia greca, la quale non perde né il suo carattere, né la sua vaghezza, anche sotto maschera moderna.*

Die Grazien

AGLAIA. Anmut bringen wir ins Leben;
Leget Anmut in das Geben!

HEGEMONE. Leget Anmut ins Empfangen!
Lieblich ists, den Wunsch erlangen.

EUPHROSYNE. Und in stiller Tage Schranken
Höchst anmutig sei das Danken!

Die Parzen

ATROPOS. Mich, die Älteste, zum Spinnen
Hat man diesmal eingeladen;
Viel zu denken, viel zu sinnen
Gibts beim zarten Lebensfaden.

Daß er euch gelenk und weich sei,
Wußt ich feinsten Flachs zu sichten;
Daß er glatt und schlank und gleich sei,
Wird der kluge Finger schlichten.

Wolltet ihr bei Lust und Tänzen
Allzu üppig euch erweisen,
Denkt an dieses Fadens Grenzen!
Hütet euch! er möchte reißen.

KLOTHO. Wißt, in diesen letzten Tagen
Ward die Schere mir vertraut;
Denn man war von dem Betragen
Unsrer Alten nicht erbaut.

Zerrt unnützeste Gespinste
Lange sie an Licht und Luft,
Hoffnung herrlichster Gewinste
Schleppt sie schneidend zu der Gruft.

Doch auch ich, im Jugendwalten,
Irrte mich schon hundertmal;
Heute mich im Zaum zu halten,
Schere steckt im Futteral.

Und so bin ich gern gebunden,
Blicke freundlich diesem Ort:
Ihr in diesen freien Stunden
Schwärmt nur immer fort und fort!

LACHESIS. Mir, die ich allein verständig,

Le Grazie[18]

AGLAIA. Portiamo grazia nella vita. Ponete grazia nel donare!

EGEMONE. Ponete grazia nel ricevere! È dolce arrivare alla cosa desiderata.

EUFROSINE. E, nei giorni tranquilli, sia altamente grazioso il ringraziamento.

Le Parche[19]

ATROPO. Questa volta, per filare, hanno invitato me, la piú vecchia. Sul delicato filo della vita c'è molto da pensare e molto da meditare.

Affinché fosse per voi flessibile e morbido, ho saputo scegliere il lino piú fine; le mie abili dita lo dipaneranno in modo che sia liscio, sottile, eguale.

Se nel piacere e nella danza doveste dimostrarvi un po' eccessivi, pensate ai limiti di questo filo. State attenti! Potrebbe strapparsi.

CLOTO. Sappiate che in questi ultimi giorni, è stata affidata a me la forbice perché non si era molto edificati dal modo di comportarsi della nostra vecchia.

Tira in lungo dei fili inutili,[20] all'aria ed alla luce e, con il suo taglio, trascina nella tomba la speranza di conquiste magnifiche.

Anch'io, però, nel mio operare giovanile, mi sono già sbagliata centomila volte: oggi, per tenermi in freno, la forbice sta chiusa nell'astuccio.

Mi piace essere vincolata cosí e guardo con piacere a questo luogo. Voi continuate sempre in queste libere ore a concedervi alla vostra gioia!

LACHESI. A me, l'unica ragionevole, è rimasto assegnato

Blieb das Ordnen zugeteilt;
Meine Weife, stets lebendig,
Hat noch nie sich übereilt.

Fäden kommen, Fäden weifen,
Jeden lenk ich seine Bahn,
Keinen laß ich überschweifen:
Füg er sich im Kreis heran!

Könnt ich einmal mich vergessen,
Wär es um die Welt mir bang;
Stunden zählen, Jahre messen,
Und der Weber nimmt den Strang.

HEROLD. Die jetzo kommen, werdet ihr nicht kennen,
Wärt ihr noch so gelehrt in alten Schriften;
Sie anzusehn, die so viel Übel stiften,
Ihr würdet sie willkommne Gäste nennen.

Die Furien sind es! niemand wird uns glauben:
Hübsch, wohlgestaltet, freundlich, jung von Jahren!
Laßt euch mit ihnen ein: ihr sollt erfahren,
Wie schlangenhaft verletzen solche Tauben.

Zwar sind sie tückisch; doch am heutigen Tage,
Wo jeder Narr sich rühmet seiner Mängel,
Auch sie verlangen nicht den Ruhm als Engel,
Bekennen sich als Stadt- und Landesplage.

Die Furien

ALEKTO. Was hilft es euch? ihr werdet uns vertrauen!
Denn wir sind hübsch und jung und Schmeichelkätzchen;
Hat einer unter euch ein Liebeschätzchen,
Wir werden ihm so lang die Ohren krauen,

Bis wir ihm sagen dürfen, Aug in Auge:
Daß sie zugleich auch dem und jenem winke,
Im Kopfe dumm, im Rücken krumm, und hinke
Und, wenn sie seine Braut ist, gar nichts tauge.

So wissen wir die Braut auch zu bedrängen:
Es hat sogar der Freund vor wenig Wochen
Verächtliches von ihr zu d e r gesprochen! —
Versöhnt man sich, so bleibt doch etwas hängen.

l'ordine. Il mio aspo, sempre in moto, non è mai andato troppo in fretta.

Fili vengono e vanno all'aspo, guido ognuno per la sua strada, non lascio deviare nessuno; si adatti a girare intorno!

Se una sola volta mi dovessi distrarre, sarei in ansia per il destino del mondo; conto le ore, misuro gli anni ed il tessitore prende la matassa.

ARALDO. Non riconoscereste quelle che arrivano ora anche se foste ancor piú dotti sugli antichi scritti. A vederle, esse che tanto male hanno fatto, le salutereste ospiti benvenute.

Sono le Furie! Nessuno lo crederà[21]: graziose, ben fatte, gentili, giovani d'anni! Date loro confidenza e vi accorgerete come tali colombe feriscano al modo dei serpenti.

Sono proprio false, ma, al giorno d'oggi, dove ogni pazzo vanta i propri difetti, nemmeno esse pretendono aver fama di angeli, riconoscono essere il flagello della città e della campagna.

Le Furie[22]

ALETTO.[23] Che vi giova? Vi fiderete di noi! Perché siamo belline, e giovani e gattine leziose. Se qualcuno di voi possiede un tesoruccio d'innamorata, gli faremo tante moine,

finché gli potremo dire, guardandolo negli occhi, che lei fa l'occhiolino contemporaneamente, a quello ed a questo, che è scema nel cervello, gobba nella schiena, e che zoppica e che, se è la sua fidanzata, non vale proprio nulla.

Ma sappiamo angustiare anche la fidanzata: il suo amico ha, poche settimane fa, parlato di lei con disprezzo con quell'altra! Anche se fanno la pace, qualche cosa resta sempre.

MEGÄRA. Das ist nur Spaß! denn sind sie erst verbunden,
Ich nehm es auf und weiß in allen Fällen
Das schönste Glück durch Grille zu vergällen;
Der Mensch ist ungleich, ungleich sind die Stunden,

Und niemandt hat Erwünschtes fest in Armen,
Der sich nicht nach Erwünschterem törig sehnte
Vom höchsten Glück, woran er sich gewöhnte;
Die Sonne flieht er, will den Frost erwarmen.

Mit diesem allen weiß ich zu gebaren
Und führe her Asmondi, den Getreuen,
Zu rechter Zeit Unseliges auszustreuen,
Verderbe so das Menschenvolk in Paaren.

TISIPHONE. Gift und Dolch statt böser Zungen
Misch ich, schärf ich dem Verräter;
Liebst du andre: früher, später
Hat Verderben dich durchdrungen,

Muß der Augenblicke Süßtes
Sich zu Gischt und Galle wandeln!
Hier kein Markten, hier kein Handeln:
Wie er es beging, er büßt es.

Singe keiner vom Vergeben!
Felsen klag ich meine Sache,
Echo, horch! erwidert: Rache!
Und wer wechselt, soll nicht leben.

HEROLD. Belieb es euch, zur Seite wegzuweichen!
Denn was jetzt kommt, ist nicht von euresgleichen.
Ihr seht, wie sich ein Berg herangedrängt,
Mit bunten Teppichen die Weichen stolz behängt,
Ein Haupt mit langen Zähnen, Schlangenrüssel,
Geheimnisvoll, doch zeig ich euch den Schlüssel.
Im Nacken sitzt ihm zierlich-zarte Frau,
Mit feinem Stäbchen lenkt sie ihn genau;
Die andre, droben stehend herrlich-hehr,
Umgibt ein Glanz, der blendet mich zu sehr.
Zur Seite gehn gekettet edle Frauen,
Die eine bang, die andre froh zu schauen;
Die eine wünscht, die andre fühlt sich frei.
Verkünde jede, wer sie sei!

FURCHT. Dunstige Fackeln, Lampen, Lichter
Dämmern durchs verworrne Fest;
Zwischen diese Truggesichter
Bannt mich, ach! die Kette fest.

MEGERA.[24] Ma questo non è che uno scherzo! Perché appena sono sposati, subentro io, me ne incarico io e so in ogni caso amareggiare, coi miei capricci, la piú bella felicità. L'uomo è ineguale, ineguali sono le ore.

E nessuno stringe fra le braccia ciò che desidera senza che egli abbia scioccamente nostalgia di cose ancor piú desiderabili, al di fuori dell'altissima felicità alla quale ha fatto l'abitudine. Fugge il sole[25] e vuole scaldare il ghiaccio.

So bene comportarmi con tutto ciò e, al tempo giusto, introduco il fido Asmodeo[26] a seminare zizzania. Rovino cosí gli uomini a coppie.

TISIFONE.[27] Per il traditore mescolo veleni ed affilo pugnali in luogo di lingue malvage. Se tu ami altrui, prima o poi la disgrazia ti raggiungerà.

Il piú dolce dei momenti si muterà in veleno e bile! Non c'è, qui, né da mercanteggiare, né da trattare. Come uno ha agito, cosí espia.

Nessuno celebri il perdono! Porto le mie scuse al tribunale delle rupi. Ascoltate, l'eco risponde: vendetta! E chi muta,[28] deve perire.

ARALDO.[29] Siate gentili e fatevi un po' da lato! Perché chi ora arriva non è un vostro simile. Vedete, si fa largo una montagna, coi fianchi orgogliosamente adorni di variopinti tappeti. La testa reca lunghe zanne e una proboscide simile ad una serpe. Sembra misteriosa, ma ve ne rivelerò il segreto. Sul collo siede una donna graziosa e delicata, con il suo bastoncino lo guida con precisione; l'altra sta in piedi, maestosa e nobile, la circonda uno splendore che mi abbaglia assai. A lato camminano, incatenate, nobili donne, l'una timida in volto, l'altra lieta, l'una desidera essere libera, l'altra si sente libera. Ciascuna annunci chi ella sia!

LA TEMA. Fumanti fiaccole, lampade, luci illuminano di bagliori crepuscolari la confusione della festa. In mezzo a questi volti ingannatori mi lega, ahimè, fortemente questa catena.

Fort, ihr lächerlichen Lacher!
Euer Grinsen gibt Verdacht;
Alle meine Widersacher
Drängen mich in dieser Nacht.

Hier: ein Freund ist Feind geworden,
Seine Maske kenn ich schon!
Jener wollte mich ermorden,
Nun, entdeckt, schleicht er davon.

Ach, wie gern in jeder Richtung
Flöh ich zu der Welt hinaus!
Doch von drüben droht Vernichtung,
Hält mich zwischen Dunst und Graus.

HOFFNUNG. Seid gegrüßt, ihr lieben Schwestern!
Habt ihr euch schon heut und gestern
In Vermummungen gefallen,
Weiß ich doch gewiß von allen:
Morgen wollt ihr euch enthüllen!
Und wenn wir bei Fackelscheine
Uns nicht sonderlich behagen,
Werden wir in heitern Tagen
Ganz nach unserm eignen Willen,
Bald gesellig, bald alleine,
Frei durch schöne Fluren wandeln,
Nach Belieben ruhn und handeln
Und in sorgenfreiem Leben
Nie entbehren, stets erstreben.
Überall willkommne Gäste,
Treten wir getrost hinein:
Sicherlich, es muß das Beste
Irgendwo zu finden sein.

KLUGHEIT. Zwei der größten Menschenfeinde,
Furcht und Hoffnung, angekettet,
Halt ich ab von der Gemeinde —
Platz gemacht! — ihr seid gerettet.

Den lebendigen Kolossen
Führ ich, seht ihr, turmbeladen,
Und er wandelt unverdrossen
Schritt vor Schritt auf steilen Pfaden.

Droben aber auf der Zinne
Jene Göttin mit behenden,
Breiten Flügeln, zum Gewinne
Allerseits sich hinzuwenden:

Via, ridicoli che ridete! Le vostre smorfie destano sospetto; tutti i miei nemici mi stanno, questa notte, alle calcagna.

Qui, un amico s'è mutato in nemico, conosco già la sua maschera! Quegli mi voleva uccidere, ora, scoperto, se la svigna via.

Ah! come fuggirei volentieri fuori di qui, nel mondo, in qualsiasi direzione! Ma, di là, minaccia la morte e mi trattiene fra fumo ed orrore.

LA SPERANZA. Vi saluto, care sorelle! Se ieri ed oggi vi siete già divertite a mascherarvi, so di certo che voi tutte vi svelerete domani! E se, alla luce delle fiaccole, non ci trovammo a nostro piacimento, in giorni sereni, ci aggireremo, per bei campi, completamente secondo il nostro volere, a volte in compagnia, a volte sole, riposeremo ed agiremo, con libera scelta, in una vita senza affanni, di nulla prive, desiderose sempre del nuovo.

Ospiti gradite ovunque, entreremo con franchezza. È certo che, in un qualche luogo, deve pur trovarsi ciò che è ottimo.

LA PRUDENZA. Tengo incatenati, lontani da questa compagnia, due dei piú grandi nemici dell'umanità: paura e speranza. Fate largo: siete salvi.

Vedete, io guido il colosso vivente, carco del peso di una torre ed egli si avanza, un passo dopo l'altro, su ripidi sentieri.

Ma lassú, sui merli della torre, si leva quella dea con mobili, ampie ali, per volgersi ovunque, alla conquista.

Rings umgibt sie Glanz und Glorie,
Leuchtend fern nach allen Seiten,
Und sie nennet sich Viktorie,
Göttin aller Tätigkeiten.

ZOILO-THERSITES. Hu! hu! da komm ich eben recht!
Ich schelt euch allzusammen schlecht;
Doch was ich mir zum Ziel ersah,
Ist oben Frau Viktoria.
Mit ihrem weißen Flügelpaar
Sie dünkt sich wohl, sie sei ein Aar,
Und wo sie sich nur hingewandt,
Gehör ihr alles Volk und Land.
Doch wo was Rühmliches gelingt,
Es mich sogleich in Harnisch bringt.
Das Tiefe hoch, das Hohe tief,
Das Schiefe grad, das Grade schief,
Das ganz allein macht mich gesund;
So will ichs auf dem Erdenrund.

HEROLD. So treffe dich, du Lumpenhund,
Des frommen Stabes Meisterstreich!
Da krümm und winde dich sogleich!
Wie sich die Doppelzwerggestalt
So schnell zum eklen Klumpen ballt! —
Doch Wunder! Klumpen wird zum Ei,
Das bläht sich auf und platzt entzwei.
Nun fällt ein Zwillingspaar heraus:
Die Otter und die Fledermaus!
Die eine fort im Staube kriecht,
Die andre schwarz zur Decke fliegt.
Sie eilen draußen zum Verein;
Da möcht ich nicht der Dritte sein.

GEMURMEL.

Frisch! dahinten tanzt man schon —
Nein! ich wollt, ich wär davon —
Fühlst du, wie uns das umflicht,
Das gespenstische Gezücht? —
Saust es mir doch übers Haar —
Ward ichs doch am Fuß gewahr —
Keiner ist von uns verletzt —
Alle doch in Furcht gesetzt —
Ganz verdorben ist der Spaß —
Und die Bestien wollten das —

HEROLD. Seit mir sind bei Maskeraden
Heroldspflichten aufgeladen,

La circondano, tutto intorno, gloria e splendore, splendenti lontano, in ogni direzione, e si chiama vittoria, dea di ogni attività.

ZOILO-TERSITE.[30] Uh! Uh! arrivo proprio a tempo buono. Vi tratterò male tutti, quanti siete. Però mi sono scelto per bersaglio proprio quella lassú, la signora Vittoria. Con quel suo paio di ali bianche, si immagina forse di essere un'aquila e che, ovunque essa si volga, ogni popolo e la terra le appartengano. Ma se riesce qualche cosa di glorioso, ecco ciò che mi fa subito arrabbiare. Il basso alto, l'alto basso, lo storto diritto ed il diritto storto, solamente tutto ciò mi tiene in salute: e cosí voglio sia per tutta la faccia della terra.

ARALDO. Ti colpisca allora, maledetto cane, un colpo magistrale della mia verga sacra! Qua, curvati e torciti subito. Come la doppia figura di nano si appallottola rapidamente in una massa schifosa! Ma quale prodigio! La massa si fa uovo che si gonfia e si spacca in due. Ora ne esce una coppia di gemelli: la vipera ed il pipistrello! L'una striscia via nella polvere, l'altro vola, nero, su, verso il soffitto. Si affrettano entrambi fuori a conciliabolo. Ma io non desidererei parteciparvi come terzo.

MORMORIO.[31] Presto! Là in fondo danzano già. No, vorrei essere lontano. Non senti come ci avvolge nelle sue spire la razza degli spettri? Già mi alita qualche cosa sopra i capelli. Io sento qualche cosa al piede. Nessuno di noi è ferito. E tuttavia siamo tutti in preda alla paura. E quelle bestie volevano proprio ciò.

ARALDO.[32] Da quando mi sono stati affidati, in occasione di mascherate, i doveri di araldo, vigilo severamente vicino

Wach ich ernstlich an der Pforte,
Daß euch hier am lustigen Orte
Nichts Verderbliches erschleiche;
Weder wanke, weder weiche.
Doch ich fürchte, durch die Fenster
Ziehen luftige Gespenster,
Und von Spuk und Zaubereien
Wüßt ich euch nicht zu befreien.
Machte sich der Zwerg verdächtig,
Nun! dort hinten strömt es mächtig.
Die Bedeutung der Gestalten
Möcht ich amtsgemäß entfalten.
Aber was nicht zu begreifen,
Wüßt ich auch nicht zu erklären;
Helfet alle mich belehren! —
Seht ihrs durch die Menge schweifen?
Vierbespannt ein prächtiger Wagen
Wird durch alles durchgetragen;
Doch er teilet nicht die Menge,
Nirgend seh ich ein Gedränge.
Farbig glitzerts in der Ferne,
Irrend leuchten bunte Sterne
Wie von magischer Laterne,
Schnaubt heran mit Sturmgewalt.
Platz gemacht! Mich schauderts!

KNABE WAGENLENKER. Halt!
Rosse, hemmet eure Flügel,
Fühlet den gewohnten Zügel,
Meistert euch, wie ich euch meistre!
Rauschet hin, wenn ich begeistre! —
Diese Räume laßt uns ehren!
Schaut umher, wie sie sich mehren,
Die Bewundrer, Kreis um Kreise!
Herold, auf! nach deiner Weise,
Ehe wir von euch entfliehen,
Uns zu schildern, uns zu nennen!
Denn wir sind Allegorien,
Und so solltest du uns kennen.

HEROLD. Wüßte nicht, dich zu benennen;
Eher könnt ich dich beschreiben.

KNABE LENKER. So probiers!

HEROLD. Man muß gestehn:
Erstlich bist du jung und schön.
Halbwüchsiger Knabe bist du; doch die Frauen,
Sie möchten dich ganz ausgewachsen schauen.

alla porta affinché non s'infili niente di dannoso, per voi, in questo luogo allegro. Né vacillo, né cedo. Temo però che aerei fantasmi entrino per le finestre e non saprei liberarvi da folletti e stregherie. Se il nano s'era già mostrato sospetto, ora, là dietro, qualche cosa si muove come una fiumana. E, come è dovere del mio ufficio, vorrei spiegare il significato delle figure. Ma se non mi riuscisse di chiarire quello che non è comprensibile, contribuite tutti ad istruirmi. Non lo vedete passare là in mezzo alla folla? Un magnifico carro con quattro cavalli viene tirato attraverso tutta la gente. Ma esso non divide la folla, e non vedo affollamento in luogo alcuno. Lontano, scintilla qualche cosa: un balenio di colori, stelle variopinte errano luminose, come in una lanterna magica. Avanza, sbuffando, simile ad una tempesta violenta. Largo! Rabbrividisco!

ADOLESCENTE AURIGA.[33] Ferma! O corsieri, frenate le vostre ali, dominatevi cosí come io domino voi! E quando vi inciterò, partirete in volo! Onoriamo ora queste sale! Guardatevi intorno come aumentino gli ammiratori di cerchio in cerchio. Araldo, su! Secondo il tuo costume, prima che noi si ripigli il volo, descrivici e nomina il nostro nome! Perché noi siamo allegorie e ci dovresti conoscere.

ARALDO. Non saprei dire il tuo nome; ti saprei piuttosto descrivere.

ADOLESCENTE AURIGA. Allora prova!

ARALDO. Bisogna ammettere che tu, anzitutto, sei giovane e bello. Adolescente sei ed a metà del tuo crescere e tuttavia le donne desidererebbero vederti al termine del

Du scheinest mir ein künftiger Sponsierer,
Recht so von Haus aus ein Verführer.

KNABE LENKER. Das läßt sich hören! Fahre fort,
Erfinde dir des Rätsels heitres Wort!

HEROLD. Der Augen schwarzer Blitz, die Nacht der Locken,
Erheitert von juwelnem Band!
Und welch ein zierliches Gewand
Fließt dir von Schultern zu den Socken
Mit Purpursaum und Glitzertand!
Man könnte dich ein Mädchen schelten;
Doch würdest du, zu Wohl und Weh,
Auch jetzo schon bei Mädchen gelten:
Sie lehrten dich das ABC.

KNABE LENKER. Und dieser, der als Prachtgebilde
Hier auf dem Wagenthrone prangt?

HEROLD. Er scheint ein König, reich und milde;
Wohl dem, der seine Gunst erlangt!
Er hat nichts weiter zu erstreben;
Wos irgend fehlte, späht sein Blick,
Und seine reine Lust zu geben
Ist größer als Besitz und Glück.

KNABE LENKER. Hiebei darfst du nicht stehenbleiben,
Du mußt ihn recht genau beschreiben.

HEROLD. Das Würdige beschreibt sich nicht.
Doch das gesunde Mondgesicht,
Ein voller Mund, erblühte Wangen,
Die unterm Schmuck des Turbans prangen,
Im Faltenkleid ein reich Behagen!
Was soll ich von dem Anstand sagen?
Als Herrscher scheint er mir bekannt.

KNABE LENKER. Plutus, des Reichtums Gott, genannt!
Derselbe kommt in Prunk daher:
Der hohe Kaiser wünscht ihn sehr.

HEROLD. Sag von dir selber auch das Was und Wie!

KNABE LENKER. Bin die Verschwendung, bin die Poesie,
Bin der Poet, der sich vollendet,
Wenn er sein eigenst Gut verschwendet.
Auch ich bin unermeßlich reich
Und schätze mich dem Plutus gleich,
Beleb und schmück ihm Tanz und Schmaus;
Das, was ihm fehlt, das teil ich aus.

HEROLD. Das Prahlen steht dir gar zu schön;
Doch laß uns deine Künste sehn!

KNABE LENKER. Hier seht mich nur ein Schnippchen schlagen,

tuo sviluppo. Mi hai l'aria che diventerai un corteggiatore e mi sembri il vero tipo del seduttore.

ADOLESCENTE AURIGA. Ecco una parola che si ascolta con piacere! Continua! E scopri la parola gioiosa che sciolga l'enigma!

ARALDO. Nero il lampo degli occhi e la notte dei riccioli rasserenata da un nastro tessuto di gioielli! E quale delicato manto ti scende dalle spalle sino ai calzari, orlato di porpora e luccicante di fronzoli! Ti si potrebbe rimproverare di aver l'aspetto di una fanciulla. Ma anche ora, con le ragazze, bene o male, sapresti farti valere. Ti insegnerebbero l'abc.

ADOLESCENTE AURIGA. E questi che fa pompa di sé, sul mio carro, come l'immagine della magnificenza?

ARALDO. Sembra un re, ricco e buono. Felice colui che ne otterrà il favore. Non avrà da darsi d'attorno per conquistare qualche altra cosa ancora. Dove manchi cosa alcuna, là arriverà il suo sguardo acuto e, per lui, la pura gioia del donare è piú grande d'ogni avere e d'ogni fortuna.

ADOLESCENTE AURIGA. Non ti puoi limitare a ciò. Ce lo devi descrivere minutissimamente.

ARALDO. La dignità non si descrive. Bensí il volto sano, di luna piena, la bocca turgida, le guance fiorenti, che fan mostra di sé sotto l'ornamento del turbante, ed, entro la tunica a pieghe, un nobile portamento! E che devo dire del suo contegno? Mi sembra di riconoscere in lui il sovrano.

ADOLESCENTE AURIGA. Pluto, detto dio della ricchezza, si avanza, in persona, nella sua pompa, verso di noi. L'augusto imperatore lo desidera molto.

ARALDO. Parlaci anche di te stesso; il che ed il come.

ADOLESCENTE AURIGA. Sono la Prodigalità, la Poesia. Sono il poeta che si completa prodigando il suo proprio intimo bene. Anch'io sono incommensurabilmente ricco e mi ritengo pari a Pluto. Animo ed adorno per lui danze e conviti e gli dono ciò che gli manca.

ARALDO. Il vantarti ti sta proprio bene; però mostraci le tue arti!

ADOLESCENTE AURIGA. Ecco, vedete, un piccolo schioccare

Schon glänzts und glitzerts um den Wagen:
Da springt eine Perlenschnur hervor!
(*Immerfort umherschnippend*)
Nehmt goldne Spange für Hals und Ohr!
Auch Kamm und Krönchen ohne Fehl,
In Ringen köstlichstes Juwel!
Auch Flämmchen spend ich dann und wann,
Erwartend, wo es zünden kann.

HEROLD. Wie greift und hascht die liebe Menge!
Fast kommt der Geber ins Gedränge.
Kleinode schnippt er wie ein Traum,
Und alles hascht im weiten Raum.
Doch da erleb ich neue Pfiffe:
Was einer noch so emsig griffe,
Des hat er wirklich schlechten Lohn —
Die Gabe flattert ihm davon.
Es löst sich auf das Perlenband,
Ihm krabbeln Käfer in der Hand;
Er wirft sie weg, der arme Tropf,
Und sie umsummen ihm den Kopf.
Die andern statt solider Dinge
Erhaschen frevle Schmetterlinge.
Wie doch der Schelm so viel verheißt
Und nur verleiht, was golden gleißt!

KNABE LENKER. Zwar Masken, merk ich, weißt du zu verkün-
Allein der Schale Wesen zu ergründen, [den,
Sind Herolds Hofgeschäfte nicht;
Das fordert schärferes Gesicht.
Doch hüt ich mich vor jeder Fehde;
An dich, Gebieter, wend ich Frag und Rede.
(*Zu Plutus gewendet*) Hast du mir nicht die Windesbraut
Des Viergespannes anvertraut?
Lenk ich nicht glücklich, wie du leitest?
Bin ich nicht da, wohin du deutest?
Und wußt ich nicht auf kühnen Schwingen
Für dich die Palme zu erringen?
Wie oft ich auch für dich gefochten,
Mir ist es jederzeit geglückt:
Wenn Lorbeer deine Stirne schmückt,
Hab ich ihn nicht mit Sinn und Hand geflochten?

PLUTUS. Wenns nötig ist, daß ich dir Zeugnis leiste,
So sag ich gern: bist Geist von meinem Geiste.
Du handelst stets nach meinem Sinn,
Bist reicher, als ich selber bin.
Ich schätze, deinen Dienst zu lohnen,

delle mie dita e già, intorno al cocchio, è tutto un luccichio ed uno splendore: là sàlta fuori una collana di perle. (*Continua a far schioccare torno torno le dita*) Prendete fermagli d'oro per il collo e per gli orecchi ed anche pettini e diademi senza difetti e gemme assai preziose incastonate entro anelli! Di quando in quando, dispenso anche fiammelle[34] ed attendo che diano fuoco in qualche luogo.

ARALDO. Come la cara folla allunga le mani ed acchiappa a volo! Il donatore sta quasi per essere soffocato. Schiocca gioielli che par di sognare e tutti, nella vasta sala, si dan d'attorno per afferrare qualche cosa. Ma ecco che assisto a nuove beffe: anche se qualcuno è riuscito ad afferrare qualche cosa con grande zelo, ne ha proprio una cattiva ricompensa. Il dono gli vola via. La collana di perle si scioglie e gli brulicano in mano coleotteri. Il povero scemo li butta via e quelli gli volano, ronzando, intorno al capo. Gli altri non arraffano cose solide. ma sfacciate farfalle. Quanto promette quel briccone e ora dispensa soltanto qualche cosa che risplende come oro!

ADOLESCENTE AURIGA. Mi pare che tu sappia, sí, annunciare delle maschere, ma il penetrare, sotto la scorza, sino all'essenza, non sono affari da araldo di corte. Ciò richiede uno sguardo piú penetrante. Però, mi guardo bene da ogni litigio. A Te, o signore, rivolgo e domanda e discorso. (*Rivolto verso Pluto*) Non mi hai affidato questa quadriga furiosa come il vento? E non guido io felicemente, come tu ordini? Non sono io là dove tu indichi? e non fui capace di conquistare, per te, la palma con le mie intrepide ali? Per quante volte mi sia battuto per te, mi è sempre riuscito di vincere. L'alloro adorna la tua fronte, non l'ho saputo intrecciare io stesso con la mano ed il senno?

PLUTO. Se è necessario che io ti testimonii ciò, lo dico volentieri: sei spirito del mio spirito.[35] Tu agisci sempre secondo il mio intendimento e sei piú ricco di quanto io non sia. Per riconoscere i tuoi servigi, apprezzo il tuo

Den grünen Zweig vor allen meinen Kronen.
Ein wahres Wort verkünd ich allen:
Mein lieber Sohn, an dir hab ich Gefallen!

KNABE LENKER (*zur Menge*). Die größten Gaben meiner Hand,
Seht! hab ich rings umhergesandt:
Auf dem und jenem Kopfe glüht
Ein Flämmchen, das ich angesprüht.
Von einem zu dem andern hüpfts,
An diesem hält sichs, dem entschlüpfts,
Gar selten aber flammts empor
Und leuchtet rasch in kurzem Flor;
Doch vielen, ehe mans noch erkannt,
Verlischt es, traurig ausgebrannt.

WEIBERGEKLATSCH. Dadroben auf dem Viergespann
Da ist gewiß ein Scharlatan,
Gekauzt da hintendrauf, Hanswurst,
Doch abgezehrt von Hunger und Durst,
Wie man ihn niemals noch erblickt;
Er fühlt wohl nicht, wenn man ihn zwickt.

DER ABGEMAGERTE. Vom Leibe mir, ekles Weibsgeschlecht!
Ich weiß, dir komm ich niemals recht. —
Wie noch die Frau den Herd versah,
Da hieß ich Avaritia;
Da stand es gut um unser Haus:
Nur viel herein und nichts hinaus!
Ich eiferte für Kist und Schrein;
Das sollte wohl gar ein Laster sein!
Doch als in allerneusten Jahren
Das Weib nicht mehr gewohnt zu sparen
Und wie ein jeder böser Zahler
Weit mehr Begierden hat als Taler,
Da bleibt dem Manne viel zu dulden:
Wo er nur hinsieht, da sind Schulden.
Sie wendets, kann sie was erspulen,
An ihren Leib, an ihren Buhlen,
Auch speist sie besser, trinkt noch mehr
Mit der Sponsierer leidigem Heer;
Das steigert mir des Goldes Reiz:
Bin männlichen Geschlechts, der Geiz!

HAUPTWEIB. Mit Drachen mag der Drache geizen;
Ists doch am Ende Lug und Trug!
Er kommt, die Männer aufzureizen;
Sie sind schon unbequem genug.

WEIBER IN MASSE. Der Strohmann! Reich ihm eine Schlappe!
Was will das Marterholz uns dräun?

verde ramo d'alloro piú di tutte le mie corone. Annuncio a tutti una parola di verità: Mio caro figlio, mi compiaccio in te!

ADOLESCENTE AURIGA (*alla folla*). I piú grandi doni della mia mano, vedete, li ho profusi tutto intorno. Su questo e su quel capo arde una fiammella che io stesso ho ho fatto ardere. Saltella da uno all'altro, presso questo si arresta, a quello sfugge via. Assai raramente si leva su in fiamma e risplende rapida nel suo breve fiorire. Però, per molti, prima ancora che la riconoscano, essa si spegne, tristemente consumata.

CICALECCIO DI DONNE. Lassú, su quel tiro a quattro, quello è certamente un ciarlatano. E là dietro, accovacciato, il pagliaccio, Gianni Salciccia,[36] consunto dalla fame e dalla sete, cosí come non lo si è visto mai. Non se ne accorge di certo, se qualcuno lo pizzica.

LO SMAGRATO. Ripugnante sesso femminile; statemi lontane! Lo so che non vi riesco mai simpatico. Quando la donna si occupava ancora del focolare, mi chiamavo avarizia. Allora andava tutto bene in casa: molto veniva dentro e niente ne usciva! Mi davo d'attorno per riempire casse ed armadii, ma ciò doveva essere proprio un vizio! Tuttavia, dopo che, in questi anni, la donna non è piú abituata a risparmiare e, come ogni cattivo pagatore, ha assai piú desideri che talleri, anche l'uomo deve sopportare parecchio: ovunque egli rivolga lo sguardo, sono debiti. Se può mettere insieme qualche cosa cucendo, ella lo impiega per il suo corpo e per il suo amante. E banchetta meglio e beve ancor piú con l'infausta schiera dei corteggiatori. Ciò aumenta in me il fascino dell'oro ed eccomi di genere maschile: avaro.

CAPITANA DELLE DONNE. Il drago faccia pur l'avaro coi draghi.[37] Alla fine, non è che menzogna ed inganno! Viene ad aizzare gli uomini. essi sono già abbastanza incomodi.

DONNE IN MASSA. Spaventapasseri! Dàgli un ceffone! Di che cosa ci minaccia quel messo in croce?[38] Dovremmo

Wir sollen seine Fratze scheun!
Die Drachen sind von Holz und Pappe:
Frisch an und dringt auf ihn hinein!

HEROLD. Bei meinem Stabe! Ruh gehalten! —
Doch braucht es meiner Hülfe kaum:
Seht, wie die grimmen Ungestalten,
Bewegt im rasch gewonnenen Raum,
Das Doppelflügelpaar entfalten!
Entrüstet schütteln sich der Drachen
Umschuppte, feuerspeiende Rachen;
Die Menge flieht, rein ist der Platz. (*Plutus steigt vom Wagen*)

HEROLD. Er tritt herab, wie königlich!
Er winkt, die Drachen rühren sich;
Die Kiste haben sie vom Wagen
Mit Gold und Geiz herangetragen,
Sie steht zu seinen Füßen da:
Ein Wunder ist es, wies geschah.

PLUTUS (*zum Lenker*). Nun bist du los der allzu lästigen Schwere,
Bist frei und frank: nun frisch zu deiner Sphäre!
Hier ist sie nicht! Verworren, scheckig, wild
Umdrängt uns hier ein fratzenhaft Gebild.
Nur wo du klar ins holde Klare schaust,
Dir angehörst und dir allein vertraust,
Dorthin, wo Schönes, Gutes nur gefällt,
Zur Einsamkeit! — Da schaffe deine Welt!

KNABE LENKER. So acht ich mich als werten Abgesandten,
So lieb ich dich als nächsten Anverwandten.
Wo du verweilst, ist Fülle; wo ich bin,
Fühlt jeder sich im herrlichsten Gewinn.
Auch schwankt er oft im widersinnigen Leben:
Soll er sich dir, soll er sich mir ergeben?
Die Deinen freilich können müßig ruhn;
Doch wer mir folgt, hat immer was zu tun.
Nicht insgeheim vollführ ich meine Taten:
Ich atme nur, und schon bin ich verraten.
So lebe wohl! du gönnst mir ja mein Glück;
Doch lisple leis, und gleich bin ich zurück. (*Ab, wie er kam*)

PLUTUS. Nun ist es Zeit, die Schätze zu entfesseln!
Die Schlösser treff ich mit des Herolds Rute.
Es tut sich auf! schaut her: in ehrnen Kesseln
Entwickelt sichs und wallt von goldnem Blute,
Zunächst der Schmuck von Kronen, Ketten, Ringen;
Es schwillt und droht, ihn schmelzend zu verschlingen.

aver paura della sua smorfia! I draghi sono di legno e di cartone; coraggio su, diamogli addosso!

ARALDO. Per la mia verga! Calmatevi! Ma egli ha poco bisogno del mio aiuto. Guardate come i mostri furibondi, mossisi rapidamente nello spazio guadagnato, aprono la coppia delle loro duplici ali! Le squamose fauci dei draghi si scuotono irate e vomitano fuoco. La folla fugge e lo spazio è libero. (*Pluto scende dal cocchio*)

ARALDO. Egli ne scende e come regalmente! Fa un cenno ed i draghi si muovono; essi hanno portato qui, dal cocchio, la cassa con l'oro e con l'avaro; essa sta là ai suoi piedi. Un miracolo come ciò avvenne.

PLUTO (*all'adolescente auriga*). Ora ti sei scaricato del tuo carico troppo greve. Sei libero e franco: allora, su, verso la tua sfera! Essa non è qui! Qui ne circonda da vicino una confusa, variopinta, selvaggia schiera di grotteschi fantasmi. Solamente là dove tu guardi con chiarità di sguardo nel dolce chiarore, appartieni a te stesso e hai fiducia in te stesso, laggiú dove soltanto il Bello ed il Buono piacciono, in solitudine... Costruisciti là il tuo mondo!

ADOLESCENTE AURIGA.[39] Cosí come mi ritengo tuo degno ambasciatore, cosí ti amo come il piú prossimo parente. Dove tu dimori è l'abbondanza; dove io sono, ognuno si sente fra grandiose conquiste. Anche egli ondeggia sovente fra contrastanti forme di vita: deve concedersi a te od a me? Certamente i tuoi seguaci possono riposare oziosi, mentre chi segue me ha sempre qualche cosa da fare. Non conducono a termine le mie azioni con segretezza,[40] solo ch'io respiri, sono di già tradito. Addio, dunque. Tu gioisci della mia fortuna. Ma ti basta sussurrare appena un richiamo ed io sarò subito di ritorno. (*Via, come arrivò*)

PLUTO.[41] È tempo ormai di lasciar liberi i tesori. Con la verga dell'araldo tocco le serrature. Si aprono! Guardate qua: in recipienti di bronzo scorre e ribolle l'onda dell'oro rosso-sangue. Ed, accanto, tesori di corone, di catene, di anelli. L'onda gonfia e minaccia di fonderli e di inghiottirli.

WECHSELGESCHREI DER MENGE.

Seht hier, o hin! wies reichlich quillt,
Die Kiste bis zum Rande füllt! —
Gefäße, goldne, schmelzen sich,
Gemünzte Rollen wälzen sich. —
Dukaten hüpfen wie geprägt:
O wie mir das den Busen regt! —
Wie schau ich alle mein Begehr!
Da kollern sie am Boden her. —
Man bietets euch, benutzts nur gleich
Und bückt euch nur und werdet reich! —
Wir andern, rüstig wie der Blitz,
Wir nehmen den Koffer in Besitz. —

HEROLD. Was solls, ihr Toren? soll mir das?
Es ist ja nur ein Maskenspaß.
Heut abend wird nicht mehr begehrt;
Glaubt ihr, man geb euch Gold und Wert?
Sind doch für euch in diesem Spiel
Selbst Rechenpfennige zu viel.
Ihr Täppischen! ein artiger Schein
Soll gleich die plumpe Wahrheit sein.
Was soll euch Wahrheit? Dumpfen Wahn
Packt ihr an allen Zipfeln an.
Vermummter Plutus, Maskenheld,
Schlag dieses Volk mir aus dem Feld!

PLUTUS. Dein Stab ist wohl dazu bereit,
Verleih ihn mir auf kurze Zeit! —
Ich tauch ihn rasch in Sud und Glut. —
Nun, Masken, seid auf eurer Hut!
Wies blitzt und platzt, in Funken sprüht!
Der Stab, schon ist er angeglüht.
Wer sich zu nah herangedrängt,
Ist unbarmherzig gleich versengt.
Jetzt fang ich meinen Umgang an.

GESCHREI UND GEDRÄNG.

O weh! es ist um uns getan! —
Enfliehe, wer entfliehen kann! —
Zurück, zurück, du Hintermann! —
Mir sprüht es heiß ins Angesicht —
Mich drückt des glühenden Stabs Gewicht —
Verloren sind wir all und all —
Zurück, zurück, du Maskenschwall!
Zurück, zurück, unsinniger Hauf! —
O hätt ich Flügel, flög ich auf —

PLUTUS. Schon ist der Kreis zurückgedrängt,

GRIDA ALTERNE DELLA FOLLA. Guardate qua, guardate là come sgorghi abbondante e riempia la cassa sino all'orlo! Vasi d'oro si fondono, rotoli di monete si srotolano. Ducati saltano come da un conio: o come tutto ciò mi agita dentro! Come vedo qui tutto ciò che desidero! Eccolo là che rotola per terra. Vi si offre ciò, approfittatene, chinatevi appena e sarete ricchi! Noi altri, rapidi come il lampo, prendiamo possesso dello scrigno.

ARALDO. Che significa ciò, o pazzi? Che fate? Non è altro che uno scherzo di carnevale. Non si può richiedere altro questa sera. Credete che vi si doni oro ed oggetti di valore? Per voi, in questo gioco, sono di troppo persino i gettoni. Voi sciocchi! Una graziosa apparenza dovrebbe subito essere simile alla greve realtà? A che vi serve la verità? Una confusa illusione vi afferra da ogni lato.

Camuffato Pluto, eroe da mascherata, levaci d'attorno questa folla!

PLUTO. La tua verga è adatta a ciò, imprestamela per breve tempo! La immergo rapidamente nel fuoco che ribolle. Ora, maschere, state ben in guardia! Come lampeggia e scoppietta e manda scintille! La verga è già arroventata. Chi si spingerà troppo vicino, sarà subito abbrustolito, senza pietà. Ora incomincio il mio giro!

GRIDA E RESSA. Ahimè! per noi è finita! Fugga chi può fuggire! Indietro, indietro tu che mi sei alle spalle! Calde scintille mi sprizzano già sul volto. Mi schiaccia il peso della verga infiammata! Siamo tutti, tutti perduti! Indietro, indietro, marea di maschere! Indietro, indietro, folla impazzita! Oh avessi io ali, volerei via.

PLUTO. Il cerchio[42] della folla è già andato indietro e, cre-

Und niemand, glaub ich, ist versengt.
Die Menge weicht,
Sie ist verscheucht. —
Doch solcher Ordnung Unterpfand
Zieh ich ein unsichtbares Band.

HEROLD. Du hast ein herrlich Werk vollbracht;
Wie dank ich deiner klugen Macht!

PLUTUS. Noch braucht es, edler Freund, Geduld:
Es droht noch mancherlei Tumult.

GEIZ. So kann man doch, wenn es beliebt,
Vergnüglich diesen Kreis beschauen;
Denn immerfort sind vornean die Frauen,
Wos was zu gaffen, was zu naschen gibt.
Noch bin ich nicht so völlig eingerostet!
Ein schönes Weib ist immer schön,
Und heute, weil es mich nichts kostet,
So wollen wir getrost sponsieren gehn.
Doch weil am überfüllten Orte
Nicht jedem Ohr vernehmlich alle Worte,
Versuch ich klug und hoff, es soll mir glücken,
Mich pantomimisch deutlich auszudrücken.
Hand, Fuß, Gebärde reicht mir da nicht hin,
Da muß ich mich um einen Schwank bemühn:
Wie feuchten Ton will ich das Gold behandeln;
Denn dies Metall läßt sich in alles wandeln.

HEROLD. Was fängt der an, der magre Tor?
Hat so ein Hungermann Humor?
Er knetet alles Gold zu Teig,
Ihm wird es untern Händen weich;
Wie er es drückt und wie es ballt,
Bleibts immer doch nur ungestalt.
Er wendet sich zu den Weibern dort:
Sie schreien alle, möchten fort,
Gebärden sich gar widerwärtig;
Der Schalk erweist sich übelfertig.
Ich fürchte, daß er sich ergetzt,
Wenn er die Sittlichkeit verletzt.
Dazu darf ich nicht schweigsam bleiben:
Gib meinen Stab, ihn zu vertreiben!

PLUTUS. Er ahnet nicht, was uns von außen droht! —
Laß ihn die Narrenteidung treiben!
Ihm wird kein Raum für seine Possen bleiben;
Gesetz ist mächtig, mächtiger ist die Not.

GETÜMMEL UND GESANG. Das wilde Heer, es kommt zumal
Von Bergeshöh und Waldestal,

do, nessuno è abbrustolito. La folla cede e si impaurisce. Però, a garanzia di tale ordine, tirerò subito un cerchio invisibile.

ARALDO. Hai condotta a termine un'opera magnifica. Come posso ringraziare la tua saggia potenza?

PLUTO. Pazienza ci vuole ancora, nobile amico. Ci minaccia ancora piú di un tumulto.

AVARO. Si può ormai osservare a nostro agio e con piacere codesto cerchio. Perché le donne stanno sempre in prima fila, là dove c'è qualche cosa da vedere o da prendere. Non sono ancora arrugginito del tutto! Una bella donna è sempre bella, ed oggi, siccome non mi costa nulla, voglio fare sfacciatamente il corteggiatore. Però, siccome dove la folla è troppo numerosa e pigiata, le parole non arrivano distinte ad ogni orecchio, tenterò con prudenza — e spero mi riuscirà — di esprimermi chiaramente in pantomima. La mano, i piedi, i gesti non basteranno ed, allora, mi dovrò dare d'attorno per combinare un qualche scherzo.[43] Tratterò l'oro come se fosse argilla umida, perché è un metallo che si può foggiare in ogni modo.

ARALDO. Che cosa sta combinando quel magro pazzo? Un tale morto di fame ha ancora dell'umore? Maneggia l'oro come se fosse pasta e gli si fa, sotto le mani, malleabile. Per quanto lo pigi e l'arrotondi, l'oro rimane sempre informe. Si rivolge, là, alle donne; gridano tutte, vorrebbero fuggire e fanno proprio gesti di ripulsa. Il briccone si dimostra persin troppo esperto. Temo che si compiaccia assai di offendere la morale. Di fronte a ciò, non posso tacere: dammi la mia verga per cacciarlo.

PLUTO. Egli non s'immagina ciò che ci minaccia dal di fuori! Lascia pure che si abbandoni alle sue pazzie! Non gli rimarrà spazio per le sue buffonate. Potente è la legge,[44] piú potente la necessità.

TUMULTO E CANTO.[45] L'esercito selvaggio sta arrivando in blocco dalle cime dei monti e dalle valli boscose; si avan-

Unwiderstehlich schreitets an:
Sie feiern ihren großen Pan.
Sie wissen doch, was keiner weiß,
Und drängen in den leeren Kreis.

PLUTUS. Ich kenn euch wohl und euren großen Pan!
Zusammen habt ihr kühnen Schritt getan.
Ich weiß recht gut, was nicht ein jeder weiß,
Und öffne schuldig diesen engen Kreis. —
Mag sie ein gut Geschick begleiten!
Das Wunderlichste kann geschehn;
Sie wissen nicht, wohin sie schreiten,
Sie haben sich nicht vorgesehn. —

WILDGESANG. Geputztes Volk du, Flitterschau!
Sie kommen roh, sie kommen rauh,
In hohem Sprung, in raschem Lauf,
Sie treten derb und tüchtig auf.

FAUNEN. Die Faunenschar
Im lustigen Tanz,
Den Eichenkranz
Im krausen Haar,
Ein feines, zugespitztes Ohr
Dringt an dem Lockenkopf hervor,
Ein stumpfes Näschen, ein breit Gesicht,
Das schadet alles bei Frauen nicht:
Dem Faun, wenn er die Patsche reicht,
Versagt die Schönste den Tanz nicht leicht.

SATYR. Der Satyr hüpft nun hinterdrein
Mit Ziegenfuß und dürrem Bein,
Ihm sollen sie mager und sehnig sein,
Und gemsenartig auf Bergeshöhn
Belustigt er sich umherzusehn.
In Freiheitsluft erquickt alsdann,
Verhöhnt er Kind und Weib und Mann,
Die tief in Tales Dampf und Rauch
Behaglich meinen, sie lebten auch,
Da ihm doch rein und ungestört
Die Welt dort oben allein gehört.

GNOMEN. Da trippelt ein die kleine Schar,
Sie hält nicht gern sich Paar und Paar;
Im moosigen Kleid mit Lämplein hell
Bewegt sichs durcheinander schnell,
Wo jedes für sich selber schafft,
Wie Leuchtameisen wimmelhaft,
Und wuselt emsig hin und her,
Beschäftig in die Kreuz und Quer.

za infrenabile: festeggiano il loro grande Pane. Sanno ciò che nessuno sa ed irromperanno entro il cerchio vuoto.

PLUTO. Conosco bene voi ed il vostro gran Pane! Avete fatto insieme un passo audace. So assai bene ciò che non tutti sanno e mi ritengo in obbligo[46] di aprire questo stretto cerchio. Li accompagni una sorte benigna! Accadranno i piú strani prodigi; essi non sanno dove vanno e non hanno preveduta difesa alcuna.

CANTO SELVAGGIO. O gente tutta agghindata, o mostra di fronzoli! Arrivano i rozzi, arrivano i rudi; entrano in corsa con salti alti, con irruenza e da gagliardi.

FAUNI. La schiera dei fauni, in danza gioiosa, con la corona di foglie di quercia sulla chioma ricciuta, l'orecchio fine ed a punta, che esce fuori dai riccioli, nasino camuso, un'ampia faccia, tutto ciò non dispiace alle donne. Quando il fauno offre la zampa, neanche la piú bella sa rifiutargli facilmente la danza.

SATIRO. Il satiro saltella, in coda, coi suoi piedi di capra e le gambe sottili. Per lui devono essere magre e nervose, ed egli si compiace di guardare intorno, a guisa dei camosci, sulle alture dei monti. Ristoratosi poi in quell'aria libera, deride fanciulli, uomini, donne che credono, nella illusione, di vivere giú nel fumo e nella nebbia della valle. Ma il mondo appartiene lassú[47] a lui solo, puro ed indisturbato.

GNOMI. La piccola schiera si avanza trotterellando, non va volentieri a coppie, si muove rapida e in frotta, nel suo abito di muschio, con il suo chiaro lanternino. Ognuno provvede per sé, brulicando come formiche luminose.[48] E si agitano indefessi in qua ed in là, affaccendati per dritto e per traverso.

Den frommen Gütchen nah verwandt,
Als Feld-Chirurgen wohlbekannt:
Die hohen Berge schröpfen wir,
Aus vollen Adern schöpfen wir;
Metalle stürzen wir zuhauf
Mit Gruß getrost: Glückauf! Glückauf!
Das ist von Grund aus wohlgemeint:
Wir sind der guten Menschen Freund.
Doch bringen wir das Gold zutag,
Damit man stehlen und kuppeln mag,
Nicht Eisen fehle dem stolzen Mann,
Der allgemeinen Mord ersann.
Und wer die drei Gebot veracht't,
Sich auch nichts aus den andern macht.
Das alles ist nicht unsre Schuld;
Drum habt so fort, wie wir, Geduld!

RIESEN. Die wilden Männer sind s' genannt,
Am Harzgebirge wohlbekannt,
Natürlich-nackt in aller Kraft,
Sie kommen sämtlich riesenhaft,
Den Fichtenstamm in rechter Hand
Und um den Leib ein wulstig Band,
Den derbsten Schurz von Zweig und Blatt:
Leibwache, wie der Papst nicht hat.

NYMPHEN IM CHOR (*Sie umschließen den großen Pan*).
Auch kommt er an! —
Das All der Welt
Wird vorgestellt
Im großen Pan.
Ihr Heitersten, umgebet ihn,
Im Gaukeltanz umschwebet ihn!
Denn weil er ernst und gut dabei,
So will er, daß man fröhlich sei.
Auch unterm blauen Wölbedach
Verhielt er sich beständig wach;
Doch rieseln ihm die Bäche zu,
Und Lüftlein wiegen ihn mild in Ruh.
Und wenn er zu Mittage schläft,
Sich nicht das Blatt am Zweige regt;
Gesunder Pflanzen Balsamduft
Erfüllt die schweigsam-stille Luft;
Die Nymphe darf nicht munter sein,
Und wo sie stand, da schläft sie ein.
Wenn unerwartet mit Gewalt
Dann aber seine Stimm erschallt

Stretti parenti dei buoni nani,[49] ben noti come chirurghi delle rocce, salassiamo le alte montagne ed attingiamo alle loro turgide vene. Ammucchiamo i metalli, confortati dal saluto: Buon pro! Buon pro![50] Tutto ciò è proprio ben pensato nell'intimo nostro, noi siamo amici degli uomini buoni. Tuttavia, portiamo alla luce l'oro affinché si possa rubare e ruffianare e non manchi il ferro all'uomo superbo che medita un eccidio generale. E chi disprezza i tre comandamenti,[51] tiene in poco conto anche gli altri. Tutto ciò non è colpa nostra, continuate pertanto ad avere pazienza come noi.

GIGANTI. Sono chiamati gli uomini selvaggi e sono ben conosciuti sulle montagne dello Harz. Nudi secondo natura, avanzano insieme, in tutta la loro forza, gigantescamente, con un abete nella mano destra ed intorno al corpo una gonfia cintura ed un ruvidissimo grembiale di rami e di foglie. Una guardia del corpo che il papa non ha.

NINFE IN CORO[52] (*circondando il gran Pane*). Arriva anch'egli! L'universo mondo viene simboleggiato nel grande Pane. Voi, serenissime, fategli corona e volteggiategli attorno nel gioco della danza! Perché siccome egli, serio e benigno insieme, partecipa a questa festa, cosí vuole che si sia lieti. Sotto l'azzurra volta del cielo, egli resta continuamente desto. Ma i torrenti scorrono mormorando verso di lui e ariette lo cullano dolcemente nel riposo. E quando egli, nel meriggio, riposa, non si muove foglia sul ramo. Balsamici profumi di piante salutari riempiono di sé l'aria immobile e silenziosa. La ninfa non deve rimaner desta, ma addormentarsi là dove si trova. Quando, improvvisa e violenta, simile allo schianto della folgore ed allo sciabordare del mare risuona la

Wie Blitzes Knattern, Meergebraus,
Dann niemand weiß, wo ein noch aus,
Zerstreut sich tapfres Heer im Feld,
Und im Getümmel bebt der Held.
So Ehre dem, dem Ehre gebührt!
Und Heil ihm, der uns hergeführt!

DEPUTATION DER GNOMEN (*an den großen Pan*).

Wenn das glänzend-reiche Gute
Fadenweis durch Klüfte streicht,
Nur der klugen Wünschelrute
Seine Labyrinthe zeigt,

Wölben wir in dunklen Grüften
Troglodytisch unser Haus,
Und an reinen Tageslüften
Teilst du Schätze gnädig aus.

Nun entdecken wir hieneben
Eine Quelle wunderbar,
Die bequem verspricht zu geben,
Was kaum zu erreichen war.

Dies vermagst du zu vollenden;
Nimm es, Herr, in deine Hut:
Jeder Schatz in deinen Händen
Kommt der ganzen Welt zugut.

PLUTUS (*zum Herold*). Wir müssen uns im hohen Sinne fassen
Und, was geschieht, getrost geschehen lassen,
Du bist ja sonst des stärksten Mutes voll.
Nun wird sich gleich ein Greulichstes eräugnen,
Hartnäckig wird es Welt und Nachwelt leugnen:
Du schreib es treulich in dein Protokoll!

HEROLD (*den Stab anfassend, welchen Plutus in der Hand behält*).
Die Zwerge führen den großen Pan
Zur Feuerquelle sacht heran;
Sie siedet auf vom tiefsten Schlund,
Dann sinkt sie wieder hinab zum Grund,
Und finster steht der offne Mund,
Wallt wieder auf in Glut und Sud.
Der große Pan steht wohlgemut,
Freut sich des wundersamen Dings,
Und Perlenschaum sprüht rechts und links.
Wie mag er solchen Wesen traun?
Er bückt sich, tief hineinzuschaun. —

sua voce, nessuno sa dove rivolgersi, si disperde in campo il valoroso esercito e, nel tumulto, trema l'eroe. Onore dunque a chi onore è dovuto! E salute a lui che ci ha condotto qui!

DEPUTAZIONE DEGLI GNOMI (*al Grande Pane*). Quando il metallo ricco e splendente si diffonde, a filoni, fra le rocce, rivela i suoi labirinti solamente all'abile bacchetta divinatrice.

Noi ci scaviamo, alla guisa dei trogloditi, a volta, la nostra casa entro grotte oscure e tu dispensi, benigno, i tuoi tesori alla pura aria del giorno.

Noi scopriamo ora, qui vicino, una magnifica sorgente che promette di dare, senza fatica, ciò che si raggiunge a stento.

Tu puoi condurre la cosa a compimento. Prendila, o signore, sotto la tua protezione. Ogni tesoro nelle tue mani; e tutto il mondo ne avrà vantaggio.

PLUTO (*all'araldo*). Noi dobbiamo ora raccoglierci in profonda meditazione e lasciare serenamente che accada quello che sta per accadere. Del resto tu sei pieno di fortissimo coraggio. Ora, proprio davanti ai nostri occhi, sta per succedere qualche cosa di molto spaventoso. Il mondo ed i posteri lo negheranno tenacemente, ma tu scrivilo fedelmente nel tuo verbale![53]

ARALDO (*afferrando la verga che Pluto però continua a tenere in mano*). I nani conducono lentamente il Grande Pane verso la sorgente di fuoco. Essa ribolle su dal piú profondo spacco e poi ricade, giú, di nuovo nel profondo. E la bocca nera resta spalancata e ne sgorgano, a ondate, fuoco e vapori. Il grande Pane se ne sta là, tranquillo, ed ha piacere allo strano prodigio; e una schiuma di perle sprizza a destra ed a sinistra. Come può fidarsi cosí di un tale gioco? Egli si china per guardare dentro l'abisso — Ma ecco che la barba gli cade là

Nun aber fällt sein Bart hinein! —
Wer mag das glatte Kinn wohl sein?
Die Hand verbirgt es unserm Blick. —
Nun folgt ein großes Ungeschick:
Der Bart entflammt und fliegt zurück,
Entzündet Kranz und Haupt und Brust,
Zu Leiden wandelt sich die Lust! —
Zu löschen läuft die Schar herbei;
Doch keiner bleibt von Flammen frei,
Und wie es patscht und wie es schlägt,
Wird neues Flammen aufgeregt:
Verflochten in das Element,
Ein ganzer Maskenklump verbrennt.

Was aber hör ich, wird uns kund
Von Ohr zu Ohr, von Mund zu Mund?
O ewig unglückselge Nacht,
Was hast du uns für Leid gebracht!
Verkünden wird der nächste Tag,
Was niemand willig hören mag:
Doch hör ich allerorten schrein:
»Der Kaiser leidet solche Pein!«
O wäre doch ein andres wahr!
Der Kaiser brennt und seine Schar!
Sie sei verflucht, die ihn verführt,
In harzig Reis sich eingeschnürt,
Zu toben her mit Brüllgesang
Zu allerseitigem Untergang!
O Jugend, Jugend, wirst du nie
Der Freude reines Maß bezirken?
O Hoheit, Hoheit, wirst du nie
Vernünftig wie allmächtig wirken?

Schon geht der Wald in Flammen auf,
Sie züngeln leckend spitz hinauf
Zum holzverschränkten Deckenband:
Uns droht ein allgemeiner Brand!
Des Jammers Maß ist übervoll,
Ich weiß nicht, wer uns retten soll.
Ein Aschenhaufen einer Nacht
Liegt morgen reiche Kaiserpracht!

PLUTUS. Schrecken ist genug verbreitet,
Hülfe sei nun eingeleitet! —
Schlage, heilgen Stabs Gewalt,
Daß der Boden bebt und schallt!

dentro! — Chi può essere quel mento liscio? La mano lo nasconde alla nostra vista. Ed ora accade una grande sciagura: la barba s'infiamma e ritorna, a volo, indietro, ed appiccica il fuoco alla corona, al capo, al petto. La gioia si muta in dolore! La folla accorre per spiegnere, ma nessuno rimane immune dalle fiamme; ad ogni battere o percuotere del fuoco, le fiamme divampano piú impetuose. Preso dentro nell'elemento, un intero gruppo di maschere brucia.[54]

Ma che ascolto? Che cosa si ripercuote di orecchio in orecchio, di bocca in bocca? O notte per sempre sciagurata, quale dolore ci hai portato! Il prossimo giorno annunzierà quello che nessuno ascolterà volentieri. Ma già sento gridare da ogni parte: « L'imperatore soffre questo tormento. » O fosse vera un'altra notizia! L'imperatore brucia insieme al suo seguito! Siano maledetti coloro che l'hanno indotto a vestirsi di frasche resinose, e ad impazzare qui con tanti forsennati per la rovina di tutti quanti! O giovinezza, o giovinezza, non limiterai mai entro giusta misura la gioia? O Maestà, o Maestà, non saprai mai agire con una ragionevolezza pari alla onnipotenza?

Già s'incendia il bosco. Le lingue delle fiamme guizzano su, acute, a lambire le travi incrociate del soffitto e ci minaccia un incendio generale! La misura del dolore trabocca, non so chi ci potrà salvare. La magnificenza del palazzo imperiale sarà ridotta, domani, in un mucchio di cenere!

PLUTO. Lo spavento è ormai abbastanza dilagato, si provveda ora a dare aiuto! O potenza della sacra verga, batti

Du geräumig-weite Luft,
Fülle dich mit kühlem Duft!
Zieht heran, umherzuschweifen,
Nebeldünste, schwangre Streifen,
Deckt ein flammendes Gewühl!
Rieselt, säuselt, Wölkchen kräuselt,
Schlüpfet wallend, leise dämpfet,
Löschend überall bekämpfet:
Ihr, die Lindernden, die Feuchten,
Wandelt in ein Wetterleuchten
Solcher eitlen Flamme Spiel! —
Drohen Geister, uns zu schädigen,
Soll sich die Magie betätigen.

Lustgarten

Morgensonne

Der Kaiser, Hofleute
Faust, Mephistopheles, anständig, nicht auffallend, nach Sitte gekleidet; beide knieen

FAUST. Verzeihst du, Herr, das Flammengaukelspiel?
KAISER (*zum Aufstehn winkend*).
Ich wünsche mir dergleichen Scherze viel. —
Auf einmal sah ich mich in glühnder Sphäre:
Es schien mir fast, als ob ich Pluto wäre.
Aus Nacht und Kohlen lag ein Felsengrund,
Von Flämmchen glühend. Dem und jenem Schlund
Aufwirbelten viel tausend wilde Flammen
Und flackerten in ein Gewölb zusammen.
Zum höchsten Dome züngelt es empor,
Der immer ward und immer sich verlor.
Durch fernen Raum gewundner Feuersäulen
Sah ich bewegt der Völker lange Zeilen;
Sie drängten sich im weiten Kreis heran
Und huldigten, wie sie es stets getan.
Von meinem Hof erkannt ich ein- und andern;
Ich schien ein Fürst von tausend Salamandern.
MEPHISTOPHELES. Das bist du, Herr! weil jedes Element
Die Majestät als unbedingt erkennt.
Gehorsam Feuer hast du nun erprobt;

cosí che il suolo ne tremi e rimbombi! E tu, aere vasto e spazioso, riempiti di freschi vapori! O vapori di nebbie pregne di nembi, volate verso questa parte, volteggiando intorno. Coprite questo groviglio di fiamme! Scorrete, sussurrate, increspatevi in nuvolette, insinuatevi a ondate, spegnete placidamente. Voi, lenitrici, rugiadose, mutate in lampi di calore questo vano[55] gioco di fiamme! Quando gli spiriti ci minacciano rovina, la magia deve darsi d'attorno.

Giardino di svago[1]

Sole mattutino

L'Imperatore, Cortigiani;
Faust, Mefistofele vestito decorosamente ma non vistosamente; entrambi si inginocchiano

FAUST.[2] Perdoni, o signore, il magico gioco delle fiamme?

IMPERATORE[3] (*fa cenno che si alzino*). Di tali scherzi ne desidero molti. Improvvisamente mi vidi in una sfera di fuoco: mi sembrava quasi di essere Plutone. Un abisso si apriva, davanti a me, fra le rocce, tutto carbone e notte, sfavillante di fiammelle. Da questo o da quello spacco si levavano mille e mille fiamme e si univano, divampando, in una vòlta e le loro lingue si alzavano su, simili ad altissima cupola che sempre si formava e sempre si disfaceva. Vedevo lunghe file di popolo muoversi in lontananza fra gli intervalli delle attorte colonne di fuoco; esse si avvicinavano, in vasto cerchio, verso di me e mi rendevano omaggio come hanno sempre fatto. Della mia corte, riconoscevo questo e quello, ed ho avuto l'impressione di essere il principe di mille salamandre.

MEFISTOFELE. E lo sei, o signore! Perché ogni elemento riconosce la tua Maestà come qualche cosa di assoluto. Tu hai ora provato che il fuoco ti obbedisce. Gèttati nel

Wirf dich ins Meer, wo es am wildsten tobt,
Und kaum betrittst du perlenreichen Grund,
So bildet wallend sich ein herrlich Rund,
Siehst auf und ab lichtgrüne, schwanke Wellen
Mit Purpursaum zur schönsten Wohnung schwellen
Um dich, den Mittelpunkt. Bei jedem Schritt,
Wohin du gehst, gehn die Paläste mit.
Die Wände selbst erfreuen sich des Lebens,
Pfeilschnellen Wimmlens, Hin- und Widerstrebens.
Meerwunder drängen sich zum neuen milden Schein,
Sie schießen an, und keines darf herein.
Da spielen farbig-goldbeschuppte Drachen,
Der Haifisch klafft: du lachst ihm in den Rachen.
Wie sich auch jetzt der Hof um dich entzückt,
Hast du doch nie ein solch Gedräng erblickt.
Doch bleibst du nicht vom Lieblichsten geschieden:
Es nahen sich neugierige Nereiden
Der prächtgen Wohnung in der ewgen Frische,
Die jüngsten scheu und lüstern wie die Fische,
Die spätern klug. Schon wird es Thetis kund:
Dem zweiten Peleus reicht sie Hand und Mund. —
Den Sitz alsdann auf des Olymps Revier —

KAISER. Die luftgen Räume, die erlaß ich dir:
Noch früh genug besteigt man jenen Thron.

MEPHISTOPHELES. Und, höchster Herr! die Erde hast du schon.

KAISER. Welch gut Geschick hat dich hierher gebracht,
Unmittelbar aus Tausendeiner Nacht?
Gleichst du an Fruchtbarkeit Scheherazaden,
Versichr ich dich der höchsten aller Gnaden.
Sei stets bereit, wenn eure Tageswelt,
Wies oft geschieht, mir widerlichst mißfällt!

MARSCHALK (*tritt eilig auf*).
Durchlauchtigster, ich dacht in meinem Leben
Vom schönsten Glück Verkündung nicht zu geben
Als diese, die mich hoch beglückt,
In deiner Gegenwart entzückt:
Rechnung für Rechnung ist berichtigt,
Die Wucherklauen sind beschwichtigt,
Los bin ich solcher Höllenpein;
Im Himmel kanns nicht heitrer sein.

HEERMEISTER (*folgt eilig*). Abschlägig ist der Sold entrichtet,
Das ganze Heer aufs neu verpflichtet,
Der Lanzknecht fühlt sich frisches Blut,
Und Wirt und Dirnen habens gut.

mare là dove piú selvaggiamente infuria ed, appena ne toccherai il fondo, ricco di perle, si formerà, ondeggiando, un cerchio magnifico e vedrai mobili onde, verdelucenti, dai bordi purpurei, levarsi e posarsi e gonfiarsi per formare, intorno a te, immobile al centro, la piú bella dimora. Ad ogni tuo passo, ovunque ti diriga, i palazzi si muovono con te. Persin le pareti godono della vita, del brulichio, rapido come saetta, e del contrastante agognare. Mostri marini si accalcano intorno all'insolito mite chiarore, vi urtano contro, ma nessuno potrà entrare. Là giocano draghi dalle scaglie dorate e cangianti, il pescecane spalanca le sue fauci e tu gli ridi in gola. Per quanto, ora, la corte vada in visibilio per te, mai hai veduta una ressa simile. Ma non rimarrai separato da ciò che è piú amabile: si avvicinano curiose le Nereidi nell'eterna frescura della magnifica dimora, le giovani, timide e lascive come pesci, le piú anziane, sagge. Già Teti ha notizia di ciò; essa offre la mano e la bocca al nuovo Peleo. E, quindi, un seggio, nelle regioni dell'Olimpo.[4]

IMPERATORE. Le regioni dell'aria le lascio a te. Su quel trono si sale anche troppo presto.

MEFISTOFELE. Ma tu, altissimo signore, la terra la possiedi di già.

IMPERATORE. Quale buona sorte ti ha condotto qui, direttamente da *Mille e una notte*. Se assomiglierai, nella fecondità, a Scheherazade,[5] ti prometto i piú alti favori. Sii dunque pronto per ogni qual volta questo mondo di tutti i giorni mi dispiacerà nel modo peggiore, il che accade sovente.

MARESCIALLO (*entrando in fretta*). Serenissimo, non avrei mai pensato di annunziarti una fortuna cosí bella come questa che mi rende ora felice e che, alla tua presenza, mi entusiasma. Tutti i conti sono saldati; gli artigli degli usurai hanno mollato la preda, sono libero da tale infernale tormento. In cielo non può essere maggiore serenità.

CAPO DELL'ESERCITO (*entrando anch'egli in fretta*). È stato pagato un acconto sul soldo e tutto l'esercito ha rinnovato la ferma. Il lanzichenecco[6] si sente il sangue rinnovellato; gli osti e le ragazze fanno buoni affari.

KAISER. Wie atmet eure Brust erweitert!
Das faltige Gesicht erheitert!
Wie eilig tretet ihr heran!
SCHATZMEISTER (*der sich einfindet*). Befrage diese, die das Werk [getan!
FAUST. Dem Kanzler ziemts, die Sache vorzutragen.
KANZLER (*der langsam herankommt*).
Beglückt genug in meinen alten Tagen. —
So hört und schaut das schickalschwere Blatt,
Das alles Weh in Wohl verwandelt hat! (*Er liest*)
»Zu wissen sei es jedem, ders begehrt:
Der Zettel hier ist tausend Kronen wert.
Ihm liegt gesichert, als gewisses Pfand,
Unzahl vergrabnen Guts im Kaiserland.
Nun ist gesorgt, damit der reiche Schatz,
Sogleich gehoben, diene zum Ersatz.«
KAISER. Ich ahne Frevel, ungeheuren Trug!
Wer fälschte hier des Kaisers Namenszug?
Ist solch Verbrechen ungestraft geblieben?
SCHATZMEISTER. Erinnre dich: hast selbst es unterschrieben!
Erst heute nacht! Du standst als großer Pan,
Der Kanzler sprach mit uns zu dir heran:
»Gewähre dir das hohe Festvergnügen,
Des Volkes Heil,, mit wenig Federzügen!«
Du zogst sie rein, dann wards in dieser Nacht
Durch Tausendkünstler schnell vertausendfacht.
Damit die Wohltat allen gleich gedeihe,
So stempelten wir gleich die ganze Reihe:
Zehn, Dreißig, Funfzig, Hundert sind parat.
Ihr denkt euch nicht, wie wohls dem Volke tat.
Seht eure Stadt, sonst halb im Tod verschimmelt,
Wie alles lebt und lustgenießend wimmelt!
Obschon dein Name längst die Welt beglückt,
Man hat ihn nie so freundlich angeblickt.
Das Alphabet ist nun erst überzählig,
In diesem Zeichen wird nun jeder selig.
KAISER. Und meinen Leuten gilts für gutes Gold?
Dem Heer, dem Hofe gnügts zu vollem Sold?
So sehr michs wundert, muß ichs gelten lassen.

MARSCHALK. Unmöglich wärs, die Flüchtigen einzufassen;
Mit Blitzeswink zerstreute sichs im Lauf.
Die Wechslerbänke stehen sperrig auf:
Man honoriert daselbst ein jedes Blatt
Durch Gold und Silber, freilich mit Rabatt.

IMPERATORE. Come respira ampiamente il vostro petto! Rasserenato è il vostro volto rugoso! Come entrate qui di fretta!

TESORIERE (*sopraggiunge*). Chiedine a costoro che hanno compiuto tutta l'impresa!

FAUST. Si addice al cancelliere, riferire sull'accaduto.

CANCELLIERE (*avanzandosi lentamente*). Fortunati abbastanza i miei vecchi giorni. Ascoltate dunque e prendete visione del foglio grave di destino che ha mutato in bene tutto il male! (*Egli legge*) « Da rendersi noto a chiunque lo desideri. Questo biglietto vale mille corone. Quale sicura garanzia, gli si assegnano innumerevoli valori sepolti nel sottosuolo dell'impero. Viene ora provveduto, affinché il ricco tesoro, appena dissepolto, serva da risarcimento. »

IMPERATORE.[7] Intuisco, qui, una malvagia azione, un immenso inganno! Chi falsificò, qui, la firma dell'imperatore? Un tale delitto è rimasto impunito?

TESORIERE. Ricordati: tu stesso hai sottoscritto! Non prima di questa notte! Tu stavi là mascherato da grande Pane, il cancelliere unitamente a noi ti si accostò e disse: « Concediti, con brevi tratti di penna, la piú grande gioia di questa festa: la salvezza del popolo. » Tu tracciasti, nitida, la tua firma ed essa fu, in questa notte, rapidamente riprodotta mille e mille volte da mille artisti. Ed affinché il beneficio entrasse in funzione egualmente per tutti, ne bollammo subito l'intera serie: biglietti da dieci, da trenta, da cinquanta sono pronti. Non potete immaginarvi qual bene ne ha avuto il popolo. Guardate la vostra città, già quasi muffita e mezza morta. Come tutti vivono e si danno d'attorno allegri e gaudenti! Quantunque il tuo nome rendesse, già da lungo tempo, felice il mondo, non si è mai guardato a lui con tanta simpatia. L'alfabeto[8] ha ormai una lettera in piú, in questo segno[9] ognuno si sente felice.

IMPERATORE. E ciò vale, per il mio popolo, come oro vero? Basta, in pieno pagamento, all'esercito, alla corte? Per quanto mi stupisca, devo pur permettere che sia cosí.

MARESCIALLO. Sarebbe cosa impossibile fermare la corsa di questi biglietti. Nella loro corsa si sono sparpagliati con la velocità del lampo. I cambiavalute sono aperti in permanenza. Si fa fronte colà ad ogni biglietto con oro ed argento; s'intende però con un ribasso. Poi si va dal

Nun gehts von da zum Fleischer, Bäcker, Schenken:
Die halbe Welt scheint nur an Schmaus zu denken,
Wenn sich die andre neu in Kleidern bläht;
Der Krämer schneidet aus, der Schneider näht.
Bei: »Hoch dem Kaiser!« sprudelts in den Kellern;
Dort kochts und bräts und klappert mit den Tellern.

MEPHISTOPHELES. Wer die Terrassen einsam abspaziert,
Gewahrt die Schönste, herrlich aufgeziert,
Ein Aug verdeckt vom stolzen Pfauenwedel;
Sie schmunzelt uns und blickt nach solcher Schedel,
Und hurtger als durch Witz und Redekunst
Vermittelt sich die reichste Liebesgunst.
Man wird sich nicht mit Börs und Beutel plagen:
Ein Blättchen ist im Busen leicht zu tragen,
Mit Liebesbrieflein paarts bequem sich hier.
Der Priester trägts andächtig im Brevier,
Und der Soldat, um rascher sich zu wenden,
Erleichtert schnell den Gürtel seiner Lenden.
Die Majestät verzeihe, wenn ins Kleine
Das hohe Werk ich zu erniedern scheine!

FAUST. Das Übermaß der Schätze, das, erstarrt,
In deinem Landen tief im Boden harrt,
Liegt ungenutzt. Der weiteste Gedanke
Ist solches Reichtums kümmerlichste Schranke;
Die Phantasie, in ihrem höchsten Flug,
Sie strengt sich an und tut sich nie genug.
Doch Grenzenlosen grenzenlos Vertrauen.

MEPHISTOPHELES. Ein solch Papier, an Gold und Perlen Statt,
Ist so bequem, man weiß doch, was man hat;
Man braucht nicht erst zu markten noch zu tauschen,
Kann sich nach Lust in Lieb und Wein berauschen.
Will man Metall: ein Wechsler ist bereit,
Und fehlt es da, so gräbt man eine Zeit.
Pokal und Kette wird verauktioniert,
Und das Papier, sogleich amortisiert,
Beschämt den Zweifler, der uns frech verhöhnt.
Man will nicht anders, ist daran gewöhnt.
So bleibt von nun an allen Kaiserlanden
An Kleinod, Gold, Papier genug vorhanden.

KAISER. Das hohe Wohl verdankt euch unser Reich;
Wo möglich sei der Lohn dem Dienste gleich.
Vertraut sei euch des Reiches innrer Boden,
Ihr seid der Schätze würdigste Kustoden.
Ihr kennt den weiten, wohlverwahrten Hort,
Und wenn man gräbt, so seis auf euer Wort.

macellaio, dal fornaio, dal vinaio. Sembra che metà del mondo pensi soltanto a gozzovigliare, mentre l'altra metà si pavoneggia in nuovi vestiti. Il mercante taglia stoffe, il sarto cuce. Al grido: « Viva l'Imperatore » zampilla il vino nelle cantine e vi si lessa, vi si cuoce arrosto e ne giunge, all'orecchio, un acciottolio di piatti.

MEFISTOFELE. Chi sta passeggiando tutto solo sulle mura, vede una bellissima dama, magnificamente vestita, con un superbo ventaglio di pavone che le nasconde solamente uno degli occhi; essa gli fa un sorrisino d'intesa e lancia un'occhiata verso uno di questi biglietti. E piú rapidamente che con motti scherzosi o con arte oratoria si acquista cosí il piú ambito favore amoroso. Non piú fastidiose borse o borsellini, un tale bigliettino si porta devotamente nel breviario ed il soldato, per muoversi piú celermente, si affretta ad alleggerire la cintura[10] che porta intorno ai fianchi. La Maestà Vostra perdoni se, con l'entrare in particolari, sembra che io rimpicciolisca la grande impresa!

FAUST.[11] La stragrande massa dei tesori che, nei tuoi domini, attende, congelata nel profondo del sottosuolo, non viene usata affatto. Il pensiero piú ampio, di fronte a tale ricchezza, si fa miserando limite, la fantasia, nel suo piú alto volo, si affatica solamente e non quanto basti. Gli spiriti degni, però, di guardare nel profondo acquistano verso ciò che è infinito, infinita fiducia.

MEFISTOFELE. Carta come questa che fa le veci dell'oro e dell'argento è cosí comoda; si sa almeno quello che si ha. Non si deve piú né mercanteggiare, né barattare. Ci si può secondo il capriccio, inebriare d'amore o di vino. Si vuole moneta: ecco pronto un cambiavalute. Se manca moneta, basta scavare per un po' di tempo. Si mettono all'incanto coppe e catene e la carta, riscattata immantinente, svergogna il dubbioso che ci stava sfacciatamente schernendo. Ci si è fatta l'abitudine ormai, non si vuole piú altra cosa. Da oggi in poi, per tutti i teritori dell'impero ci saranno oro e gioielli e carta a sufficienza.

IMPERATORE. Il nostro impero deve a voi il suo grande benessere. Per quanto è possibile, sia la ricompensa pari al servizio. Il sottosuolo dell'impero resti affidato a voi, voi siete i piú degni custodi di quei tesori.[12] Voi conoscete l'ampio e ben custodito deposito e se si porrà mano agli scavi, ciò avvenga sulla vostra parola. Unitevi

Vereint euch nun, ihr Meister unsres Schatzes,
Erfüllt mit Lust die Würden eures Platzes,
Wo mit der obern sich die Unterwelt,
In Einigkeit beglückt, zusammenstellt!

SCHATZMEISTER. Soll zwischen uns kein fernster Zwist sich regen!
Ich liebe mir den Zaubrer zum Kollegen. (*Ab mit Faust*)

KAISER. Beschenk ich nun bei Hofe Mann für Mann,
Gesteh er mir, wozu ers brauchen kann.

PAGE (*empfangend*). Ich lebe lustig, heiter, guter Dinge.

EIN ANDRER (*gleichfalls*). Ich schaffe gleich dem Liebchen Kett und [Ringe.

KÄMMERER (*annehmend*).
Von nun an trink ich doppelt beßre Flasche.

EIN ANDERER (*gleichfalls*).
Die Würfel jucken mich schon in der Tasche.

BANNERHERR (*mit Bedacht*).
Mein Schloß und Feld, ich mach es schuldenfrei.

EIN ANDERER (*gleichfalls*).
Es ist ein Schatz, den leg ich Schätzen bei.

KAISER. Ich hoffe Lust und Mut zu neuen Taten;
Doch wer euch kennt, der wird euch leicht erraten.
Ich merk es wohl: bei aller Schätze Flor,
Wie ihr gewesen, bleibt ihr nach wie vor.

NARR. Ihr spendet Gnaden: gönnt auch mir davon!

KAISER. Und lebst du wieder, du vertrinkst sie schon.

NARR. Die Zauberblätter! Ich verstehs nicht recht.

KAISER. Das glaub ich wohl; denn du gebrauchst sie schlecht.

NARR. Da fallen andere; weiß nicht, was ich tu.

KAISER. Nimm sie nur hin! sie fielen dir ja zu. (*Ab*)

NARR. Fünftausend Kronen wären mir zuhanden!

MEPH. Zweibeiniger Schlauch, bist wieder auferstanden?

NARR. Geschieht mir oft, doch nicht so gut als jetzt.

MEPH. Du freust dich so, daß dichs in Schweiß versetzt.

NARR. Da seht nur her: ist das wohl Geldeswert?

MEPH. Du hast dafür, was Schlund und Bauch begehrt.

NARR. Und kaufen kann ich Acker, Haus und Vieh?

dunque, voi, custodi del nostro tesoro, adempite, con gioia, i compiti della vostra carica nella quale il mondo sotterraneo si unisce, in felicità di unione, con il mondo superiore!

TESORIERE. Fra di noi non sorgerà mai il minimo dissidio! Mi è caro avere, come collega, codesto mago. (*Via con Faust*)

IMPERATORE. Ad uno ad uno, farò regali ai miei cortigiani. Mi confessi ognuno, quale uso ne vorrà fare.

PAGGIO (*ricevendo il dono*). Vivrò lietamente, sereno ed in festa.

UN ALTRO (*parimenti*). Comprerò subito, all'amor mio, collane ed anelli.

CIAMBELLANO (*accettando il dono*). Da oggi in poi, berrò il doppio, e bottiglie migliori.

UN ALTRO (*parimenti*). I dadi mi prudono già in tasca.

SIRE DI BANDIERA[15] (*con riflessione*). Svincolerò dai debiti castello e terre.

UN ALTRO (*parimenti*). È un tesoro che metterò con gli altri tesori.

IMPERATORE. Speravo vedere in voi desiderio ed animo a nuove imprese: ma chi vi conosce, vi indovina con facilità. Lo vedo chiaramente; nonostante questa fioritura di tesori, rimanete, anche dopo, quelli che eravate prima.

BUFFONE (*entrando*). Voi dispensate favori, concedete anche a me qualcosa!

IMPERATORE. Visto che sei di nuovo vivo, ti ubbriacherai come prima.

BUFFONE. Quei fogli miracolosi! Non ne capisco nulla.

IMPERATORE. Lo credo bene; tu li adopererai male.

BUFFONE. Altri ne cadono, non so che cosa fare.

IMPERATORE. Prendili dunque! sono caduti proprio per te. (*Via*)

BUFFONE. Cinquemila corone a mia disposizione!

MEFISTOFELE. Tubo con due gambe, sei di nuovo risuscitato?

BUFFONE. Mi accade sovente, ma mai cosí bene come in questo momento.

MEFISTOFELE. Ti rallegri cosí che ne sei tutto sudato.

BUFFONE. Ma guarda qua, ha ciò proprio il valore dell'oro?

MEFISTOFELE. Ne avrai in cambio ciò che gola e ventre desiderano.

BUFFONE. E posso comprare campi, case, bestiame?

MEPHISTOPHELES. Versteht sich! biete nur: das fehlt dir nie.

NARR. Und Schloß mit Wald und Jagd und Fischbach?

MEPHISTOPHELES. Traun!
Ich möchte dich gestrengen Herrn wohl schaun!
NARR. Heut abend wieg ich mich im Grundbesitz! (*Ab*)

MEPHISTOPHELES (*solus*). Wer zweifelt noch an unsres Narren [Witz!

Finstere Galerie

Faust. Mephistopheles

MEPHISTOPHELES. Was ziehst du mich in diese düstern Gänge?
Ist nicht da drinnen Lust genug?
Im dichten, bunten Hofgedränge
Gelegenheit zu Spaß und Trug?
FAUST. Sag mir das nicht! du hasts in alten Tagen
Längst an den Sohlen abgetragen!
Doch jetzt dein Hin- und Wiedergehn
Ist nur, um mir nicht Wort zu stehn.
Ich aber bin gequält zu tun,
Der Marschalk und der Kämmrer treibt mich nun.
Der Kaiser will, es muß sogleich geschehn,
Will Helena und Paris vor sich sehn;
Das Musterbild der Männer so der Frauen
In deutlichen Gestalten will er schauen.
Geschwind ans Werk! ich darf mein Wort nicht brechen.
MEPHISTOHPELES. Unsinnig wars, leichtsinnig zu versprechen.
FAUST. Du hast, Geselle, nicht bedacht,
Wohin uns deine ihn Künste führen
Erst haben wir ihn reich gemacht,
Nun sollen wir ihn amüsieren.
MEPHISTOPHELES. Du wähnst, es füge sich sogleich;
Hier stehen wir vor steilern Stufen,
Greifst in ein fremdestes Bereich,
Machst frevelhaft am Ende neue Schulden,
Denkst Helenen so leicht hervorzurufen

MEFISTOFELE. Si capisce! Fa solamente delle offerte; non te ne mancherà mai.

BUFFONE. Anche castello e bosco e caccia e torrente per la pesca?

MEFISTOFELE. Proprio cosí! Ti vedrò volentieri nella tua qualità di nobile signore proprietario di terre.

BUFFONE. Questa sera voglio cullarmi nel mio latifondo![14] (*Via*)

MEFISTOFELE (*solus*). Chi dubiterà ancora del senno del nostro buffone!

Galleria oscura[1]

Faust, Mefistofele

MEFISTOFELE. Perché mi trascini in questi oscuri corridoi? Non è, là dentro, divertimento sufficiente? E non è nella folta, variopinta ressa di corte occasione di svago e d'inganno?

FAUST. Non dirmi ciò! Tutta roba vecchia e stravecchia e consumata ormai sino all'estremo. Ma, ora, il tuo condurmi in qua ed in là non è che un pretesto per non mantenere la parola. A me però non si dà pace, vogliono che io agisca; il maresciallo ed il ciambellano mi stanno ai fianchi. L'imperatore — e deve avvenire subito — vuole vedere, davanti a sé, Elena e Paride; vuol contemplare in ben precise figure le immagini modello degli uomini e delle donne. Su, via, all'opera. Non posso mancare alla mia parola.

MEFISTOFELE. Un non senso era, una leggerezza quel promettere.

FAUST. Compare mio, tu non hai pensato dove ci conducono le tue arti. Prima l'abbiamo arricchito, ora lo dobbiamo divertire.

MEFISTOFELE. Ti illudi che ciò si compia da sé e subito. Ci troviamo, qui, davanti a ripidi scalini. Stai per invadere un dominio assai straniero ed, alla fine, ti creerai temerariamente nuovi obblighi, se credi di evocare Elena, cosí facilmente come lo spettro di carta dei fio-

Wie das Papiergespenst der Gulden. —
Mit Hexenfexen, mit Gespenstgespinsten,
Kielkröpfigen Zwergen steh ich gleich zu Diensten;
Doch Teufelsliebchen, wenn auch nicht zu schelten,
Sie können nicht für Heroinen gelten.

FAUST. Da haben wir den alten Leierton!
Bei dir gerät man stets ins Ungewisse.
Der Vater bist du aller Hindernisse,
Für jedes Mittel willst du neuen Lohn.
Mit wenig Murmeln, weiß ich, ists getan;
Wie man sich umschaut, bringst du sie zur Stelle.

MEPHISTOPHELES. Das Heidenvolk geht mich nichts an:
Es haust in seiner eignen Hölle;
Doch gibts ein Mittel.

FAUST. Sprich, und ohne Säumnis!

MEPHISTOPHELES. Ungern entdeck ich höheres Geheimnis. —
Göttinen thronen hehr in Einsamkeit,
Um sie kein Ort, noch weniger eine Zeit;
Von ihnen sprechen ist Verlegenheit.
Die Mütter sind es!

FAUST (*aufgeschreckt*). Mütter!

MEPHISTOPHELES. Schauderts dich?

FAUST. Die Mütter! Mütter! —'s klingt so wunderlich!

MEPHISTOPHELES. Das ist es auch. Göttinnen, ungekannt
Euch Sterblichen, von uns nicht gern genannt.
Nach ihrer Wohnung magst ins Tiefste schürfen;
Du selbst bist schuld, daß ihrer wir bedürfen.

FAUST. Wohin der Weg?

MEPHISTOPHELES. Kein Weg! Ins Unbetretene,
Nicht zu Betretende! Ein Weg ans Unerbetene,
Nicht zu Erbittende! Bist du bereit? —
Nicht Schlösser sind, nicht Riegel wegzuschieben,
Von Einsamkeiten wirst umhergetrieben.
Hast du Begriff von Öd und Einsamkeit?

FAUST. Du spartest, dächt ich, solche Sprüche!
Hier witterts nach der Hexenküche,
Nach einer längst vergangnen Zeit.
Mußt ich nicht mit der Welt verkehren?
Das Leere lernen, Leeres lehren?
Sprach ich vernünfitig, wie ichs angeschaut,
Erklang der Widerspruch gedoppelt laut.
Mußt ich sogar vor widerwärtigen Streichen
Zur Einsamkeit, zur Wildernis entweichen
Und, um nicht ganz versäumt, allein zu leben,
Mich doch zuletzt dem Teufel übergeben!

rini. Sono pronto al tuo servizio con stupidaggini di streghe, con ingannevoli trame di fantasmi, con nani gozzuti,[2] ma le belle del diavolo, per quanto nulla si possa loro rimproverare, non servono affatto come eroine.

FAUST. Eccoci qui alla solita cantilena da organetto! Con te si va sempre a finire nell'incerto. Tu sei il padre di tutti gli ostacoli. Per ogni mezzo che ti si chiede, pretendi nuova ricompensa. Eppure so che, con un po' di mormorio, la cosa è fatta. Noi voltiamo un momento gli occhi altrove e tu li hai già condotti qui, sul posto.

MEFISTOFELE. La gente pagana non mi riguarda; ha sede in un suo proprio inferno; ma un mezzo c'è.

FAUST. Parla, e senza indugio!

MEFISTOFELE. Mal volentieri rivelo un cosí alto segreto. Divinità solenni troneggiano in solitudine; intorno ad esse, non luogo alcuno, ed ancor meno un tempo. Parlare di esse turba. Sono le Madri![3]

FAUST (*con un brivido di terrore*). Madri?

MEFISTOFELE. Rabbrividisci?

FAUST. Le Madri! Madri! Suona cosí strano!

MEFISTOFELE. E la cosa lo è anche. Dee, sconosciute a voi mortali, e nominate non volentieri da noi. Nel piú profondo abisso devi indagare, verso la loro dimora. Tua, proprio tua è la colpa se noi abbiamo bisogno di esse.[4]

FAUST. Per dove la via?

MEFISTOFELE. Nessuna via. Verso regioni mai percorse e non da percorrere. Una via verso l'impetrato, non mai da impetrare.[5] Sei tu disposto? Non ci sono serrature, né catenacci da rimuovere. Sarai trascinato entro solitudini. Hai tu un'idea di ciò che siano il vuoto e la solitudine?

FAUST. Penso che potresti risparmiarti queste tue sentenze! Dopo tutto il tempo che è trascorso, si risente l'odore della cucina della strega. Non ho dovuto forse entrare in contatto col mondo, imparare il vuoto, insegnare il vuoto?[6] Quando ho parlato ragionevolmente, cosí come io vedevo le cose, la contraddizione suonò doppiamente violenta. Dovetti persino rifugiarmi, in conseguenza di urti antipatici, nella solitudine selvaggia e, per non vivere completamente abbandonato e solo, consegnarmi, alla fine, nelle mani del diavolo!

MEPH. Und hättest du den Ozean durchschwommen,
Das Grenzenlose dort geschaut,
So sähst du dort doch Well auf Welle kommen,
Selbst wenn es dir vorm Untergange graut.
Du sähst doch etwas; sähst wohl in der Grüne
Gestillter Meere streichende Delphine,
Sähst Wolken ziehen, Sonne, Mond und Sterne —
Nichts wirst du sehn in ewig leerer Ferne,
Den Schritt nicht hören, den du tust,
Nichts Festes finden, wo du ruhst!

FAUST. Du sprichst als erster aller Mystagogen,
Die treue Neophyten je betrogen;
Nur umgekehrt. Du sendest mich ins Leere,
Damit ich dort so Kunst als Kraft vermehre,
Behandelst mich, daß ich, wie jene Katze,
Dir die Kastanien aus den Gluten kratze.
Nur immer zu! wir wollen es ergründen:
In deinem Nichts hoff ich das All zu finden.

MEPHISTOPHELES. Ich rühme dich, eh du dich von mir trennst,
Und sehe wohl, daß du den Teufel kennst.
Hier diesen Schlüssel nimm!

FAUST. Das kleine Ding!

MEPHISTOPHELES. Erst faß ihn an und schätz ihn nicht gering!

FAUST. Er wächst in meiner Hand! er leuchtet! blitzt!

MEPHISTOPHELES. Merkst du nun bald, wass man an ihm besitzt?
Der Schlüssel wird die rechte Stelle wittern;
Folg ihm hinab: er führt dich zu den Müttern!

FAUST (*schaudernd*). Den Müttern! Triffts mich immer wie ein [Schlag!
Was ist das Wort, das ich nicht hören mag?

MEPHISTOPHELES. Bist du beschränkt, daß neues Wort dich stört?
Willst du nur hören, was du schon gehört?
Dich störe nichts, wie es auch weiter klinge,
Schon längst gewohnt der wunderbarsten Dinge.

FAUST. Doch im Erstarren such ich nicht mein Heil:
Das Schaudern ist der Menschheit bestes Teil;
Wie auch die Welt ihm das Gefühl verteure,
Ergriffen, fühlt er tief das Ungeheure.

MEPHISTOPHELES. Versinke denn! Ich könnt auch sagen: steige!
's ist einerlei. Entfliehe dem Entstandnen
In der Gebilde losgebundne Reiche!
Ergötze dich am längst nicht mehr Vorhandnen!

MEFISTOFELE. E se tu varcassi, a nuoto, l'oceano e contemplassi là ciò che non ha confini, vedresti, là, onde succedersi ad onde, anche se preso nel terrore della tua stessa fine. Vedresti, dunque, qualche cosa! Vedresti, nel verde di mari tranquilli, delfini andare vagando, vedresti nuvole migrare, sole, luna e stelle. Nulla vedrai nell'eterna, vuota lontananza, non sentirai il passo tuo stesso, nulla troverai di solido là ove ti fermerai.

FAUST. Tu parli come il capo di tutti i mistagoghi[7] che hanno sempre ingannato i fedeli neofiti.[8] Ma alla rovescia. Tu mi mandi nel vuoto affinché io aumenti là e forza e arte. E mi tratti in modo ch'io, come quel gatto,[9] cavi, per te, le castagne fuor della brace. Avanti dunque ancora! Voglio vedere in fondo a tutto ciò. Spero di trovare, nel tuo nulla, il tutto.[10]

MEFISTOFELE. Prima che tu prenda congedo da me, ti rivolgo un alto elogio. Vedo bene che conosci il diavolo. Ecco, prendi questa chiave![11]

FAUST. Quella piccola cosa!

MEFISTOFELE. Afferrala prima e non disprezzarla tanto!

FAUST. Essa cresce nelle mie mani! Risplende! Getta lampi!

MEFISTOFELE. Presto ti accorgerai che cosa possiedi in essa! La chiave sentirà il posto giusto. Seguila verso l'abisso: essa ti condurrà dalle Madri!

FAUST (*rabbrividendo*). Alle Madri! È sempre come se mi colpisse un fulmine. Che cosa è questa parola che non mi piace sentire?

MEFISTOFELE. Sei cosí corto che una parola nuova ti turba? Vuoi udire solamente quello che hai già udito? Già da lungo tempo sei abituato alle cose piú straordinarie e nulla piú ti deve turbare, per quanto strano suoni.

FAUST. Ma io non cerco salvezza nell'indifferenza; la commossa maraviglia[12] è la parte migliore dell'umanità e, per quanto il mondo gli renda difficile il sentire, l'uomo, quando è commosso, sente profondamente ciò che è infinito.

MEFISTOFELE. E sprofonda dunque! Ti potrei anche dire: sali! È la stessa cosa. Fuggi da tutto ciò che già esiste verso i regni indefiniti delle immagini.[13] Godi di ciò che da lungo tempo piú non esiste. Una folla che ser-

Wie Wolkenzüge schlingt sich das Getreibe:
Den Schlüssel schwinge, halte sie vom Leibe!

FAUST (*begeistert*). Wohl, fest ihn fassend, fühl ich neue Stärke,
Die Brust erweitert, hin zum großen Werke.

MEPHISTOPHELES. Ein glühnder Dreifuß tut dir endlich kund,
Du seist im tiefsten, allertiefsten Grund.
Bei seinem Schein wirst du die Mütter sehn:
Die einen sitzen, andre stehn und gehn,
Wies eben kommt. Gestaltung, Umgestaltung
Des ewigen Sinnes ewige Unterhaltung.
Umschwebt von Bildern aller Kreatur,
Sie sehn dich nicht, denn Schemen sehn sie nur.
Da faß ein Herz, denn die Gefahr ist groß,
Und gehe grad auf jenen Dreifuß los,
Berühr ihn mit dem Schlüssel!
(*Faust macht eine entschieden-gebietende Attitüde mit dem Schlüssel*)

MEPHISTOPHELES (*ihn betrachtend*). So ists recht!
Er schließt sich an, er folgt als treuer Knecht;
Gelassen steigst du, dich erhebt das Glück,
Und es sies merken, bist mit ihm zurück.
Und hast du ihn einmal hierher gebracht,
So rufst du Held und Heldin aus der Nacht,
Der erste, der sich jener Tat erdreistet:
Sie ist getan, und du hast es geleistet.
Dann muß fortan nach magischem Behandeln
Der Weihrauchsnebel sich in Götter wandeln.

FAUST. Und nun was jetzt?

MEPHISTOPHELES. Dein Wesen strebe nieder!
Versinke stampfend, stampfend steigst du wieder.
(*Faust stampft und versinkt*)

MEPHISTOPHELES. Wenn ihm der Schlüssel nur zum besten [frommt!
Neugierig bin ich, ob er wiederkommt.

peggia simile ad un corteo di nuvole. Vibra la chiave e tienila lontana da te!

FAUST (*con entusiasmo*). Bene! Nell'impugnarla con fermezza sento già in me una forza nuova. Il mio petto anela verso la grande impresa.

MEFISTOFELE. Un tripode[14] ardente ti rivelerà alfine che tu sei giunto al fondo dell'abisso piú profondo. Alla sua luce, vedrai le Madri. Le une siedono, le altre stanno in piedi e si muovono,[15] cosí come capita. Formarsi e trasformarsi; eterno gioco del pensiero eterno.[16] Avvolte nelle immagini di tutte le creature, esse non ti vedono; poiché vedono solamente schemi.[17] Fatti animo allora perché il pericolo è grande,[18] e dirigiti, senza sviarti, verso il tripode e toccalo con la chiave!

(*Faust esegue con la chiave un gesto di decisa attitudine di comando*)

MEFISTOFELE (*contemplandolo*). Cosí va bene! Quello ti si accosterà, ti seguirà come un fedele servitore. Risalirai senza sforzo, la tua sorte ti solleverà e, prima che se ne accorgano, sarai di ritorno col tripode. E quando tu l'avrai condotto sin qua, potrai evocare, dalla notte, l'eroe e l'eroina. Tu, il primo che avrà osato simile impresa. Sarà compiuta e compiuta proprio da te. Poi, secondo il magico rito, la nebbia dell'incenso dovrà trasformarsi in divinità.

FAUST. Ed ora, che fare?

MEFISTOFELE. Tenda il tuo essere verso il profondo! Sprofonda percuotendo col piede, risalirai percuotendo col piede.

(*Faust percuote il suolo col piede e sprofonda*)

MEFISTOFELE. Speriamo che la chiave gli sia utile[19] nel modo migliore! Sono curioso[20] di vedere se ritorna.

Hell erleuchtete Säle

Kaiser und Fürsten. Hof in Bewegung

KÄMMERER (*zu Mephistopheles*). Ihr seid uns noch die Geistersze-
Macht euch daran! der Herr ist ungeduldig. [ne schuldig;

MARSCHALK. Soeben fragt der Gnädigste darnach;
Ihr, zaudert nicht der Majestät zur Schmach!
MEPHISTOPHELES. Ist mein Kumpan doch deshalb weggegangen;
Er weiß schon, wie es anzufangen,
Und laboriert verschlossen-still,
Muß ganz besonders sich befleißen,
Denn wer den Schatz, das Schöne, heben will,
Bedarf der höchsten Kunst: Magie der Weisen.
MARSCHALK. Was ihr für Künste braucht, ist einerlei:
Der Kaiser will, daß alles fertig sei.
BLONDINE (*zu Mephistopheles*). Ein Wort, mein Herr! Ihr seht ein
Jedoch so ists im leidigen Sommer nicht! [klar Gesicht,
Da sprossen hundert bräunlich-rote Flecken,
Die zum Verdruß die weiße Haut bedecken.
Ein Mittel!
MEPHISTOPHELES. Schade! so ein leuchtend Schätzchen
Im Mai getupft wie euere Pantherkätzchen!
Nehmt Froschlaich, Krötenzungen, kohobiert,
Im vollsten Mondlicht sorglich distilliert
Und, wenn er abnimmt, reinlich aufgestrichen:
Der Frühling kommt, die Tupfen sind entwichen.
BRAUNE. Die Menge drängt heran, Euch zu umschranzen.
Ich bitt um Mittel! Ein erfrorner Fuß
Verhindert mich am Wandeln wie am Tanzen;
Selbst ungeschickt beweg ich mich zum Gruß.
MEPHISTOPHELES. Erlaubet einen Tritt von meinem Fuß!

BRAUNE. Nun, das geschieht wohl unter Liebesleuten.
MEPHISTOPHELES. Mein Fußtritt, Kind! hat Größres zu bedeuten.
Zu Gleichem Gleiches, was auch einer litt!
Fuß heilet Fuß: so ists mit allen Gliedern.
Heran! Geb acht! Ihr sollt es nicht erwidern.

BRAUNE (*schreiend*). Weh, weh! das brennt! das war ein harter
Wie Pferdehuf! [Tritt,
MEPHISTOPHELES. Die Heilung nehmt Ihr mit.

Sale riccamente illuminate[1]

Imperatore e principi
Cortigiani si muovono qua e là

CIAMBELLANO (*a Mefistofele*). Ci siete ancora debitori della scena dei fantasmi. Mettetevi all'opera! L'imperatore s'impazienta.

MARESCIALLO. Sua Grazia ne chiedeva poco fa. Non dovete tardare ed offendere Sua Maestà.

MEFISTOFELE. Il mio compagno è andato via proprio per questo. Egli sa bene da che parte incominciare, e si affatica in silenzio, chiuso sotto chiave. Si deve dar d'attorno con particolare diligenza. Poiché chi vuol scoprire e rivelare questo tesoro, il Bello, ha bisogno dell'arte piú alta: la Magia dei Saggi.

MARESCIALLO. È perfettamente indifferente quali arti voi adoperiate. L'imperatore vuole che tutto sia pronto.

BIONDINA (*a Mefistofele*). Una parola, signore! Voi vedete la mia faccia chiara. Tuttavia non è cosí durante la noiosa estate. Allora vi spuntano, a centinaia, delle macchie rosso-brune e ricoprono, con mia gran seccatura, la mia pelle bianca. Un rimedio!

MEFISTOFELE. Peccato! Un tesoretto cosí splendido ed, in maggio, chiazzato come i vostri gattini dal manto di pantera! Prendete fregola di rane e lingue di rospi, passate a lambicco e distillate accuratamente a luna piena e, quando questa è calante, spalmatevene per benino. Arriva la primavera e le macchioline se ne sono andate.

BRUNETTA. La folla vi si sta serrando intorno per adularvi. Vi chiedo anch'io un rimedio! Un piede congelato mi disturba nel camminare ed al ballo; anche nel salutare mi muovo goffamente.

MEFISTOFELE. Permettete una pestatina da parte del mio piede!

BRUNETTA. Ma questo accade fra innamorati!

MEFISTOFELE. La pestatina di un mio piede, bambina mia, ha un piú grave significato. Simile con simile,[2] anche se uno ne soffre. Piede guarisce piede: cosí è con tutte le membra. Qua! Attenzione! Non me la dovete restituire però.

BRUNETTA (*gridando*). Ahi! Ahi! brucia! era proprio una pestata ben dura. Come di un piede di cavallo![3]

MEFISTOFELE. Te ne deriva però la guarigione. Puoi or-

Du kannst nunmehr den Tanz nach Lust verüben;
Bei Tafel schwelgend, füßle mit dem Lieben.

DAME (*herandringend*). Laßt mich hindurch! — Zu groß sind [meine Schmerzen,
Sie wühlen siedend mir im tiefsten Herzen:
Bis gestern sucht Er Heil in meinen Blicken,
Er schwatzt mit Ihr und wendet mir den Rücken.

MEPHISTOPHELES. Bedenklich ist es, aber höre mich:
An ihn heran mußt du dich leise drücken;
Nimm diese Kohle, streich ihm einen Strich
Auf Ärmel, Mantel, Schulter, wie sichs macht:
Er fühlt im Herzen holden Reuestich.
Die Kohle doch mußt du sogleich verschlingen,
Nicht Wein, nicht Wasser an die Lippen bringen:
Er seufzt vor deiner Tür noch heute nacht.

DAME. Ist doch kein Gift?

MEPHISTOPHELES (*entrüstet*). Respekt, wo sichs gebührt!
Weit müßtet Ihr nach solcher Kohle laufen;
Sie kommt von einem Scheiterhaufen,
Den wir sonst emsiger angeschürt.

PAGE. Ich bin verliebt, man hält mich nicht für voll.

MEPHISTOPHELES (*beiseite*). Ich weiß nicht mehr, wohin ich hö- [ren soll.
(*Zum Pagen*)
Müßt Euer Glück nicht auf die Jüngste setzen.
Die Angejahrten wissen Euch zu schätzen. —
(*Andere drängen sich herzu*)
Schon wieder Neue! welch ein harter Strauß!
Ich helfe mir zuletzt mit Wahrheit aus:
Der schlechteste Behelf! Die Not ist groß. —
O Mütter, Mütter! laßt nur Fausten los! (*Umherschauend*)
Die Lichter brennen trübe schon im Saal,
Der ganze Hof bewegt sich auf einmal.
Anständig seh ich sie in Folge ziehn
Durch lange Gänge, ferne Galerien.
Nun! sie versammeln sich im weiten Raum
Des alten Rittersaals, er faßt sie kaum.
Auf breite Wände Teppiche spendiert,
Mit Rüstung Eck- und Nischen ausgeziert.
Hier braucht es, dächt ich, keine Zauberworte:
Die Geister finden sich von selbst zum Orte.

mai darti alla danza a tuo piacimento ed, a tavola, gozzovigliando, toccar, col piede, il piede del tuo innamorato.[4]

DAMA (*facendosi avanti*). Fatemi largo! Troppo grandi sono i miei dolori, infuriano, ribollendo, nel piú profondo del cuore. Sino a ieri cercava egli salvezza nei miei sguardi, ora chiacchiera con un'altra e volta a me la schiena.

MEFISTOFELE. È molto scabroso tutto ciò, ma ascoltami: Tu devi adagio, adagio accostarti a lui, prendi questo carbone e fagli con esso un frego sulla manica, sul mantello, su di una spalla, cosí come capita. Sentirà in cuore una dolce punta di pentimento. Però tu dovrai subito dopo inghiottire il carbone senza portare alle labbra né acqua, né vino. Sospirerà davanti alla tua porta già questa notte.

DAMA. Ma non è mica veleno?

MEFISTOFELE (*con indignazione*). Rispetto verso chi deve esser rispettato! Dovreste andar ben lontano per trovare un simile carbone. Deriva da un rogo[5] che, in altri tempi, abbiamo acceso con molto impegno.

PAGGIO. Sono innamorato; ma non mi crede ancora adulto.

MEFISTOFELE (*fra sé*). Non so proprio piú chi stare a sentire. (*Al paggio*) Non dovete tentare la vostra fortuna con una piú giovane. Le anziane vi sapranno apprezzare. (*Gli si accostano altre signore*) Ed altre signore ancora! Un bell'imbroglio! Mi aiuterò, in fine con la verità: il peggiore dei ripieghi![6] Ma il caso è grave. O Madri, Madri, lasciatemi libero Faust! (*Si guarda intorno*) Le luci ardono già torbide nella sala, e tutta la corte è improvvisamente in movimento. La vedo sfilare, dignitosamente, nell'ordine dovuto, attraverso lunghi corridoi e lontane gallerie. Ecco, sono radunati nel grande spazio dell'antica sala dei cavalieri. Li contiene appena. Alle ampie pareti, arazzi in gran copia, gli angoli e le nicchie ornate con armature. Mi pare che non ci sia bisogno di formule magiche, gli spiriti[7] si trovano già di per se stessi in sito.

Rittersaal

Dämmernde Beleuchtung
Kaiser und Hof sind eingezogen

HEROLD. Mein alt Geschäft, das Schauspiel anzukünden,
Verkümmert mir der Geister heimlich Walten;
Vergebens wagt man, aus verständigen Gründen
Sich zu erklären das verworrene Schalten.
Die Sessel sind, die Stühle schon zur Hand;
Den Kaiser setzt man grade vor die Wand;
Auf den Tapeten mag er da die Schlachten
Der großen Zeit bequemlichstens betrachten.
Hier sitzt nun alles, Herr und Hof im Runde,
Die Bänke drängen sich im Hintergrunde.
Auch Liebchen hat in düstern Geisterstunden
Zur Seite Liebchens lieblich Raum gefunden.
Und so, da alle schicklich Platz genommen,
Sind wir bereit: die Geister mögen kommen! (*Posaunen*)

ASTROLOG. Beginne gleich das Drama seinen Lauf!
Der Herr befiehlts: ihr Wände, tut euch auf!
Nichts hindert mehr, hier ist Magie zur Hand:
Die Teppche schwinden, wie gerollt vom Brand;
Die Mauer spaltet sich, sie kehrt sich um,
Ein tief Theater scheint sich aufzustellen,
Geheimnisvoll ein Schein uns zu erhellen,
Und ich besteige das Proszenium.

MEPHISTOPHELES (*aus dem Souffleurloche auftauchend*).
Von hier aus hoff ich allgemeine Gunst;
Einbläsereien sind des Teufels Redekunst. (*Zum Astrologen*)
Du kennst den Takt, in dem die Sterne gehn,
Und wirst mein Flüstern meisterlich verstehn.

ASTROLOG. Durch Wunderkraft erscheint allhier zur Schau,
Massiv genug, ein alter Tempelbau.
Dem Atlas gleich, der einst den Himmel trug,
Stehn reihenweis der Säulen hier genug;
Sie mögen wohl der Felsenlast genügen,
Da zweie schon ein groß Gebäude trügen.

ARCHITEKT. Das wär antik! ich wüßt es nicht zu preisen!
Es sollte plump und überlästig heißen.
Roh nennt man edel, unbehülflich groß.
Schmalpfeiler lieb ich, strebend, grenzenlos;

Sala dei cavalieri[1]

Illuminazione fioca, quasi crepuscolare
Sono entrati l'Imperatore e la corte

ARALDO.[2] L'arcano potere degli spiriti mi turba nel mio antico compito di annunciare gli spettacoli. Invano si tenta di spiegare, con argomenti ragionevoli, il loro ingarbugliato operare. Le poltrone e le sedie sono già a disposizione. All'imperatore è stato assegnato un posto a sedere di fronte alla parete. Può contemplare comodissimamente, là sugli arazzi, le battaglie dell'epoca eroica dell'Impero.[3] Ormai tutti sono seduti; imperatore e corte in circolo; nel fondo, si stipano le panche. Anche l'innamorato è riuscito a trovare nell'ora cupa degli spiriti, un dolce posticino a lato dell'innamorata. E, cosí, siccome tutti hanno trovato posto in modo conveniente, noi siamo pronti; gli spiriti possono arrivare. (*Squilli di tromba*)

ASTROLOGO.[4] Si incominci subito a dare, al dramma, il suo svolgimento! Cosí ha ordinato il sovrano; voi, apritevi! Nulla è piú qui che lo impedisca; la magia è qui pronta. Gli arazzi scompaiono come se un incendio li accartocciasse. Il muro si fende e gira su se stesso; sembra che si venga costruendo un profondo teatro e che un misterioso chiarore ci illumini. Ed io salgo sul proscenio.

MEFISTOFELE (*emergendo dalla buca del suggeritore*). Spero da questo posto nel favore di tutti. L'arte oratoria del diavolo consiste nel suggerire. (*All'astrologo*) Tu conosci il ritmo secondo il quale si muovono le stelle e comprenderai magistralmente il mio bisbiglio.

ASTROLOGO. Un tempio, di costruzione antica e massiccia alquanto, appare, per forza di magia, qui alla vista. Simili a quell'Atlante che un tempo sosteneva il cielo, stanno, qui, in fila, colonne in numero sufficiente. Esse bastano certamente a reggere il peso dell'architrave e del cornicione poiché due sole di esse sosterrebbero una grande costruzione.

ARCHITETTO.[5] Questo sarebbe l'antico! Non lo saprei proprio lodare! Lo si dovrebbe definire tozzo e sovraccarico. Il rozzo lo si chiama nobile ed il goffo grande. Amo le colonne sottili che tendono, slanciate, all'infinito. Il

Spitzbögiger Zenit erhebt den Geist;
Solch ein Gebäu erbaut uns allermeist.

ASTROLOG. Empfangt mit Ehrfurcht sterngegönnte Stunden!
Durch magisch Wort sei die Vernunft gebunden;
Dagegen weitheran bewege frei
Sich herrliche, verwegne Phantasei!
Mit Augen schaut nun, was ihr kühn begehrt!
Unmöglich ists, drum eben glaubenswert.
(*Faust steigt auf der andern Seite des Proszeniums herauf*)

ASTROLOG. Im Priesterkleid, bekränzt, ein Wundermann,
Der nun vollbringt, was er getrost begann!
Ein Dreifuß steigt mit ihm aus hohler Gruft,
Schon ahn ich aus der Schale Weihrauchduft.
Er rüstet sich, das hohe Werk zu segnen;
Es kann fortan nur Glückliches begegnen.

FAUST (*großartig*). In eurem Namen, Mütter, die ihr thront
Im Grenzenlosen, ewig einsam wohnt,
Und doch gesellig! Euer Haupt umschweben
Der Lebens Bilder, regsam, ohne Leben.
Was einmal war in allem Glanz und Schein,
Es regt sich dort; denn es will ewig sein.
Und ihr verteilt es, allgewaltige Mächte,
Zum Zelt des Tages, zum Gewölb der Nächte.
Die einen faßt des Lebens holder Lauf,
Die andern sucht der kühne Magier auf;
In reicher Spende läßt er voll Vertrauen,
Was jeder wünscht, das Wunderwürdige schauen.

ASTROLOG. Der glühnde Schlüssel rührt die Schale kaum,
Ein dunstiger Nebel deckt sogleich den Raum;
Er schleicht sich ein, er wogt nach Wolkenart,
Gedehnt, geballt, verschränkt, geteilt, gepaart.
Und nun erkennt ein Geistermeisterstück:
So wie sie wandeln, machen sie Musik!
Aus luftgen Tönen quillt ein Weißnichtwie;
Indem sie ziehn, wird alles Melodie.
Der Säulenschaft, auch die Triglyphe klingt;
Ich glaube gar, der ganze Tempel singt!
Das Dunstige senkt sich; aus dem leichten Flor
Ein schöner Jüngling tritt im Takt hervor.
Hier schweigt mein Amt, ich brauch ihn nicht zu nennen:
Wer sollte nicht den holden Paris kennen!
(*Paris hervortretend*)

DAME. O! welch ein Glanz aufblühender Jugendkraft!

ZWEITE. Wie eine Pfirsche frisch und voller Saft!

DRITTE. Die fein gezogenen, süß geschwollnen Lippen!

sesto acuto eleva lo spirito; costruzioni come queste edificano piú di tutte le altre.

ASTROLOGO. Accogliete con venerazione queste ore felici che le stelle vi concedono![6] La ragione sia tenuta a freno da una magica parola. La fantasia invece, magnifica e temeraria, si muova liberamente, verso di noi. Contemplate coi vostri occhi ciò che arditamente desiderate! È impossibile e, proprio per questo, degno di fede.[7]

(*Faust sale, dal lato opposto, sul proscenio*)

ASTROLOGO. Con una corona in capo ed in abito sacerdotale, un uomo portentoso condurrà ora a termine ciò che ha incominciato, pieno d'audacia! Un tripode sale con lui su da una profonda caverna, già sento esalar dalla coppa l'odore dell'incenso. Egli si appresta a consacrare l'alta sua impresa; da ora in poi, non potranno accadere che felici eventi.

FAUST (*solennemente*). Nel nome vostro, o Madri, che troneggiate dove non sono confini ed abitate eternamente solitarie, eppur non sole! Immagini della vita, mobili e pur senza vita[8] aleggiano intorno al vostro capo. Ciò che un tempo esistette[9] in pieno splendore ed apparenza, si muove là, perché vuole essere eterno. E voi, forze onnipotenti,[10] lo distribuite, parte sotto la tenda del giorno, parte sotto la volta della notte. Il dolce corso della vita afferra gli uni, gli altri li evoca il mago audace. Pieno di fiducia e con generosa prodigalità, fa apparire ad ognuno la maravigliosa forma desiderata.

ASTROLOGO. La chiave rovente sfiora appena la coppa e, subito, una fitta nebbia copre lo spazio, vi penetra dentro, ondeggia al modo delle nubi, si distende, si agglomera, si intreccia, si divide, si accoppia. Riconoscete ora un capolavoro degli spiriti: appena essi si muovono, nasce come una musica. Dai suoni aerei sgorga un non so che, e, mentre passano, tutto si fa melodia. Il colonnato risuona, anche il triglifo[11] risuona, credo che tutto il tempio canti![12] La nebbia si posa e dal leggero velo esce, al ritmo della musica, un bel giovane. Qui è finito il mio compito. Non ho bisogno di dirvene il nome: chi non vi riconoscerebbe il dolce Paride![13]

(*Paride si fa avanti*)

DAMA. Oh! quale splendore di fiorente forza di giovinezza!

UNA SECONDA. Come una pesca, fresca e succosa!

UNA TERZA. Le labbra ben tracciate e dolcemente turgide!

VIERTE. Du möchtest wohl an solchem Becher nippen?

FÜNFTE. Er ist gar hübsch, wenn auch nicht eben fein.

SECHSTE. Ein bißchen könnt er doch gewandter sein.

RITTER. Den Schäferknecht glaub ich allhier zu spüren,
Vom Prinzen nichts und nichts von Hofmanieren.

ANDRER. Eh nun! halb nackt ist wohl der Junge schön;
Doch müßten wir ihn erst im Harnisch sehn!

DAME. Er setzt sich nieder, weichlich, angenehm.

RITTER. Auf seinem Schoße wär Euch wohl bequem?

ANDRE. Er lehnt den Arm so zierlich übers Haupt.

KÄMMERER. Die Flegelei! das find ich unerlaubt!

DAME. Ihr Herren wißt an allem was zu mäkeln.

DERSELBE. In Kaisers Gegenwart sich hinzuräkeln!

DAME. Er stellts nur vor! er glaubt sich ganz allein.

DERSELBE. Das Schauspiel selbst, hier sollt es höflich sein!

DAME. Sanft hat der Schlaf den Holden übernommen.

DERSELBE. Er schnarcht nun gleich! natürlich ists, vollkommen!

JUNGE DAME (*entzückt*). Zum Weihrauchsdampf was duftet so [gemischt,
Das mir das Herz zum innigsten erfrischt?

ÄLTERE. Fürwahr! es dringt ein Hauch tief ins Gemüte:
Er kommt von ihm!

ÄLTESTE. Es ist des Wachstums Blüte,
Im Jüngling als Ambrosia bereitet
Und atmosphärisch ringsumher verbreitet.

Helena hervortretend

MEPHISTOPHELES. Das wär sie denn! Vor dieser hätt ich Ruh:
Hübsch ist sie wohl, doch sagt sie mir nicht zu.

ASTROLOG. Für mich ist diesmal weiter nichts zu tun,
Als Ehrenmann gesteh, bekenn ichs nun.
Die Schöne kommt, und hätt ich Feuerzungen —
Von Schönheit ward von jeher viel gesungen;
Wem sie erscheint, wird aus sich selbst entrückt,
Wem sie gehörte, ward zu hoch beglückt.

FAUST. Hab ich noch Augen? Zeigt sich tief im Sinn
Der Schönheit Quelle reichlichstens ergossen?
Mein Schreckensgang bringt seligsten Gewinn.

UNA QUARTA. Ti piacerebbe bere a quella coppa?

UNA QUINTA. È assai grazioso, quantunque non proprio fine.

UNA SESTA. Potrebbe essere un po' piú disinvolto.

UN CAVALIERE. Mi pare di fiutarci qui un garzone di pastore. Nulla ha del principe e nulla dei gusti di corte.

UN ALTRO. E via, cosí mezzo nudo, è un bel giovane, lo dovremmo vedere però con la corazza!

UNA DAMA. Si adagia dolcemente, graziosamente.

UN CAVALIERE. Su quel petto, vi trovereste a vostro agio?

UN'ALTRA DAMA. Con quanta grazia avvolge il braccio intorno al capo!

CIAMBELLANO. Che sconvenienza! La giudico una cosa non ammessa!

UNA DAMA. Voi altri uomini sapete sempre scoprire qualche cosa da criticare.

LO STESSO. Sdraiarsi in presenza dell'imperatore!

UNA DAMA. Ma per lui è come se fosse sulla scena! Crede di essere tutto solo.

IL MEDESIMO. Ma anche il teatro dovrebbe essere qui secondo gli usi di corte.[14]

UNA DAMA. Il sonno ha dolcemente vinto il bel giovane.

IL MEDESIMO. Ed ora presto russerà. È naturale[15] e sarà quindi perfetto!

GIOVANE DAMA (*rapita*). Quale profumo si mescola a quello dell'incenso e mi ricrea sin nell'intimo del cuore?

UNA DAMA PIÚ ANZIANA. Proprio cosí! un alito penetra profondamente nell'animo. Emana da lui!

UNA DAMA VECCHIA. È il fiore dell'adolescenza che si fa, nel giovane, ambrosia e si diffonde tutto intorno nell'atmosfera.

Avanza Elena

MEFISTOFELE. Sarebbe dunque quella? Questa non mi turberebbe. È bella, sí, ma non è il mio tipo.

ASTROLOGO. Per me non c'è, questa volta, piú niente da fare. Come uomo d'onore, lo confesso e lo riconosco. La bella arriva e se anche avessi lingue di fuoco...[16] Sin dagli antichi tempi si è cantato molto sulla bellezza. Colui al quale essa appare, viene rapito fuori di sé[17] e chi l'ha posseduta fu persin troppo fortunato.

FAUST. Ho io ancora occhi?[18] Si rivela, qui, al mio piú profondo essere, la fonte della bellezza, fonte che si espande nel modo piú ricco? Il pauroso andare ne reca

Wie war die Welt mir nichtig, unerschlossen!
Was ist sie nun seit meiner Priesterschaft?
Erst wünschenswert, gegründet, dauerhaft!
Verschwinde mir des Lebens Atemkraft,
Wenn ich mich je von dir zurückgewöhne! —
Die Wohlgestalt, die mich voreinst entzückte,
In Zauberspiegelung beglückte,
War nur ein Schaumbild solcher Schöne! —
Du bists, der ich die Regung aller Kraft,
Den Inbegriff der Leidenschaft,
Dir Neigung, Lieb, Anbetung, Wahnsinn zolle!

MEPHISTOPHELES (*aus dem Kasten*).
So faßt Euch doch und fallt nicht aus der Rolle!

ÄLTERE DAME. Groß, wohlgestaltet, nur der Kopf zu klein.

JÜNGERE. Seht nur den Fuß! Wie könnt er plumper sein!

DIPLOMAT. Fürstinnen hab ich dieser Art gesehn;
Mich deucht, sie ist vom Kopf zum Fuße schön.

HOFMANN. Sie nähert sich dem Schläfer listig-mild.

DAME. Wie häßlich neben jugendreinem Bild!

POET. Von ihrer Schönheit ist er angestrahlt.

DAME. Endymion und Luna! wie gemalt!

DERSELBE. Ganz recht! Die Göttin scheint herabzusinken,
Sie neigt sich über, seinen Hauch zu trinken:
Beneidenswert! — Ein Kuß! — Das Maß ist voll.

DUENNA. Vor allen Leuten! Das ist doch zu toll!

FAUST. Furchtbare Gunst dem Knaben! —

MEPHISTOPHELES. Ruhig! still!
Laß das Gespenst doch machen, was es will!

HOFMANN. Sie schleicht sich weg, leichtfüßig; er erwacht.

DAME. Sie sieht sich um! Das hab ich wohl gedacht.

HOFMANN. Er staunt! Ein Wunder ists, was ihm geschieht.

DAME. Ihr ist kein Wunder, was sie vor sich sieht.

HOFMANN. Mit Anstand kehrt sie sich zu ihm herum.

DAME. Ich merke schon, sie nimmt ihn in die Lehre;
In Solchem Fall sind alle Männer dumm:
Er glaubt wohl auch, daß er der Erste wäre.

RITTER. Laßt mir sie gelten! Majestätisch-fein!

la piú felice ricompensa. Come mi pareva un nulla il mondo e come inesplorato! Che cosa è diventato il mondo ora, dopo il mio sacerdozio? Ora soltanto degno di desiderio, saldo e duraturo! Svanisca in me la forza della vita, se mai avvenga che io mi disabitui da te! La bella immagine[19] che un giorno mi rapí e mi rese beato rivelandomisi nello specchio magico, non era che una immagine di spuma di fronte a questa bellezza! Tu sei colei alla quale offro la vitalità di ogni mia forza, l'essenza della mia passione, la simpatia, l'amore, l'adorazione, la follia!

MEFISTOFELE (*dalla cuffia del suggeritore*). Ma rientrate in senno e non mi andate fuori della parte che rappresentate!

LA DAMA ANZIANA. Bella statura; ben fatta, soltanto la testa troppo piccola.

LA DAMA GIOVANE. Guardate soltanto il piede! Come potrebbe essere piú tozzo![20]

DIPLOMATICO. Ho visto principesse di questa specie; mi pare che sia bella dalla testa ai piedi.

CORTIGIANO. Si avvicina al pastore con fare tenero e malizioso.

DAMA. Com'è brutta, vicino a quell'immagine di pura giovinezza!

POETA. È illuminato dalla bellezza di lei.

DAMA. Endimione[21] e Luna! Come in un quadro!

IL MEDESIMO. Benissimo! Sembra che la dea si posi; si china su di lui a berne il respiro. Invidiabile uomo! Un bacio! La misura è colma.

UNA MATRONA. Davanti a tutti! Ma questo è troppo!

FAUST. Terribile favore per quel fanciullo!

MEFISTOFELE. Calmati! Zitto! Lascia che il fantasma[22] agisca come vuole!

CORTIGIANO. Ella si allontana furtiva, con passo leggero; egli si sveglia.

DAMA. Si guarda intorno. Me l'ero immaginato.

CORTIGIANO. Egli è tutto stupito. Ciò che gli accade è un prodigio.

DAMA. Per lei non è un prodigio quello che si vede innanzi.

CORTIGIANO. Si dirige di nuovo verso di lui, con dignità.

DAMA. L'ho già bell'e capito. Gli vuol fare scuola. In casi come questi, tutti gli uomini sono stupidi. Per di piú egli crederà, forse, di essere il primo.

CAVALIERE. Non disprezzatemela! Maestosa e fine!

DAME. Die Buhlerin! Das nenn ich doch gemein!

PAGE. Ich möchte wohl an seiner Stelle sein!

HOFMANN. Wer würde nicht in solchem Netz gefangen!

DAME. Das Kleinod ist durch manche Hand gegangen,
Auch die Verguldung ziemlich abgebraucht.

ANDRE. Vom zehnten Jahr an hat sie nichts getaugt.

RITTER. Gelegentlich nimmt jeder sich das Beste;
Ich hielte mich an diese schönen Reste.

GELAHRTER. Ich seh sie deutlich, doch gesteh ich frei:
Zu zweiflen ist, ob sie die rechte sei.
Die Gegenwart verführt ins Übertriebne,
Ich halte mich vor allem ans Geschriebne.
Da les ich denn, sie habe wirklich allen
Graubärten Trojas sonderlich gefallen,
Und wie mich dünkt, vollkommen paßt das hier:
Ich bin nicht jung, und doch gefällt sie mir.

ASTROLOG. Nicht Knabe mehr! Ein kühner Heldenmann,
Umfaßt er sie, die kaum sich wehren kann.
Gestärkten Arms hebt er sie hoch empor —
Entführt er sie wohl gar?

FAUST. Verwegner Tor!
Du wagst! du hörst nicht! Halt! das ist zu viel!

MEPHISTOPHELES. Machst dus doch selbst, das Fratzengeisterspiel!

ASTROLOG. Nur noch Ein Wort! Nach allem, was geschah,
Nenn ich das Stück den Raub der Helena.

FAUST. Was Raub! Bin ich für nichts an dieser Stelle?
Ist dieser Schlüssel nicht in meiner Hand?
Er führte mich durch Graus und Wog und Welle
Der Einsamkeiten her zum festen Strand.
Hier faß ich Fuß! Hier sind es Wirklichkeiten,
Von hier aus darf der Geist mit Geistern streiten,
Das Doppelreich, das große, sich bereiten.
So fern sie war, wie kann sie näher sein!
Ich rette sie, und sie ist doppelt mein.
Gewagt! Ihr Mütter! Mütter! müßts gewähren!
Wer sie erkannt, der darf sie nicht entbehren.

ASTROLOG. Was tust du, Fauste! Fauste! — Mit Gewalt
Faßt er sie an, schon trübt sich die Gestalt.
Den Schlüssel kehrt er nach dem Jüngling zu,
Berührt ihn! — Weh uns, Wehe! Nu! im Nu!

DAMA. Una sfacciata adescatrice! Ritengo volgare tutto ciò!

PAGGIO. Vorrei proprio essere al posto di lui!

CORTIGIANO. Chi non sarebbe preso entro una rete come quella!

DAMA. Quel gioiello[23] è passato per diverse mani; anche la doratura è abbastanza consumata.

UN'ALTRA. Dai dieci anni in su non ha piú avuto valore alcuno.

CAVALIERE. All'occasione, ognuno si prende il meglio; io mi attaccherei anche a quegli avanzi.

DOTTO. La vedo distintamente, eppure dichiaro con franchezza: c'è da dubitare[24] che sia proprio l'autentica. La presenza reale svia verso l'esagerazione ed io mi tengo anzitutto a ciò ch'è scritto. Là leggo dunque che essa piacque veramente, ed in modo particolare, a tutte le barbe grigie di Troia.[25] A mio parere questo coincide esattamente con il caso nostro. Non sono giovane e tuttavia mi piace.

ASTROLOGO. Non piú un fanciullo, ma audace eroe, egli l'abbraccia; ella si può a stento difendere. La solleva in alto con il suo braccio robusto. Che voglia persino rapirla?

FAUST. Pazzo temerario! Tu osi? E non ascolti! Ferma! È troppo!

MEFISTOFELE. Ma sei tu stesso che hai combinato questa buffa commedia di spiriti!

ASTROLOGO. Ancora una sola parola! Da quanto è già accaduto, intitolo il dramma: « Ratto di Elena. »

FAUST. Ma che ratto? Sono forse io qui invano? Non è questa chiave in mano mia? Essa mi guidò, qui, su salda sponda attraverso l'orrore, e l'onde e i flutti della solitudine. Qui prendo piede! Qui sono le realtà e, di qui, lo spirito può lottare contro gli spiriti e preparare a sé il doppio, grande regno. Era tanto lontana e tanto piú vicina può essere! La salvo e sarà doppiamente mia. Osare! Voi, o Madri, Madri, me lo dovete concedere! Chi l'ha conosciuta[26] non vi può piú rinunciare.[27]

ASTROLOGO. Faust, che fai! Faust! L'afferra con violenza. Già la forma di lei s'intorbida. Ora rivolge la chiave verso il giovane. Lo sfiora! Guai a noi! Ahimè! Tutto è svanito!

(*Explosion, Faust liegt am Boden. Die Geister gehen in Dunst auf*)

MEPHISTOPHELES (*der Fausten auf die Schulter nimmt*).
Da habt ihrs nun! Mit Narren sich beladen,
Das kommt zuletzt dem Teufel selbst zu Schaden.
(*Finsternis, Tumult*)

(*Esplosione; Faust giace al suolo. Gli spiriti svaniscono*)

MEFISTOFELE (*si carica Faust su le spalle*). L'avete avuta! Mettersi coi pazzi finisce per essere di danno persino al diavolo.
(*Oscurità; tumulto*)

Note

Dedica (p. 3)

[1] Scritta nell'estate 1797, quando il Goethe, per insistenza dello Schiller, riprese a rielaborare il *Faust, ein Fragment* (1790) ed a preparare il *Faust, der Tragödie erster Theil* (1808), nel quale venne pubblicata. Nel rievocare quel passato, una dolce melanconia coglie il poeta nel ricordo non solo degli amici scomparsi o dispersi, ma anche della sua giovinezza ormai lontana. Una melanconia che si esprime in un tono delicatamente lirico entro il metro un po' solenne della strofa, metro al quale ricorre volentieri il Goethe maturo.

Prologo sul teatro (pp. 5-13)

[1] Composto fra il 1797 ed il 1798 o poco piú tardi, suggeritogli, forse, dalla lettura del prologo di *Sakountala* del poeta indiano KÂLIDASĂ (V secolo d. C.), un dramma letto nella traduzione di Georg Forster (1791). A proposito di *Sakountala*, vedasi l'*Epigramma* del Goethe: *Will ich Blumen des frühen...*, allegato ad una lettera a F. H. Jacobi, del 1° giugno 1791. L'impressione ricavata dalla lettura di questo dramma indiano durò viva nell'animo del Goethe sino alla tarda età. A questa discussione fra il direttore avido di guadagno, il poeta che difende i diritti del genio ed il faceto che ha simpatia per l'improvvisazione e l'effetto sul pubblico il poeta non partecipa e, piú che voler preparare il lettore alla apparente disorganicità del *Faust*, si limita ad esporre, obbiettivamente, le contrastanti ragioni dei tre personaggi del breve prologo. Obbiettivamente sí, ma con dominata, umana simpatia, perché risentiamo, nei tre, un'eco dell'anima e della esperienza del Goethe, poeta e direttore del Teatro di Weimar.

[2] Riferimento alle parole del *Vangelo* di Matteo, 7, 13: « Passate attraverso alla stretta porta... E la porta è stretta e stretto è il cammino che conduce alla vita. » Nel testo, la « porta della grazia » cioè quella stretta perché la porta larga e la via ampia conducono alla perdizione.

Ricordare che il Goethe fu per molti anni direttore del Teatro di Weimar e che, un giorno, a proposito del pubblico disse: « Veramente, quello che non piace sono le cose migliori. »

[3] Il Goethe condannava decisamente l'abitudine dei direttori di teatro di portare sulla scena lavori teatrali con tagli e riduzioni che conservassero solamente le scene di maggior effetto, ed il piú delle volte malamente legate fra loro. Vedi quanto scrive nel libro V, capitolo 4 del suo *Wilhelm Meisters Lehrjahre.*

[4] Chi concede la certezza dell'immortalità, della ascesa all'Olimpo?

[5] Nella poesia si raccoglie e si continua il mondo della mitologia. O anche: chi introduce un'idea nella cerchia degli dei. Punto assai discusso e non chiaro.

[6] Nel poeta si incarna il « divino » che è nell'uomo. Egli è il profeta ed il veggente.

[7] Il sole e la luna che intervengono, con i loro raggi, in piú di una scena del poema. E cosí quanto è elencato in seguito.

[8] A proposito di questo ultimo verso, il Goethe si stupiva, il 6 maggio 1827, con il fido Eckermann che alcuni si chiedessero che cosa aveva voluto dire il poeta, quale concetto si adombrasse in quelle parole. Ricordiamoci di questo stupore leggendo il *Faust* e non graviamolo di interpretazioni e commenti! Piú che allo sviluppo del poema si accenna cosí alle tre regioni ove, in certo qual modo, si svolge l'azione. (Vedi p. XXI.)

Quando il Goethe scrisse questo « Prologo sul teatro, » stava già occupandosi della seconda parte del *Faust*.

Prologo in cielo (pp. 15-19)

[1] Composto fra il 1797 ed il 1800 e pubblicato con la prima parte del *Faust*, nel 1808. Suggerito al poeta dal prologo della commedia che si recitava sui teatri delle marionette (*Puppenspiel*) dove comparivano, a volte, Plutone ed i diavoli, ma piú dall'*Antico Testamento* (libro di Giobbe, I, 6-12) e dal dialogo, in esso, fra Dio e Satana. A questa fonte si richiama Goethe stesso in un colloquio con l'Eckermann. Vedi: ECKERMANN, *Colloqui con il Goethe* alla data del 18 gennaio 1825.

Tuttavia questo Signore — *der alte Herr* —, piú che il Dio del *Vecchio Testamento* o quello del Klopstock, ricorda il Dio noto a noi dalle commedie di Hans Sachs, o un re delle rappresentazioni medioevali. È, però, dignitoso e solenne nella sua divinità e non prende atto del tono soverchiamente confidenziale anche se servile con il quale Mefistofele si rivolge a lui. Ed è anche un poco un idealizzato principe illuminato, un tipo di sovrano al quale il « suddito » Goethe sarà sempre fedele. Mefistofele — l'etimologia del nome è incerta — si accosta a questo Signore con una certa dimestichezza non priva di umore, ma ne resta umile servitore e strumento della sua volontà. Ed il Signore lo chiama il beffardo. Mefistofele non dipende da Satana e, pur appartenendo alla schiera dei diavoli, si ha l'impressione che egli sia un tutt'uno con il diavolo medesimo.

Il tono musicale che tanta parte ha nel *Faust* si annuncia qui grandioso e solenne. Variazioni in uno spazio che ha per volta il cielo. Trasfigurazione lirico-musicale delle parole di BALTHASAR BEKKER in *Bezauberte Welt*, 1693, libro che il Goethe lesse in quegli anni.

Con questo « Prologo in cielo » nuovi elementi entrano nel poema accanto a quello iniziale: la lotta fra l'io e la natura. Abbiamo ora anche un nuovo fattore: l'errore fatale nell'uomo quanto il vivere e, quindi, il superamento di questo errore e anche, nella scommessa fra il « Vecchio signore » e Mefistofele, una lotta fra essi, lotta nella quale il secondo sarà soccombente.

[2] Ricorda una frase del Leibnitz: *Theodizee*, vol. I, par. 147. La ragione rende l'uomo un piccolo dio. Su questo concetto ritorna il Goethe nel *Faust* e dirà l'uomo: *Halbgott* = mezzo dio; *Ebenbild der Gottheit* = immagine della civiltà; *Übermensch* = superuomo. E qui risiede per il Goethe la grandezza dell'uomo e l'elemento tragico della sua esistenza. E ragione significava per la generazione dopo il Leibnitz ed i contemporanei del Kant: l'indipendenza dello spirito dalla materia, la capacità di crearsi idee ed ideali in un mondo concepito dualisticamente. Cosí l'uomo tende al cielo ed è gravato del peso della terra. Per Mefistofele, invece, l'uomo è sempre al medesimo livello, nonostante il suo agitarsi. Incapace di « salita, » di « elevarsi. » Mefistofele finge compiangerlo, ma non ne sente pietà. Il Signore lo interrompe bruscamente domandandogli di Faust.

[3] Ora, per il Signore, è l'esistenza terrena, la quale manca necessariamente di quella chiarezza di cui Faust potrà godere soltanto dopo la sua morte se egli, anche nell'errore, avrà continuato a lottare e ad anelare.

[4] In queste battute e nelle seguenti fra il Signore e Mefistofele è il perno dell'azione di tutto il poema. Quasi una scommessa fra i due. Il Signore abbandona Faust a Mefistofele e confida nella sua natura di « piccolo dio del mondo » e nella « fonte prima » dalla quale deriva. Saprà Faust, nonostante errori e deviamenti, essere conscio della sua giusta via?

Errare, lottare, anelare, non sono sullo stesso piano, anzi! Ma l'errore può — considerata la limitata capacità di discernimento nell'uomo — insinuarsi, distruttore e deviatore, nelle opere che l'anelare suggerisce all'uomo. Anche qui un elemento della prova alla quale Faust sarà sottoposto.

[5] Inconscio; che non sa spiegarselo; del quale non si rende ragione.

[6] Libro di Mosè, 3, 14.

[7] Con questo: ma, torniamo al tono iniziale. Il Signore dice agli angeli di rallegrarsi della bellezza del cosmo — cosa che Mefistofele non sa fare — e di considerarsi partecipi della vita di questo cosmo, che è sua creazione. Un atto d'amore, dunque. E l'amore sarà uno degli elementi costitutivi del poema.

[8] *Puri e veri,* in contrasto con gli angeli caduti, alla schiera dei quali appartiene Mefistofele. I « buoni » veduti come l'altra parte dei « cattivi » e gli uni, per essere, necessari agli altri. Concetto che era già nel Böhme e, di riflesso, nel Silesius, un contrasto unità che è metafora del tutto, del mondo. Il Goethe vi accenna già nel *Zum Shakespeares-Tag* (1771) e piú precisamente nelle ultime pagine del libro VIII di *Poesia e Verità*, là dove parla della religiosità dei suoi anni giovanili. Il tono del dialogo, la collaborazione bonario-cordiale fra il Signore e Mefistofele ha radice in questa ambivalenza ed in questo necessario integrarsi di due termini opposti: Dio-Lucifero; Lucifero e gli angeli; Lucifero si stacca da Dio e gli angeli cattivi da quelli buoni. Lucifero è il simbolo del mondo come materia; a questa Dio oppose la luce e l'uomo come colui che può ricostituire i primitivi legami del primo uomo con Dio. Tutta la creazione e tutta la vita dell'universo è in questo rapporto. Il Signore, in questa scena, per quanto bonario, resta intangibile ed inarrivabile. Nessuno si può levare contro di lui, se non Dio stesso. Questo è il motto che il Goethe ha premesso alla IV Parte della sua *Dichtung und Wahrheit* (*Poesia e Verità*, voll. 213-214 della Collana Grandi Scrittori UTET).

[9] È l'amore di Dio verso gli angeli. I quali, con la loro superiore conoscenza, ridurranno ad idee immutabili ed eterne quei fenomeni che sono, per l'umano intelletto, fluttuanti e fuggitivi. Eguale compito ha, del resto, il poeta. E cosí vedeva lo Schiller il Goethe. (Lettera al Goethe del 23-3-1794.)

[10] Mefistofele è il diavolo moderno, « cristiano » come egli dice di sé, in sottordine a quel Satana che avrebbe dovuto comparire nel poema e non vi compare però. È realista, legato ai sensi, alle cose materiali, alla terra; ha il culto del denaro e della potenza che ne deriva, ha il culto delle cose concrete e si concede la beffa della cartamoneta (vedi qui pp. 309-311). Crede che forza e diritto siano ambivalenti, un riflesso di quella « ragion di stato » del Richelieu che i principi tedeschi invocavano combattendosi l'un l'altro. Non comprende Faust; sarà alla fine sconfitto.

Il prologo iniziatosi con tono solenne si chiude con uno scherzo. Ma quel *menschlich* — umano — che Mefistofele stesso nota in Dio — e non vi resta insensibile — è anch'esso come una nota di un motivo che corre per tutto il poema.

Notte (pp. 21-41)

[1] Simile monologo di Faust è già nel dramma del Marlowe — vedi qui p. XV — e nella commedia dei burattini che si rappresentava, all'aperto, ancora ai tempi del Goethe. Il quale però, alla tradizionale insoddisfazione di fronte alla vanità della scienza — ed anche qui troviamo un tono lirico,

passionale, personale — aggiunge il desiderio di reagire alla conoscenza libresca per avviarsi, staccandosi dall'illuminismo meschinamente razionale degli anni di Lipsia e superando il pietismo di E. T. Langer e della Susanna von Klettenberg, verso una conoscenza intuitiva per mezzo della quale gli si potranno svelare i misteri della vita, l'essenza della natura. Dalla conoscenza alla magia, dalla ragione al sentimento, alla passione, alla vita, all'azione: queste sono le reazioni di Faust di fronte alla inutilità del suo passato, al disgusto del presente, al dubbio di fronte al futuro illuminato ancora debolmente da una ultima speranza: arrivare alla chiarezza. Questa « Notte » risale alla piú antica stesura del primo *Faust*. Vedasi qui a p. 675.

[2] Perché lo ha sviato dal giusto cammino per arrivare alla conoscenza della natura.

[3] Era colui che insegnava nei primi anni dell'università, dottore chi insegnava negli anni superiori; il professore di oggi.

[4] Nonostante questo rivolgersi alla magia — e, dopo, con il patto, a Mefistofele — Faust resta pur sempre un uomo che cerca, che tende oltre il terreno, verso qualcosa di divino, di assoluto. Come dice il Signore (p. 19): « puro istinto » un istinto che egli non sa spiegarsi, del quale non è conscio, ma che lo condurrà fuori del groviglio, verso la luce.

[5] Questo concetto di una armonia universale, di una mistica unione del tutto nella natura è già nel Paracelsus, nel Kepler, nel Böhme, nello Swedenborg ed in altri, noti in gran parte al Goethe.

[6] Nel testo: *Samen*, corrisponde a *semina rerum* dei filosofi su nominati.

[7] Sul tono iniziale del monologo, si inserisce un tono nuovo, lirico, che ricorda il *Werther*.

[8] Sono gli spiriti della terra.

[9] Michel de Nôtredame (1503-1566) astrologo francese di nascita ebreo, autore di un libro di profezie, *Centuries* (1555). In realtà il Goethe si riferisce maggiormente ad Emanuel Swedenborg (1688-1772) naturalista svedese, morto a Londra, autore dell'opera allora diffusissima: *Arcana coelestia* (1749-1756). I suoi ammiratori fondarono una setta ed idee di lui arrivarono anche in Germania ed il Goethe ne ebbe conoscenza indiretta nella comunità pietista di Francoforte e, diretta, dalla lettura del libro.

[10] Non si tratta di conoscere il corso delle stelle come avrebbe potuto farlo un astronomo, ma sentire quell'armonia universale che regge in equilibrio, nel loro moto, le stelle e i pianeti, quale era nota al Goethe dal libro di Emanuel Swedenborg, sopra citato.

[11] Il grande ordine, il mondo, l'universo in contrapposizione al piccolo ordine, il piccolo mondo, l'uomo. L'idea di una relazione fra questi due « cosmi » era già nei filosofi antichi. Ripresa dai mistici, fu di gran voga fra gli alchimisti e gli astrologhi del Rinascimento e dei secoli successivi. Anche il Goethe — in conseguenza dell'interesse di cui questi studi godevano nel mondo pietista — si occupò di astrologia e di alchimia, pur limitando la sua conoscenza alla terminologia esteriore di queste complicate scienze.

L'armonia del mondo, il concetto panteistico e pansofistico dell'universo, nelle opere dei filosofi ai quali si è accennato, venivano espressi per immagine, con un disegno, un « segno. » Molti di essi erano noti al Goethe, il quale ne trae, piú che dottrine, simboli per la sua fantasia di artista.

[12] È la *natura naturans* dello Spinoza. Una natura sulla quale Dio non agisce dal di fuori, ma dal di dentro, partecipe egli stesso di questa natura e della essenza di lei.

[13] Può essere il Nôtredame o lo Swedenborg. Ma può anche non avere un preciso riferimento.

[14] È, l'aurora, il momento della giornata particolarmente caro ai mistici, perché in esso si rivela la divinità. Cosí J. Böhme (1575-1624) nel titolo della sua opera: *Morgenröte im Aufgang* (1612); cosí lo Herder (1744-1803) nella sua *Die älteste Urkunde des Menschengeschlechtes* (1774). Ma forse anche un suggerimento dello Swedenborg o del *Faustbuch*.

[15] Questa immagine fu suggerita al poeta dalla *Bibbia* (*Genesi* 28, 12) là dove si parla della scala sognata da Giacobbe. Ma il giovane Goethe vedeva in essa il simbolo della eterna metamorfosi nella vita dell'universo, secondo idee che gli derivavano dalle sue letture di scritti di magia durante gli anni di Francoforte (1768-1770). Il PARACELSO, BASILIUS VALENTINUS, lo STARKEY e particolarmente F. M. v. HELMONT (1618-1699) e l'opera sua tradotta in tedesco nel 1691: *Paradoxal Diskurse oder Ungemeine Meinungen von dem Macrocosmo und Microcosmo*, nota al Goethe.

[16] Gli alchimisti, i teosofi, i filosofi del Rinascimento credevano che in ogni astro e nell'universo abitasse uno spirito. Cosí il Paracelso (1493-1541) — Archeus terrae — cosí anche Giordano Bruno (1548-1600) — Anima terrae —, noti al Goethe. A questa conoscenza si aggiunga nel poeta un'esperienza personale. Dalla sua gravissima malattia a Francoforte (1768), venne guarito per mezzo di una misteriosa medicina consigliata dal dr. Metz che faceva parte del gruppo di alchimisti e pietisti intorno alla Klettenberg, amica e spirituale infermiera del Goethe. La parte di questo Spirito della terra nel *Faust* non è precisamente determinata. Qui è un genio dell'azione, piú tardi, nella scena « Bosco e caverna » (p. 167), assume l'aspetto di uno spirito che guida con paterna sollecitudine. Ma quanto, negli altri, era rimasto concetto astratto, si fa nel Goethe immagine, quasi personaggio che impersona lo spirito dell'organica vita della terra, lo spirito del mondo e dell'azione. Il Goethe stesso ne ha dato uno schizzo: una testa apollinica con lineamenti classicheggianti.

[17] Secondo lo Swedenborg ogni spirito ha la sua sfera. Ed essi suggono dall'uomo come l'ape il polline. Nel PARACELSO, *Astronomia magica*, avviene il contrario, i sensi dell'uomo suggono, per forza magnetica, dal loro pianeta.

[18] In tono ironico, s'intende. E cosí anche al verso 61 della poesia *Zueignung* (1784), premessa alla edizione delle sue poesie nel 1808.

[19] Lo Spinoza concepiva Dio come *facies totius universi*. E cosí anche lo Swedenborg.

[20] L'evocazione e l'apparizione dello Spirito della terra si conchiude, per Faust, in una sconfitta. Egli sente piú dolorosamente ancora la distanza fra l'uomo e Dio, fra la creatura finita e l'infinito, fra la sua terrena esistenza e l'esistere universale. Nemmeno la magia lo aiuta. Non gli resterà che il piccolo spirito negatore, Mefistofele. Viene ancora una volta respinto entro i limiti delle sue umane possibilità. Come un castigo all'aver tentato di salire a Dio di colpo, di essersi creduto simile a Dio. Piú tardi, quando Faust si accosterà alla natura con animo pio, adorante e tenterà di arrivare all'eterno ed all'infinito per mezzo di una religiosa conoscenza del mondo finito, allora lo Spirito della terra non lo respingerà piú.

[21] Vedi la *Bibbia*, libro di Mosè, I, 27. Questo uomo fatto a somiglianza di Dio non è soltanto una derivazione del pansofismo di cui si è parlato, ma è anche presente nello idealismo del tempo e nel Goethe stesso, che già nel *Werther*, libro II, 6 dicembre, dice l'uomo un « mezzo Dio. »

[22] Termini del mondo universitario di allora. Giovani studenti sbrigavano alcune incombenze per conto di un loro professore - un bidello - assistente privato - e ne ricevevano, in cambio, vitto, alloggio e riduzioni sulle tasse.

[23] Dal motivo di Faust, il Goethe ebbe il nome, ma ne creò uno dei suoi personaggi piú interessanti: il tipo dello studioso, un po' pedante, ma serenamente pago del suo sapere, dal quale vuol trarre profitto. Vederne il profilo pieno di simpatia del Croce, nel suo volume sul Goethe, simpatia che va oltre le intenzioni del Goethe, piú vicino a Faust che a Wagner e non soltanto nella sua giovinezza. Wagner è il rappresentante della decadente tradizione della rettorica umanistica da un lato e dall'altro di alcuni aspetti della letteratura del tempo, presenti ancora nel Gottsched. È la prima scena a carattere umoristico nel *Faust*, cui seguiranno altre, quasi sempre con Mefistofele per protagonista.

[24] Wagner pensa qui al « dire » secondo le regole della dialettica o del-

l'arte del dire postulata dal Gottsched e non a quel « modo » che agisce sugli ascoltatori e li conquista. Di questo parlerà, nella sua risposta, Faust.

[25] Nel vecchio significato di: studio, camera dove si studiava.

[26] L'immediatezza espressiva, la spontaneità della poesia, quale veniva propugnata dallo *Sturm und Drang*. Genio e non regole.

[27] Un aforisma di Ippocrate, il grande medico, morto circa il 377 a. C. Wagner insiste sul suo tecnicismo esteriore, sui mezzi ragionati, sullo scopo « utile » della poesia e non comprende o non reagisce alle risposte di Faust.

[28] Le lingue antiche, per risalire alle fonti degli autori antichi.

[29] Allude a Cristo: Eckermann, *Colloqui con il Goethe*, 12-3-1828. E poi allo Huss, al Savonarola, a Giordano Bruno.

[30] Questo monologo di Faust, dopo la partenza di Wagner, è stato composto dopo l'*Urfaust* e dopo il *Fragment*, e compreso nel *Faust* pubblicato nel 1808. Di qui alcune contraddizioni che potrebbero colpire il lettore.
In un primo tempo questo Spirito della terra incita Faust a mescolarsi alla vita della terra, piú tardi, invece Faust desidera partecipare all'esistenza divina e questo con l'aiuto dello Spirito della terra. Ma quando qualche cosa di questa esistenza di cherubino pare affermarsi in lui, tutto crolla ed egli si sente ridotto alla limitatezza della sua esistenza terrena e sottomesso a tutte le « cure » che ad essa sono unite. Questa « cura » è quella stessa che ritroveremo (vedi p. 631) e che accecherà Faust ed essa impersona le forze negative dell'esistenza che appesantiscono ed intralciano il libero affermarsi dell'individuo. Ora Faust teme questa « cura. » Alla fine della sua vita, non la temerà piú perché sentirà che l'avrà superata in ogni azione compiuta, sia nel bene, sia nel male.

[31] L'interno oscillare degli affetti, le parole dello Spirito della terra, la cura conducono Faust all'estremo opposto.

[32] L'uomo possiede veramente soltanto ciò che sa conquistarsi da sé. Un concetto caro al Goethe e sul quale ritorna sovente.

[33] Questa improvvisa determinazione di suicidarsi non significa una fuga dalla vita. Il titano, insoddisfatto dei vari tentativi per uscire dai limiti dell'esistenza terrena, è deciso a morire per rientrare cosí nell'universale, nell'eterno, nell'infinito. Desiderio di vivere, desiderio d'amore, aspirazione a fondersi con il tutto sono, nel Goethe, quasi sempre, uniti con il senso della morte. Non è quindi contraddizione — se non apparente — fra questa determinazione di morire ed i nuovi lidi verso i quali si rivolge e le nuove attività alle quali aspira. Pensare ai versi 319-342 del frammento drammatico *Prometheus*, alla poesia *Selige Sehnsucht*, al destino di Werther, a quello di Ottilie, nelle *Wahlverwandtschaften* (*Affinità Elettive*, vedi vol. n. 40 della Collana Grandi Scrittori UTET).

[34] Ricorda il carro del profeta Elia (*Re*, II, 2, 11) e quello su cui il Milton immagina arrivi Cristo. *The Paradise Lost*, canti 3, 6, 7.

[35] Il Goethe non accetta una concreta esistenza dell'inferno; lo ritiene frutto della fantasia umana. E come tale ne fa uso nel suo *Faust*.

[36] Uno dei bevitori, porgendo all'altro la coppa, componeva alcuni versi prendendo ad argomento le figure che la ornavano. Cosí si usava, un tempo.

[37] Ancora il motivo del mattino come ora propizia. Vedi p. 25.

[38] Dalla chiesa vicina allo studio di Faust giunge l'eco delle funzioni del Sabato Santo. Non si tratta di veri angeli, ma di membri della comunità religiosa che partecipano alle funzioni stesse. Al coro degli angeli rispondono le donne ed i fanciulli ed i discepoli secondo il racconto di Luca (24, 34) e di Giovanni (20, 2). Nel testo abbiamo un alternarsi di metri nel gioco del breve dramma, a distanza, tra Faust nel suo studio ed i fedeli nella chiesa. Faust — come il Goethe — non crede al miracolo della risurrezione, ma questi canti evocano in lui un motivo della sua lontana giovinezza, il ricordo di tempi sereni e lo fermano nel suo gesto di morte. Di questa sua debolezza si pentirà dopo, ma l'illusione ha ripreso possesso di lui e rende impossibile il ritentare la morte. Il coro degli angeli è modellato ritmicamente su di una sequenza medioevale, ma lo spirito è diverso.

[39] Il peccato originale.

[40] Quello stretto fra Dio e l'uomo nel sacrificio di Cristo (Matteo, 26, 28).

[41] Vedi il *Vangelo* di Giovanni, 10, 40 e quello di Marco, 16, 1 e di Luca, 23, 56.

[42] Lo *Streben* di Faust. Corrisponde a quello « oscuro istinto » (vedi p. 19) di cui parla il Signore nel « Prologo in cielo, » un impulso che mai abbandonerà Faust e lo accompagnerà, come energia vitale e positiva energia, sino alla morte ed oltre (vedi n. 10 p. 805). A questo *Streben* di Faust, che è desiderio di andare sempre oltre i risultati delle proprie esperienze ed allargare l'azione della propria personalità nel mondo che lo circonda, si oppone il *Genuss* di Mefistofele che è quasi la voluttuosa pigrizia di appagarsi in quello che è e di goderlo paghi e soddisfatti.

[43] Cioè qualcosa che è nell'animo di Faust ed operante indipendentemente da quanto gli viene dall'esterno. Il coro degli angeli è un suggerimento, non un elemento determinante.

[44] Cristo, già nella sua vita terrena, superava di molto i limiti di essa. Ora, dopo la sua morte e la sua resurrezione, è desideroso di levarsi ancora piú in alto, verso una operosa felicità. I discepoli non lo possono seguire e restano avvinti alla terra, nel dolore della dipartita del Maestro, ma gli angeli li richiamano ai loro alti compiti e li confortano cosí.

[45] Il pane spirituale della nuova dottrina.

Fuori della porta della città (pp. 43-59)

[1] Questa scena è stata composta nei primi mesi del 1801. Sfondo di folla domenicale, al margine della città con scorci campestri e note idilliche. Il poeta non ha voluto precisare un ambiente, anche se alcuni nomi sono di località vicino a Francoforte. Sulla vivacità dello sfondo campeggiano Wagner e Faust con il loro diverso temperamento. La scena, mentre ci presenta Faust un po' solenne e patriarcale, ce lo rende piú vecchio di quanto non ci si aspettasse dal primo monologo. Abbiamo qui alcune confessioni di Faust nelle quali sentiamo la sua interiore inquietudine, il suo tormento, la sua aspirazione insoddisfatta. E ciò contrasta con la pacata esistenza di Wagner ed il primitivo viversi della folla.

[2] Perché vi è stato bastonato già due volte, al Burgdorf.

[3] Accenno a due guerre non molto distanti nel tempo. Quella turco-russa (1768-1774) e quella della Russia contro l'Austria (1787-1792).

[4] Credenza popolare in Germania che le ragazze, il 30 novembre, invocando, nude, sant'Andrea, potessero vedere in sogno il futuro fidanzato. Cosí anche nel cristallo di rocca, credenza questa già diffusa nel medioevo e oltre.

[5] Faust sente nel ridestarsi della natura come una eco dei moti del suo cuore. È stato anche in lui un richiamo ed un ridestarsi alla vita.

[6] Sotto il tiglio si radunavano, un tempo, gli anziani del villaggio.

[7] Da non intendersi però in senso cristiano. Pensiamo al deismo del Settecento e allo Spinoza.

[8] Le sostanze, metalli o altro, che non si lasciano fondere in una sola sostanza.

[9] Come già accennato, il Goethe si occupò, a Francoforte, di alchimia sia pure in modo assai semplice e da poeta. Ne resta colpita la sua fantasia. Piú che ricerca scientifica o pseudoscientifica abbiamo qui come una fiaba. Vedi l'VIII libro di *Dichtung und Wahrheit*. Rosso leone = ossido di mercurio, elemento virile; giglio = acido cloridrico, elemento femminile; la regina = la pietra filosofale; la « vergine terra, » quella dalla quale derivano tutte le altre terre e pietre. Nella sua *Geschichte der Farbenlehre*, il Goethe introdusse un capitolo intitolato *Alchimisten*.

[10] L'alambicco.

[11] Panacea.

[12] C'è amarezza e pessimismo in questa affermazione, frutto della considerazione di non aver potuto fare tutto quello che voleva fare. Una autocondanna e non per una voluta mala azione, ma per una buona azione mancata nonostante la buona volontà che fosse tale.

[13] Nel *Werther*, lettera del 18 agosto, ed in lettere del Goethe di questo tempo ritorna questo desiderio di volo, contrapposto alla tranquillità del pedone che scuote, ogni sera, la polvere dalle sue scarpe e chiude la sua giornata.

[14] Nota come Wagner reagisca alle parole di Faust. Questi si rivolge agli spiriti dell'aria affinché lo strappino alla chiusa esistenza e quello li considera come l'origine dei venti dai quali si debbano temere malanni. Ma ha anche lui la sua « poesia »: le notti d'inverno, la pergamena.

[15] Faust, cosí come lo vede Goethe è, ormai, al di fuori del dualismo cristiano: cielo e terra, uomo e Dio, diavolo e Dio, natura e spirito. Il dualismo di Faust è dentro di lui. Ecco le due anime. Una lo avvince alla terra, al mondo sensibile, alla vita dei sensi, l'altra lo attira verso l'infinito, il divino. Il diavolo — Mefistofele — è fuori di questo dualismo o, al massimo, è un po' la voce di una delle due anime, di Faust, di quella che si adagerebbe nella volgarità della comune esistenza. Faust accenna qui a questo dissidio, ma già si sente — e lo dice — che, in lui, una delle anime ha il sopravvento, quella che ha la nostalgia dell'infinito, del divino.

[16] Spiriti superiori, quelli ai quali Faust si rivolgerà piú tardi.

[17] Nelle leggende faustiane, Faust possiede questo mantello. Qui, nel *Faust*, è attributo di Mefistofele.

[18] Conosce teoricamente il mondo della magia, ma lo teme e non gli si abbandona come Faust.

[19] Come compagno dell'uomo, il cane era già utile agli indoeuropei. In oriente invece « cane » era un insulto e dall'oriente l'insulto è passato in occidente. Siccome il cane era un animale delle divinità germaniche, il cristianesimo ne fece un demonio, anche tenendo conto di sue particolari qualità che gli permettono di intuire molte cose. Il cane barbone nero entrò poi nella letteratura intorno alla magia. Faust ha invocato gli spiriti; il cane ne è il messaggero, anzi da lui si svilupperà Mefistofele.

[20] Piú che convinto, per desiderio di por fine al chiacchierio di Wagner, fa finta di dargli ragione.

Studio (pp. 61-75)

[1] Composta nel 1800 e pubblicata nel 1808. Il motivo dell'apparizione del diavolo a Faust e del patto è già nella leggenda popolare. Ma il Faust del Goethe non evoca il diavolo. Egli si è già rivolto allo Spirito della terra e, nella scena all'aperto, alla vista del sole che tramonta, egli invoca — se ci sono — gli spiriti che si aggirano fra la terra ed il cielo. Mefistofele gli appare — è già da lui nella veste di un can barbone — non in conseguenza di quel desiderio di Faust, ma per l'autorizzazione avuta dal Signore, nel « Prologo in cielo. » Faust ha intuito che nel can barbone si nasconde uno spirito e vuole costringerlo a rivelarglisi. Non si aspetta però un diavolo dalle arti del quale sarà tratto in inganno e che gli sfuggirà.

[2] Amore verso Dio che è tutt'uno con il desiderio di conoscenza, conoscenza condizionata da questo stesso amore verso Dio. Non è fede, è un momento tutto intellettuale. A questo stato d'animo nell'uomo corrisponde l'amore di Dio verso l'uomo. Il Goethe portò in sé questo stato d'animo sin dalla sua giovinezza. Ricorda l'« amor dei intellectualis, » dello Spinoza.

[3] Faust si trova di fronte alla parola: Lógos del *Vangelo* di Giovanni, tradotta nella Volgata con Verbum e dal Lutero con Wort. Ma la traduzione è inesatta, incompleta ed egli cerca una parola che ne esprima meglio il

significato. Risale a « pensiero » che è una parte del Logos e poi arriva a « forza » che ne è l'altra parte, per fermarsi ad « atto » « azione » che le comprende entrambe. Per Giovanni, il Lógos, il Verbum è mediatore fra Dio e la natura sensibile e si è incarnato in Cristo. Per il Goethe, la parola « azione » significa unione delle forze dello spirito con quelle della materia, una unione dove sentimento, passione, tendere avranno il sopravvento. In questa scelta, ci viene rivelata un'altra caratteristica del temperamento di Faust. Il fatto che Faust usi, per la sua traduzione, la parola azione assume un significato particolare perché egli si avvia, in tal modo, e decisamente, verso quello *Streben* dinamico ed infrenabile che sarà in lui energia costante, quello *Streben*, che Mefistofele non comprenderà mai anche perché è qualcosa di oscuro (vedi qui, p. 19), di irrazionale e ciò ripugna alla sua razionale forma mentis. Uno *Streben* per il quale si può anche errare, deviare, ma che finisce sempre per orientare verso l'alto e Faust e l'uomo.

Filologicamente ha influito sul Goethe lo Herder con le traduzioni da lui proposte nelle sue *Erläuterungen zum Neuen Testament*, 1775.

4 Il cane si dimostra sempre inquieto tutte le volte che si rivela uno stato d'animo religioso. Ed incomincia la sua trasformazione.

5 Allude ad un libro sulla magia, attribuito a Salomone e scritto prima in ebraico, poi tradotto in latino e, dal 1500 in poi, in quasi tutte le lingue europee. In esso, gli insegnamenti per evocare gli spiriti elementari.

6 Sono già quelli che, per ordine di Mefistofele, tesseranno il sogno di Faust (vedi p. 73).

7 Dei quattro spiriti elementari: fuoco, acqua, aria, terra, espressi, qui, nelle loro forme: salamandra, ondina, silfide, coboldo. E questo, secondo gli insegnamenti della Cabala, di Alberto Magno, del Paracelso. Incubus, spirito che dà i cattivi sogni. Variazione del coboldo.

8 I demoni.

9 Faust ricorre al segno INRI che Pilato fece inchiodare, per ischerno, sulla croce e lo mostra al reprobo essere. Indirettamente, quindi, il segno, non l'effige, di Cristo.

10 Perché esiste ab aeterno.

11 Il nome del quale non deve venir pronunciato.

12 Cristo inchiodato alla croce. Decisa reminiscenza della *Bibbia* del LUTERO, che adopera, traducendo, il participio « gestochen. » Vedi, fra le altre citazioni possibili, il *Vangelo* di Giovanni, 19, 37.

13 La Trinità.

14 Studenti che non godevano della fama migliore.

15 Traduzione di Beelzebub (*Re*, 2, 1, 2); Corruttore (*Giobbe*, 8, 21); Mentitore (*Giobbe*, 8, 44). Vedi anche *Vangelo* di Matteo, 10, 25.

16 Faust è deluso nel trovarsi di fronte ad una creatura diabolica a metà e la chiama con gli appellativi che la Bibbia adopera per il demonio. Ma vuole anche sapere con precisione chi egli sia. Mefistofele si presenta come lo spirito della negazione e delle tenebre e figlio del Caos. Ma poco dopo si ridurrà a presentarsi come un diavolo come gli altri e, come costoro, vincolato da determinati segni.

17 Il contrapposto di luce; e luce è simbolo dello spirito, dello sganciarsi dalla terra, della salita verso l'alto, cosí come le tenebre sono simbolo del corpo — una parola che Mefistofele ripete sovente — della stabilità. Non nomina Dio, non nomina il macrocosmo, si sente parte del microcosmo.

18 Il Goethe chiama questo vitalismo dell'universo il suo Dio. Cosí ECKERMANN, *Colloqui con il Goethe*, il 20-2-1831.

19 Caos = microcosmo.

20 Stella a cinque punte d'origine greco-orientale. Significa: segreto, perfezione. Gli gnostici la usavano come segno di Cristo. Mefistofele lo chiama: piede di strega (*Drudenfuss*). In riferimento alla Schola Druidica. Si faceva risalire l'origine dell'alchimia ai sacerdoti druidici.

21 È il primo cenno al patto che seguirà.

22 Mefistofele, simile in questo al diavolo della tradizione medioevale, si

serve di piccoli spiriti e tesse intorno a Faust dormiente una trama di sogni ricca di visioni meravigliose e se ne fugge.

[23] La visione di Faust non ha nulla di cupo, di infernale. È quasi idillica, arcadica con una lieve sfumatura classicheggiante. Mefistofele si è rivelato abile; ha fatto vibrare una corda che è nell'animo di Faust.

[24] Forse il Goethe pensava ai rospi che nel medioevo erano considerati al servizio delle streghe e del diavolo.

Studio (pp. 75-101)

[1] Scena scritta, in gran parte, fra il 1798 ed il 1800. Punto centrale è il patto fra Faust e Mefistofele. Nell'*Urfaust* manca tutta la parte che si riferisce al patto. È già nei « Volksbüchern » e nei drammi del teatro popolare. Faust accetta le condizioni di Mefistofele e questi crede che vincerà la scommessa o saziando il corpo e l'animo di Faust in brutali piaceri o che lo vedrà accasciarsi, un giorno, di fronte ad un ripetersi di delusioni e di vani tentativi. Faust, poco preoccupato come è dell'al di là, si sente legato alla terra e vuole vivere qui la sua esperienza non solo, ma è anche convinto che non potrà mai arrivare ad una dichiarazione che indichi soddisfazione e sazietà nel suo animo perché non crede nemmeno a questa possibilità.

C'è, forse, in Faust, un altro inconscio reagire. Egli è un po' sempre il nemico di Mefistofele, in contrasto con lui. Nell'accettare il patto con lui, accetta un po' anche un patto con se stesso: non soggiacergli. E questo per quell'inconscio elemento di salvezza che è in lui ed opera in lui senza che egli lo sappia. Faust è sí, ora, preso dentro un'ondata di amarezza e di pessimismo, ma questa sua amarezza e questo suo pessimismo sono piú il rimpianto di tutto ciò che la vita, la scienza non gli hanno dato che una rinuncia senza speranza. Anche su questo elemento posa la sicurezza e la fiducia con la quale accetta il patto.

[2] Non solo per uno scherno alla Trinità, ma per il numero in sé, come simbolo.

[3] Mefistofele non pronuncia a caso queste parole. Faust è legato a se stesso, al suo proprio io con le sue aspirazioni, i suoi desideri. Di fronte ai quali altra arma non ha se non la rinuncia. Mefistofele gli consiglia di uscire dai confini di se stesso, e di abbandonarsi alla vita, alla realtà della vita.

[4] Vedi il Libro di Giobbe, 7, 13-16.

[5] Il dio che è in noi può tutto dentro di noi e nulla fuori di noi.

[6] Un po' di scherno in queste parole.

[7] Ricordo della scena con lo Spirito della terra. Vedi p. 25.

[8] Allude al tentativo di suicidio da parte di Faust. Vedi p. 39.

[9] Vedi p. 39, « Coro degli angeli ». Nota come questa ripresa di pessimismo in Faust lo prepari al patto.

[10] Questa ripetuta maledizione non è solamente frutto di uno stato d'animo di Faust, ma assume il significato di una sua rottura con il suo tempo, di un suo ribellarsi al suo tempo. In modo particolare quel « soprattutto, » in quanto « pazienza » vuol dire, qui, accettazione supina della volontà divina che era, nel Settecento tedesco e nel pietismo del tempo. Le cause di questo maledire di Faust — maledizione che colpisce manifestazioni della vita dell'uomo in terra — risiedono nel fatto che Faust, indotto a rinunciare al suicidio, come egli crede, da quel canto e da quei ricordi (vedi p. 39) si sente nuovamente prigioniero di una realtà di vita che non apprezza e che il coro degli spiriti rimpiange. In questo stato d'animo si insinua la proposta di Mefistofele.

[11] Incertezza fra i commentatori su la natura di questi spiriti. Buoni perché ammoniscono Faust, cattivi perché lo lusingano? Oppure, come dice Mefistofele, di spiriti al suo servizio? O la personalità stessa di Faust — del poeta — che vi si riflette con le sue due anime in contrasto?

[12] Ricorda gli *Heinzelmännchen* della leggenda popolare germanica. Vedi anche la poesia del Goethe: *Hochzeitsgedicht.*

[13] Qui Mefistofele è piú il diavolo della tradizione popolare che il Mefistofele del « Prologo in cielo. »

[14] Faust non sente il problema dell'al di là nel senso tradizionale, quello al quale pensa Mefistofele. Per lui, ora, conta l'al di qua, la terra, la vita che egli vuole vivere intera. Per questo accetta il patto. Se non saprà vivere cosí, se spegnerà in sé il suo desiderio di fare, di agire, sarà sconfitto. Questo vuole evitare perché la sua sconfitta sarà per lui qualcosa come l'al di là di Mefistofele.

[15] Faust si riprende. Egli sa che Mefistofele, per la sua stessa natura, non può capire l'animo umano, nel suo alto tendere. E gli chiede quello che gli può dare, senza illudersi, già sapendo che quanto Mefistofele gli darà, gli procurerà, nell'atto stesso di goderlo, disgusto: « il frutto che marcisce prima che si colga. »

[16] Si credeva nel medioevo che il diavolo o le streghe potessero procurare simile cibo e tale oro. C'è ironia in queste parole? Desidera Faust proprio ciò, per provare? Luogo molto discusso e non chiaro.

[17] Mefistofele non afferra il vero significato delle parole di Faust. Egli è convinto che, dopo alcuni anni di vita godereccia, si adagerà in una esistenza tranquilla e soddisfatta.

[18] Faust afferma non credere che Mefistofele possa mai dargli pieno ed assoluto appagamento. Il piacere del momento non può placare, né dare interiore felicità. Senti, in queste parole, come una eco del dialogo del « Prologo in cielo, » fra il Signore e Mefistofele.

[19] Faust afferma essere disposto a morire nel momento in cui sentirà che il suo essere ha raggiunto un punto in cui desideri fermarsi perché soddisfatto, placato completamente. Ma per raggiungere ciò dovrebbe spegnere in sé il suo desiderio di vita, di azione e, quindi, tradire, quasi, se stesso. Se ciò si dovesse avverare, il suo destino gli è indifferente. Cosí arriva, inconsciamente, ad un impegno verso se stesso e contro Mefistofele. Il vecchio Signore sa che l'uomo buono non esce, per istinto, dalla sua strada, Faust intuisce — senza rendersene conto — che egli può superare il patto ed accettarlo, quindi, con fiducia. In ultima analisi egli dà meno assai del Faust della leggenda popolare che sacrificava per i beni ed i piaceri terreni l'anima e la salvezza eterna. E le condizioni da lui poste sono tali che gli riservano una possibilità — ed egli inconsciamente lo sa — di vincere la scommessa, anche perché egli sente che Mefistofele non potrà appagarlo; qui è il germe della vittoria finale di Faust.

[20] La lancetta cada sulle VI, non abbia piú la spinta per proseguire il suo giro sul quadrante.

[21] Il poeta pensava di inserire nel *Faust* una scena nella quale, in occasione di un banchetto di laurea, Faust e Mefistofele avrebbero discusso (*Disputationsaktus*), presenti professori e studenti, sostenendo il primo la conoscenza derivata dalla vita vissuta ed il secondo la conoscenza del proprio io.

[22] Il sigillo impresso su cera, cuoio, pergamena.

[23] Motivo che è già nella leggenda di Faust e che il Goethe mantiene piú per il suo effetto esteriore. Faust però non prende sul serio la pretesa di Mefistofele.

[24] Lo Spirito della terra. Vedi p. 27.

[25] I desideri di Faust non sono piú quelli del primo monologo; allora desiderio di conoscenza astratta, ora di concreta esperienza, di vivere e viversi, allora il pensare, la ragione, ora la sensualità. *Sinnlichkeit* ha in tedesco e dallo *Sturm und Drang*, al Romanticismo ed oltre, un significato piú ampio e piú alto della nostra parola « sensualità. » E non è questo di Faust-Goethe un momento di poco conto; lo *Sturm und Drang* con il suo soggettivismo, con il suo irrazionalismo, con la sua sensibilità, con la sua immediatezza che si ribella al Razionalismo ed all'ultimo Barocco. E c'è anche una nota idealistica, quella dell'età goethiana.

[26] Faust-Goethe volta le spalle al recente passato del suo tempo: ultimo Barocco, Illuminismo. E si avvia su nuove strade: non piú l'obbiettività razionale del sapere, la verità dimostrata, frutto di conoscenza, ma vita, natura, umanità, l'immediatezza e la soggettività dell'esperienza vissuta, l'irrazionalismo dello *Sturm und Drang*. A quel tutto, argomento e scopo della conoscenza, si sostituisce l'uomo, l'individuo che è uno con il tutto, in sé l'assorbe e diventa l'oggetto della conoscenza. Già affiora la visione idealistica della vita, della poesia, del sapere, quella visione che illuminerà l'età del Goethe. Ed è anche in queste parole il germe delle nuove esperienze di Faust dopo il patto. Il « pensatore » rinuncia alla sua ricerca, l'uomo con le sue passioni, l'artista, il « costruttore » di città e di regni si sostituiranno a lui. E la terra, come la vita, non avrà limiti o confini.

[27] Mefistofele non comprende Faust e non lo segue nel suo desiderio di arrivare, con una vissuta esperienza, là dove il sapere e il pensare non l'hanno saputo condurre. Per lui l'universo è una polarità di luce e di tenebre. La luce è di Dio e le tenebre sono del diavolo. Nel mezzo, in alternarsi di luce e di tenebre, l'umanità alla quale non è dato, quindi, raggiungere quanto Faust desidera.

[28] Mefistofele non crede alla possibilità di quanto Faust desidera. Ritorna qui il parallelismo fra Macrocosmo fuori dell'uomo e microcosmo nell'uomo, parallelismo che Mefistofele deride e gli dice che per ottenere quanto desidera è meglio si affidi alla fantasia di un poeta e non a lui.

[29] Mefistofele consiglia a Faust di non riflettere oltre sulla vita, ma di viverla. Piaceri, ottimismo, vita. Ma sono parole che in bocca a Mefistofele assumono una sfumatura diversa. Anche Faust, anche il Goethe giovane, lo *Sturm und Drang* le adoperano, ma con altro significato.

[30] Non si tratta di una determinata persona, ma si indica con esso chi ben pasciuto e senza problemi si compiace di vivere tranquillamente, immune dalle passioni che turbano e tormentano.

[31] Mefistofele ribadisce qui la sua convinzione sulla futura sorte di Faust, dimostrando ancora una volta di non averlo compreso. E non comprenderà nemmeno in ultimo, quando le conseguenze di questo suo errore gli si faranno palesi.

[32] Se nel Wagner il Goethe aveva rappresentato l'uomo che ha una fredda aspirazione verso la scienza ed in essa si appaga astraendosi quasi alla vita, in questo scolaro ci troviamo di fronte ad una matricola con il suo desiderio fresco ed ingenuo di sapere e di vita. Cosí annota il Goethe stesso in uno « Schema zu Faust » del 1797. Con lui Mefistofele, abilissimo sempre, gioca come il gatto col topo. La scena riposa su di un sostrato di vita vissuta: gli anni del Goethe a Leipzig (1765-1768) come studente universitario.

[33] Cosí il Goethe durante i primi mesi dei suoi studi universitari a Lipsia. Cosí, in un primo tempo, Faust stesso.

[34] Secondo una norma tradizionale, valida ancora al tempo di Goethe, gli studenti di tutte le facoltà dovevano seguire due semestri alla facoltà filosofica per imparare bene il latino — da molti professori ancora usato nelle loro lezioni — e le regole dello studio scientifico: a ciò era necessario, come base, il corso di logica.

[35] Strumento di tortura che veniva applicato alle gambe.

[36] Termine imparato dal Goethe a Strassburg dal chimico I. R. Spielmann. Qui le parole stanno a significare quelle cose a noi ignote e riservate alla natura e non imitabili dall'uomo. Vedi la lettera del Goethe al professore di chimica Wackenroder, del 21-1-1832.

[37] Metodi di studi precedenti, ma ancora validi al tempo del Goethe. Cose notate anche da A. Poerio nel suo *Il viaggio in Germania...*, a cura di B. Croce, 1917. Il Poerio fu a Göttingen negli anni 1825-26.

[38] Il Goethe non aveva nessuna inclinazione per quella carriera giuridica cui il padre voleva avviarlo. In queste parole, è una eco dello *Sturm und Drang*, del diritto naturale, quello che il Rousseau aveva insegnato indirettamente alle giovani generazioni tedesche del tempo.

[39] Il veleno che è nascosto nella teologia è l'esteriorità razionale della fede, il farmaco è l'interiorità della fede; con la prima si perviene allo scetticismo, con la seconda alla vera religiosità.

[40] Allude alla polemica sul significato della parola Trinità fra ariani e cattolici; i primi sostenevano la somiglianza di Cristo con Dio, i secondi l'identità. E ciò in base alla presenza o meno di un jota nella parola greca su la quale disputavano.

[41] Mefistofele consigliere sul serio e professore!

[42] Il *piccolo mondo*: quello del *microcosmo* ed il *grande mondo*: quello del macrocosmo. Secondo il Paracelso, il medico, conoscendo i rapporti fra l'uno e l'altro, perviene a guarire il malato. Ma Mefistofele non ne è convinto.

[43] Magnifico.

[44] Lo studente doveva avere un album nel quale ponevano la loro firma i professori dei quali seguiva le lezioni.

[45] La Volgata dice sicut dii (*Genesi*, III, 5). L'ingenua matricola appare a Mefistofele — che non rappresenta piú la parte del consigliere benevolo, ma è ritornato ad essere quello che è — l'uomo secondo natura, l'uomo del Paradiso terrestre. E di fronte al suo desiderio di sapere e di conoscere, desiderio che renderà lo scolaro piú simile a Dio, Mefistofele non può trattenere una osservazione ironica ed amara perché, nonostante questa somiglianza a Dio, anzi proprio per essa, l'uomo sentirà maggiormente il peso e l'angoscia della sua esistenza.

[46] Mefistofele condurrà Faust prima nel mondo piccolo = borghese e poi in quello grande = delle corti e dello stato.

[47] Allusione al pallone dei fratelli Montgolfier, del 1782.

Cantina di Auerbach a Lipsia (pp. 101-115)

[1] Già nell'*Urfaust*, ma ritoccata nel tono, meno crudo e rifatta in versi. Risale al 1775. La cantina di Auerbach si trova a Leipzig ed il Goethe vi si recò sovente quando studiava in quella città ed ha avuto certamente l'occasione di osservarvi, alle pareti, gli affreschi — dipinti circa il 1625 — in uno dei quali Faust cavalca su di una botte. L'ambiente è quello studentesco, noto al Goethe dal tempo di Leipzig. Anche il nome dei personaggi richiama il mondo accademico: Frosch (Fuchs) giovane studente; Brander (Brandfuchs) studente del secondo semestre; Siebel, lo studente anziano, che già si avvia al filisteismo borghese.

[2] Veniva detto papa, cioè presidente delle loro sedute, chi dimostrasse maggiore resistenza al bere.

[3] Le altre canzoni della scena prendono le mosse da canzoni popolari. Questa è del Goethe. Il 17 settembre 1775 scriveva a Frau Augusta Stolberg e, parlando del suo amore per Lili Schönemann, usava frasi che ricordano queste della canzone.

[4] Il Goethe scriveva il 30 marzo 1766 a sua sorella Cornelia, parlando di Leipzig: « On se croirait presque à Paris. » E cosí veniva chiamata, a quel tempo, Leipzig. Vedi anche *Der Renommist*, un componimento satirico, di J. C. VON ZACHARIAE (1726-1777).

[5] In Germania si credeva che il diavolo avesse un piede equino e che quindi, pur portando stivali, zoppicasse. Anche il GRIMM nella sua *Deutsche Mithologie*. Nel *Faust*, si accenna sovente al piede equino di Mefistofele: versi 2499, 4065, 6340, 7150, 7738 rispettivamente, qui, alle pp. 125, 209, 325, 415, 441.

[6] Paesino fra Naumburg e Leipzig. In tono dispregiativo, come da noi Roccacannuccia. E questo Gianni, chiamato Hans Arsch, è un tipo, un contadino un po' sempliciotto.

[7] Pulce in tedesco è maschile. Per non fare violenza al testo della canzone, si dovette tradurre con un sostantivo parimenti maschile. La canzone

è una satira alla vita di corte. Musicata dal Beethoven, dal Berlioz, dal Wagner.

Il mondo borghese anche quello della borghesia patrizia — vedi GOETHE, *Poesia e verità*, XV libro — non nutriva grande simpatia per la vita di corte.

[8] Altmayer ha capito l'allusione politica nella canzone.

[9] Sul Reno crescono i migliori vigneti della Germania. Qui: a intenditori o commercianti di vino.

[10] Battuta satirica contro la tendenza antifrancese del tempo: anche fra i seguaci ed imitatori del Klopstock.

[11] Nella leggenda faustiana Faust si comporta come qui Mefistofele.

[12] Frase di sapore politico. Il Goethe non andò oltre un assolutismo illuminato. Riforme sí, ma dall'alto, dal « principe. »

[13] È l'unica reazione di Faust. E non è di uno che partecipi a quanto accade sotto i suoi occhi.

[14] Questo è un particolare di invenzione goethiana.

Cucina della strega (pp. 117-131)

[1] Composta a Roma, nei giardini di Villa Borghese, la primavera del 1788. La scena è vivacissima e ricorda quadri e motivi e toni del Brueghel, del Teniers, dei pittori fiamminghi e della scena delle streghe nel IV atto del *Macbeth* dello SHAKESPEARE, ma la sua funzione nel poema non è ben chiara. Ringiovanire Faust, fallito il tentativo di inebriarlo nella cantina di Auerbach e renderlo, da dotto avido di sapere, un po' fuori del mondo, un galante damerino e predestinarlo, per mezzo del filtro, ad innamorarsi di Margherita? Sta il fatto che questa scena non ha solamente il compito di permettere al Goethe di ringiovanire fisicamente Faust che nell'*Urfaust* era giovane, ma è il punto di volta per il nuovo sviluppo del poema. Ormai questo non è piú la tragedia di una *Kindsmörderin*, — « infanticida » — come nell'*Urfaust*; ma il personaggio principale è, da ora in poi, Faust e, si può dire, solamente Faust.

Leggasi la scena abbandonandosi alle impressioni che essa suscita, senza chiedersi troppe cose.

[2] Sono come le scimmie, secondo il Luther, creature del diavolo e servitori delle streghe.

[3] Anche: mantenerti giovane sino ad ottanta anni. Un ritorno alla natura, un viver secondo natura vedi, a p. 613, l'episodio di Filemone e Bauci. Però è un consiglio che Faust non può accettare. Tutta l'impostazione della sua vita è diversa.

[4] Minestre dei conventi per i poveri in senso figurato. Una satira contro la produzione letteraria e superficiale che incontra vaste simpatie.

[5] Satira contro i poeti senza grandi qualità che si aspettano fortuna e gloria dal caso.

[6] Parole un po' sconnesse e volutamente. Il mondo materiale è del diavolo ed è fragile. Anche il tentativo di dare vita e sentire a questa materialità è vano. Di qui l'ammonimento: tientene lontano.

[7] Strumento adoperato in magia per ritrovare oggetti, uomini e scoprire segreti o i colpevoli di un delitto, e fare profezie. Un po' di tutti i tempi — ne parlano poeti greci e latini —, come la bacchetta dei rabdomanti per l'acqua.

[8] Motivo antichissimo, anche nella favolistica popolare: Fior di neve. La donna che Faust vede nello specchio non va riferita ad Elena — nella leggenda, Faust la evoca nuda per mostrarla ai suoi scolari come oggetto di desiderio sensuale —, né a Margherita.

[9] Si può pensare che il Goethe avesse presente la *Venere* del Giorgione nella Galleria di Dresda. Anche qui, come nella «Cantina di Auerbach» (p. 113)

Faust sta per conto suo, con i suoi pensieri e con stati d'animo lontani dalle parole e dal comportamento di Mefistofele e degli altri.

[10] Allude alle parole della *Bibbia*, Mosè, 1,31.

[11] Allusione alle guerre dinastiche, non alla rivoluzione francese scoppiata nel 1789. Questa scena è del 1788.

[12] Stoccata contro i poeti vuoti di pensieri e dotati unicamente di abilità esteriori. Sir Harnack vi ha voluto vedere una allusione ai poeti italiani, facili fabbricanti di sonetti.

[13] Cosí si vestiva, per lo piú, l'attore che rappresentava Mefistofele.

[14] Il piede di cavallo di Mefistofele. Vecchio motivo che ritorna sovente nel *Faust*. Vedi nota 5 di « Studio. »

[15] I corvi di Odino — Huginn e Muninn — vennero, dal cristianesimo, considerati esseri infernali ed assegnati a Satana come suoi accompagnatori. Li ritroveremo (vedi p. 593).

[16] Il patto con Mefistofele ha preparato Faust alla strana bevanda. Il cerchio è simbolo antichissimo. La magia medioevale l'adoperava per indicare che il cerchio difendeva, chi vi era chiuso dentro, dai demoni. Quegli poteva inoltre obbligare i demoni entro il cerchio ed imporre ad essi la sua volontà.

[17] Il Goethe dichiarò questi versi della strega un « non senso. » Conversazione con il Falk nel 1816 e lettera allo Zelter del 4-12-1827. Altri, particolarmente l'Enders, li mettono in stretta relazione con la cabala. Ma, temo, vada oltre la conoscenza che ne aveva il Goethe. Forse è piú probabile che il Goethe ricordasse i versi di un libretto: *Alchimistisches Siebengestirn* (1756), a lui noto.

[18] Poco rispettosa allusione al dogma della Trinità. Vedi, del resto, quanto il Goethe disse allo Eckermann in ECKERMANN, *Colloqui con il Goethe*, alle date: 4-1-1824, 31-12-1823 e 28-3-1827.

[19] I gradi della gerarchia accademica: magister, dottore, professore.

[20] Preannuncio alla scena che seguirà: « Notte di Valpurga » (p. 197), oppure semplice riferimento alla consuetudine che nella Notte di Valpurga il diavolo ricompensasse le streghe dei loro servizi.

[21] Era d'uso, fra i pietisti, di farsi dono di volumetti di canti religiosi ai quali si attribuivano particolari effetti.

[22] Non è un preannuncio dell'incontro con Margherita, la quale incontra Faust per caso, né di quello con Elena. Mefistofele pensa qui ad un desiderio sensuale (Cupido) in Faust ed una donna vale l'altra per lui. E per Faust, in questo momento, è anche cosí. Vedremo invece, come e per la sua natura e per il fascino di Margherita, il desiderio puramente sensuale ed il capriccio per Margherita si sviluppino ad una delicata, sentita e dolente esperienza di amore.

Strada (pp. 131-135)

[1] È la prima battuta di quello che possiamo chiamare il dramma di Margherita, dramma che si snoderà — con qualche interruzione — nelle scene seguenti. Nel suo nesso centrale, risale all'*Urfaust* e riposa su esperienze amorose del Goethe a Sesenheim (Friederike Brion, amata ed abbandonata dal Goethe), a Wetzlar (Lotte Buff, l'eroina del *Werther*), a Francoforte (la Gretchen, ricordata in *Poesia e Verità*, I, 5-6). Significativa è anche la caratteristica di una ragazza sedotta ed abbandonata nel *Werther*, lettera del 12 agosto.

Con ciò non possiamo affermare che il Goethe si sia limitato a riprodurre un momento della sua vita amorosa. Nella redazione del Widmann del motivo di Faust, si parla dell'amore di lui per una serva, sua vicina di casa. Come sempre, la fantasia rielabora e trasforma elementi diversi e lontani.

Ed è anche una ragazza del popolo, creatura del piccolo mondo della piccola borghesia tedesca. Il suo amore per Faust si risolverà in tragedia personale e creerà la distruzione di quella piccola « società » che l'accoglie e l'imprigiona e sino ad un certo punto la protegge. Faust è attirato da questo mondo idillico semplice — anche la fede di Margherita (vedi p. 175) — e sente che ciò lo pone in urto con il suo *Streben*, con il suo desiderio di fare, di agire. Questo contrasto di Faust con Margherita e di Faust con se stesso non si risolve. Ha radici qui anche il contegno di Faust nella « Scena del carcere » (vedi p. 229) dove Faust è presente non piú per amore, ma per un senso esteriore del suo dovere verso la ragazza sedotta ed abbandonata. Egli è, inconsciamente, dentro di sé già rivolto ad altre esperienze. Vicino a Margherita, per affinità di destino, possiamo collocare Klärchen dello *Egmont*, Emilia di *Stella* e la ragazza madre della poesia del Goethe: *Vor Gericht* (1776).

Margherita è il tipo della ragazza semplice, ingenua, fresca che piaceva al Goethe e riassume in sé un po' tutte le donne amate dal Goethe nella sua prima giovinezza.

E ritroviamo anche in lei un tipo caro ai poeti dello *Sturm und Drang*, la ragazza infanticida, punita allora severissimamente, in vario modo, ma sempre con una pena di morte. Ricordo appena: *Die Kindsmörderin* di H. L. WAGNER, noto anche per il suo plagio verso il Goethe e del BÜRGER la ballata *Des Pfarres Tochter von Taubenheim* e dello SCHILLER, la poesia *Die Kindsmörderin*. Nel Goethe è uno stato d'animo diverso. Gli altri inclinano tutti piú o meno verso un rigido moralismo che è l'ipocrisia del tempo — anche lo Herder fu contrario a mitigare il castigo alle ragazze madri — egli vede in Margherita e nel suo agire una prova di quella forza irresistibile che è nella natura e che avvince e domina anima e sensi. Ciò attenua l'errore di lei.

Proprio al ritorno del Goethe da Strasburgo a Francoforte — 1771 —, accadde in questa città il caso di una ragazza-madre che uccise la sua creatura e venne condannata a morte. Persone che presero parte al processo appartenevano alla stretta cerchia delle conoscenze della famiglia del Goethe, il quale ebbe certamente diretta conoscenza dell'infelice destino di quella ragazza e della gravità della pena che la colpí.

Qualche anno piú tardi a Weimar, come ministro, cercò di umanizzare nel limite del possibile il castigo che colpiva le ragazze gravate dalla colpa della maternità fuori del matrimonio.

Se i poeti dello *Sturm und Drang* non sono, nei drammi dove trattano un motivo simile, del tutto immuni da tendenze morali, sociali o politiche, il Goethe vede l'episodio da artista e lo rende un dramma di pura, dolente umanità.

[2] Severe disposizioni del Senato della città di Francoforte precisavano che questo titolo non si poteva usare con le ragazze di famiglie borghesi. Per questo Margherita può dire: Non sono signorina. Con ciò Margherita vuol dire a Faust non soltanto che non è tipo da lasciarsi fermare per istrada da uno sconosciuto che vorrebbe accompagnarla a casa, ma anche che fra di loro esiste una barriera di natura sociale allora ben difficilmente superabile. Lentamente però l'amore per Faust finirà per superare tutto: la differenza sociale, la diversità di religione, il ritegno morale di fronte ad una notte d'amore senza il vincolo matrimoniale. Il Goethe sfiora qui conflitti che erano nella atmosfera spirituale dello *Sturm und Drang*. Basti pensare a *Kabale und Liebe*, il famoso dramma dello SCHILLER.

[3] Il testo tedesco usa la parola *schnippisch*. Non è inopportuno ricordare che in una lettera del 22-4-1778 il Goethe chiede al Kestner — il marito della Lotte del *Werther* — se Lotte è ancora sempre cosí *schnippisch*.

[4] L'impetuosa sensualità di Faust è effetto del filtro della strega.

[5] Vedi la poesia del Goethe: *Lebendiges Andenken* (1768).

Sera (pp. 135-141)

[1] Delicatissimo interno di una piccola casa borghese sí, ma di Margherita, ché ogni cosa vi è pulita ed ordinata di sua mano e sulle cose e nell'aria si sente la castità, la delicatezza, la purezza dell'anima di lei. Come contrastano con tutto ciò la passione di Faust e la cinica curiosità di Mefistofele, il quale nota, tuttavia, senza volerlo, e con ammirazione, l'ordine e la pulizia che regnano in quella casa. E d'altra parte, rientrando, Margherita sentirà che qualche cosa di « estraneo » è stato in casa sua ed aprirà la finestra. Questa scena sino a « Bosco e Caverna » già nell'*Urfaust*.

[2] Come ogni monologo di Margherita, anche questo è accompagnato da una attività manuale, attività che svia i pensieri e li attenua. Nota come, nelle parole della donna, sia interesse per l'uomo incontrato, una disposizione d'animo diversa da quella dell'incontro per la strada.

[3] I pavimenti in legno delle case della Germania del Nord venivano prima lavati e poi cosparsi con sabbia bianca, a cerchi.

[4] La scena accanto al letto dell'amata era nella tradizione letteraria del tempo. Dagli anacreontici francesi era passata in quelli tedeschi. Ricordo di F. H. Jacobi, *An Belindens Bett* e di J. N. Götz, *Auf Henriettens Brautbett*. Il tono della scena goethiana è diverso; piú intimo; emana da una passione amorosa viva e sentita; non resta gioco. Si può pensare allo Shakespeare, *Cymbeline*, atto III, scena 2. Il Byron ricorda questa scena dello Shakespeare con il libidinoso Jachimo accanto al letto di Imogene dormiente.

[5] La forza operante che è in tutto l'universo si è manifestata dando forma a questa creatura.

[6] Il primitivo desiderio sensuale si sta mutando in amore. Per questo Faust ha voluto essere solo. L'ambiente in cui Margherita vive ha già colpito la sua fantasia ed il suo cuore.

[7] Vedi quanto detto a pp. 133-135.

[8] Faust è incerto in conseguenza del suo nuovo sentire. Il suo amore per Margherita incominciato quasi come un capriccio si sta trasformando in un'esperienza che viene ad inserirsi nella sua vita come un elemento — e Faust lo intuisce senza rendersene conto — che potrebbe influire su tutto lo sviluppo futuro di essa.

[9] Ballata di tono popolare composta nel 1774 e inserita già nell'*Urfaust*. Musicata dal Seckendorff, dallo Zelter, dallo Schubert, dallo Schumann, dal Liszt, dal Gounod, dal Berlioz. Tradotta dal Carducci.

[10] L'Islanda, l'ultima Thule di Pietro di Marsiglia (IV secolo a. C.). Oggi, in Groenlandia, un piccolo villaggio esquimese porta questo nome.

[11] Come per i titoli, come si è già detto, cosí anche per i gioielli, tutto era severamente regolato da leggi del senato della città di Francoforte.

[12] Riaffiora il ricordo dell'uomo incontrato per la strada.

[13] Quantunque non povera — la madre può dare danaro a prestito —, Margherita pensa che se fosse piú ricca ed ornata di tali gioielli, potrebbe non venir lasciata piú da parte dopo uno scherzo o un complimento.

Passeggiata (pp. 143-145)

[1] Margherita l'aveva già nominata. Ora, qui, il Goethe ce ne dà una caratteristica viva e vera. E la distacca dalla madre-ruffiana nei drammi dove si incontra il personaggio della ragazza-madre. Vedasi: H. L. Wagner, *Die Kindsmörderin*, nel volume n. 44 della Collana Grandi Scrittori Stranieri UTET: *Sturm und Drang*. Una parte che il Goethe affiderà poi a Marta. Con ciò il Goethe allontana dall'ambiente-famiglia di Margherita ogni sfumatura torbida e non pulita.

[2] La madre adopera frasi della *Bibbia*. Un particolare che contribuisce a precisarne il carattere e l'animo.

[3] Il Goethe condanna anche altrove l'avidità della chiesa. Vedi pp. 613 sgg. e p. 721. Accanto alla chiesa, i re che si arricchiscono con le tasse e gli ebrei con l'usura e gli affari.

[4] Faust è innamorato e ciò gli suggerisce ogni mezzo per avvicinare Margherita. Propone egli stesso di servirsi della vicina di casa come ruffiana.

[5] Non piú per sedurre Margherita, ma per lenirne il dolore.

La casa della vicina (pp. 145-153)

[1] Scena pervasa da una nota umoristica affatto volgare, anche se qualche battuta è un po' cruda. Marta ci ricorda le donne di alcune commedie di Hans Sachs.

[2] Il testo: *auf dem Stroh* = sulla paglia. Ma è come se fosse *Strohwitwe,* cioè vedova per l'assenza del marito in viaggio o lontano. Marta ha un letto; non è cosí povera.

[3] Le parole di Margherita non esprimono uno stato d'animo simile a quello della madre alla vista del primo cofanetto, ma semplicemente la sorpresa di fronte a qualcosa che non ha spiegazione.

[4] Proverbio diffuso assai. Motivo costante nella poesia cortese. O forse il Goethe ricordava le parole di Salomone e le pone non senza intenzione in bocca a Mefistofele. *Liber proverbiorum*, XIV, 13. Tutto questo dialogo ricorda quello fra Shylock e Tubal nel *Merchant of Venice* dello SHAKESPEARE, atto III, scena prima.

[5] Questo ricordo di Napoli è chiara allusione alla malattia venerea che infuriò fra i soldati francesi di Carlo VIII all'assedio di Napoli e detta quindi mal de Naples ed, a sua volta, da noi mal francese.

[6] Mefistofele dice che Marta non era molto migliore di suo marito, il quale non fu con lei cosí indulgente come lei con lui, ora che è morto. A questa condizione, cioè di cosí larga indulgenza, Mefistofele si dichiarerebbe pronto a sposarla.

Strada (pp. 155-157)

[1] Frase pronunciata dallo scrittore della chiesa Rufinus (345-410) al concilio di Nicea quando un semplice credente vinse, in una discussione, un dotto, celebre filosofo. Ripetuta da Iohannes Hus, il riformatore boemo, quando, dal rogo che lo stava ardendo (1415), vide una vecchietta portare, per alimentare le fiamme, un pezzo di legno.

[2] Faust quasi inconsciamente, reagisce come gli detta la sua coscienza. Ma la passione ed il desiderio di Margherita avranno poi il sopravvento.

[3] Mefistofele ha buon gioco contro Faust. Gli ricorda quanto egli stesso ebbe a riconoscere (vedi, qui, pp. 21-23).

[4] Nota il calore e l'impeto delle parole di Faust. Nulla di esagerato o di retorico. È lo stile del Goethe giovane e dello *Sturm und Drang*. Come Faust non trova qui la parola per esprimere il suo stato d'animo, cosí non troverà poi la parola per esprimere il suo concetto di Dio (vedi, qui, pp. 175-177).

[5] Cioè: devo fare come tu vuoi, fare una falsa testimonianza. Perché ama Margherita.

Giardino (pp. 157-165)

[1] Scena bellissima nella sua semplicità. Un alternarsi delle due coppie cosí diverse ed, in esse, il contrastare dei temperamenti: Faust innamorato, Margherita ingenua sí, ma sensibile alla galanteria di Faust e psicologica-

mente abile nel toccare il tasto dell'incontro davanti alla chiesa e nel presentarsi cosí come essa è, raccontando di sé e delle faccende sue. Mefistofele, abile schermitore, evita i colpi di Marta e finge di non capirne le non disinteressate proposte e consigli. Marta, visto che Mefistofele non reagisce, prende quello che viene e si rassegna a far da mezzana. Anche il Goethe regista è a posto: pensi ad un quartetto di un'opera; nota come abilmente alterna sulla scena le coppie e come ogni nuovo apparire porti con sé, fra Faust e Margherita, un tono piú caldo, sino alla reciproca dichiarazione d'amore. E nota anche come il Goethe presenti il dialogo dei quattro già in fase avanzata dando come avvenuto l'incontro per la falsa testimonianza e come superato il tono del primo incontro fra Faust e Margherita tanto che, fra non molto, lo potranno ricordare come felice inizio del loro amore.

[2] Marta incomincia i suoi tentativi per irretire Mefistofele, ma questo sa evadere abilmente. Piú decisamente in seguito (p. 161).

[3] Non sono parole buttate lí. Il Goethe scriveva, il 4 dicembre 1777 a Frau von Stein di aver imparato a stimare le persone di umili condizioni perché in esse, sovente, si trovano rappresentate le migliori virtú. Un giudizio in sede umana però, non una constatazione o rivendicazione in sede sociale.

[4] Reminiscenza di un proverbio popolare e delle parole di Salomone, 31, 10.

[5] Il testo dice *Sternblume* e non precisa di piú. La traduzione margherita non è esatta, ma la consuetudine vuole cosí. L'oracolo per mezzo dei fiori è uso antichissimo.

[6] Forse il Goethe aveva presente le parole del *Cantico dei Cantici*, V, 4, « et venter meus intremuit ad tactum eius » — anche Klärchen nello *Egmont* del Goethe pronuncia parole simili quando sente in pericolo la vita dell'uomo che ama.

[7] Non per civetteria, ma perché in lei amore e pudore sono ancora in contrasto.

[8] Il Goethe dice nella sua commedia *Die Mitschuldigen*, atto III, scena 9: « Cosí è l'andar del mondo. Cosí accade quando ella piace al suo signore ed a lei piace il signore. »

Un chiosco in giardino (p. 165)

[1] Scena rapida, vivace quali il Goethe amava nei suoi drammi giovanili.

[2] Nota come ora soltanto dopo il bacio avuto e ricambiato Margherita dia del tu a Faust.

Bosco e caverna (pp. 167-173)

[1] Scena composta durante il viaggio in Italia e pubblicata nel *Fragment* del 1790 e nel *Faust* del 1808, ma con diversa collocazione. Modificata e ritoccata piú volte dal poeta, e discussa assai dai commentatori. Questo monologo, cosí come ci si presenta nella redazione definitiva, è una preghiera di ringraziamento allo Spirito della terra per quanto esso ha dato a Faust, il quale, attraverso il finito, il terreno — l'amore per Margherita —, ha costruito un legame con l'infinito e di ciò è grato allo « Spirito della terra » quasi fosse un dio che gli si rivela attraverso la natura intorno a lui. E l'amore gli ha insegnato anche che la conoscenza dell'infinito passa attraverso il finito. E Faust avrebbe raggiunto equilibrio, conoscenza, fusione con la natura (« i miei fratelli ») se non lo turbasse la compagnia di Mefistofele cui è ormai legato e che rinfocola in lui le tentazioni ed il desiderio di Margherita. La posizione di Faust verso lo Spirito della terra è ora di-

versa (vedi, qui, p. 27). Egli è solo, Mefistofele è lontano. Ha stabilito con la natura un nuovo rapporto ed anche con se stesso. Gli pare di essersi purificato con l'aver frenato il desiderio di possedere Margherita e con l'essersi allontanato da Mefistofele. Ci troviamo di fronte ad un Faust che sa analizzare con maggiore maturità il suo intimo io. Nel monologo passa un tono meditato e solenne e pur, nella sua apparente chiarezza, resiste ai tentativi di una interpretazione soddisfacente.

Veduto nello sviluppo del dramma, questo monologo, soprattutto la prima parte, sembra ad esso estraneo. Forse perché il monologo — come la canzone di Margherita sul re di Tule — è sorto di per sé, in Italia, nell'impeto di gioia per il senso di liberazione, di rinascita che il soggiorno a Roma aveva dato al poeta, gioia e liberazione che si esprimono in tono religioso nel monologo stesso. Il Goethe lo inserí poi nel *Faust*, senza fare soverchia violenza al tutto e come segno di una lotta nell'animo del protagonista per difendere quanto ha raggiunto contro le tentazioni in se stesso e l'influenza di Mefistofele.

2 L'interiore contemplazione, il guardare in se stesso che tanto lo tormentano sono mitigati dalla visione delle figure della leggenda e della storia e si aggira con esse cosí come aveva desiderato un tempo.

3 Quello che Faust vide nello specchio nella « Cucina della strega, » e che ora ha preso concretezza e realtà in Margherita (vedi p. 121).

4 Il Goethe aveva qui presenti le parole del Beaumarchais nel suo *Tartare* (1781), musicato dal Salieri e rappresentato a Weimar nel 1800. « En désirant je sens que je jouis. Et jouissant je sens que je désire. » Faust, anche se ha desiderio di Margherita, non ne ha solamente un desiderio sensuale come Mefistofele si aspetterebbe. Il quale teme di perdere Faust se il migliore io dovesse trionfare in lui.

5 Il tono delle parole di Faust e lo stato d'animo di lui irritano Mefistofele che teme vederselo sfuggire.

6 L'illusione già nutrita da Faust di poter raggiungere un superumano grado di conoscenza e le aspirazioni, i desideri che da essa derivano. Mefistofele ritiene tutto ciò una sciocchezza.

7 Gesto priapesco.

8 Come un tempo, dopo i vani studi e le vane ricerche.

9 *Wenn ich ein Vöglein wäre*. Canzone popolare, accolta dallo Herder nei *Volksliedern*, dal Brentano e dallo Arnim in *Des Knaben Wunderhorn*, lodata dal Goethe e da lui ricordata in *Die Vögel* (1780).

10 Allusione alle due mammelle di Margherita e reminiscenza dal *Cantico dei Cantici*: « Duo ubera tua, sicut duo hinnuli caprae gemelli, qui pascuntur in liliis » (IV, 5).

11 Di accoppiarsi. Mefistofele allude alle parole della *Bibbia*: crescete e moltiplicatevi (*Genesi*, I, 28).

12 Faust, dopo aver distrutto in sé ciò che era grande e nobile, ha distrutto anche l'ingenuità e la pace di Margherita.

13 Faust riconosce che la passione che arde in lui non accetta freno e le si abbandona come ad un destino inesorabile.

14 Abituato ai metodi ed al modo di sentire del diavolo.

15 Un diavolo che perda il suo stile, che non sia piú diavolo.

Stanza di Margherita (pp. 173-175)

1 Per lo piú Margherita accompagna i suoi monologhi con un'occupazione manuale (pettinarsi, svestirsi, filare). Presso a poco in questo stato d'animo l'aveva descritta Mefistofele, ma nelle sue parole c'era scherno e caricatura: una nota volgare. Qui l'amorosa nostalgia ed il desiderio passionale di Margherita nulla hanno di torbido; la passione, l'ardore, la nostalgia, il desiderio dell'amato si sono fatte note di canto. Questa canzone ha

un tono diverso da quella cantata mentre si spoglia (p. 139); là era come un motivo ripetuto a memoria e non ricavato dall'intimo io di Margherita. Qui il canto è confessione, è tutto pieno di una nota personale. Ed è la prova del mutamento avvenuto nell'animo di Margherita. Anche lei, come Faust (p. 111), è preda di un destino. A qualsiasi costo appartenere a quell'uomo, donarsi a quell'uomo. Al di fuori di ciò, non c'è vita. Vien fatto di pensare a quella « inesorabilità della passione » della quale il Goethe parla nella Avvertenza al suo romanzo: *Le affinità elettive* (n. 40 della Collana Grandi Scrittori UTET), inesorabilità che è nell'uomo come nell'universo, è la forza cosmica che lo regge e trasforma e continua nella fusione di due elementi opposti: metalli, piante, animali. Ma ciò che in natura si attua senza urto e spontaneamente secondo una legge che dura dall'inizio del mondo e durerà quanto il mondo, nell'uomo contrasta con un destino altamente tragico perché sovente urta contro « norme » non superabili, « norme » che sono operanti nell'uomo e non per cause esterne, ma perché insite in lui, nella sua stessa natura.

2 Nell'*Urfaust* (vedi p. 743) il poeta aveva usato la parola grembo, un tono piú immediato, totale di desiderio dell'anima e della carne. Qui usa la parola petto, piú attenuata.

3 Il *Lied* è stato musicato da Berlioz, Wagner, Schubert e L. Spohr.

Giardino di Marta (pp. 175-181)

1 Come nelle parole di Margherita all'arcolaio, desiderio dei sensi nostalgia dell'anima si fondevano in qualche cosa di inscindibile, cosí, qui, decisa ormai ad essere di Faust, la ragazza sente il bisogno che questa unione sia dello spirito e della carne. Ma perché ciò sia possibile, ella deve dissipare alcuni dubbi su la religione di lui, deve sapere se e come egli è religioso perché questo elemento sacro non può essere assente dall'atto che essa sta per compiere anche se, materialmente, la loro unione non sarà benedetta. La fede di lei è semplice e piana, è quella che le entrò nel cuore quando era bambina, una fede sincera, sentita e vissuta in serenità. La risposta di Faust è dettata da un altro sentire: la sua è la religiosità dello *Sturm und Drang*, al di fuori ed al di sopra del razionalismo e del dogmatismo, una religione di natura. Ogni individuo ha in sé il suo Dio, il suo Eterno ed Infinito e lo vive e lo canta cosí come lo sente in sé. È una confessione di fede panteistica, uno sviluppo lirico di concetti del tempo; uno e tutto; natura e dio. Chi dice un nome non dice nulla: ma chi ha in sé un sentire e l'essenza del divino, quegli non può non riconoscere in sé e questo sentire e questa essenza. Vedasi quanto il Goethe dice allo Eckermann (Eckermann, *Colloqui con il Goethe*, 11-3-1832).

2 Cosí Margherita chiama Faust. E cosí nelle ultime parole della I Parte (p. 239).

3 Perché chi crede nei dogmi e secondo i dogmi, ha di Dio un concetto diverso da chi cerca Dio in altro modo o lo sente in altro modo. Cosí Faust.

4 La divinità non è però, per il Goethe, una persona, ma uno spirito, un'essenza, un *Wesen*.

5 Margherita non è insensibile alle parole di Faust, ma resta legata alla tradizione ed agli insegnamenti ricevuti.

6 Margherita passa, quasi di colpo, all'altro suo dubbio. Nella purezza del suo istinto, ha intuito la vera natura di Mefistofele. Un'altra prova della sua femminilità ché, come donna, qualunque sia il legame che l'avvince all'uomo amato, è sempre, verso di lui, un po' materna e veglia su di lui e lo protegge.

[7] Faust risponde impacciato perché sente che, nel suo istinto, Margherita ha intuito qualcosa che egli non può rivelare e non sa piú stordirla con un fiume di parole come quando la ragazza vuole sapere se crede in Dio.

[8] Cioè se si piega ai comandamenti della chiesa, sarà poi sottomesso anche a noi.

[9] Non è soltanto l'espressione di una indiretta partecipazione d'indole sensuale. Mefistofele pensa di aver avviato Faust per quella strada che, in cuor suo, gli ha destinata: del piacere, dell'appagamento dei sensi. E poi, ogni colpa altrui è piacere per lui.

Alla fonte (pp. 183-185)

[1] Nota come con nulla inquadri la scena: alla fonte, il luogo degli incontri per attingere acqua e dei pettegolezzi. È passato un po' di tempo dall'ultima scena. Margherita sa, anche se la sua colpa non è ancora visibile. E le parole dell'amica la colpiscono, indirettamente, come tante staffilate. Tenta di difendere Barberina contro la quale Lisetta si scaglia, ma le riesce a metà.

[2] La verginità.

[3] Usanza ancora in vigore al tempo del Goethe. Egli si adoperò affinché venisse abolita e lo fu nel 1788.

[4] Le ragazze-madri dovevano recarsi in chiesa indossando una camicia e venivano esposte a dileggi e scherni.

[5] Altre usanze assai diffuse e, sino a qualche anno fa, nelle campagne, non del tutto scomparse.

[6] Perché mi fosse evitata sventura simile.

[7] La colpa è nell'animo di Margherita. Tuttavia non tutto quello che questa esperienza d'amore le ha dato è svanito in lei. Dura non solo il ricordo, ma la certezza che non fu solamente una colpa.

Bastione (pp. 185-187)

[1] Un passo avanti nel tempo e nella tragedia di Margherita. Le ultime illusioni sono scomparse. Non si può rivolgere a nessuno per trovare conforto ed aiuto, nemmeno all'amato, egoisticamente lontano.

Nella breve scena si fondono mirabilmente varii motivi: un'immagine della Mater Dolorosa esisteva a Francoforte vicino alla casa del Goethe ed un'altra incastrata nelle mura. E, poi, reminiscenze dello Stabat Mater e forse anche del *Vangelo* di Luca 2, 35. Il poeta si serve di tutto ciò come di una materia da plasmare e ne fa un soliloquio pieno di tragico sgomento. Musicata dallo Schubert e dallo Schumann. Vedi qui p. 665.

[2] Un pensiero di morte, il suicidio di fronte alla vergogna ed alla punizione che attendeva, allora, le ragazze madri che avessero uccisa la loro creatura.

Notte (pp. 187-195)

[1] Questa scena è, in parte, già nell'*Urfaust*. Manca nel *Fragment* del 1790, ricompare, compiuta nella forma attuale, nel *Faust* del 1808. La rielaborazione era finita nel 1806. I commentatori vi hanno riscontrato alcune incongruenze, che sono, ad un esame un po' da vicino, superficiali perché non turbano il lettore dotato di fantasia. Questo Faust che ricerca e porta

sempre regali all'amata e che permette a Mefistofele di cantare quella canzone di scherno non è piaciuto ad alcuni. Ad altri non è piaciuto nemmeno Valentino perché, morente, sente il bisogno di svergognar pubblicamente sua sorella.

Sono piccoli nèi di struttura che scompaiono nel ritmo dell'azione, nel susseguirsi rapido dei varii momenti di questa scena che si inizia con un incontro d'amore nell'oscurità della notte, rotta appena dal chiarore della lampada votiva di fronte alla immagine sacra, e si chiude rischiarata dai lumi degli accorrenti ai richiami di Marta e di Margherita, mentre alla canzone scherzosa di Mefistofele si contrappongono il lamento accorato e la severa condanna di Valentino.

[2] Perché i desideri del gatto innamorato sono secondo natura. E ciò basta a Mefistofele.

[3] Si credeva che, di notte, i tesori nascosti rivelassero la loro presenza con un luccichio.

[4] Che contiene il tesoro nascosto.

[5] Talleri di Boemia e d'Olanda che portavano, in riiievo, un leone.

[6] Lontana reminiscenza della canzone di Ofelia in *Hamlet*, III, 5, dello SHAKESPEARE. E morale perché Mefistofele consiglia alle ragazze di nulla concedere senza il matrimonio. Il Byron rimproverò quasi al Goethe questo essersi servito della canzone shakespeariana. Il poeta se ne difese in ECKERMANN, *Colloqui con il Goethe*, 18 gennaio 1825.

[7] Non è chiaro. Forse reminiscenza della canzone shakespeariana. Ma non ha, qui, senso. Forse perché nelle canzoni popolari tedesche, le ragazze di facili costumi vengono chiamate: Caterinuccia.

[8] Riferimento alla leggenda di quell'accalappiatore di topi che, nel 1284, condusse con sé, dalla città di Hamel, 130 bambini. Leggenda già stampata nel 1550. O, forse, anche il ricordo di una frase di Mercuzio in *Romeo and Julet*, atto III, scena 1 dello SHAKESPEARE.

[9] Ironicamente, per spada.

[10] Nota l'irruenza di questo «colpisci» che è un ordine ben preciso. Mefistofele sente in Faust una certa incertezza, frutto di un inconscio freno morale. Vedi anche p. 761.

[11] Condanna a morte. Dette venivano pronunciate in nome di Dio e, pertanto, sono un qualche cosa contro cui Mefistofele non ha potere alcuno.

[12] Non fratello, ma circonlocuzione piena di disprezzo verso Margherita che viene, cosí, isolata dalla sua famiglia. È reminiscenza bibblica, *Judices* VIII, 19.

[13] Valentino ricorda alla sorella le severe disposizioni in vigore a Francoforte, nel XVI secolo, contro le ragazze malfamate e riportate nel libro: *Von den berühmten zwoen Reichsmessen*, Frankfurt a. M. (1765), noto al Goethe.

Duomo (pp. 195-197)

[1] Nell'*Urfaust*, la didascalia precisava che si trattava dell'esequie della madre di Margherita ed indicava i presenti. Nella stesura definitiva, tutti questi particolari scompaiono. La scena resta ridotta alla sua tragica essenza ed acquista vigore e risalto grandissimi.

[2] È la voce della coscienza in Margherita.

[3] Le lunghe pene del Purgatorio, perché morta, in seguito al narcotico, senza potersi confessare.

[4] La creatura che Margherita porta in seno e partecipa, quasi, alla vita ed al destino di lei.

[5] Il famoso inno attribuito a Tomaso da Celano (1200-1255), tradotto in tedesco dal Fichte.

[6] Le anime di coloro che sono fra i prescelti per il cielo.

[7] Margherita è, ormai, dopo la morte della madre e del fratello, dopo la fuga di Faust perché assassino, semplicemente sola. E non può rivolgersi per avere aiuto che a questa vicina, senza nome. Non è necessario immaginare possa essere Marta.

Musicata dallo Schubert e dallo Schumann.

Notte di Valpurga (pp. 197-217)

[1] Il Goethe fu nello Harz la prima volta nel 1777, riportando dal viaggio in quella regione boscosa, con il suo Brocken, un monte alto 1149 metri, durevoli e vive impressioni. Vi ritornò nel 1783 e nel 1784. Ricordo la poesia del Goethe: *Harzreise im Winter*, composta nel dicembre 1777.

Schierke ed Elend sono due villaggi a poche ore di distanza dalla cima di detta montagna.

Santa Valpurga, nata in Inghilterra, e parente di San Bonifazio, uno dei primi predicatori del Vangelo in Germania, fu badessa ad Heidenheim e vi morí nel 779. Il 1° di maggio è dedicato a lei nel calendario cattolico. Le streghe e tutto il loro seguito si radunavano, secondo la leggenda popolare, la notte fra il 30 aprile ed il 1° maggio, sul Brocken, per celebrarvi una grande festa sensualmente pagana in odio alla ben nota virtú di Valpurga. Di qui il nome di « Notte di Valpurga. »

Non possiamo affermare che il Goethe abbia pensato a questa scena già nel suo primo viaggio nello Harz. Ad ogni modo, nello *Urfaust* e nel *Fragment* manca.

Incominciò a stenderla nel 1797 e vi lavorò poi dal 1799 al 1806. Per questa scena lesse numerosi libri di streghe, incantesimi e vecchie leggende germaniche, particolarmente JOANNES SCHULZE (Prätorius), *Anthropodemus Plutonicus*, 1667-1668 e *Brockes-Berges Verrichtung*, 1669, opera questa assai diffusa.

In un primo tempo il Goethe pensava ad un vero e proprio trionfo di Satana, sul Brocken, di Satana principe del male. Alla fine di questa apoteosi della lussuria piú bestiale e dell'affermarsi della sovrana potenza dell'oro, avrebbe dovuto presentarsi, quasi a dissiparla, la visione di Margherita e del supplizio di lei. Ma non portò a termine questo progetto.

Anche nella sua forma attuale, nonostante che alcuni commentatori avanzino delle riserve, la scena ha la sua funzione, nel poema.

Mefistofele conduce Faust sul Brocken proprio la notte della lussuria bruta e turpe nella speranza che egli vi si abbandoni e vi naufraghi. Ma Faust, anche se non vi resta testimone un po' infastidito come nella cantina di Auerbach, non vi si perde totalmente. Ché a richiamarlo a sé gli si presenta l'immagine di Margherita, con intorno al collo il segno della mannaia. Vani sono i tentativi di Mefistofele di interpretare altrimenti la visione. L'incanto infernale è rotto. Lilith, il simbolo della donna-lussuria, da un lato, dall'altro Margherita, il simbolo della donna-amore. E questa vince e richiamerà Faust a sé, sviandolo, dall'abisso dell'ignava turpitudine che minacciava sommergerlo, verso nuove esperienze.

La scena si divide in quattro parti: salita di Faust e di Mefistofele verso il Brocken; rappresentazione della notte di streghe e lussuria; partecipazione di Faust e di Mefistofele alla danza volgare; apparizione di Margherita e passaggio all'intermezzo che segue.

Il poeta ha cercato di superare le difficoltà che gli si opponevano nel dar forma ad una scena cosí concepita facendo appello a tutti i mezzi della sua arte. Egli parla alla fantasia del lettore con mezzi musicali e pittorici, con l'ampiezza del paesaggio entro cui tutto si svolge, con il senso del moto che sa dare all'azione. Mitiga l'orribile di questa scena non tanto l'iniziale accenno alla primavera che si annunzia o la fuggitiva visione di Margherita, quasi il richiamo di tempi lontani e di diversi moti del cuore, ma l'ironia, l'umore del poeta che introduce, entro la ridda del Brocken, personaggi del suo tempo, contro i quali scaglia i suoi strali.

2 Si credeva che i fuochi fatui avessero voce umana ed emettessero lamenti. Venivano considerati come mezzi del diavolo per i suoi inganni e le sue malefatte. ERASMUS FRANCISCI, *Der höllische Proteus*, 1708, noto al Goethe.

3 In tutta la scena è proprio il personaggio principale. Non sarebbe stato cosí se il Goethe avesse condotto a termine il progettato trionfo di Satana.

4 Fuochi fatui come persone anche in *Märchen* (1795) del Goethe.

5 Una leggera sfumatura musicale, da melodramma. La troveremo, in seguito, piú accentuata.

6 Presso Schierke esistono strane rocce, chiamate *Schnarcher*, russatori, di qui i nasi che russano.

7 Tutto questo canto è calato in un'atmosfera di sogno.

8 Si tratta di una personificazione del danaro, vedi *Vangelo* di Matteo, c. 24. Ma poi, nel *Faustbuch* del PFITZER e nel MILTON, *Paradiso perduto*, un diavolo. Difatti, Satana costruisce per Mammona un palazzo. Si ricordi però che « oro, » « danaro » ed il sesso, regno di Mefistofele, hanno molta importanza nel *Faust*.

9 Cosí, nella Germania settentrionale, viene anche chiamato il diavolo.

10 La nutrice di Demetra, che, dopo il rapimento di Proserpina, tentava consolarla con scherzi e motti salaci. Già ricordata dal GOETHE in *Viaggio in Italia*.

11 Traduzione di una frase in una *Lettera* di San Paolo ai Romani, 13, 7.

12 La piú alta roccia del Brocken.

13 Un concetto diffuso nei libri sulla stregoneria dal XIV al XVII secolo è valido anche nei processi, che le donne fossero, piú degli uomini, inclini a seguire il diavolo. Il Goethe in una lettera al Riemer dell'8 agosto 1807 dice che quando una donna esce dalla via segnata non si ferma se non di rado, il piú delle volte la segue cinicamente e senza freno.

14 Vedi, in proposito di questo suo giudicare le donne, la lettera del Goethe al Riemer, dell'8 agosto 1807.

15 Felsensee, piccola località nello Harz.

16 Satira contro i critici che rivedono le bucce a tutto e tutti, e non producono nulla.

17 Contro i pedanti particolarmente quelli conosciuti alle Università. Trecento anni dalla Riforma. Il 31 ottobre 1517 Lutero appese alla porta della chiesa di Wittenberg le sue tesi. E vedi la poesia del Goethe: *Dem 31 Oktober 1817*. Alcuni commentatori intendono che il Goethe voglia indicare: riforma, umanesimo e scienza moderna, al suo tempo da trecento anni nella storia.

18 La botte o recipiente che serviva per fare il bucato ed era usato dalle streghe come « nave » per volare. Vi accennano, come ad una realtà credibile, il Luther, il Prätorius, il Pfister ed altri.

19 Spirito cattivo. Diavolo.

20 « Order of the Garther, » creato da Edoardo III nel 1350.

21 È qui, simbolo dei ritardatari, dei lodatori del passato. Li troviamo subito dopo.

22 Sono i malcontenti del loro tempo, quelli che sempre si lamentano di come vanno le cose del mondo e nulla fanno per migliorarle, quelli che, di fronte ai grandi mutamenti seguiti alla rivoluzione francese, non ne comprendevano l'importanza e sapevano soltanto ostacolarli. Questi contemporanei del Goethe presenti alla notte di Valpurga sono un apparente anacronismo.

Del resto anche il Prätorius ed altri davano partecipi alla notte delle streghe: imperatori, principi, nobili, gente di ogni stato e condizione. Di qua, forse, un suggerimento al Goethe.

[23] Mefistofele assume, per celia e per intonarsi ai « ritardatari, » l'apparenza della vecchiaia.

[24] Subisci anche senza volerlo e senza accorgertene l'influenza dello ambiente.

[25] Il Goethe ricava queste annotazioni dal Prätorius che ne parla nel suo *Anthropodemus Plutonicus*. Lilith secondo la tradizione rabbinica è la prima moglie di Adamo. Qui un demone femminile che seduce i giovani.

[26] Si credeva che la forza ed il potere delle streghe avessero sede nei loro capelli.

[27] Faust si abbandona, ma questa sua partecipazione allo scatenarsi della sensualità, una sensualità però che è diversa da quella di Mefistofele ed ha ancora qualche cosa di sano e nulla del cinismo, della gioia allo sporco che sono in Mefistofele.

[28] Il paragonare i seni delle donne alle mele è paragone assai antico.

[29] Allusione allo *Zerbino* (atto IV) del Tieck dove il Nicolai compare come mugnaio.

[30] Spiritista del deretano. È tutta una satira contro Friedrich Nicolai (1733-1811) scrittore illuminista, autore di una parodia del *Werther*. Nonostante il suo illuminismo, egli ebbe a scrivere di aver visto, in seguito ad una malattia, e per otto giorni e per otto notti, degli spiriti. E precisava inoltre — tutto questo in una memoria alla Accademia delle Scienze di Berlino, memoria pubblicata nel 1799 nella « Neue Berlinische Monatsschrift » — di esser guarito da queste sue visioni con un'applicazione di mignatte al sedere e per otto settimane, notte e giorno. I romantici — soprattutto il Tieck, nel suo *Das jüngste Gericht* (1799) — non risparmiarono all'indirizzo del Nicolai satire feroci. E qui il Goethe che non dimenticò mai la parodia del *Werther*, se ne volle vendicare.

[31] Abbiamo eliminato tutto ciò che non cade sotto i sensi.

[32] A Tegel erano stati segnalati degli spiriti, ma si rivelò essere uno scherzo.

[33] Il Nicolai aveva pubblicato (1793-1796) in dodici volumi, la descrizione di un suo viaggio in Germania ed in Svizzera. Nelle *Xenien* pubblicate dal Goethe e dallo Schiller non gli vengono risparmiate critiche.

[34] Particolare che il Goethe deriva dal Prätorius, già ricordato. Credenza popolare del medioevo.

[35] L'apparizione di Margherita. Erasmus Francisci nel suo *Der höllische Proteus* (1690), che il Goethe prese in prestito, nell'edizione del 1708, dalla Biblioteca di Weimar, dal 1801 al 1804, ricorda un episodio che può aver suggerito al Goethe alcuni particolari. Ma la battuta di Faust (pallida, bella bambina) porta un motivo nuovo ed inatteso nella furia della notte delle streghe.

[36] Una delle tre Gorgoni, quella mortale. Ha la testa cinta di serpi e può pietrificare con il suo sguardo.

[37] Ricorda Bertrand de Born, *Inferno*, 28.

[38] Riferimento all'antica leggenda: Perseo ha tagliato il capo alla Medusa.

[39] Il noto parco di Vienna donato da Giuseppe II al popolo di Vienna. È naturale che, ai tempi di Faust, non esistesse, bensí a quelli del *Faust*.

[40] Sotto questo nome il Goethe adombra forse August Böttiger noto per il suo dilettantismo. Il Goethe fu sempre nemico dei dilettanti e con lui lo Schiller. Del 1796 è una novella del Goethe, *Der Sammler und die Seinigen*, contro i dilettanti nelle arti belle.

Sogno della notte di Valpurga (pp. 217-225)

[1] Composto nel 1797. Il Goethe contava pubblicarlo nel « Musenalmanach » dello Schiller, dove già erano apparse le *Xenien* per mezzo delle quali i due poeti avevano colpito quanto di vecchio e di meschino pullulasse nella letteratura tedesca. Lo Schiller, ritenendo che quanto il Goethe gli aveva man-

dato fosse suscettibile di ampliamenti e completamenti, non lo pubblicò. Per il contenuto satirico il « Sogno » è in stretto collegamento con le *Xenien* ed il suo inserimento nel *Faust* non ha una logica giustificazione. Oberon e Titania sono due personaggi del *Sogno di una notte di mezza estate* dello SHAKESPEARE, passati anche nello *Oberon* (1780) del WIELAND. Il Goethe immagina che Oberon e Titania, re e regina degli elfi, ricongiuntisi dopo una lunga separazione, celebrino le loro nozze d'oro. Innanzi ai due festeggiati passa una serie di personaggi ai quali il poeta ha dato un riferimento satirico, non sempre chiaro.

2 Per alcuni anni, capomacchinista del teatro di Weimar dove il Goethe aveva fatto rappresentare, nel 1796, l'operetta del WRANITZKY, *Oberon, König der Elfen.* Il Goethe aveva molta simpatia per il Mieding e quando questi morí, gli dedicò una poesia: *Auf Miedings Tod.*

3 Coboldo faceto e un po' sboccato, personaggio del *Sogno di una notte di mezza estate* dello SHAKESPEARE.

4 Spirito dell'aria, dalla *Tempesta* dello SHAKESPEARE.

Puck ed Ariel guidano le schiere delle figure che passano innanzi ai due festeggiati.

Questo Intermezzo è un po' come una rivista. I singoli personaggi entrano in scena, dicono la loro piccola parte ed escono.

5 Immagine suggerita al Goethe dal quadro del pittore I. H. Füssli. Il poeta ne conosceva una riproduzione e ne parlò molto favorevolmente a Caroline Schlegel, nel dicembre 1796.

6 È la zampogna che parla e si paragona ad una bolla di sapone.

7 Allusione non benevola ai poeti dilettanti.

8 Una coppia di poeti modesti, incapaci di ampio volo.

9 Allusione al Nicolai, già ricordato, ed alle sue descrizioni di viaggi. A lui, illuminista, Oberon e gli altri sembravano uan mascherata.

10 È il conte Friedrich Leopold von Stolberg che aveva criticato l'ode dello Schiller, *Die Götter Griechenlands,* dal punto di vista cristiano. Il cristianesimo aveva considerato gli dei della Grecia dei demoni.

11 Solamente un viaggio in Italia permette di raggiungere la perfetta maturità artistica. Allusione al Goethe stesso o ad altri. Non è chiaro.

12 Il poeta della vecchia scuola, secondo le regole dello Hogarth, del Batteux, del Sulzer, del Campe, dello Engel e contrario all'arte immediata espressione di un sentire, alla *Sturm und Drang.* O forse anche coloro che si scandalizzarono quando vennero pubblicate nelle « Horen » (1795) le *Romischen Elegien* del Goethe. O anche il Campe contro il quale si erano — il Goethe e lo Schiller — scagliati nelle *Xenien.*

13 Anch'essa contro la naturalezza della giovane strega nuda.

14 La strega nuda porta confusione in orchestra.

15 Perché distratti dalla giovane strega nuda.

16 Contro persone volubili. Forse il direttore d'orchestra a Weimar, il Reichardt.

17 Doni ospitali. Cosí il titolo degli epigrammi satirici pubblicati dal Goethe e dallo Schiller. Marziale (39-100 d. C.) chiamò già cosí il XIII libro dei suoi epigrammi.

18 August von Hennings (1746-1826), scrittore danese che nella rivista « Genius der Zeit » aveva attaccato il Goethe e lo Schiller per le loro *Xenien.* Ex perché la rivista « Genius der Zeit » si chiamò, ad un certo momento, altrimenti. *Musaget* (1798-1799), una raccolta di poesie pubblicate dallo Hennings.

19 Allusione al Nicolai, nemico dei gesuiti e che credeva di vederli ovunque. Qui non è lui che parla, ma non è detto chi parli.

20 Si tratta del filosofo I. K. Lavater (1741-1801), caro al Goethe nella sua giovinezza. Si allontanò da lui per divergenze di idee sui problemi religiosi e perché non sincero né con sé, né cogli altri. Il Goethe stesso dice in ECKERMANN, *Colloqui con il Goethe* (17-2-1829) che il Lavater camminava come una gru. Vedi anche *Reise in die Schweiz,* 20-9-1797; e qui p. 181.

21 È il Goethe stesso che parla e sempre contro Lavater. Nel 1774, a Koblenz, ad un banchetto, il Goethe che sedeva fra Lavater e Basedow si disse *Weltkind*, uomo di mondo. Vedi la poesia del Goethe *Diner zu Koblenz in Sommer* (1774).

22 Annuncia l'arrivo di una nuova schiera. Allusione ai filosofi ed al loro continuo discutere intorno a problemi senza « condurci avanti di un passo, » come dice il Goethe in ECKERMANN, *Colloqui con il Goethe*, alla data 1-9-1829.

23 Con il dogmatico si inizia la serie dei filosofi che disputano fra di loro per precisare se il « Sogno della notte di Valpurga » ed il diavolo sono una realtà o no. Nel dogmatico si allude, forse, a Christian Wolff (1659-1754) filosofo del razionalismo tedesco. O forse al Kant stesso.

24 Contro I. G. Fichte (1762-1814) e gli idealisti suoi seguaci: l'io crea a sé il non io ed è con esso identico.

25 Non chiara l'allusione a chi. Il realista, di fronte a questa realtà, sente che gli si confondono le idee.

26 Forse contro F. G. Jacobi (1743-1819) e la sua filosofia religiosa basata sul sentimento.

27 I filosofi della scuola di David Hume (1711-1776) ed il loro scetticismo che li fa dubitare di tutto.

28 In tedesco *Teufel* (diavolo) e *Zweifel* (dubbio) rimano.

29 Maledetti dilettanti: il Goethe non aveva simpatia per i dilettanti.

Qui incomincia il passaggio di una nuova schiera. Si tratta di figure nelle quali il Goethe impersona caratteri ed aspetti della vita sociale e politica dopo la rivoluzione francese.

30 Sono quelli che mutano al mutar degli eventi e se la cavano sempre.

31 I « cortigiani » che si trovano a disagio nella nuova situazione. Particolarmente i nobili francesi emigrati in Germania dopo la rivoluzione francese.

32 Sono i « parvenus, » le creature portate su dal movimento politico e che si sentono a disagio nella società che li accoglie.

33 Quelli che la rivoluzione porta in alto rapidamente e rapidamente cadono e scompaiono.

34 Anche gli spiriti possono avere membra robuste. Sono i rozzi, i violenti, quelli che hanno gioia nella rivoluzione come tale, per piacere di rovesciare un ordine di cose.

35 Persino Puck al quale piace una parola forte ed un gesto rude è seccato da questa schiera pesante.

36 Guida le schiere alate verso la collina delle rose dove il Wieland colloca il castello di Oberon.

37 La scena si vuota. Pensi a *Die verkehrte Welt* del TIECK (1799).

Giorno fosco (pp. 225-227)

1 Ritorniamo nell'azione del *Faust*. Scena già nell'*Urfaust* (1772-1775) e, rimasta, nonostante i tentativi di metterla in versi (lettera del Goethe allo Schiller del 5-5-1798) e salvo lievi modifiche, in prosa. Pubblicata nel *Faust* del 1808. È il tono della prosa del giovane Goethe un po' alla maniera dello *Sturm und Drang* e dello Shakespeare. La didascalia ci fa pensare ad una scena del *Macbeth*, là dove Macbeth evoca, su la landa, le streghe.

Questa scena venne scritta prima di quella del patto fra Mefistofele e Faust, che non è nell'*Urfaust*. Mefistofele era stato dato a Faust, come compagno, dallo *Erdgeist* (Spirito della terra) e, quindi, non gli era legato e sottoposto, ma rappresentava il male, elemento che appartiene necessariamente alla vita.

2 Appellativo di Mefistofele già nella leggenda popolare. Non c'è riferimento al can barbone.

[3] Sempre quella del cane.

[4] GOETHE in *Clawigo*, I, 1; H. L. WAGNER in *Die Kindsmörderin* (1776), Atto I.

[5] Dio. Questa scena è stata scritta, come si è detto, prima di quella del patto fra Mefistofele e Faust, il quale, quindi non ha ancora rotto i rapporti con Dio e lo può invocare.

[6] Lo Spirito della terra.

[7] Siccome le condanne a morte venivano pronunciate in nome di Dio — il Vendicatore —, nulla può fare Mefistofele. Vedi la lettera di San Paolo *ad Thessalonicenses*, I, 4, 6, e lettera *ad Romanos*, 13, 6. Confronta anche qui p. 191.

Nota con quale violenza e con quanta durezza Faust reagisce alla frase di Mefistofele.

Notte. Aperta campagna (p. 229)

[1] Lontane reminiscenze di una scena del *Macbeth* dello SHAKESPEARE e della *Lenore* del BÜRGER. Già nell'*Urfaust*. La scena, a gran pennellate, su di uno sfondo vasto e tenebroso, ha parlato alla fantasia dei pittori: al Cornelius ed al Delacroix, la litografia del quale piacque molto al Goethe che disse all'ECKERMANN, *Colloqui con il Goethe*, alla data 29-11-1826, di trovare nel Delacroix piú di quanto egli stesso avesse immaginato.

Carcere (pp. 229-239)

[1] Già nell'*Urfaust* ed in prosa. Versificata per il *Faust* del 1808. Un versificare che è un ricreare. La stesura in prosa è piú violenta, piú immediata e la didascalia rivela, a volte, l'azione interiore nei due personaggi. Nella stesura in versi abbiamo come un superamento della violenza iniziale ed un andare verso qualche cosa di piú intimamente vissuto. Faust e Margherita non si dicono piú solamente, ma soffrono e vivono il loro destino con una piú chiara coscienza di sé e si confessano e, nel dirsi, trasfigurano la loro sorte ed il loro tormento in poesia.

In tutta la scena, Margherita è il personaggio principale, colei che parla di piú e parla per mezzo di simboli, di visioni, di oggetti e persone che ricorda, di momenti che rievoca. Faust è lí per dovere di uomo, per pietà, per rimorso. Ma non piú per amore. Inoltre non è invano un personaggio del Goethe e specchio del Goethe. In Faust agiscono già — placato il desiderio amoroso o chiusasi comunque l'esperienza amorosa — la volontà di riprendere la vita, e l'egoismo dell'artista. Cosí il Goethe con Friederike, con Lili e con altre donne amate.

[2] Racconto noto al Goethe sin dalla adolescenza e pubblicato dal Runge nel 1808 in basso tedesco e poi dai fratelli Grimm nella loro raccolta di favole popolari (*Kinder und Hausmärchen*, n. 48).

La matrigna uccide il figliastro e lo dà a mangiare al padre che ne butta le ossa sotto la tavola. La sorellastra le raccoglie e le colloca sotto un ginepro. Le ossa scompaiono e si leva a volo un uccellino che canta la canzone.

[3] Canzoni popolari sulle ragazze-madri che venivano cantate sulle fiere e nei giorni di mercato. Il Goethe ne conosceva una stampata nel 1758 da un suo parente, Johann Balthasar Koelbele.

[4] Incomincia ad affiorare, nell'anima annebbiata di Margherita, il senso dell'errore commesso, cui seguirà, dopo, nel « non devo andar via » chiara la volontà di espiazione. Cosí si salva Margherita.

Si noti, a questo riguardo, la progressività di questo farsi luce in Margherita e la sensibilità, la capacità intuitiva in lei: riconosce la voce di Faust, ricostruisce il passato e ne rivive le ore dolci e dolenti, sente che Faust è mutato, intuisce il supplizio, si oppone con fermezza ad ogni fuga quando compare Mefistofele che ella riconosce subito e del quale ha orrore, come sempre.

5 La spada che uccise Valentino.

6 Margherita ha sempre tenuto un po' a freno l'impeto della propria passione e si concederà del tutto, per gradi, vincendo resistenze interiori di varia natura. In questa scena la violenza della passione e l'ardore dei sensi esplodono con tragica immediatezza. Vien fatto di pensare alla scena della morte di Ermengarda nell'*Adelchi* ed alla confessione della morente di quanto e di come ella abbia amato Carlo.

7 Il senso dell'errore commesso, ma piú ancora la spontanea accettazione dell'espiazione come una necessità, come un dovere. È il primo passo verso la salvezza.

8 Quando il giudice pronunciava una sentenza di morte, spezzava un bastoncino, a volte, sul capo del condannato. Un simbolo.

9 I cavalli di Mefistofele sono spettri notturni e come tali non possono sopportare la luce del giorno.

10 Perché il condannato a morte era ormai non soltanto in potere della giustizia terrena, ma anche di quella divina. Gli spiriti malvagi non vi avevano potere alcuno. Mefistofele vi arriva di soppiatto, quasi, con timore ed ha fretta di allontanarsi.

11 Le parole del Salmo 34, 8.

12 Nell'*Urfaust*, Margherita non viene salvata.

Il sacrificio di Margherita è compiuto. Essa ha sentito — come Ottilie nelle *Wahlverwandschaften* — di essere uscita dalla strada assegnatale dal destino e che il sacrificio, l'espiazione, la rinuncia, sono necessari. Piú che al « salvarsi, » Margherita pensa, nel suo inconscio, a questa necessità. E vi si abbandona con sincerità, con passione cosí come si era abbandonata all'amore ed a quella illusione che è stato il suo errore. Ma essa è ormai redenta ed un giorno muoverà incontro all'amato, alle soglie di una vita oltre la vita. Vedi p. 665.

Come il Goethe sovente, cosí anche Faust, ha sacrificato al suo egoistico desiderio di vita, di esperienza, di arte questa umile creatura.

13 Mefistofele trascina via con sé Faust che altri destini attendono.

14 Il grido di Margherita che ripete due volte il nome dell'amato suona non come un addio o un abbandono, ma come un ammonimento e come la promessa di un amore piú grande.

Ridente contrada (pp. 241-245)

1 Composta forse nel 1826. Il 6 maggio 1827, il Goethe dice allo Eckermann (*Colloqui con il Goethe*) di aver avuto presenti impressioni e ricordi del suo viaggio in Isvizzera nel 1797. Vedere anche quanto dice lo Eckermann in *Colloqui con il Goethe* il 10 agosto 1824 ed il 12 marzo 1826. Uno spazio di tempo indeterminato intercede fra la fuga di Faust dal carcere di Margherita e questo suo ridestarsi in mezzo ad una natura serena e ridente. Sul tormento, sul dolore che pesano sull'animo di Faust si posa, consolatrice e ristoratrice, la natura. E Faust, come già nella scena « Bosco e caverna » (vedi p. 167), rinasce a nuova vita. E, quasi dimentico del passato, inizia con novello impeto la nuova ascesa. In questo inizio di una vita « nuova » consiste per Faust la possibilità di liberarsi del passato, di tutto il suo passato. Anche la sua visione della vita è diversa, non si slancia piú verso l'infinito, verso Dio per ritornare a se stesso, insoddisfatto e vinto, ma accetta i limiti del reale, del finito, della conoscenza. Cosí questo Faust

che ha rischiato di diventare un eroe tragico, vittima del proprio io e di questo suo io in urto con il mondo, si salva entro un destino che sta al di fuori della dura, tragica necessità. Il suo desiderio di vivere, la sua gioia di vivere, la natura intorno a lui gli hanno destato dentro il tono giusto, lo salvano, lo liberano dal rimorso e dal ricordo di quanto gli è capitato. Una liberazione che non è cancellare, ma superare.

[2] Personaggio della *Tempesta* dello SHAKESPEARE. Spirito generoso, amante della natura. Una serena, gioiosa, fiduciosa religiosità della natura pervade questa scena e l'accompagna una costante nota di compassione e di pietà. Nessuno vuole qui giudicare quanto Faust ha commesso, ma far dimenticare ed avviare ad una nuova esperienza.

[3] Strumenti che emettevano suoni quando li investiva il vento.

[4] Rapido cenno alla tragedia di Margherita.

[5] Le quattro vigiliae dei Romani, di tre ore ciascuna, dalle sei di sera alle sei del mattino. Mantenute nel culto cattolico, si ritrovano in manoscritti di composizioni musicali: Serenade, Notturno, Mattutino, Reveille.

[6] L'acqua di questo fiume infernale cancellava dalle anime il ricordo del passato. Reminiscenza del poema dantesco, letto nella traduzione dello Streckfuss (*Inferno*, 14, 136).

[7] Sono già trascorse le ore nelle quali le stelle risplendono e queste sono ormai invisibili.

[8] Le ore aprivano le porte del cielo quando Apollo ne conduceva fuori il carro del sole. Pensare al quadro *Aurora* di Guido Reni, noto al Goethe. Forse anche una reminiscenza della *Iliade* di OMERO, V libro, verso 749. TACITO (*Germania*, cap. 45) dice che i Germani ritenevano di udire il rombo del sole al suo nascere.

[9] Il rombo del sole, del giorno, e l'armonia delle sfere non sono percepibili da orecchio umano. Riferimento alla dottrina di Pitagora.

[10] Il motivo dello *Streben* del tendere verso ciò che sta in alto, verso l'azione, la vita attiva ed operante che sarà motivo fondamentale nella seconda parte del *Faust* è accennato qui e non a caso, ma proprio al ridestarsi di Faust, al suo avviarsi verso una nuova, « la piú alta » esistenza.

[11] Questa descrizione del levarsi del sole — simbolo del divino, dell'infinito — ha, nella sua alta liricità, un non so che di religioso, di solenne.

[12] Il Goethe accenna altrove ad un fenomeno simile. L'alba, il sole attesi con desiderio e con gioia e poi non sostenibili dall'occhio.

Cosí, nei versi seguenti, la vista del divino abbaglia l'occhio dell'uomo e gli dà gioia e tormento e gli sfugge. L'uomo, pur aspirando al divino, deve limitarsi a goderne quanto di esso si manifesta in terra e vivere ed agire entro i limiti concessi all'umana natura. E l'occhio scopre questa natura e si ristora alla vista dei colori e nella contemplazione della vita di questa natura.

[13] Sono gli imperscrutabili ed eterni abissi dell'anima umana. Spingere verso di essi lo sguardo è vietato all'uomo, cui è concessa però una gioia limitata entro i confini di una esistenza terrena.

[14] Arcobaleno. Non la sorgente della luce, ma un riflesso di essa possono percepire gli occhi dell'uomo. E cosí anche per la conoscenza: la verità non è raggiungibile direttamente; l'uomo la vede come riflessa in esempi, in simboli, in fenomeni. Cosí anche il divino.

Reminiscenza di DANTE, *Purgatorio*, 28, 1-21 e del viaggio del poeta alle cascate del Reno, a Schaffhausen, *Tagebuch*, 18 settembre 1797.

[15] Questo monologo di Faust, nel testo, è composto di terzine, il metro di Dante, e suggerito al Goethe — lettera allo Schiller del 21 febbraio 1798 — dalla traduzione della *Divina Commedia* di A. W. Schlegel o da quella dello Streckfuss, nota al Goethe nel 1826. Un metro plastico, solido, forte; diverso da quello del monologo di Faust (ved. p. 21).

Palazzo imperiale. Sala del trono (pp. 247-261)

[1] L'arrivo alla Corte dell'Imperatore da parte di Faust è nella tradizione popolare. Il Goethe ha avuto presente, per la figura dell'imperatore, Massimiliano I (1459-1519), guerriero valoroso, amante delle arti, dotto e letterato di gusto. Nella tradizione popolare si parla di Carlo V. Vedasi quanto ne dice lo ECKERMANN, *Colloqui con il Goethe*, 1 ottobre 1827.

In questa e nelle scene seguenti sino a p. 339 — se ne escluda la scena « Galleria oscura, » pp. 317-323, che ha un tono diverso — il poeta ci trasporta in un mondo nuovo, il grande mondo, già annunciato del resto (p. 101). Siamo a corte. Nota la vivezza della rappresentazione, la ricchezza delle situazioni, la varietà dei personaggi e la precisione nei modi con cui vengono resi i rapporti fra di essi. E, nel rappresentare, il poeta non si distacca da questo mondo, ma lo giudica con ironia, lo vede nei suoi difetti, nel suo falso splendore, nelle sue debolezze, pur mai venendo meno al dovuto rispetto verso l'autorità presa in sé e per sé. Cosa costante nel Goethe, fedele ad un concetto paternalistico del sovrano, di fronte al quale l'uomo resta suddito.

[2] Soluzione dell'indovinello che Mefistofele viene ponendo: il buffone di corte, buffone che egli sostituisce dopo averlo fatto rotolare giú dalle scale.

[3] ...sia morto. Il che non è.

[4] Nota il carattere spensierato dell'imperatore, nonostante il pietoso quadro delle condizioni dell'impero. Cosí il Goethe in ECKERMANN, *Colloqui con il Goethe*, 1 ottobre 1827. Il Cancelliere è il conservatore che vede con spavento il morire della vecchia, austera tradizione e lo sfacelo materiale e morale dell'impero e con lui concordano gli altri dignitari. Ma dell'impero l'Imperatore non se ne preoccupa. Vuole divertirsi e chiede consiglio al buffone, al nuovo buffone, Mefistofele, che ha eliminato l'altro e ne ha preso il posto.

[5] I re che sono sottomessi all'imperatore e, con essi, i territori che fanno parte dell'impero. Ma nessuno di essi, quantunque obbligati a dare aiuto all'imperatore, si preoccupa della situazione e pensa egoisticamente solo a se stesso. Forse una punta, contro i « re » dell'Europa indifferenti di fronte al destino di Luigi XVI, il re di Francia, già eliminato, il 21 gennaio 1793.

[6] Il cancelliere è fedele al dogma, agli insegnamenti della tomistica, della scolastica: che, cioè, la natura è malvagia, diabolica e che lo spirito dell'uomo nulla deve avere a fare con essa. Di qui, la sua reazione a questo connubio nel quale egli vede spuntare l'eresia.

[7] Mefistofele interviene con un suo discorso che non ha diretto riferimento a quanto è stato detto sinora, ma attira su di sé l'attenzione dell'imperatore, seccato dal « quaresimale » degli altri.

[8] Cosí nelle piú antiche raccolte di leggi tedesche (*Sachsenspiegel*; *Schwabenspiegel*).

[9] Cosí stabiliva la Bolla d'oro di Carlo IV, il quale, del resto, si richiamava a leggi piú antiche, valide nell'impero romano, sotto Giustiniano e nel medioevo.

[10] Un personaggio che di rado mancava alle corti. Rodolfo II, Wallenstein avevano i loro astrologi. E non essi soltanto!

[11] Divisioni del cielo, secondo le costellazioni e la posizione dei pianeti in esse.

[12] Tutto il discorso o l'oroscopo dell'astrologo — gli viene suggerito da Mefistofele — ha poco senso. Ne risulta però chiaro che dove è oro ed argento tutto è possibile.

[13] L'astrologo ed il suggeritore, Mefistofele.

[14] Una pianta che si poteva scoprire, secondo la superstizione, con l'aiuto di un cane nero. Questa pianta donava all'uomo ricchezze, energie e grande potere.

[15] La presenza dei metalli o delle sorgenti è sentita in modo inusitato da soggetti dotati di particolari doti. Cosí Ottilie nel romanzo del Goethe:

Die Wahlverwandtschaften. Si ricordi inoltre il « siderismo » dei romantici ed il gruppo di scrittori, pensatori, poeti, intorno a Justinus Kerner (1786-1862).

16 Le parole di Mefistofele fanno effetto.

17 Il contadino gratta via dalle pareti a calce il salnistro che vi si è formato causa l'umidità per distribuirlo agli armenti in sostituzione del sale e scopre tesori.

18 Simbolo della ricchezza, qui, metaforicamente, per « numerosi tesori balzavano su dal suolo. » Per i vitelli d'oro, ricorda l'episodio biblico, *Libro di Mosè*, 2, 32.

19 Allusione alla penitenza della Quaresima, ma senza convinzione e rispetto. Piú per guadagnar tempo.

20 Mefistofele è saggio. Egli sa che gli uomini, anche se possedessero la pietra filosofale che dona ricchezze, salute, felicità, non ne saprebbero fare buon uso. Cosí anche l'imperatore, di fronte al potere della carta moneta, si stupirà (p. 311) e se ne renderà conto a fatica.

Gran salone (pp. 263-307)

1 Composta nel 1827-1828. In questa lunga scena — piú di novecento versi — dove azione e poesia languono anche se vi sfoggia padronanza di stile, ricchezza di figure ed abilità scenica, il Goethe ha voluto rappresentare una mascherata, a corte, nel giorno di martedí grasso. I non mai spenti ricordi del Carnevale romano, vissuto dal Goethe a Roma nel 1788 (*Italienische Reise, Das römische Karneval*), lo avevano indotto ad organizzare a Weimar cortei o manifestazioni simili nel 1808 e nel 1818. Questa del *Faust* porta in sé tutti i caratteri delle mascherate della nostra Rinascenza e, per la composizione di essa, il Goethe ebbe sotto gli occhi l'opera di Anton Francesco Grazzini (1503-1584), *Tutti i trionfi, carri, mascherate o canti carnascialeschi, andati per Firenze dal tempo del Magnifico Lorenzo de' Medici fino all'anno 1559*, pubblicata dal 1750. Inoltre l'opera del Valentini, *Abhandlung über die Komödie aus dem Stegreif und die italienischen Masken*, 1826, nonché disegni del Mantegna (*Il trionfo di Cesare*) e del Dürer (*Il trionfo di Massimiliano I*). La mascherata non ha nessun particolare significato, ha lo scopo di divertire. Il suo nesso con lo svolgimento del poema è anche molto vago.

2 Annuncia, appunto, una festa all'italiana. Gli imperatori portavano dall'Italia la corona, e, con essa, costumi ed abitudini nuove.

3 Questo imperatore — vi è adombrato Massimiliano I — assunse di per sé il titolo di imperatore senza sottostare alla tradizionale cerimonia dell'incoronazione da parte del papa.

4 I fiori artificiali era una moda importata dall'India al tempo del Goethe e fioraie e giardinieri non mancavano quasi mai nei corsi mascherati italiani. Ogni personaggio mascherato rappresenta un fiore o un frutto e ne nasce una scenetta viva ed animata. Anche Christiane Vulpius, la donna amata dal Goethe e poi sua moglie, lavorava in una fabbrica di fiori artificiali a Weimar.

5 Nato nel 390 a. C., botanico greco, scolaro di Aristotele.

6 I fiori naturali sfidano i fiori artificiali.

7 Una chitarra, con un suono piú grave di quello dei mandolini.

8 Un gioco dove uno cerca di prendere o di picchiare l'altro e questi di scansarsi.

9 Vedi Goethe, *Italienische Reise*, Napoli, 19 marzo 1787, e *Römisches Karneval*.

10 Personaggi della commedia latina. Anche nel Grazzini (vedi nota 1).

11 Il soffiare serve per raffreddare la minestra e scaldarsi le mani. Ma anche la medesima bocca serve per lodare e biasimare.

12 Al parassita serve il fuoco vero, quello della legna e del carbone.

13 Allude forse a J. K. Grübel (1736-1809) ed a G. Hiller (1778-1826). Il Goethe mostrò simpatia e benevolenza verso la loro produzione poetica.

[14] Si può pensare a Friedrich de la Motte Foqué (1777-1843), a E. Schulze (1789-1817).

[15] Il Goethe aveva l'intenzione di far parlare i singoli poeti che l'Araldo annuncia per avere cosí il pretesto ad una satira contro la letteratura del suo tempo come aveva fatto nei *Xenien* e nel « Sogno della Notte di Valpurga » (pp. 196 sgg.). Ma vi rinunciò e si limitò ai quattro versi del satirico.

[16] Allude forse a E. T. A. Hoffmann (1776-1822).

[17] Allude al romanzo di I. W. Polidori (1795-1821), *The Vampyre*, pubblicato nel 1819, romanzo che non piacque al Goethe per il suo morboso romanticismo.

[18] Il Goethe chiama la seconda di esse Egemone e non Talía.

[19] Secondo Esiodo, Cloto fila il filo della vita, Lachesi ne dispensa la durata, Atropo taglia il filo della vita. Goethe inverte le parti di Cloto e di Atropo ed immagina, con una leggera ironia, che Cloto tenga le fatali forbici ben custodite nel loro astuccio.

[20] Lascia in vita persone vecchie ed inutili e recide il filo di giovani, pieni di speranza.

[21] Secondo la tradizione, le Parche sono vecchie e brutte. Il Goethe che, del resto, volle che, sulla scena del teatro di Weimar, nel *Macbeth* dello Shakespeare, a rappresentare le streghe, fossero attrici giovani e belle, ci dà qui giovani e belle anche le Parche.

[22] Le Furie, antiche divinità della vendetta. Le Erinni dei Greci.

[23] Nella significazione goethiana, colei che provoca litigi fra gli amanti.

[24] Nella significazione goethiana colei che provoca infedeltà e malumori fra gli amanti.

[25] Abbandona un bene saldo e buono (il sole) per una cosa che vale poco (il ghiaccio).

[26] Divinità erotica della religione persiana. Si trova anche nel *Talmūd* quale spirito malvagio. *Tobia*, 3, 8.

[27] Sempre nella significazione goethiana, colei che vendica i delitti d'amore, l'infedeltà.

[28] Ama un'altra persona che non sia il coniuge.

[29] Annuncia l'arrivo di un elefante che porta sul collo la Prudenza. Dietro di lei, in piedi, la Vittoria; ai due lati la Tema e la Speranza. Eckermann, *Colloqui con il Goethe*, 20-8-1829.

La Tema vede ovunque pericoli ed inganni, sospetta di ogni cosa e non sa abbandonarsi con fiducia alla gioia della mascherata, la Speranza si diverte volentieri anche perché sa che, con il giorno seguente, mercoledí delle Ceneri, tutto sarà finito e potrà vivere serena e tranquilla in mezzo alla natura. La Prudenza, lieta di tenere incatenate la Tema e la Speranza che essa considera nemiche dell'umanità, saluta nella Vittoria la dea dell'azione. Senti qui suggerimenti dal *Trionfo di Cesare* del Mantegna. Il Goethe ne possedeva una riproduzione a stampa di Andrea Andreani.

[30] Con la comparsa di Zoilo-Tersite finisce la vera e propria mascherata. Sotto la maschera di Zoilo-Tersite che tutto nega e svalorizza ogni cosa, si nasconde Mefistofele. Zoilo fu un retore greco del III secolo a. C. che accusò Omero di aver commesso molti errori nei suoi poemi, Tersite è un personaggio omerico, nell'*Iliade*, critico malevolo e denigratore (*Iliade*, 2, 212). L'araldo lo colpisce con il suo scettro e Zoilo-Tersite si converte in un uovo dal quale escono poi una vipera ed un pipistrello. Motivi diffusi ai tempi del Goethe. La comparsa di questa maschera brutta che si trasforma in bestie ripugnanti muta il tono della mascherata e crea un'atmosfera torbida e di paura sinché l'incendio finale dissiperà ogni cosa.

[31] La folla intuisce qualche cosa di sovrannaturale in quelle apparizioni e si turba. Zoilo-Tersite-Mefistofele ha ottenuto il suo scopo.

[32] Di fronte alle nuove apparizioni, l'araldo si dimostra un po' incerto nel suo ufficio di presentatore ed annunciatore. Su di un carro trascinato da quattro draghi, compare Pluto (Faust) con accanto una cassa contenente tesori favolosi e, dietro la schiena, l'Avarizia (Mefistofele). Il carro è guidato

da un Adolescente auriga. L'araldo descrive lui ed il monarca che è sul carro, ma non sa dire di piú. L'auriga allora dice essere, il monarca, Pluto ed egli stesso la poesia. L'Avarizia (Mefistofele), incomincia a comportarsi da pari suo suscitando ira ed indignazione. Pluto (Faust) fa mostra dei suoi tesori sotto forma di oro incandescente e ciò desta la cupidigia della folla, ma egli lo protegge con un cerchio invisibile che nessuno può varcare. L'Avarizia (Mefistofele) carica la dose dei suoi lazzi e, quando l'Araldo sta per consigliare moderazione, si presenta un nuovo gruppo di maschere. In Faust-Pluto, il dio della ricchezza — da non confondersi con Plutone, dio dell'inferno — possiamo vedere il simbolo della ricchezza, di quella che è non fine a se stessa o mezzo di piaceri, ma un mezzo per la creazione e l'attività umana. L'Adolescente auriga ha appunto il compito di indicare alla ricchezza le sue mète affinché non venga sciupata in vani divertimenti, ma destinata a servire le forze dello spirito.

Ma né la folla, né l'imperatore comprendono Pluto e l'Adolescente auriga. Questi, come Euforione piú tardi, abbandona, disgustato, questa corte e si rifugia in regioni solitarie dove è ciò che è bello, ciò che è buono. L'imperatore, mascherato da Pan, si accosta unitamente alla folla al fiume d'oro che Pluto-Faust fa sgorgare dalla sua cassa. La barba posticcia dell'imperatore prende fuoco, minaccia una sciagura, un incendio. Faust e Mefistofele dominano le fiamme ed appaiono cosí come salvatori.

33 Vedi, su questa figura, quanto registra lo Eckermann, in *Colloqui con il Goethe,* alla data del 20 dicembre 1829: un rapporto fra adolescente-auriga, ed Euforione, che incontreremo piú tardi (vedi p. 537).

34 Le fiammelle della poesia cosí dispensate si disperdono o si convertono in coleotteri. Si snaturano. La corte superficiale e godereccia non è adatta ad accogliere poesia. Nemmeno l'Araldo comprende quali doni dispensi l'auriga.

35 La poesia fiorisce là dove benessere concedono *otium* e libertà. Pluto e l'Adolescente auriga sono pertanto intimamente uniti. La poesia dà alla ricchezza uno spirito.

36 Hans Wurst, la popolare figura che troviamo per la prima volta nel *Narrenschiff* (1519) di Sebastian Brant (1457-1521). Passò poi alla commedia dell'arte e subí l'influenza delle maschere italiane, particolarmente di Arlecchino.

37 Non è chiaro. Si può intendere: Lasciaci in pace e occupati coi tuoi simili, delle cose che ti riguardano.

38 Lettera del Goethe allo Zelter del 9-6-1831. Il Goethe non poteva sopportare l'immagine di Cristo crocifisso.

39 Prende, con una nota di tristezza, congedo dalla poesia, poesia che l'ambiente di corte non apprezza, come non apprezzerà, dopo, la bellezza di Elena.

40 Vedi, Goethe, *An die Günstigen*, e Goethe, *West-östlicher Divan*, IX, 21, dove troverai, sul poeta, affermazione simile. La poesia è confessione, è frutto di una interiore esperienza. E si rivela quale essa è.

41 Faust con arte magica, rende fluidi ed incandescenti i tesori contenuti nello scrigno. La massa trabocca e scorre per terra suscitando l'avidità della folla.

42 Traccia intorno alla cassa contenente i tesori una barriera invisibile contro la quale la folla, tutto intorno, si pigia invano. Protetti restano cosí, l'Araldo, Pluto-Faust, Avarizia-Mefistofele.

43 Uno scherzo da Mefistofele. Questi plasma, con l'oro, un fallo. Di qui la reazione dell'Araldo e delle donne.

44 Il cerchio — la legge — tiene indietro le donne, ma le schiere che stanno giungendo — la necessità — le terranno ancora piú lontane.

45 Era abitudine, nelle mascherate dell'età barocca o della Rinascenza, che l'imperatore si celasse sotto la veste di una divinità; qui è il grande Pan. Egli arriva preceduto da una tumultuante schiera di spiriti della natura. Anch'essi si serrano contro l'invisibile barriera che protegge Faust. Si può no-

tare in questo corteo che avanza, un ricordo del *Trionfo di Bacco e Arianna* del GRAZZINI. Qui nessuno sa che sotto la maschera di Pan si nasconde l'Imperatore.

[46] Per rispetto alla maestà imperiale.

[47] Nel suo *Satyros oder der vergötterte Waldteufel* (1773), il Goethe ha dato forma ad un simile felice demone dei monti.

[48] Pensate dal Goethe in analogia con altri insetti luminosi.

[49] Allude a personaggi mitici di piccola statura che ricorrono, come in molte altre credenze popolari, anche nella credenza popolare germanica. Sono piccoli esseri benevoli o malevoli. Si riteneva anche che possedessero una particolare capacità di scavare nelle viscere della terra oro e pietre preziose. Erano anche molto abili nel lavorare metalli.

[50] Nel testo tedesco è riportato il saluto in uso fra i minatori.

[51] Non rubare, non commettere adulterio, non uccidere.

[52] Il motivo musicale di questo coro è dato dalla pace, dal silenzio del meriggio estivo (Pan dorme) e dal timor panico che tutti invade al suo destarsi. Ricorda Teocrito (III secolo a. C.) e il sofista Filostrato (ca. 250 d. C.).

[53] Pluto-Faust prevede quello che sta per accadere ed avverte l'Araldo di segnare ogni cosa, quasi per avere una cronistoria di ciò che accade sotto i loro occhi.

[54] L'incendio alla corte, già nella tradizione popolare. Il Goethe fanciullo leggeva la *Historische Chronika* di GOTTFRIED ARNOLD nell'edizione del 1657 e vi imparava la storia. In detta *Chronika* è raccontato l'incidente di cui fu vittima, in una mascherata, Carlo VI di Francia, nel 1394. Il re impazzí e quattro cortigiani perirono nell'incendio provocato da un'imprudenza.

[55] Si tratta, in realtà, di suggestione. È uno scherzo della magia, un'illusione che appare a tutti — non a Pluto-Faust — realtà. Ed è anche un mezzo per dare all'Imperatore la sensazione di quanto sia potente lo strano personaggio arrivato alla sua corte.

Giardino di svago (pp. 307-317)

[1] Si tratta di giardini intorno ai castelli e destinati ad accogliere feste, rappresentazioni o simili.

[2] Faust si è guadagnato, spegnendo, con le sue arti magiche, l'incendio e salvandogli la vita, il favore dell'imperatore. Il quale, dopo una prima sorpresa, indotto dal suo carattere impulsivo e superficiale, accetta ed approva l'emissione della carta moneta. In questa scena Mefistofele è di primo piano, Faust quasi non parla.

[3] L'imperatore, per le arti magiche di Faust, di Mefistofele nulla ha notato del finto pericolo che lo minacciò. Descrive invece le visioni che lo deliziarono.

[4] Il primo marito di Teti, ninfa marina. Dall'unione nacque Achille.

[5] Tschir-asad = il nobile volto, l'inesauribile e bella narratrice in *Mille e una notte.*

[6] Da *Landsknecht*, servo dello stato; l'imperatore Massimiliano I chiamò in tal modo la truppa da lui assoldata.

[7] Si stupisce del miracolo, ma il tesoriere gli fa vedere il biglietto tipo da lui firmato durante la mascherata. L'atto della firma non avviene, con precisione, sulla scena. Alcuni pensano al verso 5913 (pp. 303 sgg.).

Carta moneta era già in uso in Cina ed a Cartagine. Lo scozzese John Law la introdusse nella economia moderna nel 1716. Sotto il regno di Luigi XV in Francia si arrivò nel 1721 ad un completo deprezzamento di quella da lui emessa. Né sorte migliore ebbero gli assegnati della rivoluzione francese e quelli emessi un po' ovunque in Europa al tempo delle guerre napoleoniche. Il Goethe non aveva nessuna fiducia negli assegnati. Vedi ECKERMANN, *Colloqui con il Goethe* alle date 27-12-1829 e 14-2-1830.

[8] La lettera iniziale del nome dell'imperatore sembra costituire, quasi, con la sua particolare importanza, una nuova lettera dell'alfabeto.

[9] *In hoc signo vinces*, la profezia all'imperatore Costantino.

[10] I soldati portavano nella cintura il loro gruzzolo che, essendo metallico, pesava. Ora lo convertono in carta e si alleggeriscono.

[11] È in buona fede, crede cioè che, in realtà, coi dissepolti tesori, verranno pagati i biglietti in circolazione e ritirati. Ma Mefistofele non è di questo parere, come risulta dalle parole che seguono.

[12] Con ciò Mefistofele e Faust sono nominati custodi dei tesori che si trovano nascosti nel suolo dell'impero.

[13] Un nobile, che aveva il diritto di combattere sotto la propria bandiera.

[14] Gli altri si divertono e disperdono la carta moneta in capricci; il buffone pensa ad un possesso solido. È quello che ha piú senno!

Galleria oscura (pp. 317-323)

[1] È la prima delle tre scene che culmineranno con l'evocazione di Elena. Scritta nel 1828-1829.

Nella tradizione popolare, Elena, da Faust evocata e mostrata ai suoi scolari, ne è l'amante ed è simbolo di amore sensuale. Nel Marlowe il tono è già diverso. Nella tradizione popolare Faust evoca, in alcune redazioni, davanti all'imperatore Carlo V, le ombre di Alessandro il grande e di Maria di Borgogna, in altre Elena e Paride. Anche nel *Faust*, l'imperatore desidera vedere Elena e Paride, e Faust è preso da questo desiderio come se fosse un proprio desiderio e chiede a Mefistofele i mezzi affinché esso possa venir realizzato.

Il Goethe pensò, sin dalla prima idea di questo episodio, di attribuire un particolare significato all'incontro di Faust e di Elena, di considerare il loro amore da un punto di vista nuovo, un amore altissimo nel quale anima e sensi formano un'unità inscindibile. Vedi pp. 407; 431; 481 sgg.; 517 sgg.

[2] Si riteneva fossero figli delle streghe o del diavolo.

[3] Elena si trova in un mondo che non è quello di Mefistofele perché questa evocazione non dipende da magia, arte alla quale si attribuiva il potere di evocare le ombre di chi fu. Elena, qui, nel *Faust*, non è piú soltanto l'ombra del personaggio esistito un tempo, ma in essa prende forma l'idea pura della bellezza. La quale idea risiede là dove il potere di Mefistofele non giunge, in un mondo al di fuori del suo mondo. Già altre volte si è avverato ciò: nella scena « Bosco e caverna, » p. 167 e nella prima scena della seconda parte, perché in queste scene la natura nella sua divina potenza operava benefica sul cuore di Faust e ciò è in contrasto con l'essenza del carattere di Mefistofele. Elena sta per avere un compito nuovo per Faust. Non sarà colei che seduce Faust e lo ferma su di uno scalino inferiore, quello dei sensi per sé ed in sé, ma sarà colei che apre a Faust un nuovo mondo e lo avvia verso una nuova esperienza ed in essa lo accompagnerà.

L'immagine prima di questa Elena non si trova né nel mondo sotterraneo cristiano, né in quello pagano, bensí presso le Madri.

Il Goethe riteneva che ogni vivente forma — piante, animali, uomini — risalisse ad una forma originaria e primitiva celata nel grembo stesso della natura. A significare questa sua convinzione creò il mito delle Madri. Queste Madri non sono in relazione con quelle venerate dai greci ed a essi pervenute dalle religioni orientali. Ne ebbe il suggerimento esterno da PLUTARCO, nella *Vita di Marcello* (cap. 20) (ECKERMANN, *Colloqui con il Goethe*, 10-1-1830), ma le collocò entro l'atmosfera spirituale del neoplatonismo della nostra Rinascenza e del misticismo tedesco Jacob Böhme (1575-1624) diede loro un significato particolare ed attribuí loro il compito di custodire presso di sé, al di là ed al di fuori dello spazio e del tempo, le forme originarie e primitive di tutte le cose. Cosí evocherà non l'ombra di Elena che fu ed è dell'Orco, ma questa sua immagine prima quale modello della bellezza, della bellezza femminile. Cosí anche per Paride.

[4] La promessa di Faust all'imperatore.

[5] Che non è stato ottenuto e che non si ottiene con preghiere, bensí per forza propria.

[6] Faust non risponde a tono, perché ascolta solamente in parte le parole di Mefistofele e sospetta in esse magia o formule magiche. Ricorda la sua solitudine, quella in cui lo trovammo al principio del dramma. La scienza nulla gli dava se non il senso del non sapere ed egli aveva l'impressione di insegnare quello che non sapeva ed era in urto con il mondo intorno a lui e si rifugiava in solitudine.

[7] I maestri dei misteri eleusini.

[8] I nuovi seguaci di una dottrina o di una religione.

[9] Allude alla favola nota. La Fontaine, IX, 17.

[10] Mentre Mefistofele vede nel « vuoto » che accoglie le Madri il nulla, Faust vede in questo uscire dalla materialità del mondo la possibilità di trovare in questo « nulla » il « tutto »; oppone al materialismo di Mefistofele la sua concezione metafisica.

[11] Discussioni fra gli interpreti sul significato di questa chiave, ed il concetto che si nasconde sotto questo simbolo, simbolo, del resto, molto diffuso nella religione egiziana e greca. Goethe non ha, quasi certamente, pensato a ciò. Ricordiamo le parole dette all'Eckermann (vedi nota 9, p. XXI). Il poeta ha bisogno di « cose » per dare concretezza allo svolgersi dell'azione. Questa chiave parla alla fantasia del lettore e dello spettatore. Ricorda la chiave nei *Wanderjahre*, libro III, capitoli 2, 7, 17 ed il bastoncino dei cercatori d'acqua.

[12] Un concetto che ritorna sovente nel Goethe. Contrapposto al *nil admirari* di Orazio (*Epist.*, I, 6, 1). È quella religiosa maraviglia, quel devoto stupore che coglie l'uomo di fronte ai fenomeni ed alle leggi della natura. « Il punto piú alto al quale l'uomo possa arrivare è la maraviglia. » Eckermann, *Colloqui con il Goethe*, alla data del 18 febbraio 1829. Parole che ricordano una pagina di Leonardo da Vinci.

Questa « maraviglia » rafforza, nell'uomo, ciò che è « spirito, » « anima »; lo spinge verso l'alto. È il tono della vita nell'artista, nel saggio, nel mistico; sta in aperto contrasto con ciò che il Goethe definisce *Erstarren*, parola che potremmo tradurre con immobilismo, apatia, indifferenza, l'attitudine dell'uomo comune, legato al contingente, alla piú elementare realtà della vita.

[13] Quelle custodite dalle Madri.

[14] Come la chiave, un accessorio che parla alla fantasia del lettore. Ricorda il tripode della Pitia in Delfi, quello che Ercole tentò di rubare.

[15] Indicano le varie forme di queste Madri.

[16] L'assoluto.

[17] Non vedono cose definite e nelle loro dimensioni, ma immagini o simboli.

[18] Tutte queste discese agli inferi o questi viaggi fuori del nostro terreno mondo sono collegati con pericoli perché, spiriti sotto varie forme, ne vigilano la soglia. Cosí in Omero, Virgilio, Dante.

[19] A far sí che il tripode lo segua nel mondo terreno. Il tripode potrà poi staccare dal loro mondo le idee che non sono identiche alle loro forme: Elena e Paride.

[20] Freddezza ed indifferenza. Il solito cinico scherzare. E dimentica la scommessa fatta in cielo ed il patto. Faust non è ancora, del resto, maturo per rimanere nel mondo delle idee. Lo attende ancora un lungo cammino.

L'impresa di Faust è però vera e grande magia. Qui operano non formule, ma volontà ed animo. Ed entrerà, Faust, in un mondo al di fuori del tempo, il mondo del divino, dell'assoluto. Un mondo che l'uomo moderno non può piú costruire in sé come l'uomo medioevale al quale era a ciò sufficiente credere in esso. L'uomo moderno può sfiorare, intravedere questo mondo, ma con pericolo. Può rimanerne abbagliato. Non dirà lo Hölderlin: « Apollo mi ha colpito!... » E Faust torna dalle Madri diverso. Per lui ha inizio qui il viaggio verso il divino, assoluto, mondo della bellezza. Sino alla morte di Elena. Vedi, qui, pp. 555-557.

Sale riccamente illuminate (pp. 325-327)

1 Divertente intermezzo. Faust sta compiendo il viaggio verso le Madri e Mefistofele opera miracolose guarigioni. Come Faust, secondo la tradizione popolare. Scritto nel 1828, ma già nel disegno del 1818 (GOETHE, *Poesia e Verità*, libro XVIII, vol. 213 della Collana Grandi Scrittori UTET), su abbozzi precedenti.

2 Allusione alle cure omeopatiche — *Similia similibus curantur* — dello Hahnemann, di moda sul principio del 1800, cure nelle quali il Goethe non vedeva nulla di serio.

3 Vedi p. 107.

4 Vedi la poesia del GOETHE, *Wahrer Genuss* e la lettera di lui a Franziska Crespel del 27-6-1770.

5 I roghi sui quali sono stati arsi le streghe e gli eretici. Si credeva che i carboni dei roghi e le corde degli impiccati avessero efficacia curativa contro le malattie.

6 Perché nessuno crede alla verità.

7 Fantasmi, e di essi nei vecchi castelli ce n'è in abbondanza.

Sala dei cavalieri (pp. 329-339)

1 Scena già progettata nel 1818 e stesa nel 1829. In questa scena o rappresentazione nella rappresentazione, Faust, ritornato dalle Madri col tripode che gli permette di evocare gli spiriti che l'imperatore desidera vedere, si accinge ad accontentare il desiderio di questo. Paride ed Elena compaiono sulla scena. Frivola, pettegola, superficiale reazione della folla. Ma Faust ne è colpito in modo particolare. Per un attimo e per subito svanire, si presenta alla sua fantasia l'esperienza d'amore con Margherita. Innanzi a questa nuova ed ideale bellezza egli sente il desiderio di difenderla dal « ratto » di Paride, di farla sua. Ma egli vuole l'impossibile. Non soltanto vietano ciò le leggi degli spiriti, ma il fatto che Faust, per poter arrivare a questa bellezza, deve compiere la lunga preparazione dell'educazione estetica. E ciò avverrà in Grecia.

2 L'Araldo, come era suo compito, annuncerebbe volentieri il titolo ed il contenuto di ciò che sta per essere rappresentato. Ma si trova anch'egli di fronte a qualche cosa di nuovo e si limita a descrivere la sala ed il pubblico.

3 Allude forse al periodo degli Hohenstaufen che diedero rinnovato splendore al sacro romano impero della nazione tedesca.

4 Accentua l'impressione dell'Araldo dicendo che la scena si sta costruendo da sé. Quanto egli dice è stato combinato con Mefistofele.

5 Non gli piace lo stile antico e loda lo stile gotico. Il Goethe che a Strasburgo, nella sua giovinezza ne aveva scritto con entusiasmo (*Von deutscher Baukunst*, 1772), se ne era poi decisamente allontanato nella sua esperienza classica ed italiana. Si mantenne sempre un po' scettico di fronte alla celebrazione del gotico da parte del romanticismo, nonostante che, dopo

il 1810, per influenza di Sulpiz Boisserée (1785-1854) guardasse con un po' di simpatia a questa forma d'arte.

[6] La posizione dei pianeti è favorevole a ciò che sta per avvenire.

[7] Ricorda Tertulliano, *De carne Christi*, cap. 5: *certum est quia impossibile.*

[8] Nel regno delle Madri non si trovano individualità, ma immagini, apparenze di vita.

[9] Sono le monadi superiori. (Vedi p. 557.)

[10] Non le Madri, ma le forze della onnipotente Natura per opera delle quali le immagini informi che sono presso le Madri possono riprendere forma e cioè esistenza, corpo, ed aspetto esteriore.

[11] Ornamento formato di tre solchi, al di sopra dell'architrave, nei tempii dorici.

[12] Il Goethe citò altrove le parole del Görres essere l'architettura una musica congelata. Ma questa idea del potere della musica e della sua presenza in tutte le cose è nel Romanticismo (Novalis, A. W. Schlegel, R. Wagner) ed ha lontanissime radici.

[13] Non vivo, ma materializzazione spiritica. E cosí anche Elena, in questa scena.

[14] Secondo l'etichetta e l'uso di corte. Satira contro la censura che cancellava, a volte, le parole un po' crude dai drammi o dalle commedie che si rappresentavano nei teatri di corte.

[15] Il Goethe, come regista, bandí dalla scena del teatro di Weimar, finché ne fu direttore, ogni concessione, nel recitare, a pose e toni realistici (naturali).

Il dialogo fra cortigiani qui ed all'apparizione di Elena e l'esplosione finale possono essere stati suggeriti, materialmente, al Goethe, dal racconto di Antony Hamilton (1646-1720) intitolato *L'enchanteur Faustus*, a lui noto nella traduzione di W. Chr. Milius, 1778.

[16] Sottintendi: non potrei cantare di lei le lodi dovute.

[17] Quasi letteralmente le parole di Platone, *Fedro*, cap. 30.

Queste parole dell'Astrologo, che esce di parte, — anche su di lui ha azione la bellezza —, non sono suggerite da Mefistofele e tanto meno quelle seguenti di Faust, il quale non ricorda che quanto vede non è che un'apparizione. Ed identifica, nel suo improvviso, amoroso desiderio, l'idea della bellezza con Elena, bellissima donna.

[18] Confessione di Faust e confessione importante. Nuova esperienza che va oltre quella con Margherita. Un senso del tragico di fronte a questo desiderare l'impossibile.

[19] Ricordo di Margherita. Vedi p. 121.

[20] Già gli antichi avevano fatta questa osservazione, particolarmente Plinio per le statue di Lisippo.

[21] Ricorda una stampa riproducente un quadro di Sebastiano Conca (1680-1764) ed in possesso del Goethe. Endimione, giovane pastore greco, amato da Selene, la luna.

[22] Mefistofele ricorda ancora a Faust che Elena è un fantasma e non una persona viva. Invano!

[23] Elena. Allusioni alle varie avventure amorose di lei. (Vedi p. 429 e p. 497.)

[24] Il poeta Stesicoro ed Erodoto dicono che Paride non condusse con sé, a Troia, la vera Elena, ma un'immagine di lei.

[25] Ricorda l'episodio dell'*Iliade*, libro III, verso 156 sgg. Vedi anche Lessing, *Laokoon*, XXI.

[26] Altro errore di Faust. Egli ha visto qui l'idea, l'immagine e non Elena viva e vera.

[27] Nel suo rapimento per la bellezza di Elena, Faust dimentica che fra il mondo della magia e quello della realtà esiste un abisso invarcabile e, poi-

ché con l'aiuto della chiave ha strappato l'immagine di Elena alle Madri, si illude di potere, sempre coll'aiuto della chiave che egli tiene ancora in mano, dominare e il mondo dell'ideale e quello del reale. Il suo atto, però, è non soltanto temerario, ma anche un errore perché confonde il mondo degli spiriti con quello terreno. Paride ed Elena sono comparsi qui, però obbediscono ancora e sempre alle leggi degli spiriti. Faust nel voler difendere Elena dal ratto di Paride e nel volerla fare sua, doppiamente sua, viola questa legge. La catastrofe è inevitabile.

Stampa Grafica Sipiel
Milano, gennaio 1994